Weltbild

Der Preis dieses Bandes versteht sich einschließlich
der gesetzlichen Mehrwertsteuer.

Umwelthinweis:
Dieses Buch wurde auf chlor- und säurefreiem Papier gedruckt.

Nicholas Geheimnis

Sonne! Griechenland! Erholung pur! Doch bereits in der ersten Nacht, als Melanie im Mondschein schwimmen geht, geschieht es: Erst wird sie von einem geheimnisvollen Fremden bedroht, dann geküsst. Auf einer Party einige Tage später erfährt sie, wer er ist: der Unternehmer Nicholas Gregoras. Und niemand außer Melanie vermutet, dass der charmante Gastgeber ein Doppelleben als Schmuggler führt ...

Rebeccas Traum

Aus einem Impuls heraus kündigt Rebecca ihren Job und flieht aus ihrem langweiligen, leeren Leben. Erst nach Paris, dann weiter nach Korfu, wo sie, neu gestylt, in einem Luxushotel alle Männerblicke auf sich zieht. Es ist eine aufregende Erfahrung, auf einmal attraktiv und begehrenswert zu sein! Und als der vermögende Stephanos Nikodemos sie zärtlich umwirbt, scheinen sich ihre Träume zumindest für kurze Zeit zu erfüllen ...

Die Geliebte des Malers

Alice erkennt den interessanten Mann nicht, der sie anspricht und malen will. Erst am nächsten Tag erfährt sie, dass es der Künstler Colin Sullivan ist, berühmt nicht nur für seine Bilder, sondern auch für seine Affären. Doch für Alice ist klar: Sie gibt ihren Körper nicht wahllos her! Dabei ist sie für Colin mehr als nur ein schönes Modell ...

Nora Roberts

Sommerträume 1

Weltbild

Nora Roberts
Sommerträume

Titel der nordamerikanischen Originalausgaben:
The Right Path / Impulse / Sullivan`s Woman

erschienen bei Silhouette Books, Toronto
Published by arrangement with
HARLEQUIN ENTERPRISES II B.V./S.àr.l.

Konzeption/Gestaltung: fredebold & partner gmbh, Köln
Umschlaggestaltung: Pecher & Soiron, Köln
Titelabbildung: Getty Images, München
Satz: D.I.E. Grafikpartner GmbH, Köln
Druck und Bindearbeiten: CPI – Ebner & Spiegel, Ulm
Printed in Germany
ISBN 978-3-89941-700-5

Genehmigte Sonderausgabe 2009
für Verlagsgruppe Weltbild GmbH,
Steinerne Furt, 86167 Augsburg

Cora Verlag GmbH & Co. KG,
Axel-Springer-Platz 1, 20350 Hamburg

Nora Roberts

Nicholas Geheimnis

Roman

Aus dem Amerikanischen von
Rita Langner

Weltbild

1. KAPITEL

Der Himmel war wolkenlos und blau wie auf einer Ansichtspostkarte. Vor der fernen Silhouette der Berge hing ein leichter Dunstschleier. Ein sanfter Wind strich raschelnd durch das Laub der Bäume und Sträucher und trug den Duft von Rosen, feuchtem Gras und Meerestang heran. Melanie seufzte glücklich. Sie beugte sich noch weiter über das Balkongitter und musste immer nur schauen.

Hatte sie wirklich erst gestern noch aus ihrem Fenster auf die Stahl- und Betonwüste New Yorks hinausgeblickt? War sie durch den kühlen Aprilregen die Straße entlanggerannt, um ein Taxi zum Flughafen zu erwischen? Nur einen einzigen Tag war das her. Es konnte doch nicht möglich sein, dass zwischen zwei Welten nur ein einziger Tag lag.

Dennoch war es so. Melanie stand auf dem Balkon einer Villa auf der Insel Lesbos. Hier gab es keinen grauen Himmel, keinen Nieselregen, keinen Lärm, nur Sonne und Meer und lichtdurchflutete Stille unter dem leuchtenden Himmel Griechenlands.

Es klopfte. „Herein!“ rief Melanie, atmete noch einmal tief durch und drehte sich um.

„Oh, du bist ja schon aufgestanden und angezogen?“ Liz schwebte in den Raum, eine goldhaarige Elfe, gefolgt von einem Mädchen mit einem beladenen Tablett.

„Das nenne ich Zimmerservice“, lächelte Melanie, als das Mädchen das Tablett auf einem Glastischchen abstellte. Das Frühstück duftete verführerisch. „Leistest du mir Gesellschaft, Liz?“

„Nur auf einen Kaffee.“ Liz setzte sich in einen Sessel, strich ihr Negligee aus Seide und Spitze glatt und musterte Melanie nachdenklich.

Ihr Blick glitt über das leuchtend blonde, auf die Schultern herabfallende Haar und verweilte auf dem zarten Gesicht mit der kleinen geraden Nase, den hohen Wangenknochen und den großen meerblauen Augen. Manches Fotomodell hätte alles für ein solches Engelsgesicht gegeben.

„Oh Melanie, du bist schöner denn je! Ich freue mich so, dass du endlich hier bist."

Melanie blickte auf die Landschaft hinaus. „Und da ich endlich hier bin, verstehe ich nicht, wie ich es so lange hinauszögern konnte."

Das Dienstmädchen schenkte den Kaffee ein.

„Efcharistó", bedankte sich Melanie.

„Unglaublich!" schimpfte Liz gespielt ärgerlich. „Weißt du, wie lange ich gebraucht habe, bis ich endlich ‚guten Tag, wie geht es Ihnen?' auf Griechisch sagen konnte?" Als Melanie etwas erwidern wollte, winkte sie lächelnd ab, Brillanten und Saphire ihres Eherings blitzten in der Sonne auf. „Lass nur! Nach drei Jahren mit Alex und einem ebenso langen Leben in Athen und auf Lesbos stolpere ich noch immer über diese Sprache. Danke, Zena", fügte sie hinzu und entließ das Mädchen mit einem Lächeln.

„Weil du dich weigerst, sie zu lernen." Melanie biss in ein Stück Toast. Erst jetzt merkte sie, wie hungrig sie war. „Wenn du dich einer fremden Sprache nicht verschließt, nimmst du sie ganz von selbst auf."

„Du hast gut reden." Liz schaute Melanie vorwurfsvoll an. „Du sprichst mindestens ein Dutzend Sprachen."

„Fünf."

„Vier mehr, als ein normaler Mensch braucht."

„Das gilt aber nicht für eine Dolmetscherin." Melanie machte sich über das Rührei her. „Spräche ich nicht Griechisch, hätte ich Alex nicht kennen gelernt, und du wärst jetzt nicht Elizabeth Theocharis. Schicksal", fuhr sie fort, „ist ein seltsames und wunderbares Phänomen."

„Philosophie beim Frühstück", sagte Liz in ihre Kaffeetasse

hinein. „Manchmal frage ich mich, wie es mir heute ginge, wenn ich nicht zufällig zwischen zwei Flügen zu Hause gewesen wäre, als Alex aufkreuzte. Du hättest uns nicht miteinander bekannt gemacht.“ Sie nahm sich eine Scheibe Toast und gab einen Klecks Pflaumengelee darauf.

„Alles ist vorbestimmt, Liz“, sagte Melanie. „Das Schicksal hat euch zusammengeführt, nicht ich. Bei euch beiden war es Liebe auf den ersten Blick – nur ist das nicht mein Verdienst.“ Sie lächelte zu der kühlen blonden Schönheit hinüber. „Kaum hattet ihr euch kennen gelernt, hattet ihr auch schon geheiratet und flogt davon, und ich saß allein in dem leeren Apartment.“

„Wir hatten beschlossen, erst zu heiraten und uns danach kennen zu lernen.“ Liz lachte leise in sich hinein. „Und so geschah es dann auch.“

„Wo ist Alex eigentlich?“

„Unten in seinem Arbeitszimmer.“ Liz legte ihren Toast auf den Teller zurück. „Er baut wieder mal ein Schiff.“

Melanie musste lachen. „Du sagst das, als wäre er mit seiner Spielzeugeisenbahn beschäftigt. Du solltest dich entschieden snobistischer ausdrücken. Das erwartet man von Frauen, die einen Millionär geheiratet haben – noch dazu einen ausländischen.“

„Ja? Na, mal sehen, was ich tun kann.“ Liz trank einen Schluck Kaffee. „Alex wird wahrscheinlich in den kommenden Wochen furchtbar beschäftigt sein. Schon deshalb freue ich mich so, dass du hier bist.“

„Du brauchst einen Partner zum Cribbage – stimmt's?“

„Unsinn!“ Liz lachte. „Du bist der miserabelste Cribbage-Partner, den ich kenne, aber mach dir nichts draus, es geht mir nicht ums Kartenspielen. Ich finde es herrlich, meine beste Freundin, eine waschechte Amerikanerin, um mich zu haben!“

„Spassiba.“

„Bitte Englisch, ja?“ tadelte Liz. „Außerdem ... denk nicht, ich hätte nicht gemerkt, dass das kein Griechisch, sondern

Russisch war. Merk dir, dass du für die nächsten vier Wochen keinen politischen Unsinn bei den Vereinten Nationen dolmetschst, sondern dich ganz normal mit Freunden unterhältst."

Liz beugte sich etwas vor und schaute ihre Freundin nachdenklich an. „Ganz ehrlich, Melanie, hast du nicht manchmal Angst, du könntest etwas falsch übersetzen und damit den Dritten Weltkrieg auslösen?"

„Wer – ich?" Melanie machte große Augen. „Keine Angst! Der Trick besteht darin, in der Sprache zu denken, die man übersetzt. Ganz einfach."

„Oh natürlich, ganz einfach." Liz lehnte sich wieder zurück. „Aber jetzt hast du Urlaub und brauchst nicht in fremden Sprachen zu denken. Es sei denn, du willst dich mit meinem Koch streiten."

„Nichts liegt mir ferner", versicherte Melanie und schob ihren Teller zurück.

„Wie geht es eigentlich deinem Vater?"

„Großartig wie immer." Melanie schenkte sich Kaffee nach. Wann hatte sie sich zum letzten Mal morgens Zeit für eine zweite Tasse Kaffee genommen? Ferien, hatte Liz gesagt, und das bedeutete, sie war frei wie ein Vogel in der Luft. „Er lässt dich grüßen und hat mir aufgetragen, ein paar Flaschen Ouzo nach New York zu schmuggeln."

„Ich habe nicht vor, dich nach New York zurückkehren zu lassen." Liz stand auf und ging auf dem Balkon hin und her. Der spitzenbesetzte Saum ihres Morgenmantels glitt über die Fliesen. „Ich werde mich nach einem passenden Mann für dich umsehen und dich hier in Griechenland etablieren."

„Du ahnst gar nicht, wie dankbar ich dir dafür wäre", gab Melanie trocken zurück.

„Keine Ursache. Wozu sind Freunde schließlich da?" Liz nahm Melanies Spott nicht zur Kenntnis. „Dorian wird dir gefallen, da bin ich sicher. Ein toller Mann! Einer von Alex'

Top-Mitarbeitern, ungeheuer attraktiv. Blond, männlich ... ein Typ wie Robert Redford. Du wirst ihn morgen kennen lernen."

„Ich werde heute noch meinen Vater veranlassen, die Mitgift zusammenzustellen."

„Ich scherze nicht!" Liz blickte Melanie vorwurfsvoll an. „Du kommst hier nur über meine Leiche wieder weg. Wir werden herrliche Tage am Strand verbringen, und du wirst die fantastischsten Männer kennen lernen und vergessen, dass es New York und die UNO überhaupt gibt."

„Das habe ich schon vergessen." Melanie warf die Haare über die Schultern zurück. „Also See, Sonne und Männer, ja? Ich bin dir leider ausgeliefert. Und jetzt schleppst du mich wohl gleich an den Strand und gibst erst Ruhe, wenn ich bronzebraun bin, wie?"

„Richtig!" Liz nickte nachdrücklich. „Zieh dich um. Bis gleich."

Eine halbe Stunde später hatte Melanie schon nichts mehr gegen Liz' Behandlungsmethoden. Weißer Sand, blaues Meer ... Sie ließ sich von den sanften Wellen wiegen.

Warf ihr Vater ihr nicht auch immer vor, sie sei besessen von der Arbeit? Melanie drehte sich auf den Rücken und schloss die Augen. Nach dem beruflichen Stress und der Katastrophe mit Jack war sie nirgends besser aufgehoben als auf dieser friedlichen Insel. Hier würde sie endlich zur Ruhe kommen.

Jack gehörte der Vergangenheit an. Es war keine leidenschaftliche Liebe gewesen, eher Gewohnheit, gestand Melanie sich ein. Sie hatte einen intelligenten männlichen Partner gebraucht und Jack eine attraktive Frau, deren Image seiner politischen Karriere förderlich sein konnte.

Hätte ich ihn je geliebt, überlegte Melanie, könnte ich das jetzt nicht so sachlich beurteilen. Das Ende hatte für sie weder Schmerz noch Einsamkeit bedeutet, sondern eher Erleichterung. Erleichterung und eine seltsame Leere ... Das bedrückende Gefühl, im luftleeren Raum zu schweben, den Boden unter den Füßen zu verlieren.

Liz' Einladung war gerade zur rechten Zeit gekommen. Diese Insel war eine Oase der Ruhe und des Friedens – ein Paradies. Melanie öffnete die Augen. Leuchtend blauer Himmel, Sonne, der Sand, Felsen und überall Spuren, die Erinnerungen an die Götter der Antike weckten. Und jenseits des Golfs von Edremit die Türkei mit ihren geheimnisumwobenen goldenen Palästen ... Melanie schloss die Augen wieder und wäre fast eingeschlafen, hätte Liz sie nicht gerufen.

„Melanie! Der Mensch muss in regelmäßigen Abständen etwas zu sich nehmen."

„Du denkst immer nur ans Essen."

„Und an deinen Teint", erwiderte Liz vom Strand her. „Du bist schon viel zu lange in der prallen Sonne. Das Mittagessen kann man verschmerzen, einen Sonnenbrand nicht."

Seufzend schwamm Melanie zum Strand zurück, richtete sich auf und schüttelte sich wie ein nasser Hund.

„Nun komm schon!" drängte Liz. „Alex reißt sich spätestens zum Lunch von seinen Schiffen los."

Essen auf der Terrasse, daran könnte ich mich gewöhnen, dachte Melanie, als sie bei Eiskaffee und Früchten angelangt waren. Sie merkte deutlich, dass Alexander Theocharis von seiner kleinen goldblonden Frau noch genauso begeistert war wie damals in New York.

Obwohl Melanie es Liz gegenüber nicht zugeben wollte, war sie stolz darauf, die beiden zusammengebracht zu haben. Ein ideales Paar, dachte sie. Alex war nicht nur charmant, er sah blendend aus. Das markante, sonnengebräunte Gesicht wirkte durch die Narbe über der Augenbraue verwegen männlich. Er war groß und schlank – eine aristokratische Erscheinung. Alles in allem war er das ideale Gegenstück zu Liz' zarter blonder Schönheit.

„Ich verstehe nicht, wie du dich von hier losreißen kannst", sagte Melanie zu ihm. „Wenn mir das alles gehörte, brächten mich keine zehn Pferde von hier fort."

Alex folgte ihrem Blick über das Meer und die Berge. „Jedes Mal, wenn ich zurückkomme, erscheint mir alles noch schöner", sagte er. „Wie eine Frau", er hob Liz' Hand an die Lippen und küsste sie, „muss auch das Paradies immer wieder aufs Neue bewundert werden."

„Meine Bewunderung ist unabänderlich, und so wird es bleiben", sagte Melanie leise.

„Ich habe sie bald soweit, Alex." Liz schob ihre Hand in die ihres Mannes. „Ich werde eine Namensliste sämtlicher in Frage kommender Männer im Umkreis von hundert Meilen anfertigen."

„Du hast nicht zufällig einen Bruder, Alex?" erkundigte sich Melanie lächelnd.

„Tut mir Leid, Melanie – nur Schwestern."

„Dann vergiss deine Liste, Liz."

„Wenn wir dich nicht unter die Haube bringen können, wird Alex dir einen Job in seinem Athener Büro anbieten."

„Ich würde keinen Augenblick zögern, sie der UNO wegzuschnappen." Alex zuckte mit den Schultern. „Das habe ich schon vor drei Jahren vergeblich versucht."

„Diesmal haben wir einen Monat Zeit, ihr Vernunft beizubringen." Liz warf ihrem Mann einen warnenden Blick zu. „Hast du Zeit, uns morgen mit der Yacht hinauszufahren?"

„Natürlich", stimmte Alex sofort zu. „Wir werden den Tag auf See verbringen – was meinst du, Melanie?"

„Na ja, eigentlich kreuze ich ständig auf einer Yacht in der nördlichen Ägäis herum, wie ihr wisst", scherzte Melanie. „Aber wenn Liz es unbedingt möchte, will ich kein Spielverderber sein."

„Das ist der Sportsgeist in ihr", vertraute Liz lachend ihrem Mann an.

Mitternacht war gerade vorüber, als Melanie allein an den Strand zurückkehrte. Sie hatte nicht schlafen können, was sie aber nicht bedauerte, denn das lieferte ihr einen guten Grund für einen nächtlichen Spaziergang in der warmen Frühlingsluft.

Das kalte, unwirkliche Licht des Mondes ließ die hohen Zypressen, die den Steilpfad zum Strand hinunter säumten, scharf aus den Schatten der Nacht hervortreten. In der Ferne hörte Melanie gedämpftes Motorengeräusch. Ein Fischer bei seiner nächtlichen Arbeit, dachte sie. Es musste schon ein Erlebnis sein, bei Mondschein aufs Meer hinauszufahren.

Der Strand verlief in einem weiten Bogen unterhalb des Felsenkliffs. Rasch streifte Melanie ihr Strandkleid ab und lief ins Wasser. Es fühlte sich so wundervoll kühl und weich auf ihrer Haut an, dass sie einen Moment mit dem Gedanken spielte, ihren Bikini abzulegen. Lieber nicht, entschied sie dann und lachte leise. Es wäre vermessen, die Geister der alten Götter herauszufordern.

Obwohl das Abenteuer Melanie reizte, schwamm sie nicht zu den Höhlen jenseits des Kliffs hinüber, um sie zu erkunden. Das konnte sie bei Tageslicht tun. Langsam schwamm sie ein Stück hinaus, wohin die sanfte Dünung sie trug.

Die Zeit schien still zu stehen, während sie schwerelos durch das silbrig glitzernde Wasser dahinglitt. Es war so still, so friedlich. Seltsam, erst nachdem Melanie diese Stille entdeckt hatte, wusste sie, dass sie sich danach gesehnt hatte.

New York schien nicht nur auf einem anderen Kontinent, sondern auf einem anderen Stern zu liegen, und im Augenblick war Melanie das nur allzu recht. Hier konnte sie sich ihren Fantasien über alte Götter, strahlende Helden und wilde Piraten hingeben. Könnte ich wählen, würde ich mich wohl für die Piraten entscheiden, dachte sie. Götter sind zu blutrünstig, Helden zu ritterlich, aber ein Pirat ...

Melanie schüttelte den Kopf über ihre eigenen abwegigen Gedankengänge. Daran war einzig und allein Liz schuld. Sie selbst wollte weder einen Piraten noch sonst einen Mann. Sie wollte nur Ruhe und Frieden.

Melanie schwamm an den Strand zurück und richtete sich auf. Sie ließ das Wasser aus ihren Haaren und an ihrem Körper hinuntertropfen. Ihr war kalt, aber es war kein unangenehmes Gefühl. Sie setzte sich auf das Strandkleid, zog einen Kamm aus der Tasche und strich sich damit durchs Haar. Mond, Sand und Meer – was wünschte man sich mehr? Sie fühlte sich mit sich selbst und der Natur völlig im Einklang.

Das kalte Grauen packte Melanie, als sich eine Hand hart auf ihren Mund presste. Sie wehrte sich verzweifelt, aber ein starker Arm umklammerte ihre Taille, rauer Stoff schrammte gegen ihre nackte Haut. Jemand riss sie von den Klippen, ein muskulöser Männerkörper presste sich an ihren Rücken.

Panik ergriff Melanie. Wild schlug sie um sich, konnte aber nicht verhindern, dass sie in ein Gebüsch geschleppt wurde.

„Nicht schreien – keinen Laut!“ Der Befehl wurde in schnellem, hartem Griechisch ausgesprochen. Melanie wollte gerade wieder zu einem neuen Schlag ausholen, als sie erstarrte. Ein Messer blitzte im Mondlicht auf, und im selben Augenblick wurde sie zu Boden gedrückt. Der Mann warf sich über sie.

„Wildkatze!“ zischte er. „Bleiben Sie ruhig, dann geschieht Ihnen nichts. Verstanden?“

Benommen vor Entsetzen nickte Melanie. Unverwandt starrte sie auf das Messer und lag stocksteif da. Jetzt kann ich nichts gegen ihn machen, dachte sie ergrimmt, aber ich werde herausbekommen, wer er ist, und dann gnade ihm Gott!

Der erste Anflug von Panik war vorüber, aber Melanie zitterte am ganzen Körper. Scheinbar eine Ewigkeit lag sie da und wartete, aber der Mann bewegte sich nicht und gab keinen Laut von sich. Es war so still, dass Melanie die kleinen Wellen auf den Sand plätschern hören konnte.

Es ist ein Albtraum, dachte sie. Es kann nicht wahr sein.

Aber als sie sich vorsichtig unter dem Mann bewegte, zeigte ihr der Druck seines Körpers, dass sie nicht träumte.

Die Hand über ihrem Mund drückte so fest zu, dass Melanie zu ersticken glaubte. Ihr wurde übel, feurige Kreise wirbelten vor ihren Augen. Sie versuchte die herannahende Ohnmacht niederzuringen. Dann hörte sie den Mann mit einem unsichtbaren Gefährten reden.

„Hörst du etwas?"

„Noch nicht", antwortete eine raue Stimme. „Wer, zum Teufel, ist sie?"

„Spielt keine Rolle. Ich werde allein mit ihr fertig."

In ihrem Zustand hatte Melanie Mühe, das Griechisch zu verstehen. Was hat er mit mir vor? fragte sie sich benommen vor Angst und Atemnot.

„Halt du die Augen offen!" fuhr der Mann fort, der Melanie gefangen hielt. „Ich übernehme das Mädchen."

„Da – jetzt!"

Melanie merkte, dass der Mann über ihr die Muskeln anspannte. Sie wandte den Blick nicht von dem Messer, das er nun noch fester umklammert hielt.

Schritte hallten von den Felsstufen am Strand her. Aus Panik und Hoffnung schöpfte Melanie neue Kraft. Sie begann wieder um sich zu schlagen, aber der Mann stieß einen leisen Fluch aus und legte sich noch schwerer über sie.

Er roch schwach nach Salz und Meer.

Als er die Haltung veränderte, erhaschte Melanie einen kurzen Blick auf sein vom Mondlicht erhelltes Gesicht. Dunkle, kantige Züge, ein strenger Mund, schmale schwarze Augen. Kalte, harte unerbittliche Augen ... Das Gesicht eines Mannes, der vor nichts zurückschreckte.

Warum? dachte Melanie verzweifelt. Ich kenne ihn doch nicht einmal.

„Du folgst ihm!" befahl der Mann seinem Gefährten. „Um das Mädchen werde ich mich kümmern."

Melanie starrte das Messer an. Plötzlich hatte sie einen bitteren, metallischen Geschmack im Mund. Die Welt schien sich wie rasend um sie zu drehen, und dann löste sie sich in nichts auf.

Die Sterne standen am Himmel, Silber auf schwarzem Samt. Das Meer flüsterte. Der Sand unter dem Rücken war rau. Melanie richtete sich auf und versuchte klar zu denken. Eine Ohnmacht? War sie tatsächlich ohnmächtig gewesen, oder hatte sie geschlafen und alles war nur ein Traum? Sie rieb sich die Schläfen und glaubte schon, ihre Fantasien über wilde Piraten hatten ihr diese Halluzination eingebrockt.

Ein leises Geräusch brachte sie schnell auf die Beine. Nein, sie hatte nicht geträumt. Der Mann kehrte zurück. Melanie sprang den herannahenden Schatten an. Vorhin hatte sie dem unausweichlichen Tod ohne Gegenwehr ins Auge gesehen. Diesmal würde sie kämpfen bis zum letzten Atemzug.

Der Schatten sprang vor, als sie zuschlug, und dann war Melanie wieder unter ihm am Boden gefangen.

„Verdammt, hören Sie auf!“ fuhr er Melanie an, als sie ihm mit den Fingernägeln ins Gesicht fahren wollte.

„Den Teufel werde ich tun!“ fauchte Melanie ebenso wütend. Sie kämpfte mit vollem Einsatz, bis der Mann sie endgültig unter sich begrub. Atemlos und furchtlos in ihrem Zorn starrte sie zu ihm hoch.

Der Mann musterte finster ihr Gesicht. „Sie sind nicht von hier“, stellte er verblüfft fest, was Melanie so überraschte, dass sie ihren Kampf einstellte. „Wer sind Sie?“

„Das geht Sie nichts an.“ Vergeblich versuchte sie, ihre Handgelenke aus seinem Griff zu befreien.

„Sie sollen stillhalten!“ wiederholte er und packte fester zu, als ihm bewusst war. Irgendetwas stimmte hier nicht, so viel stand fest, da sie offenbar keine Einheimische war, die sich zufällig zur falschen Zeit am falschen Ort aufhielt. Sein Beruf hatte ihn gelehrt, wie man Antworten erzwang, wenn sich Komplikationen ergaben.

„Was haben Sie mitten in der Nacht am Strand zu suchen?“ fragte er kurz angebunden.

„Das Meer“, lautete Melanies zornige Antwort. „Ich wollte schwimmen. Das hätte jeder Idiot erraten.“

Der Mann zog die Brauen zusammen, als dächte er angestrengt nach. „Schwimmen“, wiederholte er. Tatsächlich hatte er sie aus dem Wasser kommen sehen. Vielleicht steckte doch nichts dahinter. „Amerikanerin ...“, überlegte er laut. Erwarteten Alexander und Liz Theocharis nicht eine Amerikanerin? Ausgerechnet jetzt!

Sein Gehirn arbeitete auf Hochtouren. Ein amerikanischer Gast des Hauses Theocharis bei einem Bad im Mondschein ... Wenn er die Sache nicht vorsichtig handhabte, konnte er sich auf etwas gefasst machen.

Völlig überraschend lächelte er auf Melanie hinunter. „Sie haben mich hereingelegt. Ich dachte, Sie hätten mich verstanden.“

„Ich habe Sie sehr gut verstanden“, gab Melanie zurück. „Und da Sie im Augenblick Ihr Messer nicht griffbereit haben, dürfte es Ihnen schwer fallen, mich zu vergewaltigen.“

„Vergewaltigen?“ Der Mann sah sie verdutzt an. Sein Lachen kam ebenso plötzlich wie eben das Lächeln. „Daran habe ich keinen Augenblick gedacht! Aber wie dem auch sei, schöne Nixe, das Messer war nicht für Sie gedacht.“

„Und warum schleppen Sie mich dann durch die Gegend und terrorisieren mich mit diesem ... diesem grässlichen Schnappmesser?“ Mut war wesentlich angenehmer als Furcht, stellte Melanie fest. „Lassen Sie mich gefälligst los!“ Sie versetzte ihm einen heftigen Stoß, aber er rührte sich nicht von der Stelle.

„Einen Moment!“ sagte er leise. Das Mondlicht fiel auf ihr Gesicht. Sie war schön, wunderschön ... Sicher war sie männliche Bewunderung gewöhnt. Ein bisschen Charme könnte die Situation entschärfen.

„Was ich getan habe, geschah zu Ihrem Schutz", sagte er schließlich vorsichtig.

„Schutz!" schnaubte Melanie und versuchte erneut, ihre Arme zu befreien.

„Für Formalitäten blieb mir keine Zeit, Lady. Tut mir Leid, wenn meine ... Technik ein wenig ungeschliffen wirkte." Sein Ton deutete an, dass er sich Melanies Verständnis sicher war. „Würden Sie mir jetzt erzählen, weshalb Sie mutterseelenallein wie die Lorelei auf dem Felsen saßen und Ihr Haar kämmten?"

„Das geht Sie nichts an", antwortete Melanie zum zweiten Mal.

Die Stimme des Mannes hatte sich verändert und klang jetzt leise und weich. Die dunklen Augen blickten nicht mehr so hart. Melanie wollte fast glauben, sie hätte sich die finstere Rücksichtslosigkeit in diesem Gesicht vorhin nur eingebildet. Aber immerhin spürte sie den Schmerz an den Stellen, wo sich seine Finger in ihren Arm gruben. „Wenn Sie mich nicht sofort loslassen, schreie ich."

Je länger er Melanies Körper berührte und bewunderte, desto mehr geriet er in Versuchung. Dennoch stand er unvermittelt auf. Es gab noch etwas zu erledigen heute Nacht. „Entschuldigen Sie den Zwischenfall, Lady."

„Einfach so, ja?" Melanie erhob sich mühsam und schüttelte sich den Sand ab. „Sie zerren mich ins Gebüsch, bedrohen mich mit einem Messer, erwürgen mich halb, und dann entschuldigen Sie sich, als hätten Sie mir versehentlich auf den Fuß getreten. Sie haben Nerven!" Plötzlich fror Melanie. Sie schlang die Arme um ihren Oberkörper. „Wer sind Sie, und was soll das alles?"

„Hier." Der Mann bückte sich und hob Melanies Strandkleid auf. „Ich wollte es Ihnen gerade bringen, als Sie plötzlich auf mich losgingen."

Er lächelte, als Melanie hastig in das Kleid schlüpfte. Eigentlich jammerschade, diesen schlanken, schönen Körper zu verhüllen, dachte er. „Wer ich bin, ist im Augenblick unwichtig. Und was diesen bedauerlichen Vorfall betrifft – tut es mir Leid. Mehr kann ich leider nicht dazu sagen."

„Nein?" Melanie nickte kurz und wandte sich dann zur Strandtreppe. „Dann wollen wir mal sehen, was die Polizei dazu meint."

„Die würde ich an Ihrer Stelle nicht fragen."

Der Mann hatte leise und freundlich gesprochen, dennoch klang es nicht wie ein Rat, sondern eher wie ein Befehl. Melanie blieb am Fuß des Kliffs stehen. Sie hatte zwar nicht den Eindruck, dass er ihr drohte, aber sie spürte seine Autorität.

Melanie erinnerte sich an die Berührung mit dem harten, muskulösen Körper. Jetzt stand der Mann ganz locker da, hatte die Hände in die Taschen seiner Jeans geschoben und lächelte. All das konnte jedoch nicht verbergen, dass er sich hier als Herr der Lage fühlte und es auch war.

Verdammte Piraten, schoss es Melanie durch den Kopf. Wie kann man die nur interessant finden! Trotzig hob sie das Kinn. „Und warum nicht? Haben Sie etwas zu verbergen?"

„Nein", antwortete er sanft. „Aber ich lege keinen Wert auf Komplikationen und wollte Sie vorsichtshalber warnen." Er betrachtete Melanies Gesicht. „Sie kennen die hiesige Polizei nicht, Lady. Fragen, Formulare, Zeitverschwendung durch Bürokratie. Und falls Sie wirklich meinen Namen angeben könnten", er zuckte mit den Schultern und lächelte Melanie unbekümmert an, „würde Ihnen niemand Glauben schenken. Niemand, Aphrodite."

Melanie missfiel sowohl dieses Lächeln als auch die anzügliche Art, wie er sie mit dem Namen der Liebesgöttin anredete. Dass sich ihr Blut plötzlich erhitzte, missfiel ihr ebenfalls. „Sie sind Ihrer Sache sehr sicher, wie?" begehrte sie auf, aber schon unterbrach er sie und trat an sie heran.

„Ich habe Sie nicht vergewaltigt, oder?" Langsam ließ er die Hände durch ihr Haar gleiten und packte sie bei den Schultern, sanft und behutsam im Gegensatz zu vorhin. Nixenaugen, dachte er, das Gesicht einer Göttin ... Viel Zeit blieb ihm nicht, aber der Moment durfte nicht ungenutzt verstreichen. „Ich habe nicht einmal getan, was ich längst hätte tun sollen."

Im nächsten Moment presste er den Mund auf den ihren. Sein Kuss war ungestüm und dennoch zärtlich. So etwas hatte Melanie nicht erwartet. Sie stemmte die Hände gegen seine Brust, aber es war nichts weiter als ein kraftloser Reflex. Der Fremde war ein Mann, der die Schwäche einer Frau kannte. Ohne Gewalt anzuwenden, zog er Melanie dichter zu sich heran.

Der Duft des Meeres hüllte Melanie ein, und diese Hitze ... sie schien von innen und von außen gleichzeitig zu kommen. Fast spielerisch drang die Zunge des Mannes zwischen ihre Lippen und erforschte ihren Mund, bis Melanies Herz wild zu hämmern begann. Er schob die Hände in die weiten Ärmel ihres Strandumhangs und streichelte ihre Arme und Schultern.

Als Melanie sich nicht mehr wehrte, riss er sie an sich und küsste sie wild. Melanies Herz begann zu hämmern, das Blut brauste in ihren Ohren. Einen Augenblick fürchtete sie, zum zweiten Mal in seinen Armen ohnmächtig zu werden.

„Ein Kuss ist kein strafwürdiges Verbrechen", flüsterte er in ihr Haar. Sie ist aufregender, als ich glaubte, dachte er, und viel gefährlicher. „Und mit einem zweiten ginge ich auch kein größeres Risiko ein."

„Nein!" Melanie konnte plötzlich wieder klar denken. Sie stieß den Mann von sich fort. „Sie sind verrückt, wenn Sie glauben, damit ließe ich Sie davonkommen. Ich werde ..." Sie unterbrach sich und tastete nervös mit der Hand nach ihrem Hals. Ihre Kette war fort. Melanie schaute den Fremden zornsprühend an. „Was haben Sie mit meinem Medaillon gemacht? Geben Sie es mir sofort zurück!"

„Tut mir Leid, aber ich habe es nicht, Aphrodite."

„Ich will es wiederhaben." Diesmal war Melanies energisches Auftreten nicht gespielt. Sie trat dicht an den Mann heran. „Es ist nicht wertvoll. Sie bekommen dafür nicht mehr als ein paar lumpige Drachmen."

Die Augen des Fremden wurden schmal. „Ich habe Ihr Medaillon nicht. Ich bin kein Dieb." Seine Stimme klang kalt und mühsam beherrscht. „Wenn ich Ihnen etwas hätte rauben wollen, dann hätte ich mir etwas Interessanteres genommen als Ihre Kette."

Melanie sah rot. Sie holte zum Schlag aus, aber er fing ihre Hand ab. Zu ihrer Wut kam jetzt noch das Gefühl der Machtlosigkeit.

„Das Medaillon scheint Ihnen viel zu bedeuten", sagte er ruhig, aber sein Griff war alles andere als sanft. „Ein Andenken an einen Mann?"

„Ein Geschenk von einem geliebten Menschen", korrigierte Melanie zornig. „Ich erwarte nicht, dass ein Mann wie Sie seinen Wert für mich verstehen kann." Mit einem Ruck befreite sie ihr Handgelenk. „Ich werde Sie nicht vergessen", versicherte sie, drehte sich dann um und rannte den Pfad zum Haus hinauf.

Der Mann schaute ihr nach, bis sie in der Dunkelheit verschwand. Dann wandte er sich wieder der Küste zu.

2. KAPITEL

Die Sonne war ein weißer, gleißender Lichtball, der das Meer wie Millionen Diamanten funkeln ließ. Die sanften Bewegungen der Yacht hatten Melanie in eine Art Halbschlaf gewiegt.

Waren der mondbeschienene Strand und der dunkle Mann nicht doch nur eine Ausgeburt der Fantasie gewesen? Blitzende Messer, raue Hände und verzehrende Küsse eines Fremden gehörten nicht in die wirkliche Welt, sondern in die seltsamen verschwommenen Träume, in die Melanie sich geflüchtet hatte, um beruflichen Stress und die Hektik der Großstadt zu vergessen. Sie hatte diese Träume als Sicherheitsventil betrachtet und niemandem etwas davon erzählt.

Das verschwundene Medaillon und die dunklen Male auf ihren Armen waren jedoch reale Tatsachen.

Melanie konnte die Geschichte also nicht ihrer Einbildungskraft zuschreiben.

Sie seufzte leise, drehte den Rücken der Sonne zu und legte den Kopf auf die verschränkten Arme. Wenn sie Liz und Alex ihr Erlebnis berichtete, wären die beiden sicher zu Tode entsetzt. Alex würde sie für den Rest ihres Aufenthaltes auf Lesbos bestimmt unter bewaffneten Schutz stellen und auf eine gründliche Untersuchung bestehen, die viel Zeit kosten und nichts einbringen würde. In diesem Punkt hatte der Fremde mit Sicherheit Recht. Melanie hasste ihn dafür.

Und überhaupt – was hätte sie der Polizei zu Protokoll geben sollen? Dass ein Fremder sie in die Büsche gezerrt, dort ohne erkennbaren Grund festgehalten und dann unversehrt wieder freigelassen hatte? Kein griechischer Polizist würde ein Kuss für ein Verbrechen halten.

Beraubt worden war sie auch nicht. Jedenfalls hätte sie das nicht beweisen können. Im Übrigen mochte sie dem Fremden zwar alle möglichen finsteren Absichten unterstellen, aber in die Rolle eines kleinen Diebes passte er nicht. Vermutlich ist er auf gar keinem Gebiet klein, dachte Melanie verdrossen. Kleinigkeiten waren sicherlich nicht sein Stil.

Und falls man diesen Mann tatsächlich finden und festnehmen würde, stünde sein Wort gegen ihres. Melanie hatte den dumpfen Verdacht, dass sein Wort dann mehr Gewicht hatte.

Also was soll's, dachte sie. Kein Wort zu Liz und Alex. Nichts als eine dumme Sache um Mitternacht. Eine von vielen seltsamen Begebenheiten im Leben von Miss Melanie James. Ordentlich ablegen und dann vergessen.

Alex kam die Stufen zum Sonnendeck herauf. Melanie stützte ihr Kinn auf die zusammengelegten Arme und lächelte ihm entgegen. Auf der Liege neben ihr bewegte sich Liz und schlief weiter.

„Die Sonne macht sie immer müde." Alex setzte sich neben seine Frau auf einen Stuhl.

„Ich bin selbst fast eingeschlafen." Melanie reckte sich, klappte einen Teil der Liege als Rückenlehne hoch und richtete sich auf. „Aber ich wollte nichts verpassen." Sie schaute über das Wasser zu der Insel hinüber, die wie ein bläulicher Nebel in der Luft zu schweben schien.

„Das ist Chios." Alex war Melanies Blickrichtung gefolgt. „Und dort", er deutete nach Osten, „die türkische Küste."

„So nahe, als ob man hinüberschwimmen könnte."

„Auf See täuscht man sich leicht in der Entfernung." Alex zündete sich eine seiner schwarzen Zigaretten an. Der Rauch duftete süßlich und exotisch. „Für diese Strecke müsste man schon ein Meisterschwimmer sein. Mit dem Boot ist es eine Kleinigkeit. Die Schmuggler nutzen das natürlich zu ihren Gunsten aus." Alex musste über Melanies entgeistertes Gesicht lachen. „Schmuggel ist hier zu Lande seit Generationen üblich, obwohl die Strafen hart sind."

„Und wieso gelingt es den Schmugglern zu entkommen?"

„Die Nähe der Küste“, erklärte Alex mit einer ausholenden Handbewegung. „Die vielen Buchten, Inseln, Halbinseln und Grotten machen es einfach, ungesehen ins Land zu kommen.“

Melanie nickte. Ein schmutziges Geschäft, bei dem es sich nicht nur um ein paar zollfreie Zigaretten oder Schnaps handelte. „Opium?“

„Unter anderem.“

„Aber Alex!“ Seine Gelassenheit irritierte Melanie. „Macht dir das gar keine Sorgen?“

„Sorgen?“ wiederholte er und nahm einen langen Zug von seiner eleganten Zigarette. „Weshalb?“

Die Frage verblüffte Melanie noch mehr. „Macht es dir nichts aus, dass sich so etwas Schreckliches in deiner unmittelbaren Nähe abspielt?“

„Ach, Melanie ...“ Schicksalsergeben breitete Alex die Hände aus. Der dicke Goldring auf seinem linken kleinen Finger blitzte im Sonnenlicht. „Mit meiner Sorge könnte ich nicht aufhalten, was hier seit Jahrhunderten läuft.“

„Aber trotzdem. Direkt vor deiner Haustür ...“ Melanie unterbrach sich. Sie musste an die Straßen von Manhattan denken. Wer im Glashaus sitzt, hielt sie sich vor, darf nicht mit Steinen werfen. „Ich dachte nur, es müsste dich stören“, schloss sie unsicher.

Alex schaute sie erheitert an und zuckte dann mit den Schultern. „Sorgen und Ärger überlasse ich der Küstenwache und Polizei. Nun erzähle mir lieber, ob dir dein Aufenthalt auf Lesbos bisher gefallen hat.“

Melanie wollte noch etwas zum Thema Schmuggel sagen, ließ es aber. „Wundervoll ist es hier, Alex. Ich verstehe, warum Liz hier so glücklich ist.“

Alex lächelte und zog dann wieder an seiner starken Zigarette. „Du weißt, dass sie dich gern hier behalten möchte. Sie hat dich vermisst. Manchmal habe ich ein schlechtes

Gewissen, weil wir so selten nach Amerika kommen, um dich zu besuchen.“

„Du brauchst dich nicht schuldig zu fühlen, Alex.“ Melanie setzte die Sonnenbrille auf und entspannte sich. Das Schmuggelgeschäft hatte schließlich nichts mit ihr zu tun. „Liz ist glücklich.“

„Und du hängst immer noch bei der UNO fest?“ Alex' Ton hatte sich nur unmerklich verändert, aber Melanie merkte, dass das Gespräch jetzt geschäftlich wurde.

„Es ist ein interessanter Job. Die Arbeit macht mir Spaß, ich brauche die Herausforderung.“

„Ich bin nicht kleinlich, Melanie, besonders, wenn es sich um Menschen mit deinen Fähigkeiten handelt.“ Alex zog an seiner Zigarette und betrachtete Melanie durch die Rauchwolke hindurch. „Vor drei Jahren habe ich dir einen Job in meinem Unternehmen angeboten. Wäre ich nicht abgelenkt gewesen“, fuhr er dann lächelnd mit einem Blick auf seine schlafende Frau fort, „hätte ich die Sache damals schon perfekt gemacht.“

„Abgelenkt?“ Liz schob ihre Sonnenbrille hoch und blinzelte ihren Mann an.

„Du hast gelauscht“, bemerkte Melanie strafend. Ein uniformierter Steward servierte geeiste Drinks. Melanie trank Liz lächelnd zu. „Du solltest dich schämen, Liz.“

„Du hast ein paar Wochen Zeit, es dir zu überlegen, Melanie.“ Beharrlichkeit war zweifellos eine von Alex' erfolgreichen Geschäftstaktiken. „Vorausgesetzt, Liz macht mir keinen Strich durch die Rechnung.“ Er nahm sich ebenfalls ein Glas. „Und ich muss ihr beipflichten. Eine Frau braucht einen Mann und Sicherheit.“

„Typisch griechisch!“ bemerkte Melanie trocken.

Alex lächelte unbeirrt. „Leider ist Dorian heute verhindert und kann erst morgen kommen. Er bringt meine Cousine Iona mit.“

„Leider Gottes!“ bemerkte Liz spöttisch. Alex warf ihr einen scharfen Blick zu.

„Liz ist nicht begeistert von Iona, aber sie gehört zur Familie.“ Alex’ Blick sagte Melanie, dass dieses Thema zwischen ihm und Liz schon öfter debattiert worden war. „Ich fühle mich für sie verantwortlich.“

Liz griff seufzend nach ihrem Glas. Dabei berührte sie kurz Alex’ Hand. „Wir fühlen uns für sie verantwortlich“, berichtigte sie ihn. „Iona ist willkommen.“

Alex’ düsteres Gesicht erhellte sich sofort. Er schaute seine Frau so liebevoll an, dass Melanie aufstöhnte.

„Sagt mal, streitet ihr euch eigentlich nie? Wie haltet ihr es nur aus, so friedlich und ausgeglichen zu sein?“

Liz lächelte sie über den Rand ihres Glases hinweg an. „Oh, wir haben auch unsere Momente. Letzte Woche beispielsweise war ich wütend auf Alex, und zwar mindestens ... na, eine Viertelstunde lang.“

„Du meinst, ein Gewitter reinigt die Luft?“ erkundigte sich Alex.

Melanie schüttelte ihr Haar zurück und lachte. „Ich fühle mich jedenfalls nicht wohl, wenn ich nicht streiten und kämpfen kann.“

„Melanie, du hast Jack überhaupt nicht erwähnt. Habt ihr Probleme?“

„Liz!“ tadelte Alex.

„Nein, lass nur, Alex.“ Melanie ging mit ihrem Glas an die Reling. „Ein Problem ist es nicht“, sagte sie langsam. „Das hoffe ich zumindest.“ Sie blickte geistesabwesend in ihr Glas. „Ich bin diese Straße, diese gerade, ebene Straße so lange entlanggegangen, dass ich den Weg auch blind finden würde.“

Melanie lachte kurz auf, beugte sich über die Reling und ließ ihr Haar im Wind flattern. „Plötzlich merkte ich, dass es gar keine Straße, sondern ein ausgefahrenes Gleis war. Da habe ich schnell den Kurs gewechselt, ehe ich darin festsaß.“

„Du hast ja seit jeher einen Hinderniskurs bevorzugt", stellte Liz fest. Aber dass Jack den Abschied bekommen hatte, freute sie, und sie verhehlte das auch nicht.

Melanie betrachtete das schäumende Kielwasser am Achtersteven. „Ich werde mich weder Dorian noch irgendeinem anderen Mann zu Füßen werfen, Liz, nur weil ich nicht mehr mit Jack zusammen bin."

„Das will ich auch nicht hoffen", gab Liz fröhlich zurück. „Es würde ja der Sache die ganze Spannung nehmen."

Mit einem strafenden Blick auf die lachende Liz und einem resignierten Seufzer wandte Melanie sich schweigend der Reling zu.

Die felsige Küste von Lesbos erhob sich schroff aus dem Meer. Melanie konnte die Umrisse von Alex' schneeweißer Villa ausmachen. Etwas höher gelegen entdeckte sie ein mächtiges graues Haus, das aus dem Kliff herauszuwachsen schien, die düstere, efeuumrankte Fassade herausfordernd der offenen See zugerichtet.

Es gab eine Reihe weiß getünchter Häuser unterhalb des Kliffs, auch hier und da ein verstecktes Cottage, aber die beiden Villen überragten alles. Weiß und elegant das eine, düster und bedrohlich das andere Haus.

„Wem gehört das Haus auf dem Kliff?" fragte Melanie über ihre Schulter hinweg.

Liz stand auf und trat lächelnd zu Melanie. „Kann ich mir denken, dass dich das anspricht. Manchmal habe ich den Eindruck, das Ding ist kein Haus, sondern eine lebendige Kreatur. Nicholas Gregoras, Olivenöl und seit kurzem auch Import-Export." Sie betrachtete ihre Freundin von der Seite her. „Vielleicht werde ich ihn für morgen zum Dinner einladen, falls er Zeit hat. Aber ich fürchte, er ist nicht dein Typ."

„Mein Typ? Was verstehst du darunter?" fragte Melanie gleichmütig.

„Einen Mann, der es dir nicht leicht macht. Jemand mit einem Hinderniskurs."

„Hm. Du kennst mich viel zu gut."

„Nick ist zweifellos charmant, außerdem sieht er blendend aus ... Kein ausgesprochen schöner Mann wie Dorian, aber er hat eine ungeheuere Ausstrahlung. Ein gefährlicher Mann, nicht leicht zu durchschauen." Liz unterbrach sich, weil ihr anscheinend die passenden Worte fehlten, den Mann näher zu beschreiben.

„Nick ist ein Einzelgänger, verschlossen und menschenscheu", fuhr sie dann fort. „Das Haus auf dem Kliff passt zu ihm. Anfang dreißig ist er. Das Ölimperium hat er vor ungefähr zehn Jahren geerbt. Dann ist er ins Import-Export-Geschäft eingestiegen, mit großem Erfolg übrigens. Alex mag ihn sehr. Die beiden sind ein Herz und eine Seele."

„Liz, ich wollte nur wissen, wem das Haus gehört. Der Besitzer interessiert mich nicht."

„Fakten gehören zum Service." Liz zündete sich eine Zigarette an. „Du sollst deine Wahl nach klaren Vorstellungen treffen können."

„Einen Ziegenhirten hast du nicht zufällig zur Hand, was?" erkundigte sich Melanie. „Ich kann mir nichts Schöneres vorstellen, als in einem niedlichen weißen Cottage zu wohnen und Bauernbrot zu backen."

„Mal sehen, was sich machen lässt."

„Auf den Gedanken, ich könnte mich als Single pudelwohl fühlen, bist du wohl noch nie gekommen, wie? Ich kann tun und lassen, was ich will, niemand macht mir Vorschriften. Ich kann mit einem Schraubenzieher umgehen, einen platten Reifen wechseln – wozu brauche ich einen Mann?"

„Du machst dir selbst etwas vor, Melanie", sagte Liz leise. „Meinst du, ich wüsste nicht, wie dir zu Mute ist? So, wie es bisher war ... das ist kein Leben für dich. Du wirst es auf die Dauer nicht ertragen."

Melanie seufzte ergeben und hob ihr Glas an die Lippen. „Ach, Liz ..."

„Komm, komm! Gönn mir doch meinen Spaß." Liz klopfte Melanie sanft auf die Wange. „Du hast ja selbst gesagt, alles sei Schicksal und Vorbestimmung."

„Liz ..." Melanie zögerte einen Moment. „Wer hat eigentlich Zutritt zu dem Strand, an dem wir gestern gebadet haben?" fragte sie dann leichthin.

„Wieso?" Liz strich sich eine blonde Haarsträhne hinters Ohr. „Nur wir und die Leute aus der Gregoras-Villa. Ich werde Alex fragen, aber ich bin sicher, der Strand gehört zu unserem und dem Nachbarbesitz. Die Bucht ist zu beiden Seiten durch das Kliff begrenzt, und man erreicht sie nur über den Steilpfad, der zwischen unseren beiden Grundstücken hinunterführt."

„Ach ja", fiel Liz dann noch ein. „Da ist noch das Cottage, es gehört Nick. Er vermietet es gelegentlich. Seit einiger Zeit wohnt ein Amerikaner in dem Haus ... Stevenson, Andrew Stevenson. Ein Maler, so viel ich weiß. Ich habe ihn noch nicht kennen gelernt." Liz schaute Melanie verdutzt an. „Wieso? Hast du vor, oben ohne zu baden?"

„Ach was, reine Neugier." Melanie rief sich insgeheim zur Ordnung. Wenn ich den Vorfall vergessen will, muss ich ihn endgültig aus meinem Kopf verbannen, dachte sie. Offenbar war das gar nicht so einfach. „Aber diese Villa würde ich mir gern aus der Nähe anschauen." Sie sah erschauernd zu der grauen Villa hinüber. „Ich würde mir verloren vorkommen in diesem unheimlichen Gemäuer."

„Du brauchst nur deinen Charme bei Nick spielen zu lassen, dann lädt er dich ein", schlug Liz vor.

„Vielleicht tue ich das." Melanie betrachtete die Villa nachdenklich. War Nick Gregoras vielleicht der Mann, dessen Schritte sie gehört hatte, als sie in den Büschen gefangen gehalten wurde? „Ja, das werde ich tun."

Die Balkontür stand weit offen, der betäubende Nachtduft weißer Rosen erfüllte die Luft. Im Haus war alles still, bis auf eine Uhr, die soeben Mitternacht geschlagen hatte.

Melanie saß an dem zierlichen Rosenholzschreibtisch und schrieb einen Brief. Draußen am Kliff schrie ein Käuzchen zweimal. Melanie hob den Kopf und lauschte auf einen dritten Ruf, aber jetzt war alles wieder ganz still. Sie beugte sich über ihren Brief.

Wie sollte sie ihrem Vater begreiflich machen, was sie empfand? War es überhaupt möglich, die Zeitlosigkeit des Meeres, die erhabene, fast beängstigende Schönheit der Berge in Worte zu fassen? Sie versuchte es, so gut sie konnte, und wusste, ihr Vater würde sie verstehen. Und außerdem wird er sich über Liz' Versuche amüsieren, mich hier in Griechenland unter die Haube zu bringen, dachte sie lächelnd.

Melanie stand auf, reckte sich, drehte sich um – und stieß gegen die dunkle Gestalt, die sich im selben Moment vor ihr aufrichtete. Die Hand, die sich über ihren Mund legte, drückte nicht so rau zu wie beim letzten Mal, und die dunklen Augen lächelten. Melanies Herz setzte einen Schlag aus.

„Kalespera, Aphrodite. Versprechen Sie, nicht zu schreien, und ich lasse Sie frei."

Im ersten Moment wollte sich Melanie losreißen, aber der Mann hielt sie mühelos fest und hob nur fragend die Augenbrauen. Offenbar konnte er beurteilen, auf wessen Wort man sich verlassen konnte und auf wessen nicht.

Melanie wand sich noch einen Augenblick lang, gab sich dann aber geschlagen und nickte widerwillig. Sofort ließ der Fremde sie los. Sie holte tief Luft, um zu schreien, tat es aber nicht. Ein Versprechen war ein Versprechen, auch wenn man es dem Teufel gegeben hatte.

„Wie sind Sie hier heraufgekommen?"

„Die Weinranken unter Ihrem Balkon sind ziemlich stabil."

Ungläubig und bewundernd zugleich starrte Melanie den

Fremden an. Die Außenwand war glatt und die Höhe bis zu ihrem Balkon beträchtlich. „Sind Sie verrückt geworden?“

„Schon möglich“, lächelte der Mann unbekümmert. Die Kletterei schien ihn nicht angestrengt zu haben. Sein Haar war zwar zerzaust, aber so hatte es beim letzten Mal auch ausgesehen. Der Schatten eines Bartes zog sich über seine Wangen, und aus seinen Augen leuchtete die Abenteuerlust, was Melanie sofort – wenn auch wider Willen – für ihn einnahm.

Im Lampenlicht konnte sie ihn genauer betrachten als in der vergangenen Nacht. Seine Züge waren nicht so hart und sein Mund nicht so grimmig, wie es ihr gestern erschienen war. Im Gegenteil, dieses Gesicht strahlte einen eigentümlich gebrochenen, finsteren Charme aus, wenn er lächelte.

„Was wollen Sie?“

Er lächelte wieder. Langsam glitt sein Blick an Melanie herab, die in einem Babydoll-Shorty aus blassrosa Spitze vor ihm stand. Sie errötete unter seinem unverfrorenen Blick, hob jedoch trotzig das Kinn.

„Woher wussten Sie, wo Sie mich finden?“

„Das gehört zu meinem Beruf“, antwortete er. Im Stillen bewunderte er ihren Mut ebenso wie ihre Figur. „Melanie James, zu Besuch bei ihrer Freundin Elizabeth Theocharis. Amerikanerin aus New York. Unverheiratet. Als Dolmetscherin bei der UNO tätig. Fremdsprachen: Griechisch, Deutsch, Französisch, Italienisch und Russisch.“

Melanie traute ihren Ohren nicht. „Ihr Computergehirn scheint ausgezeichnet zu funktionieren“, bemerkte sie spöttisch.

„Vielen Dank. Ich versuche mich kurz zu fassen.“

„Und was hat dieses Dossier mit Ihnen zu tun?“

„Das ist noch nicht genau heraus.“ Er betrachtete sie nachdenklich. Vielleicht könnte er ihre Fähigkeiten und ihre Position für seine eigenen Zwecke einsetzen. Sie besaß alles, was ein Mann bei einer Frau erwarten konnte. Sie war etwas Besonderes. Es war höchste Zeit, über all das nachzudenken ...

Der Fremde setzte sich lächelnd auf die Bettkante und wandte den Blick nicht von Melanie. „Ich bewundere Frauen, die zu ihrem Wort stehen." Er streckte die Beine aus und legte sie übereinander. „Ich bewundere überhaupt eine ganze Menge an Ihnen, Melanie. Gestern Nacht haben Sie Verstand und Mut bewiesen – eine seltene Kombination."

„Verzeihen Sie, wenn ich jetzt nicht überwältigt bin."

Der Sarkasmus war nicht zu überhören, aber dem Mann entging auch nicht, dass sich Melanies Blick verändert hatte. Sie war nicht halb so wütend, wie sie sich gab.

„Ich habe mich entschuldigt", erinnerte er sie lächelnd.

Melanie atmete tief durch. Dieser Kerl brachte sie noch zum Lachen, wo sie doch eigentlich Zorn sprühen sollte. Wer, zum Teufel, war er bloß? Und was war er? Melanie konnte sich gerade noch davon zurückhalten, ihn danach zu fragen. Es war besser, auf die Antwort zu verzichten. „Wie eine Entschuldigung kam es mir nicht gerade vor."

„Wenn ich nun noch einen aufrichtigeren Versuch unternähme", begann er so ernst, dass sich Melanie das Lachen fast nicht mehr verbeißen konnte, „würden Sie meine Entschuldigung dann annehmen?"

„Würden Sie dann verschwinden?"

„Gleich." Er stand auf. Wonach duftet sie nur? fragte er sich. Weiße Blüten ... Ja, Jasmin, wilder Jasmin. Der Duft passte zu ihr. Er ging zur Kommode und spielte mit ihrem Handspiegel.

„Morgen werden Sie Dorian Zoulas und Iona Theocharis kennen lernen", bemerkte er leichthin. Diesmal blieb Melanie der Mund tatsächlich offen stehen. „Es gibt wenig auf dieser Insel, das mir entgeht", erklärte er freundlich.

„Scheint so", stimmte Melanie zu.

Jetzt fiel ihm ein neugieriger Unterton in ihrer Stimme auf.

Darauf hatte er gewartet. „Vielleicht könnten Sie mir beim nächsten Mal sagen, was Sie von den beiden halten."

Melanie schüttelte den Kopf. „Es wird kein nächstes Mal geben. Ich denke nicht daran, mit Ihnen über Leute zu reden, die ich in diesem Haus kennen lerne. Wie käme ich dazu? Ich kenne Sie nicht, ich weiß nicht einmal, wer Sie sind."

„Stimmt", nickte er. „Und wie gut kennen Sie Alex?"

Melanie schleuderte mit einem Ruck ihr Haar zurück. Was für ein Wahnsinn, nur mit diesem lächerlichen Shorty bekleidet, hier mit einem irren Fassadenkletterer herumzustehen!

„Hören Sie!" sagte sie mühsam beherrscht. „Ich werde nicht mit Ihnen über Alex reden. Ich werde über nichts und niemanden mit Ihnen reden. Verschwinden Sie!"

„Dann vertagen wir das auf später", gab er freundlich nach und trat zu ihr. „Ich habe etwas für Sie." Er langte in seine Hosentasche, öffnete die Hand und ließ ein Kettchen mit einem kleinen silbernen Medaillon herabbaumeln.

„Also doch! Ich wusste es." Melanie griff danach, aber der Mann zog die Kette fort. Sein Blick war hart geworden.

„Ich sagte Ihnen schon einmal, ich bin kein Dieb!" Stimmlage und Blick des Mannes hatten sich schlagartig verändert. Unwillkürlich trat Melanie einen Schritt zurück. „Ich bin noch einmal zurückgegangen und habe es in dem Dickicht gefunden", fuhr er etwas beherrschter fort. „Die Kette war zerrissen und musste repariert werden."

Ohne den Blick von Melanies Gesicht zu wenden, hielt er ihr das Kettchen hin. Melanie legte es um und mühte sich mit dem winzigen Schloss ab. „Man sollte es nicht glauben", sagte sie spöttisch. „Ein Kidnapper mit Gentleman-Allüren!"

„Glauben Sie, es hat mir Spaß gemacht, Ihnen wehzutun?"

Seine Stimme klang wieder so hart und sein Blick war so grimmig, dass Melanie ihn mit erhobenen Armen anstarrte. Plötzlich war er wieder der Mann, den sie am Strand kennen gelernt hatte.

„Denken Sie, es hat mir Freude gemacht, Sie mit dem Messer zu Tode zu erschrecken, bis Sie schließlich ohnmächtig wurden? Meinen Sie, ich finde es erfreulich, diese blauen Flecken da auf Ihren Armen zu sehen und zu wissen, dass ich daran schuld bin?“ Er wandte sich ab und ging wütend im Zimmer auf und ab. „Ich gehöre nicht zu den Typen, die Frauen misshandeln, ob Sie es glauben oder nicht!“

„Sind Sie sicher?“ erwiderte Melanie ruhig.

Er blieb stehen und drehte sich zu Melanie um. Verdammt cool, dachte er. Und schön. Schön genug, um einem Mann den Kopf zu verdrehen. Und das konnte er gerade jetzt nicht riskieren.

„Ich weiß weder, wer Sie sind, noch womit Sie sich beschäftigen“, sprach Melanie weiter. Endlich hatte sie das Kettenschloss befestigt. Ihre Finger zitterten, aber ihre Stimme klang ruhig. „Und es ist mir auch gleichgültig, solange Sie mich in Frieden lassen. Unter anderen Umständen hätte ich mich bei Ihnen für die Wiederbeschaffung meines Eigentums bedankt, aber das dürfte sich in diesem Fall erübrigen. Deshalb schlage ich vor, Sie verlassen das Haus auf demselben Weg, auf dem Sie gekommen sind.“

Ein guter Witz, dachte er, von einer halb nackten Frau hinausgeworfen zu werden. Ebenso komisch wie der Impuls, sie zu erwürgen. Eine amüsante Situation – wenn er nicht ständig sein wachsendes Verlangen niederringen müsste.

Aber wieso eigentlich? dachte er. Warum sollte er die Herausforderung nicht annehmen?

„Ihr Mut ist bemerkenswert, Melanie“, stellte er kühl fest. „Wir würden uns prächtig ergänzen.“

Er griff nach dem Medaillon und betrachtete es mit zusammengezogenen Brauen. Dann blickte er Melanie in die Augen, die jetzt keine Angst, sondern nur noch Verachtung widerspiegelten.

Ich bin verrückt nach ihr, dachte er. Sie bringt mich um den

Verstand, aber sie ist es wert. Ich muss sie haben, koste es, was es wolle!

„Ich sagte, Sie sollen gehen", wiederholte Melanie. Dass ihr Herz schneller schlug, wollte sie nicht wahrhaben.

„Wirklich?" Er ließ das Medaillon los. „Wollen Sie das wirklich?"

Zum zweiten Mal fand sich Melanie in den Armen des Fremden wieder. Sein Kuss war nicht so schmeichelnd, so verführerisch wie gestern Nacht. Heute nahm er ihren Mund in Besitz. Noch nie zuvor war Melanie so geküsst worden. Der Mann schien genau zu wissen, was sie sich insgeheim unter einem Kuss vorstellte – und nicht nur unter einem Kuss.

Eine heiße Welle des Verlangens durchflutete Melanie und machte sie unfähig, sich zu wehren oder auch nur vernünftig zu denken. Wie war es nur möglich, dass sie einen solchen Mann begehrte? Wie konnte sie nur wollen, dass er sie berührte? Und wie konnte sie nur zulassen, dass ihr Mund scheinbar ohne ihr Dazutun seinen Kuss leidenschaftlich erwiderte?

„Von der ersten Sekunde an, als ich dich sah, war ich verrückt nach dir", sagte er heiser. „Ich kann nicht dagegen an."

Langsam strich er mit der Hand an Melanies Rücken hinab. Ohne zu wissen, was sie tat, nahm sie sein Gesicht zwischen ihre Hände und schob dann die Finger in sein dichtes Haar. Mit einem unterdrückten Fluch riss er sie an sich.

Wie vertraut dieser muskulöse, starke Körper ihr schon war, dem der Duft des Meeres anhaftete. Melanie hatte vergessen, wer sie war und wer er war. Für sie gab es nur noch dieses dunkle, überwältigende Glücksgefühl. Erst als er sie plötzlich etwas von sich abschob, um ihr ins Gesicht zu blicken, erwachte sie aus ihrem Taumel.

Es passte ihm nicht, dass sein Herz hämmerte und sein Verstand von Leidenschaft umnebelt war. Dies war nicht der richtige Zeitpunkt für Komplikationen, und sie war nicht die Frau, mit der man ein Risiko einging. Er beherrschte sich mühsam und strich mit den Händen sanft über Melanies Arme.

„Wenn ich nicht sofort gehe, garantiere ich für nichts", sagte er leichthin. „Es sei denn", fügte er mit einem Blick auf das Bett lächelnd hinzu, „wir verbringen die Nacht zusammen."

Mit einem Ruck kam Melanie wieder zu sich. Er muss mich eben hypnotisiert haben, dachte sie. Eine andere Erklärung kann es gar nicht geben. „Nächstes Mal vielleicht", antwortete sie genauso lässig wie er.

Sichtlich amüsiert küsste er ihr die Hand. „Ich kann es kaum erwarten, Aphrodite."

Er ging zur Balkontür, winkte Melanie noch einmal zu und begann dann mit seinem Abstieg. Melanie konnte der Versuchung nicht widerstehen. Sie lief auf den Balkon und beugte sich über die Brüstung.

Er bewegte sich sicher und furchtlos, ein Schatten, der an der weißen Mauer hinabglitt. Dann sprang er auf den Boden und verschwand zwischen den Bäumen, ohne sich noch einmal umzusehen.

Melanie trat ins Zimmer zurück, schloss rasch die Balkontür und schob den Riegel vor.

3. KAPITEL

Von der Terrasse konnte man auf den tiefblauen Golf mit seinen kleinen Inseln hinausschauen. Boote, kleine Pünktchen in der Entfernung, trieben auf dem Wasser. Melanie sah sie kaum. Zu sehr war sie in Gedanken damit beschäftigt, sich einen Reim auf die rätselhaften Bemerkungen ihres nächtlichen Besuchers zu machen. Nur mit halbem Ohr verfolgte sie die Gespräche der anderen Anwesenden.

Dorian Zoulas war, wie Liz ihn beschrieben hatte, blond und sehr attraktiv. Mit seinem sonnengebräunten Gesicht und einem eleganten weißen Anzug wirkte er wie ein Adonis des zwanzigsten Jahrhunderts. Er besaß Intelligenz und Bildung und wirkte sehr männlich.

Liz' Absichten hätten Melanie normalerweise veranlasst, sich ihm gegenüber distanziert zu verhalten, aber dann bemerkte sie seine leichte Erheiterung und erkannte, dass er die Gastgeberin sehr wohl durchschaut und beschlossen hatte, das Spiel mitzumachen. Die amüsierte Herausforderung in seinen Augen machte es Melanie leicht, sich auf einen harmlosen Flirt mit ihm einzulassen.

Alex' Cousine Iona hingegen war Melanie weniger sympathisch. Ihre blendende Erscheinung und ihr offenbar hitziges Temperament waren beeindruckend und befremdlich zugleich. Der Glanz ihrer Schönheit und ihres Reichtums konnte weder über ihren wahren Charakter noch ihre Nervosität hinwegtäuschen. Ionas Augen und ihr Mund lächelten nie wirklich. Melanie erschien sie wie ein Vulkan, der jeden Augenblick ausbrechen konnte – unberechenbar und gefährlich.

Mit einem Mal fand Melanie, dass diese Beschreibung genauso gut auf ihren nächtlichen Besucher zutraf. Aber seltsam, bei dem Mann bewunderte sie diese Eigenschaften, bei Iona fand sie sie abstoßend. Lege ich zweierlei Maß an? fragte sie sich. Kaum, dachte sie. Die Energien, die in Iona schlummern, sind zerstörerisch, bei ihm hingegen dominiert der Verstand.

Fast gewaltsam schüttelte Melanie diese Gedanken ab und drehte sich zu den anderen Gästen um. Sie schenkte Dorian ihre ganze Aufmerksamkeit. „Im Vergleich zu Athen müssen Sie es hier sehr ruhig finden, oder?"

Dorian wandte sich zu ihr um und lächelte sie an, als wäre sie die einzige Frau auf der Terrasse. Melanie fand diesen kleinen Trick sehr nett. „Ja, diese Insel ist eine Oase der Ruhe. Aber ich brauche das Chaos der Großstadt. Da Sie in New York wohnen, verstehen Sie das wohl."

„Durchaus, aber ich finde die Ruhe hier herrlich." Melanie lehnte sich mit dem Rücken zur Sonne ans Geländer. „Bisher habe ich meine Tage am Strand zugebracht und hatte weder Zeit noch die Energie, mich auf der Insel umzuschauen."

„Lokalkolorit gibt es in dieser Gegend hier genug, falls Sie das suchen", meinte Dorian. Er zog ein flaches goldenes Etui aus der Tasche und bot Melanie eine Zigarette an. Als sie ablehnte, zündete er sich selbst eine an. „Höhlen und kleine Buchten, Olivenhaine, ein paar Bauernhäuser und Ziegenherden", fuhr er fort. „Ein kleines verträumtes Dorf, fernab der Zivilisation."

„Wundervoll!" Melanie nippte an ihrem Wein. „Aber bevor ich mir das alles ansehe, werde ich Muscheln sammeln und mich nach einem Bauern umsehen, der mir beibringt, wie man Ziegen melkt."

„Das kann ja heiter werden", bemerkte Dorian lächelnd. „Ziegen sind ausgesprochen tückisch, falls Sie es noch nicht wissen."

„Ich bin nicht leicht einzuschüchtern, das wird Liz Ihnen bestätigen."

„Bei der Muschelsuche helfe ich Ihnen mit Freuden." Dorian lächelte noch immer und betrachtete sie mit einem bewundernden Blick, der ihr nicht entgehen konnte. „Aber was die Ziegen betrifft ..."

„Es überrascht mich, dass Ihre Wünsche in Bezug auf Unterhaltung so genügsam sind", mischte sich Iona in das Gespräch ein.

Melanie schaute sie an und fand es ziemlich schwierig, dabei zu lächeln. „Die Insel selbst ist mir Unterhaltung genug. Ferien, in denen man von einer Sehenswürdigkeit zur nächsten hetzt, sind für mich keine Ferien."

„Melanie ist seit zwei Tagen faul", fiel Liz fröhlich ein. „Das ist für sie ein Rekord."

Melanie musste an ihre nächtlichen Erlebnisse denken. Wenn Liz wüsste! „Ja, und ich will diesen Zustand noch auf zwei Wochen ausdehnen", sagte sie. Von heute an gerechnet, fügte sie im Stillen hinzu.

„Dafür ist Lesbos genau der richtige Ort." Dorian blies langsam den süßlich duftenden Zigarettenrauch aus. „Es ist so ländlich, ruhig ..."

„So ruhig ist dieser Teil der Insel nun auch wieder nicht." Iona strich mit einem perfekt manikürten und gelackten Fingernagel über den Rand ihres Glases.

Melanie sah, dass Dorian fragend die Augenbrauen hob und Alex tadelnd die Stirn runzelte.

„Wir werden unser Bestes tun, damit es hier zumindest während Melanies Aufenthalt friedlich bleibt", warf Liz diplomatisch ein. „Normalerweise kann sie keine fünf Minuten still sitzen, aber wenn sie schon mal dazu entschlossen ist, werden wir ihr auch einen netten, ereignislosen Urlaub verschaffen."

„Noch etwas Wein, Melanie?" Dorian stand auf und holte die Flasche.

Iona trommelte mit den Fingern auf ihre Sessellehne. „Es soll ja tatsächlich Leute geben, die Langeweile reizvoll finden."

„Warum nicht? Langeweile ist auch eine Art, auszuspannen", bemerkte Alex mit einem leicht gereizten Unterton.

„Und außerdem ist Melanies Beruf ungeheuer anstrengend", setzte Liz hinzu und legte ihre Hand leicht über die ihres Mannes. „All diese ausländischen Diplomaten, das Protokoll der Politik ..."

Dorian warf Melanie einen anerkennenden Blick zu und schenkte ihr Wein nach. „Jemand mit Ihrem Beruf könnte wahrscheinlich interessante Geschichten erzählen. Oder einen Bestseller schreiben."

Es war schon lange her, seit ein Mann Melanie zum letzten Mal so aufrichtig bewundernd angesehen hatte, freundlich, ohne Hintergedanken und ohne sie abzuschätzen. Sie lächelte Dorian an.

„Oh ja, ein paar kämen schon zusammen", antwortete sie.

Die Sonne versank im Meer. Rosiges Licht fiel durch die offene Balkontür und durchflutete das Zimmer. Ein roter Abendhimmel, bedeutete das nicht eine ruhige See? Melanie beschloss, es als gutes Omen zu nehmen.

Ihre ersten beiden Tage waren alles andere als der Beginn ereignisloser Ferien gewesen, wie Liz gemeint hatte. Aber das lag jetzt hinter ihr. Mit Glück und Vorsicht würde sie diesem attraktiven Irren sicher nicht mehr begegnen.

Zufällig fiel Melanies Blick im Spiegel auf ihr eigenes, lächelndes Gesicht. Schnell wurde sie wieder ernst. Vielleicht sollte ich in New York einmal zum Psychiater gehen, überlegte sie. Wenn man anfängt, Verrückte anziehend zu finden, ist man selbst nicht mehr zurechnungsfähig. Schluss damit, befahl sie sich. Es gab wichtigere Probleme, denn es wurde Zeit, sich zum Dinner umzuziehen.

Seufzend trat Melanie vor den geöffneten Kleiderschrank. Nach kurzer Unentschlossenheit entschied sie sich für ein Kleid aus fließendem weißen Crêpe de Chine mit einem wehenden Flatterrock. Sie wusste, sie würde Dorian darin gefallen.

Jack hatte stets den strengen, sachlichen Look korrekter Kostüme bevorzugt und Melanies Vorliebe für romantische Baumwollkleider mit zarten Blumenmustern nie verstanden. Er meinte immer, man müsse auch in der Garderobe eine einheitliche Linie verfolgen, und verstand nie, dass Melanie sich mit ihrer Bekleidung ganz nach Stimmung und Gelegenheit richtete.

Heute Abend wollte sie sich amüsieren. Schon lange hatte sie nicht mehr mit einem Mann geflirtet. Sofort war sie in Gedanken wieder bei dem Fremden mit dem dunklen, ungebärdigen Haar. Sofort verdrängte sie den Gedanken. Sie stand auf, schloss die Balkontür und schob den Riegel vor. So bin ich vor ihm sicher, dachte sie zufrieden.

Liz schwebte im Salon umher. Zu ihrer Freude war Melanie noch nicht heruntergekommen. Jetzt konnte ihr großer Auftritt vor versammelter Gästeschar stattfinden. Liz liebte Melanie, und ihre unverbrüchliche Loyalität gebot ihr, Melanie glücklich zu machen. So glücklich, wie sie mit Alex war, sollte auch Melanie werden – das hatte Liz sich geschworen.

Zufrieden schaute sich Liz im Salon um. Das Licht war gedämpft und schmeichelnd. Blumenduft zog durch die offenen Fenster herein. Wenn dazu noch der Wein kam, waren alle Voraussetzungen für eine Romanze gegeben. Melanie musste nur mitspielen ...

„Nick, ich freue mich ja so, dass Sie kommen konnten." Liz ging zu ihm und reichte ihm beide Hände. „Wie schön, dass wir ausnahmsweise einmal alle gleichzeitig auf der Insel sind."

„Es ist immer wieder eine Freude, Sie zu sehen, Liz", erwiderte Nick mit einem charmanten Lächeln. „Ich bin froh, dem Athener Chaos für ein paar Wochen entronnen zu sein."

Er drückte Liz' Hände sanft und hob dann ihre Rechte an seine Lippen. „Sie sind schöner denn je, Liz."

Lachend hakte sich Liz bei ihm ein. „Wir sollten Sie öfter einladen. Habe ich mich eigentlich schon für die wundervolle indische Truhe bedankt, die Sie für mich aufgetrieben haben?" Sie führte ihn an die Bar. „Ein herrliches Stück!"

„Ja, Sie haben sich schon bedankt." Er tätschelte ihre Hand. „Ich hoffe, sie entspricht Ihren Vorstellungen."

„Sie haben ein sicheres Gespür für Antiquitäten. Ich glaube, Alex könnte indische nicht von Hepplewhite-Möbeln unterscheiden."

Nick lachte. „Jeder hat andere Talente."

„Ihr Geschäft muss ungeheuer faszinierend sein." Liz strahlte ihn mit großen Augen an und versorgte ihn mit einem Drink. „All diese Schätze und die exotischen Länder, in die Sie immer reisen!"

„Manchmal ist es zu Hause viel aufregender."

Liz warf ihm einen Blick zu. „Wenn ich bedenke, wie selten Sie zu Hause sind, fällt es mir schwer, Ihnen zu glauben. Wo haben Sie eigentlich den letzten Monat verbracht – in Venedig?"

„Eine schöne Stadt", sagte er vage.

„Ich möchte sie gern einmal sehen. Wenn ich meinen Mann nur von seinen Schiffen wegschleppen könnte ..." Liz hatte etwas am anderen Ende des Raums bemerkt. „Himmel, ich glaube, Iona ärgert Alex schon wieder." Sie seufzte und schaute entschuldigend in Nicks verständnisvolle Augen. „Ich werde wieder Diplomat spielen müssen."

„Das tun Sie ganz bezaubernd, Liz. Alex ist ein glücklicher Mann."

„Sagen Sie ihm das von Zeit zu Zeit", bat Liz lächelnd, „damit er mich nicht als etwas Selbstverständliches hinnimmt. Oh, da kommt Melanie. Sie wird Sie unterhalten, während ich meinen Pflichten nachkomme."

Nick folgte Liz' Blick und sah Melanie hereinkommen. Sie sah hinreißend aus in dem wehenden weißen Kleid mit dem leuchtenden, offen über die Schultern herabfallenden Haar. Ihr Gesicht ... Es war wie ein Traum, den er einmal gehabt hatte – alle Schönheit und Unschuld, die er je in einer Frau gesucht, Schönheit, die er nie für möglich gehalten hatte.

„Melanie!" Liz ließ ihrer Freundin gerade so viel Zeit, Dorian zur Begrüßung zuzulächeln. Dann nahm sie sie beim Arm. „Sei so lieb und kümmere dich um Nick, ich muss schnell nach dem Rechten sehen. Ach ja ... Nicholas Gregoras – Melanie James", fügte sie hastig hinzu und war auch schon verschwunden.

Melanie stand da wie vom Donner gerührt. Sie konnte es nicht fassen. Sie starrte Nick an und brachte keinen Ton über die Lippen.

„Wie schön du bist, Aphrodite!" Nick beugte sich über Melanies eiskalte Hand und berührte sie leicht mit den Lippen. Melanie fasste sich wieder und wollte ihm ihre Hand entziehen. Ohne seine Haltung und seinen Gesichtsausdruck zu verändern, hielt Nick sie fest.

„Vorsicht, Melanie!" warnte er sie leise. „Eine Szene würde unliebsame Aufmerksamkeit erregen. Liz und die Gäste würden aus allen Wolken fallen, und der Skandal wäre unvermeidlich." Er lächelte auf diese teuflische Art, die Melanie schon kannte.

„Wenn Sie nicht sofort meine Hand loslassen, Mr. Gregoras", sagte Melanie mit einem starren Lächeln, „lasse ich es auf einen Skandal ankommen."

Nick verbeugte sich leicht und gab Melanies Hand frei. „Nick, bitte", sagte er ruhig. „Wir sollten auf Formalitäten verzichten, nach allem, was wir miteinander erlebt haben. Außerdem ist die formelle Anrede in diesem Haus nicht üblich."

Melanie bedachte ihn mit einem strahlenden Lächeln. „Ich

werde mich danach richten, Kidnapper. Aber der Waffenstillstand betrifft nur diesen Abend. Ist das klar?"

Er neigte den Kopf. „Darüber werden wir uns noch unterhalten. Sehr bald", setzte er unmerklich härter hinzu.

Liz trat zu ihnen. Sie freute sich über ihre lächelnden Gesichter, die sie von weitem beobachtet hatte. „Ihr beide scheint euch zu verstehen wie alte Freunde."

„Ich sagte Mr. Gregoras gerade, wie fantastisch ich das Haus auf dem Kliff finde." Melanie warf Nick einen mörderischen Blick zu.

„Was soll die formelle Anrede?" protestierte Liz. „Wir reden uns alle mit dem Vornamen an. Formalitäten sind Gott sei Dank out. Stimmt's, Nick?"

„Ja, der Ansicht bin ich auch." Nicks Blick ruhte auf Melanies Gesicht. In diesen Augen kann sich ein Mann verlieren, dachte er, wenn er nicht sehr, sehr vorsichtig ist.

„Melanie hat vor, sich das Haus morgen Nachmittag anzusehen." Er lächelte, als er sah, wie Melanies Gesichtsausdruck sekundenlang wildeste Wut zeigte, ehe sie sich wieder unter Kontrolle hatte. „Das haben wir vorhin beschlossen."

„Großartig!" Liz strahlte die beiden glücklich an. „Nick hat Kostbarkeiten aus allen Ländern der Erde in diesem Haus zusammengetragen, Melanie. Du wirst dir vorkommen wie in Aladins Zauberhöhle."

Melanie nahm Zuflucht zu einem trügerischen Lächeln. „Ich kann es kaum erwarten, mir alles anzuschauen." Sie hätte Nick umbringen können in diesem Augenblick.

Während des Dinners beobachtete Melanie Nick unauffällig. Sein Benehmen verwirrte sie und machte sie neugierig. Dies hier war nicht der Mann, den sie kannte. Dieser hier war höflich und glatt. Von Gewalttätigkeit keine Spur mehr, stattdessen nur noch Freundlichkeit und Charme.

Nicholas Gregoras – Import-Export, Reichtum und Erfolg – saß lässig da, das Glas in der Hand, und lachte mit Liz und

Alex über harmlosen Inselklatsch. Der graue Maßanzug passte genauso perfekt zu ihm wie die Jeans und das Sweatshirt, in denen Melanie ihn zum ersten Mal gesehen hatte.

Dies konnte doch unmöglich derselbe Mann sein, der sie mit einem gezückten Messer in Schach gehalten hatte und an einer glatten Fassade zu ihrem Balkon hochgeklettert war.

Nick reichte Melanie ein Glas Wein. Doch, das war derselbe Mann. Aber welches Spiel trieb er? Melanie fing einen Blick von ihm auf. Unwillkürlich verkrampften sich ihre Finger um den Stiel des Weinglases. Wenn es ein Spiel war, dann gewiss kein angenehmes und keines, an dem sie teilnehmen wollte.

Rasch trank Melanie einen Schluck Wein, um ihre zum Zerreißen gespannten Nerven zu beruhigen. Dann wandte sie sich Dorian zu und überließ Nick Ionas Aufmerksamkeit. Dorian war ein entschieden angenehmerer Tischgenosse. Die Konversation mit ihm floss leicht und entspannt dahin.

„Sagen Sie, Melanie, kommen sich die vielen Sprachen in Ihrem Kopf nicht gegenseitig ins Gehege?" fragte er.

Melanie stocherte in ihrem Teller herum, sie brachte kaum einen Bissen herunter und wünschte, das Dinner wäre endlich vorüber. „Kaum", beantwortete sie Dorians Frage. „Ich denke automatisch in der richtigen Sprache."

„Sie stellen Ihr Licht unter den Scheffel. Schließlich steht eine solche Karriere nur hoch qualifizierten Leuten offen. Sie haben allen Grund, stolz darauf zu sein."

Melanie runzelte die Stirn, lächelte dann aber gleich wieder. „Vielleicht, aber ich habe nie darüber nachgedacht. Mir schien es zu einseitig, mich nur in einer Sprache verständigen zu können. Also fing ich an zu lernen und hörte dann nicht mehr auf."

„Wenn Sie die Sprache eines Landes beherrschen, können Sie sich dort auch zu Hause fühlen."

„Ja. Vielleicht fühlte ich mich deshalb auch hier keinen Augenblick fremd."

„Wie ich von Alex höre, hofft er, Sie für das Unternehmen zu gewinnen." Dorian hob sein Glas und trank Melanie zu. „Ich bin dort als Promotionmanager tätig, wie Liz Ihnen sicher erzählt hat, und würde die Zusammenarbeit mit Ihnen nur begrüßen."

Melanie nickte ihm nur stumm zu.

Ionas schrilles Lachen übertönte alles. „Oh Nicky, Sie sind unmöglich! Einfach wundervoll!"

Nicky, dachte Melanie. Sie bekam eine Gänsehaut. „Ich werde es mir überlegen", versprach sie Dorian, aber das Lächeln wollte ihr nicht recht gelingen.

„Laden Sie mich morgen auf Ihre Yacht ein, Nicky. Ich brauche dringend Abwechslung", ertönte Ionas durchdringende Stimme.

„Tut mir Leid, Iona, aber morgen geht es nicht. Vielleicht später, im Lauf der Woche." Nick versüßte die Ablehnung, indem er Ionas Hand tätschelte.

Iona zog einen Schmollmund. „Oh Nicky, ich sterbe vor Langeweile!"

Mit einem resignierten Seufzer wandte Dorian sich Iona zu. „Du hast vergangene Woche in Athen Maria Popagos getroffen. Wie geht es ihr?" fragte er lächelnd. „Sie hat inzwischen vier Kinder, stimmt doch, Iona?"

Er behandelt sie wie ein Kind, dachte Melanie spöttisch. Kein Wunder, sie benimmt sich wie ein verwöhntes, eigensinniges und labiles Kind.

Im weiteren Verlauf des Abends beobachtete Melanie, wie Ionas Stimmung von mürrisch-gelangweilt in hektisch umschlug. Dorian war anscheinend daran gewöhnt oder zu gut erzogen, es zur Kenntnis zu nehmen.

Melanie musste sich eingestehen, dass sich Nick genauso vorbildlich verhielt.

Alex warf Iona einen scharfen Blick zu, als sie sich den dritten Brandy einschenkte. Ionas Antwort bestand in einem dramatischen Kopfschütteln, ehe sie den Inhalt des Glases herunterstürzte und Alex den Rücken zukehrte.

Als Nick aufstand und sich verabschiedete, bestand Iona darauf, ihn zu seinem Wagen zu begleiten. Sie warf einen triumphierenden Blick über die Schulter zurück und verließ dann Arm in Arm mit ihm den Salon.

Für wen war diese Szene eigentlich gedacht? fragte sich Melanie. Nun, das musste nicht unbedingt jetzt geklärt werden. Melanie widmete sich wieder Dorian. Zum Nachdenken hatte sie später in ihrem Zimmer noch Zeit genug.

Melanie träumte. Nach dem vielen Wein war sie sofort eingeschlafen. Obwohl sie die Balkontür abgeschlossen hatte, wehte der Nachtwind ins Zimmer. Sie seufzte im Schlaf und spürte den kühlen Hauch wie eine Liebkosung auf der Haut. Ein sanftes Streicheln, leicht wie Schmetterlingsflügel, über ihrem Mund ... Eine Traumgestalt, deren Kuss jetzt deutlich zu spüren war ... Melanie öffnete die Lippen.

Der Traum erregte sie. Der Kuss war so süß und berauschend wie der Wein, der ihren schlafenden Verstand umnebelte. Melanie seufzte und schlang die Arme um das Phantom ...

Der Pirat flüsterte ihren Namen. Ein harter Mund presste sich auf ihre Lippen, starke Arme umfingen sie, ein muskulöser Körper presste sich gegen ihren. Das verschwommene Bild nahm Gestalt an. Dunkles Haar, dunkle Augen und ein wilder, leidenschaftlicher Mund ...

Wärme durchflutete Melanie und wurde zu heißem Feuer. Sie stöhnte und gab sich der Leidenschaft hin. Die liebkosenden Hände auf ihrem Körper reagierten sofort. Melanies Lippen forderten mehr. Dann hörte sie geflüsterte Liebesworte, und der Vorhang zwischen Traum und Wirklichkeit hob sich.

„Die Göttin erwacht. Wie schade."

Melanies Blick fiel auf Nicks mondbeschienenes Gesicht. Ihr Körper brannte vor Verlangen, und kein Phantom, sondern dieser Mann hatte dieses Feuer in ihr entfacht. Sie konnte seinen Kuss noch auf ihren Lippen und seine Hände noch auf ihrer Haut fühlen.

„Nick!" stieß sie hervor. „Lass mich sofort los, oder ich schreie das ganze Haus zusammen!"

„Eben noch warst du aber ganz einverstanden damit. Du warst sogar sehr entgegenkommend", sagte Nick leise und strich mit einer Fingerspitze um ihr Ohr. An ihrem Hals konnte er ihren rasenden Herzschlag fühlen. Sein eigenes Herz schlug ebenso schnell.

„Süße Melanie ..." Nick biss sanft in Melanies Oberlippe und fühlte, wie sie zitterte. Es wäre so leicht, sie jetzt zu verführen, und so riskant. „Warum zögerst du das Unausweichliche hinaus?"

Melanie rang um Fassung. Wenn dieser Mann bisher nur gelogen haben sollte, seine letzte Bemerkung war nur allzu wahr. „Ich will kein Wort mehr hören. Lass mich in Ruhe, Nick. Wenn du nicht sofort gehst, passiert etwas!"

Nick machte ein Gesicht, als fände er diese Möglichkeit höchst unterhaltsam. „Es wäre interessant, diese Situation Alex und Liz zu erklären. Ich könnte behaupten, von deiner Schönheit überwältigt gewesen zu sein. Das hört sich doch sehr glaubhaft an. Aber du wirst nicht schreien. Wenn du das wolltest, hättest du es längst getan."

Melanie setzte sich auf und warf ihr Haar zurück. Musste er immer Recht haben? „Was willst du hier?" fuhr sie ihn zornig an. „Wie bist du überhaupt hereingekommen? Ich hatte die Balkontür verriegelt, bevor ich ..." Sie unterbrach sich, als sie die weit offen stehende Tür sah.

„Eine verriegelte Tür ist für mich kein Hindernis." Nick lachte leise und strich mit einer Fingerspitze über ihre Nase. „Du kennst mich anscheinend immer noch nicht, Kleines. Aber ich kann dich beruhigen. Ich bin nur gekommen, um dich an unsere Verabredung morgen zu erinnern. Es gibt nämlich ein oder zwei Dinge, über die ich mit dir sprechen muss."

„Allerdings!" fauchte Melanie. „Zum Beispiel, was du in dieser Nacht am Strand zu suchen hattest! Und wer ..."

„Später, Aphrodite. Im Augenblick bin ich etwas abgelenkt. Dein Parfüm ist sehr ...", er schaute ihr in die Augen, „... sehr verführerisch, weißt du das?"

„Mein Parfüm steht nicht zur Debatte." Wenn Nick in diesem Ton sprach, traute Melanie ihm nicht. „Was sollte die lächerliche Komödie beim Dinner heute Abend?" fragte sie geradeheraus.

„Komödie?" Nick machte große Augen. „Wie kommst du darauf, Kleines? Ich habe mich ganz natürlich gegeben."

„Dass ich nicht lache! Du hast heute Abend den perfekten Gast gemimt", fuhr sie fort und schlug dabei seine Hand zur Seite, die mit dem dünnen Träger ihres Nachthemds spielte. „Liebenswürdig und sehr charmant ..."

„Vielen Dank."

„... und heuchlerisch", vollendete Melanie ihren Satz.

„Nicht heuchlerisch", berichtigte Nick. „Nur den Umständen angepasst."

„Oh natürlich! Es hätte ja auch merkwürdig ausgesehen, wenn du plötzlich ein Schnappmesser aus der Tasche gezogen hättest, hab ich nicht Recht?"

Nick presste eine Sekunde lang die Lippen zusammen. Melanie würde ihn immer wieder daran erinnern, und ihm würde es nicht leicht fallen zu vergessen, wie sie aus Todesangst unter ihm bewusstlos geworden war.

„Nur wenige Leute haben mich anders gesehen als heute Abend", sagte er leise und betrachtete Melanies Haar. „Unglücklicherweise gehörst du zu ihnen."

„Ich will dich überhaupt nicht mehr sehen, weder so noch anders."

Nick lächelte leicht. „Irrtum, Kleines! Ich werde dich morgen Mittag um eins abholen." Sein Blick glitt über Melanies Körper. „Vielleicht kommst du bei Tageslicht und nicht ganz so spärlich bekleidet besser mit mir aus."

„Ich lege keinen Wert darauf!" fauchte Melanie empört. „Ich will nichts mehr mit dir zu tun haben, hörst du?"

„Oh, das glaube ich nicht", meinte Nick zuversichtlich. „Es dürfte schwierig sein, Liz den Sinneswandel zu erklären, nachdem du Interesse an meinem Haus geäußert hast. Was hat dich eigentlich daran so ungeheuer beeindruckt?"

„Die irrsinnige Bauweise."

Nick nahm lachend Melanies Hand. „Schon wieder ein Kompliment. Aphrodite, ich bete dich an. Komm, gib mir einen Gutenachtkuss."

Melanie rückte ein Stück von ihm ab. „Ich denke nicht daran!"

„Oh doch." Im nächsten Moment riss Nick Melanie an sich. Als sie ihn zurückzustoßen versuchte, lachte er nur. „Nixe ...", flüsterte er. „Welcher Sterbliche könnte dir widerstehen." Fest presste er seinen Mund auf ihre Lippen, bis sie aufhörte, sich zu wehren.

Nicks Kuss wurde zärtlicher, verlor aber keineswegs seine Macht über Melanie. Dann regierte nur noch die Leidenschaft. Melanie ergab sich ihr und dem Mann, der sie entzündet hatte.

Nick spürte diesen Wechsel. Jedes Mal, wenn er sie in die Arme nahm, war es um ihn geschehen. Er musste sie haben, sie ganz zu besitzen. Später ... Nicht, solange so viel auf dem Spiel stand. Es war zu riskant, und er hatte bereits zu viel riskiert.

Wenn sie ihm in jener Nacht am Strand nicht begegnet wäre, ihn nicht dort gesehen hätte, würden dann die Dinge jetzt anders liegen? Wenn sie sich heute Abend zum ersten Mal gesehen hätten, wäre sein Verlangen nach ihr dann ebenso unbezähmbar?

Melanie grub die Hände in Nicks Haar. Seine Lippen

glitten zu ihrem Hals hinunter. Dieser Duft nach wildem Jasmin machte ihn verrückt, war gefährlich. Gefahr war Teil seines Lebens, er kannte keine Furcht. Aber diese Frau und die Empfindungen, die sie in ihm weckte, waren Risiken, die er nicht kalkulieren konnte.

Er wollte sie haben, ihren wundervollen Körper, ihre zarte Haut fühlen, aber er wagte es nicht. Ein Mann wie er durfte keiner Schwäche nachgeben, schon gar nicht jetzt, so kurz vor dem Ziel. Das Risiko war zu groß und der Einsatz zu hoch.

Melanie flüsterte Nicks Namen und schob die Hände unter sein Sweatshirt. Verlangen durchfuhr ihn wie ein Feuerstrahl. Er bot seine ganze Willensstärke auf, um nicht die Beherrschung zu verlieren. Langsam hob er den Kopf. Irgendetwas drückte sich in seine Handfläche. Er sah, dass er Melanies Medaillon umkrampft hielt, ohne es gemerkt zu haben.

„Gute Nacht, Aphrodite", sagte er, als er endlich wieder sprechen konnte. „Bis morgen."

„Aber ..."

Nick beugte sich zu ihr hinab. „Bis morgen", wiederholte er lächelnd und küsste sie aufs Haar.

Melanie sah ihn zum Balkon gehen, über das Gitter steigen und dann verschwinden. Regungslos lag sie da, starrte auf die offene Tür und fragte sich, worauf sie sich da eingelassen hatte.

4. KAPITEL

Das Haus war kühl und ruhig in diesen frühen Vormittagsstunden. Liz verordnete Melanie einen erholsamen Strandaufenthalt, und Melanie gehorchte gern. Erstens wollte sie Iona aus dem Weg gehen, und zweitens redete Liz von nichts anderem als dem gestrigen Abend. Sicher würde man von ihr ein paar geistreiche Bemerkungen über Nick erwarten, aber danach war Melanie nicht zu Mute.

Dorian und Alex hatten sich zu einer Besprechung zurückgezogen, und so konnte sich Melanie allein auf den Weg machen. Allein konnte sie am besten nachdenken. Und in den letzten Tagen hatte sich einiges angesammelt, worüber sie nachdenken musste.

Was hatte Nicholas Gregoras in jener Nacht am Strand gemacht? Er hatte einen deutlichen Tanggeruch an sich, also war er vermutlich draußen auf See gewesen. Melanie hatte das Geräusch eines Motors gehört und angenommen, es handle sich um ein Fischerboot, aber Nick war kein Fischer. Wen hatte er dort am dunklen Strand erwartet, wen hatte er mit dem Messer mundtot machen wollen?

Jetzt, da Nick für Melanie kein Fremder mehr war, beunruhigte sie dieser Gedanke seltsamerweise noch mehr als neulich nachts. Ärgerlich über sich selbst, stieß sie einen Stein aus dem Weg und lief den Steilpfad zum Strand hinunter.

Und wen hatte er bei sich gehabt? grübelte sie weiter. Jemand, der seinen Befehlen gefolgt war, ohne Fragen zu stellen. Wessen Schritte hatte sie auf dem Steilpfand des Kliffs gehört, als Nick sie in dem Dickicht festhielt? War das Alex gewesen? Oder der Mann, der Nicks Cottage gemietet hatte? Aber warum sollte Nick einen der beiden – oder überhaupt jemanden – umbringen wollen, um nicht gesehen zu werden?

Eine Frage nach der anderen, dachte Melanie, während sie

barfuß über den warmen Sandstrand ging. Zweifellos war der Mann, dessen Schritte sie gehört hatte, auf dem Weg zu einer der beiden Villen oder dem Cottage gewesen, sonst wäre er kaum in der kleinen Bucht unterhalb des Kliffs an Land gegangen. Und warum wollte Nick nun um jeden Preis vermeiden, entdeckt zu werden? Melanie wanderte ziellos am Strand umher.

Schmuggel. Das lag auf der Hand. Bisher hatte Melanie diesen Gedanken weit von sich geschoben. Sie wollte sich nicht vorstellen müssen, dass Nick in ein so schmutziges Geschäft verwickelt sein könnte.

Trotz ihrer Wut auf ihn hatten sich in ihr Empfindungen für diesen Mann entwickelt, die sie nicht in Worte fassen konnte. Nick war stark, ein Typ, auf den man sich verlassen konnte, wenn man Hilfe brauchte. Melanie wollte ihm so gern vertrauen. Unlogisch, gewiss, aber so war es nun einmal.

War Nick ein Schmuggler? Hatte er sich von ihr, Melanie, bedroht gefühlt? Wer war in jener Nacht in der Bucht an Land gegangen – eine Zollstreife oder ein anderer Schmuggler? Ein Rivale vielleicht?

Wenn Nick Melanie wirklich für eine Tatzeugin gehalten hatte, warum hatte er sie dann nicht erstochen? Wenn er ein kaltblütiger Killer war ...

Nein. Melanie schüttelte den Kopf. Vielleicht war Nick fähig, notfalls einen Menschen umzubringen, aber niemals kaltblütig. Und diese Überlegung führte zu weiteren Ungereimtheiten.

Heute Nachmittag wird er mir Rede und Antwort stehen, schwor sie sich. Schließlich war sie durch ihn in diese üble Angelegenheit hineingezogen worden. Melanie setzte sich in den weißen Sand und schlang die Arme um die hochgezogenen Knie. Wenn sie daran dachte, was aus ihrem Urlaub geworden war ...

„Männer!“ schnaubte Melanie verächtlich.

„Ich weigere mich, das persönlich zu nehmen."

Melanie fuhr herum und schaute in ein freundlich lächelndes Gesicht.

„Hallo. Sie scheinen nicht viel von Männern zu halten, wie?" Der junge Mann erhob sich von einem Felsvorsprung und kam auf Melanie zu. Er war groß und schlank, dunkelblonde, leicht zerzauste Locken umrahmten sein gebräuntes Gesicht. „Aber ich wage mich trotzdem heran. Ich heiße Andrew. Andrew Stevenson." Er ließ sich neben Melanie im Sand nieder.

„Oh." Melanie hatte sich inzwischen erholt und gab sein freundliches Lächeln zurück. „Sie sind Schriftsteller oder Maler. Liz wusste es nicht genau."

„Schriftsteller." Er schnitt eine Grimasse. „Jedenfalls bilde ich mir das ein."

Melanies Blick fiel auf einen Schreibblock in seiner Hand. „Ich habe Sie bei der Arbeit gestört. Tut mir Leid."

„Im Gegenteil, Sie haben mich inspiriert. Ihr Gesicht, Ihr Haar ... Es leuchtet wie eine Flamme in der Sonne." Andrew betrachtete sie eine Weile. „Haben Sie einen Namen, oder sind Sie eine Undine, einer von diesen männerbetörenden weiblichen Elementargeistern des Wassers?"

„Ich heiße Melanie." Das blumige Kompliment brachte sie zum Lachen. „Melanie James. Sind Sie ein guter Autor?"

„Ich hoffe es zumindest." Andrew sah Melanie offen an. „Bescheidenheit ist nicht meine Stärke. Eben erwähnten Sie Liz. Meinen Sie Mrs. Theocharis? Wohnen Sie bei ihr?"

„Ja, für ein paar Wochen." Ein neuer Gedanke schoss Melanie durch den Kopf. „Sie wohnen in Nicks Cottage, stimmts?"

„Richtig. Ich verbringe einen längeren Urlaub dort." Andrew legte seinen Block ab und zeichnete Muster in den Sand. Anscheinend konnte er die Hände nicht still halten. „Nick ist mein Cousin." Als er Melanies Verwunderung bemerkte, fügte er hinzu: „Ich gehöre nicht zum griechischen Zweig der Familie. Unsere Mütter sind verwandt."

„Also ist Nicks Mutter Amerikanerin?" Das erklärte Nicks flüssiges Englisch.

„Geldadel aus San Francisco", erklärte Andrew leichthin. „Nachdem Nicks Vater gestorben war, heiratete sie wieder. Jetzt lebt sie in Frankreich."

„Und Sie besuchen Ihren Cousin."

„Nick hat mir das Cottage angeboten, als er hörte, dass ich an einem neuen Roman arbeite."

Andrews Augen waren blau, etwas dunkler als Melanies. In seinem offenen Blick konnte sie nichts erkennen, das sie an Nick erinnerte.

„Ich wollte sowieso ein paar Monate hier verbringen", fuhr Andrew fort. „So traf es sich sehr gut. Lesbos, Sapphos Insel. Die alten Sagen haben mich von jeher fasziniert."

„Sappho", wiederholte Melanie und wandte ihre Gedanken von Nick ab. „Oh ja, die Dichterin."

„Die zehnte Muse. Sie lebte hier, in Mitilini." Verträumt blickte Andrew über den Strand zu dem grauen Haus auf dem Kliff hinüber. „Wer weiß, vielleicht hat sie sich von dort oben herabgestürzt, verschmäht und verlassen von Phaon ..."

„Eine seltsame Vorstellung." Melanie blickte zu dem schroffen Felsenkliff hinüber. „Ob ihr Geist ruhelos in dem Haus umherirrt in mondlosen Nächten?" Ein Schauer überlief Melanie. „Diese düsteren Mauern wirken seltsam gespenstisch."

„Waren Sie schon in dem Haus?" fragte Andrew leise, den Blick unverwandt auf die graue Villa gerichtet. „Es ist fantastisch. Man kann es nicht beschreiben, man muss es sehen."

„Nein." Melanie täuschte ein Lächeln vor. „Aber Nick hat sich erboten, es mir heute Nachmittag zu zeigen."

„Er hat Sie eingeladen?" Andrew schien seinen Ohren nicht

zu trauen. „Dann müssen Sie Nick sehr beeindruckt haben." Er nickte. „Kein Wunder. Er hat einen Blick für Schönheit."

Melanie lächelte vage. Andrew konnte ja nicht wissen, dass weder Schönheit noch Charme diese Einladung bewirkt hatten. „Arbeiten Sie oft hier am Strand? Ich bin sehr gern hier." Melanie zögerte und sprach dann entschlossen weiter. „Neulich nachts habe ich hier sogar bei Mondschein gebadet."

Dies schockierte oder erschreckte Andrew offensichtlich in keiner Weise. Er lächelte schief. „Schade, dass ich das verpasst habe. Ich treibe mich überall auf der Insel herum, am Strand, oben auf dem Kliff, in den Olivenhainen – ganz nach Lust und Laune."

„Demnächst werde ich auch auf Entdeckungsreise gehen." Melanie dachte an lange Nachmittage, die sie in einer kleinen abgeschiedenen Bucht verträumen wollte.

„Ich würde Sie gern herumführen." Andrews Blick glitt über Melanies Haar. „Inzwischen kenne ich diesen Teil der Insel wie ein Einheimischer. Wenn Sie mich brauchen, finden Sie mich hier am Strand oder im Cottage. Es ist ganz in der Nähe."

„Das nehme ich gern an." Melanies Augen funkelten amüsiert. „Sie haben nicht zufällig eine Ziege?"

„Eine Ziege?"

Melanie musste über Andrews Gesichtsausdruck lachen. Sie tätschelte leicht seine Hand. „Schon gut, Andrew, vergessen Sie es", sagte sie rasch. „So, und jetzt muss ich mich schleunigst umziehen."

Andrew stand mit Melanie zusammen auf und ergriff ihre Hand. „Ich werde Sie wieder sehen." Das war eine Feststellung und keine Frage.

„Bestimmt. Die Insel ist nicht allzu groß."

Andrew lächelte. „Vielleicht ist das nicht der einzige Grund." Er sah Melanie nach, als sie fortging. Dann setzte er sich wieder auf den Felsvorsprung der steilen Klippen und schaute aufs Meer hinaus.

Nicholas Gregoras erschien pünktlich um ein Uhr. Fünf Minuten später scheuchte Liz Melanie aus dem Haus.

„Viel Spaß, Darling, und lass dir ruhig Zeit! Melanie wird begeistert sein von Ihrem Haus, Nick. Die vielen verwinkelten Korridore und Treppen und die herrliche Aussicht auf das Meer ... Du hast doch keine Höhenangst, Melanie?"

„Unsinn! Ich bin durch nichts zu erschüttern."

„Also dann, viel Vergnügen." Liz drängte die beiden wie zwei trödelnde Schulkinder zur Tür hinaus.

„Ich warne dich, Nick", begann Melanie, als sie in Nicks Wagen stieg. „Liz ist wild entschlossen, mich an den Mann zu bringen, und du stehst an oberster Stelle auf ihrer Liste. Ich glaube, sie verzweifelt schon jetzt bei dem Gedanken, ich könnte einmal die altjüngferliche Tante ihrer ungeborenen Kinder sein."

„Aphrodite." Nick setzte sich hinter das Lenkrad und nahm Melanies Hand. „Es gibt keinen Mann auf der ganzen Welt, der sich dich als altjüngferliche Tante vorstellen kann."

Melanie wollte sich nicht von seinem Charme einfangen lassen. Sie entzog ihm ihre Hand und schaute aus dem Fenster. „Ich habe heute Morgen deinen Cousin am Strand kennen gelernt", wechselte sie rasch das Thema.

„Andrew? Ein netter Junge. Wie findest du ihn?"

„Er ist kein netter Junge." Melanie drehte sich zu Nick um. „Eher ein sehr charmanter Mann."

„Kann sein. Aber ich sehe ihn immer als Jungen, obwohl er kaum fünf Jahre jünger ist als ich. Er ist nicht unbegabt, im Gegenteil. Hast du ihn bezaubert?"

„Inspiriert. Das behauptete er jedenfalls", antwortete Melanie etwas verärgert.

„Natürlich. Ein Romantiker inspiriert den anderen."

„Ich bin nicht romantisch." So eingehend hatte Melanie das Thema gar nicht diskutieren wollen. „Eher nüchtern."

„Melanie, du bist unheilbar romantisch." Anscheinend

amüsierte ihn ihr Ärger. Er lächelte zufrieden. „Eine Frau, die im Mondschein auf den Klippen ihr Haar kämmt, weiße Kleider liebt und wertlose Andenken in Ehren hält, ist durch und durch romantisch."

Diese Beschreibung brachte Melanie noch mehr auf. „Ich sammle auch Rabattmarken und achte auf meinen Cholesterinspiegel", erklärte sie kühl.

„Was du nicht sagst!"

Melanie hätte fast gekichert, konnte sich aber gerade noch beherrschen. „Und du, Nicholas Gregoras, bist ein Blender allerersten Grades."

„Stimmt. Ich bin eben auf jedem Gebiet erstklassig", versicherte er gespielt ernsthaft.

Melanie würdigte ihn keiner Antwort. Als jedoch das Haus in Sicht kam, war alles andere vergessen.

Die Villa wirkte wie eine uneinnehmbare Festung. Das Obergeschoss ragte über das Kliff hinaus auf das Meer wie ein gebieterisch ausgestreckter Arm. Ein von Efeu und wilden Rosen umranktes Märchenschloss, dachte Melanie, hundert Jahre nach dem Stich mit der Spindel.

„Wie schön es hier ist!" Melanie wandte sich zu Nick um, als er vor dem Eingang parkte. „Märchenhaft schön. Ich habe nie etwas Beeindruckenderes gesehen. Ein fantastisches Haus!"

„Dieses strahlende Lächeln sehe ich zum ersten Mal", sagte Nick ernst. Ein Schatten von Schwermut lag in seinen Augen. Ihm wurde plötzlich bewusst, wie sehr er sich nach diesem Lächeln gesehnt hatte. Und jetzt wusste er nicht, ob er sich darüber freuen sollte. Er stieg aus und half Melanie aus dem Wagen.

Sie schaute die Villa an und versuchte das ganze Bauwerk mit einem Blick zu erfassen. „Weißt du, wie es aussieht?" fragte sie mehr an sich selbst gerichtet. „Als hätte ein zorniger Gott einen Blitz in das Felsenkliff geschleudert und dieses Haus herausgesprengt."

„Eine interessante Theorie.“ Nick nahm ihre Hand und führte sie die Treppe hinauf. „Wenn du meinen Großvater gekannt hättest, wüsstest du, wie nahe sie der Wahrheit kommt.“

Melanie hatte sich darauf vorbereitet, Nick sofort bei der Ankunft zur Rede zu stellen. Als sie jedoch das Haus betrat, verschlug es ihr den Atem.

Die Halle war riesig, schwere dunkle Deckenbalken, rau verputztes weißes Mauerwerk, mit kostbaren Teppichen behängt. An einer Wand hingen lange gekreuzte Speere, Mordwaffen der Antike von Respekt einflößendem Alter. Eine breite geschwungene Treppe mit einem Geländer aus dunklem unpolierten Holz führte zu den oberen Stockwerken. Die Halle entsprach der äußeren Struktur des Hauses – solide, dauerhaft, für Jahrhunderte gebaut.

Melanie drehte sich im Kreis und seufzte. „Nicholas, das ist einfach fabelhaft. Sicher kommt gleich ein Zyklop die Treppe herunter. Tummeln sich Zentauren im Hof?“

„Ich führe dich herum, dann kannst du dich überzeugen.“ Sie machte es Nick schwer, sich an seinen Plan zu halten. Er durfte sich nicht von ihr bezaubern lassen. Das stand nicht im Drehbuch. Dennoch behielt er ihre Hand in seiner, während er sie durch das Haus führte.

Liz’ Vergleich mit Aladins Höhle traf zu. Alle Räume waren mit Kunstschätzen angefüllt – venezianisches Glas, afrikanische Masken, indianische Skulpturen, chinesische Vasen der Ming-Dynastie – Zeugnisse der unterschiedlichsten Kulturen. Auf ihrem Weg durch die verwinkelten Gänge und Zimmer erlebte Melanie eine Überraschung nach der anderen: elegantes Waterfordkristall, eine mittelalterliche Armbrust, kostbares französisches Porzellan neben einem Schrumpfkopf aus Ecuador.

Der Architekt muss verrückt gewesen sein, dachte Melanie und bestaunte die Türrahmen mit den geschnitzten Wolfsköpfen und Dämonen. Herrlich verrückt. Dieses Haus war ein Märchenschloss mit Erkern und endlosen dunklen Korridoren, in denen flüsternde geheimnisvolle Schatten beheimatet schienen.

Das große Bogenfenster im oberen Stock vermittelte Melanie den Eindruck, auf einer vorspringenden Felskante zu stehen. Gleichermaßen angstvoll und begeistert schaute sie über das steil abfallende Kliff zum Meer hinunter.

Nick beobachtete ihren staunenden, leicht benommenen Gesichtsausdruck. Am liebsten hätte er sie in die Arme genommen.

Melanie drehte sich zu ihm um. In ihren Augen spiegelten sich die unterschiedlichsten Empfindungen. „Andrew ist überzeugt, Sappho hätte sich von diesem Kliff ins Meer gestürzt. Langsam glaube ich auch daran."

„Andrew hat manchmal die fantastischsten Vorstellungen", meinte Nick spöttisch.

„Du aber auch. Schließlich lebst du hier."

„Du hast Augen wie geheimnisvolle leuchtende Seen ... Nixenaugen." Er hob ihr Kinn an. „Gefährliche Augen. Man versinkt in ihren Tiefen und ist verloren."

Melanie schaute Nick stumm an. In seinen Augen lag kein Spott, keine Arroganz, nur Sehnsucht und eine seltsame Trauer, die verführerischer war als wilde Leidenschaft.

„Ich bin nur eine Frau, Nicholas", erwiderte sie leise.

Langsam veränderte sich Nicks Gesichtsausdruck. Er packte sie leicht am Arm. „Komm, lass uns wieder hinuntergehen. Es wird Zeit für einen Drink."

Als sie den Salon betraten, fielen Melanie wieder ihre ursprünglichen Absichten ein. Ein paar sanfte Worte und sehnsüchtige dunkle Augen sollten sie nicht davon ablenken, dass sie von Nick einige Antworten haben wollte. Ehe sie allerdings mit der Befragung beginnen konnte, wurde von außen die Tür geöffnet.

Ein älterer grauhaariger Mann betrat lautlos den Raum. Ein geschwungener, an den Enden aufwärts gezwirbelter Schnurrbart zierte das von Wind und Wetter gegerbte Gesicht mit dem kantigen Kinn. Breit und vierschrötig wie ein Rammbock, blieb er einen Augenblick neben der Tür stehen. Dann fiel sein Blick auf Melanie. Er verbeugte sich höflich und entblößte lächelnd sein kräftiges, aber bereits lückenhaftes Gebiss.

„Stephanos – Miss James", stellte Nick vor. „Stephanos ist mein ... persönlicher Leibwächter."

Das Zahnlückenlächeln wurde breiter bei dieser Bezeichnung. „Stets zu Diensten, Ma'am."

Stephanos wandte sich an Nick. „Die bewusste Angelegenheit ist erledigt, Sir." Sein Ton war respektvoll, jedoch nicht unterwürfig. „Aus Athen sind Meldungen für Sie eingetroffen."

„Gut. Ich kümmere mich später darum."

„In Ordnung." Der kleine Mann verschwand.

Melanie schaute zu Nick hinüber, der sich gerade umwandte, um die Drinks zu mixen. „Was hattest du neulich Nacht am Strand zu tun?" fragte sie geradeheraus.

„Ich dachte, wir hätten uns auf bewaffneten Überfall geeinigt?" fragte Nick kühl.

„Das war nur ein Teil deiner Unternehmungen in dieser Nacht." Melanie sah Nick scharf an. „Worum ging es dir damals wirklich – um Schmuggel?"

Nick zögerte kaum merklich. Da er mit dem Rücken zu Melanie stand, konnte sie seinen jäh veränderten, wachsam gewordenen Gesichtsausdruck nicht sehen. Volltreffer, dachte er. Haarscharf ins Schwarze gezielt!

„Darf ich fragen, was dich zu dieser erstaunlichen Vermutung veranlasst?" Nick wandte sich zu Melanie um und reichte ihr ein Glas.

„Weich mir nicht aus. Ich habe dich gefragt, ob du ein Schmuggler bist."

Nick setzte sich Melanie gegenüber, betrachtete sie lange und überlegte sich dabei, wie er jetzt vorgehen sollte. „Zuerst sagst du mir, wie du darauf kommst."

„Du warst in dieser Nacht mit dem Boot draußen, das war mir sofort klar, als ich den Tanggeruch wahrnahm."

Nick schaute in sein Glas und nahm dann einen Schluck. „Es geht doch nichts über logische Schlussfolgerungen. Eine nächtliche Fahrt mit dem Boot bedeutet zwangsläufig Schmuggel, so einfach ist das."

Melanie biss bei dieser spöttischen Bemerkung die Zähne zusammen, aber dann sprach sie unbeirrt weiter. „Zum Fischen bist du jedenfalls nicht hinausgefahren, sonst hättest du mich kaum in diesem Dickicht mit einem doppelt geschliffenen Messer in Schach gehalten."

„Man könnte sagen, ein Fischzug war genau das, womit ich beschäftigt war", sagte er etwas geistesabwesend.

„Die türkische Küste ist von der Insel aus leicht zu erreichen. Alex erzählte mir, dass der Schmuggel ein echtes Problem darstellt."

„Alex?" Nicks Gesichtsausdruck änderte sich unmerklich. „Wie steht Alex zu diesem Problem?"

Melanie zögerte. Diese Frage passte nicht in ihren Plan. „Er nimmt es resigniert hin, so wie man das Wetter akzeptieren muss."

„Interessant." Nick lehnte sich zurück. „Hat sich Alex ausführlich zu den Aktionen der Schmuggelboote geäußert?"

„Selbstverständlich nicht!" antwortete Melanie empört. Was fiel ihm ein, den Spieß umzudrehen und sie einem Verhör zu unterziehen? „Mit Aktionen dieser Art dürfte Alex kaum vertraut sein. Im Gegensatz zu dir", schloss sie.

„Ich verstehe."

„Also?"

„Also was?" Nick schaute Melanie mit leicht erheitertem Lächeln an, das aber nicht bis in seine Augen reichte.

„Willst du es leugnen?“ Melanie wünschte, er täte es. Plötzlich wurde ihr bewusst, wie sehr sie wollte, dass er es bestritt.

Nick schaute sie einen Moment nachdenklich an. „Wozu? Du würdest mir nicht glauben, oder? Du hast dir schon eine feste Meinung gebildet.“ Er neigte den Kopf zur Seite, und jetzt lächelten auch seine Augen. „Was würdest du tun, wenn ich es zugäbe?“

„Ich würde dich anzeigen, was sonst?“ Melanie trank einen kräftigen Schluck aus ihrem Glas.

Nick brach in lautes Gelächter aus. „Oh Melanie, was für ein braves, allerliebstes Kind du bist!“ Er beugte sich zu ihr hinüber und ergriff ihre Hand. „Du kennst meine Reputation nicht“, fuhr er fort, ehe sie etwas sagen konnte. „Aber ich versichere dir, die Polizei wird dich für verrückt erklären.“

„Ich könnte beweisen ...“

„Was?“ Nick warf Melanie einen scharfen Blick zu. Langsam bekam die glatte Fassade Risse. „Du kannst nicht beweisen, was du nicht weißt.“

„Eins weiß ich gewiss: Du bist nicht, was zu sein du vorgibst.“ Melanie wollte ihm ihre Hand entziehen, aber Nick hielt sie fest.

Er war zwischen Verärgerung und Bewunderung hin und her gerissen. „Was ich bin oder nicht bin, hat mit dir nichts zu tun.“

„Niemand wünscht sich das mehr als ich.“

Nick betrachtete Melanie über den Rand seines Glases hinweg. „Deine Schlussfolgerung, ich könnte am Schmuggel beteiligt sein, würde dich also veranlassen, die Polizei einzuschalten. Das wäre sehr unklug.“

„Es wäre aber richtig.“ Melanie holte tief Luft und sprach die Frage aus, die ihr am schwersten auf der Seele lastete. „Das Messer ... Hättest du Ernst gemacht?“

„Bei dir?“ Nicks Augen waren so ausdruckslos wie seine Stimme.

„Egal bei wem!“

„Eine hypothetische Frage kann man nicht präzise beantworten."

„Nicholas, um Gottes willen ..."

Nick stellte sein Glas ab und legte die Fingerspitzen aneinander. Seine Stimme klang kalt und gefährlich. „Wäre ich das, wofür du mich hältst, dann ist es entweder unglaublich mutig oder unglaublich dumm von dir, diese Diskussion vom Zaun zu brechen."

„Ich fühle mich nicht bedroht." Melanie richtete sich in ihrem Sessel auf. „Alle wissen, wo ich bin."

„Ich könnte dich mit Leichtigkeit für immer zum Schweigen bringen, wenn ich wollte. Dafür bieten sich genügend Gelegenheiten." Nick sah Angst in Melanies Augen aufflackern, aber sofort hatte sie sich wieder in der Gewalt, wie er nicht ohne Bewunderung bemerkte.

„Ich werde schon auf mich aufpassen", versicherte sie.

„Ah ja?" Nicks Stimme schien schon wieder umzuschlagen. „Nun, wie dem auch sei, ich habe nicht die Absicht, Schönheit zu verschwenden, die mir sehr begehrenswert erscheint. Außerdem könnten deine Talente mir zu Nutze kommen."

Empört warf Melanie den Kopf in den Nacken. „Ich lasse mich nicht zu deinem Werkzeug machen! Rauschgiftschmuggel ist ein schmutziges Geschäft in meinen Augen." Sie richtete den Blick forschend auf Nicks Gesicht. „Nicholas, ich verlange eine klare Antwort. Darauf habe ich ein Recht. Es stimmt, ich kann nicht zur Polizei gehen, egal, was du getan hast. Selbst wenn ich die Wahrheit erfahre – du hast von mir nichts zu befürchten."

Bei ihrer letzten Bemerkung blitzte etwas in Nicks Augen auf, verschwand aber gleich wieder. „Die Wahrheit ist, ich habe mit Schmuggel zu tun. Mehr kann ich dazu nicht sagen. Mich würde alles interessieren, was du eventuell gesprächsweise darüber hörst."

Melanie stand auf und ging langsam im Salon hin und her.

Nicholas machte es ihr schwer, auf dem schmalen Pfad zwischen Gut und Böse nicht die Richtung zu verlieren. Wo Gefühle im Spiel waren, nahm dieser Pfad unvorhergesehene Wendungen.

Gefühle! Melanie rief sich zur Ordnung. Unsinn – keine Empfindungen. Keine Gefühle für diesen Mann!

„Wer war der andere Mann?“ fragte sie unvermittelt. Halte dich an deinen Plan, mahnte sie sich. Zuerst Fragen und Antworten. Überlegen kannst du später. „Du hast ihm Anweisungen erteilt.“

„Ich dachte, das hättest du vor lauter Angst nicht mitbekommen.“ Nick griff nach seinem Drink.

„Du hast mit jemandem gesprochen“, bohrte Melanie weiter. „Der Mann führte deine Anweisungen aus, ohne Fragen zu stellen. Wer war das?“

Nick überlegte kurz und entschied sich für die Wahrheit. Sie würde es über kurz oder lang ohnehin herausbekommen. „Stephanos.“

„Dieser kleine alte Mann?“ Melanie blieb vor Nick stehen und schaute ihn an. Stephanos entsprach nicht ihrer Vorstellung von einem gerissenen Rauschgiftschmuggler.

„Dieser kleine alte Mann kennt das Meer wie seine Hosentasche.“ Nick musste über Melanies ungläubiges Gesicht lächeln. „Außerdem kann ich mich auf seine Loyalität verlassen. Seit meinen Kindertagen ist er bei mir.“

„Wie ungeheuer praktisch für dich!“ Melanie trat ans Fenster. Sie bekam also ihre Antworten, nur fielen die nicht so aus, wie sie sich das gewünscht hatte. „Ein Haus auf einer günstig gelegenen Insel, ein treu ergebener Diener, ein Unternehmen, das den Vertrieb ermöglicht. Wer war der Mann, der in dieser Nacht vom Kliff zum Strand herunterkam, der dich nicht sehen sollte?“

Trotz ihrer Furcht hat sie entschieden zu gut aufgepasst, dachte Nick. „Das braucht dich nicht zu interessieren.“

Melanie drehte sich aufgebracht zu ihm herum. „Du hast mich in die Sache hineingezogen, Nicholas. Ich habe ein Recht darauf, volle Aufklärung zu bekommen."

Nick stand auf. „Ich warne dich, Melanie, treib es nicht auf die Spitze!" stieß er hervor. „Was dabei herauskommt, wird dir nicht gefallen. Ich habe dir gesagt, was du wissen wolltest, das muss dir im Augenblick genügen. Gib dich damit zufrieden."

Melanie erschrak und trat einen Schritt zurück, aber Nick packte sie zornig bei den Schultern.

„Verdammt, Melanie, was geht in dir vor? Dachtest du, ich wollte dir die Kehle durchschneiden oder dich von einem Kliff stoßen? Wofür hältst du mich eigentlich ... für einen Killer?"

Melanie schaute ihn eher zornig als eingeschüchtert an. „Ich weiß nicht, wofür ich dich halten soll, Nick."

Nick lockerte seinen Griff um Melanies Schultern. Er hätte nicht so fest zupacken dürfen, aber die Sache ging ihm unter die Haut – mehr, als ihm lieb war. „Ich erwarte nicht, dass du mir traust", erklärte er ruhig. „Aber bei vernünftigem Nachdenken wirst du einsehen, dass du nur zufällig in meine Angelegenheit hineingeraten bist. Ich wünschte, es wäre nie geschehen, Melanie, das kannst du mir glauben."

Melanie sah Nick in die Augen und glaubte es. „Du bist ein seltsamer Mensch, Nick. Irgendwie kann ich mir nicht vorstellen, dass du dich mit Rauschgiftschmuggel abgibst."

Nick lächelte und strich mit den Fingern durch Melanies Haar. „Glaubst du einer Eingebung oder deinem Verstand?"

„Nick ..."

„Nein. Keine weiteren Fragen, oder ich muss dich ... anderweitig beschäftigen. Ich bin sehr empfänglich für Schönheit, weißt du. Schönheit und Verstand, das ist eine Mischung, der man nur schwer widerstehen kann." Nick hob das Medaillon an Melanies Hals hoch, betrachtete es kurz und ließ es dann wieder an der Kette herunterhängen. „Was hältst du von Dorian und Iona?"

„Lass Dorian und Iona aus dem Spiel!“ Melanie wandte sich ab. Wie konnte sie sich zu diesem Mann hingezogen fühlen, der mit ihr spielte wie die Katze mit der Maus? Aber diesmal würde ihm das nicht gelingen. „Ich bin nach Lesbos gekommen, um mich von Belastungen und Problemen zu befreien“, sagte sie abweisend. „Nicht, um mir zusätzliche Probleme aufzuladen.“

„Was für Probleme?“

Melanie drehte sich wieder zu Nick um und blickte ihn wütend an. „Das ist meine Sache. Ich habe schließlich existiert, bevor ich an diesen verdammten Strand gegangen und dir über den Weg gelaufen bin.“

„Ja.“ Nick griff nach seinem Glas. „Das habe ich nie bezweifelt. Zu dumm, dass du in jener Nacht nicht in deinem Bett geblieben bist, Melanie.“ Er nahm einen tiefen Schluck und drehte dann sein Glas zwischen den Händen. „Aber wie die Dinge liegen, ist seither dein Schicksal mit meinem verknüpft, und wir können nichts daran ändern.“

Zu Nicks Überraschung legte Melanie ihm plötzlich die Hand auf den Arm. Es passte ihm nicht, wie sein Herz darauf reagierte. Gefühle konnte er sich jetzt nicht leisten.

„Wenn du davon überzeugt bist, weshalb gibst du mir dann keine klare Antwort?“

„Weil ich es nicht für angebracht halte.“ Nick hielt ihren Blick gefangen. Die Wünsche, die Melanie in seinen Augen las, waren die gleichen, die sie auch in sich selbst entdeckte. „Nimm mich doch so, wie ich bin, Melanie.“

Melanie ließ die Hand sinken und schleuderte mit einem Ruck ihr Haar zurück. „Ich denke nicht daran!“

„Nein?“ Er zog sie zu sich heran. „Bist du sicher, Melanie?“

Melanies Verstand setzte aus, als sich Nicks Lippen auf die ihren pressten. Verlangen lag in diesem Kuss. Der schmale Pfad zwischen Gut und Böse nahm in Nicks Armen eine neue, noch verwirrendere Wendung. Wer oder was dieser Mann auch immer sein mochte, Melanie wünschte sich, er möge sie nie mehr loslassen.

Sie schlang die Arme um seinen Nacken und schmiegte sich an ihn. Er küsste sie wieder heiß und fordernd. Melanie fühlte, wie plötzlich die Knie unter ihr nachgaben. Ihr Herz, das wild zu hämmern begann, schlug ihr bis in den Hals hinauf.

Alle Kraft schien sie zu verlassen. Sie fühlte, wie ihr Widerstand erlahmte, und begriff nicht, was über sie gekommen war. Es gab kein Entrinnen, es war wie ein Sturz in einen Bereich, wo Vernunft und Gewissen zum Schweigen gebracht, wo alle Angst tot ist.

Melanie vergaß alles und gab sich Nicks Umarmung hin. Sie sah und hörte nichts in diesem Augenblick. Nichts existierte mehr außer dieser Sekunde der Seligkeit und dem Mann, der sie in seinen Armen hielt.

„Melanie ..." Es klang wie ein Stöhnen. „Ich begehre dich – mein Gott, wie ich dich begehre! Bleib heute Nacht bei mir. Hier sind wir allein und ungestört."

Zum ersten Mal war Melanie einem Mann begegnet, der ihr Blut in Flammen setzte. Jede Faser ihres Körpers verlangte danach, ihm zu gehören. Oh Gott, dachte sie verzweifelt, ich darf nie mehr allein mit ihm zusammenkommen, sonst bin ich verloren!

Mit einer heftigen, fast wilden Bewegung hob sie den Kopf. „Nein, Nick. Es wäre nicht recht."

Nick schaute Melanie gleichermaßen erheitert und zuversichtlich an. „Angst?"

„Ja."

Melanies Aufrichtigkeit und der Ausdruck in ihren Augen nahmen Nick den Wind aus den Segeln. Enttäuscht wandte er sich ab und füllte sein Glas nach.

„Dabei kannst du einen zahmen Esel zur Verzweiflung treiben!" stieß er hervor. „Ich hätte nicht übel Lust, dich ins

Schlafzimmer zu schleppen und kurzen Prozess mit dir zu machen."

Wider Willen musste sie über ihn lachen.

Zornig fuhr er zu Melanie herum. „Was hattest du denn erwartet – leise Musik, Liebe bei Kerzenschein, Versprechungen, Lügen?" Nick leerte sein Glas und knallte es hart auf den Tisch. „Wäre dir das lieber? Ist es das, was du von mir willst?"

„Nein." Melanie hielt seinem durchdringenden Blick unverwandt stand. Unbewusst griff sie nach dem Medaillon an ihrem Hals. „Ich will überhaupt nichts von dir. Schon gar nicht deine Liebe."

„Hältst du mich für einen Idioten?" Nick trat einen Schritt auf sie zu, blieb dann aber stehen, ehe es zu spät war. „Du willst es ebenso sehr wie ich. Davon konnte ich mich vor wenigen Minuten überzeugen."

„Das hatte mit Liebe nichts zu tun", sagte Melanie ruhig. „Ich kann keinen Mann lieben, der ..."

„Der sich am Rauschgifthandel beteiligt", fiel Nick ihr ins Wort. „Das wolltest du doch sagen, oder?"

„Nein." Melanie nahm all ihren Mut zusammen. „Dem Liebe nicht mehr bedeutet als ein flüchtiges Abenteuer", sagte sie tonlos.

„Natürlich." Sicherheitshalber versenkte Nick die Hände in den Hosentaschen. „Na schön, dann wird mir nichts anderes übrig bleiben, als dich nach Haus zu bringen, bevor du entdeckst, was ich in Wahrheit unter Liebe verstehe ..."

Eine halbe Stunde später kehrte Nick in sein Haus zurück. Seine Stimmung war auf dem Tiefpunkt angelangt. Er ging geradewegs in den Salon, machte sich einen Drink und warf sich in einen Sessel.

Zum Teufel mit ihr! Er konnte weder die erforderliche Zeit noch die erforderliche Geduld für sie aufbringen. Das Verlangen nach ihr brannte heiß wie Feuer in ihm. Eine physische Reaktion, redete er sich ein. Er brauchte eine Frau, irgendeine. Es ging um Sex, weiter nichts.

„Ah, da bist du wieder." Stephanos trat ein. Er bemerkte Nicks miserable Laune und akzeptierte sie schweigend. Das war nichts Neues für ihn. „Die Kleine ist schöner, als ich in Erinnerung hatte." Dass Nick nicht antwortete, focht ihn nicht an. Er ging zum Barschrank und schenkte einen Drink ein. „Was hast du ihr gesagt?"

„Nur das Nötigste. Sie ist intelligent, wachsam und erstaunlich mutig." Nick starrte stirnrunzelnd in sein Glas. „Sie hat mich kalt lächelnd des Rauschgifthandels bezichtigt." Als Stephanos auflachte, warf Nick ihm einen scharfen Blick zu. „Was gibt es da zu lachen? Ich finde das gar nicht komisch."

Stephanos zuckte mit den Schultern. „Die Lady hat scharfe Augen, das muss man ihr lassen! Hast du mit ihr über Alex gesprochen?"

„Nicht ausführlich."

„Ist sie loyal?"

„Alex gegenüber?" Nick runzelte die Stirn. „Mit Sicherheit! Einem Freund würde sie nie in den Rücken fallen." Er setzte das Glas ab, das er am liebsten gegen die Wand geschmettert hätte. „Es wird schwierig sein, Informationen über Alex aus ihr herauszubekommen."

„Du wirst es trotzdem schaffen. Wetten?"

„Verdammt!" knirschte Nick. „Wäre sie mir doch nicht über den Weg gelaufen in dieser Nacht!"

Stephanos leerte sein Glas und lachte leise in sich hinein. „Sie geht dir nicht aus dem Kopf, und das passt dir nicht." Nicks strafenden Blick beantwortete er mit einem lauten Lachen. Dann seufzte er. „Falls du es vergessen hast, Athen erwartet deinen Anruf, Nick."

„Athen kann warten. Der Teufel soll sie holen – alle miteinander!" Wütend schenkte er sich das Glas noch einmal voll.

5. KAPITEL

Als Melanie in die Villa Theocharis zurückkehrte, war ihre Laune nicht besser als Nicks. Irgendwann auf der Rückfahrt war ihr klar geworden, dass es weder Zorn noch Furcht war, was sie spürte. Innerhalb weniger Tage hatte Nick geschafft, was Jack in all den langen Monaten ihrer Beziehung nicht fertig gebracht hatte: Er hatte ihr wehgetan.

Das hatte nichts mit den langsam verblassenden blauen Flecken auf ihren Armen zu tun. Dieser Schmerz ging tiefer, und der Grund dafür lag in dem Leben, zu dem sich Nick offenbar entschlossen hatte.

Das hat mit dir nichts zu tun, hatte er gesagt. Er hat Recht, redete Melanie sich ein, als sie die Haustür hinter sich ins Schloss warf und die kühle weiße Eingangshalle betrat. Sie hatte nur noch den einen Wunsch, sich ungesehen in ihr Zimmer zu flüchten. Aber daraus wurde nichts.

„Melanie, kommst du zu uns auf die Terrasse?“ rief Dorian ihr zu.

Melanie setzte ein Lächeln auf und ging hinaus. Iona war bei Dorian und rekelte sich auf einer Liege. Sie trug einen pinkfarbenen Bikini und darüber ein gleichfarbiges Top aus hauchdünnem Georgette. Sie blickte kurz auf, begrüßte Melanie mit einer lässigen Handbewegung und schaute dann wieder über den Golf hinaus. Eine seltsame Spannung lag in der Luft.

„Alex telefoniert mit Übersee“, erklärte Dorian und zog einen Sessel für Melanie heran. „Und Liz musste zu einem längeren Palaver mit dem Koch in die Küche.“

„Ohne Dolmetscher?“ fragte Melanie. Ihr Lächeln war jetzt schon wesentlich echter. Nein, dachte sie, Nick wird mir nicht die Stimmung verderben, bis ich schließlich noch in derselben dumpfen Verfassung bin wie Alex’ Cousine.

„Lächerlich." Iona gab Dorian zu verstehen, er möge ihr eine Zigarette anzünden. „Liz sollte den Koch einfach hinauswerfen. Amerikaner fassen ihr Personal immer mit Samthandschuhen an."

„Wirklich?" Melanie ärgerte sich über die Kritik an ihrer Freundin und an ihren Landsleuten ganz allgemein. „Das ist mir neu."

Iona warf Melanie einen kurzen Blick zu. „Ich kann mir nicht vorstellen, dass du über Erfahrung mit Dienstboten verfügst."

Ehe Melanie darauf etwas erwidern konnte, wandte sich Dorian an sie. „Nun, Melanie, wie gefällt dir Nicks Haus?" Seine Augen baten Melanie eindringlich, Ionas schlechtes Benehmen zu ignorieren. Der Arme liebt sie, dachte Melanie.

„Ein märchenhaftes Haus! Es ist wie ein Museum, ohne dabei streng und steif zu wirken. Es muss Jahre gedauert haben, diese Dinge zu sammeln."

„Nick ist ein guter Geschäftsmann." Dorian schaute Melanie dankbar an. „Selbstverständlich benutzt er sein Wissen und seine Position dazu, die besten Stücke für sich selbst herauszusuchen."

„Da war eine kleine alte Spieluhr mit einem Glockenspiel. ‚Für Elise' ... Ich könnte es von morgens bis abends hören."

„Nick ist sehr großzügig – wenn man ihn zu nehmen versteht." Iona lächelte geradezu mörderisch.

Melanie drehte sich zu ihr um. „Ich fürchte, mir fehlt auch auf diesem Gebiet die Erfahrung", gab sie kühl zurück und wandte sich dann wieder Dorian zu. „Ich habe übrigens Nicks Cousin heute Morgen am Strand getroffen."

„Ach ja, der Schriftsteller aus Amerika."

„Er erzählte mir von seinen Wanderungen über die Insel. Das werde ich auch tun. Es ist so schön und so friedlich hier. Ich fiel aus allen Wolken, als Alex mir sagte, es gäbe hier Probleme mit Schmugglern."

Dorian lächelte amüsiert, Iona dagegen erstarrte. Melanie sah, wie langsam die Farbe aus ihrem Gesicht wich, sie wurde blass bis in die Lippen. Sie hat Angst, dachte Melanie betroffen. Aber warum und wovor?

„Ein gefährliches Geschäft", sagte Dorian. Da er Melanie anschaute, entging ihm Ionas Reaktion. „Aber nichts Ungewöhnliches. Fast schon Tradition hier."

„Eine merkwürdige Tradition", bemerkte Melanie.

„Das Netz der Polizei ist ziemlich engmaschig. Ich erinnere mich, dass letztes Jahr fünf Männer vor der türkischen Küste gestellt und erschossen wurden." Dorian zündete sich eine Zigarette an. „Das Rauschgiftdezernat konnte größere Mengen Stoff sicherstellen."

„Entsetzlich." Melanie warf Iona einen Blick zu. Sie schien einer Ohnmacht nahe.

„Es sind hauptsächlich Bauern und Fischer", fuhr Dorian fort. „Ihnen fehlt die Intelligenz, einen richtigen Schmuggelring aufzuziehen. Gerüchten zufolge soll ihr Anführer gerissen und rücksichtslos sein. Niemand kennt seinen Namen, er trägt stets eine Maske. Anscheinend wissen nicht einmal seine Leute, wer er ist. Vielleicht ist es sogar eine Frau." Dorian lächelte. „Das gibt der Sache natürlich einen romantischen Anstrich."

Iona stand auf und rannte ins Haus.

Dorian schaute ihr nach. „Mach dir nichts draus, Melanie", seufzte er. „Iona ist nun mal ein launisches Wesen."

„Sie schien sehr erregt zu sein."

„Das passiert bei ihr leicht", sagte Dorian leise. „Ihre Nerven ..."

„Du liebst Iona, stimmts?"

Dorian schaute Melanie kurz an, stand dann auf und trat an das Terrassengeländer.

„Es tut mir Leid, Dorian", bat Melanie sofort. „Ich hätte das nicht sagen sollen."

„Verzeih, Melanie, ich wollte nicht unhöflich sein." Er wandte sich langsam um. Die Sonne vergoldete sein gebräuntes Gesicht und ließ sein blondes Haar aufleuchten. Ein Adonis, dachte Melanie wieder und wünschte sich zum zweiten Mal seit ihrer Ankunft hier, sie könnte malen.

„Meine Gefühle Iona gegenüber sind ... widersprüchlich", fuhr Dorian fort. „Ich dachte, man würde sie mir nicht so deutlich anmerken."

„Es tut mir wirklich Leid", entschuldigte sich Melanie noch einmal.

„Sie ist verwöhnt und eigenwillig." Dorian schüttelte den Kopf und lachte unfroh. „Woran liegt es, dass ein Mensch sein Herz an einen anderen Menschen verliert?"

Bei dieser Frage schaute Melanie zu Boden. „Das wüsste ich selbst gern."

„Jetzt habe ich dich traurig gemacht." Dorian setzte sich wieder neben Melanie und nahm ihre Hände. „Du brauchst dir um mich keine Gedanken zu machen, Melanie. Die Probleme zwischen Iona und mir sind kein Grund zur Besorgnis. Ich bin hart im Nehmen und habe viel Geduld." Er lächelte zuversichtlich. „Und jetzt wollen wir über etwas anderes reden. Wo waren wir stehen geblieben – ah ja, dieser Typ mit der Maske."

„Ja, du sagtest, niemand kennt seinen Namen, nicht einmal die Männer, die für ihn arbeiten."

„So heißt es jedenfalls. Immer, wenn ich auf Lesbos bin, hoffe ich, über irgendeinen Hinweis zu stolpern, der Aufschluss über die Identität dieses Mannes gibt."

Melanie musste an Nick denken, und der Gedanke war ihr unbehaglich. „Wieso? Ich denke, du misst dem Rauschgiftschmuggel keine Bedeutung bei?"

„Warum sollte ich?" Dorian zuckte die Schultern. „Die Rauschgiftbande ist Sache der Polizei, nicht mein Bier. Mir geht es einzig und allein um die Jagd." Dorian blickte in die

Ferne, ein kaltes Glitzern in den Augen. „Die Jagd auf die ahnungslose Beute."

„Man sollte es nicht für möglich halten!" Liz stürmte auf die Terrasse und plumpste in einen Sessel. „Eine halbe Stunde mit einem wild gewordenen griechischen Koch! Womit habe ich das verdient? Ich brauche dringend eine Zigarette, Dorian."

Liz' Lächeln und ihre lauten Klagen über Haushaltsprobleme beendeten das plötzlich absurd erscheinende Thema Schmuggel. „Nun sag mir mal, Melanie, wie fandest du Nicks Haus?"

Rosa Lichtstreifen zogen sich über den Himmel und das Meer, als der neue Tag heraufdämmerte. Die Luft war warm und feucht. Ein schöner Neubeginn nach einer ruhelosen Nacht.

Melanie lief den Strand entlang und beobachtete den Sonnenaufgang. So hatte sie sich ihre Ferien hier vorgestellt – eine einsame Bucht, zerklüftete Klippen, weißer, glitzernder Sand, am Strand liegen, Muscheln suchen und in den Tag hineinleben. Hatten ihr Vater und Liz ihr das nicht eingehämmert?

Melanie musste lachen bei diesem Gedanken. Ihr Vater und Liz hatten die Rechnung ohne Nicholas Gregoras gemacht.

Dieser Mann war ein Rätsel, das sie nicht lösen konnte, ein Puzzle, das sich nicht zusammenfügen ließ. Halb fertige Puzzlespiele hatte sie aber noch nie leiden können.

Melanie wirbelte mit den Fußspitzen kleine Sandfontänen auf. Nick war ein Mann, den sie einfach nicht einordnen konnte. Dass sie es dennoch immer wieder versuchte, gefiel ihr selbst nicht.

Und dann Iona ... noch ein Rätsel. Alex' launische Cousine war mehr als nur eine Frau mit einem unangenehmen Charakter. Irgendetwas verbarg sich in ihrem Inneren. Alex kannte das Geheimnis, dessen war Melanie sicher. Und Dorian kannte es auch, wenn sie nicht alles täuschte. Aber was war es?

Iona hatte auf das Thema Schmuggel völlig anders als Alex und Dorian reagiert. Die beiden Männer standen ihm gleichgültig, wenn nicht gar amüsiert gegenüber. Iona dagegen war zu Tode erschrocken. Fürchtete sie sich vor irgendwelchen Entdeckungen? Aber das war doch absurd.

Melanie schüttelte den Kopf und verdrängte den Gedanken. Sie war nicht an den Strand gegangen, um zu grübeln, sie wollte Muscheln suchen. Sie krempelte ihre Jeans hoch und watete durch das seichte Wasser zu einer Sandbank zwischen den Klippen. Wohin sie blickte, glitzerten Muscheln, auf den Klippen, im Sand und im flachen Wasser. Manche waren zertreten oder durch die leichte Unterwasserströmung glatt geschliffen. Melanie bückte sich und steckte die schönsten Exemplare in ihre Jackentaschen.

Ihr Blick fiel auf den Rest einer schwarzen Zigarette im Sand. Alex kommt also auch hierher, dachte Melanie lächelnd. Sie konnte ihn und seine Frau vor sich sehen, wie sie Hand in Hand zwischen den Klippen umhergingen.

Melanie merkte nicht, wie die Zeit verging. Ich hätte einen Korb mitbringen sollen, dachte sie und stapelte die Muscheln zu einem kleinen Hügel auf, um sie später zu holen. Sie würde die Muscheln zu Hause in einer großen Glaskugel auf die Fensterbank stellen und sie an einsamen verregneten Wochenenden betrachten und von dem Sonnenaufgang in der einsamen Bucht träumen.

Der hohe, durchdringende Schrei einer Möwe durchbrach die Stille. Melanie blickte zu den Möwen auf. Sie umkreisten das Kliff, ihre Schwingen schimmerten silbrig in der Sonne. Darunter erstreckte sich der menschenleere Strand. Nichts störte den Frieden dieses Morgens.

Melanie hatte sich ein ganzes Stück vom Strand entfernt, als sie zu ihrer Freude in einer der Klippen eine Höhle entdeckte. Sie war nicht groß und von weitem nicht zu erkennen, aber das Innere war bestimmt sehenswert.

Melanie watete durch das Wasser, das ihr bis über die Knöchel reichte. Als sie sich nach einer Muschel im Sand bückte, fiel ihr Blick in das Innere der Höhle. Die Muschel entglitt ihrer Hand. Langsam richtete sie sich auf und erstarrte. Es überlief sie eiskalt.

Dieser weiß schimmernde Fleck im Wasser war kein Stein. Es war das Gesicht eines Toten, das sie anstarrte.

Der Entsetzensschrei blieb Melanie im Halse stecken. Sie sprang rückwärts und glitt dabei fast aus. Ihr Magen krampfte sich zusammen, in ihrem Kopf drehte sich alles. Sie durfte nicht ohnmächtig werden, nicht hier, nicht an diesem Ort. Von Panik ergriffen, drehte Melanie sich um und floh.

Sie stolperte, fiel hin, rappelte sich hoch und raste zu den Klippen jenseits der Sandbank hinüber. Atemlos, am ganzen Körper zitternd, erreichte sie den Strand und sank auf einem Felsvorsprung in sich zusammen.

Starke Hände packten sie. In blinder Panik schlug Melanie um sich. Plötzlich war sie von der irrsinnigen Vorstellung befallen, der Tote aus der Höhle hätte sie verfolgt.

„Verdammt, was ist in dich gefahren? Um Gottes willen, Melanie, komm zu dir!“

Jemand schüttelte Melanie, eine Stimme durchdrang die Betäubung des Schocks.

Wie durch einen Nebel sah sie ein Gesicht.

„Nick ...“ Wieder geriet sie an den Rand der Ohnmacht. Sie zitterte an allen Gliedern, aber sie wusste, sie war in Sicherheit. Er war da. „Nick ...“, flüsterte sie noch einmal tonlos.

Nick nahm sie in die Arme und drückte sie sanft an sich. Ihr Gesicht war leichenblass, die Augen leer und starr. Sie würde gleich bewusstlos oder hysterisch werden. Beides durfte er nicht zulassen.

„Was ist passiert?“ fragte er in einem Ton, der unbedingt eine Antwort verlangte.

Melanie öffnete den Mund, brachte aber keinen Ton über

die Lippen. Sie schüttelte den Kopf und barg das Gesicht an Nicks Brust. Ihr Atem klang wie ein ersticktes Schluchzen, das das Sprechen unmöglich machte. Ich bin in Sicherheit, sagte sie sich immer wieder. Kein Grund zur Panik. Nick ist bei mir.

„Nimm dich zusammen, Melanie!" herrschte Nick sie an. „Was ist passiert – antworte!"

„Ich ... oh mein Gott!"

Melanie klammerte sich an Nick, aber er machte sich los, packte sie an den Schultern und schüttelte sie wild.

„Ich sagte, du sollst reden." Seine Stimme klang kalt und gefühllos. Er kannte kein besseres Mittel, um der immer noch drohenden Hysterie entgegenzuwirken.

Melanie hob benommen den Kopf, versuchte noch einmal zu sprechen, fuhr aber im nächsten Moment wieder zusammen und klammerte sich an Nick. Sie hatte Schritte gehört.

„Hallo! Störe ich?" fragte Andrew hinter ihrem Rücken. Melanie drehte sich nicht um. Das Zittern wollte nicht aufhören.

Warum war Nick böse mit ihr? Warum half er ihr nicht? Die Fragen drehten sich in ihrem Kopf. Sie brauchte doch so dringend seine Hilfe.

„Stimmt etwas nicht?" fragte Andrew ebenso besorgt wie neugierig, als er Nicks finsteres Gesicht und Melanies bebende Schultern sah.

„Das nehme ich an", erwiderte Nick knapp. „Melanie rannte über den Strand, als wäre der Teufel hinter ihr her, aber ich habe noch nichts aus ihr herausbekommen."

Nick versuchte sich von Melanie zu lösen, aber sie klammerte sich weiter an ihn. In seinem Gesicht sah sie nichts außer kaltem Interesse. „Also Melanie", sagte er drohend, „was ist los?"

„Da drüben ..." Jetzt schlugen ihre Zähne aufeinander. Verzweifelt biss sie sie zusammen und schaute Nick flehend an. Sein Gesicht blieb hart und abweisend. „In der Höhle ..." Ihre

Stimme erstarb, ihre Gedanken liefen wirr durcheinander. Sie lehnte sich wieder gegen Nick. „Nick ... bitte!“

„Ich sehe nach.“ Nick packte Melanies Arme und schob sie von sich fort. Wenn sie ihn doch nur nicht so anschauen würde. Er konnte ihr doch nicht geben, was sie von ihm erwartete.

„Geh nicht fort!“ Verzweifelt wollte sie nach ihm greifen und landete unsanft in Andrews Armen.

„Sieh zu, dass sie sich beruhigt.“ Mit einem leisen Fluch auf den Lippen wandte sich Nick zum Gehen.

„Nick!“ Melanie befreite sich aus Andrews Armen, aber Nick war schon auf dem Weg zu den Klippen. Er sah sich nicht ein einziges Mal um.

Andrew zog Melanie tröstend an sich. Er stieß sie nicht zurück wie Nick.

„Ruhig, ganz ruhig.“ Andrew streichelte Melanies Haar. „Ich hatte eigentlich gehofft, dich unter anderen Umständen umarmen zu können.“

„Ach, Andrew ...“ Seine freundliche, leise Stimme und sein sanftes Streicheln befreiten Melanie von dem Trauma des Schocks. Sie brach in Tränen aus. „Oh Andrew ... es war zu schrecklich!“

„Erzähl mir, was geschehen ist, Melanie. Sprich es aus, dann wird dir leichter.“ Er sprach ruhig und streichelte sanft ihr Haar.

„In dieser Höhle ... liegt eine Leiche.“

„Eine Leiche?“ Andrew schob Melanie ein wenig von sich ab und starrte sie ungläubig an. „Großer Gott! Bist du sicher?“

„Ja, ja, Andrew! Ich sah ... ich war ...“ Melanie bedeckte das Gesicht mit den Händen.

„Ruhig, ganz ruhig“, flüsterte Andrew.

„Ich habe auf der Sandbank hinter den Klippen Muscheln gesucht und sah plötzlich die Höhle. Ich wollte gerade hineingehen, und dann ...“ Ein Schauer überlief Melanie. „Und dann habe ich das Gesicht gesehen – unter Wasser.“

„Oh Melanie." Andrew schloss sie fest in die Arme. Er sagte nichts, aber sein Schweigen war alles, was Melanie jetzt brauchte. Er hielt sie noch umarmt, als ihre Tränen längst getrocknet waren.

Nick kam zum Strand zurück. Er sah, wie Melanie sich in Andrews Arme schmiegte. Andrew neigte den Kopf und küsste ihr Haar. Nicks Miene wurde noch düsterer. Eifersucht loderte in ihm auf wie eine Stichflamme und wurde im Keim erstickt.

„Andrew, bring Melanie zur Theocharis-Villa und ruf die Polizei an. Einer der Dorfbewohner hatte einen tödlichen Unfall."

Andrew nickte und hörte nicht auf, über Melanies Haar zu streicheln. „Ja, sie hat es mir erzählt. Scheußlich, dass ausgerechnet sie ihn finden musste." Andrew schluckte sein Unbehagen hinunter. „Kommst du mit?"

Nick wandte den Blick ab, als Melanie sich zu ihm umdrehte und zu ihm aufblickte. Diese traurigen Augen, das Entsetzen darin – er ertrug es nicht. Sie würde ihm wahrscheinlich seine abweisende Haltung nie verzeihen, aber er konnte nicht anders handeln.

„Nein", beantwortete er Andrews Frage. „Ich bleibe hier, damit nicht zufällig jemand auf die Leiche stößt. Melanie ..." Er berührte ihre Schulter. Melanie reagierte nicht. Ihre Augen waren starr und leer. „Dir wird es bald wieder besser gehen. Andrew bringt dich nach Hause." Wortlos wandte Melanie das Gesicht ab.

„Kümmere dich um sie", befahl Nick seinem Cousin scharf.

„Natürlich", erwiderte Andrew verwundert über diesen Ton. „Komm, Melanie. Ich helfe dir da hinauf."

Nick schaute ihnen nach, als sie den Strandpfad hochstiegen. Dann kehrte er zu der Höhle zurück, um die Leiche zu untersuchen.

Alex' bester Brandy hatte Melanies Panik etwas gedämpft. Sie saß im Salon, den Blick unverwandt auf Captain Tripolos gerichtet – den Chef des Police Department Mitilini.

Breit und mächtig hatte der Polizeichef sich vor Melanie aufgepflanzt, ein bulliger Mann mit sorgsam gescheiteltem grauen Haar und wachsamen dunklen Augen. Trotz ihrer Benommenheit erkannte Melanie, dass dieser Beamte sein Ziel mit der Zähigkeit einer Bulldogge verfolgen würde.

„Miss James." Tripolos sprach in schnellem, abgehacktem Englisch. „Ich hoffe, Sie verstehen, dass ich Ihnen einige Fragen stellen muss. Reine Routine."

„Hat das nicht Zeit?" Andrew hatte sich neben Melanie aufs Sofa gesetzt. Er legte einen Arm um ihre Schultern. „Miss James steht unter Schockeinwirkung."

„Lass nur, Andrew. Es geht schon." Melanie legte die Hand auf Andrews Arm. „Ich würde es gern hinter mich bringen." Ruhig sah sie Tripolos an, was dieser insgeheim bewunderte. „Ich sage Ihnen alles, was ich weiß."

„Efcharistó." Tripolos deutete ein Lächeln an. „Am besten erzählen Sie mir alles, was sich heute Morgen seit dem Aufstehen abgespielt hat."

Melanie berichtete so genau sie konnte. Sie sprach wie ein lebloser Automat. Ihre Hände lagen schlaff und bewegungslos in ihrem Schoß. Obwohl ihre Stimme schwankte, schaute sie Tripolos unverwandt in die Augen. Hart im Nehmen, dachte der Polizeichef, und er war froh, dass ihm Tränen und hysterische Ausbrüche erspart blieben.

„Da sah ich ihn im Wasser liegen." Melanie fühlte dankbar Andrews tröstendes Streicheln an ihrer Schulter. „Ich rannte weg."

Tripolos nickte. „Sie sind sehr früh aufgestanden. Ist das eine Gewohnheit?"

„Nein. Ich wachte auf und hatte den Einfall, am Strand spazieren zu gehen."

„Haben Sie jemanden gesehen?"

„Nein." Ein Schauer überlief Melanie, aber sie fing sich sofort wieder, was ihr einen weiteren Pluspunkt bei Tripolos eintrug. „Niemanden außer Nick und Andrew."

„Nick? Ah ja, Mr. Gregoras." Tripolos schaute zur anderen Seite des Salons hinüber, wo die anderen Platz genommen hatten. „Haben Sie den Mann früher schon einmal gesehen?"

„Nein." Unwillkürlich griff Melanie nach Andrews Hand, weil sie das starre weiße Gesicht wieder vor sich sah. „Ich bin erst seit wenigen Tagen hier und habe mich bisher nur in der Nähe der Villa aufgehalten."

„Sie sind Amerikanerin, Miss James?" fragte der Polizeichef.

„Ja."

Tripolos schüttelte bedauernd den Kopf. „Ein Jammer, dass Ihnen ein Mord die Ferien verderben musste."

„Mord?" wiederholte Melanie. Wie ein Echo hörte sie das Wort immer wieder. Sie starrte Tripolos an. „Aber ich dachte ... War es denn kein Unfall?"

„Nein." Tripolos schaute auf seinen Notizblock. „Nein. Der Mann wurde erstochen. Er war auf der Stelle tot", erklärte er mit dem nötigen Gewicht. „Seinen Mörder hat er nicht gesehen, er stach von hinten zu." Gelassen steckte Tripolos sein Notizbuch ein, gelassen hob er den Kopf.

„Ich hoffe, ich brauche Sie nicht mehr zu belästigen." Er erhob sich und beugte sich über Melanies Hand. „Haben Sie heute Morgen Muscheln gefunden, Miss James?"

„Ja, ich ... ja, eine ganze Menge." Melanie fühlte sich verpflichtet, in ihre Jackentasche zu greifen und ein paar davon vorzuzeigen. „Sind sie nicht wunderschön?"

„Hübsch ... Sehr hübsch!" Mit einem trügerisch sanften Lächeln begab sich Captain Tripolos auf die andere Seite des Salons. „Ich muss Sie leider bitten, sich zur Verfügung zu halten und das Haus nicht zu verlassen, bis das Verhör abgeschlossen ist", erklärte er höflich. „Zweifellos ist dieser Mord auf einen dörflichen Streit zurückzuführen, aber da die Leiche in unmittelbarer Nähe der beiden Villen gefunden wurde, muss ich jeden von Ihnen als Zeugen zur Sache vernehmen." Er ließ den Blick teilnahmslos über die Gesichter der Anwesenden schweifen und fügte hinzu: „Es könnten sich wichtige Hinweise aus der jeweiligen Aussage ergeben."

Zur Sache! dachte Melanie, einem hysterischen Anfall nahe. Ein Mensch wird ermordet. Man findet seine Leiche, und er wird zu einer Sache. Ich muss träumen.

„Ganz ruhig, Melanie", flüsterte Andrew ihr ins Ohr. „Komm, trink einen Schluck." Behutsam hielt er ihr das Glas an die Lippen.

„Wir stehen Ihnen selbstverständlich zur Verfügung, Captain." Alex stand auf. „Für keinen von uns war es angenehm, von einem Mord in unmittelbarer Nähe des Hauses zu erfahren, zumal ein Gast meines Hauses das Mordopfer finden musste."

„Natürlich. Ich verstehe." Tripolos nickte müde und rieb sich das kantige Kinn. „Ich werde Sie am besten der Reihe nach vernehmen. Würden Sie mir das Arbeitszimmer kurz zur Verfügung stellen?"

„Selbstverständlich. Ich zeige es Ihnen." Alex ging zur Tür. „Wenn Sie wollen, können Sie mich zuerst befragen."

„Vielen Dank." Nach einer für alle Anwesenden bestimmten knappen Verbeugung folgte Tripolos dem Hausherrn – gelassen, mit ausdruckslosem Gesicht.

Melanie sah ihm nach. Ein Mann, der in der Maschinerie des Strafvollzugs ein Segen für die Menschheit ist, der nicht an den Triumph des Bösen, sondern an den Sieg der irdischen Gerechtigkeit glaubt. Fröstelnd zog Melanie die Schultern hoch. Er sah aus wie ein Bluthund, der eine frische Spur witterte.

„Ich brauche einen Drink!“ Liz ging an die Bar. „Einen doppelten. Noch jemand?“

Nick schaute kurz zu Melanie hinüber und gab Liz durch eine Handbewegung zu verstehen, Melanie nachzuschenken.

„Dieses Verhör ist eine Zumutung!“ Iona trat ebenfalls an die Bar, weil es ihr zu lange dauerte, bis Liz sie bediente. „Einfach absurd! Alex hätte es verhindern müssen. Er hat genug Einfluss, uns die Polizei vom Hals zu halten.“ Sie schenkte Gin in ein hohes Glas und kippte die Hälfte davon hinunter.

„Wie käme Alex dazu?“ Liz reichte Nick einen Drink und schenkte Melanie Brandy nach. „Wir haben nichts zu verbergen, oder? Möchtest du auch einen Drink, Dorian?“

„Verbergen? Was hat das damit zu tun?“ gab Iona zurück und lief nervös im Salon hin und her. „Ich habe nichts zu verbergen, aber ich denke nicht daran, mich von diesem Typ verhören zu lassen, nur weil sie auf die Wahnsinnsidee verfällt, in irgendeiner Höhle eine Leiche aufzustöbern“, erklärte sie und zeigte auf Melanie.

„Einen Ouzo bitte, Liz“, sagte Dorian, ehe Liz Iona eine passende Erwiderung an den Kopf werfen konnte. Dann richtete er den Blick auf Iona. „Wir können Melanie nicht die Schuld anlasten, Iona. Man hätte uns in jedem Fall verhört. Melanie ist noch übler dran als wir. Immerhin fand sie die Leiche. Vielen Dank, Liz“, fügte er hinzu, als diese ihm mit einem grimmigen Lächeln das Glas reichte.

„Ich halte es hier im Haus nicht aus.“ Iona lief wie ein gereizter Panter im Salon umher. „Nicky, komm, lass uns mit deinem Boot hinausfahren.“ Sie blieb vor Nick stehen und setzte sich dann auf die Armlehne seines Sessels.

„Dazu fehlt mir leider die Zeit, Iona. Wenn ich hier nicht mehr gebraucht werde, muss ich zu Hause eine Menge Papierkram erledigen.“ Nick trank einen Schluck und tätschelte Ionas Hand. Er schaute kurz zu Melanie hinüber und fing einen vernichtenden Blick von ihr auf. Verdammt, dachte er wütend, ich habe schließlich einen Job zu erledigen. Wie kommt sie dazu, mich wie einen Verbrecher zu behandeln!

„Oh Nicky." Iona streichelte Nicks Arm. „Wenn ich hier bleibe, drehe ich durch. Bitte, nur für ein paar Stunden, ja?"

Nick seufzte resigniert. Innerlich verfluchte er die Fesseln, die Melanie ihm angelegt hatte, ohne etwas davon zu ahnen. Aber er musste durchführen, was er sich vorgenommen hatte. Melanie durfte ihn nicht von dem einmal eingeschlagenen Kurs abbringen.

„Okay, Iona. Heute Nachmittag."

Iona lächelte in ihr Glas.

Das endlose Verhör ging weiter. Alex kehrte zurück, und Liz ging hinaus. Die Zurückgebliebenen sprachen nur hin und wieder miteinander und wenn, dann gedämpft und mit bedeutungsvollem Unterton. Als Andrew den Raum verließ, trat Nick zu Melanie ans Fenster.

„Ich muss mit dir reden." Ganz bewusst steckte er die Hände in die Hosentaschen. Melanie war noch immer sehr blass. Der Brandy hatte sie zwar beruhigt, aber nicht die Farbe in ihre Wangen zurückgebracht. „Es ist wichtig, Melanie. Im Augenblick lässt es sich nicht machen. Später."

„Ich will nichts hören."

„Wenn Tripolos hier fertig ist, werden wir wegfahren. Du brauchst Abstand von all dem hier."

„Mit dir fahre ich nirgendwohin. Seit wann interessiert dich, was ich brauche?" Sie sprach mit zusammengebissenen Zähnen. „Vorhin, als ich dich gebraucht hätte, hast du mich im Stich gelassen."

„Herrgott, Melanie!" Nick hatte nur geflüstert, aber Melanie schien es, als hätte er sie angeschrien. Starr blickte sie in den Garten hinaus.

Nicks Hände in den Hosentaschen ballten sich zu Fäusten. „Glaubst du, ich wüsste das nicht? Denkst du, ich ..." Er unterbrach sich, ehe er die Beherrschung verlor. „Ich konnte dir nicht geben, was du brauchtest. Jedenfalls zu diesem Zeitpunkt nicht. Mach es mir nicht noch schwerer, als es schon ist."

Melanie drehte sich zu ihm um und sah ihn kalt an. „Das ist nicht meine Absicht." Sie sprach genauso leise wie Nick, aber im Gegensatz zu ihm völlig unbewegt. „Jetzt brauche ich deine Hilfe nicht mehr, das ist alles. Ich will nichts mehr mit dir zu tun haben."

„Melanie ..." Irgendetwas in Nicks Augen durchdrang fast Melanies Schutzmauer. Ein Flehen um Verständnis, Abbitte, Reue – Regungen, die sie von Nick nicht erwartet hätte. „Bitte, Melanie, ich will ..."

„Was du willst, interessiert mich nicht", erklärte sie rasch, ehe er sie ins Wanken bringen konnte. „Lass mich in Frieden. Ich will nichts mehr mit dir zu tun haben."

„Heute Abend ...", begann er noch einmal, aber Melanies eisiger Blick hielt ihn auf.

„Lass mich in Ruhe, Nick", sagte Melanie kalt.

Sie ließ ihn stehen, durchquerte den Salon und setzte sich neben Dorian.

Nick schossen mörderische Gedanken durch den Kopf. Er bedauerte zutiefst, dass er sie nicht auf der Stelle in die Tat umsetzen konnte.

6. KAPITEL

Melanie warf einen ungläubigen Blick auf die Uhr. Sie war überhaupt nicht müde gewesen, als Alex und Liz darauf bestanden hatten, sie möge sich hinlegen. Gehorcht hatte sie nur, weil der Wortwechsel mit Nick ihr die letzten Kräfte geraubt hatte. Jetzt war sie wach und stellte fest, dass die Mittagszeit schon vorüber war. Sie hatte zwei Stunden geschlafen.

Erfrischt war sie dennoch nicht. Mit halb geschlossenen Augen ging sie ins Badezimmer und ließ kaltes Wasser über ihr Gesicht laufen. Der Schock war von Scham verdrängt worden. Melanie schämte sich, weil sie in panischer Angst vor einer Leiche geflohen war und weil sie sich Hilfe suchend an Nick geklammert hatte und abgewiesen worden war. Sie spürte jetzt noch dieses Gefühl der Hilflosigkeit und der Verzweiflung, als Nick sie kalt von sich stieß.

Nie wieder, schwor sich Melanie. Sie hätte ihrem Verstand vertrauen sollen und nicht ihrem Herzen.

Sie hätte wissen müssen, dass man einen Mann wie Nick um nichts bat und nichts von ihm erwarten durfte. Ein Mann wie er hatte nichts zu geben. Aber dennoch ...

Aber dennoch war es Nick, den sie in jenem Moment gebraucht und dem sie vertraut hatte. In seinen Armen hatte sie sich geborgen gefühlt.

Melanie schaute in den Spiegel. Ihr Gesicht zeigte noch immer die Spuren des Schocks, aber sie spürte, dass ihre Kräfte langsam zurückkehrten.

Ich brauche ihn nicht, dachte sie. Er bedeutet mir nichts. Das passiert mir nie wieder, schwor sich Melanie. Weil ich nicht mehr zu ihm gehe. Weil ich ihn nie wieder um etwas bitten werde.

Melanie kehrte ihrem Spiegelbild den Rücken und ging die Treppe hinunter.

Als sie die große Halle betrat, hörte sie hinter sich eine Tür zuschlagen und Schritte auf sich zukommen. Sie warf einen Blick über die Schulter und sah Dorian.

„Nun, fühlst du dich besser?“ Dorian trat zu Melanie und ergriff ihre Hand. In dieser Geste lag aller Trost und alles Mitgefühl, das sie sich nur wünschen konnte.

„Ja. Ich komme mir wie eine Närrin vor.“ Auf Dorians fragenden Blick hin fuhr sie fort: „Andrew hat mich praktisch nach Hause tragen müssen.“

Dorian lachte leise, legte einen Arm um Melanies Schultern und führte sie in den Salon. „Ihr Amerikanerinnen! Müsst ihr unbedingt stark und unabhängig sein?“

„Jedenfalls war ich's bis jetzt.“ Melanie musste daran denken, dass sie noch vor kurzem in Nicks Armen geweint und um Hilfe gefleht hatte. Sie richtete sich kerzengerade auf. „Und mir bleibt auch nichts anderes übrig.“

„Bewundernswert. Der Anblick einer Leiche ist schließlich kein Vergnügen.“ Dorian sah, wie Melanie sich verfärbte, und riss sich zusammen. „Verzeih, Melanie, ich hätte das nicht sagen dürfen. Darf ich dir einen Drink bringen?“

„Um Gottes willen! Ich habe bereits zu viel Brandy getrunken, es reicht für heute.“ Mit einem schwachen Lächeln machte sie sich von Dorian los.

Warum boten ihr alle Leute Schutz und Trost an, nur nicht der Mann, der ihr etwas bedeutete? Unsinn, er bedeutet mir nichts, redete sie sich ein. Ich brauche weder Schutz noch Trost. Von keinem Mann.

„Du bist nervös, Melanie. Möchtest du allein sein?“

„Nein.“ Melanie schüttelte den Kopf. Dorian wirkte wie stets ruhig und ausgeglichen. Sie kannte ihn nicht anders. Sie wünschte, sie wäre heute Morgen Dorian und nicht Nick in die Arme gelaufen. Sie ging zum Flügel hinüber und strich mit einem Finger über die Tasten. „Ich bin froh, dass Tripolos fort ist. Er geht mir auf die Nerven.“

„Tripolos?“ Dorian zog sein Zigarettenetui hervor. „Um den brauchst du dir keine Gedanken zu machen. Vermutlich muss sich nicht einmal der Mörder seinetwegen Sorgen machen“, fügte er mit einem kurzen Lachen hinzu. „Für spektakuläre Erfolge ist die Polizei von Mitilini nicht eben berühmt.“

„Das hört sich an, als sei es dir egal, ob der Mörder gefasst wird oder nicht.“

„Dörfliche Streitereien berühren mich nicht“, erwiderte Dorian. „Mich interessieren nur Leute, die ich kenne. Ich wollte damit nur sagen, du brauchst dir wegen Tripolos keine Gedanken zu machen.“

„Ich fürchte mich nicht“, widersprach Melanie und beobachtete, wie Dorian sich die Zigarette anzündete. Irgendetwas ging ihr im Kopf herum, aber sie kam nicht darauf. „Es ist nur die Art, wie gelassen er dasitzt und einen beobachtet, wachsam, lauernd ...“

Melanie blickte dem aufsteigenden Rauch aus Dorians langer schwarzer Zigarette nach. Da war doch etwas ... Sie schüttelte eine unbestimmte, aber irgendwie wichtige Erinnerung ab. „Wo sind die anderen?“

„Liz und Alex sind im Arbeitszimmer. Iona ist mit dem Boot draußen.“

„Ach ja, mit Nick.“ Unbewusst verkrampfte Melanie die Hände ineinander. „Du bist nicht glücklich darüber, oder, Dorian?“

„Iona musste einmal hinaus. Die Atmosphäre des Todes zerrt an ihren Nerven.“

„Du bist sehr verständnisvoll.“ Plötzlich bekam Melanie Kopfschmerzen. Sie trat ans Fenster. „Ich glaube, das brächte ich nicht fertig.“

„Ich habe Geduld, und ich weiß, dass Nick ihr nicht das Geringste bedeutet. Er ist für sie nur Mittel zum Zweck.“ Dorian machte eine kleine nachdenkliche Pause. „Manche

Leute sind keiner Gemütsregung fähig, sei es nun Liebe oder Hass."

„Wie leer muss ihr Leben sein", sagte Melanie leise.

„Findest du? Ich stelle mir das eigentlich ganz bequem vor."

„Ja, bequem vielleicht, aber ..." Sie sprach nicht weiter. Dorian hob gerade seine Zigarette an die Lippen. Beim Anblick der schwarzen Zigarette erinnerte sich Melanie plötzlich ... Die Muschel im Sand, die halb gerauchte Zigarette daneben, wenige Schritte von dem Toten entfernt ... Dieselbe teure Marke! Sie starrte Dorian an. Ein kalter Schauer lief ihr über den Rücken.

„Ist was, Melanie?" Dorians Stimme riss Melanie aus ihrem Betäubungszustand.

Sie schüttelte benommen den Kopf. „Nein, nein. Ich bin noch nicht wieder ganz ich selbst. Vielleicht sollte ich doch etwas trinken."

Melanie hatte kein Bedürfnis nach einem Drink, brauchte aber Zeit, um ihre Gedanken zu ordnen. Ein Zigarettenstummel ist noch kein Beweis, dachte sie, während Dorian zur Bar ging. Alle Bewohner der Villa hätten sich auf der Sandbank zwischen den Klippen aufhalten können.

Aber der Zigarettenrest war frisch gewesen, überlegte sie weiter. Er steckte halb im Sand und war sauber und trocken. Wenn aber jemand gerade erst dort gewesen war, hätte er die Leiche entdecken und unverzüglich die Polizei verständigen müssen. Es sei denn ...

Was für ein abwegiger Gedanke! Dass Dorian etwas mit der Ermordung eines Dorfbewohners zu tun haben sollte, war einfach absurd. Dorian und Alex, berichtigte sich Melanie. Beide rauchten diese schwarzen Zigaretten.

Aber beide waren zivilisierte Menschen, und zivilisierte Menschen stießen anderen kein Messer in den Rücken. Beide hatten gepflegte Hände und ein makelloses Benehmen. Musste man nicht böse, hart und kalt sein, um töten zu können?

Nick fiel ihr ein. Sie verdrängte den Gedanken aber sofort. Zunächst einmal musste sie die eine Überlegung zu Ende verfolgen.

Nein, Alex und Dorian kamen als Mörder nicht in Frage. Sie waren kultivierte Geschäftsleute, und was sollten sie mit einem einheimischen Fischer zu tun haben? Andererseits musste es eine logische Erklärung für den Zigarettenstummel am Strand geben. Es gab für alles eine logische Erklärung. Es war die Nachwirkung des Schocks, sie sah überall Gespenster – das war die Erklärung.

Und die Schritte auf dem Strandpfad in jener Nacht? Vor wem hatte sich Nick versteckt? Auf wen hatte er gewartet? Der Tote war nicht im Zuge eines dörflichen Streits umgebracht worden, das hatte Melanie keinen Moment lang geglaubt. Mord ... Schmuggel ... Melanie schloss schaudernd die Augen.

Wer war der Mann, der an Land gekommen war, als Nick Melanie im Gebüsch gefangen hielt? Nick hatte Stephanos befohlen, ihm zu folgen. War es Alex gewesen oder Dorian? Oder der Tote in der Höhle?

Melanie fuhr zusammen, als Dorian ihr einen Brandy reichte. „Melanie, du bist so blass, willst du dich nicht setzen?"

„Nein. Ich bin nur ein bisschen nervös, das ist alles." Melanie umfasste ihr Glas mit beiden Händen, trank aber nicht. Sie würde Dorian einfach fragen, ob er auf der Sandbank gewesen war. Aber als sie in seine ruhigen, forschenden Augen blickte, wurde sie wieder von eiskalter Furcht gepackt.

„Diese Sandbank zwischen den Klippen." Melanie schluckte trocken und nahm allen Mut zusammen. „Man hat den Eindruck, als hätte nie eines Menschen Fuß den Sand betreten." Und die vielen zertretenen Muscheln, die ich gesehen habe? dachte Melanie plötzlich. Warum ist mir das nicht eher eingefallen? „Gehst du ... gehen oft Leute dorthin?"

„Was die Dorfbewohner machen, weiß ich nicht." Dorian beobachtete Melanie, die sich jetzt auf die Sofalehne setzte.

„Aber vermutlich haben sie genug mit dem Fischfang oder den Oliven zu tun. Zum Muschelnsammeln werden sie kaum Zeit finden."

„Sicher nicht." Melanie befeuchtete sich die Lippen. „Aber es ist herrlich dort, findest du nicht auch?"

Melanie schaute Dorian unverwandt an. Bildete sie es sich ein, oder hatte er tatsächlich ein Glitzern in den Augen. Täuschte sie vielleicht der Zigarettenrauch vor seinem Gesicht? Oder lag es an ihren überreizten Nerven?

„Ich war nie dort", sagte er achselzuckend. „Ich nehme an, mit dem Empire State Building in New York ist es nicht anders. Die wenigsten Einwohner waren dort oben." Er drückte die Zigarette im Aschenbecher aus. Melanie verfolgte seine Bewegungen. „Gibt es sonst noch etwas, Melanie?"

„Sonst noch etwas? Nein, nein." Rasch richtete sie den Blick auf Dorians Gesicht. „Ich glaube, es geht mir wie Iona. Die Atmosphäre hier geht mir auf die Nerven."

„Kein Wunder!" Mitfühlend trat Dorian näher zu Melanie heran. „Du hast eine Menge verkraften müssen heute Morgen, Melanie. Vergiss das Gerede über den Toten. Komm, gehen wir in den Garten", schlug er vor. „Dann reden wir über etwas anderes."

Melanie lag eine Ablehnung auf der Zunge. Sie wusste nicht, warum, aber sie wollte nicht mit Dorian allein sein. Als sie sich noch eine vernünftige Ausrede überlegte, trat Liz zu ihnen.

„Melanie, ich denke, du schläfst?"

Dankbar für die Störung, setzte Melanie das unberührte Glas ab und stand auf. „Ich habe lange genug geschlafen." Sie bemerkte, dass auch Liz angespannt wirkte. „Du solltest dich selbst ein wenig ausruhen, Liz."

„Unsinn, ich brauche lediglich frische Luft."

„Gerade wollte ich Melanie in den Garten lotsen." Dorian legte Liz sanft die Hand auf die Schulter. „Aber ihr werdet auch ohne mich zurechtkommen, nehme ich an. Ich habe mit Alex noch geschäftliche Angelegenheiten zu besprechen."

„Ja." Liz griff nach Dorians Hand. „Danke, Dorian. Ich weiß nicht, was Alex und ich heute ohne dich getan hätten."

„Unsinn." Er küsste sie leicht auf die Wange. „So, und jetzt geht und vergesst das Ganze."

„Dorian ..." Melanie schämte sich plötzlich. Dorian hatte sich rührend um sie bemüht, und sie hatte ihrer Fantasie die Zügel schießen lassen. „Danke für alles", sagte sie leise.

Dorian lächelte und küsste auch Melanie flüchtig auf die Wange. Der Duft von Orangenblüten wehte sie an. „Seht euch die Rosenbeete an, das wird euch auf andere Gedanken bringen."

Nachdem Dorian in der Halle verschwunden war, ging Liz zu der Tür, die in den Garten führte. „Soll ich uns Tee bringen lassen?"

„Für mich nicht, danke. Und hör auf, mich wie eine Kranke zu behandeln."

„Du liebe Güte, tue ich das?"

„Ja. Seit ich ..." Melanie sprach nicht weiter.

Liz warf ihr einen Blick zu und setzte sich seufzend auf eine Marmorbank. „Melanie, es tut mir so furchtbar Leid, dass es ausgerechnet dich treffen musste. Nein, nein, tu nicht so, als wär's halb so schlimm. Wir kennen uns zu gut und zu lange. Ich weiß, wie dir heute Morgen zu Mute gewesen sein muss. Und wie du dich jetzt fühlst, weiß ich auch."

„Ich fühle mich schon besser, Liz." Melanie nahm in einer kleinen Sitzschaukel Platz und zog die Beine an. „Allerdings gebe ich zu, dass ich fürs Erste keine Muscheln mehr bewundern werde. Aber du und Alex dürft euch nicht die Schuld daran geben. Es war ein unglücklicher Zufall, dass ich ausgerechnet heute Morgen diese Höhle entdeckte. Ein Mann wurde umgebracht – irgendjemand musste ihn ja finden."

„Aber nicht gerade du."

„Jedenfalls seid ihr beide nicht dafür verantwortlich."

Liz seufzte. „Als sachlich denkende Amerikanerin weiß ich das, aber ..." Sie hob die Schultern und lächelte. „Ich glaube, ich werde langsam zur Griechin. Und du wohnst unter meinem Dach." Liz zündete sich eine Zigarette an, stand auf, und ging ein paar Schritte auf und ab.

Eine schwarze Zigarette, stellte Melanie betroffen fest, eine teure, schwarze Zigarette. Aber natürlich, Liz hatte die Angewohnheit, sich hin und wieder aus Alex' Beständen zu bedienen.

Melanie schaute in Liz' schönes Gesicht und schloss die Augen. Ich muss verrückt sein, dachte sie, wenn ich es auch nur eine Sekunde lang für denkbar hielte, Liz könnte etwas mit Mord und Schmuggel zu tun haben. Ich kenne sie seit Jahren, ich habe mit ihr zusammen gewohnt. Vermutlich kenne ich sie besser als mich selbst. Aber wie weit würde Liz gehen, um den Mann zu decken, den sie liebte?

„Ich muss Iona ausnahmsweise Recht geben", sagte Liz plötzlich. „Dieser Typ von der Polizei kann einen ganz schön verunsichern. Dieses Lächeln ... die eiskalten Augen, die aalglatte Höflichkeit – ich muss sagen, die hart gesottenen New Yorker Cops sind mir lieber. Da weiß man wenigstens, woran man ist."

„Ich verstehe, was du meinst", sagte Melanie. Wenn sie doch nur ihre eigenen Gedanken abschalten könnte!

„Warum wollte er jeden von uns einzeln verhören? Was verspricht er sich davon?" Hastig führte Liz ihre Zigarette zum Mund. Die Brillanten auf ihrem Ehering blitzten kalt im Sonnenlicht.

„Routine, nehme ich an." Melanie musste auf den Ring schauen. Bis dass der Tod euch scheidet, dachte sie.

„Du kannst sagen, was du willst", widersprach Liz, „dieser Tripolos ist mir unheimlich. Was hat der Mord mit uns zu tun?

Keiner von uns kannte den Mann. Ein Fischer namens Anthony Stevos!“

„Fischer?“

„Das ist jeder zweite männliche Dorfbewohner.“

Melanie schwieg. Sie versuchte sich an die Szene im Salon heute Morgen zu erinnern. Wie haben die einzelnen Anwesenden reagiert? Hätte sie selbst nicht unter Schockeinwirkung gestanden, wäre ihr dann irgendetwas aufgefallen? Es gab noch jemanden, der an diesem Morgen eine schwarze Zigarette geraucht hatte, fiel ihr plötzlich ein.

„Liz“, begann Melanie vorsichtig, „kannst du dir erklären, warum Iona plötzlich durchdrehte und wegen des Verhörs eine Szene machte?“

„Melodramatische Szenen sind bei Iona an der Tagesordnung.“ Liz lachte spöttisch auf. „Hast du nicht gesehen, wie sie sich Nick an den Hals geworfen hat? Wie er das aushält, ist mir schleierhaft.“

„Es scheint ihn nicht zu stören.“ Nein, rief sich Melanie zur Ordnung. Nicht an Nick denken. Nicht jetzt. „Iona ist schwer zu durchschauen“, fuhr sie fort. „Aber heute Morgen ...“ Und gestern auch, dachte Melanie. Gestern, als die Rede auf den Rauschgiftschmuggel kam. „Heute Morgen hatte sie Angst, panische Angst.“

„Ich glaube, Iona ist einer solchen Regung überhaupt nicht fähig“, sagte Liz bitter. „Ich wünschte, Alex würde jede Verbindung zu ihr abbrechen und sie ein für alle Mal abschreiben. Er ist viel zu rücksichtsvoll der Verwandtschaft gegenüber.“

„Seltsam, Dorian sagte fast dasselbe.“ Melanie zupfte geistesabwesend an einer verblühten Rose. Sie sollte sich auf Iona konzentrieren. Sie war gefährlicher als irgendein anderer in diesem Haus. Wenn sie sich in die Enge getrieben fühlte, würde sie über Leichen gehen.

„Wie meinst du das?“

„Iona.“ Melanie schaute Liz an. „Meiner Ansicht nach wird

sie von starken Emotionen beherrscht – von zerstörerischen Emotionen wie Hass, Verzweiflung und Besitzgier. Starke, sehr starke Emotionen sind es auf jeden Fall."

„Ich kann sie nicht ausstehen", stieß Liz so heftig hervor, dass Melanie sie verdutzt anschaute. „Sie macht Alex das Leben zur Hölle. Ich kann dir gar nicht sagen, wie viel Zeit, Nerven und Geld ihn diese Frau schon gekostet hat. Und Undankbarkeit und Ungezogenheit sind der Lohn dafür."

„Alex hat einen ausgeprägten Familiensinn", meinte Melanie. „Du kannst ihn nicht davor schützen."

„Ich bin entschlossen, ihn zu schützen!" fiel Liz ihr hitzig ins Wort. „Vor allem und jedem." Sie schnippte den Rest der Zigarette ins Gebüsch. Ein Schauer überlief Melanie. „Verdammt", sagte Liz etwas ruhiger. „Die Sache heute Morgen geht mir ständig im Kopf herum."

„Das geht uns allen so." Melanie stand auf. „Es war ja auch kein erfreulicher Morgen."

„Es tut mir Leid, Melanie, aber Alex ist völlig außer sich. So sehr er mich liebt, es gibt Dinge, über die er nicht spricht ... seine Probleme, seine Arbeit. Er ist der Meinung, er müsse allein damit fertig werden." Liz lachte kurz auf und schüttelte dann den Kopf. „Komm, setz dich wieder, Melanie. Ich rede zu viel, das ist es."

„Liz, wenn irgendetwas nicht stimmt ... Ich meine, wenn du ernste Probleme hättest, würdest du es mir doch sagen, oder?"

„Ich habe keine Probleme. Vergiss es und mach dir keine Sorgen." Liz zog Melanie auf die Sitzschaukel zurück. „Es ist nur frustrierend, wenn der Mensch, den man über alles liebt, sich nicht helfen lassen will. Manchmal macht es mich ganz verrückt, dass Alex darauf besteht, unangenehme Dinge von mir fern zu halten."

„Er liebt dich, Liz." Melanie verkrampfte die Hände im Schoß.

„Und ich liebe ihn."

„Liz ..." Melanie holte langsam Luft. „Warst du mit Alex zusammen schon auf der Sandbank?"

„Wieso?" Liz war offenbar mit ihren Gedanken ganz woanders. Sie setzte sich wieder auf ihre Bank. „Ach so, nein. Wir halten uns meistens auf den Kliffs auf, wenn ich Alex überhaupt einmal von der Arbeit fortlocken kann. Ich weiß nicht mehr, wann wir das letzte Mal dort waren. Ich wünschte", fügte sie leise hinzu, „ich wäre heute Morgen bei dir gewesen."

Melanie schämte sich ihrer abwegigen Gedanken und blickte zur Seite. „Ich bin froh, dass das nicht der Fall war. Ich habe Alex gerade genug zu schaffen gemacht mit meiner Hysterie."

„Du warst nicht hysterisch", widersprach Liz energisch. „Im Gegenteil, du warst unnatürlich ruhig, als Andrew dich nach Hause brachte."

„Ich habe mich gar nicht bei ihm bedankt." Melanie verdrängte Zweifel und Verdächtigungen. Sie waren unbegründet, einfach lächerlich. „Was hältst du von Andrew?"

„Er ist sehr charmant." Liz spürte Melanies Stimmungsumschwung und passte sich dem an. „Heute hat er sich von der besten Seite gezeigt, findest du nicht?" Liz lächelte weise und mütterlich. „Ich glaube, er ist bis über beide Ohren in dich verliebt."

„Das könnte dir so passen, aber daraus wird nichts."

„Wieso? Er wäre eine nette Ablenkung für dich", überlegte Liz unbeirrt weiter. „Aber leider gehört er zum weniger begüterten Teil der Gregoras-Familie, und ich habe mir vorgenommen, dich mit einem reichen Mann zu verheiraten. Trotzdem", schloss sie, als sie Melanie seufzen hörte, „wäre er ein angenehmer Gesellschafter ... für eine Weile."

„Hallo." Andrew kam in den Garten geschlendert. „Ich hoffe, ich störe nicht."

„Ganz und gar nicht." Liz lächelte ihm erfreut entgegen. „Nachbarn sind immer willkommen."

Andrew strahlte jungenhaft, was ihm ein paar Pluspunkte bei Liz eintrug. „Ich habe mir Sorgen um Melanie gemacht." Er beugte sich hinunter, umfasste Melanies Kinn und schaute ihr ins Gesicht. „Es war ein schrecklicher Morgen, und ich wollte sehen, wie es dir geht. Ich hoffe, es ist dir recht?" Seine Augen waren so dunkelblau wie das Wasser vor dem Strand.

„Natürlich, Andrew." Melanie griff nach seiner Hand. „Es geht mir gut. Oh Andrew, ich habe mich nicht einmal bei dir bedankt. Bitte verzeih."

„Du bist immer noch sehr blass." Es klang sehr mitleidig.

Melanie musste über Andrews Besorgnis lächeln. „Das muss mit dem New Yorker Winter zusammenhängen."

„Eisern entschlossen, Haltung zu wahren, wie?"

„Nach der Szene am Strand heute früh habe ich dazu wahrhaftig allen Grund."

„Oh, ich fand die Szene gar nicht schlecht, im Gegenteil." Andrew drückte kurz Melanies Hand. „Ich wollte sie zum Dinner entführen", fuhr er dann zu Liz gewandt fort. „Ein wenig Ablenkung kann nicht schaden, denke ich."

„Das predige ich ihr schon die ganze Zeit."

Andrew beugte sich wieder zu Melanie hinunter. „Wir gehen ins Dorf, okay? Ein bisschen Lokalkolorit, ein paar Ouzos, eine Flasche Wein und nette Unterhaltung. Was hältst du davon?"

„Eine fabelhafte Idee!" Liz war von Andrews Vorschlag begeistert. „Genau das brauchst du, Melanie."

Erheitert betrachtete Melanie die beiden, die sich sozusagen gegenseitig auf die Schulter klopften. Aber genau das brauchte sie: eine andere Umgebung, Menschen, die sie ablenkten, von dem Haus, den eigenen Gedanken, den Zweifeln ... Melanie lächelte Andrew an. „Wann soll ich fertig sein?"

Andrews jungenhaftes Lächeln leuchtete wieder auf. „Sagen wir um sechs? Ich werde dir das Dorf zeigen. Keine Angst, Nick hat mir den Alfa für die Dauer meines Aufenthalts zur Verfügung gestellt, du brauchst nicht auf einem Esel zu reiten."

Melanie nickte mechanisch. „Ich werde pünktlich sein." Das Lächeln wollte ihr nicht recht gelingen.

Die Sonne stand hoch im Süden, als Nick die Yacht ins offene Meer hinaussteuerte.

Zum Teufel mit Melanie! dachte er ergrimmt. Zornig schleuderte er die halb gerauchte schwarze Zigarette über Bord. Wäre sie nicht mitten in der Nacht zum Strand hinuntergelaufen, hätte das alles vermieden werden können.

Und dann heute Morgen! Wieder sah er Melanies schreckgeweitete Augen vor sich und hörte ihr Flehen um Hilfe. Er konnte noch fühlen, wie sie sich an ihn geklammert hatte, aber er hatte nichts für sie tun können.

Nick fluchte leise und brachte den Motor auf Hochtouren. Er verdrängte jeden Gedanken an Melanie und konzentrierte sich auf das Nächstliegende. Anthony Stevos hatte es also erwischt. Nick hatte den Fischer nur zu gut gekannt und wusste, woraus seine Fischzüge gelegentlich bestanden hatten. Er kannte auch die Athener Telefonnummer, die er in Stevos' Hosentasche gefunden hatte.

Dieser Narr hatte zu schnell reich werden wollen. Jetzt war er eine Leiche, eliminiert. Wie lange würde Tripolos brauchen, bis er einen dörflichen Streit ausschloss und auf die richtige Fährte gelangte? Vermutlich nicht lange genug, dachte Nick. Ich werde die Sache schneller vorantreiben müssen als geplant.

„Nicky, was soll dieses finstere Gesicht?" rief Iona ihm über den Motorenlärm hinweg zu. Sofort setzte Nick eine freundlichere Miene auf.

„Ich dachte an den Berg Papierkram auf meinem Schreibtisch, weiter nichts." Nick stellte den Motor ab und ließ das Boot treiben. „Ich hätte mich besser nicht zu einem freien Nachmittag überreden lassen sollen."

Iona kam zu ihm herüber. Ihre eingeölte Haut glänzte. Sie trug einen winzigen Bikini mit einem trägerlosen Top, das ihren Busen nur zur Hälfte bedeckte. Iona hatte fraglos einen reifen, üppigen und erregenden Körper. Trotzdem ließ ihr Hüftschwung Nick völlig kalt.

„Agapité mou", schmeichelte sie, „du wirst doch jetzt nicht an Geschäfte denken." Sie schlängelte sich auf seinen Schoß und schmiegte sich an ihn.

Nick küsste sie mechanisch. Nach der Flasche Champagner, die Iona ausgetrunken hatte, merkte sie den Unterschied ohnehin nicht. Der Geschmack blieb auf seinen Lippen haften. Unwillkürlich musste er an Melanie denken. Mit einem unterdrückten Fluch presste er die Lippen auf Ionas Mund.

„Hm ..." Iona schnurrte wie eine Katze beim Streicheln. „So gefällst du mir schon besser, Nicky. Jetzt bist du wild auf mich, ich fühle es. Sag es mir, ich brauche einen Mann, der mich begehrt."

„Welcher Mann würde eine Frau wie dich nicht begehren?" Nick strich ihr mit der Hand über den Rücken, während sich ihr Mund gierig auf seinen presste.

„Ein Idiot", gurrte Iona und lachte leise. „Aber du bist kein Idiot, Nicky." Sie bog den Kopf in den Nacken. Ihre Augen waren halb geschlossen und vom Alkohol verschleiert. „Liebe mich hier unter freiem Himmel im Sonnenschein."

Mir wird nichts anderes übrig bleiben, wenn ich diesen Job erfolgreich durchführen will, dachte Nick voll Abscheu. Nur auf diese Weise würde er sie zum Reden bringen. Und er musste sie zum Reden bringen!

„Sag mal, Darling", flüsterte Nick und küsste Iona auf den Nacken, während sie sein Hemd aufknöpfte. „Was weißt du über den Schmuggelverkehr zwischen der Türkei und Lesbos?"

Nick spürte, wie Iona erstarrte. Er würde trotzdem leichtes

Spiel mit ihr haben bei der Menge Gin und Champagner, die sie in sich hineingeschüttet hatte. Sie würde reden wie ein Wasserfall. Sie war reif – überreif, schon seit Tagen war sie fällig.

„Nichts", antwortete Iona und zerrte an seinen Hemdknöpfen. „Von solchen Dingen weiß ich gar nichts."

„Komm schon, Iona", flüsterte Nick verführerisch. „Du weißt eine ganze Menge. Als Geschäftsmann bin ich an neuen Verdienstmöglichkeiten interessiert, wie du dir wohl denken kannst." Er knabberte an ihrem Ohrläppchen. „Du gönnst mir doch ein paar zusätzliche Drachmen, oder etwa nicht?"

„Ein paar Millionen!" Iona berührte ihn mit der Hand, um ihm zu zeigen, was sie von ihm wollte. „Ja, ich weiß recht viel."

„Und du erzählst es mir auch, ja? Komm, Iona. Du und die Millionen, das erregt mich. Also – was weißt du über den Mord?"

„Der Mann, den diese dumme Person gefunden hat, wurde erledigt, weil er zu geldgierig war."

Nick zwang sich zur Ruhe. „Und wer steckt dahinter?" Er legte sich zu Iona, die sich der Länge nach auf der Persenning ausstreckte. „Wer hat Stevos erledigt, Iona?" Nick hatte den Eindruck, sie würde gleich in den Schlaf hinübergleiten. Er schüttelte sie recht unsanft, um sie wach zu halten.

„Ich will mit Mördern nichts zu tun haben, Nick", stieß Iona hervor. „Der Teufel soll diesen verdammten Bullen holen!" Sie wollte die Arme um ihn schlingen, schaffte es aber nicht. „Ich habe es satt, ständig abhängig zu sein", schmollte sie. „Vielleicht sollte ich mich mit dir zusammentun, einfach aussteigen. Du bist reich, Nick. Und ich brauche Geld ... viel Geld."

„Wie meinst du das, Iona?"

„Später ... Wir reden später darüber." Ionas Mund nahm Nicks Lippen wieder in Besitz.

Nick versuchte wenigstens eine Andeutung von Leidenschaft aufzubringen. Er brauchte Iona dringend. Aber als er merkte, dass sie endgültig das Bewusstsein verlor, tat er nichts, um sie wieder aufzuwecken.

Er stellte sich an die Reling und rauchte eine Zigarette nach der anderen. Der Ekel vor dem, was er zu tun hatte, erzürnte und deprimierte ihn gleichermaßen. Ihm war klar, dass er Iona als Werkzeug benutzen musste, und er musste sich von ihr benutzen lassen – wenn nicht jetzt, dann später. Er musste aus ihr herausbringen, was sie wusste. Das war für seine Sicherheit und für seinen Erfolg unabdingbar.

Wenn er Ionas Liebhaber werden musste, um sein Ziel zu erreichen, dann ließ sich das nicht ändern. Es war für ihn nicht von Bedeutung. Nick zog heftig an seiner Zigarette. Nein, das bedeutete wirklich nichts. Das gehörte zu seiner Arbeit.

Am liebsten hätte Nick sich jetzt stundenlang unter die Dusche gestellt, um den Schmutz von sich abzuspülen, der sich nicht abspülen ließ – der Schmutz vieler Jahre, die Lügen vieler Jahre. Wie kam es, dass er sich erst jetzt wie ein Gefangener fühlte?

Nick sah Melanies Gesicht vor sich. Ihre Augen blickten ihn kalt an. Er warf die Zigarette ins Wasser, ging ans Ruder zurück und startete den Motor.

7. KAPITEL

Die Rundfahrt durch das alte Fischerdorf mit seinen verwinkelten Gassen und dicht aneinander gedrängten, weiß verputzten Häusern endete im Hafen.

Melanie saß mit Andrew in einer der zahlreichen Hafenkneipen und sah den Fischern zu, die ihre Boote an den Anliegern festmachten und die Netze zum Trocknen ausbreiteten.

Unter den Männern war jedes Alter vertreten, von kleinen Jungen bis zum Veteran. Alle waren tief gebräunt, alle arbeiteten zusammen. Zwölf Mann, vierundzwanzig Hände für ein Netz. Die Arbeit war für die Fischer alltägliche Routine und ging ihnen scheinbar mühelos von der Hand.

„Das muss heute ein guter Fang gewesen sein", meinte Andrew, als er sah, wie versunken Melanie in den Anblick war.

Nachdenklich strich Melanie mit dem Finger über den Rand ihres Glases. „Ich dachte gerade ... Sie sehen alle so gesund und kräftig aus, auch die Alten. Ich nehme an, sie fahren bis zu ihrem Tod hinaus. Sie verbringen ihr Leben auf dem Meer und arbeiten, bis sie eines Tages tot umfallen, aber sie sind zufrieden."

„Sie kennen es nicht anders", sagte Andrew. „Sie leben, wie sie von jeher gelebt haben. Sie fischen, oder sie arbeiten in Nicks Olivenhainen, wie die Generationen vor ihnen." Andrew stellte seinen Drink ab und schaute ebenfalls zu den Fischern hinüber. „Ich glaube, sie wollen es gar nicht anders. Sie sind auf dem Meer zu Hause, arbeiten hart und führen ein einfaches Leben. Vielleicht ist es gerade das, worum man sie beneiden könnte."

„Aber den Schmuggel gibt es auch", sagte Melanie leise.

Andrew zuckte mit den Schultern. „Das passt zum Schema, oder? Sie schmuggeln wie ihre Väter und Großväter, um ihren kargen Verdienst aufzubessern. Gefahr kann sie nicht schrecken, im Gegenteil. Sie erhöht den Reiz des Abenteuers."

Melanie blickte Andrew betroffen an. „Von dir hätte ich diese Einstellung nicht erwartet."

Andrew schaute Melanie seinerseits verdutzt an. „Welche Einstellung?"

„Diese Gleichgültigkeit einem Verbrechen gegenüber."

„Aber Melanie! Seit wann ist Schmuggel ein ..."

„Es ist kriminell!" unterbrach sie ihn. „Man muss dagegen vorgehen!" Melanie stürzte ihren klaren, aber starken Ouzo hinunter.

„Wie soll man gegen etwas vorgehen, das hier zu Lande seit Jahrhunderten gang und gäbe ist?"

„Rauschgiftschmuggel ist ein schmutziges Geschäft. Einflussreiche Männer wie Alex und Nick, die hier auf der Insel ihren Wohnsitz haben, könnten Druck auf die zuständige Behörde ausüben, sollte man meinen."

„Ich weiß nicht, wie Alex darüber denkt." Andrew füllte Melanies Glas nach. „Aber ich glaube, Nick würde sich nie in Angelegenheiten einmischen, die ihn persönlich oder das Unternehmen nicht unmittelbar betreffen."

Ein Schatten flog über Melanies Gesicht. „Ich weiß."

„Versteh mich bitte nicht falsch, Melanie", sagte Andrew. Er starrte auf seine Hände, um ihrem Blick auszuweichen. „Nick ist mir gegenüber sehr großzügig", fuhr er fort. „Er hat mir das Geld für den Flug geliehen und mir das Cottage zur Verfügung gestellt. Weiß der Himmel, wann ich ihm das Geld zurückgeben kann. Ich hasse es, ihm auf der Tasche zu liegen, aber die Schriftstellerei ist nicht die sicherste Einkommensquelle."

„Wenn ich mich recht entsinne, hielt der berühmte englische Schriftsteller T.S. Elliot sich als Bankangestellter über Wasser."

Andrew verzog das Gesicht und lächelte. „Nick hat mir

einen Job in seinem Zweitunternehmen in Kalifornien angeboten. Er meint es gut, aber es ist meinem Ego nicht gerade zuträglich." Andrew schaute aufs Meer hinaus. „Ob mein Schiff je kommen wird, Melanie?"

„Mit Sicherheit, Andrew. Du wirst deinen Traum verwirklichen, du musst nur daran glauben."

Andrew seufzte. „Ja, vielleicht hast du Recht." Er schüttelte seine düstere Stimmung ab, und sein Lächeln wurde wieder warm und freundlich. „Ich bin am Verhungern. Wollen wir bestellen?"

Die Sonne war schon untergegangen, als Andrew und Melanie ihr Abendessen beendeten. Weiche, verblassende Farben zogen sich über den Himmel, die ersten Sterne flimmerten am sich allmählich verdunkelnden Horizont.

Der hochprozentige griechische Ouzo und die kräftig gewürzten Speisen hatten Melanie in eine gelöste, zufriedene Stimmung versetzt. Hin und wieder spielte jemand auf einer Gitarre. Das Lokal war voll besetzt, und manche Gäste sangen laut mit.

Der Wirt bediente die Gäste persönlich – ein schwergewichtiger Mann mit einem dünnen Schnurrbart und Triefaugen, die er vermutlich den pfeffergeschwängerten Küchendünsten und den Schwaden von Tabakqualm verdankte, die sich durch das Lokal zogen. Amerikanische Touristen hoben seinen Status, und da er von Melanies fließendem Griechisch beeindruckt war, nahm er jede Gelegenheit wahr, auf ein paar Worte an ihren Tisch zu kommen.

Melanie fühlte sich wohl in der ungezwungenen Atmosphäre. In der Villa Theocharis war sie von Herzlichkeit und Luxus umgeben, aber dies hier war etwas ganz anderes. Hier wurde laut gelacht und hin und wieder Wein verschüttet. So sehr Melanie Liz und Alex zugetan war, ein Leben, das von gesellschaftlichen Zwängen bestimmt wurde, würde sie einengen. Sie würde innerlich verkümmern.

Zum ersten Mal seit diesem Morgen ließen Melanies stechende Kopfschmerzen nach. „Oh, sieh mal, Andrew! Die Männer fangen an zu tanzen."

Melanie stützte die Ellbogen auf den Tisch, legte das Kinn in die Hände und schaute den Männern zu, die sich mit den Armen umfassten und eine Reihe bildeten.

„Willst du mittanzen?" fragte Andrew.

Melanie schüttelte lachend den Kopf. „Ich würde sie nur durcheinander bringen. Warum tanzt du nicht mit?"

Andrew füllte Melanies Glas auf. „Du hast ein hinreißendes Lachen. Es klingt so frei und ungekünstelt und auf eine seltsame Weise verheißungsvoll."

„Du sagst die nettesten Dinge, Andrew." Melanie lächelte belustigt. „Ich bin gern mit dir zusammen. Es ist schön, einen Freund wie dich zu haben."

Andrew zog seine Augenbrauen hoch, und im nächsten Moment fühlte Melanie seine Lippen sekundenlang auf ihrem Mund. „Das freut mich", sagte er leise.

Als er Melanies verdutztes Gesicht sah, lehnte er sich zurück und lächelte schief. „Das Gesicht, das du jetzt machst, ist meinem Ego auch nicht eben förderlich." Er zog eine Zigarettenschachtel aus der Jackentasche und suchte nach Streichhölzern.

Melanies Blick fiel auf die flache schwarze Schachtel. „Was denn, du rauchst?" brachte sie nach einem Moment heraus.

„Oh, nur gelegentlich." Andrew fand die Streichhölzer. Der Schein der Flamme tauchte sein Gesicht in geheimnisvolle, Unheil verkündende Schatten. „Zu dumm, aber ich stehe auf diese teuren Sorte. Zum Glück lässt Nick immer eine Schachtel da, wenn er mich im Cottage besuchen kommt. Täte er's nicht, würde ich wahrscheinlich überhaupt nicht rauchen." Er bemerkte Melanies Erstarrung. „Stimmt etwas nicht?" fragte er irritiert.

„Oh ... nein, es ist nichts." Melanie hob ihr Glas und hoffte, dass ihrer Stimme nichts anzumerken war. „Mir fiel nur eben ein, was du mir von deinen Wanderungen über die Insel erzählt hast. Ist dir die Sandbank zwischen den Klippen eigentlich niemals aufgefallen? Warst du noch nie dort?"

„Diese Sandbank gehört zu meinen Lieblingsplätzen." Schnell griff Andrew nach Melanies Hand. „Ich meine das natürlich rückblickend. Ich glaube, ich war vor etwa einer Woche zuletzt dort. Und so bald zieht es mich nicht wieder dorthin."

„Vor einer Woche ...", murmelte Melanie.

„Denk nicht mehr darüber nach, Melanie."

Melanie schaute Andrew in die Augen. Sie waren so klar, so offen. Was für ein Wahnsinn, dachte sie. Alex, Dorian, Andrew – keiner von ihnen wäre zu einer solchen Tat fähig. Warum sollte nicht einer der Dorfbewohner eine Vorliebe für teure schwarze Zigaretten haben – der Mann, der Stevos ermordet hatte?

„Du hast Recht." Melanie lächelte wieder und beugte sich zu Andrew hinüber. „Erzähl mir etwas über deinen Roman, Andrew."

„Guten Abend, Miss James. Mr. Stevenson!"

Melanie wandte den Kopf und blickte in Tripolos' kantiges Gesicht. „Oh hallo, Captain."

Es klang nicht sonderlich begeistert, aber das focht Captain Tripolis nicht an. „Nun, wie gefällt Ihnen das Dorfleben? Kommen Sie oft hierher?"

„Heute Abend zum ersten Mal", erklärte Andrew. „Ich habe sie überredet, mir beim Dinner Gesellschaft zu leisten. Nach dem Schock heute Morgen brauchte sie dringend ein bisschen Ablenkung."

Tripolis nickte mitfühlend. Melanie fiel auf, dass die Musik und das Gelächter verstummt waren. Die Atmosphäre in dem kleinen Lokal war plötzlich gespannt.

„Sehr vernünftig", meinte der Kommissar. „Eine junge

Dame sollte so etwas möglichst rasch vergessen. Leider wird mir das nicht möglich sein." Er seufzte und warf einen Blick auf die Drinks. „Tja, dann weiterhin viel Vergnügen." Damit empfahl er sich.

„Verdammt!" schimpfte Melanie leise vor sich hin, nachdem Tripolos gegangen war. „Warum macht dieser Mann mich so unsicher? Jedes Mal, wenn ich ihn sehe, komme ich mir vor, als hätte ich eine Bank überfallen!"

„Ich weiß genau, was du meinst." Andrew beobachtete, wie die Leute zurücktraten, um Tripolos durchzulassen. „Er braucht einen nur anzusehen, und schon verliert man den Boden unter den Füßen und fühlt sich irgendwie schuldig."

„Gott sei Dank, dass es nicht nur mir so geht." Melanie hob ihr Glas. Ihre Hand zitterte, und sie leerte es rasch. „Andrew", sagte sie leise, „ich glaube, ich brauche noch einen Drink."

Fahles Mondlicht hatte die Farben des Sonnenuntergangs abgelöst. Es wurde spät und später, das Lokal wurde immer voller, und man verstand sein eigenes Wort nicht mehr in dem lärmenden Trubel. Das kurze Zwischenspiel mit Tripolos erschien Melanie inzwischen unwirklich. Es störte sie nicht. Von der Wirklichkeit hatte sie für heute genug.

Der Wirt setzte eine neue Flasche auf den Tisch.

„Viel Betrieb heute Abend." Melanie schenkte ihm ein strahlendes Lächeln.

„Es ist Samstag", erwiderte er, und das erklärte alles.

„Dann habe ich mir ja den richtigen Tag ausgesucht." Melanie warf einen Blick auf das Menschengewimmel. „Ihre Gäste fühlen sich wohl hier, wie man sieht."

Der Mann wischte sich die Hände an der Schürze ab und lächelte selbstgefällig. „Als der Captain aus Mitilini aufkreuzte, sah ich schwarz fürs Geschäft. Aber es ist noch mal gut gegangen."

„Die Polizei ist der fröhlichen Stimmung nie besonders zuträglich“, bestätigte Melanie. „Ich nehme an, er führt Ermittlungen zu dem Mord an dem Fischer durch.“

Der Wirt nickte. „Stevos war oft hier, aber er hatte kaum Freunde. Vom Tanzen und Kartenspielen hielt er nichts, dazu nahm er sich keine Zeit. Er vertrieb sich die Zeit auf andere Weise. Aber wie – davon habe ich keine Ahnung.“ Der Mann kniff die Augen zusammen. „Meine Gäste lassen sich nicht gern ausfragen.“ Er stieß einen unterdrückten Fluch aus. Melanie war sich nicht sicher, ob er Stevos oder Tripolos galt.

„Stevos war doch ein Fischer wie die anderen.“ Sie hatte Mühe, dem Griechen in die Augen zu sehen. „Aber seine Kollegen scheinen nicht um ihn zu trauern.“

Der Wirt hob nur schweigend die Schultern, und Melanie wusste Bescheid: Es gab solche und solche Fischer. „Ich wünsche Ihnen noch einen schönen Abend. Es ist mir eine Ehre, Sie bewirten zu dürfen.“ Er verbeugte sich und ging zu einem anderen Tisch.

„Ich komme mir ziemlich verloren vor, wenn ich nichts als Griechisch höre“, gestand Andrew, als der Wirt weiterging. „Ich habe kein Wort verstanden. Was hat er gesagt?“

Melanie wollte nicht schon wieder von dem Mord reden, also lächelte sie nur. „Griechische Männer sind heißblütig, Andrew, aber ich habe ihm erklärt, dass ich für heute Abend schon vergeben bin.“

Sie verschränkte die Arme hinter dem Kopf und blickte zu den Sternen auf. „Was für ein Abend! Es ist so schön hier. Keine Mörder, kein Schmuggel. Ich fühle mich großartig, Andrew. Wann darf ich einen Blick in dein Manuskript werfen?“

„Wenn dein Gehirn wieder normal funktioniert.“ Andrew lächelte. „Deine Meinung könnte für mich von Bedeutung sein.“

„Du bist wundervoll, Andrew.“ Melanie hob ihr Glas und betrachtete Andrew eingehend. „Ganz anders als Nick.“

„Wie kommst du denn darauf?“ Andrew setzte die Flasche auf den Tisch zurück.

„Es stimmt, du bist anders.“ Melanie trank ihm zu. „Auf die Männer Amerikas, ihren Stolz und ihre Ehre!“

Andrew stieß mit ihr an, trank und schüttelte dann den Kopf. „Ich glaube, wir haben eben nicht auf dasselbe getrunken.“

Melanie merkte, dass sich Nick wieder in ihre Gedanken drängte. Sie schob ihn beiseite. „Und was macht das? Die Nacht ist so schön.“

„Ja.“ Andrew strich sanft mit den Fingerspitzen über Melanies Handrücken. „Habe ich dir schon gesagt, wie schön du bist?“

„Andrew, du bist ein Schmeichler!“ Melanie lachte und beugte sich näher zu ihm. „Mach nur weiter so. Ich mag es.“

Andrew zupfte an ihrem Haar. „Du hast mich aus dem Konzept gebracht.“

„Ich – wieso?“ Melanie stützte das Kinn auf und sah Andrew groß und ernsthaft an.

Andrew musste lachen. „Wir sollten einen kleinen Spaziergang machen. Vielleicht finde ich unterwegs eine dunkle Ecke, in der ich dich küssen kann.“

Er erhob sich und half ihr beim Aufstehen. Melanie bestand darauf, sich in aller Form von dem Wirt zu verabschieden, ehe sie sich von Andrew aus dem Gewühl steuern ließ.

Abgesehen von den Gästen in dem Lokal war weit und breit keine Menschenseele zu erblicken. Die Bewohner der weißen Häuser hatten das Licht gelöscht und sich zur Ruhe begeben. Hin und wieder bellte ein Hund, und ein anderer antwortete. Melanie hörte ihre eigenen Schritte in der Straße widerhallen.

„Es ist so still“, flüsterte sie. „Man hört nur das Meer und den Wind. Vom ersten Tag meines Aufenthalts auf Lesbos hatte ich das Gefühl, hierher zu gehören. Und das hat sich trotz allem, was inzwischen geschehen ist, bis heute nicht geändert, Andrew.“

Melanie drehte sich einmal im Kreis und landete lachend in Andrews Armen. „Ich glaube, ich will überhaupt nicht mehr nach Hause. Ich könnte New York, den Verkehrslärm und den Schnee nicht ertragen. Und diese ewige Hetze – morgens zur Arbeit und abends wieder nach Hause. Vielleicht werde ich Fischer. Oder ich tue, was Liz will, und heirate einen Ziegenhirten.“

„Ich kann dir nur raten, keinen Ziegenhirten zu heiraten“, sagte Andrew nüchtern. Dann zog er Melanie dichter zu sich heran. Der Duft ihres Parfüms wehte ihn an, ihr Gesicht schimmerte weiß im Mondlicht. „Die Fischerei wäre einen Versuch wert. Wir könnten uns in Nicks Cottage einrichten.“

Das geschähe ihm recht, dachte Melanie verworren. Sie hob Andrew die Lippen entgegen und wartete.

Sein Kuss war zärtlich und behutsam. Melanie wusste nicht, ob die Wärme, die sie spürte, vom Alkohol oder von diesem Kuss herrührte. Es war ihr gleichgültig. Andrew drängte sie nicht, sein Kuss war weder fordernd noch Besitz ergreifend. Sie fühlte sich geborgen in seinen Armen.

Leidenschaftliche Gefühle stellten sich nicht ein, aber das war ihr nur recht. Leidenschaft trübte den Verstand noch mehr als Ouzo. Und wenn man aus dem Rausch erwachte, blieben nur Schmerz und Enttäuschung zurück.

Andrew war freundlich und unkompliziert. Niemals würde er sich abwenden, wenn sie Hilfe brauchte. Er würde ihr keine schlaflosen Nächte bereiten und sie nie in den Zwiespalt zwischen Recht und Unrecht stürzen. Andrew war ritterlich und durch und durch anständig, ein Mann, dem eine Frau vertrauen konnte.

„Melanie“, sagte er leise und legte die Wange an ihr Haar. „Du bist hinreißend. Gibt es einen Mann, mit dem ich mich duellieren muss?“ Melanie versuchte an Jack zu denken, konnte sich aber nicht einmal sein Gesicht ins Gedächtnis rufen. Denn plötzlich schob sich ein allzu klares Bild dazwischen – Nick, der sie an sich presste und sie mit seinen Küssen um den Verstand brachte.

„Nein“, antwortete sie etwas zu heftig. „Es gibt keinen Mann. Es gibt niemanden, Andrew.“

Andrew hob ihr Kinn mit einem Finger an. Im schwachen Mondlicht blickte er ihr in die Augen. „Aus dem Nachdruck deiner Verneinung schließe ich, dass meine Konkurrenz beachtlich sein muss.“

Als Melanie widersprechen wollte, legte er ihr einen Finger auf die Lippen. „Nicht ... Heute Nacht möchte ich meinen Verdacht nicht bestätigt bekommen. Ich bin selbstsüchtig.“ Er küsste sie wieder lange und ausdauernd. Dann hob er den Kopf. „Verdammt, Melanie, weißt du überhaupt, was du anrichtest? Ich bringe dich besser nach Hause, ehe ich vergesse, dass ich ein Gentleman bin und es mit einer Lady, wenn auch einer ziemlich beschwipsten Lady zu tun habe.“

Die Villa schimmerte weiß unter dem nächtlichen Himmel. Nur in der Halle hatte Liz die Nachtbeleuchtung brennen lassen.

„Sie schlafen schon alle“, stellte Melanie überflüssigerweise fest, als sie aus Andrews Wagen stieg. „Ich muss ganz leise sein.“ Sie kicherte und legte sich rasch die Hand über den Mund. „Wenn ich mich morgen an das alles erinnere, komme ich mir bestimmt wie eine Närrin vor.“

„An allzu viel wirst du dich nicht erinnern“, bemerkte Andrew und nahm ihren Arm.

Melanie hatte das Gefühl, auf Wolken die Eingangstufen hinaufzuschweben. „Du brauchst keine Angst zu haben“, versicherte sie Andrew feierlich. „Ich werde ganz vorsichtig sein und im Foyer nicht der Länge nach hinfallen. Das würde ich Alex nie antun. Es wäre würdelos und eine Schande für den würdevollen Alex und ein Schock für den würdevollen Dorian."

„Und ich werde bei der Heimfahrt genauso vorsichtig sein", erwiderte Andrew. „Nick schlägt mir sämtliche Zähne ein, wenn ich mit seinem Alfa Romeo am Fuß des Kliffs lande, sozusagen im Sturzflug."

„Na so was, Andrew!" Melanie trat einen Schritt zurück und musterte ihn erstaunt. „Du bist genauso beschwipst wie ich!"

„Nicht ganz, aber beinahe." Er seufzte tief auf. „Immerhin habe ich mich tadellos anständig benommen."

„Absolut fabelhaft!" Melanie musste schon wieder ihr Kichern ersticken. „Ach, Andrew …" Sie lehnte sich so schwer an ihn, dass er Schwierigkeiten hatte, nicht das Gleichgewicht zu verlieren. „Es war ein schöner Abend. Einfach wundervoll. Ich brauchte ihn nötiger, als ich dachte. Ich danke dir."

„Hinein jetzt." Andrew öffnete die Haustür und schob Melanie hindurch. „Sei vorsichtig auf der Treppe", flüsterte er. „Soll ich lieber abwarten, ob ich ein würdeloses Poltern höre?"

„Du machst dich besser auf den Weg und passt auf, dass das Auto nicht baden geht." Melanie stellte sich auf Zehenspitzen und hauchte ihm einen Kuss aufs Kinn. „Oder soll ich dir erst einen Kaffee machen?"

„Du würdest die Küche ja gar nicht finden. Lass nur, wenn's mir wirklich schlecht gehen sollte, kann ich den Wagen abstellen und zu Fuß nach Hause gehen. Marsch ins Bett, Melanie! Du schwankst bedenklich."

„Selber!" gab sie schnell noch zurück, ehe sie die Tür vorsichtig hinter sich schloss.

Melanie bewältigte die Treppe mit äußerster Vorsicht. Auf gar keinen Fall wollte sie jemanden im Haus aufwecken und in eine Unterhaltung verwickelt werden. Einmal blieb sie stehen, weil sie nicht aufhören konnte zu kichern und sich den Mund zuhalten musste.

Ach, war das schön, nicht nachdenken zu müssen! Jetzt brauchte sie nur noch in ihrem Zimmer zu verschwinden, bevor jemand sie erwischte.

Ohne Zwischenfälle brachte Melanie es fertig, die erste Etage zu erreichen, aber dann musste sie erst einmal überlegen, wo sich ihr Zimmer befand. Natürlich – links. Sie schüttelte den Kopf. Schön und gut, aber wo war links? Auch das Problem löste sich nach einer Weile. Sie drehte den Türknauf, wartete, bis die Tür zu schwanken aufhörte, und stieß sie dann auf.

„Geschafft!" lobte sie sich selbst, und dann verdarb sie fast ihren Triumph, indem sie über den Teppich stolperte. Sie schloss die Tür hinter sich und lehnte sich dagegen. So, jetzt brauchte sie nur noch das Bett zu finden.

Wie durch ein Wunder flammte plötzlich das Licht auf. Es wurde hell im Zimmer. Melanie lächelte abwesend in Nicks Gesicht.

„Jiàssou", grüßte sie lässig. „Du scheinst hier schon zum Mobiliar zu gehören."

Nicks wütender Blick durchdrang den Nebel, der ihren Geist umgab. „Was, zum Teufel, hast du dir dabei gedacht? Es ist fast drei Uhr früh!"

Melanie streifte ihre Sandalen von den Füßen. „Nein, wie ungezogen von mir! Ich hätte dich anrufen und dir sagen sollen, dass ich mich verspäte."

„Lass den Unsinn! Danach ist mir nicht zu Mute." Nick trat zu Melanie und packte sie bei den Armen. „Die halbe Nacht habe ich auf dich gewartet. Melanie, ich ..." Er unterbrach sich und schaute sie genauer an. In seinen Augen spiegelten sich Zorn, Besorgnis und Belustigung. „Du bist blau!"

„Dunkelblau", bestätigte sie und musste tief durchatmen, um nicht wieder in Gekicher auszubrechen. „Was für ein scharfer Beobachter du bist, Nick!" Sie strich mit der Hand über seine Brust.

Nick wurde sofort wieder ernst. „Wie soll ich vernünftig mit einer Frau reden, die alles doppelt sieht?"

„Dreifach!" berichtigte Melanie stolz. „Andrew sah nur doppelt, aber ich habe ihn übertrumpft." Sie spielte an einem seiner Hemdknöpfe. „Weißt du eigentlich, dass du schöne Augen hast? So dunkle Augen habe ich noch nie gesehen. Andrews sind blau. Und küssen tut er auch nicht so wie du. Warum küsst du mich nicht, Nick?"

Nicks Hand umschloss Melanies Arm einen Moment lang noch fester. Dann ließ er sie los. „So, du warst also mit dem kleinen Andrew aus." Nick ging im Zimmer auf und ab. Melanie schwankte und schaute ihm nach.

„Der ‚kleine Andrew' und ich hätten dich natürlich um deine Gesellschaft bitten sollen. Leider haben wir nicht daran gedacht. Entschuldige. Im Übrigen kannst du ziemlich langweilig sein, wenn du dich höflich und charmant benimmst." Eine so lange Rede ermüdete Melanie. Sie gähnte. „Müssen wir noch sehr viel länger reden? Ich glaube, meine Zunge macht das nicht mehr lange mit."

„Du hast Recht. Eigentlich war ich lange genug höflich und charmant." Nick nahm Melanies Parfümflasche in die Hand und stellte sie gleich wieder an ihren Platz zurück. „Es hat seinen Zweck erfüllt."

„Aber du kannst das gut", lobte Melanie und kämpfte unterdessen mit ihrem Reißverschluss. „Darin bist du fast perfekt."

„Fast?" Nick drehte sich interessiert um und sah, wie Melanie den Reißverschluss herunterzerrte. „Um Gottes willen, Melanie, ich ..."

„Jawohl, fast. Denn hin und wieder leistest du dir einen Ausrutscher. Dann guckst du so seltsam, oder du bewegst dich so merkwürdig. Vielleicht bin ich die Einzige, die es bemerkt hat. Oder die anderen kennen das schon an dir und reagieren nicht mehr darauf. Küsst du mich jetzt oder nicht?"

Melanies Kleid glitt zu Boden, und sie stand nur mit einem seidenen Hemdhöschen bekleidet vor Nick.

Der Anblick verschlug ihm die Sprache, sein Mund wurde trocken. Verlangen flammte in ihm auf. Er brauchte seine ganze Willensstärke, um sich auf das zu konzentrieren, was Melanie eben gesagt hatte. „Was hast du bemerkt?“

Melanie machte zwei Versuche, ihr Kleid vom Boden aufzuheben. Die Träger des Hemdhöschens glitten von den Schultern. Hastig richtete sie sich auf und verhüllte ihren Busen. Nick rang um Beherrschung.

„Was ich bemerkt habe?“ Melanie ließ das Kleid auf dem Boden liegen. „Ach so, das meinst du. Na, wie du dich eben bewegst.“

„Wie ich mich bewege?“ Nick hatte Mühe, den Blick auf Melanies Gesicht zu richten. Der Duft, der von ihr ausging, und ihr Lächeln machten ihm das nicht gerade leichter.

„Ja. Du bewegst dich wie ein Panter“, setzte Melanie ihm auseinander. „Ein schwarzer Panter, der gejagt wird und der nur noch voller Anspannung auf den Augenblick wartet, in dem er selbst zum Angreifer werden kann.“

„Interessant!“ Melanies Vergleich gefiel Nick nicht besonders. „Dann muss ich also noch vorsichtiger sein.“

„Dein Problem.“ Melanie seufzte. „Und da du mich nicht küssen willst, sage ich jetzt gute Nacht, Nick. Ich bin schrecklich müde. Ich würde dich gern die Weinranke hinunterbegleiten, aber ich fürchte, ich würde vom Balkon fallen.“

„Melanie, ich muss mit dir reden!“ Mit einem Schritt war Nick neben ihr und packte ihren Arm, ehe sie aufs Bett sinken konnte.

Melanie verlor das Gleichgewicht und fiel Nick buchstäblich in die Arme. Warm und weich lehnte sie sich an ihn und hatte nichts dagegen, als er sie noch dichter zu sich heranzog.

„Hast du deine Meinung geändert?“ fragte sie mit einem schläfrigen Augenaufschlag. „Bei Andrews Kuss heute Abend habe ich an dich gedacht. Das hat er nicht verdient. Oder du ... Ich weiß nicht genau. Vielleicht denke ich zum Ausgleich an Andrew, wenn du mich jetzt küsst."

„Das wirst du nicht!" Nick umschlang sie noch fester.

Melanie bog den Kopf zurück. „Bist du sicher?"

„Melanie ... ach, zum Teufel!" Zornig presste er die Lippen auf ihren Mund. Das Verlangen brannte wie ein Feuer in ihm, das sich zum Flächenbrand ausweitete.

Zum ersten Mal verlor Nick die Kontrolle über sich. Er konnte an nichts anderes mehr denken als an Melanies Körper. Sie schmiegte sich an ihn, als wollte sie mit ihm verschmelzen. Er war machtlos gegen seine Empfindungen.

Sein Begehren, das er stets zu zügeln gewusst hatte, drohte übermächtig zu werden.

Nicks Fuß stieß gegen den Bettüberwurf. Er wusste, sie würde keinen Widerstand leisten, wenn er sie jetzt auf das Bett warf. Seit der ersten Begegnung am nächtlichen Strand hatte er sie begehrt, seit er zum ersten Mal in ihre klaren, leuchtenden Augen geblickt hatte. Er wollte sie haben, mehr als alles andere auf der Welt, aber wenn er diesem Verlangen nachgab, würde es nur noch sie geben. Tag und Nacht, immer nur sie ...

Nick riss sich gewaltsam zusammen. Er packte Melanies Schultern und schüttelte sie leicht. „Du wirst mir jetzt zuhören, verstanden?" Seine Stimme klang rau und unsicher, aber Melanie merkte es offenbar nicht. Lächelnd sah sie zu ihm auf und berührte seine Wange mit der Hand.

Nick machte eine ungehaltene Kopfbewegung. „Ich muss mit dir reden."

„Reden?" Sie lächelte noch immer. „Muss das sein?"

„Ich muss dir etwas sagen, und zwar jetzt, an diesem Morgen." Nick suchte nach den passenden Worten. Er wusste nicht mehr genau, was er eigentlich sagen oder tun wollte. Und wie kam es, dass er Melanies Duft stärker wahrnahm als noch vor ein paar Minuten? Er schien ihn vollkommen einzuhüllen.

„Oh Nick ...", seufzte Melanie schläfrig. „Ich habe eine Unmenge Ouzo getrunken. Ich muss mich hinlegen, sonst falle ich tot um. Man kann an Alkoholvergiftung sterben. Was soll ich nur machen? In meinem Kopf dreht sich alles."

„Melanie." Nick atmete schwer, sein Herz hämmerte wild. Er sollte Melanie jetzt in Ruhe lassen, aber die Zeit drängte. „Nimm dich zusammen und hör zu", befahl er.

„Ich will nichts hören." Melanie kicherte. „Du sollst nicht reden, du sollst mich lieben. Entweder du liebst mich endlich, oder du gehst."

Nick war geschlagen. Er sah in Melanies meerblaue Augen und versank in ihren Tiefen. Keine Macht der Erde konnte ihn jetzt mehr retten.

„Hexe!" stieß er hervor, während sie zusammen aufs Bett fielen.

Für Nick ging die Welt in Flammen auf. Er warf sich über sie, presste sie an sich und küsste sie wie ein Verdurstender. Sie wehrte sich nicht, sie seufzte nur selig auf. Sie ergab sich ihm und machte ihn gerade dadurch zu ihrem Gefangenen.

Nick konnte der Versuchung nicht widerstehen. Er wusste, dass er eines Tages einen hohen Preis dafür zahlen würde, aber es gab kein Zurück. Nur dieser Augenblick zählte, der Augenblick, da sie ihm ganz gehörte.

In seiner Hast zerriss er das zarte Hemdchen. Melanie merkte es nicht, oder es kümmerte sie nicht. Nick küsste sie mit verzweifelter Leidenschaft ... ihre Lippen, ihre Haut ... Nicht genug konnte er davon bekommen. Er wollte sie, musste sie haben, er konnte nicht länger warten.

Worte drängten sich ihm auf die Lippen. Seine Stimme klang heiser vor Verlangen. Er wusste nicht, was er sagte, ob er die Umstände verfluchte oder wahnsinnige Eide schwor. Es war ihm gleichgültig. Das Begehren hatte ihn längst besiegt. Er spürte ihren Körper unter sich und drang in sie ein. Im Rausch seiner Leidenschaft verlor Nick jede Kontrolle über sein Tun.

Melanie wurde ein Teil von ihm. Er spürte ihre Hände über seinen Körper gleiten und wusste nicht mehr, wer führte und wer folgte. Melanie lag weich und willig unter ihm, und dennoch fühlte er ihre Stärke, ihr Fordern.

Er wollte sie anschauen. Sicher war ihre Haut ganz weiß, kaum von der Sonne berührt. Aber Melanie zog ihn wieder zu sich herunter, verlangte nach seinem Kuss, und er schloss die Augen und versank im Taumel der Leidenschaft. Der wilde, süße Duft weißer Blüten drang in sein Bewusstsein. Es wird nie wieder einen anderen Duft für mich geben, dachte Nick.

Noch einmal versuchte er, einen Rest von Willenskraft aufzubieten und wieder zu Verstand zu kommen. Er durfte sich nicht verlieren, es würde ihn angreifbar, verwundbar machen. Aber er kämpfte vergeblich.

Melanie, ihr Duft, ihre weiche Zärtlichkeit und sein unbezähmbares Verlangen waren stärker.

8. KAPITEL

Helles Sonnenlicht durchflutete das Zimmer und drang durch Melanies geschlossene Lider. Stöhnend vergrub sie das Gesicht im Kopfkissen und hoffte, das Ende möge gnädig und schnell kommen. Stattdessen wurde das Hämmern in ihrem Kopf stärker.

Behutsam versuchte sie sich aufzusetzen und die Augen zu öffnen. Das strahlende Licht traf sie wie ein Blitz. Rasch schloss sie die Augen wieder. Dann nahm sie ihren ganzen Mut zusammen und richtete sich langsam auf.

Melanie saß aufrecht im Bett und hatte das Gefühl, sich auf einem Karussell zu befinden, das sich rasend schnell drehte. Ihr Magen revoltierte, ihre Augen schmerzten. Sie stöhnte und blieb ganz still sitzen, bis sie sich besser fühlte. Ohne den Kopf zu drehen, schwang sie die Beine über die Bettkante und stand auf.

Sie trat auf das am Boden liegende Kleid, ging zum Schrank und holte sich ihren Morgenmantel heraus. Sie hatte nur den einen Wunsch – Kaffee, starken heißen Kaffee.

Mit einem Schlag fiel es ihr wieder ein. Melanie wirbelte herum und starrte auf das Bett. Es war leer. Hatte sie geträumt? Hatte sie sich alles nur eingebildet? Nein, kein Traum, keine Einbildung. Nick war hier gewesen. Alles, woran sie sich erinnerte, war tatsächlich geschehen. Sie konnte noch seine Küsse auf ihren Lippen fühlen, und sie wusste ganz genau, wie hemmungslos sie sich ihm hingegeben hatte.

Leidenschaft. So hatte Melanie sie sich immer vorgestellt. Wunderbar, verzehrend und fast unerträglich. Sie hatte Nick alles gegeben, ihn geradezu herausgefordert, sie zu nehmen. Noch jetzt konnte sie seine starken Rückenmuskeln an ihren Handflächen fühlen und seinen rauen, schnellen Atem hören.

Nick hatte sie im Sturm genommen. Ihr war es recht

gewesen. Später war sie in seinen Armen eingeschlafen. Und nun war er fort. Natürlich war er fort, was hatte sie denn erwartet? Diese Nacht hatte ihm nichts bedeutet, weniger als nichts. Wenn sie nur nicht so viel getrunken hätte!

Nichts als eine Ausrede, schalt sich Melanie sofort. So viel Stolz würde sie wohl noch haben, um nicht darauf angewiesen zu sein. Nein, der Alkohol war nicht schuld.

Melanie ging zum Bett zurück und griff nach dem zerrissenen Hemdhöschen. Nein, sie hatte es gewollt. Sie war diesem Mann verfallen, sie konnte nicht ohne ihn leben. Melanie knüllte die zerfetzte Seide zusammen und schleuderte das Hemdhöschen in den Schrank. Wenn jemand an den Geschehnissen schuld war, dann sie selbst.

Sie warf die Schranktür zu. Es ist vorbei, dachte sie. Alles vorbei. Es darf mir nicht mehr bedeuten, als es Nick bedeutet hat. Verzweifelt kämpfte sie gegen Tränen an. Ich werde nicht seinetwegen weinen – nie! schwor sie sich. Sie war erwachsen und niemandem Rechenschaft schuldig. Wenn sie sich mit einem Mann einließ, war das allein ihre Sache.

Jetzt wollte sie erst einmal hinuntergehen und starken Kaffee trinken. Danach würde sie in der Lage sein, vernünftig zu sein und mit sich ins Reine zu kommen. Sie schluckte die Tränen hinunter und ging zur Tür.

„Guten Morgen, Miss." Zena, das kleine Dienstmädchen, begrüßte Melanie mit einem Lächeln, auf das sie gern verzichtet hätte. „Soll ich das Frühstück hier servieren?"

„Nein, danke. Nur Kaffee, bitte." Bei dem Gedanken an Essen drehte sich Melanies Magen um. „Ich werde ihn unten trinken."

„Es ist ein schöner Tag heute."

„Ja, wunderschön." Melanie biss die Zähne zusammen, verließ ihr Zimmer und durchquerte die obere Halle.

Das Klirren von Porzellan und ein durchdringender Schrei ließen Melanie zusammenzucken. Sie lehnte sich an die Wand, drückte die Hand an die Stirn und stöhnte. Musste das Mädchen ausgerechnet heute Morgen tollpatschig sein?

Als das Schreien erneut begann, drehte sich Melanie um. Zena kniete mitten in den Scherben im Türrahmen eines anderen Zimmers.

„Was soll das, Zena?" Melanie beugte sich zu Zena hinunter, packte sie bei den Schultern und schüttelte sie. „Niemand wird Sie wegen ein paar zerbrochener Teller rauswerfen."

Zena schüttelte den Kopf und verdrehte die Augen. Am ganzen Körper zitternd, zeigte sie auf das Bett, entwand sich dann Melanies Griff und floh.

Melanie warf einen Blick in den Raum. Der Boden schwankte unter ihren Füßen. Ein Albtraum folgte dem anderen.

Flimmerndes Sonnenlicht fiel auf Iona, die quer über dem Bett auf dem Rücken lag. Ihr Kopf hing über die Kante hinab, das Haar berührte fast den Boden.

Melanie schüttelte ihre Benommenheit ab und stürzte zu dem Bett. Mit zitternden Fingern tastete sie nach Ionas Halsschlagader. Ein schwaches Flattern war zu spüren. Melanie, die unwillkürlich die Luft angehalten hatte, atmete erleichtert auf. Instinktiv hob sie Ionas leblosen Körper aufs Bett zurück. Ihr Blick fiel auf die Spritze zwischen den zerknüllten Laken.

„Oh mein Gott!"

Das erklärte alles – Ionas Nervosität, den jähen Stimmungsumschwung, ihre Aggressivität. Oh Gott, dachte Melanie, sie hat sich den „goldenen Schuss" verpasst. Eine Überdosis! Was tue ich jetzt? Ich muss handeln, vielleicht ist es noch nicht zu spät ...

„Melanie ... Großer Gott!"

Melanie wandte den Kopf. Dorian stand blass und starr im Türrahmen.

„Sie ist nicht tot", sagte Melanie rasch. „Ich glaube, sie hat eine Überdosis erwischt. Schnell, ruf den Arzt an! Wir brauchen eine Ambulanz. Sie muss ins Krankenhaus!"

„Sie ist nicht tot?" Dorians Stimme klang hohl. Er eilte zum Bett.

Jetzt war keine Zeit, auf Gefühle Rücksicht zu nehmen. „Es eilt, Dorian, schnell!" befahl Melanie. „Der Puls ist noch zu fühlen, aber äußerst schwach."

„Was hat Iona diesmal angestellt?" kam Alex' Stimme leicht gereizt von der Tür her. „Zena ist hysterisch und ... um Himmels willen!"

„Einen Notarzt!" rief Melanie. Sie presste die Finger auf Ionas Puls, als hinge ihr Leben davon ab. „In Gottes Namen, beeilt euch doch!"

Alex stürzte in die Halle hinaus. Dorian blieb wie versteinert stehen.

„Ich habe eine Spritze gefunden", erklärte Melanie so ruhig wie möglich. Sie wollte Dorian nicht unnötig wehtun. Er wandte den Blick von Iona und schaute jetzt Melanie aus leeren Augen an. „Sie hat sich den ‚goldenen Schuss' verpasst. Sie ist drogenabhängig, Dorian. Du wusstest es, hab ich Recht?"

„Heroin." Ein Schauer schien ihn zu durchlaufen. „Ich dachte, sie sei von der Nadel los. Bist du sicher, dass sie ..."

„Sie ist nicht tot." Melanie ergriff Dorians Hand. Sie spürte großes Mitleid mit Iona und auch mit Dorian. „Sie lebt, Dorian. Man wird alles tun, um sie am Leben zu erhalten."

Einen Moment drückte Dorian Melanies Hand so stark, dass es schmerzte. „Iona ...", flüsterte er. „So schön ... so verloren."

„Noch ist sie nicht verloren", widersprach Melanie energisch. „Ihr Leben liegt in Gottes Hand. Wir können nur hoffen und beten."

Dorians Blick kehrte zu Melanie zurück. Noch nie hatte sie so leere, ausdruckslose Augen gesehen.

Eine Ewigkeit schien inzwischen vergangen zu sein, als Melanie dem Rettungshubschrauber nachsah, der Iona nach Athen bringen würde. Dorian und der Arzt begleiteten sie. Alex und Liz trafen eilige Vorbereitungen für den eigenen Flug nach Athen.

Noch immer barfuß und im Morgenmantel, blickte Melanie dem Helikopter nach, bis er außer Sicht war. Ihr Leben lang würde sie Dorians blasses, versteinertes Gesicht und Ionas leblose Schönheit nicht mehr vergessen. Sie schauderte und wandte sich vom Fenster ab. Alex stand im Türrahmen.

„Tripolos", sagte er leise. „Er ist im Salon."

„Oh nein, nicht jetzt!" Melanie streckte Alex beide Hände entgegen. „Wie willst du das durchstehen?" fragte sie mitleidig.

„Keine Angst." Seine Stimme klang tonlos, aber beherrscht. „Melanie, ich wünschte bei Gott, diese katastrophalen Vorfälle wären dir erspart ..."

„Nein", unterbrach sie ihn und drückte seine Hände. „Nicht, Alex. Wir sind schließlich Freunde, oder?"

„Schöne Freunde hast du. Vergib mir trotzdem."

„Nur, wenn du aufhörst, mich wie eine Fremde zu behandeln."

Alex seufzte und legte den Arm um Melanies Schultern. „Komm, bringen wir es hinter uns. Tripolos erwartet uns."

Melanie fragte sich, ob sie jemals wieder den Salon betreten könnte, ohne Tripolos in dem breiten, hochlehnigen Sessel sitzen zu sehen. Wie beim letzten Mal nahm sie ihm gegenüber auf dem Sofa Platz und wartete auf seine Fragen.

„Das ist ein ziemlicher Schock", ließ sich Tripolos nach einer Weile vernehmen. „Für Sie alle." Sein Blick glitt von Melanie zu Alex und dann zu Liz. „Wir werden selbstverständlich um äußerste Diskretion bemüht sein", fuhr er dann fort. „Ich werde versuchen, die Presse herauszuhalten, aber ein Selbstmordversuch in diesen Kreisen ..." Er ließ den Rest unausgesprochen.

„Selbstmord", wiederholte Alex leise. Er starrte den Polizeichef verständnislos an.

„Nach den ersten Untersuchungen hat es den Anschein, als hätte Ihre Cousine infolge einer selbst ausgeführten Injektion eine Überdosis Heroin erwischt. Genaueres lässt sich erst sagen, wenn alle Nachforschungen und Untersuchungen abgeschlossen sind. Die übliche Routine, Sie verstehen schon. Miss James, Sie haben Miss Theocharis gefunden?"

Melanie fuhr zusammen, als sie ihren Namen hörte, fasste sich aber sofort. „Nein, eines der Hausmädchen fand sie – Zena. Sie ließ das Tablett fallen und schrie. Ich lief zu ihr und sah Iona auf dem Bett liegen."

„Haben Sie den Arzt angerufen?"

„Nein." Melanie schüttelte ärgerlich den Kopf. Tripolos wusste doch, dass Alex angerufen hatte, aber offenbar wollte er die ganze Geschichte noch einmal von ihr hören. Resigniert fügte sie sich in das Unvermeidliche. „Zuerst hielt ich sie für tot. Dann fühlte ich ihren Puls. Ich legte sie ins Bett zurück."

„Ins Bett zurück?" Tripolos Stimme klang unmerklich schärfer als zuvor. Melanie entging das nicht.

„Ja. Sie lag quer über dem Bett, ihr Kopf hing über die Bettkante herab." Melanie hob hilflos die Hände. „Ehrlich gesagt, ich weiß nicht, was ich mir davon versprochen habe, mir schien es nur das Richtige zu sein."

„Ich verstehe. Und dann fanden Sie das hier?" Der Kommissar hielt die Injektionsnadel hoch, die jetzt in einem durchsichtigen Plastikbeutel steckte.

„Ja."

„Wussten Sie, dass Ihre Cousine an der Nadel hing, Mr. Theocharis?"

Alex' Gesicht erstarrte bei dieser Frage. Liz griff rasch nach seiner Hand. „Ich wusste, dass Iona Probleme hatte ... mit Drogen. Vor zwei Jahren ging sie zu einer Entziehungstherapie in eine Klinik. Ich war überzeugt, sie sei kuriert. Wenn ich geahnt hätte, wie ... krank sie ist, hätte ich sie nicht zu meiner Frau und unserem Gast in mein Haus gebracht."

„Mrs. Theocharis", wandte sich Tripolos jetzt an Liz, „war Ihnen Ionas Problem bekannt?"

Melanie hörte, dass Alex tief Luft holte, aber Liz antwortete rasch, ehe er etwas sagen konnte.

„Ja, es war mir bekannt." Mit einem Ruck drehte sich Alex zu ihr herum, aber Liz sprach ruhig weiter. „Mein Mann arrangierte vor zwei Jahren Ionas Aufenthalt in einer Spezialklinik für Drogenabhängige. Ich wusste es, obwohl er mich mit diesen Dingen verschonen wollte." Liz schaute Alex nicht an, legte aber ihre Hand über seine.

„Haben Sie eine Ahnung, woher Ihre Cousine Stoff bezog?" fragte Tripolos nun wieder Alex.

„Nein."

„Ich verstehe. Tja, da Ihre Cousine in Athen ihren Wohnsitz hat, werde ich wohl die zuständige Polizeibehörde einschalten und mit der Ermittlung der Kontaktpersonen beauftragen müssen."

„Tun Sie, was nötig ist", erwiderte Alex tonlos. „Ich bitte Sie nur, meine Familie so weit wie möglich herauszuhalten."

„Selbstverständlich. Ich darf mich verabschieden. Ich hoffe, Sie entschuldigen die Störung."

„Ich muss die Familie verständigen", sagte Alex dumpf, nachdem sich die Tür hinter Tripolos geschlossen hatte. Er stand auf, küsste Liz flüchtig aufs Haar und verließ ohne ein weiteres Wort den Salon.

„Liz", begann Melanie, „ich weiß, es ist eine abgedroschene Phrase, aber wenn ich etwas für dich tun kann ..."

Liz schüttelte den Kopf. Sie schaute Melanie an. „Ich kann es nicht fassen, ich begreife es nicht ... Sie lag da wie eine Tote ... Ich habe nie ein Geheimnis daraus gemacht, dass ich Iona nicht mag, aber jetzt ..." Liz stand auf und ging zum Fenster. „Sie gehört zu Alex' Familie, und ihm geht es sehr nahe. Er fühlt sich verantwortlich für alles, was ihr geschieht. Ich muss immer daran denken, wie abweisend ich mich ihr gegenüber verhalten habe."

„Alex braucht dich jetzt." Melanie erhob sich ebenfalls, trat zu Liz und legte ihr eine Hand auf die Schulter. „Du hast keinen Grund, dir Vorwürfe zu machen. Du hast dein Möglichstes getan. Sie hat es dir nicht leicht gemacht, Liz."

„Du hast natürlich Recht", seufzte Liz und brachte ein schwaches Lächeln zu Stande. „Es war kein angenehmer Urlaub für dich bis jetzt. Nein, widersprich nicht." Sie drückte Melanies Hand. „Ich werde nachschauen, ob Alex mich braucht. Er wird jetzt einiges zu regeln haben."

Melanie ging in ihr Zimmer, um sich anzuziehen. Während sie die Bluse zuknöpfte, schaute sie zur Balkontür über den Garten, das Meer und die Berge hinaus. Wie konnte in einer so schönen Umgebung nur so viel Hässliches in so kurzer Zeit geschehen?

Es klopfte leise an die Tür. „Herein."

„Melanie, störe ich?"

„Oh, Alex." Melanies Herz floss über vor Mitgefühl. Anspannung und Kummer hatten tiefe Spuren in seinem Gesicht hinterlassen. „Ich weiß, wie schrecklich das alles für euch ist. Ich möchte euch nicht auch noch zur Last fallen. Vielleicht sollte ich besser nach New York zurückfliegen."

„Melanie ..." Alex zögerte einen Moment und ergriff Melanies Hände. „Ich weiß, es ist eine Zumutung, aber es geht um Liz, nicht um mich. Bitte bleib hier, ihretwegen. Ihr deine Gesellschaft zu erhalten ist im Augenblick das Einzige, was ich für sie tun kann."

Alex ließ Melanies Hände los und ging ruhelos im Zimmer auf und ab. „Wir müssen nach Athen fliegen. Ich weiß nicht, für wie lange – bis es Iona wieder besser geht, oder bis sie ..." Er brachte die Worte nicht über die Lippen. „Ich werde einige Zeit bei meiner Familie bleiben müssen. Meine Tante wird mich brauchen. Liz wird hierher zurückfliegen. Es wäre eine große Beruhigung für mich, wenn du hier auf sie warten würdest."

„Natürlich, Alex, das weißt du doch."

Alex schaute Melanie mit dem Anflug eines dankbaren Lächelns an. „Du bist ein echter Freund, Melanie. Wir werden dich für mindestens einen Tag und eine Nacht allein lassen müssen. Danach schicke ich Liz zurück. Wenn du noch hier bist, wird sie das akzeptieren."

Geistesabwesend nahm Alex Melanies Hand in seine. „Dorian wird wahrscheinlich in Athen bleiben wollen. Ich glaube, er ... empfindet mehr für Iona, als ich dachte. Ich werde Nick bitten, sich während unserer Abwesenheit um dich zu kümmern."

„Nein!" protestierte Melanie hastig. Sie biss sich gleich auf die Lippe. „Ich meine, das ist nicht nötig, Alex. Ich komme zurecht. Ich fühle mich nicht allein, schließlich ist das Personal im Haus. Wann startet eure Maschine?"

„In einer Stunde."

„Alex, ich bin sicher, es war ein Unfall."

„Hoffentlich kann ich meine Tante davon überzeugen." Alex betrachtete einen Moment seine Hände. „Obwohl ich glaube ..." Als er den Kopf wieder hob, waren seine Züge hart geworden. „Iona ist eine Geißel Gottes, ein Teufel in Menschengestalt. Ich sage dir das, weil ich mit niemandem sonst so offen reden kann. Nicht einmal mit Liz." Alex' Gesicht war eine grimmige Maske. „Ich hasse sie." Er spie die Worte aus wie Gift. „Ihr Tod wäre ein Segen für jeden, der sie liebt."

Nachdem Alex und Liz abgefahren waren, verließ Melanie die Villa. Sie musste hinaus an die frische Luft. Diesmal ging sie nicht an den Strand. Sie lief zu dem Kliff, dessen schroffe Schönheit sie von jeher fasziniert hatte.

Wie rein die Luft war! Melanie hatte kein bestimmtes Ziel.

Sie stieg immer höher und höher, als könne sie so allem da unten entfliehen. Hier oben war es still, weit entfernt war das dumpfe Rollen der Brandung zu hören.

Auf dem Gipfel des Kliffs entdeckte sie zu ihrer Freude einen struppigen Ziegenbock mit schwarzen Augen. Er starrte sie eine Weile an und kaute unentwegt auf ein paar Grashalmen herum, die er zwischen den Steinen gefunden hatte. Als Melanie sich an ihn heranschleichen wollte, sprang er auf und verschwand zwischen den Felsen.

Melanie seufzte leise und setzte sich hoch über dem Meer auf einen Felsvorsprung. Zu ihrem Erstaunen entdeckte sie winzige blaue Blümchen, die aus einem fingerbreiten Felsspalt ans Licht drängten. Sanft berührte sie die Blüten, brachte es aber nicht übers Herz, auch nur eine davon zu pflücken. Überall gibt es Leben, dachte sie. Man muss es nur zu finden wissen.

„Melanie."

Beim Klang der Stimme verkrampfte sich ihre Hand über den Blüten. Melanie wandte langsam den Kopf.

Nick stand nur ein paar Schritte von ihr entfernt. Eine leichte Brise wehte ihm das Haar ins Gesicht. Unrasiert, in Jeans und Sweatshirt – der Mann, den sie in jener Nacht in der Bucht zum ersten Mal gesehen hatte. Melanies Herzschlag stockte einen Moment. Wortlos stand sie auf und wollte den Abhang hinuntersteigen.

„Melanie!" Nick holte sie ein, hielt sie fest und drehte sie unerwartet sanft zu sich um. Seine Augen blickten kühl, aber Melanie las auch die Besorgnis in ihnen.

„Ich habe von der Sache mit Iona gehört."

„Natürlich. Du sagtest bereits, es gäbe kaum etwas auf der Insel, wovon du nicht weißt."

Melanies eisige Stimme wirkte auf ihn wie ein Schlag, aber er blieb ruhig. „Du hast sie gefunden."

Melanie ließ sich von Nicks ungewohnt ruhigem Ton nicht

beirren. Sie konnte genauso kalt und hart sein wie er, wenn es sein musste. „Du bist gut informiert, Nick."

Ihr Gesichtsausdruck blieb leer. Nick wusste nicht, wie er es anfangen sollte, zu ihr zu dringen. Käme sie nur in seine Arme, könnte er ihr helfen. Aber diese Frau würde sich an niemanden mehr anlehnen wollen und bei ihm schon gar nicht.

„Es war sicher nicht leicht für dich."

„Jedenfalls war es leichter, einen lebenden Menschen zu finden als einen toten", bemerkte Melanie spöttisch.

Nick ließ die Hände sinken. Jetzt, da er sie trösten wollte, trösten konnte, war es zu spät. Sie lehnte seine Hilfe ab. „Willst du dich nicht wieder hinsetzen?"

„Nein. So friedlich, wie es vorhin war, ist es jetzt nicht mehr."

„Lass die Tiefschläge!" brauste Nick auf und packte Melanie grob an den Armen.

„Lass mich los."

Das leise Beben ihrer Stimme strafte ihre eiskalten Worte Lügen. Nick wusste, lange würde sie nicht standhalten.

„Nur, wenn du mit mir zum Haus zurückkommst", sagte er.

„Nein."

„Doch." Nick packte fester zu und zog sie auf den steinigen Pfad, der nach unten führte. „Wir haben zu reden."

Melanie wollte seine Hand abschütteln, aber sein Griff war eisern. Nick zog sie einfach weiter. „Was willst du, Nick? Sensationelle Einzelheiten?"

Nicks Mund war nur noch eine schmale Linie. „Na schön. Von mir aus rede über Iona, wenn du willst."

Melanie würdigte ihn keiner Antwort. Inzwischen hatten sie schon fast die Treppe zu Nicks Haus erreicht. Melanie wurde erst jetzt bewusst, wohin sie sich verirrt hatte. Welcher Teufel hatte sie ausgerechnet auf dieses Kliff hinaufgetrieben?

Nick schob sie durch die Tür. „Kaffee!“ fuhr er Stephanos an, der ihnen in der Halle begegnete.

Im Salon drehte sich Melanie wütend zu Nick um. „Gut, du sollst deinen Willen haben! Und danach wirst du mich gefälligst in Ruhe lassen. Ich fand Iona bewusstlos, mehr tot als lebendig. In ihrem Bett lag eine Injektionsspritze. Iona scheint drogenabhängig zu sein.“ Sie machte eine kleine Pause. Merkwürdigerweise war sie außer Atem geraten. „Das alles wusstest du bereits, hab ich Recht, Nick? Du warst längst darüber informiert.“

Melanie war totenblass wie gestern am Strand, als sie sich Hilfe suchend in seine Anne geworfen hatte. Nick streckte die Hände nach ihr aus.

„Rühr mich nicht an!“ schrie Melanie. Nick zuckte wie unter einem Schlag zusammen. Melanie wandte sich ab und bedeckte das Gesicht mit den Händen. „Rühr mich nicht an“, flüsterte sie erstickt.

„Gut, wie du willst.“ Nick ballte die Hände zu Fäusten. „Setz dich, Melanie, ehe du umfällst.“

„Sag mir nicht, was ich zu tun habe.“ Warum klang ihre Stimme so unsicher? Zornig fuhr Melanie zu Nick herum. „Dazu hast du kein Recht.“

Lautlos betrat Stephanos den Salon. Er stellte das Tablett mit dem Kaffee ab und warf Melanie einen Blick zu.

„Der Kaffee, Miss“, sagte er freundlich. „Trinken Sie eine Tasse.“

„Nein, ich ...“

„Sie sollten sich setzen, Miss.“ Ehe Melanie protestieren konnte, drückte Stephanos sie sanft in einen Sessel. „Der Kaffee ist stark, er wird Ihnen gut tun.“

Hilflos sah Nick zu, wie Stephanos Melanie unter seine Fittiche nahm wie eine Glucke ihr Küken.

„Trinken Sie ihn schwarz. Das bringt Farbe in Ihre Wangen zurück.“

Melanie nahm die Tasse entgegen. „Danke. Vielen Dank."

Stephanos warf Nick einen langen, viel sagenden Blick zu und verschwand.

„Trink endlich!" befahl Nick, ärgerlich darüber, dass Stephanos Melanies Widerstand so leicht hatte überwinden können, während er selbst hilflos daneben stehen musste. „In der Tasse nützt er dir nichts."

Weil sie wirklich eine Stärkung brauchte, trank Melanie schließlich. „Und was verlangst du sonst noch von mir?"

„Verdammt, Melanie, ich habe dich doch nicht hergebracht, um dich über Iona auszufragen!"

„Nein? Das überrascht mich." Melanie setzte die leere Tasse ab und erhob sich. „Andererseits sollte mich eigentlich bei dir gar nichts mehr überraschen."

„Du traust mir jede nur erdenkliche Niedertracht zu, wie?" Nick ging an die Bar. „Glaubst du, ich hätte Stevos umgebracht und in der Höhle liegen lassen, damit du ihn dort findest? Es würde mich nicht wundern."

„Nein", sagte Melanie ruhig. „Stevos ist von hinten erstochen worden."

„Und?"

„Du lässt deine Gegner ins offene Messer rennen – Auge um Auge, Zahn um Zahn und von Angesicht zu Angesicht."

Mit einem leeren Glas in der Hand wandte sich Nick von der Bar zu Melanie um. Seine Augen waren jetzt tiefschwarz. Kaum unterdrückte Leidenschaft spiegelte sich in ihnen. „Melanie, gestern Nacht ..."

„Ich will nicht darüber reden, Nick." Melanie sagte das so kalt und endgültig, dass es Nick wie ein Messer durchfuhr.

„Okay, vergessen wir es." Nick füllte sein Glas. Er hatte gewusst, dass er einen Preis würde zahlen müssen, aber irgendwie hatte er gehofft, er würde nicht so hoch sein. „Möchtest du, dass ich dich um Verzeihung bitte?"

„Wofür?"

Nick lachte bitter auf und krampfte die Hand um sein Glas. „Mein Gott, ich muss mit Blindheit geschlagen sein! Sonst wäre mir längst klar, was für eine Eiseskälte sich hinter der schillernden Fassade verbirgt."

„Und was verbirgt sich hinter deinem trügerischen Image, Nick?" fragte Melanie scharf. „Du sitzt hier in deinem Haus hoch oben über dem Meer und spielst dein tödliches Spiel, bei dem Menschen nichts weiter als Figuren auf einem Schachbrett für dich sind. Aber ich will nicht zu diesen Schachfiguren gehören! In Athen liegt eine halb tote Frau im Krankenhaus. Du hast sie auf dem Gewissen, sie und unzählige andere, die dem Rauschgift verfallen sind, das du an Bord deiner Yacht von der Türkei nach Lesbos schaffst – heimlich und lautlos wie ein Dieb in der Nacht."

Sehr langsam und sehr vorsichtig setzte Nick sein Glas ab und drehte sich zu Melanie um. „Ich weiß, was ich bin."

Melanie war den Tränen nahe. „Ich weiß es auch", flüsterte sie. „Gott steh mir bei!" Sie drehte sich um und floh aus dem Haus. Nick hielt sie nicht zurück.

Stephanos kehrte in den Salon zurück. „Die Lady wirkte verstört", bemerkte er ruhig.

Nick wandte ihm den Rücken zu und füllte sein Glas auf. „Das brauchst du mir nicht zu sagen. Ich bin weder taub noch blind."

„Die beiden letzten Tage waren nicht leicht für sie", fuhr Stephanos unbeirrt fort. „Hat sie Trost bei dir gesucht?"

Nick fuhr herum, hielt aber zurück, was ihm auf der Zunge lag. Stephanos beobachtete ihn schweigend. „Nein", sagte Nick. „Sie würde lieber zu Grunde gehen, als noch einmal zu mir zu kommen." Er bemühte sich, nicht die Beherrschung zu verlieren. „Es ist besser so. Sie darf mir jetzt nicht dazwischenfunken. Im Augenblick wäre sie nur im Weg."

Stephanos strich über seinen martialischen Schnurrbart und pfiff leise durch die Zähne. „Vielleicht fliegt sie nach Amerika zurück."

„Je eher, desto besser." Nicks Gesichtszüge erstarrten. Mit einem Zug leerte er sein Glas.

Es klopfte.

Nick fluchte leise. „Sieh nach, wer, zum Teufel, es ist, und schaff ihn mir möglichst vom Hals."

„Captain Tripolos", meldete Stephanos einige Minuten später und verzog sich dann, nachdem er den Polizeichef ins Zimmer geführt hatte.

„Captain!" Mühsam unterdrückte Nick seinen Ärger. „Trinken Sie einen Kaffee mit mir?"

„Vielen Dank." Seufzend und ächzend ließ sich Tripolos in einem Sessel nieder. „War das eben Miss James, die ich den Steilpfad hinunterlaufen sah?"

„Ja", antwortete Nick knapp. „Sie ist gerade gegangen."

Beide Männer betrachteten sich gegenseitig mit scheinbar eher oberflächlichem Interesse. Der eine in Melanies Augen ein Panter, der andere ein Bluthund.

„Dann wissen Sie also über Miss Theocharis Bescheid."

„Ja." Nick reichte Tripolos die Sahne. „Eine scheußliche Sache. Ich werde nachher in Athen anrufen und mich nach ihr erkundigen. Sind Sie Ionas wegen hier?"

„Ja. Es war sehr freundlich von Ihnen, mich zu empfangen, Mr. Gregoras. Ich weiß, Sie sind ein viel beschäftigter Mann."

„Es ist meine Pflicht, mit der Polizei zu kooperieren, Captain", erwiderte Nick. „Aber in diesem Fall wird mir das nicht möglich sein, fürchte ich."

„Da Sie gestern mit Iona Theocharis den ganzen Nachmittag über zusammen waren, dachte ich, Sie könnten mir zumindest Auskunft über ihren Gemütszustand geben."

„Ah, ich verstehe." Nick trank seinen Kaffee und überlegte rasch, wie er jetzt vorgehen sollte. „Captain, ich weiß nicht, ob ich Ihnen da helfen kann. Selbstverständlich hat es Iona furchtbar mitgenommen, dass dieser Mord praktisch vor ihrer

Haustür geschehen ist. Sie war nervös, aber das ist sie oft. Sie benahm sich in keiner Weise ungewöhnlich."

„Sie waren eine ganze Weile mit der Yacht unterwegs", bohrte Tripolos hartnäckig weiter. „Ergab sich vielleicht aus der Unterhaltung ein Hinweis, der auf Selbstmordabsichten schließen ließ? Ich nehme an, Sie haben sich unterhalten, oder?"

„Wir haben uns nicht allein mit Gesprächen beschäftigt, Captain. Sie verstehen", bemerkte Nick und schaute Tripolos viel sagend an.

„Ich verstehe."

Nick fragte sich, wie lange das Scharmützel noch weitergehen würde. Er beschloss, sich zur Abwechslung einmal etwas wortreicher zu äußern. „Iona ist nicht leicht zu durchschauen. Sie ist sprunghaft, unausgeglichen und äußerst eigenwillig – das ist allgemein bekannt im Freundes- und Familienkreis. Aber ich muss sagen, auf die Idee, sie könnte einen Selbstmordversuch unternehmen, wäre ich nie gekommen. Ich kann mir nicht helfen, Captain, aber ich halte es nach wie vor für unwahrscheinlich."

Tripolos lehnte sich bequem in seinem Sessel zurück. „Warum?"

Es genügt, wenn ich ihm jetzt ein paar allgemeine Floskeln serviere, dachte Nick. „Sehr einfach, Captain – sie ist nicht der Typ, der sich das Leben nimmt. Dazu ist sie viel zu egozentrisch. Iona ist maßlos lebenshungrig, außerdem ist sie schön, heißblütig und sexy. Nein, nein, eine solche Frau denkt nicht an Selbstmord." Nick zuckte die Schultern. „Meiner Ansicht nach war es ein Unfall."

„Nein, Mr. Gregoras. Es war kein Unfall, das steht fest."

Nick merkte, dass Tripolos jetzt von ihm eine Reaktion erwartete, aber er hob nur fragend die Augenbrauen.

„Das war nicht der so genannte ‚goldene Schuss' eines Anfängers, Mr. Gregoras. Eine dreifache Überdosis Heroin – das passiert einem erfahrenen Fixer wie Iona Theocharis nicht. Die Unzahl der Einstichnarben an Armen und Oberschenkeln beweisen die traurige Wahrheit."

„Ich verstehe."

„Wussten Sie, dass Miss Theocharis heroinsüchtig ist?"

„Ich kenne Iona nicht sehr gut, Captain, eigentlich nur auf gesellschaftlicher Ebene. Sie ist die Cousine meines Freundes, eine schöne Frau, die manchmal nicht ganz leicht zu ertragen ist."

„Immerhin haben Sie den gestrigen Tag mit ihr verbracht."

„Eine schöne Frau", wiederholte Nick lächelnd. „Es tut mir Leid, dass ich Ihnen nicht mehr sagen kann."

„Vielleicht interessiert Sie meine Theorie?" fragte Tripolos.

Nick traute diesem freundlichen Blick nicht, lächelte aber weiter. „Selbstverständlich."

„Sehen Sie", fuhr Tripolos fort, „wenn es kein Unfall war und wenn Ihr Instinkt Sie nicht täuscht, steht nur noch eine Möglichkeit offen."

„Was denn?" Nick starrte den Captain stirnrunzelnd an. „Wollen Sie damit sagen, jemand hätte versucht, Iona zu ermorden?"

„Ich bin Polizist, Mr. Gregoras." Tripolos sah wie die Bescheidenheit in Person aus. „Ich ziehe prinzipiell jede, auch die unwahrscheinlichste Möglichkeit in Betracht und lasse kein Verdachtsmoment außer Acht. Kann man offen mit Ihnen reden?"

„Ich bitte sogar darum." Gar nicht dumm, dachte Nick. Im Gegenteil, sehr geschickt. Aber er täuscht sich. Die Falle, die er so sorgfältig gestellt hat, wird nicht zuschnappen.

„Ich stehe vor einem Rätsel", sprach Tripolos weiter. „Aber Sie kennen die Familie Theocharis seit Jahren und können die Zusammenhänge besser beurteilen. Das muss natürlich unter uns bleiben – Sie verstehen?"

„Natürlich. Fangen Sie an, Captain."

„Wie unsere Ermittlungen ergeben haben, war Anthony Stevos Mitglied eines von Lesbos aus operierenden Schmuggelrings."

„Ich gebe zu, dass mir dieser Gedanke auch schon gekommen ist." Im Stillen erheitert, holte Nick eine Zigarettenschachtel hervor und hielt sie Tripolos hin.

„Die Bande macht sich die Nähe der Insel zum türkischen Festland zu Nutze, um Opium über den Golf von Edremit zu schmuggeln." Tripolos bewunderte erst die schlanke, elegante Zigarette, ehe er sich zu Nick beugte, um sich Feuer geben zu lassen.

„Sie wollen damit andeuten, Stevos sei von einem Komplizen ermordet worden?"

„Das ist meine feste Überzeugung." Tripolos zog mit Kennermiene den Rauch ein. „Das eigentliche Problem ist der Boss der Bande, ein Profi ersten Ranges, wie ich zugeben muss. Er ist äußerst schlau und entkommt selbst dem engmaschigsten Polizeinetz. Gerüchteweise heißt es, er begleite die Überfahrten nur selten, und wenn, dann nur maskiert."

„Diese Gerüchte habe ich natürlich auch schon gehört." Nick hüllte sich in eine Rauchwolke. „Ich habe sie aber immer für Dorfklatsch und Abenteuerromantik gehalten. Ein maskierter Gangster und Schmugglerboss – das ist ein gefundenes Fressen für die Leute."

„Der Mann existiert, das ist eine Tatsache, Mr. Gregoras, und ein Messer im Rücken hat nichts mit Romantik zu tun."

„Da haben Sie allerdings Recht."

„Stevos war kein besonders heller Kopf. Wir überwachten ihn in der Hoffnung, er könne sich als Fährte zum Kopf der Bande erweisen. Aber leider ..." Tripolos ließ wie üblich den Rest unausgesprochen.

„Eine Frage, Captain", sagte Nick. „Gibt es einen Grund, mich über den Stand der polizeilichen Ermittlungen zu informieren?"

„Sie sind eine prominente Persönlichkeit, Mr. Gregoras", erwiderte Tripolos glatt. „Ihr Name bürgt für Vertrauenswürdigkeit."

Dieser alte Fuchs, dachte Nick und lächelte. „Ich weiß das zu schätzen. Halten Sie diesen Schmugglerboss mit der Maske für einen Einwohner der Insel?"

„Ich halte ihn zumindest für ortskundig", antwortete Tripolos. „Ich glaube jedoch nicht, dass er Fischer ist."

„Etwa einer meiner Olivenpflücker?" fragte Nick leichthin. „Nein, das kann ich mir nicht vorstellen."

„Nach den Berichten, die mir aus Athen über Iona Theocharis' Aktivitäten zugegangen sind", fuhr Tripolos fort, „gibt es zwischen ihr und dem Mann, den wir suchen, eine Verbindung. Sie kennt seine Identität."

Nick horchte auf. „Iona?"

„Meiner Ansicht nach steckt sie mit dieser Schmugglerorganisation unter einer Decke und weiß mehr, als für ihre Sicherheit gut ist. Falls ..." Tripolos räusperte sich. „Wenn sie aus dem Koma erwacht, werden wir sie verhören."

„Wollen Sie etwa behaupten, Alex' Cousine sei in kriminelle Machenschaften verwickelt?" Er rückt mir verdammt dicht auf den Pelz, dachte Nick, und die Zeit wird verdammt knapp. „Iona flippt zwar gelegentlich aus", fuhr er fort, „aber Schmuggel und Mord ... Das kann ich mir nicht vorstellen."

„Ich fürchte, man hatte die Absicht, Miss Theocharis zu ermorden, weil sie zu viel weiß. Sie kennen das Mädchen, Mr. Gregoras. Was glauben Sie – wie weit würde sie aus Liebe oder für Geld gehen?"

Nick schien die Antwort sorgsam abzuwägen. In Wirklichkeit revidierte er blitzschnell die ursprünglich vorgesehene Taktik der bevorstehenden Operationen. „Aus Liebe würde Iona meiner Meinung nach keinen Finger rühren." Er blickte auf. „Wenn es um Geld geht, ist ihr jedes Mittel recht."

„Sie nehmen kein Blatt vor den Mund, Mr. Gregoras. Wenn Sie erlauben, komme ich demnächst auf das Thema zurück." Tripolos lächelte hinterhältig. Ein kaltes Glitzern trat in seine Augen. „Es ist viel wert, Probleme mit einem Mann von derart überragender Qualifikation diskutieren zu können. Ich bin Ihnen sehr dankbar."

„Keine Ursache, Captain. Wenn ich helfen kann – jederzeit", versicherte Nick lässig.

Nachdem sich Tripolos verabschiedet hatte, blieb Nick noch eine Weile in seinem Sessel sitzen. Er starrte eine Rodin-Skulptur in der anderen Ecke des Salons an und überlegte, welche Maßnahmen getroffen werden mussten.

„Heute Nacht schlagen wir zu", sagte er, als Stephanos eintrat.

„Das ist zu früh. Wir müssen uns absichern."

„Heute Nacht!" wiederholte Nick. „Ruf Athen an und informiere sie über die Änderung des Plans. Sie sollen sich gefälligst was einfallen lassen, um mir diesen Tripolos für ein paar Stunden vom Hals zu halten. Er hat den Köder ausgeworfen und ist verdammt sicher, mich auf diese Weise zu kassieren."

„Es ist zu riskant heute Nacht", gab Stephanos zu bedenken. „In ein paar Tagen ist wieder eine Schiffsladung fällig."

„In ein paar Tagen ist Tripolos nicht mehr aufzuhalten. Wir können im letzten Moment keine Komplikationen mit der Ortspolizei brauchen." Nick presste die Lippen aufeinander. „Ich werde den Teufel tun und mir ausgerechnet jetzt einen Fehler leisten! Ich muss die Sache vorantreiben, bevor Tripolos den ersten Schuss in die falsche Richtung abfeuert. Es bleibt dabei – heute Nacht! Ist das klar?"

9. KAPITEL

Finsternis herrschte in der Höhle. Vorspringende Felsen schützten sie vor dem Wind und vor Blicken. Ein seltsam dumpfer Geruch hing in der Luft, nach vermodertem Laub, welkenden Blumen, und über allem war der Hauch dunkler Geheimnisse, Angst und Tod ...

An diesem Ort war nie ein Liebespaar gesehen worden. Manchmal, wenn ein Mann in einer dunklen, stillen Nacht zu nahe herankam, war das Flüstern und Seufzen der Geister hinter den Felswänden zu hören, die dort umgingen. Dann machte er einen großen Bogen um die Höhle, ging nach Hause und sagte niemandem etwas davon.

Der Mond warf sein fahles Licht über das Wasser und verstärkte den Eindruck geheimnisumwitterter Dunkelheit. Es war totenstill, nur das Flüstern des Wassers auf den Klippen und das Stöhnen des Windes war zu hören.

Die Männer, die sich beim Boot sammelten, waren Schatten, dunkle Schemen ohne Namen, ohne Gesicht. Dennoch waren es Menschen aus Fleisch und Blut, aber sie fürchteten die Geister in der Höhle nicht.

Sie sprachen wenig, ab und zu ein geflüstertes Wort, ein unterdrückter Fluch oder ein leises Lachen, das nicht an einen solchen Ort zu passen schien. Die meiste Zeit jedoch bewegten sie sich schweigend und zielstrebig. Sie wussten, was getan werden musste. Der Zeitpunkt war bald gekommen.

Einer von ihnen bemerkte das Herannahen eines weiteren Schattens und flüsterte seinen Gefährten etwas zu. Er zog ein Messer aus dem Gürtel und hielt das Heft mit starker, schwieliger Hand umklammert. Die scharfe Klinge leuchtete kurz im Mondlicht auf. Die Arbeit wurde eingestellt. Die Männer warteten.

Der Schatten kam heran. Der Mann steckte das Messer weg

und atmete auf. Vor Mord fürchtete er sich nicht, aber vor diesem Schatten.

„Wir haben dich nicht erwartet."

„Spielt das eine Rolle?" Ein schmaler Streifen Mondlicht fiel auf den schattenhaften Mann. Er trug Schwarz – schwarze Hose, schwarzer Pullover, schwarze Lederjacke – und war groß und breitschultrig. Eine Kapuze verhüllte Kopf und Gesicht. Nur die dunklen Augen waren zu sehen – ein tödliches Glitzern.

„Kommst du heute Nacht mit?"

„Ich bin hier, oder?" Er war kein Mann, der Fragen beantwortete. Es wurden auch keine mehr gestellt. Er ging an Bord mit der Sicherheit eines Menschen, der sein Leben auf dem Meer verbringt.

Es war ein Fischkutter mit schwarzer Bordwand und sauberem, aber roh gezimmertem Deck. Nur der teure und starke Motor unterschied es von anderen Fischerbooten.

Wortlos ging der Mann über das Deck. Die anderen traten zurück und ließen ihn vorbei. Alle waren stämmige, muskulöse Männer mit starken Armen und kräftigen Händen, aber sie zogen sich vor dem schlanken Mann zurück, als fürchteten sie, er könne sie mit einer einzigen Handbewegung zermalmen. Jeder von ihnen hoffte zu Gott, die Augen hinter den Kapuzenschlitzen würden sich nicht auf ihn richten.

Der Mann ging zum Ruderhaus und warf einen Blick über die Schulter. Sofort wurden die Leinen losgemacht. Die Männer ruderten das Boot geräuschlos ins offene Meer hinaus. Erst dann wurde der Motor angeworfen.

Das Boot glitt wie ein schwarzer Fleck über das dunkle Wasser. Worte wurden kaum gewechselt. Die Leute waren ohnehin nicht sehr gesprächig, aber wenn der Maskierte bei ihnen war, wollte niemand etwas sagen. Wer sprach, zog Aufmerksamkeit auf sich, und das wollte keiner von ihnen riskieren.

Der Mann starrte aufs Meer hinaus und ignorierte die vorsichtigen Blicke der anderen. Er gehörte nicht zu ihnen, war nichts als ein drohender Schatten in der Nacht. Regungslos stand er am Ruder, den Blick starr geradeaus gerichtet.

„Uns fehlt ein Crewmann." Der Mann, der den Schatten bei der Höhle als Erster bemerkt hatte, trat hin zu ihm. Er sprach leise und rau. Seine Hände zitterten. „Soll ich Ersatz für Stevos beschaffen?"

Der Mann am Ruder wandte sich langsam um. Der andere Mann trat instinktiv einen Schritt zurück.

„Das ist meine Sache. Ihr tätet gut daran, euch an Stevos zu erinnern." Der Blick aus den Augenschlitzen wanderte über die Männer an Deck. „Jeder von euch kann ... ersetzt werden." Er wählte die Formulierung mit Bedacht und sah mit Genugtuung, dass die Männer zu Boden blickten. Sie schwitzten vor Angst, er hatte sie da, wo er sie haben wollte. Mit einem unmerklichen Lächeln schaute er wieder auf die See hinaus.

Das Boot machte Fahrt. Niemand sprach über ihn oder mit ihm. Hin und wieder warf einer der Crewmänner einen Blick zu der schwarzen Gestalt am Ruder. Die Abergläubischen unter ihnen bekreuzigten sich. Wenn der Teufel an Bord war, zitterte jeder von ihnen um sein Leben. Er ignorierte sie und benahm sich, als sei er allein an Bord. Gott sei Dank ...

Auf halbem Weg zwischen Lesbos und dem türkischen Festland wurde der Motor abgestellt. Die plötzliche Stille wirkte wie ein Donnerschlag. Die Männer schwiegen. Dies war keine Nacht für grobe Witze oder Würfelspiele.

Das Boot schwankte leise im Kielwasser. Der Wind frischte auf, aber alle bis auf einen schwitzten Blut und Wasser. Eine Wolke zog vor dem Mond vorbei.

Aus der Feme war das Geräusch eines Bootsmotors zu hören. Es wurde lauter, kam näher. Ein Lichtsignal blinkte dreimal hintereinander auf und erlosch dann wieder. Bald darauf schwieg auch dieser Motor. Ein zweiter Kutter legte längsseits an. Beide Schiffe verschmolzen zu einem einzigen Schatten. Die Männer warteten und beobachteten die schwarze Gestalt am Ruder.

„Der Fang war gut heute Nacht", rief eine Stimme vom zweiten Boot herüber.

„Die Fische lassen sich im Schlaf leicht fangen", sagte ein anderer. Irgendjemand lachte kurz auf. Zwei Männer beugten sich über die Reling und holten ein Netz voller Fische an Deck. Das Boot schwankte und lag dann wieder ruhig.

Der Mann mit der Kapuze beobachtete den Vorgang schweigend und regungslos. Beide Motoren wurden wieder angeworfen. Die Boote trennten sich. Eines fuhr nach Osten, das andere nach Westen. Der Mond schimmerte silbern. Die Brise frischte auf. Das Boot wurde wieder zu einem einzelnen schwarzen Fleck auf dem dunklen Wasser.

„Schneidet sie auf."

Die Männer blickten erstaunt in die Augenschlitze. „Jetzt?" wagte einer von ihnen zu fragen. „Nicht erst am üblichen Ort?"

„Schneidet sie auf", wiederholte der Maskierte. Seine Stimme schien die Nachtluft noch kälter zu machen. „Ich nehme den Inhalt mit."

Drei Männer knieten sich neben die Fische. Schnell und geschickt arbeiteten sie mit ihren Messern. Es roch nach Blut, Schweiß und Angst. Die weißen Päckchen, die aus den Fischbäuchen herausgezogen wurden, stapelten sich auf dem Deck. Die aufgeschlitzten Kadaver wurden ins Meer zurückgeworfen. Der Fang war weder für den Markt noch für den Kochtopf bestimmt.

Der Mann mit der Maske verstaute die weißen Päckchen in seinen Taschen. Wieder wichen die Männer vor ihm zurück, als brächte ihnen schon seine so unmittelbare Nähe den Tod –

oder Schlimmeres. Er musterte die Crew zufrieden und nahm dann seinen Platz am Ruder wieder ein.

Die Furcht der Männer verschaffte ihm eine grimmige Genugtuung, und die Konterbande befand sich jetzt in seinem Besitz. Er lachte. Es war ein freudloses, kaltes Lachen, das nichts mit Humor zu tun hatte. Auf der Rückfahrt fiel kein einziges Wort.

Später, wieder ein Schatten unter vielen, bewegte sich der Mann mit der Maske von der Höhle fort. Das Unternehmen war ohne Zwischenfall verlaufen, es hätte nicht besser klappen können. Niemand hatte ihm Fragen gestellt, niemand hatte gewagt, ihm zu folgen, und das, obwohl die anderen in der Überzahl gewesen waren. Dennoch bewegte er sich mit äußerster Vorsicht über den Strand. Er war schließlich kein Narr. Er hatte es nicht nur mit einer Hand voll verängstigter Fischer zu tun. Seine Arbeit war noch nicht getan.

Der Aufstieg war lang und steil, aber der Mann bewältigte ihn mühelos. Er hörte den Ruf eines Käuzchens, blieb kurz stehen und ließ den Blick über die Felsen gleiten. Von seinem Standort konnte er die weißen Mauern der Villa Theocharis sehen. Einen Moment lang überlegte er und setzte sich dann wieder in Bewegung.

Trittsicher und leichtfüßig wie eine Gämse bewegte er sich voran. Diesen Aufstieg hatte er oft genug im Dunkeln bewältigt. Vom Pfad hielt er sich fern. Pfade konnten Menschen bedeuten. Der Mann zog sich an dem Felsvorsprung hoch, auf dem Melanie morgens gesessen hatte. Ohne anzuhalten ging er weiter.

Im Fenster brannte Licht. Er hatte es selbst brennen lassen, als er sich auf den Weg gemacht hatte. Zum ersten Mal dachte er wieder an einen Drink. Weiß Gott, den konnte er jetzt brauchen!

Er öffnete die Haustür, ging durch die Halle und betrat ein Zimmer. Den Inhalt seiner Taschen warf er auf einen eleganten

Louis-Seize-Tisch und zog sich dann schwungvoll die schwarze Kapuze vom Kopf.

„Nun, Stephanos!“ Nick zeigte lächelnd seine weißen Zähne. „Kein schlechter Fang heute Nacht, was?“

Stephanos schaute auf die weißen Päckchen und nickte. „Kann man wohl sagen. Keine Schwierigkeiten?“

„Typen, die um ihr Leben zittern, machen keine Schwierigkeiten. Die Fahrt verlief reibungslos.“ Nick trat an die Bar, schenkte zwei Drinks ein und reichte Stephanos eines der Gläser. Er konnte von Glück sagen. Er hatte Kopf und Kragen riskiert und gewonnen. In einem Zug leerte er sein Glas.

„Finstere, anrüchige Typen, Stephanos, aber sie schaffen den Job. Sie sind geldgierig und“, er schwenkte seine Kapuze in der Luft und ließ sie dann auf die weißen Päckchen hinabfallen, „zu Tode verängstigt.“

„Eine verängstigte Crew ist ungefährlich“, bemerkte Stephanos. Er tippte mit dem Finger auf die Päckchen. „Kein schlechter Fang, weiß Gott. Davon kann ein Mann ein paar Jahre in Saus und Braus leben.“

„Oder auf den Geschmack kommen“, fügte Nick hinzu. „Und mehr davon wollen. Verdammt, dieser Fischgeruch hängt immer noch an mir.“ Er rümpfte die Nase. „Schick das Zeug nach Athen. Sie sollen mir einen Bericht über die Labortests hinsichtlich der Qualität des Stoffs zuschicken. Jetzt gehe ich erst mal den Gestank abwaschen und dann ins Bett.“

„Da ist noch etwas, das dich interessieren könnte.“

„Nicht heute Nacht.“ Nick drehte sich gar nicht erst herum. „Spar dir deinen Klatsch bis morgen auf.“

„Das Mädchen, Nicholas.“ Stephanos sah, wie Nick erstarrte. Einen Namen zu nennen war nicht nötig. „Wie ich höre, fliegt sie nicht nach Amerika zurück. Sie bleibt hier, solange Alex in Athen ist.“

„Verflucht!“ Nick drehte sich zu Stephanos um. „Ich kann mir jetzt nicht wegen einer Frau den Kopf zerbrechen.“

„Sie ist allein, bis Alex seine Frau zurückschickt."

„Sie geht mich nichts an", stieß Nick durch die Zähne hervor.

Stephanos betrachtete interessiert den Rest Brandy in seinem Glas. „Athen war interessiert", bemerkte er scheinbar leichthin. „Sie könnte uns später von Nutzen sein. Kann man nie wissen!"

„Nein!" Nick ging erregt im Zimmer umher. Die nervliche Belastung der letzten Stunden machte sich plötzlich bemerkbar. Allein der Gedanke an sie machte ihn verrückt. „Nein", sagte er entschlossen. „Ich kann sie jetzt nicht brauchen. Wir halten sie da heraus."

„Dazu ist es zu spät, wenn du mich fragst", bemerkte Stephanos.

„Wir halten sie heraus!"

Stephanos strich über seinen Schnurrbart. „Wie Sie meinen, Sir!"

„Ach, geh zum Teufel!" Nick ärgerte sich über Stephanos' spöttisch ergebenen Ton. Er nahm sein Glas auf und setzte es gleich wieder ab. „Wir können sie nicht brauchen", erklärte er etwas ruhiger. „Sie wäre ein Klotz am Bein, weiter nichts. Hoffen wir, dass sie in den nächsten Tagen nicht auf die Wahnsinnsidee verfällt, nachts am Strand herumzugeistern. Ich lege keinen Wert darauf, ihr dort zu begegnen."

„Und was machst du, wenn sie wider Erwarten dort aufkreuzt?" fragte Stephanos trocken.

„Dann gnade ihr Gott!" antwortete Nick und verließ das Zimmer.

Auch nach dem Bad kam Nick nicht zur Ruhe. Die natürliche Reaktion auf Stunden äußerster Anspannung, redete er sich ein. Aber immer wieder trat er ans Fenster und blickte auf die Villa Theocharis hinunter.

Melanie war also allein. Jetzt schlief sie in dem großen weichen Bett. Sie würde ruhig schlafen. Noch einmal würde er bestimmt nicht zu ihrem Balkon hinaufklettern. Gestern Nacht hatte er dem Impuls nachgegeben, weil er geglaubt hatte, sich vor ihr rechtfertigen und ihr alles erklären zu müssen.

Was für ein Wahnsinn! Nur Narren hatten Schuldkomplexe. Er war zu ihr gegangen, und sie hatte ihn dazu gebracht, preiszugeben, was er niemals hätte preisgeben dürfen. Die Freiheit des Herzens, die innere Unabhängigkeit.

Er hätte sie nicht anrühren dürfen. Es war unverzeihlich gewesen, die Situation auszunutzen. Sie hatte nicht gewusst, was sie tat – betrunken, wie Andrew sie heimgebracht hatte.

Andrew! Nick unterdrückte seine aufsteigende Wut. Aber es gab Momente, da hasste er Andrew, weil er Melanie geküsst hatte. Er hasste Dorian, weil Melanie ihn angelächelt hatte, und er hasste Alex, wenn er ihr freundschaftlich den Arm um die Schultern legte.

Sie würde ihm nie verzeihen, was in der vergangenen Nacht geschehen war. Sie hasste ihn, weil er ihre Hilflosigkeit, ihre Verwundbarkeit ausgenutzt und sie genommen hatte – mit diesem verdammten Medaillon um den Hals. Und sie hasste, was er tat, was er war.

Nick wandte sich mit einem Ruck vom Fenster ab. Warum zerbrach er sich eigentlich den Kopf? Melanie James würde in ein paar Wochen aus seinem Leben verschwinden. Wenn sie ihn hasste, würde es ihn nicht aus der Bahn werfen.

Wenn sie sein Herz erobert hatte, nun, damit würde er auch fertig werden. Nach allem, was er durchgestanden und getan hatte, würde er sich von einer blauäugigen Hexe nicht in die Knie zwingen lassen.

Melanie fühlte sich einsam. Die Stille, die sie noch vor wenigen Tagen gepriesen hatte, bedrückte sie jetzt. Dass eine Menge Dienstboten im Haus waren, war kein Trost. Sie vermisste Alex, Liz und Dorian.

Der Vormittag verging ebenso langsam wie die vergangene Nacht. Die Villa erschien Melanie wie ein Gefängnis, in dem sie mit ihren Gedanken allein war.

Und weil ihre Gedanken ständig nur um Nick kreisten, fand sie es fast unerträglich, in dem Bett zu liegen, das sie geteilt hatten. Wie konnte sie ruhig in einem Bett schlafen, in dem sie noch immer die Berührung mit seinem Körper und seine Küsse auf ihren Lippen spürte? Wie konnte sie in einem Zimmer zur Ruhe kommen, in dem noch immer der Duft von Wind und Meer zu hängen schien, der Nick anhaftete?

Wie hatte es geschehen können, dass sie diesen Mann liebte? Und wie lange konnte sie diese Liebe noch verleugnen?

Wenn sie sich ihr ergab, würde sie für den Rest ihres Lebens leiden müssen.

Obwohl Melanie wusste, dass sie sich damit eher noch trauriger machte, zog sie sich ihren Badeanzug an und ging an den Strand hinunter.

Eigentlich war es lächerlich, Angst vor dem Strand und dem Haus zu haben. Sie hätte den Urlaub nirgends schöner zubringen können. Wenn sie sich in ihrem Zimmer einschloss, würde sie das Geschehene auch nicht ändern können.

Der weiße Sand glitzerte in der Sonne. Rasch streifte Melanie ihr Strandkleid ab und lief ins Wasser. Das Schwimmen würde sie entspannen, und vielleicht konnte sie dann heute Nacht schlafen.

Was für einen Sinn hatte es, Tag und Nacht über den Mord an einem Mann nachzugrübeln, den sie nie gekannt hatte? Warum sollte sie sich wegen eines harmlosen Zigarettenrestes Gedanken machen? Sie musste endlich die simplen Fakten akzeptieren. Der Mann war im Zuge eines dörflichen Streits ums Leben gekommen. Sein Tod hatte weder mit ihr noch mit ihren Freunden etwas zu tun. Ein tragischer Fall, gewiss, aber ohne Bedeutung für sie selbst.

An Iona wollte Melanie nicht denken. An Schmuggler und

Mörder schon gar nicht. Und auf keinen Fall an Nick. Am besten, sie stellte fürs Erste das Denken ganz ein.

Und das gelang ihr tatsächlich. Die Welt bestand nur noch aus Himmel, Meer und Sonne. Das Wasser schien alles Hässliche von ihr abzuwaschen, und ihre Sorgen versanken in den Fluten. Es war wie am ersten Tag, als sie hier ihren inneren Frieden gefunden hatte.

Liz brauchte sie in den nächsten Tagen. Melanie würde keine Hilfe für sie sein, wenn sie selbst nervös und verstört wäre. Jawohl, und heute Nacht würde sie schlafen. Von Albträumen hatte sie genug.

Entspannt wie seit langem nicht mehr, schwamm sie ans Ufer zurück. Ihre Füße berührten den feinen Ufersand. Muscheln blitzten weiß an der Wasserlinie auf. Melanie richtete sich auf. Die kleinen Wellen umspielten ihre Knie. Die Sonne auf ihrer Haut fühlte sich herrlich an.

„So entstieg auch Helena dem Meer."

Melanie beschattete ihre Augen mit der Hand und sah Andrew. Er saß neben ihrem Handtuch im Sand und schaute ihr entgegen.

„Kein Wunder, dass ihretwegen der Trojanische Krieg ausbrach." Andrew stand auf und ging ihr zur Wasserlinie entgegen. „Wie geht's dir, Melanie?"

„Danke, gut." Sie nahm das Handtuch, das er ihr reichte, und rubbelte sich das Haar trocken.

„Deine Augen sind umschattet. Ein blauer See, über den dunkle Wolken ziehen." Andrew strich mit dem Finger über Melanies Wange. „Nick hat mir von Iona Theocharis erzählt." Er nahm Melanie bei der Hand und führte sie über den weißen Sand. Melanie ließ das Handtuch fallen und setzte sich neben Andrew. „Anscheinend hat sich alles gegen dich verschworen, Melanie. Es tut mir Leid, dass du auch noch Iona finden musstest."

„Anscheinend habe ich für so etwas ein besonderes Talent.

Aber ehrlich, mir geht es heute schon viel besser." Sie lächelte und berührte Andrews Wange. „Gestern war ich ... Ich wusste nicht mehr, wo mir der Kopf stand. Mir war, als sähe ich alles durch eine gläserne Wand, verzerrt und unwirklich. Heute sehe ich die Wirklichkeit, aber ich werde mit ihr fertig."

„Mit diesem Trick schützt die Natur den Menschen vor Überbelastung, glaube ich."

„Mir tun Alex und Liz furchtbar Leid, Andrew. Und Dorian auch." Melanie lehnte sich zurück und stützte sich mit den Ellbogen ab. Die Sonne fiel warm auf ihre Haut und trocknete das Wasser. „Es ist schwer für sie. Ich fühle mich so hilflos." Sie wandte Andrew das Gesicht zu und schüttelte das Haar aus. „Ob du es glaubst oder nicht, nach diesen zwei Tagen erkenne ich erst, wie froh ich bin, am Leben zu sein."

„Das ist eine ganz gesunde, normale Reaktion." Andrew lehnte sich auch zurück. Er blinzelte gegen das Sonnenlicht und betrachtete Melanie.

„Hoffentlich. Ich hatte schon Gewissensbisse."

„Du kannst keine Gewissensbisse haben, weil du leben willst, Melanie."

„Nein. Aber plötzlich wird mir bewusst, was ich noch alles tun und sehen will. Ich bin sechsundzwanzig, und dies ist meine erste Reise. Hättest du das gedacht? Meine Mutter starb, als ich noch ein Baby war. Mein Vater und ich zogen von Philadelphia nach New York. Etwas anderes habe ich nie kennen gelernt."

Melanie strich ihr feuchtes Haar zurück. „Ich spreche zwar fünf Fremdsprachen, aber zum ersten Mal mache ich von einer dieser Sprachen Gebrauch. Ich werde den Urlaub jedes Jahr in einem anderen Land verbringen – Italien, England, Frankreich." Sie drehte sich zu Andrew um und sah ihn mit leuchtenden Augen an. „Ich werde in Venedig mit einer Gondel fahren, ich werde in Cornwall durch das einsame Hochmoor streifen und über die Champs-Élysées bummeln." Melanie lachte, ihr war leicht und frei zu Mute. „Auf ganz hohe Berge möchte ich klettern."

„Und was ist mit dem Fischerboot?" Andrew legte lächelnd seine Hand über die ihre.

„Oh, habe ich das schon verraten?" Melanie lachte. „Ja, das auch. Jack sagte immer, ich hätte ausgefallene Ambitionen."

„Jack?"

„Ein Freund in New York." Melanie merkte zu ihrer Freude, wie leicht sie von ihm in der Vergangenheit sprechen konnte. „Er ist Politiker. Ich glaube, er will Präsident der Vereinigten Staaten werden."

„Hast du ihn geliebt?"

„Nein. Ich hatte mich an ihn gewöhnt." Melanie errötete. „Ist das nicht schrecklich, so etwas zu sagen?"

„Das weiß ich nicht. Findest du?" meinte Andrew nachdenklich.

„Nein", antwortete Melanie. „Es ist wahr. Er war sehr vorsichtig, sehr konventionell und leider sehr langweilig. Ganz anders als ..." Sie sprach nicht weiter. Ihr Blick war starr auf das Kliff gerichtet, alle Farbe wich aus ihrem Gesicht.

Andrew blickte auf und entdeckte Nick auf dem Gipfel des Kliffs. Mit gegrätschten Beinen, die Hände in den Hosentaschen, stand er da und schaute auf sie herunter. Sein Gesichtsausdruck war auf die Entfernung nicht zu erkennen. Unvermittelt drehte er sich um und verschwand ohne ein Winken oder einen Gruß hinter dem Felsen.

Andrew blickte Melanie an. Ihr Gesicht war ein offenes Buch, das ihm die Wahrheit verriet. „Du liebst Nick."

„Oh nein! Natürlich nicht", antwortete sie schärfer als nötig. „Ich kenne ihn kaum. Ein unmöglicher Typ – aufbrausend, arrogant und herrisch. Ein zynischer Menschenverächter, der über Leichen geht."

Bei dieser Beschreibung schüttelte Andrew erstaunt den Kopf. „Anscheinend reden wir von zwei verschiedenen Männern."

Melanie wandte sich ab und ließ den Sand durch die Finger rinnen. „Kann sein. Aber ich mag beide nicht."

Andrew betrachtete eine Weile schweigend ihr Spiel mit dem Sand. „Aber du liebst ihn."

„Andrew ..."

„Gegen deinen Willen", setzte Andrew hinzu und schaute dann übers Wasser hinaus. „Melanie, ich habe mich gefragt ... Ich möchte unsere Freundschaft nicht zerstören, um nichts in der Welt. Aber ich wüsste gern ... Würdest du mich heiraten?"

„Was?" Verblüfft drehte sie sich zu ihm herum. „Soll das ein Witz sein?"

Andrew blickte sie prüfend an. „Nein, es ist kein Witz. Ich bin überzeugt, eine Affäre würde alles verderben, und dachte, wir könnten vielleicht heiraten, aber damals wusste ich noch nicht, wie du zu Nick stehst. Das wurde mir erst heute klar."

„Andrew", begann Melanie, die nicht recht wusste, wie sie reagieren sollte. „Ist das eine Frage oder ein Heiratsantrag?"

„Fangen wir mit der Frage an, okay?"

Melanie holte tief Luft. „Ein Heiratsantrag schmeichelt dem Ego einer Frau, besonders wenn er von jemandem kommt, den man sehr mag. Aber das ist nicht der Sinn einer Freundschaft, stimmt's?" Melanie beugte sich zu Andrew hinüber und berührte seinen Mund mit den Lippen. „Ich bin sehr glücklich darüber, dich zum Freund zu haben, Andrew."

„So ungefähr habe ich mir deine Antwort vorgestellt. Ich bin ein romantischer Träumer, fürchte ich." Andrew lächelte abbittend. „Eine Insel, eine schöne Frau mit einem Lachen, leicht und frei wie der Wind ... Ich sah uns schon, wie wir uns in dem Cottage einrichten. Ein Kaminfeuer im Winter, Blumen im Frühling."

„Du liebst mich nicht, Andrew."

„Das könnte aber noch kommen." Er nahm Melanies Hand und betrachtete die Innenfläche. „Nein, es ist dir nicht bestimmt, dich in einen aufstrebenden Schriftsteller zu verlieben."

„Andrew ..."

„Und mir ist es nicht bestimmt, dich zu gewinnen." Er küsste Melanies Hand. „Aber ein schöner Gedanke ist es trotzdem."

„Ein sehr schöner sogar. Ich danke dir, Andrew."

Andrew nickte und stand auf. „Vielleicht komme ich auf die Idee, Venedig könnte mich inspirieren." Er schaute zu dem Haus auf dem Kliff hinauf. „Vielleicht treffen wir uns dann dort, wer weiß?" Er lächelte schief, verlegen wie ein Junge. „Mach's gut, Melanie."

Melanie fühlte einen Stich im Herzen. Sie blickte ihm nach, bis er auf dem Steilpfad des Kliffs verschwand, bevor sie sich wieder dem Meer zuwandte.

10. KAPITEL

Entgegen ihrer eigenen Überzeugung von heute Morgen kam Melanie nicht zur Ruhe. Sie dämmerte vor sich hin, aber sie wagte nicht, einzuschlafen – aus Angst vor den Träumen, die sie verfolgten.

Während des Tages war es Melanie unter Einsatz ihrer Willenskraft gelungen, Nick aus ihren Gedanken zu verdrängen. Sie wollte sich ihm auch in ihren Träumen nicht ergeben.

Aber jetzt musste sie immerzu an die Höhle denken, an das starre Gesicht im Wasser, an die schlanke schwarze Zigarette im Sand, an Iona, an Dorians versteinertes Gesicht ...

Wieso wurde Melanie den Gedanken nicht los, das eine habe etwas mit dem anderen zu tun?

Die Villa war zu groß und zu still, als dass man sich darin allein wohl fühlen konnte. Sogar die Luft schien drückend zu werden. Müdigkeit überwältigte Melanie, aber an der Grenze zwischen Wachen und Schlafen hatten es Träume und Trugbilder besonders leicht, durch ihr wehrloses Bewusstsein zu geistern.

Melanie konnte Alex' Stimme hören, die hart und kalt sagte, Ionas Tod wäre für alle ein Segen. Sie sah Dorians kühlen, ruhigen Blick, seine schmale Hand, in der er eine schwarze Zigarette hielt. Andrew lächelte wehmütig, den Blick auf das Meer hinaus gerichtet. Liz schwor, ihren Mann vor allem und jedem zu schützen. Und Melanie sah eine Messerklinge, scharf und tödlich. Sie wusste, dass es Nicks Hand war, die das Heft gepackt hielt.

Mit einem Aufschrei fuhr Melanie hoch. Nein, sie wollte nicht schlafen, jedenfalls nicht allein. Das wagte sie nicht.

Ohne nachzudenken schlüpfte sie in Jeans und eine Bluse. Heute Nachmittag hatte sie am Strand Frieden gefunden. Vielleicht würde es ihr auch in der Nacht gelingen.

Als sie vor die Villa trat, atmete sie auf. Hier in der freien Natur gab es keine Wände, keine leeren, einsamen Zimmer. Hier funkelten die Sterne und dufteten die Blumen. Ein leiser Wind flüsterte in den Zypressen. Das bedrückende Gefühl fiel langsam von Melanie ab. Sie ging zum Strand hinunter.

Melanie krempelte die Jeans hoch und ließ das Wasser über ihre Fußgelenke schwappen. Tief atmete sie die kühle Seeluft ein. Sie streckte die Arme den Sternen entgegen.

„Wann gewöhnst du dir endlich an, nachts im Bett zu bleiben?"

Melanie wirbelte herum und sah sich Nick gegenüber. War er schon die ganze Zeit hier? Sie hatte ihn nicht herankommen hören. Sie richtete sich gerade auf und blickte ihm kühl ins Gesicht. Genau wie sie trug er Jeans und war barfuß. Sein Hemd war nicht zugeknöpft, es hing locker herab. Am liebsten wäre Melanie jetzt nahe an ihn herangetreten. Aber was für ein irrer Gedanke! Rasch verscheuchte sie ihn.

„Das soll nicht deine Sorge sein", beantwortete sie Nicks Frage und drehte ihm dann den Rücken zu.

Nick war drauf und dran, Melanie am Arm zu packen und sie wieder zu sich zurückzudrehen. Er beherrschte sich. Nach dem Duschen hatte er sich ans Fenster gestellt und gesehen, wie Melanie zum Strand hinunterging. Ehe er gewusst hatte, was er tat, war er schon auf dem Steilpfad vom Kliff hinunter gewesen. Und jetzt sprach sie wieder mit dieser eiskalten Stimme.

„Du hast wohl vergessen, was Frauen passiert, die nachts allein am Strand herumlaufen, was?" fragte er spöttisch und streckte die Hände nach ihr aus. Er musste wenigstens ihr Haar berühren.

„Wenn du mich wieder irgendwohin schleppen willst, warne ich dich. Diesmal beiße und kratze ich."

„Das würde die Sache nur noch interessanter machen." Als Melanie den Kopf zurückbog, ließ Nick die Hand sinken. „Ich dachte, du hättest dich für heute genug am Strand amüsiert. Wartest du wieder auf Andrew?"

Melanie schleuderte mit einem zornigen Ruck das lange blonde Haar zurück. „Ich erwarte niemanden. Hergekommen bin ich, um hier allein zu sein. Also lass mich bitte in Frieden."

Jetzt zog Nick Melanie doch herum. Er packte sie so fest, dass sie vor Schmerz leise aufschrie. „Verdammt, Melanie, treib es nicht zu weit! So kannst du Andrew behandeln, aber nicht mich!"

„Nimm gefälligst die Hände weg!" Melanies Augen funkelten wie klares Eis. Nicht noch einmal würde sie sich von diesem Mann einschüchtern lassen. „Im Übrigen könntest du von Andrew eine Menge lernen." Sie warf den Kopf in den Nacken und lächelte kalt. „Und von Dorian auch. Wie man Frauen behandelt, beispielsweise."

Nick stieß einen unflätigen Fluch aus, packte Melanie an den Schultern und starrte sie finster an. „Hinter Dorian bist du also auch her, wie?" Er hatte Mühe, sich zu beherrschen. „Es macht dir Spaß, ihn an der Nase herumzuführen, was?"

Nicks Finger gruben sich wie Klammern in Melanies Arm, aber sie verzog keine Miene. Diese Genugtuung gönnte sie ihm nicht

„Du machst dich nicht schlecht als Playgirl, das muss man dir lassen!"

Sein Zynismus machte Melanie rasend. „Wie kannst du es wagen!" Ihre Augen flammten. „Ausgerechnet du! Wenn hier einer ein schmutziges Spiel treibt, bist du es. Denn du gehst über Leichen, Nick Gregoras! Ich hasse dich! Ich will dich nie wieder sehen!" Melanie riss sich los. Blind vor Wut rannte sie ins Wasser.

Zwei lange Schritte, und Nick hatte Melanie eingeholt und riss sie zu sich herum. Das Wasser schwappte um ihre Hüften. Nick schüttelte sie wild, und dabei rutschte sie auf dem schlüpfrigen Untergrund aus. Er zog sie wieder in die Höhe.

Im Augenblick war er zu zornig, um ganz klar denken zu können.

„Wartest du etwa darauf, dass ich zu dir gekrochen komme und um dein Wohlwollen bettle? Verdammt will ich sein, ehe ich das mache! Ich tue, was ich tun muss, weil es den Erfordernissen entspricht. Ich handle, wie ich es für notwendig halte. Hast du mich verstanden?"

„Deine schmutzigen Geschäfte und deine Worte interessieren mich nicht. Mich interessiert überhaupt nichts, was mit dir zu tun hat. Ich hasse dich!" Melanie holte zu einem Schlag gegen Nicks Brust aus und fiel fast wieder hin. „Ich hasse alles an dir. Ich wünschte, ich hätte dich nie gesehen!"

Diese Worte trafen Nick tief. Er musste daran denken, wie Melanie in seinen Armen gelegen hatte, er spürte wieder ihre Lippen auf seinem Mund und ihren Körper, der sich an ihn schmiegte.

Aber er gab seinen Gefühlen nicht nach. „Wie du willst", sagte er kalt. „Dann halte dich von mir fern und misch dich nicht in Angelegenheiten, die dich nichts angehen."

„Nichts täte ich lieber, als mich von dir fern zu halten." Das eisige Funkeln ihrer Augen und die schneidenden Worte schmerzten ihn aufs Neue. „Nichts wäre mir lieber, als dein Gesicht nie mehr sehen und deinen Namen nie mehr hören zu müssen."

Nur mit größter Anstrengung unterdrückte Nick den Impuls, Melanie in die Arme zu nehmen. „Das kannst du haben", sagte er stattdessen. „Mit Dorian kannst du meinetwegen spielen, aber lass die Finger von Andrew. Nimm dich in Acht, oder ich drehe dir deinen schönen Hals um."

„Dass ich nicht lachte! Ich werde Andrew so oft treffen, wie ich will." Melanie schleuderte das nasse Haar zurück und starrte Nick an. „Ich glaube nicht, dass Andrew begeistert von deinen Schutzmaßnahmen wäre. Er hat mir einen Heiratsantrag gemacht."

Mit einer raschen Bewegung packte Nick Melanie und presste sie an sich. „Was hast du ihm geantwortet?"

„Das geht dich nichts an." Melanie drehte und wand sich, aber obwohl sie nass und schlüpfrig wie ein Aal war, hielt Nick sie unnachgiebig fest. „Lass mich runter! So kannst du mit mir nicht umgehen!"

„Verdammt noch mal, ich habe dich etwas gefragt!" Den Blick starr auf Melanies blasses Gesicht gerichtet, stieß er heiser hervor: „Antworte!"

„Nein!" schrie Melanie verzweifelt. „Nein habe ich gesagt!"

Nicks Griff lockerte sich. Melanie stand wieder auf den Füßen. Ihr Gesicht war geisterhaft blass. Warum muss ich ihr immer wehtun? dachte Nick. Und warum tut sie mir weh? Gäbe es nur nicht so viele Hindernisse, oder könnte ich auch nur eines davon niederreißen, wäre alles gut.

„Das möchte ich dir auch raten." Nicks Stimme bebte. Ob Angst oder Wut darin mitschwang, konnte Melanie nicht erkennen. „Ich hätte auch nicht ruhig mit angesehen, wie du Andrew zum Narren hältst. Er hat es nicht verdient." Nick ließ Melanie los und wusste, dass er sie vielleicht zum letzten Mal berührt hatte. „Vermutlich hast du ihm nichts von deinem Freund erzählt."

„Freund?" Melanie machte einen Schritt rückwärts. „Was für ein Freund?"

Nick hob wortlos das Medaillon an ihrem Hals hoch und ließ es dann gleich wieder fallen. „Der Mann, der dir das Medaillon geschenkt hat, das du so hütest. Wenn eine Frau das Brandzeichen eines anderen Mannes trägt, ist das kaum zu übersehen."

Melanie deckte die Hand über den kleinen silbernen Anhänger. Nie hätte sie gedacht, dass sie noch zorniger werden könnte, als sie es schon war. Sie zitterte vor Wut. „Das Brandzeichen eines anderen Mannes", wiederholte sie so leise, dass es kaum zu hören war. „Du täuschst dich. Mir drückt niemand sein Brandzeichen auf, Nicholas. Niemand, gleichgültig, wie sehr ich ihn liebe."

„Oh, pardon", erwiderte Nick kühl. „Tut mir Leid. Vergiss es."

„Dieses Medaillon hat mir mein Vater geschenkt. Ich war damals acht und hatte mir beim Sturz von einem Baum ein Bein gebrochen. Mein Vater ist der gütigste, liebevollste Mensch, der mir je begegnet ist. Du hast nichts mit ihm gemeinsam. Du hast ein Herz aus Stein."

Melanie machte kehrt und rannte ins Wasser. Nick holte sie ein. Ungeachtet ihrer Gegenwehr drehte er Melanie zu sich herum und blickte ihr in die Augen.

„Hast du einen Freund in Amerika?"

„Was soll das? Lass mich sofort los!" Melanies Augen flammten, ihre Haut schimmerte wie Marmor im Mondlicht. Sie warf den Kopf zurück und blickte Nick herausfordernd an. In diesem Augenblick wusste Nick, dass er für sie sterben könnte.

„Gibt es einen anderen Mann, Melanie?" fragte er noch einmal, aber jetzt klang seine Stimme ruhiger.

Melanie hob trotzig das Kinn. „Nein. Es gibt keinen Mann in meinem Leben. Keinen einzigen."

Nick zog Melanie zu sich heran. Die Wärme seines Körpers drang durch ihre nasse Kleidung. Bei einem Blick in Nicks triumphierend leuchtende Augen hielt sie den Atem an.

„Oh doch, es gibt einen." Nick presste den Mund auf Melanies Lippen, und während er sie küsste, zog er sie hinunter in den Sand.

Seine Lippen waren fordernd und heiß. Melanie musste an sein Wort vom Brandzeichen denken, aber sie ließ sich nur zu gern von diesem Feuer verbrennen.

Nick streifte ihr die Bluse ab, als könne er nichts Trennendes zwischen ihnen ertragen.

Melanie wusste, dass Nick immer so lieben würde, heftig, ohne nachzudenken und ohne Vorbehalte. Ihr Begehren war viel zu stark, als dass sie es hätte leugnen können. Sie konnte es nicht erwarten, seine Haut an ihrer zu fühlen. Alles andere war bedeutungslos geworden. Sie hörte Nick lachen, als er den Mund an ihren Hals drückte.

Was richtig war und was falsch, spielte jetzt keine Rolle mehr. Das Verlangen war zu übermächtig. Als der Rausch der Leidenschaft sie erfasste, erkannte Melanie ihre Liebe. Darauf hatte sie ihr Leben lang gewartet. Sie fragte nicht mehr, warum es ausgerechnet Nick sein musste. Sie liebte ihn, was immer und wer immer er auch sein mochte. Außer ihm zählte nichts mehr.

Seine Hände schlossen sich um ihre Brüste. Er stöhnte und presste seine Lippen auf Melanies Mund. Sie war so zart, so zerbrechlich. Nick gab sich die größte Mühe, ihr nicht wehzutun, aber das Verlangen brannte wild und heiß in ihm. Nie hatte er eine Frau begehrt wie diese. Nicht einmal, als er sie zum ersten Mal genommen hatte, hatte er sie so sehr gewollt wie jetzt.

Melanie bog sich Nick entgegen und grub die Finger in sein Haar. Er flüsterte etwas, aber sein Atem ging genauso heftig wie der ihre, und sie konnte seine Worte nicht verstehen. Das brauchte sie auch nicht, denn sein Kuss sprach eine viel deutlichere Sprache.

Ohne sich dessen bewusst zu sein, streifte sie das Hemd von Nicks Schultern. Sie merkte, wie Nick ihr die Jeans herunterzog, und dann trennte sie nichts mehr voneinander.

Nicks Lippen, seine Hände ergriffen von ihrem Körper Besitz – zwar nicht zärtlich, aber auch nicht mit so unkontrollierter Wildheit wie beim ersten Mal. Nick nahm, was ihm längst zu gehören schien.

Sein Mund, seine leidenschaftlichen Küsse raubten ihr jeden klaren Gedanken. Kein noch so geheimer Winkel ihres

Körpers blieb ihm verborgen. Mit jeder seiner Berührungen geriet Melanie näher an den Rand der Ekstase.

Kühler Sand, kühles Wasser, Nicks heiße Lippen – alles andere versank, war aus ihrem Bewusstsein ausgelöscht. Von irgendwoher kam der gespenstische Ruf eines Nachtvogels. Es hätte auch Melanies leiser Aufschrei sein können.

Sie waren die einzigen Menschen auf der Welt, zwei Schiffbrüchige, die das Schicksal füreinander bestimmt hatte. Der Duft des Meeres hüllte Melanie ein – Nicks Duft. Beides würde für sie immer dasselbe sein.

Dann hörte und dachte sie nichts mehr, denn Nick stürzte sie in einen Strudel der Leidenschaft.

Melanie schrie auf, als er in sie eindrang. Mit einem wilden Kuss brachte er sie zum Schweigen. Melanie hatte das Gefühl, sich auf einem hohen Felsgrat zu befinden, und Nick trieb sie immer näher an den Rand. Sie spürte, wie sein Herz raste, und dennoch schien er entschlossen, sie hier zwischen Himmel und Hölle schweben zu lassen.

Als Nick sie endlich erlöste, wusste sie nicht, ob sie in den Himmel oder in die Hölle stürzte. Sie wusste nur, dass Nick bei ihr war.

Melanie lag ganz still an Nicks nackte Schulter geschmiegt. Die kleinen Wellen streichelten ihre Beine. Nach dem Rausch der Empfindungen fühlte sie sich jetzt fast körperlos und wie betäubt. Niemals, niemals hatte ein Mann sie so begehrt wie Nick. Das gab ihr eine gewisse Macht über ihn. Bei diesem Gedanken schloss sie die Augen.

Sie hatte sich nicht zur Wehr gesetzt, nicht einmal zum Schein. Nicht roher Gewalt hatte sie sich ergeben, sondern ihrem eigenen Verlangen. Jetzt, da der Verstand wieder zu arbeiten begann, schämte sie sich ihrer eigenen Hemmungslosigkeit.

Nick hatte kein Gewissen, er war hart, kalt und brutal, ein

Mann, der aus dem Elend anderer Menschen Gewinn schlug. Und sie hatte sich ihm mit Leib und Seele hingegeben. Über ihr Herz hatte sie keine Gewalt, aber ihre Handlungen unterstanden ihrem Willen, ihrer Kontrolle. Ihr schauderte. Sie rückte etwas von Nick ab.

„Nein, bleib hier", flüsterte Nick in ihr Haar und zog sie wieder an sich.

„Ich muss jetzt gehen." Melanie bewegte sich von ihm fort, so weit es sein Arm zuließ. „Bitte, lass mich los."

Nick drehte sie auf die Seite, richtete sich auf und betrachtete sie lächelnd. „Nein", sagte er leise. „Du läufst mir nicht mehr fort."

„Nick, bitte!" Melanie wandte das Gesicht ab. „Es ist spät. Es wird Zeit für mich."

Nick nahm ihr Gesicht zwischen die Hände und zwang sie, ihn anzusehen. In Melanies Augen schimmerten Tränen, die sie mühsam zurückhielt. „Dir ist plötzlich bewusst geworden, dass du dich einem Gangster hingegeben hast, wie?"

„Bitte hör auf, Nick." Melanie schloss die Augen. „Lass mich gehen. „Ich ... Du hast mich nicht gezwungen. Ich wollte es."

Nick schaute auf sie hinunter. Melanies Augen waren nun trocken. Nick griff nach seinem Hemd und richtete Melanie auf. Der Teufel soll Athen holen, dachte er.

„Zieh das an", befahl er und hielt das Hemd um ihre Schultern. „Ich muss mit dir reden."

„Ich will nichts hören. Es gibt nichts zu reden."

„Ich sagte, wir werden reden, Melanie." Nick schob ihren Arm in den Hemdsärmel. „Ich will nicht, dass du dich schuldig fühlst." An seiner Stimme spürte Melanie, dass er wieder zornig wurde. „Das lasse ich nicht zu", erklärte er und zog das Hemd über ihrem Busen zusammen. „Ich kann dir jetzt nicht alles erklären ... und einiges werde ich dir überhaupt nie erklären können, aber ..."

„Ich erwarte keine Erklärungen“, unterbrach Melanie ihn.

„Jedes Mal, wenn du mich anschaust, erwartest du Erklärungen“, widersprach Nick. Er zog eine Zigarette aus der Hemdtasche und zündete sie an. „Mein Import-Export-Geschäft hat mir im Laufe der Jahre eine Reihe von Kontakten verschafft. Einige von ihnen würdest du ablehnen, kann ich mir vorstellen.“ Er blies den Rauch aus.

„Nicholas, ich ...“

„Still, Melanie. Wenn ein Mann sich entschließt, Farbe zu bekennen, sollte ihn eine Frau nicht unterbrechen. Es fällt mir weiß Gott schwer genug“, fügte er hinzu.

Melanie schwieg.

„Als ich Anfang zwanzig war“, fuhr Nick fort, „lernte ich einen Mann kennen, dem ich für eine bestimmte Aufgabe geeignet erschien. Ich fand diese Arbeit faszinierend. Gefahr kann zur Sucht werden wie eine Droge.“

Ja, dachte Melanie und schaute aufs Wasser hinaus. Wenn ich nichts sonst begreife, aber das kann ich verstehen.

„Ich stellte mich der Organisation für ... Spezialaufträge zur Verfügung.“ Nick lächelte unfroh. „Der Job reizte mich, alles war in bester Ordnung. Ich war zufrieden mit meinem Leben, zehn Jahre lang dachte ich mir nichts dabei. Doch jetzt wünsche ich, ich könnte diese zehn Jahre auslöschen.“

Melanie zog die Knie an und blickte starr geradeaus. Nick hob die Hand und berührte ihr Haar, aber sie drehte sich nicht zu ihm um. Ihr alles zu erzählen fiel Nick schwerer, als er gedacht hatte. Er musste ihr die Wahrheit sagen, aber er wollte sie nicht verlieren. Er zog an seiner Zigarette und betrachtete dann die rote Glut.

„Melanie, ich habe Dinge getan, von denen ich dir nichts sagen würde, selbst wenn ich es dürfte. Du würdest es nie verstehen.“

Melanie hob den Kopf. „Du hast Menschen getötet.“

Nick fiel das Reden schwer, wenn er in ihre verzweifelten Augen blickte. Seine Stimme blieb jedoch kühl und beherrscht. „Wenn nötig, ja."

Melanie senkte den Kopf. Sie hatte Nick nicht als Killer sehen wollen. Hätte er es geleugnet, hätte sie versucht, ihm zu glauben. Sie wollte sich nicht vorstellen müssen, dass er getan hatte, was für sie die schwerste aller Sünden war – Menschen das Leben zu nehmen.

Nick schnippte den Zigarettenrest fort. Warum habe ich sie nicht belogen? fragte er sich. Lügen gehen mir weiß Gott glatt über die Lippen ... Weil ich sie nicht belügen kann, dachte er seufzend. Jetzt nicht mehr.

„Ich tat, was ich tun musste, Melanie", sagte er matt. „Ich kann die letzten zehn Jahre nicht ungeschehen machen. Recht oder Unrecht – ich habe es so gewollt. Jetzt kann ich mich dafür nicht entschuldigen."

„Das verlange ich auch nicht. Es tut mir Leid, wenn es so aussieht." Melanie schaute ihm wieder in die Augen. „Bitte Nick, wir wollen es dabei belassen. Es ist dein Leben ... Du brauchst es mir gegenüber nicht zu rechtfertigen."

Hätte sie ihn jetzt beschimpft oder mit Eiseskälte bestraft, wäre er vielleicht ruhig geblieben. Aber er konnte nicht mit ansehen, wie sie sich um Verständnis bemühte. Er würde es ihr sagen, und die Entscheidung, um die er seit Tagen gerungen hatte, würde fallen.

„Vor sechs Monaten", erklärte er ruhig, „wurde ich beauftragt, den Schmugglerring zwischen der Türkei und Lesbos zu sprengen."

Melanie schaute Nick an, als sähe sie ihn zum ersten Mal. „Zu sprengen? Aber ... ich dachte ... du sagtest ..."

„Ich habe nichts gesagt", unterbrach er sie. „Ich habe dich deinen Vermutungen überlassen. Das war besser so, und es war nötig."

Einen Moment saß Melanie regungslos da und versuchte

ihre Gedanken zu ordnen. „Nick, ich verstehe nicht ganz ... heißt das, du bist Polizist?"

Bei dieser Vorstellung musste Nick lachen. Ein Teil seiner Erregung fiel von ihm ab. „Nein, Kleines, aber lassen wir das. Es ist unwichtig."

Melanie runzelte die Stirn. „Ein Spitzel?"

Wut und Furcht verflogen. Nick nahm Melanies Gesicht behutsam zwischen seine Hände. Sie war so süß, so lieb ... „Melanie, du siehst das zu romantisch. Ich bin ein Mann, der herumreist und Anweisungen befolgt. Damit musst du dich zufrieden geben. Mehr kann ich dir nicht sagen."

„Die erste Nacht am Strand ..." Langsam fügten sich die Teile des Puzzles zu einem Bild zusammen. „Du hast auf den Boss der Schmugglerorganisation gewartet. Das war der Mann, dem Stephanos gefolgt ist."

Nick ließ die Hände sinken. Melanie zweifelte keine Sekunde an dem, was er gesagt hatte. Sie schien schon vergessen zu haben, dass er getötet hatte. Wenn sie es ihm so einfach machte, warum fiel es ihm dann so schwer, die Sache hinter sich zu bringen?

„Ich durfte nicht gesehen werden. Mir war bekannt, dass er diesen Strand auf dem Weg zu Stevos' Haus überqueren würde. Stevos wurde eliminiert, weil ihm bekannt war, was ich noch herausfinden muss, nämlich die Funktion des Mannes innerhalb der Organisation. Ich vermute, Stevos versuchte ihn zu erpressen. Das war sein Todesurteil, er wurde liquidiert."

„Wer ist es, Nick?"

„Nein." Nicks Gesichtsausdruck war hart und undurchdringlich. „Selbst wenn ich es wüsste, würde ich es dir nicht sagen, Melanie. Du darfst nichts über diesen Mann wissen, sonst bist du deines Lebens nicht mehr sicher." Er blickte Melanie finster an. „Ich war einmal bereit, dich zu benutzen, denn meine Organisation ist an deiner Sprachkenntnis interessiert. Aber ich bin ein Egoist. Du wirst nicht in diese Dinge hineingezogen werden." Das klang endgültig und etwas ärgerlich. „Ich habe meinen Partnern gesagt, du seist nicht interessiert."

„War das nicht etwas voreilig?" fragte Melanie. „Ich bin in der Lage, meine Entscheidungen selbst zu treffen."

„Du brauchst keine zu treffen", entgegnete Nick ruhig. „Sobald ich den Namen des Anführers kenne, ist mein Job beendet. Athen wird dann ohne mich auskommen müssen."

„Das bedeutet, du wirst nicht mehr ..." Melanie machte eine vage Handbewegung, weil sie nicht wusste, wie sie seine Arbeit bezeichnen sollte. „Du wirst mit diesen Dingen aufhören?"

„Ja." Nick blickte übers Meer hinaus. „Ich war schon viel zu lange dabei."

„Wann hast du diesen Entschluss gefasst?"

Als ich zum ersten Mal mit dir geschlafen habe, hätte er fast geantwortet. Aber das stimmte nicht ganz. Da war noch etwas, das er Melanie sagen musste.

„An dem Tag, als ich mit Iona die Bootsfahrt gemacht habe", antwortete Nick. Er wandte sich zu Melanie um und bezweifelte, dass sie ihm verzeihen würde. „Iona steckt in der Sache drin, Melanie. Sehr tief."

„In der Schmugglerorganisation?"

„Ja. Ein Teil meiner Aufgabe bestand darin, Informationen aus ihr herauszuholen. Ich habe sie mit auf die Yacht genommen in der festen Absicht, sie zum Reden zu bewegen. Sie wollte Sex, das wusste ich." Da Melanie schwieg und ihn auch nicht ansah, sprach Nick weiter. „Iona stand unter Druck. Ich brauchte nur etwas nachzuhelfen. Deshalb hat man versucht, sie umzubringen."

„Umbringen?" Melanie versuchte gelassen zu bleiben und das Gehörte erst einmal zu verarbeiten. „Captain Tripolos sagte doch, es sei versuchter Selbstmord gewesen."

„An Selbstmord hat Iona nicht im Traum gedacht."

„Nein", sagte Melanie langsam, „da hast du Recht."

„Wäre mir mehr Zeit mit ihr geblieben, hätte ich alles aus ihr herausgeholt, was ich wissen will."

„Der arme Alex. Wenn er erfährt, worauf Iona sich eingelassen hat, bricht er zusammen. Und Dorian ..." Melanie musste an sein versteinertes Gesicht denken und hörte ihn sagen: „... so schön, so verloren ...". Vielleicht hatte Dorian etwas geahnt.

„Kannst du nichts tun?" Melanie schaute Nick an, und diesmal lag Vertrauen in ihrem Blick. „Weiß die Polizei davon? Tripolos?"

„Tripolos weiß eine Menge und vermutet noch mehr." Nick nahm Melanies Hand. „Ich arbeite nicht direkt mit der Polizei zusammen. Das verzögert die Dinge nur. Tripolos", fügte er lächelnd hinzu, „verdächtigt mich des Mordes, des versuchten Mordes, und sieht mich in der Rolle des maskierten Schmugglers. Letzte Nacht hätte ich ihm etwas bieten können."

„Dir macht deine Arbeit Spaß, oder?" Melanie sah die Abenteuerlust in seinen Augen leuchten. „Warum willst du aufhören?"

Nick wurde wieder ernst. „Ich habe dir gesagt, was ich mit Iona vorhatte. Es wäre nicht das erste Mal gewesen. Sex ist in diesem Fall Mittel zum Zweck, und der Zweck heiligt die Mittel. Das ist eine Tatsache." Er sah, dass Melanie zu Boden blickte. „Iona hatte zu viel Champagner getrunken, aber es hätte sich eine nächste Gelegenheit ergeben. Von diesem Tag an kam ich mir vor wie ein Schuft ..." Er hob Melanies Kinn an. „Dir gegenüber, Melanie."

Melanie blickte Nick forschend an. In seinen Augen entdeckte sie etwas, das sie bisher erst einmal gesehen hatte: Reue und die Bitte um Verständnis. Sie schlang die Arme um seinen Nacken und küsste ihn. Nicht nur seinen Kuss fühlte sie, sondern auch die Welle der Erleichterung, die ihn durchflutete.

„Melanie ..." Er drückte sie wieder in den Sand. „Wenn ich die Uhr zurückdrehen und die vergangene Woche noch einmal leben könnte ...“ Er vergrub das Gesicht in ihrem Haar. „Ich würde wahrscheinlich alles noch einmal genauso machen.“

„Du hast eine seltsame Art, dich zu entschuldigen, Nick.“

Nicks Hände glitten über Melanies Körper. Die Berührung erregte sie beide. „Die Sache wird vermutlich morgen Nacht abgeschlossen sein, dann bin ich frei. Lass uns zusammen für ein paar Tage fortgehen. Irgendwohin.“

„Morgen?“ Melanie versuchte seiner Rede zu folgen, obwohl ihr Körper etwas ganz anderes wollte. „Warum morgen?“

„Weil ich gestern Nacht den Stein ins Rollen gebracht habe. Den Verlust einer Schiffsladung Stoff wird dieser Typ nicht ohne weiteres hinnehmen, wie ich ihn kenne.“

„Du hast sie in deinen Besitz gebracht?“

Nick zog Melanie ins Wasser. Sein Blut hatte sich schon wieder in Feuer verwandelt, als er das Mondlicht silbern über ihre Haut fließen sah. „Ja“, sagte er. „Es war ein Kinderspiel.“

Als Melanie bis zur Taille im Wasser stand, zog er sie zu sich heran. Wieder erforschte er ihren Körper mit den Händen. „Stephanos und ich haben die Transaktion ein paar Mal aus sicherer Entfernung beobachtet.“ Sein Mund strich über ihre Lippen und dann zu ihrem Hals hinunter. „Auch an dem Abend, als ich dich zu meinem Entsetzen am Strand entdeckte. So, und was unsere freien Tage angeht ...“

„Was hast du morgen Nacht vor?“ Melanie zog sich aus der Reichweite seiner Hände zurück. Angst hatte sie beschlichen. „Nick, was geschieht morgen?“

„Ich erwarte noch abschließende Informationen aus Athen. Wenn sie mir vorliegen, weiß ich, wie ich vorgehen muss. Auf jeden Fall werde ich hier sein, wenn das Boot morgen Nacht mit der nächsten Ladung eintrifft.“

„Aber doch nicht allein?“ Melanie fasste Nick bei den Schultern. „Dieser Mann ist gefährlich, Nick.“

Nick rieb seine Nase an Melanies. „Du sorgst dich doch nicht etwa um mich, Kleines?“

„Mach dich nicht lustig über mich."

Nick hörte die Besorgnis in Melanies Stimme. „Spätestens morgen Abend werde ich Tripolos informieren", beruhigte er sie. „Wenn alles glatt geht, werde ich ihn selbst informieren." Er lächelte auf Melanies ängstliches Gesicht hinunter. „Er kann dann das offizielle Lob für alle Verhaftungen einheimsen, die er daraufhin vornehmen kann."

„Das ist nicht fair!" rief Melanie. „Du hast Kopf und Kragen riskiert, Nick. Warum solltest du nicht ..."

„Still, Melanie. Wie soll ich eine Frau lieben, die unausgesetzt auf mich einredet?"

„Nicholas, ich versuche zu verstehen, aber warum sagst du nicht, was ..."

„Eins kann ich dir mit letzter Bestimmtheit sagen", fiel Nick ihr ins Wort. „Von dem Augenblick an, als ich dich auf diesem verdammten Kliff sitzen sah, habe ich dich begehrt, und bis jetzt hat sich das nicht geändert. Du gehörst mir, Darling, für immer."

Nick küsste Melanie, und für sie beide gab es nichts anderes mehr.

11. KAPITEL

Melanie musste lachen, als sie sich in die nassen Jeans zwängte. „Du hast mich so wütend gemacht, dass ich Hals über Kopf ins Wasser gerannt bin."

Nick mühte sich mit seinen eigenen Jeans ab. „Das ging mir nicht anders."

Melanie drehte sich zu ihm um. Mit nacktem Oberkörper stand er da und versuchte den Sand aus seinem Hemd zu schütteln.

Ihre Augen blitzten mutwillig auf. „So?" fragte sie, ging auf ihn zu und schlang die Arme um seinen Hals. „Und warum? Aus Eifersucht auf den Mann in meinem Leben, der überhaupt nicht existiert?"

„Nein", log Nick und lächelte unbekümmert. Er schlang sein Hemd um Melanies Taille und zog sie zu sich heran. „Wieso sollte mich das interessieren?"

„Hm." Melanie biss Nick sanft in die Unterlippe. „Möchtest du vielleicht gern etwas über Jack hören?"

„Den Teufel möchte ich!" murmelte er, ehe er seinen Mund auf Melanies presste. Sie brachte das Kunststück fertig, ihn zu küssen und dabei zu lachen.

„Hexe!" schimpfte Nick leise. Er küsste sie ungestüm, und schließlich wurde aus ihrem Gelächter ein Seufzer. „Willst du mich um den Verstand bringen?"

„Ich will dich", sagte Melanie leise und lehnte den Kopf an seine Schulter.

Nick legte seine starken Arme fest und Besitz ergreifend um Melanie, aber er wusste, dass Stärke allein nicht ausreichte, sie an sich zu binden. „Du bist Dynamit ... Das wusste ich schon, als ich dich zum ersten Mal in den Armen hielt."

Lachend warf Melanie den Kopf in den Nacken. „Als du mich das erste Mal im Arm hattest, hast du mich verflucht."

„Das tue ich immer noch." Aber Nicks Kuss sagte etwas ganz anderes.

„Ich wünschte, diese Nacht würde nie enden." Melanie schmiegte sich mit hämmerndem Herzen an ihn. „Ich wünschte, die Sonne würde nie wieder aufgehen."

Nick barg das Gesicht in ihrem Haar. Schuldgefühle quälten ihn. Vom ersten Augenblick an hatte er Melanie nur Furcht und Schrecken gebracht. Auch seine Liebe würde das nicht ändern. Er durfte ihr nicht sagen, dass er sie liebte. Täte er es, würde sie vielleicht von ihm verlangen, sich aus seiner Verantwortung zu stehlen und seiner erst halb erledigten Aufgabe den Rücken zuzukehren. Nick wusste schon jetzt, dass er ihr diese Bitte erfüllen und dann alle Achtung vor sich selbst verlieren würde.

„So etwas darfst du dir nicht wünschen, Melanie", sagte er. „Die Sonne wird morgen Abend untergehen. Und wenn sie wieder aufgeht, haben wir Zeit für uns, viel Zeit."

Melanie musste ihm vertrauen, musste glauben, dass ihm nichts geschehen konnte und dass die Gefahr, mit der er lebte, in nicht einmal vierundzwanzig Stunden vorüber sein würde.

„Komm jetzt mit." Melanie hob den Kopf und lächelte Nick an. Ihre Ängste und Befürchtungen konnten ihm nichts nützen. „Bring mich ins Bett, Nick."

„Verführerische Nixe!" Nick neigte sich zu ihr und küsste ihre Wange mit unendlicher Zärtlichkeit. „Aber du schläfst ja schon im Stehen ein. Es kommen noch andere Nächte. Ich bringe dich jetzt zum Haus." Er drehte sich um und drängte zu dem Steilpfad.

„Vielleicht fällt es dir schwerer, als du denkst, mich allein zu lassen", bemerkte Melanie mit einem Lächeln.

Nick legte den Arm um ihre Schultern und lachte leise. „Leicht fällt es mir bestimmt nicht, aber ..." Unvermittelt hob er den Kopf wie ein Tier, das eine Witterung aufnimmt. Sein Blick schweifte über den Fuß der Klippen.

„Nick, was ..."

Nick presste die Hand auf Melanies Mund zog sie in den Schatten der Zypressen. Ihr Herz pochte so heftig wie beim ersten Mal, aber diesmal wehrte sie sich nicht.

„Still! Kein Wort!" flüsterte Nick. Er nahm die Hand von ihrem Mund und schob Melanie mit dem Rücken gegen einen Baumstamm. „Keinen Ton, Melanie!"

Melanie nickte, aber Nick sah es nicht. Sein Blick war auf die Klippen gerichtet. Er wartete. Dann hörte er es, der Kiel des Bootes schrammte über den Fels. Nick strengte seine Augen an und entdeckte schließlich den schwarzen Schatten.

Es ist soweit, dachte Nick und beobachtete den Mann, der sich eilig über das Gestein bewegte. Du wirst nichts finden, sagte er im Stillen zu der dunklen Gestalt. Und diesmal entkommst du mir nicht!

Geräuschlos bewegte sich Nick zu Melanie zurück. „Lauf zur Villa und bleib dort. Rühr dich unter keinen Umständen aus dem Haus!"

„Was hast du gesehen? Was hast du vor?" wollte Melanie wissen.

„Tu, was ich dir sage." Nick nahm Melanie beim Arm und zog sie zu dem Pfad. „Beeil dich. Ich kann jetzt keine Zeit verschwenden, sonst verliere ich ihn."

Ihn? Melanie schluckte ihre Angst hinunter. „Ich komme mit!"

„Bist du verrückt?" Ungeduldig zerrte Nick sie weiter. „Geh ins Haus, wir sehen uns morgen."

„Nein." Melanie befreite sich aus seinem Griff. „Ich sagte, ich komme mit. Du kannst mich nicht daran hindern."

Hoch aufgerichtet stand sie vor ihm. In ihren Augen las Nick sowohl Furcht als auch Entschlossenheit. Er stieß einen leisen Fluch aus. In jeder Sekunde, die er hier vertrödelte, entfernte sich der Mann weiter. „Ich habe keine Zeit, jetzt ..."

„Dann verschwende sie nicht", sagte Melanie ruhig. „Ich komme mit."

„Gut, dann komm." Nick drehte sich um. Auf den Klippen hält sie es barfuß keine zehn Minuten aus, dachte er. In zehn Minuten humpelt sie zur Villa zurück. Schnell ging er auf die Klippen zu, ohne auf Melanie zu warten. Sie biss die Zähne zusammen und lief hinter ihm her.

Nick kümmerte sich nicht um sie. Er warf einen Blick auf den Himmel und wünschte, die Nacht wäre nicht so klar. Ein paar Wolken vor dem Mond, und er könnte riskieren, sich näher an den Mann heranzubewegen, den er verfolgte. Ein paar Steine lösten sich unter seinen Füßen und rollten hinab. Nick schaute sich um und stellte überrascht fest, dass Melanie mit ihm Schritt hielt.

Dieses verrückte Geschöpf! Insgeheim musste er sie widerstrebend bewundern. Wortlos streckte er ihr die Hand hin und zog sie zu sich herauf. „Du bist wahnsinnig", zischte er. Am liebsten hätte er sie jetzt durchgeschüttelt. Oder geküsst. „Gehst du jetzt endlich zurück? Du bist barfuß."

„Du auch."

Nick fluchte leise vor sich hin und ging weiter. Er konnte es nicht riskieren, den etwas bequemeren, offenen und mondbeschienenen Pfad zu benutzen. Im Moment sah er den Mann zwar nicht, wusste aber, wohin er ging.

Melanies weiche Fußsohlen schrammten über das raue Gestein, aber sie gab keinen Laut von sich, sondern kletterte eisern weiter. Es war ihr egal, ob sie sich die Füße zerschnitt oder nicht, sie wollte Nick nicht allein lassen.

Auf einem kleinen Felsvorsprung blieb Nick stehen und überlegte. Wäre er allein und bewaffnet, hätte er gewagt, auf dem schmalen Pfad weiterzugehen. Der Mann war weit genug entfernt, selbst wenn er sich umdrehte, würde er in der Dunkelheit nichts erkennen. Aber er war nicht allein, und er hatte keine Waffe. Es war zu riskant.

„Hör zu“, flüsterte er und packte Melanie bei den Schultern in der Hoffnung, ihr Furcht einflößen zu können. „Der Mann ist ein Killer, und er ist garantiert bewaffnet. Wenn er merkt, dass sich die Ware nicht dort befindet, wo sie sein sollte, wird ihm klar, dass er gejagt wird. Geh zur Villa zurück.“

„Soll ich die Polizei anrufen?“ fragte Melanie äußerlich ruhig, obwohl Nick ihr sehr wohl Angst gemacht hatte.

„Nein!“ antwortete Nick scharf, aber es klang nicht lauter als ein Atemzug. „Ich will mich nicht um die Chance bringen, selbst zu sehen, wer er ist.“ Fast bittend schaute er Melanie an. „Melanie, ich habe keine Waffe. Wenn er ...“

„Ich bleibe bei dir, Nick. Du verschwendest mit deinem Gerede nur Zeit.“

Nick stieß noch einmal einen leisen Fluch aus. „In Ordnung“, sagte er dann. „Aber wenn du nicht genau das tust, was ich dir sage, dann schlage ich dich bewusstlos und verstaue dich für eine ganze Weile hinter einem Felsen.“

Melanie bezweifelte es nicht. Sie hob ihr Kinn. „Gehen wir.“

Behände zog sich Nick an dem Felsvorsprung hoch und stand dann auf dem Pfad. Ehe er sich bücken und Melanie heraufhelfen konnte, kniete sie schon neben ihm auf dem harten Boden. Von so einer Frau konnte man nur träumen, dachte er: stark, schön, loyal. Er packte sie bei der Hand und rannte mit ihr den Pfad entlang, um die Zeit wieder aufzuholen, die er mit seinen Vorhaltungen vergeudet hatte. Nach einer Wegstrecke, die ihm lang genug erschien, verließen sie den Pfad und bewegten sich wieder zwischen den Felsen weiter.

„Du weißt offenbar, wohin er geht“, flüsterte Melanie atemlos. „Wohin?“

„Zu einer kleinen Berghöhle bei Stevos’ Haus. Dort will er die Beute der letzten Nacht abholen. Er wird sie nicht vorfinden. Und dann wird er ins Schwitzen geraten, und zwar gehörig. So, still jetzt.“

Die Schönheit der klaren Mondnacht wurde Melanie

bewusst. Der Himmel schien aus Samt gemacht und mit unzähligen Diamanten besetzt. Sogar das niedrige harte Strauchwerk, das vereinzelt aus dem Gestein herauswuchs, sah jetzt weich und durchsichtig aus. In der Feme rauschte leise das Meer. Ein Eulenruf störte kaum die Stille. Wenn ich mich jetzt bücke und genau hinsehe, dachte Melanie, finde ich hier bestimmt winzige blaue Blümchen.

„Wir sind da. Warte hier." Nick zog Melanie hinter einen Felsblock und drückte sie zu Boden.

„Nein, ich ..."

„Keine Widerrede", schnitt er ihr das Wort ab. „Ohne dich komme ich schneller voran. Verhalte dich absolut still!"

Ehe sie etwas sagen konnte, war Nick schon unterwegs. Auf Händen und Knien kroch er voran. Melanie schaute ihm nach, bis er außer Sicht war. Dann konnte sie nur noch beten.

Nick bewegte sich jetzt schneller vorwärts. Nach seinen Berechnungen musste er den Weg seines Opfers kreuzen. Eigentlich hätte er sich dieses Vergnügen erst morgen Nacht leisten dürfen, aber der Gedanke, schon heute zu erfahren, wer der Mann war, stellte eine zu große Versuchung dar.

Nahe beim Haus des Ermordeten versteckte Nick sich hinter Felsen und Buschwerk. Er sah, dass man hier den Boden bearbeitet hatte, um einen Gemüsegarten anzulegen, aber die Erde auf dem Gestein hatte nichts hergegeben. Nick dachte an die Frau, die manchmal mit Stevos geschlafen und seine Hemden gewaschen hatte. Was mochte aus ihr geworden sein?

Er hörte das Boot auf die Klippen auflaufen, kroch weiter zum Eingang der Höhle und wartete. Der Mann bewegte sich sicher in ihrem Inneren umher. Dann hallte ein wilder Fluch durch die Höhle. Nick lächelte grimmig.

Nun denkst du an Verrat, rief er dem Mann im Stillen zu. Wie schmeckt dir das?

Das Geräusch der Bewegungen innerhalb der Höhle wurde lauter. Nick lächelte zufrieden. Jetzt suchte der Mann nach Anzeichen dafür, dass jemand seine Ware hier gefunden und gestohlen hatte. Noch wusste er nicht, dass hier kein Dieb gewesen war, sondern dass man ihm die Beute direkt unter der Nase weggeschnappt hatte.

Der Mann kam aus der Höhle heraus. Er war ganz in Schwarz und trug noch eine Kapuzenmaske. Nimm sie ab, befahl im Nick im Stillen. Ich will dein Gesicht sehen.

Die dunkle Gestalt stand im Schatten des Höhleneingangs. Die Haltung des Mannes ließ seine Wut erkennen. Er wandte den Kopf, als suche er etwas – oder jemanden.

Beide hörten das Geräusch im selben Augenblick. Lose Steine rollten, Büsche raschelten. Um Himmels willen – Melanie! Nick schob sich halb aus seinem Versteck. Er sah, dass die schwarze Gestalt einen Revolver zog und in die Höhle zurücktrat.

Nick packte den Felsbrocken, hinter dem er sich versteckte, und bereitete sich auf den Angriff vor. Wenn er jetzt den Mann ansprang und dessen Überraschung ausnutzte, würde vielleicht genug Zeit bleiben, Melanie zu warnen, so dass sie flüchten konnte.

Furcht überkam ihn, aber nicht um sich selbst hatte Nick Angst, sondern um Melanie. Wenn sie nun nicht schnell genug rennen konnte? Das Buschwerk direkt über dem Pfad bewegte sich. Nick hielt die Luft an und verharrte sprungbereit.

Hinter dem Gebüsch erschien eine struppige Ziege, die offensichtlich vor Hunger nicht hatte schlafen können und nun auf der Suche nach Gras war.

Nick sank hinter dem Felsbrocken zu Boden. Dass er zitterte, brachte ihn in Wut. Obwohl Melanie völlig unschuldig war, verfluchte er sie in diesem Augenblick.

Der Mann in Schwarz fluchte ebenfalls. Er steckte seine Waffe zurück und schritt den Pfad entlang. Als er an Nicks Versteck vorbeikam, zog er die Kapuze vom Kopf.

Nick sah das Gesicht, die Augen und wusste alles.

Melanie kauerte hinter dem Felsblock, wo Nick sie verlassen hatte. Sie hatte die Arme um die hochgezogenen Knie geschlungen. Ihr war, als hätte sie schon eine Ewigkeit gewartet. Angestrengt lauschte sie auf die Geräusche der Nacht. Seit Nick fort war, klopfte ihr Herz wie verrückt vor Angst.

Melanie schwor sich, dass sie zum letzten Mal so dasaß und hilflos wartete. Sie war den Tränen nahe. Wenn etwas geschähe ... Sie führte den Gedankengang nicht zu Ende. Nick würde schon nichts geschehen. Er musste jeden Moment wieder auftauchen. Aber die Minuten flossen dahin.

Als es dann soweit war, hätte Melanie fast aufgeschrien. Sie hatte Nick nicht herankommen hören. Er duckte sich neben sie. Melanie ließ sich ohne ein Wort einfach in seine Arme fallen.

„Er ist verschwunden“, sagte Nick.

Die Erinnerung an die kritischen Sekunden überfielen ihn. Er presste Melanie an sich und küsste sie, als wäre es das letzte Mal. Alle Furcht fiel von ihr ab, bis nichts mehr blieb als die Liebe.

„Oh Nick, ich hatte solche Angst um dich! Was ist passiert?“

„Er war nicht besonders erfreut.“ Nick zog Melanie hoch. „Ganz und gar nicht. Morgen wird er auf dem Boot sein.“

„Hast du erkannt, wer es ...“

„Keine Fragen!“ Er brachte sie mit einem Kuss zum Schweigen. Melanie blieb stumm, aber sie hatte den Eindruck, als begänne das Abenteuer für ihn jetzt erst. „Ich möchte dich nicht wieder anlügen müssen“, erklärte Nick lachend und schob Melanie auf den mondbeschienenen Pfad. „Und jetzt, mein halsstarriger, tapferer Engel, bringe ich dich nach Hause. Morgen, wenn du nicht mehr auf deinen zerschundenen Füßen stehen kannst, wirst du mich verfluchen.“

Nick will mir nicht mehr sagen, dachte Melanie. Vielleicht ist es besser so. „Bleib heute Nacht bei mir.“ Sie lächelte ihn an.

„Und wenn es nur für eine Stunde ist. Dann werde ich dich nicht verfluchen."

Nick lachte und strich über Melanies Haar. „Welcher Mann könnte einer solchen Versuchung widerstehen?"

Melanie erwachte von dem leisen Klopfen an ihrer Tür. Zena, das kleine Dienstmädchen, trat ein.

„Verzeihung, Miss, ein Anruf aus Athen."

„Vielen Dank, Zena. Ich komme sofort." Rasch stand Melanie auf, band sich im Laufen ihren Morgenmantel zu und eilte ans Telefon. „Hallo?"

„Melanie! Habe ich dich etwa geweckt? Es ist nach zehn!"

„Liz?" Melanie versuchte einen klaren Kopf zu bekommen. Der Tag hatte schon gedämmert, als sie eingeschlafen war.

„Natürlich. Kennst du denn sonst noch jemanden in Athen?"

„Ich bin noch ein bisschen verschlafen", gestand Melanie und lächelte leise in Erinnerung an die Nacht. „Ich habe bei Mondschein gebadet. Es war herrlich."

„Wunderbar, du bist also bester Dinge", stellte Liz fest, „aber darüber reden wir später. Melanie, es tut mir Leid, aber ich muss noch bis morgen hier bleiben. Die Ärzte sind zuversichtlich, aber Iona liegt noch immer im Koma. Ich kann es Alex nicht zumuten, mit seiner Familie und dem ganzen Drum und Dran allein fertig werden zu müssen."

„Mach dir meinetwegen keine Gedanken. Liz, ihr beide tut mir ehrlich Leid." Melanie musste an Ionas Beteiligung am Schmuggel denken. „Wie trägt es Alex?" fragte sie mitfühlend. „Er wirkte so verzweifelt, als er hier abreiste."

„Für ihn wäre es einfacher, wenn die Familie nicht ständig Erklärungen erwartete. Oh Melanie, es ist schrecklich!" Die Stimme klang, als kämpfe Liz mit Tränen. „Wenn Iona stirbt ... ihre Mutter würde nie darüber hinwegkommen. Und Selbstmord, das macht alles nur noch schlimmer."

Melanie schluckte hinunter, was ihr auf der Zunge lag. Nick hatte ihr vertraut, und sie durfte nicht einmal Liz sagen, was sie wusste. „Du sagtest doch, die Ärzte hätten Hoffnungen."

„Ja, ihr Kreislauf hat sich stabilisiert, aber ..."

„Wie geht es Dorian, Liz? Hat er sich gefasst?"

„Kaum." Liz seufzte. „Es ist mir unbegreiflich, dass ich nicht schon früher gemerkt habe, was er für Iona empfindet. Er ist kaum von ihrem Bett gewichen. Hätte Alex ihn dort nicht weggescheucht, hätte er vermutlich auf dem Stuhl in ihrem Krankenzimmer übernachtet, statt nach Hause zu gehen. Aber er scheint auch zu Hause nicht zur Ruhe zu kommen – so, wie er heute Morgen aussieht."

„Bitte grüß ihn von mir, ja? Und Alex natürlich auch." Melanie seufzte bekümmert. „Liz, ich fühle mich so nutzlos." Sie dachte an Schmuggel und Mord und schloss die Augen. „Ich wünschte, ich könnte etwas für euch tun."

„Sei einfach da, wenn wir wiederkommen." Liz' Stimme klang nicht mehr so angespannt, aber Melanie wusste, wie viel Mühle es sie kostete. „Erhol dich am Strand und such dir einen Ziegenhirten. Wenn du noch mal nächtliche Streifzüge unternimmst, hast du dann wenigstens Gesellschaft."

Als Melanie schwieg, fragte Liz langsam: „Oder hattest du in der Nacht beim Baden Gesellschaft? Einen Ziegenhirten – oder vielleicht einen Schriftsteller?"

„Weder noch."

„Dann muss es Nick sein", folgerte Liz. „Man stelle sich vor, ich musste ihn nur einmal zum Dinner einladen."

Melanie lächelte schwach. „Ich weiß überhaupt nicht, wovon du sprichst." Das Leben ist überall, erinnerte sie sich, man muss es nur zu finden wissen.

„Na schön, darüber unterhalten wir uns morgen. Amüsier dich gut. Meine Telefonnummer hast du, falls du mich brauchst. Ach ja, und wo wir unseren Wein aufbewahren, weißt du ja auch", setzte Liz hinzu, und diesmal klang es wirklich fröhlich. „Wenn du dir einen gemütlichen Abend machen willst, bedien dich ruhig."

„Ich weiß das zu würdigen, Liz, aber ..."

„Und sorg dich nicht um uns. Es wird schon alles wieder gut. Da bin ich ganz sicher. Bestell einen schönen Gruß an Nick."

„Mach ich", sagte Melanie zu ihrem eigenen Erstaunen.

„Das freut mich. Also bis morgen."

Lächelnd legte Melanie den Hörer auf.

„Nach ein paar Gläsern Ouzo", schloss Stephanos und strich seinen Schnurrbart, „wurde Michalis etwas gesprächiger. Ich erfuhr, dass unser Mann in der letzten Februar- und in der zweiten Märzwoche auf dem Fischerboot gewesen war. Diese beiden Daten schließen weder die Nacht ein, in der wir Melanie James trafen, noch die, in der du ihm die Ladung weggeschnappt hast."

Nick blätterte durch die Berichte auf seinem Schreibtisch. „Und von Ende Februar bis zur ersten Aprilwoche war der andere in Rom. Das würde ihn auch ohne meinen Glückstreffer letzte Nacht aus dem Kreis der Verdächtigen ausschließen. Nach dem Anruf eben aus Athen würde ich sagen, bin ich sicher, er hat mit der Sache nichts zu tun. Also wissen wir jetzt, dass unser Mann allein arbeitet, und können zuschlagen."

„Und das tust du leichten Herzens? Was hat Athen gesagt?" wollte Stephanos noch wissen.

„Dass die Ermittlungen bezüglich des anderen abgeschlossen sind. Er ist sauber: Buchführung, Aufzeichnungen, Telefongespräche, Korrespondenz – alles in Ordnung. Und wir hier wissen, dass er zur Zeit der ‚Fischzüge' nicht auf der Insel war." Nick lehnte sich in seinem Sessel zurück. „Da unser Mann den Verlust der Ware entdeckt hat, wird er zweifellos heute Nacht auf dem Boot sein. Er wird es nicht zulassen, dass ihm noch eine Ladung durch die Lappen geht." Nick tippte auf die über seinen Schreibtisch verstreuten Papiere. „Da ich jetzt alle benötigten Informationen besitze, wollen wir Athen nicht länger warten lassen. Heute Nacht schlagen wir zu."

„Du bist gestern Nacht erst sehr spät nach Hause gekommen", bemerkte Stephanos, zog eine alte Tabakspfeife hervor und stopfte sie umständlich.

„Kontrollierst du mich, Stephanos? Ich bin keine zwölf, falls du es nicht bemerkt haben solltest."

„Du bist heute Morgen strahlender Laune." Stephanos drückte den Tabak in seiner Pfeife fest. „Das war schon lange nicht mehr der Fall."

„Du wirst entschieden zu naseweis auf deine alten Tage, Stephanos." Nick riss ein Streichholz an und hielt es über Stephanos' Pfeife.

„Ich bin noch nicht alt genug, um nicht an dem zufriedenen Gesichtsausdruck eines Mannes zu erkennen, dass er eine höchst angenehme Nacht verbracht hat." Stephanos sog an seiner Pfeife. „Sie ist schön. Und sehr sexy."

Nick zündete sich eine Zigarette an und lächelte. „Das erwähntest du bereits. Ich habe es auch bemerkt. Aber sag mal, Stephanos, seit wann sehen Männer deines Alters sich nach hübschen Mädchen um?"

Stephanos lachte. „Vor schönen Frauen sind nur die Toten sicher, und tot bin ich noch lange nicht."

Nick lächelte ihn an. „Finger weg, alter Freund! Sie gehört mir."

„Sie liebt dich."

Nicks Hand mit der Zigarette erstarrte auf halbem Weg zu seinen Lippen. Sein Lächeln verschwand. Er warf Stephanos einen unheilvollen Blick zu, den der alte Mann mit einem breiten Grinsen quittierte. „Wie kommst du darauf?"

„Weil es stimmt. Ich habe es gesehen." Er zog genüsslich an seiner Pfeife. „Es gibt aber Leute, die sehen nicht, was vor ihrer Nase steht. Wie lange ist sie übrigens noch allein?"

Nick rief sich innerlich zur Ordnung. Er betrachtete die Papiere auf seinem Tisch. „Weiß ich nicht genau. Noch einen oder zwei Tage oder so, je nach Ionas Zustand. Sie liebt mich ...“, murmelte er und schaute Stephanos wieder an.

Dass Melanie sich von ihm angezogen fühlte, dass sie ihn mochte, vielleicht zu sehr mochte, das war ihm klar. Aber Liebe ... diese Möglichkeit hatte er bisher nicht in Betracht ziehen wollen.

„Heute Nacht ist sie allein“, fuhr Stephanos unbeirrt fort und freute sich über Nicks ratlosen Gesichtsausdruck. „Es wäre nicht gut für sie, wenn sie wieder auf die Idee käme, herumzuspazieren.“ Er rauchte einen Augenblick schweigend weiter. „Falls etwas schief geht, wäre es dir sicher lieber, wenn du sie hinter verriegelten Türen wüsstest.“

„Ich habe schon mit ihr gesprochen. Sie ist einsichtig genug und gibt auf sich Acht.“ Nick schüttelte den Kopf, als würde das seine Gedanken in die Reihe bringen. Gerade heute brauchte er einen klaren Kopf. „Es ist Zeit, Kommissar Tripolos einzuweihen. Ruf in Mitilini an.“

Melanie genoss ein spätes Frühstück auf der Terrasse und spielte mit der Idee, an den Strand hinunterzugehen. Vielleicht kommt er auch, dachte sie. Ich könnte ihn ja anrufen und fragen. Sie entschied sich dagegen, weil sie sich an das erinnerte, was er ihr gesagt hatte. Wenn die heutige Nacht für ihn wirklich so wichtig war, dann musste sie ihn in Ruhe lassen. Wüsste ich nur mehr, dachte sie. Was mag er nur vorhaben? Falls ihm nun etwas zustößt ... Melanie wünschte, es wäre schon morgen.

„Ma'am?“ Zena hatte Melanie nur ganz leise angeredet. Dennoch fuhr Melanie zusammen. „Captain Tripolos möchte Sie sprechen.“

„Was?“ Furcht stieg in Melanie auf. Wenn Nick schon mit Tripolos gesprochen hätte, würde er jetzt sicher nicht zu ihr kommen. Vielleicht war Nick noch nicht soweit. Was konnte Tripolos von ihr wollen?

„Sagen Sie ihm, ich sei nicht im Haus“, entschied sie schnell. „Erzählen Sie ihm, ich sei am Strand oder im Dorf.“

„Ja, Ma'am.“ Das Mädchen nahm den Befehl ohne jede Frage entgegen und sah Melanie nach, die von der Terrasse schlich.

Zum zweiten Mal stieg Melanie den steilen Klippenpfad hoch. Diesmal hatte sie ein Ziel. Bei der ersten Biegung sah sie Tripolos' Wagen unten vor dem Eingang zur Villa parken. Sie beschleunigte den Schritt und rannte, bis sie sicher war, außer Sicht zu sein.

Melanie blieb aber nicht unbeobachtet. Noch ehe sie auf der obersten Treppenstufe war, kam Nick ihr entgegen.

„Hallo! Du musst ja in blendender Verfassung sein, wenn du in solchem Tempo den Berg hinaufrennst.“

„Sehr komisch!“ keuchte Melanie und lief in Nicks Arme.

„Hast du es nicht mehr ohne mich ausgehalten, oder ist was passiert?“ Nick drückte Melanie an sich und hielt sie dann wieder etwas von sich entfernt, damit er in ihr Gesicht sehen konnte. Es war von der Anstrengung gerötet, sah aber nicht ängstlich aus.

„Tripolos ist in der Villa.“ Melanie drückte die Hand auf ihr Herz und versuchte wieder zu Atem zu kommen. „Ich habe mich schnell verdrückt, weil ich nicht wusste, was ich ihm sagen sollte. Nick, ich muss mich einen Moment setzen. Der Pfad geht steil bergauf.“

Nick blickte ihr noch immer prüfend ins Gesicht. Melanie legte den Kopf schief und musterte Nick ihrerseits. Sie strich sich das Haar aus dem Gesicht. „Was ist, warum schaust du mich so an?“

„Ich versuche zu sehen, was vor meiner Nase steht.“

Melanie musste lachen. „Vor deiner Nase stehe ich, du

Dummkopf. Aber ich werde gleich vor deiner Nase liegen, wenn ich mich nicht bald setzen kann."

Plötzlich lächelte Nick strahlend und hob Melanie hoch. Sie schlang die Arme um seinen Nacken und fühlte im nächsten Moment seinen Mund auf ihrem.

„Was tust du?" fragte sie, nachdem sie wieder sprechen konnte.

„Ich nehme mir, was mir gehört."

Er küsste sie wieder. Langsam, ohne jede Hast drang seine Zunge zwischen ihre Lippen. Sie tastete, kostete und liebkoste, bis Nick das leise Beben spürte, das Melanie durchlief.

Wenn alles vorbei war, das versprach er sich, würde er sie wieder so küssen. Aber erst musste die Arbeit dieser Nacht getan werden. Für einen Augenblick wurde Nicks Kuss drängender. Das Verlangen erhitzte sein Blut, aber er bezähmte es.

„Der Captain wollte dich also sprechen." Nick trug Melanie in sein Haus. „Ein zäher Bursche."

Melanie musste sich erst einmal von dem Kuss erholen. Sie atmete tief durch. „Du wolltest heute mit ihm reden, aber ich wusste nicht, ob du das inzwischen getan hast und ob dir die nötigen Informationen schon vorliegen. Außerdem gestehe ich zu meiner Schande, dass ich ein Feigling bin. Ich wollte dem Mann nicht gegenübertreten."

„Du hast mehr Mut als mancher Mann." Nick legte seine Wange an ihre. Melanie fragte sich, was jetzt wohl in seinem Kopf vorging. „Ich habe in Mitilini angerufen und eine Nachricht für Tripolos hinterlassen", fuhr Nick fort. „Nach unserem Gespräch sollte er eigentlich jedes Interesse an dir verlieren."

„Das würde mich aber ungeheuer betrüben", erklärte Melanie. Nick küsste sie noch einmal. „Würdest du mich bitte auf die Füße stellen? So kann ich nicht vernünftig mit dir reden."

„Umso besser." Nick behielt Melanie auf seinen Armen

und ging mit ihr in den Salon. „Stephanos, ich glaube, Melanie braucht eine Erfrischung. Sie hat einen anstrengenden Marsch hinter sich. Würdest du dich darum kümmern?"

„Nein, danke, ich brauche nichts." Ein wenig verlegen blickte Melanie Stephanos an. Als dieser den Raum verließ, wandte sie sich Nick zu. „Wenn du weißt, wer der Mann mit der Maske ist, kannst du es nicht einfach Tripolos sagen und den Burschen hinter Schloss und Riegel bringen lassen?"

„So einfach ist das nicht. Wir möchten ihn fassen, wenn die Ware in seinem Besitz ist. Und dann muss auch noch das Versteck in den Bergen ausgehoben werden, wo er den Stoff lagert, ehe er ihn weiterleitet. Das kann dann Tripolos machen."

„Nicholas, was willst du tun?"

„Was getan werden muss."

„Nicholas ..."

„Melanie", unterbrach er sie. Er stellte sie auf die Füße und legte die Hände auf ihre Schultern. „Die Einzelheiten brauchen dich wirklich nicht zu interessieren. Lass mich die Sache zu Ende führen, ohne dich hineinzuziehen."

Nick beugte sich zu Melanie und küsste sie mit ungewohnter Zärtlichkeit. Er zog sie zu sich heran, aber so behutsam, als hielte er eine zerbrechliche Kostbarkeit in den Händen. Melanie hatte Mühe, nicht dahinzuschmelzen.

„Du hast ein Talent, im passenden Moment das Thema zu wechseln", bemerkte sie.

„Ab morgen wird es für mich nur noch ein einziges Thema geben!"

„Ich bitte tausendmal um Vergebung." Stephanos erschien im Türrahmen.

Nick schaute ungehalten auf. „Verschwinde, Mann!"

„Aber Nicholas!" Melanie befreite sich aus seiner Umarmung, schüttelte den Kopf und schaute ihn tadelnd an. „Ist er immer so ungezogen, Stephanos?"

„Leider ja. Seit er nicht mehr am Daumen lutscht ..."

„Stephanos!“ rief Nick drohend, aber Melanie brach in lautes Gelächter aus und drückte Nick einen Kuss auf den Mund.

„Captain Tripolos möchte ein paar Minuten Ihrer kostbaren Zeit in Anspruch nehmen, Sir“, verkündete Stephanos mit gespielter Unterwürfigkeit und grinste unverschämt.

„Lass mir einen Moment Zeit. Dann schicke ihn herein und bring mir die Akten von meinem Schreibtisch.“

„Nick, ich bleibe bei dir. Ich werde mich nicht einmischen.“

„Nein.“ Die Ablehnung kam kurz und knapp. Nick sah Melanies verletzten Gesichtsausdruck und seufzte. „Melanie, das kann ich nicht erlauben, selbst wenn ich es wollte. Du musst davon verschont bleiben. Das ist mir sehr wichtig.“

„Ich lasse mich aber von dir nicht rauswerfen“, brauste Melanie auf.

„Ich stehe nicht unter Druck wie in der letzten Nacht, Melanie“, erklärte Nick kühl, „und ich werde dich sehr wohl rauswerfen.“

„Ich gehe aber nicht.“

„Du tust, was ich dir sage.“ Nicks Miene verfinsterte sich. Zorn blitzte in seinen Augen auf, verschwand aber im nächsten Moment wieder. Er lachte auf. „Du kannst einen zur Verzweiflung bringen. Wenn ich jetzt Zeit hätte, würde ich dich übers Knie legen. Aber da ich in Eile bin, bitte ich dich, oben zu warten.“ Er küsste sie schnell.

„Nun, wenn du mich bittest ...“

„Mr. Gregoras – ah, Miss James!“ Tripolos betrat den Salon. „Das trifft sich ausgezeichnet. Ich wollte sowieso Miss James in der Villa Theocharis aufsuchen, als mich Ihre Nachricht erreichte.“

„Miss James wollte gerade gehen“, sagte Nick. „Ich bin sicher, ihre Anwesenheit erübrigt sich. Adontis aus Athen hat mich gebeten, Sie über eine bestimmte Angelegenheit zu informieren.“

„Adontis?“ fragte Tripolos. Überraschung und Interesse malten sich auf seinem Gesicht. „Sie kennen Adontis’ Organisation?“

„Natürlich“, erwiderte Nick gelassen. „Ich arbeite seit Jahren mit ihm zusammen.“

„Ich verstehe.“ Tripolos schaute Nick nachdenklich an. „Und Miss James?“

„Miss James hat einen unglücklichen Zeitpunkt für ihren Urlaub auf Lesbos gewählt.“ Nick ergriff Melanies Arm. „Wenn Sie mich entschuldigen wollen, ich begleite die Dame hinaus. Vielleicht möchten Sie einen Drink?“ Nick deutete auf die Bar und zog Melanie dann in die Halle hinaus.

„Der Name, den du eben nanntest, schien Tripolos mächtig beeindruckt zu haben.“

„Vergiss den Namen“, befahl Nick kurz. „Du hast ihn nie gehört. Ich möchte nur wissen, womit ich mir dein Vertrauen verdient habe“, sagte Nick plötzlich. „Ich habe dir immer nur wehgetan. Das kann ich im ganzen Leben nicht wieder gutmachen.“

„Nick ...“

„Nein.“ Er schüttelte den Kopf und fuhr sich dann durchs Haar, vielleicht aus Nervosität oder Frustration. „Jetzt haben wir keine Zeit. Stephanos wird dich nach oben bringen.“

„Sofort“, hörte Melanie Stephanos’ Stimme hinter sich. Der alte Mann reichte Nick einen Aktenordner und wandte sich dann zur Treppe. „Bitte, Ma’am.“

Da Nick schon in den Salon zurückgekehrt war, folgte Melanie Stephanos schweigend. Nick hatte ihr versprochen, später nachzukommen. Im Moment konnte sie nicht mehr verlangen.

Stephanos führte sie in einen kleinen Salon neben dem Schlafzimmer. „Machen Sie es sich bequem“, sagte er. „Ich bringe Ihnen Kaffee.“

„Nein, vielen Dank, Stephanos.“ Sie schaute ihn an, und

zum zweiten Mal sah Stephanos ihr Herz in ihren Augen. „Nick wird alles heil überstehen, ja?“

Stephanos strahlte über das ganze Gesicht. „Was dachten Sie denn?“ gab er zurück, ehe er die Tür hinter sich schloss.

12. KAPITEL

Nach der ersten halben Stunde gelangte Melanie zu der Ansicht, es gäbe nichts Schlimmeres als das Warten, besonders, wenn man nicht zum Stillsitzen geschaffen war.

Der kleine Salon war mit zierlichen Möbeln aus edlen, polierten Hölzern eingerichtet, die im Nachmittagslicht glänzten. Der Raum war angefüllt mit kleinen Kostbarkeiten.

Melanie setzte sich und betrachtete finster eine kleine Schäferin aus Meißner Porzellan. Zu einem anderen Zeitpunkt hätte sie wohl die fließenden, anmutigen Linien und die zarte Zerbrechlichkeit der Figur bewundert. Jetzt kam Melanie bei ihrem Anblick nur der Gedanke, dass sie selbst im Moment von keinem größeren praktischen Nutzen war als diese Porzellanfigur. Sie kam sich vor, als wäre sie selbst in ein Regal gestellt worden.

Lächerlich, dass Nick pausenlos versuchte, sie vor irgendetwas zu bewahren. Hatte Liz nicht das gleiche Wort im Zusammenhang mit Alex gebraucht? Melanie seufzte und stand wieder auf. Ich bin nicht aus Glas und keine alte Jungfer, die gleich in Ohnmacht fällt, dachte sie, ehe ihr einfiel, dass sie ja sehr wohl in Ohnmacht gefallen war, und zwar in Nicks Armen. Sie lächelte schwach und trat ans Fenster.

Nick sollte wissen, dass sie mit allem fertig wurde und sich vor nichts fürchtete, jetzt, da sie zusammen waren.

Gezeigt hatte sie es ihm auf jede nur erdenkliche Weise, aber gesagt hatte sie es ihm noch nicht.

Konnte sie es ihm denn sagen? Melanie ließ sich in einen anderen Sessel sinken. Wenn ein Mann zehn Jahre seines Lebens nur seinen eigenen Regeln gefolgt war, Gefahren getrotzt und Abenteuer gesucht hatte, wollte er sich dann überhaupt an eine Frau binden und die Verantwortung übernehmen, die Liebe erforderte?

Dass sie Nick nicht gleichgültig war, wusste Melanie. Vielleicht empfand er mehr für sie, als ihm recht war: Und dass er sie mehr als je ein Mann zuvor begehrte, daran bestand auch kein Zweifel. Aber wirklich lieben würde ein Mann wie Nick nicht so leicht.

Nein, Melanie wollte ihn mit ihren eigenen Empfindungen jetzt nicht belasten. Für ihn wäre es schon eine Belastung, wenn sie ihm ihre Liebe ganz selbstlos schenkte. Im Augenblick hatte er andere Sorgen. Melanie wollte ihm ihre Liebe nur weiterhin zeigen und ihm vertrauen.

Allerdings schien ihn selbst das schon aus dem Gleichgewicht zu bringen. Anscheinend konnte er nicht glauben, dass ihm jemand trotz seiner Vergangenheit vertraute. Wäre ihm vielleicht wohler gewesen, wenn Melanie sich von ihm abgewandt hätte, nachdem er ihr alles über sich erzählt hatte? Vermutlich hätte er ihre Ablehnung besser begriffen als ihr Verständnis.

Nun, er wird sich daran gewöhnen müssen, dachte Melanie. Ich werde ihm einen möglichen Rückzug jedenfalls nicht leicht machen. Sie stand wieder auf und trat erneut zum Fenster. Von hier oben aus hatte sie einen ganz anderen Ausblick als von ihrem Schlafzimmerfenster. Irgendwie wirkte alles von hier aus gefährlicher. Die Felsen erschienen schroffer, das Meer düsterer. Aber das passte gut zu dem Mann, an den sie ihr Herz verloren hatte.

Dieses Zimmer hatte keinen Balkon, und da Melanie sich plötzlich nach Luft und Sonne sehnte, durchquerte sie das angrenzende Schlafzimmer und öffnete dort die Glastüren. Sofort hörte sie die Brandung rauschen. Sie lachte glücklich und lehnte sich über das Balkongitter.

Oh, sie könnte sehr gut mit der Herausforderung eines solchen Anblicks leben. Er würde sie nie langweilen. Sie könnte beobachten, wie die Farben des Meeres mit denen des Himmels wechselten, könnte den Möwen nachschauen, und sie könnte auf die Villa Theocharis hinunterblicken und ihre vornehme Eleganz bewundern. Melanie selbst aber würde die rauen grauen Mauern und die atemberaubende Höhe vorziehen.

Sie warf den Kopf zurück und wünschte sich ein Unwetter. Donner, Blitz und Sturm. Gab es einen Ort auf der Welt, wo man sich solcher Urgewalten besser erfreuen konnte als hier? Sie lachte wieder und schaute den Himmel herausfordernd an.

„Mein Gott, wie schön du bist."

Melanies Augen leuchteten, als sie sich umdrehte. Nick lehnte in der offenen Balkontür und betrachtete sie. Sein Gesichtsausdruck war unbewegt, aber Melanie spürte die unter seiner ruhigen Oberfläche brodelnde Leidenschaft.

Sie lehnte sich an das Balkongitter zurück. Der Wind spielte mit ihrem Haar. In ihren Augen spiegelte sich die Farbe des Himmels. Melanie fühlte plötzlich die Macht, die sie besaß. „Du begehrst mich. Das sehe ich. Komm her und zeige es mir."

Es schmerzt, dachte Nick. Ehe ihm Melanie begegnet war, hatte er nie gewusst, dass Verlangen schmerzen konnte. Vielleicht tat es nur weh, wenn man wirklich liebte. In der vergangenen Nacht war jeder Höhepunkt ein wilder Sturm für ihn gewesen. Diesmal, schwor er sich, zeige ich ihr eine andere Art von Liebe.

Langsam trat Nick auf Melanie zu. Er nahm ihre Hände und presste den Mund in die Innenflächen. Als er zu ihr aufschaute, sah er, dass ihre Lippen vor Überraschung halb geöffnet waren. Eine neue Empfindung regte sich in ihm – Liebe, Schuldgefühle und das Bedürfnis, sie zu schützen.

„Habe ich dir bisher so wenig Zärtlichkeit gezeigt, Melanie?" fragte er leise.

„Nick ..." Melanie konnte nur seinen Namen flüstern. Ihr Blut pulsierte heiß, und ihr Herz zerschmolz.

„Habe ich keine liebevollen Worte für dich gefunden?" Er nahm ihre Hände und küsste jeden einzelnen Finger. Melanie bewegte sich nicht. Sie schaute Nick nur an. „Und trotzdem kommst du zu mir. Ich stehe in deiner Schuld. Welchen Preis verlangst du?"

„Nein, Nick, ich ..." Melanie schüttelte den Kopf, weil sie nicht weitersprechen konnte. Dass dieser Mann so behutsam, so sanft sein konnte, vermochte sie kaum zu fassen.

„Du hast mich aufgefordert, dir zu zeigen, wie ich dich begehre." Nick legte die Hände an Melanies Gesicht, als wäre es so zerbrechlich wie die Meißner Porzellanfigur. Dann berührten seine Lippen fast andächtig ihren Mund. „Komm, ich zeige es dir."

Nick hob Melanie auf die Arme, aber nicht so schwungvoll wie beim letzten Mal, sondern sanft und behutsam. „Jetzt ..." Vorsichtig legte er sie auf das Bett. „Bei Tageslicht, in meinem Bett."

Wieder nahm Nick Melanies Hand. Er küsste die Innenseite und strich dann mit den Lippen zum Handgelenk, wo ihr Puls pochte. Während der ganzen Zeit wandte er den Blick nicht von ihrem Gesicht. Melanie konnte Nick nur verwirrt und verwundert anschauen.

Wie jung sie aussieht, dachte Nick und küsste ihre Finger. Und wie zerbrechlich. Jetzt ist sie keine Hexe mehr, auch keine Göttin, sondern nur eine Frau. Und sie gehört mir.

Melanies Augen verschleierten sich. Ihr Atem ging schneller. Ich habe ihr das Feuer und den Sturm gezeigt, dachte Nick, aber nie die Liebe.

Er neigte sich zu ihr hinunter und biss zärtlich in ihre Lippen. Mit den Händen berührte er ihr Haar.

Melanie fühlte sich schwerelos, als schwebe sie durch einen Traum. Nick schloss ihre Lider mit zarten Küssen. Dann glitten seine Lippen weich und warm über ihre Stirn, ihre Schläfen, die Wangen. Er flüsterte Liebesworte, die Melanie zu hypnotisieren schienen. Gern hätte sie Nick dicht zu sich herangezogen, aber ihre Arme waren so schwer, dass sie sie nicht bewegen konnte.

Jetzt glitten seine Lippen über ihr Haar, er bedeckte ihr Gesicht, ihren Hals mit zärtlichen Küssen. Diese Küsse waren wie ein Flüstern, und sein Flüstern war wie berauschender Wein. Nicks Zärtlichkeit wirkte wie eine Droge auf sie.

Fast ohne Melanie zu berühren, knöpfte Nick ihre Bluse auf und streifte sie ihr ab. Wieder beugte er sich über sie, und obwohl er fühlte, wie sich ihre Brüste gegen seinen Oberkörper pressten, berührte er sie nicht, sondern küsste Melanie nur auf die Schulter.

Melanie hielt die Augen geschlossen. Nick hätte sie immer nur anschauen mögen. Er schob die Hände in ihr Haar und küsste ihren Mund. Deutlich spürte er Melanies Hingabe und ihre Sehnsucht nach ihm.

Langsam und gefühlvoll strichen seine Lippen über Melanies Haut, bis sie ihre Brüste erreichten. Melanie wand sich unter ihm, als wolle sie aus einem Traum erwachen. Nick setzte sein Liebesspiel sehr langsam, sehr zärtlich fort und liebkoste sie mit Worten und unendlich sanften Küssen.

Sie fühlte, wie seine starken Hände über ihren Körper glitten. Die Berührung war so leicht wie ein Windhauch. Behutsam öffnete er den Reißverschluss ihrer Jeans, zitternd vor Erregung. Ungeduldig wollte sie Nick helfen, aber er zog die Jeans langsam hinab und bedeckte die entblößte Haut mit Küssen.

Nick liebkoste sie mit Lippen und Händen. Ihr Körper bebte unter diesen Zärtlichkeiten, und ihr Verlangen besiegte ihren Verstand.

„Nick“, hauchte Melanie. „Komm ...“

„Du hast dir die Füße auf den Klippen zerschrammt“, flüsterte er und drückte die Lippen auf ihre Fußsohlen. „Es ist eine Sünde, so schöne Haut zu zerkratzen, mein Liebes.“ Als er wieder zu ihr aufschaute, blickte er in Melanies Augen, in denen die Leidenschaft glühte.

„Wie ich mir gewünscht habe, dich so zu sehen!“ Seine Stimme klang heiser. „Im hellen Sonnenlicht, dein Haar auf meinem Kopfkissen ausgebreitet, dein herrlicher Körper ...“ Während er sprach, wanderte sein Mund langsam zu ihren Lippen zurück. Die Begierde drängte ihn, aber er beherrschte sich.

Die Kraft war in Melanies Arme zurückgekehrt. Sie umarmte Nick. Mit jeder Faser ihres Körpers fühlte und begehrte sie ihn. Beide schienen nur noch ein einziges Wesen zu sein.

„Du hast gefragt, wie ich dich begehre“, flüsterte Nick und drang in sie ein. „Schau mich jetzt an und sieh selbst.“

Nick hielt Melanie umarmt. Sanft streichelte er ihren Rücken. Melanie schmiegte sich dicht an ihn, als müsste sie das Wunder der Liebe festhalten. Wie hätte sie ahnen können, dass dieser Mann so zärtlich sein konnte? Und wie hätte sie vorhersagen können, dass diese Zärtlichkeit sie so tief bewegen würde? Tränen traten in ihre Augen. Sie presste die Lippen an Nicks Hals.

„Du hast mir das Gefühl gegeben, schön zu sein“, flüsterte sie.

„Du bist wunderschön.“ Nick lächelte zu ihr hinunter. „Und müde.“ Er strich mit dem Finger über die dunklen Schatten unter ihren Augen. „Du musst schlafen, Melanie. Ich will nicht, dass du krank wirst.“

„Ich werde nicht krank.“ Melanie schmiegte sich noch dichter an Nick und kuschelte sich in seine Armbeuge. „Zeit zum Schlafen ist später noch. Du hast gesagt, wir gehen für ein paar Tage von hier fort.“

Nick wickelte eine Strähne ihres Haars um seinen Finger und schaute zur Zimmerdecke hoch. Ein paar Tage waren ihm nicht genug, und davor lag noch immer die Arbeit dieser Nacht. „Wohin möchtest du fahren?"

Melanie dachte an ihre Träume von Venedig und die Champs-Élysées. Sie seufzte und schloss die Augen wieder. „Irgendwohin. Hierhin." Sie lachte und berührte seine Herzgegend. „Wo immer es schlägt. Ich habe die Absicht, dich den größten Teil der Zeit im Bett zu behalten."

„Nein, wirklich?" Nick zupfte an Melanies Strähne und lächelte. „Ich könnte auf die Idee kommen, du hättest nur für meinen Körper Interesse."

Melanie strich mit den Händen über Nicks Schultern und fühlte die festen Muskeln. „Muskeln wie Stahl ..." Sie unterbrach sich, als sie eine Narbe auf seiner Brust entdeckte. Sie runzelte die Stirn. „Wo hast du die her?"

Nick hob den Kopf an und schaute an sich hinunter. „Ach, das ... Ein Kratzer, sonst nichts", sagte er unbekümmert.

Eine Schussnarbe, erkannte Melanie mit einem Mal. Sofort spiegelten sich Angst und Schrecken in ihren Augen. Nick bemerkte es und küsste sie.

„Melanie ..."

„Bitte, nicht." Melanie barg das Gesicht wieder an seiner Schulter. „Sag nichts. Lass mir nur eine Minute Zeit."

Melanie hatte es vergessen. Die Zärtlichkeiten, die sanften Liebkosungen hatten alles Hässliche aus ihren Gedanken vertrieben. Es war so einfach gewesen, so zu tun, als gäbe es keine Gefahr, keine Bedrohungen. So tun, als ob ... das war etwas für Kinder. Nick hatte aber kein Kind im Arm. Wenn ich ihm schon nichts anderes geben kann, dachte Melanie, so muss ich ihm das geben, was ich noch besitze: Stärke.

Sie drückte die Lippen auf seine Brust und schmiegte sich dann wieder in seinen Arm. „Ist das Gespräch mit Tripolos nach deinen Wünschen verlaufen?" fragte sie.

Sie hat Mut, dachte Nick. Er nahm Melanies Hand in seine. „Er ist zufrieden mit den Informationen, die ich ihm gegeben habe. Ein kluger Mann trotz seiner schwerfälligen Technik."

„Ja. Als ich ihn zuerst sah, musste ich an einen Bluthund denken."

Nick lachte leise. „Eine zutreffende Beschreibung." Er drehte sich ein wenig herum und angelte auf dem Tisch neben dem Bett nach einer Zigarette. „Er ist einer der wenigen Polizisten, mit denen ich zusammenarbeiten könnte."

„Warum hast du ..." Melanie sprach nicht weiter, als sie Nicks schwarze Zigarette sah. „Das habe ich vergessen", sagte sie mehr zu sich. „Wie konnte ich das nur vergessen."

Nick blies den Rauch aus. „Vergessen? Was?"

„Die Zigarette." Melanie setzte sich auf und strich ihr zerzaustes Haar zurück. „Den Zigarettenrest, den ich im Sand in der Nähe der Leiche gesehen habe."

Nick schaute Melanie fragend an. „Ich verstehe nicht, worauf du hinaus willst."

„Der Zigarettenstummel war noch frisch und von der Sorte, die du auch rauchst." Melanie machte eine ärgerliche Handbewegung. „Das hätte ich schon längst erwähnen müssen, aber jetzt spielt es ja keine Rolle mehr. Du weißt ja, wer Stevos umgebracht hat und wer der Boss der Schmugglerorganisation ist."

„Das habe ich nie behauptet."

„Das brauchtest du auch nicht." Melanie war zu böse auf sich selbst, um Nicks nachdenklichen Blick zu bemerken.

„Warum brauchte ich das nicht?"

„Hättest du ihn nicht erkannt, hättest du es mir gesagt. Da du mir aber keine Fragen beantworten wolltest, wusste ich, dass du sein Gesicht gesehen hattest."

Nick schüttelte den Kopf. Gegen seinen Willen musste er lächeln. „Ich bin nur froh, dass du mir nicht schon früher im Verlauf meiner Karriere über den Weg gelaufen bist. Du hättest mich im Nu überholt. Aber um darauf zurückzukommen – ich habe den Zigarettenstummel auch gesehen."

„Das hätte ich mir denken können“, murmelte Melanie.

„Und ich versichere dir, Tripolos ist er auch nicht entgangen“, bemerkte Nick lächelnd.

„Diese verdammte Zigarette hat mich fast wahnsinnig gemacht“, gab Melanie zu. „Zeitweilig habe ich jeden verdächtigt, den ich kannte, Dorian, Alex, Iona und sogar Liz und Andrew. Ich habe mich furchtbar damit herumgequält.“

„Und ich war nicht auf deiner Liste?“

„Nein. Ich sagte dir schon, warum.“

„Ja“, entgegnete Nick leise, „und zwar im Zuge eines recht eigenartigen Kompliments, das ich nicht vergessen habe. Melanie, ich hätte dich schon früher in meine Arbeit einweihen sollen. Dann hättest du besser geschlafen.“

Melanie stützte sich ein wenig auf und küsste Nick. „Zerbrich dir nicht immerzu den Kopf über meinen Schlaf. Langsam habe ich den Eindruck, ich sehe wie ein müdes altes Weib aus.“

Nick legte die Hand um ihren Nacken. „Und wenn ich dir jetzt sage, dass das auch stimmt, wirst du dann schlafen?“

„Nein. Dann knall ich dir eine.“

„So. Na, dann lüge ich lieber und mache dir was vor.“

Seine Strafe erhielt Nick trotzdem. Melanie verpasste ihm einen Rippenstoß.

„Ah, du willst die harte Tour, ja?“ Nick drückte die Zigarette aus und warf sich über Melanie. Sie wehrte sich einen Moment und blieb dann still liegen und schaute zu ihm auf.

„Weißt du eigentlich, wie oft du mich auf diese Weise schon gefangen gehalten hast?“ fragte sie.

„Nein. Wie oft?“

„Weiß ich nicht so genau.“ Langsam zog ein Lächeln über Melanies Gesicht. „Aber ich glaube, es fängt an, mir Spaß zu machen.“

„Vielleicht kann ich noch mehr zu deinem Spaß beitragen.“ Nick erstickte Melanies Lachen mit einem Kuss.

Diesmal liebte Nick Melanie nicht sanft und zärtlich. Melanie überließ sich seiner Leidenschaft. Die Angst, dass dies für sie beide das letzte Mal sein könnte, steigerte ihr Verlangen nur noch mehr. Sie gab sich Nick nicht nur hin, sie drängte ihn, trieb ihn voran und setzte ihn in Brand.

Hatten seine Hände vorhin sanft gestreichelt, so packten sie jetzt zu. War sein Kuss vorhin zärtlich gewesen, so verzehrte er sie jetzt. Melanie warf sich ohne Zögern in die Flammen seiner Liebe. Ihre Küsse waren genauso heiß wie die seinen, und ihre Hände schienen Nick gleichzeitig zu berühren und zu erregen. Sie schmiegte sich fest an Nick, und im nächsten Moment entzog sie sich ihm wieder. Damit trieb sie ihn fast zum Wahnsinn. Sie hörte seinen rauen Atem, spürte, wie seine Muskeln unter ihren Berührungen bebten. Nick presste die Lippen auf Melanies Mund. Sie bog sich ihm entgegen. Sie wusste, er war ihr verfallen, sie hatte Macht über ihn und konnte ihn dazu bringen, ihr zu geben, was sie haben wollte. Sie vergrub die Finger in seinem Haar und drängte ihn, sie zum Gipfel der Empfindungen zu führen. Aber schon, als sie den Höhepunkt erreicht hatte, hungerte sie nach dem nächsten. Nick gab ihr, was sie begehrte. Und als er in sie eindrang, hörte für sie die Welt auf zu existieren.

Sehr viel später, als die Zeit knapp wurde, küsste Nick Melanie zärtlich.

„Du gehst“, sagte sie und rang den Wunsch nieder, sich an ihm festzuklammern.

„Bald. Ich werde dich in die Villa zurückbringen.“ Er setzte sich auf und zog Melanie ebenfalls hoch. „Du wirst im Haus bleiben. Verschließ die Türen und sag den Hausangestellten, sie sollen niemanden hereinlassen. Niemanden!“

Melanie wollte Nick das versprechen, aber die Worte kamen ihr nicht über die Lippen. „Wenn es vorüber ist, sehe ich dich dann?“

Nick lächelte und strich Melanie das Haar aus dem Gesicht. „Ich nehme doch an, dass ich mit den Weinranken vor deinem Fenster wieder zurechtkomme."

„Ich bleibe wach und lass dich zur Vordertür herein", versprach sie.

„Aber Aphrodite!" Nick drückte ihr einen Kuss ins Handgelenk. „Wo bleibt da die Romantik?"

„Ach, Nick!" Melanie warf ihm die Arme um den Nacken und hielt ihn ganz fest. „Ich habe mir so fest vorgenommen, es nicht zu sagen, aber ich sage es doch: Sei vorsichtig!" Damit Nick ihre Tränen nicht sah, verbarg sie das Gesicht an seiner Brust. „Bitte, sei vorsichtig. Ich habe so schreckliche Angst um dich."

„Nicht doch." Nick fühlte ihre Tränen auf seiner Haut. Er drückte Melanie fester an sich. „Nicht weinen, Darling ... bitte!"

„Entschuldige." Melanie versuchte sich zusammenzunehmen. „Ich bin nicht gerade eine große Hilfe für dich."

Nick hielt Melanie ein wenig von sich ab und schaute in ihre tränenerfüllten Augen. „Melanie, bitte mich nicht, hier zu bleiben."

„Nein." Sie musste schlucken. „Das tue ich nicht. Und bitte du mich nicht, mir keine Sorgen zu machen."

„Es ist das letzte Mal", sagte er entschlossen.

Melanie schauderte, aber sie hielt seinem Blick stand. „Ja, ich weiß."

„Du brauchst nur auf mich zu warten." Nick zog Melanie wieder an seine Brust „Warte auf mich." Er küsste Melanie auf die Schläfe. „Wir werden ein Glas Champagner trinken, ehe ich dich in die Villa zurückbringe, okay? Wir wollen auf morgen anstoßen."

„Ja." Melanie lächelte, und ihre Augen lächelten fast mit. „Ich trinke mit dir auf morgen."

„Ruh dich einen Moment aus." Nick küsste sie noch einmal

und drückte sie dann in die Kissen zurück. „Ich hole den Champagner."

Melanie wartete, bis sich die Tür hinter Nick geschlossen hatte. Dann vergrub sie das Gesicht im Kopfkissen.

13. KAPITEL

Es war dunkel, als Melanie erwachte. Im ersten Moment wusste sie nicht, wo sie sich befand. Das Zimmer schien nur aus Schatten und Stille zu bestehen. Eine weiche Decke lag über sie ausgebreitet. Unter dieser Decke war sie nackt.

Nick! dachte Melanie entsetzt. Sie war eingeschlafen, und er hatte sie verlassen. Sie setzte sich auf und zog die Knie vor der Brust hoch. Wie hatte sie nur die letzten gemeinsamen Minuten mit Schlaf vergeuden können? Wie lange hatte sie überhaupt geschlafen? Und wie lange war Nick schon fort?

Sie schaltete die Lampe neben dem Bett ein. Das Licht nahm ihr etwas von ihrer Angst, aber dann sah sie den Zettel, der an der Lampe lehnte. Melanie starrte auf die energische Handschrift. „Schlaf weiter“, war alles, was da stand.

Das sieht ihm ähnlich, dachte sie und musste fast lachen. Sie hielt den Zettel in der Hand, als könnte sie damit auch Nick festhalten, und stand auf, um sich anzuziehen. Es dauerte nicht lange, bis sie merkte, dass ihre Kleider verschwunden waren.

„Dieser Schuft!“ sagte Melanie laut. Die liebevollen Gedanken an ihn waren verflogen. Nick wollte also sichergehen, dass sie brav hier im Zimmer blieb. Wohin sollte ich denn seiner Meinung nach gehen? fragte sie sich. Ich weiß doch überhaupt nicht, wo er ist ... und was er tut, setzte sie im Stillen hinzu.

Also warten. Melanie fror plötzlich und wickelte sich die Bettdecke um den Körper. Die Zeit verging im Schneckentempo. Melanie nahm ihre Wanderung durchs Zimmer wieder auf, setzte sich, ging wieder hin und her. Der Morgen war noch ein paar Stunden entfernt. Am Morgen würde das Warten vorbei sein. Für alle.

Bis dahin halte ich nicht durch, dachte Melanie. Ich muss

aber durchhalten, war ihr nächster Gedanke. Kam Nick denn gar nicht mehr zurück? Wollte es denn nicht endlich Morgen werden?

Wütend schüttelte Melanie die Bettdecke ab. Na schön, warten muss ich also, sagte sie sich und trat an Nicks Kleiderschrank, aber kein Mensch kann mich zwingen, nackt zu warten.

Nick bewegte die verspannten Schultermuskeln und versuchte den Wunsch nach einer Zigarette zu unterdrücken. Selbst die kleinste Flamme wäre jetzt zu gefährlich. Mondlicht durchflutete die Höhle. Hin und wieder war ein Flüstern hinter den Felsen zu hören – nicht von Geistern, sondern von Männern in Uniform. Nick hob das Fernglas und schaute zum wiederholten Mal übers Meer hinaus.

„Schon was zu sehen?“ Tripolos hockte hinter einem Gesteinsblock und schien sich bemerkenswert wohl zu fühlen. Er steckte sich ein Pfefferminz in den Mund. Nick schüttelte nur den Kopf und gab das Glas an Stephanos weiter.

„Eine halbe Stunde“, erklärte Stephanos und kaute auf seiner erloschenen Pfeife herum. „Der Wind trägt das Motorengeräusch heran.“

„Ich höre nichts.“ Tripolos schaute ihn zweifelnd an.

Nick lachte leise. Er spürte die wohl bekannte Erregung wachsen. „Stephanos hört, was andere nicht hören. Sagen Sie nur Ihren Leuten, sie sollen sich bereithalten.“

„Meine Männer sind bereit.“ Tripolos schaute Nick von der Seite her an. „Die Arbeit macht Ihnen Spaß, Gregoras.“

„Manchmal schon.“ Nick lächelte. „Und diesmal ganz gewiss.“

„Bald ist alles vorbei“, bemerkte Stephanos.

Nick wandte den Kopf und blickte dem alten Mann in die Augen. Er wusste, dass Stephanos nicht nur diese Nacht meinte. Nick hatte Stephanos nichts davon gesagt, aber er wusste es. „Ja“, erwiderte Nick nur und schaute dann wieder über das Wasser.

Hoffentlich schlief Melanie noch. Wie schön und wie erschöpft sie ausgesehen hatte, als er ins Schlafzimmer zurückkehrte. Ihre Wangen waren feucht gewesen. Herrgott, er konnte sie nicht weinen sehen. Aber dass sie eingeschlafen war, erleichterte ihn. So brauchte er ihr beim Abschied nicht in die Augen zu sehen.

In meinem Haus ist sie sicherer als in der Villa, dachte er. Wenn er Glück hatte, schlief sie noch bei seiner Rückkehr. Dann wären ihr die Stunden des Wartens und der Sorge erspart geblieben. Einer Eingebung folgend, hatte er ihre Kleider versteckt. Selbst Melanie würde nicht splitternackt spazieren gehen wollen.

Nick musste wieder lächeln, als er sich vorstellte, wie sie auf ihn schimpfen würde, wenn sie aufwachte und nach ihren Kleidern suchte. Er sah sie richtig vor sich, wie sie wütend mitten in seinem Zimmer stand, nichts als das Mondlicht auf ihrer Haut.

Nick hob das Fernglas und blickte übers Wasser. „Sie kommen“, stieß er leise hervor.

Im Mondlicht war das Boot nur eine dunkle Silhouette. Zwölf Männer hockten hinter Klippen und Gesträuch und sahen ihm entgegen. Es kam geräuschlos und nur durch Ruderkraft getrieben.

Beim Festmachen fielen kaum Worte. Die Stille und die Bewegungen der Mannschaft signalisierten Furcht. Die Erregung in Nick wuchs, obwohl sein Gesicht ruhig und undurchdringlich blieb. Er ist da, dachte er. Und wir haben ihn.

Die Crew verließ das Boot. Eine maskierte Gestalt trat auf sie zu. Auf Nicks Zeichen durchflutete Scheinwerferlicht die Höhle. Die Schatten wurden zu Männern.

„Keine Bewegung!“ rief Tripolos scharf. „Das Boot wird

beschlagnahmt und auf Konterbande untersucht. Lassen Sie die Waffen fallen und ergeben Sie sich."

Plötzlich hallten Rufe und Schritte durch die stille Grotte. Flüchtende und Verfolger, Geräusche und Licht bildeten ein chaotisches Durcheinander. Schüsse peitschten auf. Männer schrien vor Schmerz und Wut.

Die Schmuggler kämpften mit den Händen und mit Messern. Der Kampf war verbissen, aber er konnte nicht lange dauern.

Der Maskierte löste sich aus dem Gewirr und lief aus der Höhle. Nick stieß einen Fluch aus und raste hinterher. Im Laufen steckte er seine Waffe in den Gürtel zurück.

Nach ein paar Schritten stieß er mit einer stämmigen Gestalt zusammen, ein Mann, der ebenfalls flüchten wollte. Beide verfluchten sich gegenseitig.

Jeder von ihnen wusste, dass er nur weiterkommen würde, wenn er den anderen aus dem Weg schaffte.

Ineinander verschlungen rollten sie über den abfallenden Felsboden aus dem Lichtkreis heraus. Ein Messer blitzte auf. Nick packte die Hand seines Gegners, ehe das Messer seinen Hals treffen konnte.

Schüsse peitschten durch die Stille. Melanie sprang aus dem Sessel auf. Hatte sie es wirklich gehört oder nur fantasiert? Ihr Herz pochte heftig. Waren sie denn so nahe? Sie starrte in die Dunkelheit. Ein weiterer Schuss fiel. Die Felsen warfen das Echo zurück. Melanie erstarrte vor Furcht.

Nick ist nichts passiert, redete sie sich ein. Gleich kommt er wieder, und dann ist alles vorbei. Ihm kann nichts geschehen.

Noch ehe sie diesen Satz zu Ende gedacht hatte, rannte sie schon aus dem Haus. Nicks Jeans hingen ihr lose um die Hüften.

Einzig logisch erschien ihr, zum Strand hinunterzulaufen. Gleich würde sie Nick treffen. Jeden Moment musste er ihr entgegenkommen. Dann konnte sie sich überzeugen, dass es ihm gut ging.

Melanie rannte den felsigen Pfad entlang. Ihr Keuchen und ihre Schritte auf dem harten Boden waren die einzigen Laute. Fast wünschte sie sich, sie würde noch einen Schuss hören. Dann könnte sie die Richtung besser bestimmen und Nick schneller finden.

Als sie den Strandpfad erreichte, sah sie ihn unten über den Sand eilen. Melanie atmete auf und raste die Stufen hinunter.

Er lief weiter, ohne ihr Kommen zu bemerken. Melanie wollte ihn rufen, aber sein Name blieb ihr im Hals stecken. Sie starrte den Mann mit der Kapuzenmaske an.

Das war nicht Nick. Das waren nicht seine Bewegungen, sein Gang. Nick hatte keinen Grund, sein Gesicht zu verhüllen. Melanie hatte ihre Überlegungen noch nicht zu Ende gebracht, als sich der Mann die Kapuze vom Kopf zog. Das Mondlicht fiel auf goldblondes Haar.

Großer Gott, war sie wirklich so dumm, das nicht eher erkannt zu haben? Diese unheimlich ruhigen Augen – hatten sie jemals Empfindungen gespiegelt? Melanie machte einen Schritt rückwärts und suchte verzweifelt nach einem Versteck. Aber jetzt drehte er sich um. Sein Gesicht wurde hart, als er sie sah.

„Melanie? Was machst du hier?"

„Ich ... ich wollte spazieren gehen." Hoffentlich klang es gelassen und überzeugend genug! „Es ist eine so schöne Nacht. Eigentlich schon fast Morgen." Als er auf sie zukam, musste sie ihre plötzlich trockenen Lippen befeuchten. Rasch sprach sie weiter. „Ich habe nicht erwartet, dir hier zu begegnen. Ich dachte ..."

„Du dachtest, ich sei in Athen", beendete Dorian den Satz lächelnd. „Aber wie du siehst, bin ich hier. Und ich fürchte, du hättest mich besser nicht hier gesehen."

Er hob die Kapuze hoch, ließ den Stoff einen Moment herabbaumeln und warf ihn dann in den Sand.

„Bedauerlich!“ Dorians Lächeln verschwand. „Aber du kannst mir noch immer von Nutzen sein. Eine amerikanische Geisel“, sagte er nachdenklich und betrachtete Melanies Gesicht. „Und eine weibliche noch dazu.“ Er packte sie am Arm und zog sie über den Sand.

Melanie wehrte sich gegen seinen Griff. „Ich werde nicht mit dir gehen.“

„Du hast keine andere Wahl.“ Dorian klopfte auf das Messer an seinem Gürtel. „Oder willst du enden wie Stevos?“

Melanie stolperte über den Strand. Dorian sagte es ganz gelassen. Er kannte weder Liebe noch Hass, und dennoch war dieser Mann gefährlich wie ein wildes Tier auf der Flucht.

„Du wolltest Iona umbringen.“

„Iona wurde lästig. Sie war nicht nur versessen auf Geld, sondern auch auf mich. Sie dachte, sie könnte mich zur Heirat erpressen.“ Dorian lachte kurz auf. „Ich brauchte ihr das Heroin nur anzubieten. Allerdings dachte ich, die Dosis, die ich ihr gab, wäre hoch genug.“

Melanie tat, als wäre sie gestolpert, und fiel auf Hände und Knie. „Ja, und du hättest ihr den Rest gegeben, wäre ich nicht vorher hinzugekommen.“

„Du hast die Angewohnheit, zur falschen Zeit am falschen Ort zu erscheinen.“ Grob zog Dorian Melanie hoch. „Während der letzten Tage musste ich den besorgten Geliebten spielen. Immer dieses Hin und Her zwischen Athen und Lesbos ... wirklich ärgerlich. Wenn man mich nur einen Moment mit Iona allein gelassen hätte ...“ Er hob die Schultern, als wären ihm Leben oder Tod eines Menschen gleichgültig. „Aber so wird sie es überleben und reden. Also musste ich handeln.“

„Du hast die letzte Sendung verloren“, stieß Melanie hervor. Sie wollte Dorian unbedingt aufhalten. Wenn er mit ihr die

Strandstufen hochstieg, wenn er sie erst einmal oben zwischen den Felsen in der Dunkelheit hatte ...

Dorian erstarrte und drehte sich zu Melanie um. „Woher weißt du das?"

„Ich habe geholfen, sie zu stehlen", sagte sie einer Eingebung folgend. „Das Versteck dort oben in der Höhle ..."

Weiter kam sie nicht. Dorian packte sie am Hals. „Du also! Die Ware ist mein Eigentum! Wo ist sie?"

Melanie schüttelte den Kopf.

„Wo?" Dorian drückte fester zu.

Melanie starrte in sein schönes, mondbeschienenes Gesicht, das Gesicht eines griechischen Gottes. Götter sind blutrünstig. Hatte sie das nicht schon einmal gedacht? Melanie legte die Hand an Dorians Handgelenk, als gäbe sie auf und wollte seine Frage beantworten. Seine Finger lösten sich ein wenig.

Im nächsten Moment schlug Dorian Melanie mit dem Handrücken ins Gesicht. Sie fiel in den Sand. Dorians Augen waren ruhig und leer, als er auf sie hinunterblickte. „Du wirst es mir sagen. Du wirst darum betteln, mir alles sagen zu dürfen. Wir haben Zeit, wenn wir erst einmal die Insel verlassen haben."

„Nichts werde ich sagen!" Melanie hörte ihr Blut in den Ohren rauschen. Vorsichtig bewegte sie sich von Dorian fort. „Die Polizei weiß, wer du bist! Und es gibt kein Mauseloch, in dem du dich verkriechen könntest."

Dorian packte Melanie grob am Arm und zerrte sie hoch. „Wenn du lebensmüde bist ... das kannst du ..."

Plötzlich war Melanie frei – so überraschend, dass sie wieder auf die Knie fiel. Dorian stolperte rückwärts und ging auch zu Boden.

„Nick!" Dorian wischte sich das Blut vom Mund. Er blickte in Nicks Gesicht. „Welch Überraschung!" Sein Blick richtete sich jetzt auf den Revolver in Nicks Hand. „Und was für eine!"

„Nick!" Melanie rappelte sich auf und war mit einem

Schritt bei ihm. Nick schaute sie nicht an. Sie griff nach seinem Arm, der sich eisenhart anfühlte. „Nick, ich dachte ... ich fürchtete, du könntest tot sein."

„Aufstehen!" befahl Nick Dorian mit einer Bewegung seines Revolvers. „Oder soll ich Sie im Liegen erschießen?"

„Ist dir nichts passiert?" Melanie schüttelte Nicks Arm. Warum gab er ihr nicht wenigstens ein beruhigendes Zeichen? Sein Gesicht zeigte den gleichen kalten Ausdruck, den sie schon einmal bei ihm gesehen hatte. „Als ich die Schüsse hörte ..."

„Ich wurde aufgehalten." Nick schob Melanie zur Seite. Sein Blick war auf Dorian gerichtet. „Werfen Sie die Waffe weg. Dort hinüber." Nick machte eine entsprechende Kopfbewegung. „Fassen Sie sie nur mit zwei Fingern an. Eine falsche Bewegung, und es war Ihre letzte."

Dorian zog seinen Revolver langsam aus dem Gürtel und warf ihn fort. „Ich gebe zu, damit hatte ich nicht gerechnet. Dass Sie es waren, der mich seit Monaten jagt – Kompliment!"

„Es war mir ein Vergnügen."

„Und ich hätte geschworen, nichts würde Sie interessieren außer Antiquitäten und Geld. Ihre harten Geschäftsmethoden habe ich zwar von jeher bewundert, aber von Ihrem eigentlichen Geschäft hatte ich keine Ahnung. Sie – ein Polizist?"

Nick bedachte ihn mit einem leichten Lächeln. „Ich antworte nur einem einzigen Mann", erklärte er ruhig. „Adontis." Dass die Furcht in Dorians Augen aufblitzte, bereitete ihm Genugtuung. „Sie und ich hätten die Sache übrigens schon eher hinter uns bringen können. Beispielsweise letzte Nacht."

Dorians Gesichtsausdruck war wieder unbewegt. „Letzte Nacht?"

„Dachten Sie etwa, Sie wären wirklich nur von einer Ziege beobachtet worden?" fragte Nick mit einem spöttischen Lachen.

„Nein." Dorian nickte kurz. „Ich habe den Braten gerochen. Dumm von mir, dass ich dem nicht nachgegangen bin."

„Sie sind leichtsinnig geworden, Dorian. Auf der letzten Fahrt habe ich Ihren Platz eingenommen und Ihre Männer in Angst und Schrecken versetzt."

„Sie also", flüsterte Dorian.

„Ein guter Fang", bestätigte Nick. „Das meinen jedenfalls die Kollegen in Athen. Eigentlich hätte die Sache für Sie schon zu diesem Zeitpunkt erledigt sein können, aber ich wartete, bis ich sicher war, dass Alex nichts damit zu tun hatte."

„Alex?" Dorian lachte verächtlich auf. „Alex hätte nie den Nerv für so etwas. Er denkt nur an seine Frau, seine Schiffe und seine Ehre." Dorian musterte Nick. „Aber Sie habe ich anscheinend falsch beurteilt. Ich hielt Sie für einen reichen, ziemlich einseitigen Narren, für ein kleines Ärgernis vielleicht, was Ihren Trip mit Iona anging, aber dennoch keines zweiten Gedankens wert. Zu Ihrem Täuschungsmanöver muss ich Ihnen gratulieren und ...", Dorian blickte zu Melanie hinüber, „... zu Ihrem Geschmack auch."

„Efcharistó", bedankte sich Nick spöttisch.

Zu ihrem Entsetzen sah Melanie, dass Nick seine Waffe zu Dorians auf den Boden warf. Die beiden Revolver lagen jetzt nebeneinander auf dem Sand.

„Ich habe die Pflicht, Sie Captain Tripolos und den Behörden auszuliefern." Ruhig und sehr langsam zog Nick sein Messer hervor. „Aber zuvor wird es mir ein Vergnügen sein, Ihnen zu zeigen, was mit Leuten passiert, die Hand an meine Frau legen."

„Nein, Nick! Nicht!" Melanie wollte Nick in den Arm fallen, aber er hielt sie mit einem kurzen Befehl auf.

„Geh in die Villa und bleib dort!"

„Warum?" mischte sich Dorian lächelnd ein. „Lassen Sie sie ruhig hier. Mich stört sie nicht." Mit einer fast eleganten Geste zog er ebenfalls ein Messer. „Sie ist ein verlockender Preis für den Sieger."

„Geh!" befahl Nick noch einmal. Er packte sein Messer fester.

Melanie deutete die Bewegung richtig. „Nick, das darfst du nicht! Er hat mich nicht verletzt."

„Er hat sein Zeichen in deinem Gesicht zurückgelassen", erwiderte Nick leise. „Aus dem Weg, Melanie!"

Melanie stolperte zurück.

Die beiden Männer duckten sich und umkreisten einander. Melanie sah die Messer im Mondlicht aufblitzen.

Dorian stieß zuerst zu. Melanie presste die Hand auf den Mund und erstickte ihren Aufschrei.

Dies war kein Abenteuerfilm – es war Wirklichkeit! Da gab es keine Anmut der Bewegungen, kein abenteuerliches, kühnes Lachen begleitete die Ausfälle und Paraden. Beide Männer waren zum Äußersten entschlossen. Im Mondlicht sahen sie geisterhaft blass aus. Melanie hörte nur ihr Keuchen, das Rauschen der Brandung und das Zischen der Messer.

Nick trieb Dorian zur Wasserlinie hin und damit fort von Melanie. Er spürte einen wilden Zorn in sich, ließ sich durch seine Emotionen aber nicht von seinem Kampf ablenken. Dorian focht eiskalt. Sein leeres Herz war sein bester Helfer.

„Melanie wird mir gehören, noch ehe die Nacht vorüber ist", sagte Dorian und verzog spöttisch die Lippen, als er die nackte Wut in Nicks Augen erkannte.

Auf Nicks Ärmel breitete sich ein dunkler Fleck aus. Melanie hätte vor Entsetzen aufgeschrien, aber ihr fehlte der Atem. Die Geschwindigkeit, mit der die beiden Männer kämpften, betäubte sie. Im einen Augenblick umkreisten sie einander, im nächsten waren sie ineinander verschlungen. Sie rollten sich im Sand, ein verworrenes Knäuel aus Gliedern und Messern. Melanie hörte sie keuchen und fluchen.

Plötzlich war Dorian über Nick. Erstarrt sah Melanie, wie

er sein Messer hob und zustach. Es traf in den Sand, dicht neben Nicks Kopf. Ohne nachzudenken, ließ sich Melanie auf die am Boden liegenden Revolver fallen.

Die Waffe glitt ihr aus der Hand. Melanie biss die Zähne zusammen und hob sie wieder auf. Sie kniete sich hin und zielte auf die ineinander verschlungenen Körper. Ganz bewusst zwang sie sich dazu, sich auf das vorzubereiten, was sie immer verabscheut hatte. Sie war bereit zu töten.

Ein Schrei zerriss die Stille der Nacht. Melanie wusste nicht, wer ihn ausgestoßen hatte. Sie packte den Revolver mit beiden Händen. Einer der beiden lebte. Noch immer hörte sie Atemzüge, aber nur die eines Einzigen. Falls Dorian es sein sollte, der sich erhob, das schwor sie sich und Nick, dann würde sie abdrücken.

Ein Schatten erhob sich. Melanie presste die Lippen aufeinander. Ihr Finger am Abzug zitterte.

„Leg das verdammte Ding weg, Melanie, ehe du mich umbringst."

„Nick!" Der Revolver fiel Melanie aus der Hand.

Nick kam heran. Er humpelte. „Was wolltest du mit der Waffe?" Er zog sie auf die Füße. Melanies Hände zitterten. „Du hättest niemals abgedrückt."

Melanie schaute Nick in die Augen. „Doch, dazu war ich entschlossen."

Nick sah sie einen Moment an und erkannte, dass sie die Wahrheit sagte. Er zog Melanie an sich. „Warum bist du nicht zu Hause geblieben? Ich wollte dir den Schock ersparen."

„Ich konnte nicht im Haus bleiben, jedenfalls nicht, nachdem ich die Schüsse gehört hatte."

„Ach so, du hast die Schüsse gehört und bist Hals über Kopf losgerannt!"

„Natürlich. Was sonst?"

Nick lag ein Fluch auf den Lippen. Er verschluckte ihn. „Und meine Jeans hast du auch geklaut." Nein, jetzt konnte er nicht mit ihr böse sein, nicht solange sie wie Espenlaub zitterte. Er strich ihr übers Haar. Aber später sollte sie ...

„Hast du meine etwa nicht geklaut?“ Ob Melanie lachte oder ob sie schluchzte, konnte Nick nicht feststellen. „Ich dachte ...“ Plötzlich fühlte sie etwas Warmes, Klebriges an ihrer Hand ... Blut! „Oh Gott, Nick, du bist verletzt!“

„Halb so schlimm. Ich ...“

„Verdammt, musst du immer knallhart und stur sein? Du blutest, Mann!“

Nick lachte und drückte Melanie fest an sich. „Ich bin weder knallhart noch stur, Kleines. Wenn es dich glücklich macht, kannst du nachher den Kratzer verpflastern. Jetzt brauche ich eine andere Medizin.“ Er küsste sie, ehe sie etwas sagen konnte.

Melanie packte Nick beim Hemd und legte alle ihre Gefühle in diesen Kuss. Furcht und Schrecken verließen sie und damit auch der letzte Rest ihrer Kraft. Ihre Knie wurden weich. Sie musste sich an Nick lehnen.

„Ich glaube, ich brauche sehr viel Pflege“, flüsterte Nick an Melanies Mund. „Vielleicht bin ich doch schwerer verletzt, als ich dachte. Nein, nicht doch ...“ Nick hielt Melanie ein wenig von sich ab, als er ihre Tränen an seiner Wange fühlte. „Melanie, nicht weinen. Das ist das Einzige, was ich heute Nacht nicht mehr ertragen kann.“

„Ich weine nicht“, behauptete Melanie, während ihr die Tränen über die Wangen rollten. „Überhaupt nicht! Du darfst nur nicht aufhören, mich zu küssen.“

Sie presste ihre zitternden Lippen auf seine, und die Tränen trockneten ...

„Nun, Mr. Gregoras, offenbar haben Sie Dorian Zoulas doch noch erwischt!“

Ohne Melanie loszulassen, blickte Nick über ihren Kopf hinweg zu Tripolos hinüber. „Haben Ihre Leute die Crew?“

„Ja.“ Tripolos untersuchte den Toten kurz. Er sah den gebrochenen Arm und die Stichwunde, kommentierte es aber nicht. Er winkte nur einen seiner Leute heran. „Ihr Mann kümmert sich um den Abtransport der Crew." Tripolos blickte Nick bedeutungsvoll an. „Es scheint, Sie hatten ein wenig Ärger hier." Er schaute zu den am Boden liegenden Waffen hinunter und zog seine eigenen Schlüsse. „Bedauerlich, dass er nicht mehr vor Gericht gebracht werden kann."

„Sehr bedauerlich", stimmte Nick zu.

„Sie haben Ihre Waffe fallen lassen, um ihn festzuhalten, wie ich sehe."

„So wird es gewesen sein."

Tripolos bückte sich ächzend, hob den Revolver auf und gab ihn Nick. „Ihr Job ist beendet." Er verbeugte sich. „Gute Arbeit, Mr. Gregoras." Er lächelte sanft. „Respekt!"

„Danke. Ich bringe Miss James jetzt nach Hause. Sie können mich, wenn nötig, morgen erreichen. Gute Nacht, Captain."

„Gute Nacht", sagte Tripolos leise und schaute ihnen nach.

Melanie legte den Kopf an Nicks Schulter, während sie den Pfad zum Kliff hinaufgingen. Erst vor wenigen Minuten hatte sie alles getan, um nicht hier hochgeschleppt zu werden, aber jetzt erschienen ihr die Stufen wie der Weg in eine neue Zukunft.

„Sieh mal, die Sterne verblassen schon." Sie seufzte. Angst, Aufregung, Zweifel – alles hatte sich aufgelöst. „Ich habe das Gefühl, als hätte ich auf diesen Sonnenaufgang mein Leben lang gewartet."

„Ich habe mir sagen lassen, du willst nach Venedig und mit einer Gondel fahren."

Melanie blickte erstaunt auf. Dann lachte sie. „Das hat dir Andrew erzählt."

„Er erwähnte auch Cornwall und die Champs-Élysées."

„Und wie man ein Netz einholt, musst du jetzt auch lernen", fügte Melanie hinzu.

„Ich bin nicht leicht zu ertragen, Melanie." Am Fuß der Treppe blieb Nick stehen und drehte Melanie zu sich um. Er suchte nach Worten. „Das Schlimmste weißt du. Ich bin herrisch, ungeduldig und jähzornig. Je nach Laune bin ich ungenießbar."

Melanie tat, als gähnte sie gelangweilt. „Ich wäre die Letzte, die dir da widerspricht."

Nick schaute Melanie an. Hoch aufgerichtet stand sie da, seine Jeans rutschten halb über ihre Hüften, und sein Oberhemd bauschte sich viel zu weit um ihre Schultern und verbarg ihre kleinen, festen Brüste und die Taille, die er fast mit einer Hand umspannen konnte. Richtig oder nicht – er konnte nicht mehr ohne sie leben.

„Melanie ..."

„Ja, Nick?" Melanie kämpfte mit ihrer Müdigkeit, lächelte aber tapfer. „Was ist?"

Im Augenblick konnte er sie nur anschauen. Sein Blick war dunkel, eindringlich und ein wenig ratlos.

„Dein Arm", begann sie und streckte die Hand nach ihm aus.

„Nein, zum Teufel!" Er packte sie bei den Schultern. „Um meinen Arm handelt es sich jetzt nicht." Er presste seine Lippen auf ihre. Jetzt brauchte er ihren Duft, ihre Liebe. Als er den Kopf wieder hob, wurden seine Hände sanfter, aber seine Augen glühten.

Melanie lachte leise und schüttelte den Kopf. „Nick, wir sollten jetzt nach Hause gehen, und dann kümmere ich mich um deinen Arm, damit ..."

„Mein Arm ist unwichtig, Melanie."

„Nicht für mich."

„Melanie!" Nick hielt sie fest, ehe sie die Treppe hochsteigen konnte. „Ich werde ein schwieriger und entnervender Ehemann sein, aber langweilen wirst du dich bestimmt nicht." Er nahm ihre Hand und küsste sie so zärtlich, wie er es auf seinem Balkon getan hatte. „Ich liebe dich genug, um dich auf deine Berge steigen zu lassen, genug, um mit dir hinaufzusteigen, wenn du willst."

Melanie war nicht mehr müde. Sie öffnete den Mund, brachte aber vor Ergriffenheit nichts heraus.

„Himmel, Melanie, schau mich nicht so an!" Nicks Stimme klang zornig. „Sag schon Ja, in Gottes Namen!"

Er ließ Melanies Hände los und packte ihre Schultern. Melanie fürchtete, dass er sie wieder schütteln würde. Aber in seinen Augen sah sie mehr als Ungeduld und Wildheit. Sie sah die Zweifel, die Angst, die Erschöpfung. Wie sie diesen Mann liebte!

„Muss ich das erst sagen?" fragte sie leise.

„Nein." Nick packte sie fester. „Du hast mir mein Herz weggenommen. Meinst du, mit dieser Beute lasse ich dich davonkommen?"

Melanie hob die Hand, berührte Nicks Wange und strich mit dem Finger über seine angespannten Kinnmuskeln. „Dachtest du, ich würde meine Berge ohne dich besteigen?" Sie schmiegte sich an ihn und fühlte seine Erleichterung. „Komm, lass uns nach Hause gehen."

– ENDE –

Nora Roberts

Rebeccas Traum

Roman

Aus dem Amerikanischen von
Michaela Rabe

Weltbild

1. KAPITEL

Rebecca wusste, es war verrückt. Aber genau das war es, was sie daran reizte. Es war gegen jede Vernunft und widersprach eigentlich ihrem Wesen. Aber sie erlebte gerade die aufregendste Zeit ihres Lebens. Vom Balkon ihrer Suite aus hatte sie einen wundervollen Ausblick auf das tiefblaue Wasser des Ionischen Meeres. Die Sonne ging gerade unter und warf leuchtend rote Strahlen über das nur leicht bewegte Wasser.

Korfu. Allein schon der Name klang geheimnisvoll und verlockend. Und sie war hier, wirklich hier. Sie, Rebecca Malone, eine nüchtern denkende und ebenso handelnde Frau, die sich vorher nie mehr als ein paar hundert Kilometer von Philadelphia entfernt hatte, war in Griechenland! Und zwar auf Korfu, einem der bevorzugten Ferienparadiese Europas.

Aber so hatte sie es sich auch vorgestellt. Nur vom Besten, solange es eben ging. Dazu war sie fest entschlossen.

Rebeccas Chef hatte sie ungläubig angesehen, als sie ihm von ihrem Vorhaben erzählte und ihm anschließend die Kündigung überreicht hatte. Ihr war klar gewesen, dass er für ihren Entschluss niemals wirkliches Verständnis aufbringen würde. Rebecca arbeitete bei einer der besten Steuerberatungsfirmen Philadelphias als Buchhalterin. Sie bekam ein ansehnliches Gehalt und hatte gute Aufstiegschancen.

Auch ihre Freunde hatten sich sehr gewundert, dass sie diesen Job aufgab, ohne einen besseren gefunden zu haben.

Aber Rebecca hatte sich um all dies nicht gekümmert. Als ihr letzter Arbeitstag gekommen war, hatte sie ihren Schreibtisch aufgeräumt, ihre Sachen eingepackt und war gegangen.

Als sie dann auch noch ihre Wohnung mitsamt der Einrichtung innerhalb einer Woche verkauft hatte, zweifelten wirklich einige Freunde und Bekannte an ihrem Verstand.

Aber Rebecca hatte sich niemals klarer bei Verstand gefühlt.

Nun besaß sie tatsächlich nicht mehr, als in einen Koffer passte. Sie hatte keinerlei Verpflichtungen und seit sechs Wochen keine Rechenmaschine und Steuerbelege mehr zu Gesicht bekommen.

Zum ersten Mal, und vielleicht zum letzten Mal in ihrem Leben, war sie völlig frei und ungebunden. Sie stand nicht unter Zeitdruck, brauchte morgens ihren Kaffee nicht in Eile hinunterzustürzen und nach der Uhr zu leben. Sie hatte nicht einmal einen Wecker eingepackt. Sie besaß gar keinen mehr. Verrückt? Nein! Rebecca schüttelte den Kopf und lachte. Sie war entschlossen, das Leben in vollen Zügen zu genießen, solange es nur irgend ging.

Der Tod ihrer Tante Jeannie war der Wendepunkt in ihrem Leben gewesen. Völlig unerwartet stand Rebecca ohne jeden weiteren Verwandten in der Welt allein da.

Tante Jeannie hatte ihr Leben lang hart gearbeitet. Sie war immer pünktlich gewesen, immer zuverlässig. Ihre Stellung als Leiterin einer Bibliothek war ihr einziger Lebensinhalt gewesen. Sie hatte niemals auch nur einen Tag gefehlt oder auch nur einmal ihre Pflicht nicht erfüllt. Sie war ein Mensch gewesen, der seine Versprechen immer einhielt und auf den man sich verlassen konnte.

Mehr als nur einmal hatte man Rebecca gesagt, sie ähnle ihrer Tante sehr. Sie war zwar erst vierundzwanzig, aber sie war ebenso korrekt und solide wie ihre unverheiratete Tante. Tante Jeannie hatte gerade zwei Monate Zeit gehabt, Reisepläne zu schmieden und ihr wohlverdientes Rentenalter zu genießen. Dann war sie im Alter von fünfundsechzig Jahren gestorben. Mehr Zeit war ihr nicht geblieben, die Früchte ihres langen Arbeitslebens zu genießen.

Zuerst hatte Rebecca außer großer Traurigkeit nichts verspürt. Doch nach und nach war ihr klar geworden, dass sie das gleiche Schicksal erwartete, wenn sie weiterlebte wie bisher. Sie arbeitete, schlief und aß allein in ihrer schönen Wohnung, die sie von ihrer Tante geerbt hatte. Sie besaß einen kleinen Kreis netter Freunde, auf die sie sich in schwierigen Zeiten verlassen konnte. Rebecca war ein Mensch, der sich immer zu helfen wusste. Sie würde niemals jemanden mit ihren Problemen belasten – sie hatte nämlich keine.

Irgendwann begriff sie dann, dass sie ihr Leben ändern musste. Und sie tat es.

Es war eigentlich kein Davonlaufen gewesen, eher ein „Sichbefreien" von vielen Zwängen und starren Gewohnheiten. Bisher hatte sie immer getan, was man von ihr erwartete. Sie hatte immer versucht, wenig Aufhebens um ihre Person zu machen. Während ihrer Schulzeit war sie ein eher schüchternes Mädchen gewesen, das lieber las, als mit ihren Altersgenossen herumzutollen. Als sie dann aufs College ging, wollte sie Tante Jeannies Erwartungen erfüllen und saß noch mehr über ihren Büchern als vorher.

Rebecca hatte schon immer gut mit Zahlen umgehen können, und zudem war sie sehr gewissenhaft. Was lag da näher, als dies zu ihrem Beruf zu machen? Es war eine Arbeit gewesen, die ihr entsprach und Spaß machte. Sie hatte nie von einem anderen Leben geträumt.

Und nun war sie dabei, sich selbst kennen zu lernen, die Rebecca Malone, die sie nicht kannte. In den Wochen oder Monaten, die vor ihr lagen, wollte sie mehr über sich erfahren. Außerdem war sie entschlossen, sich so zu akzeptieren und zu mögen, wie sie war.

Wenn ihr Geld aufgebraucht sein würde, würde sie sich einen neuen Job suchen und wieder die vernünftige, praktische Rebecca werden. Aber bis zu diesem ungewissen Zeitpunkt würde sie reich sein, ohne Verpflichtung und bereit, alles auf sich zukommen zu lassen. Und plötzlich merkte sie, dass sie Hunger hatte.

Stephanos sah Rebecca, als sie das Restaurant betrat. Sie war eigentlich keine wirkliche Schönheit. Schöne Frauen sah man jeden Tag. Aber an dieser war etwas, das ihn faszinierte. Sie ging stolz und aufrecht, als gehöre ihr die Welt.

Stephanos betrachtete die Fremde genauer. Sie war schlank und besaß eine gute Figur und helle Haut. Sie muss gerade angekommen sein, dachte er. Das weiße Strandkleid ließ Schulter und Rücken frei und stand in aufregendem Gegensatz zu dem pechschwarzen, kurz geschnittenen Haar.

Sie blieb stehen und holte Luft, wie es schien. Dann lächelte sie dem Kellner zu und ließ sich von ihm an einen freien Tisch führen. Stephanos gefiel ihr Gesicht. Es wirkte fröhlich, intelligent und offen. Besonders beeindruckend fand er ihre Augen. Sie waren von einem blassen, beinahe durchsichtigen Grau. Aber in ihrem Ausdruck war absolut nichts Blasses. Wieder lächelte die Frau dem Kellner zu und sah sich im Raum um. Sie machte auf ihn den Eindruck, als wäre sie in ihrem Leben nie glücklicher gewesen als jetzt.

Schließlich trafen sich ihre Blicke.

Rebecca schaute rasch in eine andere Richtung, als sie bemerkte, dass der hoch gewachsene, gut aussehende Mann an der Bar sie ansah. Sie wurde oft von Männern bewundernd betrachtet, aber diese Blicke machten sie verlegen. Sie wusste nie, wie sie damit umgehen sollte. Um ihre Verwirrung zu verbergen, nahm sie die Speisekarte zur Hand.

Eigentlich hatte Stephanos gehen wollen, aber impulsiv entschied er sich anders. Er winkte den Kellner heran und sprach ein paar Worte mit ihm. Der Kellner nickte und verschwand. Gleich darauf brachte er eine Flasche Champagner an Rebeccas Tisch.

„Mit der besten Empfehlung von Mr. Nikodemos“, sagte er und deutete unauffällig mit dem Kopf zur Bar.

Rebecca sah überrascht hinüber. „Also, ich ...“, stammelte sie. Doch dann riss sie sich zusammen. Eine Frau von Welt durfte sich doch nicht von einer Flasche Champagner aus dem Gleichgewicht bringen lassen.

Warum sollte sie das Geschenk eines ausgesprochen attraktiven Mannes nicht annehmen? Und vielleicht sogar ein wenig mit ihm flirten?

Fasziniert beobachtete Stephanos das wechselnde Mienenspiel auf dem Gesicht der Unbekannten. Kurz zuvor hatte er noch ein Gefühl der Langeweile empfunden. Plötzlich war es wie weggeblasen.

Als sie die Hand leicht hob und ihm zulächelte, ahnte er nicht, dass ihr Herz heftig schlug. Er nahm es nur als eine Geste des Dankes – und als Einladung, an ihren Tisch zu kommen.

Als er auf ihren Tisch zukam, bemerkte Rebecca erst, wie blendend dieser Mann aussah. Er war schlank und hoch gewachsen und hatte dichtes blondes Haar. Seine Haut war sonnengebräunt, und an seinem Kinn entdeckte sie eine kaum sichtbare Narbe. Es war ein ausdrucksstarkes Gesicht mit einem Kinn, das Willensstärke und Energie ausdrückte. Die Augen des Mannes waren dunkelblau.

„Guten Abend, ich bin Stephanos Nikodemos." Er sprach ohne Akzent, mit tiefer voller Stimme.

„Hallo. Ich heiße Rebecca, Rebecca Malone." Rebecca hob zur Begrüßung die Hand. Zu ihrer Überraschung führte er sie an den Mund. Die Berührung seiner warmen Lippen war wie ein Hauch. Unwillkürlich zog Rebecca die Hand schnell wieder zurück. „Vielen Dank für den Champagner."

„Er schien mir Ihrer Stimmung zu entsprechen." Er sah ihr forschend ins Gesicht, so als erwarte er etwas von ihr. „Sind Sie allein?"

„Ja." Vielleicht war es ein Fehler, dies zuzugeben, aber wenn sie ihr Leben genießen wollte, musste sie eben Risiken eingehen. „Möchten Sie nicht ein Glas mit mir trinken?"

Stephanos setzte sich ihr gegenüber. Als der Kellner einschenken wollte, bedeutete er ihm, er würde es selbst tun. „Sind Sie Amerikanerin?" fragte er, nachdem er beide Gläser mit dem perlenden Getränk gefüllt hatte.

„Sieht man das nicht?"

„Nein, ich hatte eher gedacht, Sie seien Französin, bis ich Ihre Stimme hörte."

„Wirklich?" Rebecca fühlte sich geschmeichelt. „Ich komme gerade aus Paris." Sie musste sich zwingen, sich nicht ans Haar zu fassen. Sie hatte es in Paris schneiden lassen.

Stephanos hob das Glas, und sie stießen an. Rebeccas Augen leuchteten.

„Waren Sie geschäftlich dort?" fragte er.

„Nein, nur zum Vergnügen." Was für ein schönes Wort, dachte sie. Vergnügen. „Es ist eine wundervolle Stadt."

„Ja, das stimmt. Fliegen Sie öfter dorthin?"

Rebecca lächelte. „Nicht oft genug. Und Sie?"

„Ab und zu."

Beinahe hätte sie neidvoll aufgeseufzt. „Fast wäre ich noch länger dort geblieben, aber ich hatte mir vorgenommen, auch noch Griechenland zu sehen."

Sie war allein, ein wenig rastlos und reiselustig. Vielleicht hatte sie ihn deswegen angezogen, denn er war nicht anders. „Ist Korfu Ihr erstes Reiseziel, oder waren Sie schon anderswo in Griechenland?"

„Nein, ich bin direkt nach Korfu gekommen." Rebecca trank einen Schluck. Sie hatte das Gefühl zu träumen. Griechenland, Champagner und dann noch dieser Mann ... „Es ist wundervoll, viel schöner, als ich es mir vorgestellt habe."

„Ah, dann sind Sie zum ersten Mal hier?" Er konnte nicht sagen, warum er sich darüber freute. „Wie lange werden Sie bleiben?"

„Solange es mir gefällt." Rebecca lächelte über das Gefühl der Freiheit, das sie empfand. „Und Sie?"

Er hob das Glas. „Voraussichtlich wohl länger, als ich eigentlich geplant hatte.“ Als dann der Kellner neben ihnen am Tisch auftauchte, bestellte Stephanos auf Griechisch. „Wenn Sie gestatten, suche ich Ihnen Ihr erstes Mahl auf dieser Insel aus“, sagte er höflich.

Rebecca trank einen weiteren Schluck Champagner. „Ja, sehr gern. Vielen Dank.“

Es war so einfach. So einfach, hier zu sitzen, Neues zu erfahren und zu erleben. Sie hatte völlig vergessen, dass sie diesen Mann überhaupt nicht kannte, und sie hatte auch vergessen, dass sie nur für eine begrenzte Zeit auf diese Art würde leben können. Sie sprachen über nichts Bedeutsames, sondern redeten über Paris, das Wetter und den Wein. Trotzdem kam es Rebecca so vor, als wäre es die interessanteste Unterhaltung, die sie je geführt hatte.

Stephanos Nikodemos sah sie währenddessen an, als würde er es ebenfalls genießen, sich mit ihr eine Stunde lang über gänzlich Belangloses zu unterhalten.

Rebecca hatte das Gefühl, der Mann ihr gegenüber wollte einfach nur ihre Gesellschaft beim Essen und nichts weiter. Deswegen erklärte sie sich auch sofort einverstanden, als er nach dem Essen einen Strandspaziergang vorschlug. Wie konnte man einen solchen Abend besser beenden als mit einem Spaziergang im Mondlicht?

„Von meinem Balkon aus habe ich vorhin eine Weile aufs Meer geschaut“, sagte sie und streifte sich die Schuhe ab, als sie den Strand erreicht hatten. „Ich hätte nicht gedacht, dass es noch schöner aussehen könnte als bei Sonnenuntergang.“

„Das Meer wechselt seinen Ausdruck im Licht – wie das Gesicht einer Frau“, meinte er nachdenklich. „Deswegen fühlen sich die Männer auch zu ihm hingezogen.“

„Ja? Fühlen Sie sich vom Meer angezogen?“

„Ich habe viel Zeit auf dem Wasser verbracht. In meiner Kindheit habe ich an dieser Küste gefischt.“

Beim Essen hatte Stephanos ihr erzählt, dass er mit seinem Vater viel zwischen den Inseln umhergereist war. „Es muss aufregend gewesen sein, von einem Ort zum anderen zu reisen, jeden Tag etwas anderes zu sehen."

Er zuckte mit den Schultern. Stephanos wusste nicht zu sagen, ob die Rastlosigkeit in ihm angeboren oder eine Gewohnheit aus seiner Jugendzeit war. „Nein, schlecht war es nicht."

„Ich reise gern." Lachend warf Rebecca ihre Schuhe auf den Sand und ging ans Wasser. Der Champagner und auch das sanfte Mondlicht wirkten leicht berauschend auf sie. Die Brandung schwappte gegen ihren Rock und nässte den Saum. „In einer solchen Nacht wie heute kann ich mir gar nicht vorstellen, einmal wieder nach Hause zu gehen."

Sie steckt voller Lebensfreude, fuhr es Stephanos durch den Sinn. Ihre Gesichtszüge strahlten eine Lebhaftigkeit aus, die bewundernswert ist. „Wo ist Ihr Zuhause?" fragte er.

Sie blickte ihn über die Schulter an. „Ich habe mich noch nicht entschieden. Aber jetzt will ich erst einmal schwimmen." Mit einem Hechtsprung war sie unter der Wasseroberfläche verschwunden.

Stephanos blieb beinahe das Herz stehen, als er sie nicht mehr sah. Er hatte gerade seine Schuhe ausgezogen, um ihr nachzuspringen, als sie wieder auftauchte.

Sie lachte, und das silberne Mondlicht ließ ihr Haar schimmern. Das Wasser lief ihr in Bächen über die Wangen, und die Tropfen glitzerten wie Diamanten auf ihrer Haut. Sie bot einen hinreißenden Anblick.

„Es ist herrlich! Kühl und sanft und wundervoll ..."

Kopfschüttelnd ging Stephanos tief genug ins Wasser, damit sie seine Hand ergreifen konnte. Sie ist vielleicht ein wenig verrückt, aber gerade das gefällt mir an ihr, dachte er. „Sind Sie immer so impulsiv?"

„Ich versuche es. Sie nicht?" Sie fuhr sich mit den Fingern

durch das nasse Haar. „Oder schicken Sie fremden Frauen immer Champagner an den Tisch?"

„Wie ich auch antworte, es wird mich in Schwierigkeiten bringen", lachte er. „Hier." Stephanos legte ihr sein Jackett um die Schultern. „Sie sind bezaubernd, Rebecca", sagte er weich.

Er rückte ihr das Jackett am Hals zurecht, und sie sah ihn an. „Ich bin nass", erwiderte sie dann.

„Und schön", sagte er leise. Sanft zog er sie an sich. „Und faszinierend."

Darüber musste Rebecca lachen. „Das glaube ich zwar nicht, aber trotzdem vielen Dank." Seine Augen hatten einen besonderen Ausdruck angenommen, der sie erregte. Ihre Haut begann zu prickeln, als sein Blick an ihren vom Meerwasser feuchten Lippen hängen blieb. Sie standen dicht beieinander, so dicht, dass ihre Körper sich berührten. Rebecca begann zu zittern, und sie wusste, es hatte nichts mit ihrer nassen Kleidung und dem leichten Wind zu tun ...

„Ich glaube, ich muss mich umziehen."

Ihre offensichtliche Unbefangenheit, beinahe Naivität, fesselte Stephanos. Er fühlte, dass er sich mit dem heutigen Abend nicht zufrieden geben würde. Er wollte mehr ... Er wollte diese Frau besser kennen lernen.

„Wir sehen uns wieder."

„Ja." Rebeccas Herz schlug heftig. „Die Insel ist ja nicht sehr groß."

Er lächelte und ließ ihre Hand los. Rebecca empfand Erleichterung und Bedauern zugleich. „Morgen. Ich habe morgen früh zuerst etwas Geschäftliches zu erledigen. Um elf Uhr bin ich sicher fertig damit. Falls es Ihnen recht ist, werde ich Ihnen dann Korfu zeigen."

„Einverstanden. Wir können uns in der Hotelhalle treffen." Es fiel Rebecca schwer, zurückzutreten, aber sie tat es. „Gute Nacht, Stephanos."

Dann vergaß sie, sich wie eine Frau von Welt zu benehmen, und rannte zum Hotel zurück.

Stephanos sah ihr nach. Sie verwirrte ihn, weil er sie nicht verstand – und er wollte sie haben. Er kannte diese Gefühle natürlich. Rebecca war jedoch die Erste, die sie so rasch und so heftig in ihm geweckt hatte.

Aus einem plötzlichen Einfall heraus hatte er ihr den Champagner geschickt, und nun war sie für ihn zu einem Geheimnis geworden, das er lösen wollte – und musste. Er lachte leise vor sich hin, dann bückte er sich und hob die Schuhe auf, die sie vergessen hatte.

Seit vielen Monaten hatte er sich nicht mehr so lebendig gefühlt.

Stephanos gehörte nicht zu den Männern, die ihre Pläne über den Haufen warfen, nur um den Tag mit einer Frau zu verbringen.

Vor allem nicht mit Frauen, die er kaum kannte. Er war zwar ein wohlhabender, aber auch ein viel beschäftigter Mann. Er war es gewöhnt, hart zu arbeiten, und es machte ihm Spaß, Verantwortung zu übernehmen.

Sein Zeitplan für Korfu sah keine freie Zeit vor. Normalerweise hielt er Geschäftliches und Vergnügen strikt getrennt. Und doch war er plötzlich damit beschäftigt, Termine zu verschieben, nur um auch noch den Nachmittag für Rebecca frei zu haben.

Aber er hatte eine Ausrede für sich bereit. Jeder Mann würde eine Frau besser kennen lernen wollen, die bei einer Flasche Champagner mit ihm geflirtet und sich bei einem Strandspaziergang in voller Kleidung ins Wasser geworfen hatte.

„Ich habe das Treffen mit Theoharis auf heute Abend um halb sechs verlegt." Stephanos' Sekretärin schrieb rasch ein paar Notizen auf ihren Block. „Er wird hier ins Hotel in die

Suite kommen. Ich habe bereits ein paar Kleinigkeiten zu essen und eine Flasche Ouzo bestellt."

„Sie sind wie immer ausgesprochen tüchtig, Eleni."

Sie lächelte und strich sich eine vorwitzige Locke wieder hinter das Ohr. „Ich versuche es."

Als Stephanos aufstand und ans Fenster trat, blieb sie abwartend stehen.

Sie arbeitete nun schon fünf Jahre für ihn, bewunderte seine Energie und seinen Geschäftssinn. Anfangs war sie ein wenig in ihn verliebt gewesen, aber glücklicherweise für sie beide war sie ohne Schaden darüber hinweggekommen. Viele, die sie kannten, rätselten, in welcher Beziehung sie wohl zueinander standen. Aber obwohl sie beinahe freundschaftlich miteinander umgingen, blieb besagte Beziehung auf das Geschäftliche beschränkt.

„Rufen Sie Mitsos in Athen an. Er möchte den Bericht bis fünf Uhr per Telex schicken. Und ich möchte auch von Lereau aus Paris bis um fünf gehört haben."

„Soll ich ihn anrufen, damit er es nicht vergisst?"

„Wenn Sie es für notwendig halten." Rastlos schob er die Hände in die Hosentaschen. Warum bin ich auf einmal so unzufrieden, überlegte er. Ich bin reich, geschäftlich äußerst erfolgreich und frei. Als er hinaus aufs Meer schaute, erinnerte es ihn plötzlich an Rebeccas Haut. „Schicken Sie bitte Blumen in Rebecca Malones Suite, Eleni. Wildblumen, nichts Elegantes. Heute Nachmittag."

Eleni machte sich einen Vermerk. Sie war neugierig, diese Rebecca Malone kennen zu lernen. Stephanos hatte ihr erzählt, dass er gestern Abend mit einer Amerikanerin gegessen hatte. „Und was soll auf der Karte stehen?"

„Nur mein Name." Stephanos hielt nicht viel von großen Worten.

„Kann ich noch etwas für Sie tun?"

„Ja." Er wandte sich um und lächelte sie freundlich an.

„Nehmen Sie sich eine Stunde frei und gehen Sie ein bisschen an den Strand“, schlug er ihr vor.

Eleni stand auf. „Irgendwie werde ich es wohl einrichten können, danke. Einen schönen Nachmittag, Stephanos“, sagte sie lächelnd.

Stephanos hatte vor, diesen Nachmittag zu einem schönen Erlebnis werden zu lassen.

Als Eleni gegangen war, warf er einen Blick auf seine Armbanduhr. Es war eine Viertelstunde vor elf. Er hätte eigentlich noch etwas erledigen können. Stattdessen nahm er Rebeccas Schuhe zur Hand.

Nach längerem Überlegen entschied Rebecca sich für eine mit großen Blüten bedruckte, weich fallende Hose und eine weiße Wickelbluse aus feinem Leinen mit einem auffallend großen Kragen, der Rebeccas schönes Dekolletee betonte. Sie hatte keine große Auswahl, da alle ihre Kleider gut in einen Koffer passten. Allerdings hatte sie auf ihrer Reise quer durch Europa hier und dort etwas Schickes gesehen und gekauft. Jedes einzelne Kleidungsstück unterschied sich grundlegend von den gedeckten Farben und dem schlicht-eleganten Stil, den sie in der Firma getragen hatte.

Rebecca wusste nicht, wo sie den Tag verbringen würde, aber es machte ihr nicht das Geringste aus.

Der Tag hatte schon herrlich begonnen. Als sie aufwachte, fühlte sie immer noch die Wirkung des Champagners. Aber ein appetitliches Frühstück und ein Bad hatten die Benommenheit sogleich vertrieben. Noch immer fiel es ihr schwer zu glauben, dass sie mit ihrer Zeit anfangen konnte, was sie wollte – und dass sie den gestrigen Abend mit einem Mann verbracht hatte, den sie kaum kannte.

Tante Jeannie hätte bestimmt die Hände über dem Kopf zusammengeschlagen und sie besorgt an die Gefahren erinnert, denen eine allein stehende Frau ausgesetzt war.

Aber ganz bestimmt würden einige ihrer Freundinnen gern an ihrer Stelle gewesen sein, wenn sie wüssten, dass sie mit diesem beeindruckenden Mann im Mondschein spazieren gegangen war.

Wenn sie sein Jackett nicht als Beweis gehabt hätte, vielleicht hätte Rebecca geglaubt, sie habe alles geträumt. Wie oft hatte sie sich heimlich in ihren Träumen vorgestellt, an einem romantischen Ort mit einem faszinierenden Mann bei Mondlicht und sanfter Musik zusammen zu sein?

Aber die Wirklichkeit war ganz anders gewesen. Noch immer konnte sie sich sehr gut an dieses kribbelnde, beunruhigende Gefühl erinnern, das sie in seiner Nähe erfüllt hatte. Als sein voller, sinnlicher Mund nur einige wenige Zentimeter von ihrem entfernt gewesen war und der Champagner sie empfänglicher für erotische Stimmungen gemacht hatte ...

Und wenn er sie geküsst hätte? Wie hätten seine Lippen geschmeckt?

Unwillkürlich strich sie sich über den Mund. Schon nach diesem ersten Abend war Rebecca sicher, dass Stephanos ein erfahrener und sicher auch einfühlsamer Mann war. Wie hätte sie sich jedoch verhalten?

Sicherlich wäre sie fürchterlich unsicher und verlegen gewesen, wenn er sie einfach geküsst hätte. Kopfschüttelnd griff sie nach der Haarbürste und fing an, sich die Haare zu bürsten.

Aber er hatte sie wieder sehen wollen.

Rebecca war sich nicht ganz sicher, ob sie nun enttäuscht sein sollte, weil er sie nicht geküsst hatte, oder nicht. Natürlich hatte sie früher schon andere Männer geküsst. Sie wurde allerdings das erregende Gefühl nicht los, dass es mit Stephanos völlig anders sein würde.

Und es konnte sein, dass sie mehr von ihm wollte, mehr geben würde, als sie je einem Mann gegeben hatte ...

Warum machst du dir eigentlich solche Gedanken? fragte sie sich und seufzte leise. Sie hatte nicht vor, sich mit ihm auf eine kurzfristige Affäre einzulassen. Weder mit ihm noch mit irgendeinem anderen Mann. Selbst die „neue" Rebecca Malone fand keinen Gefallen an solchen Abenteuern. Aber, wer weiß ... Vielleicht würde sich doch eine Beziehung entwickeln, an die sie sich noch erinnern würde, wenn sie Griechenland schon längst wieder verlassen hatte.

Rebecca warf einen letzten prüfenden Blick in den Spiegel. Sie war mit ihrem Aussehen zufrieden. Sie sah auf die Uhr. Noch ungefähr eine Viertelstunde. Erst wollte sie hinuntergehen und in der Hotelhalle auf ihn warten. Dann überlegte sie es sich anders. Sie wollte nicht den Eindruck erwecken, als könne sie sein Kommen kaum erwarten.

Da klopfte es an der Tür.

„Hallo." Stephanos sah sie lächelnd an, als sie die Zimmertür öffnete. Er streckte ihr die Schuhe entgegen. „Ich dachte, Sie bräuchten sie vielleicht."

Rebecca lachte bei dem Gedanken an ihr ungewöhnliches Bad gestern Abend. „Ich habe noch gar nicht bemerkt, dass ich sie am Strand vergessen habe. Kommen Sie doch herein." Sie nahm die Schuhe und stellte sie in den Schrank. Dann drehte sie sich wieder um. „So, ich bin fertig. Meinetwegen können wir gehen."

„Ich bin mit dem Jeep gekommen", meinte Stephanos. „Einige Straßen bei uns sind nicht gerade im besten Zustand."

„Ach, davor habe ich keine Angst", lachte Rebecca. Sie nahm ihre Strandtasche und einen breitkrempigen Hut gegen die Sonne. Dann erinnerte sie sich an etwas und öffnete den Schrank noch einmal. „Hier. Ihr Jackett. Mit vielem Dank zurück. Ich habe vergessen, es Ihnen gestern Abend zu geben." Sie hängte sich die Tasche über die Schulter. „Macht es Ihnen etwas aus, wenn ich ein wenig fotografiere?" Fragend sah sie Stephanos an.

„Nein, warum?“

„Gut, weil ich gern Fotos mache. Manchmal kann ich kaum aufhören.“ Sie lachte.

2. KAPITEL

Als Rebecca neben Stephanos im Jeep saß und durch die Landschaft fuhr, machte sie Bilder von den Schafen, den Eseln, den schwarz gekleideten alten Frauen und den silbern schimmernden Kronen uralter Olivenbäume.

Schließlich machten sie eine kleine Pause, nicht weit vom Meer. Steil fiel der Abhang neben der Straße bis zum Meer ab. Unten leuchteten die weiß gekalkten und ziegelgedeckten Häuser eines kleinen Dorfes in der grellen Sonne. Die Luft war klar und voller unbekannter Düfte. Rebecca wusste, diese Stimmung würde sie nicht mit ihrer Kamera einfangen können, und sie legte sie wieder in ihre Tasche.

Versonnen schaute sie auf das tiefblaue Meer hinaus. Fischerboote lagen vor der Küste, und große, weiß-grau gefiederte Möwen kreisten mit schrillem Schrei dicht über den Kuttern. Am Strand lagen weit ausgebreitet die Netze der Fischer zum Trocknen.

„Es ist wunderschön. Alles wirkt ruhig und voller Frieden. Ich stelle mir vor, wie die Frauen in den alten Öfen ihr Brot backen, und sehe die heimkommenden Fischer vor mir. Es duftet nach warmem Brot und dem Salz des Meeres“, sagte Rebecca verträumt. „Hier sieht es aus, als habe sich in den letzten hundert Jahren nichts verändert.“

„Das hat es sich auch kaum. Wir hängen an den alten Dingen.“ Stephanos sah nun selbst hinab auf das Meer. Es freute ihn, dass Rebecca sich an so schlichten Sachen begeistern konnte.

„Ich habe die Akropolis bisher nur auf Abbildungen gesehen, aber ich kann mir nicht vorstellen, dass sie sehr viel beeindruckender ist als dies hier“, meinte sie und hob das Gesicht in den Wind. Es war ein unvergesslicher Eindruck, den sie von hier mitnehmen würde – die unvergleichliche Aussicht, der würzige Geruch des Meeres ... und dieser Mann neben ihr. Sie wandte sich um. „Ich habe Ihnen noch gar nicht dafür gedankt, dass Sie sich die Zeit nehmen, mir all dies zu zeigen."

Er ergriff ihre Hand, führte sie diesmal aber nicht an seine Lippen, sondern hielt sie nur fest. „Es gefällt mir, das Gewohnte durch die Augen eines anderen Menschen zu sehen. Durch Ihre Augen."

Auf einmal schien Rebecca der Rand des Kliffs zu nahe und die Sonne zu heiß zu sein. Reichte allein seine Berührung, um diese seltsamen Gefühle in ihr auszulösen? Rebecca schaffte es mit Mühe, ein Lächeln zu Stande zu bringen und ihre Stimme normal klingen zu lassen.

„Wenn Sie jemals nach Philadelphia kommen sollten, würde ich mich gern revanchieren", erwiderte sie charmant.

Stephanos hatte das Gefühl, in ihren Augen kurz den Ausdruck von Furcht zu entdecken. Ja, sie schien verletzlich zu sein. Bislang hatte er es sorgsam vermieden, nähere Bekanntschaften mit Frauen einzugehen, die ihm ängstlich erschienen waren.

„Versprochen ist versprochen", antwortete er lächelnd.

Sie stiegen wieder in den Jeep und fuhren weiter die holprige Straße entlang, die sie immer weiter bergauf führte. Stephanos zeigte ihr auch einige der seltenen wilden Bergziegen Griechenlands. Oft kamen sie auch an großen Schafherden vorbei, die sich auf den kargen Bergweiden mühsam ihr Futter suchten. Und überall blühten wunderschöne Wildblumen, die Rebecca noch nie vorher gesehen hatte.

Mehrere Male bat sie ihn anzuhalten, damit sie fotografieren konnte. Voller Entzücken beugte sie sich über die zartblauen sternförmigen Blüten eines niedrigen Busches, der zwischen Felsspalten wuchs. Stephanos wurde klar, wie lange er diese kleinen und doch so wichtigen Dinge um sich herum nicht mehr wahrgenommen hatte.

Immer wieder warf er einen verstohlenen und bewundernden Blick auf Rebecca, die mit im Wind flatternden Haaren im Sonnenlicht stand und eine Blüte oder einen knorrigen Baum fotografierte.

Oft führte die Straße an steil in die Tiefe abfallenden Kliffs entlang, aber Rebecca empfand seltsamerweise keine Angst bei dem Blick in die gähnende Tiefe.

Sie hatte das Gefühl, ein völlig anderer Mensch zu sein. Lachend hielt sie ihren Strohhut fest, als der Fahrtwind ihn fortzuwehen drohte. Sie hatte sich in ihrem Leben noch nie so frei und lebendig gefühlt.

„Die Landschaft ist atemberaubend schön!“ rief sie gegen den Wind und den Lärm des Motors an. „So etwas Wundervolles habe ich noch nicht gesehen.“

Rebecca holte ihre Kamera immer wieder heraus und fotografierte, aus einem plötzlichen Einfall heraus, Stephanos. Gegen die grelle Sonne trug er zwar eine Sonnenbrille, aber keinen Hut. Stephanos bremste und hielt an. Dann bat er Rebecca um die Kamera und machte ebenfalls ein Foto von ihr.

„Hungrig?“ fragte er, als er sie ihr wiedergab.

Rebecca strich sich eine Haarsträhne aus dem Gesicht. „Wie ein Bär.“

Er beugte sich hinüber, um ihr die Tür zu öffnen. Dabei berührte er Rebecca, und sie empfand diese Berührung wie einen elektrischen Schlag. Unwillkürlich zuckte sie zurück. Er bemerkte es und nahm seinen Arm wieder fort. Sein Gesicht war nicht weit von ihrem entfernt, und in seinen blauen Augen lag ein besonderer Ausdruck. Dann hob er langsam die Hand und strich Rebecca leicht über die Wange. Es war kaum wie ein Hauch.

„Hast du Angst vor mir?“ Er duzte sie jetzt, und Rebecca kam es völlig natürlich vor.

„Nein.“ Es stimmte, sie hatte keine Angst vor ihm. „Sollte ich Angst vor dir haben?“ Das Du ging ihr ganz leicht von den Lippen, wie sie verwundert feststellte.

Stephanos lächelte nicht. Durch die getönten Gläser seiner Sonnenbrille sah Rebecca, dass er sie forschend anblickte. „Ich bin mir da nicht ganz sicher."

Als er sich wieder zurücklehnte, schien Rebecca erleichtert zu sein. Er las es in ihren Augen.

„Wir werden erst ein wenig gehen müssen", wechselte er dann schnell das Thema und griff nach dem Picknickkorb auf dem Rücksitz.

Ziemlich verwirrt stieg Rebecca aus. Meine Güte, dachte sie, ich benehme mich ja wie ein Teenager. Sobald Stephanos mir näher kommt, fange ich an zu zittern.

Stephanos hob den Korb heraus und trat neben Rebecca. Er ergriff ihre Hand, und sie ließ es geschehen.

Schweigend gingen Rebecca und Stephanos den schmalen Pfad entlang, der unter uralten knorrigen Olivenbäumen entlangführte. Nur ab und zu fiel ein Sonnenstrahl durch die dichten Kronen der gewaltigen Bäume. Das Meer war hier nicht mehr zu vernehmen, nur manchmal drang dünn der schrille Schrei einer Möwe zu ihnen herüber. Diese Gegend schien unbewohnt zu sein. Rebecca war aufgefallen, dass sie schon seit einiger Zeit niemandem mehr begegnet waren.

Endlich blieb Stephanos vor einem grasbewachsenen Fleck unter einem riesigen Olivenbaum stehen.

„Gefällt dir dieser Platz?"

„Oh, es ist bezaubernd hier." Rebecca sah sich um. Dann nahm sie die Decke aus dem Korb und breitete sie auf dem spärlichen Gras aus. „Ich habe schon lange kein Picknick mehr gemacht. Und noch nie in einem Olivenhain." Da fiel ihr etwas ein. „Dürfen wir uns hier eigentlich aufhalten?"

„Ja, ganz bestimmt." Er lachte.

„Wieso bist du dir da so sicher?" erkundigte sich Rebecca zweifelnd. „Kennst du denn den Besitzer?"

„Der Besitzer bin ich." Er zog behutsam den Korken aus der Weinflasche.

„Oh!“ Rebecca sah sich noch einmal um. „Es klingt sehr romantisch ... einen eigenen Olivenhain zu besitzen.“

Stephanos sah sie nur an, sagte aber nichts. Wenn sie wüsste, wie viele ich davon noch besitze, dachte er amüsiert. Aber für ihn hatte es nichts mit Romantik zu tun, sie brachten ihm Gewinn und ernährten ihn. Er reichte Rebecca ein gefülltes Glas und stieß mit ihr an.

„Dann auf die Romantik“, sagte er lächelnd.

Rebecca kämpfte gegen die aufsteigende Schüchternheit an und senkte die Lider.

„Ich hoffe, du bist hungrig. Es sieht alles sehr verlockend aus“, sagte er und holte die restlichen Sachen aus dem Korb. Es gab schwarze, glänzende Oliven, Schafskäse, kaltes Lamm und frisches Weißbrot. Dazu mehrere Sorten Obst.

Rebecca fühlte, dass sie sich langsam entspannte.

„Du hast mir eigentlich sehr wenig von dir erzählt“, meinte Stephanos. „Ich weiß kaum mehr, als dass du aus Philadelphia stammst und gern reist.“

Was soll ich ihm erzählen? dachte Rebecca. Einen Mann wie ihn wird die Lebensgeschichte der Rebecca Malone sicherlich langweilen. So wählte sie einen Mittelweg zwischen Wunsch und Wirklichkeit, weil sie Stephanos auch nicht anlügen wollte.

„Es gibt tatsächlich nicht viel mehr zu erzählen. Ich wuchs in Philadelphia auf. Meine Eltern starben, als ich noch ein Teenager war, und meine Tante Jeannie nahm mich bei sich auf. Sie hat sich sehr liebevoll um mich gekümmert, und ich konnte den schweren Verlust besser ertragen.“

„Es ist schlimm, seine Eltern so früh zu verlieren. Es nimmt einem die Kindheit“, meinte Stephanos voller Mitgefühl.

Er steckte sich einen der schlanken Zigarillos an, die er rauchte. Er selbst hatte seinen Vater mit sechzehn verloren und erinnerte sich noch zu gut, wie schrecklich es gewesen war, plötzlich als Vollwaise in der Welt dazustehen. Seine Mutter war gestorben, als er noch ein kleiner Junge gewesen war. Er konnte sich an sie nicht mehr erinnern.

„Ja." Rebecca fühlte, dass er sie verstand, und sie empfand auf einmal ein warmes Gefühl für ihn. „Vielleicht reise ich deswegen so gern. Immer, wenn man an einen neuen, unbekannten Ort kommt, wird man in gewisser Weise wieder zum Kind."

„Dann suchst du also nicht nach einem Ort, an dem du zu Hause sein kannst?"

Rebecca warf ihm rasch einen Blick zu. Stephanos hatte sich gegen den Stamm des Olivenbaumes gelehnt und rauchte genüsslich sein Zigarillo. Er beobachtete sie.

„Ich weiß nicht, wonach ich suche", bekannte Rebecca offen.

„Gibt es einen Mann in deinem Leben?"

Sie zuckte mit den Schultern. „Nein."

Stephanos ergriff ihre Hand und zog Rebecca dichter zu sich heran. „Keinen einzigen?"

„Nein, ich ..." Sie war nicht sicher, was sie sagen sollte. Unerwartet hob er ihre Hand und küsste die Handinnenfläche. Der Kuss erregte Rebecca stark, und sie zuckte unwillkürlich zurück.

„Du bist sehr empfindsam, Rebecca." Langsam senkte er ihre Hand wieder, ließ sie jedoch nicht los. „Wenn es keinen gibt, müssen die Männer in Philadelphia aber ziemlich blind sein."

„Ich war immer zu beschäftigt."

Er verzog leicht den Mund. „Zu beschäftigt?"

„Ja." Rebecca waren diese Fragen peinlich, so entzog sie ihm die Hand und wechselte das Thema. „Das Essen schmeckt wundervoll, Stephanos." Aus Unsicherheit fuhr sie sich mit den Fingern durch das Haar. „Weißt du, was ich jetzt tun möchte?"

„Nein, sag es mir."

„Noch ein Foto machen." Sie sprang auf und fühlte sich

augenblicklich sicherer. Lächelnd sagte sie: „Es soll eine Erinnerung an mein erstes Picknick in einem Olivenhain sein, verstehst du? Also, du kannst dort sitzen bleiben, das Licht ist ausreichend, und ich bekomme auch die Bäume dort drüben noch mit aufs Bild."

Amüsiert drückte Stephanos sorgfältig sein Zigarillo aus. „Wie viele Filme hast du eigentlich noch?" fragte er dann lächelnd.

„Dies ist der letzte, den ich bei mir habe. Im Hotel habe ich aber noch weitere." Rebecca lachte. „Ich habe dich schließlich gewarnt."

„Das stimmt." Stephanos sah ihr zu, wie sie mit geübten Bewegungen den Apparat bediente, und war beeindruckt. Sie war völlig versunken in ihre Tätigkeit, murmelte etwas vor sich hin und warf dann den Kopf zurück, dass die Haare flogen. Stephanos spürte plötzlich einen Druck in der Magengegend.

Wie sehr ich diese Frau begehre, dachte er. Dabei hatte sie offensichtlich bewusst nichts getan, um sein Verlangen zu entfachen. Sie hatte heute weder mit ihm geflirtet noch ihn sonst in irgendeiner Weise herausgefordert. Und dennoch ...

Zum ersten Mal in seinem Leben lockte ihn eine Frau, die ihm nur ein Lächeln geschenkt hatte und mehr nicht.

Während sie die Kamera sorgfältig einstellte und immer wieder durch den Sucher schaute, erzählte sie munter, als sei überhaupt nichts gewesen. Aber sie konnte Stephanos nicht täuschen. Er hatte es gesehen. Ihr Blick hatte ihr Verlangen gezeigt, als er ihre Hand geküsst hatte.

„Jetzt fehlt nur noch der Selbstauslöser", erklärte sie, ohne Stephanos' Gedanken auch nur zu ahnen. „Bleib ruhig auf deinem Platz sitzen. Ich komme gleich herübergelaufen, und wenn alles gut geht, sind wir beide auf dem Foto." Schließlich drückte sie auf den Auslöser und rannte auf Stephanos zu.

„Eigentlich müsste alles richtig eingestellt sein, gleich wird es …“, begann Rebecca, aber weiter kam sie nicht. Stephanos riss sie an sich und verschloss ihr den Mund mit seinen Lippen.

Die Welt um Rebecca herum hatte sich plötzlich verändert. Stephanos’ Lippen versprachen ihr alles. Sie schmeckten wie wilder Honig, und Rebecca genoss es, diesen Geschmack zu kosten, immer und immer wieder. Es war genauso, wie sie es sich in ihren kühnsten Träumen ausgemalt hatte. Erregung stieg in Rebecca auf, und sie vergaß alles andere.

Leidenschaft überfiel sie mit einer Macht, der sie nichts entgegenzusetzen hatte. Langsam hob sie die Hand zu seinem Gesicht. Sie ist bezaubernd und voller Sehnsucht nach Zärtlichkeit, fuhr es Stephanos durch den Sinn. Es hatte ihn ein wenig überrascht, dass sie ihm gar keinen Widerstand entgegensetzte. Gleichzeitig verstärkte dies seine Erregung nur noch. Aber er hatte genau den kurzen Moment des Zögerns gespürt, bevor sie ihm ihre Lippen öffnete.

Als sie ihm nun sanft über den Rücken strich, seufzte er kaum vernehmbar auf. Es war eine Geste voller Zärtlichkeit, die sein Herz plötzlich schneller schlagen ließ. Es war mehr als nur reine Leidenschaft, was sie ihm jetzt gab. Sie gab ihm Hoffnung.

Er flüsterte zärtliche Worte. Und obwohl sie griechisch waren, verstand Rebecca doch den Sinn. Es war unglaublich erregend für sie, die gehauchten Worte mehr zu spüren als zu hören.

Eine nie gekannte Mischung aus Zärtlichkeit, Verlangen und Erregung breitete sich in ihr aus und ergriff Besitz von ihr. Sie drängte sich an Stephanos.

Er sah ihrem Gesicht an, was in ihr vorging, und es berührte ihn tief. Ihm war, als seien sie füreinander geschaffen, als er sie in den Armen hielt. Es kam ihm so vor, als kannten und liebten sie sich schon sehr, sehr lange.

Rebecca begann zu zittern. Wie konnte es angehen, dass sie seine Umarmung, seine Küsse als etwas so Natürliches, Vertrautes empfand? Wie war es möglich, dass sie gleichzeitig Geborgenheit und Angst in seiner Umarmung empfinden konnte? Sie klammerte sich an ihn.

Immer wieder flüsterte er ihr zärtliche Worte zu, und sie merkte, dass sie ihm ebenfalls Liebkosungen zuflüsterte, die nur für seine Ohren bestimmt waren.

Aber plötzlich bekam sie Angst vor der Macht der Gefühle, die sie in ihren Bann geschlagen hatten. Sie befürchtete, jede Kontrolle über sich zu verlieren. Unwillkürlich begann sie dagegen anzukämpfen wie eine Ertrinkende.

Stephanos bemerkte es. Er löste seine Hände von ihr und sah sie an. Rebeccas Gesicht schien auf einmal verändert. Leidenschaft lag in ihrem Blick, sie hielt die Lippen leicht geöffnet und atmete heftig. Aber er sah auch den Ausdruck von Furcht, und als er sie wieder berührte, spürte er, dass sie bebte.

Es war ihm klar, dass sie nicht spielte.

„Stephanos, ich ..."

Aber er ließ sie nicht weitersprechen, sondern zog sie wieder an sich, überwältigt von ihrem Ausdruck und seinen eigenen Gefühlen. Und Rebecca hatte ihm nichts entgegenzusetzen.

Diesmal küsste er sie anders. Kann es sein, dass ein Mann so verschieden küssen kann? dachte Rebecca wie benommen. Nun war es ein Kuss voller Zärtlichkeit, immer wieder anders und doch ewig gleich. Seine Lippen baten mehr, als dass sie verlangten. Sie gaben, anstatt zu nehmen. Rebecca fühlte, wie ihre Furcht verflog. Voller Vertrauen schmiegte sie sich an ihn, und er spürte dieses Vertrauen sogleich.

Es beeindruckte ihn so sehr, dass er sie sanft losließ. Er wusste, er musste es tun, sonst würden sie miteinander schlafen, ohne ein Wort miteinander gesprochen zu haben. Er richtete sich auf und zog ein Zigarillo aus seiner Brusttasche. Rebecca sah ihn stumm an und stützte sich Halt suchend am rauen Stamm des Olivenbaums ab.

Es waren nur einige wenige Momente gewesen, aber Rebecca kam es vor, als seien Stunden vergangen. Ihr war ein wenig schwindlig, und wie um sich davon zu überzeugen, dass sie nicht träumte, berührte sie ihre Lippen. Noch immer konnte sie den Druck von Stephanos' Mund darauf fühlen. Nein, es war kein Traum, und in Zukunft würde nichts mehr so sein, wie es einmal gewesen war.

Stephanos schaute hinaus auf die wilde staubige Landschaft und fragte sich, was er hier eigentlich tat. Wütend auf sich selber, sog er tief den Rauch seines Zigarillos ein. Die Gefühle, die er eben empfunden hatte und auch immer noch stark empfand, waren etwas völlig Neues für ihn. Und es waren äußerst beunruhigende Gefühle, musste er sich eingestehen. Normalerweise bevorzugte er das Gefühl, frei zu sein – und er spürte, dass er es nicht mehr war. Als er seine widerstreitenden Empfindungen einigermaßen unter Kontrolle hatte, wandte er sich wieder Rebecca zu. Er war entschlossen, sich nichts anmerken zu lassen.

Rebecca stand einfach nur da. Helle Sonnenstrahlen, die ihren Weg durch das dichte Blätterdach gefunden hatten, bildeten ein bizarres Schattenmuster auf ihrem Körper. In ihren Augen war weder Abweisung noch Einladung zu lesen. Sie bewegte sich nicht. Unbewegt wie eine antike Statue stand sie da und sah ihn unverwandt an.

Sie sieht aus, als wüsste sie genau die Antworten auf die Fragen, die ich mir stelle, dachte Stephanos. „Es ist spät geworden."

Rebecca fühlte einen bitteren Geschmack im Mund, ließ sich aber nichts anmerken. „Du hast Recht." Jetzt erst bewegte sie sich wieder. Sie ging hinüber zur Kamera und nahm sie hoch. „Ich werde noch ein letztes Erinnerungsfoto machen", sagte sie mit erzwungener Leichtigkeit.

Da packte Stephanos sie hart am Arm und riss sie herum. Sie hatte ihn nicht kommen hören.

„Wer bist du?" fragte er leise. „Und was bist du?"

„Ich weiß nicht, was du meinst – und ich weiß auch nicht, was du von mir willst." Rebecca zwang sich, Stephanos anzusehen.

Er zog sie heftig an sich. „Du weißt genau, was ich will."

Rebeccas Herz schlug heftig. Aber es war keine Furcht, die sie seltsamerweise empfand, sondern Verlangen. Sie hätte sich nicht vorstellen können, einmal ein solch unbeherrschtes Verlangen für einen Mann zu empfinden. Und das gleiche Begehren entdeckte sie in seinen Augen, als sie ihn jetzt offen anblickte.

„Ein Nachmittag genügt bei mir nicht." Reicht er wirklich nicht? fragte sie sich zweifelnd und wusste eigentlich schon die Antwort. „Ein nettes Picknick unter Olivenbäumen und ein Spaziergang im Mondschein sind zu wenig für mich."

„Zuerst bist du die personifizierte Versuchung, und dann bist du die reine Unschuld, die sich empört, weil man ihr zu nahe gekommen ist. Tust du das, um mich um den Finger zu wickeln, Rebecca?"

Rebecca schüttelte den Kopf, und sein Griff wurde fester.

„Den Eindruck habe ich aber. Seit ich dich das erste Mal gesehen habe, gehst du mir nicht mehr aus dem Kopf." Einen Moment schwieg er, dann sah er sie herausfordernd an. „Ich möchte mit dir schlafen – hier, im Sonnenlicht", sagte er dann rau.

Rebecca errötete tief. Weniger, weil seine direkte Art sie verlegen machte, sondern vielmehr, weil er genau das ausdrückte, was auch sie sich wünschte. Ein Bild stieg vor ihrem inneren Auge auf. Sie sah sich und Stephanos nackt auf dieser Decke liegen, spürte seine Liebkosungen und stellte sich vor, wie sie sich unter dem Olivenbaum liebten ...

Aber was würde dann sein? Auch wenn sie bereits viel weiter gegangen war, als sie sich hätte vorstellen können, so wollte sie doch Antworten auf einige Fragen haben.

„Nein." Es kostete sie allen Mut, dieses eine Wort auszusprechen. „Nicht, solange ich unsicher bin und du böse bist." Rebecca holte tief Luft. „Du tust mir weh, Stephanos. Ich glaube nicht, dass du es absichtlich tust, oder?"

Langsam gab er ihren Arm frei. Es stimmte, er war wütend, aber nicht, weil sie ihn zurückwies. Er kam nicht damit zurecht, dass sie dieses ungezügelte Verlangen in ihm auslöste. Er konnte es nur mit Mühe beherrschen.

„Lass uns gehen", sagte er gepresst.

Ich kann es mir einfach nicht leisten, von morgens bis abends nur an eine Frau zu denken, die ich kaum kenne und noch viel weniger verstehe, versuchte Stephanos sich einzureden. Er hatte Berichte durchzuarbeiten, Entscheidungen zu fällen und an seine Geschäfte zu denken. Ein paar einfache Küsse konnten ihn doch nicht um den Verstand bringen ...

Aber diese Küsse waren eben leider alles andere als schlicht gewesen, das wusste er genau.

Wütend schob Stephanos den Stuhl zurück und stand von seinem Schreibtisch auf. Er ging hinüber zur Verandatür und öffnete sie. Eine frische Brise wehte herein, die ihm gut tat. Für einen Moment konnte er die auf dem Schreibtisch liegende Arbeit vergessen.

In den letzten Tagen hatte er sich seinen Geschäften nur mit Mühe widmen können. Immer wieder musste er die Gedanken an Rebecca zurückdrängen. Alles hing an ihr. Im Grunde genommen hielt ihn hier auf Korfu nichts mehr.

Stattdessen hätte er in Richtung Athen, London oder auf Kreta andere Geschäfte erledigen können. Trotzdem hatte er nicht daran gedacht, Korfu zu verlassen. Aber er hatte auch keinen Versuch unternommen, Rebecca wieder zu sehen.

Sie war für ihn anders als andere Frauen. Die Gefühle, die er in ihren Armen empfunden hatte, waren neu für ihn gewesen. Sich zu einer attraktiven Frau hingezogen zu fühlen war für ihn etwas völlig Natürliches. Aber dass dieses Empfinden bei ihm Beunruhigung, Verwirrung und sogar Zorn auslöste, war eine völlig neue Erfahrung für Stephanos. Und er spürte, dass ihm die wenigen leidenschaftlichen Momente unter dem Olivenbaum nicht genügten. Er wollte Rebecca näher kennen lernen. Dennoch zögerte er, sie anzurufen.

Sie war auf eine merkwürdige Art und Weise ... geheimnisvoll. Vielleicht konnte er sie deswegen nicht aus seinem Kopf vertreiben. Oberflächlich gesehen schien Rebecca eine lebenslustige und attraktive Frau zu sein, die ihr Leben genoss. Aber da gab es die Anzeichen von Schüchternheit und Unschuld, die nicht zu diesem Bild passen wollten. Gerade diese scheinbaren Widersprüche in ihrem Leben reizten ihn besonders.

Oder war es einfach ein Trick von ihr? Eine Masche, um sich interessant zu machen? Stephanos kannte Frauen und auch Männer, die zu solchen Mitteln griffen. Er verurteilte dies nicht, auch wenn er für sich persönlich so etwas ablehnte. Nein, er konnte sich nicht vorstellen, dass Rebecca zu diesen Mitteln griff – es passte einfach nicht zu ihr.

Als er sie das erste Mal geküsst hatte, war es ihm gewesen, als wären sie schon seit langer, langer Zeit Geliebte. Rebecca war ihm auf eine verwirrende Art vertraut gewesen.

Dabei kannte er sie überhaupt nicht.

Das sind doch alles Tagträume und Fantasien, sagte er sich schließlich. Es führte zu nichts, und er hatte auch keine Zeit für so etwas. Stephanos lehnte sich gegen das Geländer, zündete sich ein Zigarillo an und schaute hinaus in die Unendlichkeit des Meeres.

Wie immer zog es ihn magisch an. Plötzlich erinnerte er sich wieder der Ereignisse aus seiner Jugend, als das Leben noch unbeschwert gewesen war. Wie kurz war jene Zeit des Glücks gewesen. Nur selten ließ er Gedanken daran zu. Es waren Momente wie diese, in denen er auf das schimmernde Wasser hinausblickte und sein Blick sich am Horizont verlor.

Sein Vater hatte ihm vieles beigebracht. Zu fischen, das Reisen zu genießen und sich wie ein Mann zu benehmen.

Fünfzehn Jahre sind es nun her, dass er gestorben ist, dachte Stephanos, und ein verlorenes Lächeln glitt um seinen Mund. Aber er vermisste ihn noch immer, vermisste seine Gesellschaft und sein Lachen. Sie waren sowohl Vater und Sohn als auch Freunde gewesen, und ein starkes Band hatte sie verbunden. Es war die stärkste Bindung, die Stephanos je gehabt hatte. Aber sein Vater war gestorben – auf See und in den besten Mannesjahren, so wie er es sich immer gewünscht hatte. Vor nichts hatte sein Vater mehr Angst gehabt, als im Alter siech und krank auf den Tod warten zu müssen.

Ganz sicher hätte Rebecca ihm gefallen. Er hatte immer einen Blick für schöne Frauen gehabt. Er hätte ihn ermuntert, eine schöne Zeit mit ihr zu verbringen. Aber Stephanos war nicht mehr der Junge von damals. Er war ein Mann geworden, der versuchte, die Folgen seines Handelns abzuschätzen.

Da sah Stephanos sie. Rebecca kam aus dem Wasser, ihr Körper war nass und schimmerte im hellen Licht der Sonne. In den vergangenen Tagen hatte ihre Haut eine leichte Bronzefärbung angenommen, die ihr ausgesprochen gut stand. Stephanos nahm den Anblick in sich auf und spürte wieder dieses Verlangen nach ihr. Ungewollt presste er die Finger zusammen und zerbrach dabei das Zigarillo. Wie konnte diese Frau nur solche Gefühle in ihm hervorrufen?

Rebecca blieb stehen. Die Wassertropfen liefen an ihrem wohlgeformten Körper hinab, und sie streckte sich ausgiebig in der Sonne. Er war sicher, dass sie ihn nicht gesehen hatte. Es konnte also keine Absicht sein, um ihn zu reizen. Aber dennoch konnte er sich dieser Wirkung nicht entziehen. Sie trug einen knapp sitzenden Tanga, dessen Oberteil ihre festen runden Brüste aufregend betonte. Er hatte das Gefühl, dass sie sich und ihren Körper in diesem Augenblick einfach nur genoss und nicht daran dachte, welch erregendes Bild sie bot.

Sie wirkte wie ein schlankes junges Raubtier, und nichts hatte ihn je so fasziniert wie Rebecca in diesem Moment.

Nun strich sie sich mit den Fingern durch das feuchte Haar und hob den Kopf gegen die Sonne, dabei lächelte sie. Unwillkürlich holte Stephanos Luft und atmete dann langsam wieder aus. Die Erregung, die ihn erfüllte, war schmerzlich, und plötzlich stieg Zorn in ihm auf. Er wusste nicht, was er getan hätte, wenn Rebecca in diesem Moment bei ihm gewesen wäre.

Er beobachtete, wie Rebecca ein langes T-Shirt aus ihrer Badetasche holte, es anzog und gleich darauf barfuß auf den Eingang des Hotels zuging.

Stephanos blieb noch eine Weile reglos auf dem Balkon stehen und wartete, dass sein Verlangen nach ihr nachließ. Dennoch blieb selbst dann noch eine Sehnsucht nach ihr zurück, die ihn immer mehr beunruhigte und zornig werden ließ.

Ich sollte einfach nicht mehr an sie denken, sagte er sich. Sein Instinkt warnte ihn, dass sein Leben niemals mehr so sein würde wie vorher, wenn er sich weiter mit ihr einließ. Er musste sie einfach als eine vorübergehende Verwirrung begreifen, etwas, dem es nur zu widerstehen galt. Er musste sich zwingen, nicht mehr an sie zu denken, sich wieder auf seine Arbeit zu konzentrieren. Er hatte schließlich Verpflichtungen und Aufgaben, die erledigt werden wollten, und konnte seine Zeit nicht für irgendwelche Fantasien vergeuden. Stephanos schlug wütend mit der Faust auf das Geländer und ging ins Zimmer zurück.

Es gibt aber Zeiten im Leben, dachte er dann, wo ein Mann dem Schicksal vertrauen und ohne zu zögern einfach ins kalte Wasser springen sollte ...

3. KAPITEL

Rebecca hatte kaum die Tür hinter sich geschlossen, als es klopfte. Die Sonne und das Wasser hatten sie angenehm müde gemacht, aber alle Gedanken an ein kleines Schläfchen wichen schlagartig, als sie öffnete und Stephanos vor ihr stand.

Er sah atemberaubend aus. Sein Haar war vom Wind zerzaust, und er blickte sie kühl an. Um seinen Mund lag ein eigenartiger Zug. Seit ihrem gemeinsamen Picknick hatte Rebecca oft an ihn gedacht, und nicht nur tagsüber. Sie spürte, wie ihr Herz schneller schlug, und sie musste sich zur Ruhe zwingen.

„Hallo, Stephanos, ich wusste nicht, ob du noch auf Korfu warst."

Gelogen habe ich damit nicht, redete sie sich ein, auch wenn sie sich an der Rezeption vergewissert hatte, dass Stephanos noch nicht abgereist war. Aber gesehen hatte sie ihn mit eigenen Augen tatsächlich nicht.

„Ich sah dich vom Strand kommen."

„Oh!" Unbewusst zupfte sie am Saum ihres T-Shirts. „Ich kann einfach nicht genug von der Sonne und dem Meer haben. Aber möchtest du nicht hereinkommen?"

Stephanos antwortete nicht, sondern trat ein und schloss die Tür mit einem kräftigen Ruck. Rebeccas mühsam gewahrte Haltung begann ins Wanken zu geraten.

„Ich habe dir noch gar nicht für die Blumen gedankt." Sie deutete auf den bunten Frühlingsstrauß in der Vase am Fenster. Dann verschränkte sie die Arme vor der Brust. „Sie ... sie sind so schön, und ... ich hatte gedacht, ich würde dir schon irgendwo begegnen, vielleicht im Speisesaal oder am Strand." Sie brach ab, als Stephanos die Hand hob und ihr Haar anfasste.

„Ich hatte viel zu tun." Er sah sie an. Seine Augen erschienen ihr wie kühles Quellwasser. „Geschäftlich."

Rebecca fürchtete einen Augenblick, nicht sprechen zu können. Doch dann schaffte sie es doch, herauszubringen: „Einen schöneren Platz zum Arbeiten hättest du dir nicht aussuchen können."

Er trat einen Schritt auf sie zu. Sie duftete betörend nach Meerwasser und Sonne. „Die Hotelanlage und die Insel gefallen dir also?" Er nahm ihre Hand, und sie ließ es geschehen, auch wenn eine eigentümliche Schwäche sich in ihrem Körper ausbreitete.

„Ja, sogar sehr."

„Vielleicht möchtest du die Insel auch einmal aus einer anderen Perspektive kennen lernen?" Um zu sehen, wie sie reagierte, berührte er sie zart mit dem Mund. Sie verwehrte es ihm nicht, sondern blieb stehen. Aber er spürte trotzdem, dass sie auf der Hut war.

„Was meinst du damit?" fragte Rebecca gepresst.

„Verbringe den Tag morgen mit mir auf meinem Boot."

„Wie bitte?"

Er lächelte. „Hast du Lust mitzukommen?"

Wohin du willst, dachte sie. „Ich habe noch keine Pläne gemacht", sagte sie jedoch nur.

„Gut." Als er dicht bei ihr stand, hob sie spontan die Hand, als wolle sie ihn abwehren, ließ die Hand dann aber wieder sinken. „Wir treffen uns morgen früh. Ist dir neun Uhr recht, Rebecca?"

Ein Boot. Er hatte tatsächlich von einem Boot gesprochen. Rebecca holte tief Luft und versuchte mit aller Macht, sich zusammenzureißen. Sie wunderte sich über sich selbst. Tagträumereien, weiche Knie und dann noch ein nicht zu unterdrückendes Verlangen ... Das alles passte so gar nicht zu ihr. Aber es war ein wundervolles Gefühl.

„Ja, ich freue mich schon darauf." Sie versuchte ganz locker zu wirken, als sie ihn anlächelte. So, als käme es jeden Tag vor, dass man sie zu einer Fahrt auf dem Mittelmeer einlud.

„Also bis morgen früh.“ Stephanos ging zur Tür, wandte sich aber noch einmal um. „Und vergiss deine Kamera nicht.“

Kaum hatte er die Tür hinter sich geschlossen, tanzte sie vor Freude durch das Zimmer und musste sich bemühen, dabei nicht laut zu jubeln.

Stephanos hatte von einem Boot gesprochen, und Rebecca hatte sich einen kleinen Kabinenkreuzer vorgestellt. Stattdessen stand sie nun auf dem Mahagonideck einer schneeweißen Yacht von bestimmt dreißig Meter Länge.

„Auf dieser Yacht kann man ja richtig leben!“ entfuhr es ihr ungewollt. Im nächsten Moment wünschte sie sich, sie hätte vorher überlegt. Aber Stephanos lachte nur.

„Ich wohne auch oft darauf.“

„Willkommen an Bord, Sir.“ Ein weiß uniformierter Mann in mittleren Jahren begrüßte Stephanos respektvoll und legte die Hand an den Mützenschirm. Er sprach mit britischem Akzent.

„Hallo, Grady. Dies ist mein Gast, Miss Malone.“

„Hallo, Madam.“ Rebecca bemerkte, dass er sie mit einem Blick einschätzte, obwohl an seiner kühlen britischen Haltung nichts auszusetzen war.

„Legen Sie bitte ab, wenn alles fertig ist, Grady“, gab Stephanos Anweisung.

„Aye, aye, Sir.“

Stephanos nahm Rebeccas Arm. „Möchtest du dir das Boot einmal anschauen?“ fragte er sie lächelnd.

„Oh ja, sehr gern.“ Rebecca konnte es immer noch gar nicht fassen, dass sie sich an Bord einer solch luxuriösen Yacht befand. Es kostete sie einiges an Überwindung, die Kamera in der Handtasche zu lassen und nicht gleich loszufotografieren.

Stephanos führte sie hinunter zu den elegant ausgestatteten Kabinen. Es gab vier Stück, und alle waren sehr geräumig. Rebecca hatte vorhin die Bemerkung über die Größe des

Schiffes unbedacht getan, aber es stimmte: Hier konnte man wirklich längere Zeit leben.

Es gab außerdem auch noch eine große, rundum verglaste Kabine, von der man einen herrlichen Ausblick auf das Meer hatte. Dort konnte man liegen, wenn die Sonne zu heiß brannte oder wenn es regnete.

Rebecca hatte solche Yachten natürlich schon in Zeitschriften gesehen, und manche ihrer ehemaligen Kunden hatten eine solche besessen. Aber noch niemals hatte sie sich auf einer solchen Yacht befunden, obwohl sie immer davon geträumt hatte.

Diese Kabine war offensichtlich für einen Mann eingerichtet worden. Schwere Ledersessel, holzgetäfelte Wände und gedämpfte Farben gaben dem Raum ihr Gepräge. An den Wänden hingen Regale voller Bücher, und in einer Ecke stand eine teure Stereoanlage.

„Man könnte fast glauben, sich in einem Haus zu befinden", meinte Rebecca mehr zu sich. Aber ihr entgingen auch die festen Türen und die schweren Läden vor den Fenstern nicht, die bei schwerem Wetter die Scheiben schützten.

Wie mochte es wohl bei Sturm auf dieser Yacht sein, wenn die Brecher gegen den Rumpf schlugen, der Wind den Regen gegen die Bullaugen peitschte und das Schiff gefährlich schwankte?

Als sich genau in diesem Moment das Deck unter ihr senkte, stieß sie einen leisen Schreckensschrei aus. Stephanos ergriff ihren Arm, um sie zu stützen.

„Wir haben bereits abgelegt", erklärte er ihr. Dann sah er sie fragend an. „Hast du Angst vor Schiffen, Rebecca?"

„Nein, ich habe mich nur ein wenig erschreckt." Rebecca konnte natürlich nicht zugeben, dass ihre einzige Erfahrung mit Schiffen ein Ausflug in einem Zweierkanu in einem Ferienlager gewesen war. Ihr war ein wenig übel, und sie hoffte, dass es sich bald wieder geben würde. „Können wir wieder nach oben gehen? Ich würde gern zusehen, wie wir uns vom Land entfernen", bat sie, da sie etwas frische Luft brauchte.

Es half. Kaum stand Rebecca wieder an Deck, fuhr ihr der frische Wind ins Gesicht und die leichte Übelkeit verschwand. Rebecca lehnte sich gegen die Reling und schaute zu, wie die Insel langsam kleiner und die Küstenlinie undeutlich wurde. Jetzt konnte sie der Versuchung nicht mehr widerstehen. Sie holte die Kamera heraus und machte eine ganze Reihe Aufnahmen.

„Es ist schöner als zu fliegen", sagte sie nach einer Weile. „Hier ist alles viel greifbarer." Sie deutete hinauf zum blauen Himmel. „Sieh nur, die Möwen verfolgen uns."

Aber er schaute nicht nach oben, sondern sah Rebecca unverwandt an. „Bist du immer mit ganzem Herzen dabei, wenn dir etwas gefällt?"

„Ja." Rebecca versuchte sich das Haar aus dem Gesicht zu streichen, aber der Fahrtwind trieb es immer wieder zurück. Sie lachte und hob das Gesicht zur Sonne. „Oh ja."

Ihr Anblick war unwiderstehlich. Stephanos fasste sie um die Taille und wirbelte sie herum. Die Berührung löste sogleich wieder dieses beunruhigende Gefühl aus, und er sah ihrem Gesicht an, dass es ihr nicht anders erging als ihm.

„Alles?" Langsam glitten seine Hände etwas tiefer, und er zog sie so dicht zu sich heran, dass sich ihre Schenkel gegeneinander pressten.

„Ich weiß nicht." Rebecca legte ihm die Hände auf die Schultern, ohne es recht zu bemerken. „Ich habe noch nicht alles ausprobiert."

Aber sie wollte alles ausprobieren, jetzt, wo er sie so festhielt, wo der tiefblaue Himmel sich über ihnen spannte und das Meer silbern in der Sonne schimmerte. Sie schmiegte sich an ihn.

Da fluchte Stephanos kaum hörbar vor sich hin. Rebecca fuhr zurück, als hätte er sie angefahren. Unsicher sah sie ihn an.

Stephanos nahm ihre Hand und nickte dem Steward zu, der gerade mit den Drinks erschienen war.

„Vielen Dank, Victor. Ich brauche Sie nicht mehr."

Stephanos' Stimme klang beherrscht, aber Rebecca spürte dennoch die unterdrückte Erregung, als Stephanos sie zu einem der Sessel führte.

Was mag er bloß von mir denken? dachte Rebecca. Er braucht mich nur leicht zu berühren, und schon werfe ich mich ihm in die Arme.

Aber auch Stephanos hatte seine Probleme. Sein Körper befand sich in Aufruhr. Er konnte sich nicht erinnern, in Gegenwart einer Frau jemals Mühe gehabt zu haben, einen klaren Kopf zu bewahren. Er wusste, wie man eine Frau verführte, und hatte auf diesem Gebiet genügend Erfahrungen gesammelt. Aber jedes Mal, wenn er sich in Rebeccas Nähe befand, verließen ihn alle seine Erfahrung und Weltläufigkeit in diesen Dingen. Er kam sich wie ein unerfahrener junger Bursche vor, der völlig den Verstand verlor, wenn er die Frau seines Herzens sah.

Stephanos schaute Rebecca in die Augen. Wie schon im Olivenhain hatte er auch diesmal das Gefühl, diese wundervollen ausdrucksstarken Augen schon sehr lange zu kennen ...

Um sich abzulenken, nahm er ein Zigarillo heraus. Er wusste, diese Vorstellung widersprach aller Logik und dem gesunden Menschenverstand, aber dennoch hatte er das Gefühl, es stimmte. Er fühlte, dass das Verlangen nach ihr ihn immer mehr beherrschte.

„Ich möchte dich besitzen, Rebecca."

Rebecca hatte das Gefühl, ihr bliebe das Herz stehen. Sie hob das Glas und trank einen Schluck, um sich wieder in die Gewalt zu bekommen. „Ich weiß."

Sie schien so kühl zu sein, und Stephanos beneidete sie um ihre lässige Haltung. „Kommst du mit in meine Kabine?"

Rebecca sah Stephanos an. Ihr Herz und ihr Körper gaben eine ganz andere Antwort als ihr Verstand. Es erschien so einfach, so natürlich, Ja zu sagen ... Wenn es einen Mann gab, dem sie sich ganz hingeben wollte, dann stand er jetzt neben ihr.

Aber auch wenn sie Philadelphia verlassen hatte und ein neues Leben versuchte – selbst hier konnte sie ihre strenge Erziehung nicht vergessen. „Ich kann nicht."

„Du kannst nicht?" Stephanos zündete sich sein Zigarillo an. Er fand es befremdlich, dass sie hier standen und über das Miteinanderschlafen redeten, als handle es sich um das Wetter. „Oder willst du nicht?" fragte er dann gedehnt.

Rebecca atmete einmal tief durch. Langsam stellte sie ihr Glas ab. „Ich möchte, aber ich kann nicht." Sie sah ihn mit großen Augen an. „Ich möchte wirklich sehr gern, aber ..."

„Aber?"

„Ich kenne dich kaum." Rebecca nahm wieder das Glas, weil sie plötzlich nicht mehr wusste, wo sie ihre Hände lassen sollte.

„Nein?"

„Nun, ich kenne deinen Namen, weiß, dass du Olivenhaine besitzt und das Meer liebst. Das ist aber nicht genug."

„Dann werde ich dir mehr erzählen."

Rebecca wagte ein Lächeln. „Ich weiß nicht einmal, was ich fragen sollte."

Stephanos lehnte sich im Sessel zurück. Er fühlte, dass die Spannung ebenso schnell wich, wie sie gekommen war. Es ist wirklich erstaunlich, dachte er verwundert, ein Lächeln von ihr genügt.

„Glaubst du eigentlich an das Schicksal, Rebecca? Daran, dass irgendetwas Unvorhergesehenes, etwas Unerwartetes oder irgendein kleines, unbedeutendes Ereignis dein Leben von Grund auf verändert?"

Rebecca dachte an den Tod ihrer Tante und die Entscheidungen, die sie danach völlig unvorhergesehen getroffen hatte. „Ja. Ja, daran glaube ich."

„Gut." Er schaute hinaus aufs Meer und sagte dann wie nebenbei: „Ich hatte beinahe vergessen, dass ich es auch tue – bis ich dich allein am Tisch sitzen sah."

Es gibt mehrere Wege, jemanden zu verführen, dachte Rebecca. Ein Blick oder Worte konnten genauso verführerisch sein wie Zärtlichkeiten. In diesem Moment verlangte es sie mehr als je zuvor nach ihm – und mehr, als sie es sich hätte vorstellen können.

Um etwas Abstand zu gewinnen, wandte sie sich ab und stellte sich wieder an die Reling.

Er empfand selbst ihr Schweigen erregend. Sie hatte gesagt, sie wüsste zu wenig über ihn. Aber er wusste ja noch viel weniger von ihr. Und es machte ihm nicht das Geringste aus. Vielleicht war es gefährlich, gefährlicher als er dachte, aber auch dies machte ihm nichts aus.

Stephanos sah zu ihr hinüber. So, wie sie jetzt an der Reling stand, mit flatternden Haaren, war es ihm völlig egal, wer sie war und woher sie kam oder was sie getan hatte.

Langsam stand Stephanos auf, ging zu ihr hinüber und stellte sich neben sie. Er schaute ebenfalls aufs Meer hinaus.

„Als ich jung war, noch sehr jung, da gab es einen solchen Moment, der mein Leben verändert hat", begann er. „Mein Vater liebte das Meer über alles. Die See war sein Leben, und auf dem Meer ist er gestorben." Stephanos schien mehr zu sich selbst zu sprechen. Rebecca wandte den Kopf und sah ihn an. „Ich war damals zehn oder elf Jahre alt. Vater und ich gingen zusammen am Strand entlang. Er blieb stehen, tauchte die Hand ins Wasser, ballte sie zur Faust und öffnete sie wieder. ‚Du kannst es nicht halten', sagte er. ‚Egal, wie oft du es auch versuchst oder wie sehr du es auch liebst. Es wird dir immer wieder zwischen den Fingern zerrinnen.'"

„Er hatte Recht damit", antwortete Rebecca nachdenklich.

„Ja, dann aber nahm er den Sand in die Hand. Er war feucht und klebte an der Haut. ‚Aber dies hier', sagte er, ‚dies kann man festhalten.' Wir haben später nie wieder darüber gesprochen. Als dann die Zeit gekommen war, wandte ich der See den Rücken zu und richtete meine Kraft und Aufmerksamkeit auf das Land."

„Es war richtig, oder?"

„Ja." Stephanos hob die Hand und spielte mit einer ihrer Haarsträhnen. „Ja, ich habe mich richtig entschieden." Dann sah er sie an. „Du hast so schöne, ruhige Augen, Rebecca. Haben sie bereits genug gesehen, damit du weißt, was für dich richtig ist?" fragte er.

„Ich glaube, ich habe meine Augen erst sehr spät geöffnet", erwiderte Rebecca leise. Da war wieder dieses beunruhigende Gefühl, und Rebecca wollte zurückweichen, aber sie war zwischen ihm und der Reling gefangen.

„Du zitterst ja, wenn ich dich anfasse." Langsam strich er ihr mit den Fingern über den Arm, dann verschränkten sich ihre Hände miteinander. „Weißt du eigentlich, wie erregend das ist?"

Rebecca fühlte plötzlich eine süße Schwäche in den Beinen. „Stephanos, ich meinte es ernst, was ich vorhin gesagt habe ..." Er küsste sie hauchzart auf die Stirn. „Ich kann nicht, ich muss erst ...", wieder fühlte sie seine Lippen, diesmal federleicht auf dem Kinn, „... erst einmal nachdenken", endete sie leise.

Stephanos fühlte, wie sich ihre Finger in seiner Hand entspannten. „Als ich dich das erste Mal küsste, ließ ich dir keine Wahl." Er begann ihr Gesicht mit Küssen zu bedecken, vermied es aber dabei, ihren Mund zu berühren. „Aber diesmal hast du sie."

Seine Lippen waren wie ein Hauch, sie spürte sie kaum. Trotzdem brachten seine Liebkosungen sie halb um den Verstand. Rebecca wusste, sie brauchte Stephanos nur von sich zu stoßen, dann hätte alles ein Ende – aber genau dies wollte sie eigentlich gar nicht.

Die Wahl? wiederholte sie in Gedanken. Habe ich überhaupt eine Wahl?

„Nein, die habe ich nicht“, flüsterte sie kaum hörbar, bevor er sie auf die Lippen küsste.

Keine Wahl, keine Vergangenheit und auch keine Zukunft. Nur das Jetzt. Rebecca genoss seine Gegenwart, sein Verlangen und seinen Hunger. Seine Küsse wurden fordernder, beinahe verzweifelt. Sie fühlte sein Herz heftig schlagen, als er in ihr Haar griff und ihr sanft den Kopf zurückbog. So hatte sie noch kein Mann geküsst, und niemand hatte sie darauf vorbereitet, dass sie diese fordernde Art auch noch erregen würde. Rebecca stöhnte auf, als Stephanos mit der Zunge ihren Mund erforschte.

Stephanos' Erregung wuchs ebenfalls. Ihr Duft und das Verlangen, das sie ausstrahlte, steigerten seine Leidenschaft. Sie war ganz Frau und doch so anders als alle Frauen, die er kennen gelernt hatte. Rebecca atmete heftiger und stöhnte leise auf, als er sie herausfordernd auf die weiche und empfindliche Haut ihres Halses küsste.

Rebecca hatte das Gefühl, zu Boden sinken zu müssen, wenn Stephanos sie nicht gehalten hätte. Noch niemals hatte sie sich so schwach, so verletzlich gefühlt wie jetzt in diesem Augenblick. Sie hatte das Empfinden, ausgeliefert zu sein. Die See war spiegelglatt, aber in Rebecca tobte ein Sturm. Mit einem Seufzer, der wie ein Schluchzen klang, schlang sie die Arme um ihn.

Es war die Hilflosigkeit dieser Geste, die ihn wieder zur Vernunft brachte. Ich muss den Verstand verloren haben, dachte er erschrocken. Es hätte nicht viel gefehlt, und ich hätte sie hier genommen, ohne Rücksicht auf ihre Wünsche oder die Folgen.

Stephanos schloss die Augen und hielt Rebecca nur fest.

Vielleicht habe ich wirklich den Verstand verloren, dachte er weiter. Selbst als die Erregung langsam nachließ, fühlte er etwas anderes, Tieferes in sich aufsteigen und wachsen. Es erschien ihm viel gefährlicher als alles, was er vorher empfunden hatte.

Er wollte sie besitzen – und zwar für immer.

Schicksal, ging es ihm durch den Kopf, während er ihr Haar streichelte. Es sah so aus, als hätte er sich in Rebecca verliebt, ohne es bemerkt zu haben. Wie war das möglich? Er war doch nur wenige Stunden mit ihr zusammen gewesen.

In der Vergangenheit war es ihm schon passiert, dass er eine Frau gesehen und sie gleich begehrt hatte. Auch Rebecca würde er bekommen. Aber er würde sie nicht wieder hergeben.

Vorsichtig trat er einen Schritt zurück. „Vielleicht hat keiner von uns die Wahl", sagte er leise und schob die Hände tief in die Hosentaschen. „Und wenn ich dich jetzt hier noch einmal anfasse und dich küsse, dann würde ich dir auch keine mehr lassen ..."

Rebecca brachte zuerst kein Wort hervor. Ihre Kehle war wie zugeschnürt. Sie strich sich das Haar aus ihrem Gesicht und gab sich keine Mühe, das Beben in ihrer Stimme zu verbergen. „Ich würde auch gar keine wollen ..."

Da sah sie, dass seine Augen sich verdunkelten, aber sie wusste nicht, dass er die Hände in den Taschen zu Fäusten ballte.

„Du machst es mir sehr schwer."

Noch nie hatte ein Mann sie auf diese Weise begehrt, das wusste sie. Und vielleicht würde sie auch niemand jemals wieder so begehren. „Es tut mir Leid, das wollte ich nicht."

„Nein." Er zwang sich, sich zu entspannen. „Das habe ich auch nicht angenommen. Das ist auch eines der Dinge an dir, die mich so faszinieren und anziehen. Ich will dich, Rebecca." Einen kurzen Moment lang glaubte er so etwas wie Panik in ihren Augen zu lesen – aber auch Erregung. „Und weil ich das weiß und du ebenfalls, tue ich mein Bestes, um dir noch ein wenig Zeit zu geben."

Rebecca fand ihren Humor wieder. „Ich weiß nicht, ob ich dir dankbar oder böse sein sollte", sagte sie lächelnd.

Zu seiner Überraschung musste Stephanos ebenfalls lachen. Er strich ihr mit dem Finger über die Wange. „Ich würde dir nicht empfehlen fortzulaufen, mátia mou. Ich würde dich doch finden."

Sie war sich dessen nur allzu gut bewusst. Ein Blick in sein Gesicht überzeugte sie. „Dann will ich dir lieber dankbar sein", lachte sie.

„Das freut mich." Er war sich klar, dass er Geduld aufbringen musste. Und zwar sehr schnell. „Hast du Lust zu baden? Nicht weit von hier gibt es eine hübsche kleine Bucht. Wir sind schon beinahe dort."

Das Wasser wird mich ein wenig abkühlen, dachte Rebecca. „Eine tolle Idee!"

Das Wasser war erfrischend kühl und kristallklar. Mit einem Seufzer des Wohlgefühls ließ sich Rebecca hineingleiten. In Philadelphia würde sie jetzt an ihrem Schreibtisch sitzen, den Rechner bedienen, und über ihrer Stuhllehne würde ordentlich ihre Kostümjacke hängen. Wie immer würden die Papierstapel auf ihrem Schreibtisch säuberlich geordnet daliegen.

Die allzeit zuverlässige und korrekte Miss Malone.

Aber stattdessen schwamm sie im kühlen Wasser des Mittelmeeres, und Akten und Papiere waren Welten fort von ihr. Hier, nur einen Meter weit von ihr entfernt, gab es den Mann, der sie alles über ihre Bedürfnisse lehrte, ihre Wünsche und die Verletzlichkeit des Herzens.

Sie bezweifelte, ihm jemals sagen zu können, dass er der einzige Mann war, der sie durch eine kurze Berührung beinahe um den Verstand gebracht hätte. Ein Mann wie er würde natürlich sofort erraten, dass er es mit einer völlig unerfahrenen Frau zu tun hatte.

Aber er wird es nicht herausfinden, dachte sie. Denn wenn er mich in seinen Armen hält, fühle ich mich nicht schwach und unerfahren. Ich finde mich schön, begehrenswert und ein wenig verrucht.

Sie hatte die ganze Zeit Wasser getreten, aber nun tauchte sie mit einem Lachen unter. Sogleich empfand sie ein unglaubliches Gefühl des Freiseins. Ach, wer hätte gedacht, dass ich mich jemals so fühlen würde? ging es ihr durch den Kopf.

„Braucht es immer so wenig, um dich zum Lachen zu bringen?"

Rebecca strich sich die Haare aus dem Gesicht. Stephanos trat neben ihr Wasser. Seine Haut hatte einen Goldschimmer, und das Wasser rann in kleinen Bächen über seine breite Brust. Die Sonnenstrahlen ließen sein feuchtes Haar schimmern, und seine Augen hatten die gleiche Farbe wie das Meer. Es fiel ihr sehr schwer, nicht die Hand auszustrecken und Stephanos zu streicheln.

„Eine abgelegene Bucht, ein wunderschöner Himmel, kristallklares Wasser und ein interessanter Mann – so wenig scheint mir das nicht zu sein." Sie schaute hinüber zu den Kämmen der Berge. „Ich habe mir eins versprochen – was auch immer geschehen mag, ich werde nichts mehr als sicher annehmen."

In ihren Worten lag ein trauriger Unterton, der ihn berührte. „War es ein Mann, der dir wehgetan hat, Rebecca?" fragte er sanft nach einem kurzen Moment.

Sie verzog leicht den Mund, aber er konnte nicht ahnen, dass sie im Stillen lächeln musste. Natürlich hatte sie auch Verabredungen mit Männern gehabt. Sie waren zumeist nett und freundlich verlaufen. Ein- oder zweimal hatte sie auch mehr als freundschaftliches Interesse für einen von ihnen verspürt, aber sie war zu schüchtern gewesen, um mehr daraus werden zu lassen.

Mit Stephanos war es allerdings völlig anders. Weil ich ihn

liebe, dachte sie glücklich. Sie wusste nicht, warum, und auch nicht, wieso es so schnell gekommen war. Aber sie liebte ihn, wie eine Frau einen Mann nur lieben konnte.

„Nein, es gibt keinen." Rebecca legte sich auf den Rücken, schloss die Augen und vertraute darauf, dass das salzige Wasser sie tragen würde. „Der Tod meiner Eltern war ein solcher Schlag für mich, dass ich von einem Tag auf den anderen erwachsen wurde, obwohl ich damals noch so jung war."

Als sie schwieg, forderte Stephanos sie leise auf, weiterzusprechen.

„Meine Tante Jeannie war ein sehr freundlicher und praktischer Mensch, und sie liebte mich. Aber sie hatte vergessen, was es bedeutete, ein junges Mädchen zu sein. Nach ihrem Tod begriff ich plötzlich, dass ich nie jung gewesen war, nie Dummheiten wie andere junge Leute in meinem Alter begangen hatte. Da entschloss ich mich, all dies nachzuholen."

Sie bot ein schönes Bild. Das schwarze Haar schwamm auf dem Wasser, und ihr nasser, bronzefarbener Körper schimmerte wie mit Diamanten bedeckt im Licht der hellen Sonne. Sie war keine Schönheit, dafür waren ihre Züge nicht ebenmäßig genug. Aber sie war faszinierend in ihrem Aussehen, ihrer Ausstrahlung und ihrer Art, wie sie alles mit offenen Armen aufnahm, was ihr über den Weg lief.

Stephanos schaute sich in der kleinen Bucht um, als hätte er sie lange Jahre nicht mehr gesehen. Er konnte die Sonnenstrahlen auf der Wasseroberfläche tanzen sehen, die kleinen Wellen, die sich durch ihre Bewegungen um Rebecca herum ausbreiteten. Etwas weiter weg lag der schmale Sandstrand. Bunte Schmetterlinge flatterten darüber hin, ansonsten war er leer. Es herrschte Stille, beinahe eine unwirkliche Stille, nur die leichten Wellen schlugen mit einem immer gleichen Geräusch ans Ufer.

Und er fühlte sich entspannt und eins mit sich und seiner

Umgebung. Vielleicht habe ich auch vergessen, was es bedeutet, jung und verrückt zu sein, dachte er.

Aus einem Impuls heraus hob er die Hand und drückte Rebecca unter Wasser.

Hustend kam sie wieder an die Oberfläche und schüttelte sich das Wasser aus den Haaren. Stephanos lachte sie nur an und trat weiter Wasser.

„Es hat mich gereizt. Es war so einfach."

Sie hob den Kopf und sah ihn herausfordernd lächelnd an. „Das nächste Mal wird es nicht so leicht sein, das kannst du mir glauben."

Sein Lächeln wurde breiter. Als er sich dann bewegte, tat er es mit der Eleganz und Geschwindigkeit eines Delfins. Rebecca hatte gerade noch Zeit, Luft zu holen, dann trat sie nach ihm. Er packte ihr Fußgelenk, aber sie war bereit.

Anstatt sich zu wehren, als er sie unter Wasser zog, schlang sie die Arme um seinen Oberkörper und verwickelte ihn in einen Unterwasserringkampf.

„Wir sind quitt", rief sie prustend und lachend, als sie beide wieder auftauchten. Sie rieb sich das Wasser aus den Augen.

„Wie kommst du denn darauf?"

„Wenn wir auf einer Matte gerungen hätten, hättest du mit dem Rücken am Boden gelegen", klärte sie ihn auf.

„Gut, einverstanden." Er fühlte, wie sich ihre Beine ineinander verschlangen. „Aber jetzt würde ich gern etwas anderes machen."

Rebecca wusste, er würde sie gleich küssen. Sie sah es in seinen Augen, und sie war zu ihrer Bestürzung nur allzu gern bereit, sich küssen zu lassen.

„Stephanos?"

„Ja?" Seine Lippen waren nur noch Zentimeter von ihrem Mund entfernt. Dann fand er sich plötzlich unter Wasser wieder, und seine Arme waren leer. Im ersten Moment war er verärgert. Als er auftauchte, sah er jedoch Rebecca wenige

Meter entfernt bis zu den Schultern im Wasser stehen. Ihr Gelächter klang zu ihm herüber.

„Es war so einfach!" rief sie ihm übermütig zu.

Stephanos warf sich ins Wasser und legte los. Er schwamm, als wäre er im Wasser geboren worden. Auch Rebecca war keine schlechte Schwimmerin. Beinahe wäre es ihr gelungen, ihm zu entwischen, aber sie musste immer noch lachen und schluckte dabei Wasser. Als sie nach Luft rang, fühlte sie kräftige Arme um ihre Taille. Stephanos schleppte sie erbarmungslos in seichteres Wasser.

„Ich gewinne gern." Rebecca sah ein, es war sinnlos, ihm entkommen zu wollen. Sie hob die Hand zum Zeichen, dass sie aufgab. „Ich weiß, es ist eine Schwäche. Manchmal mogle ich deswegen sogar beim Canasta."

„Beim Canasta?"

Er konnte sich diese lebhafte, sexy Frau in seinen Armen nur schwerlich bei einer gemütlichen Canasta-Partie vorstellen.

„Ja, leider, ich kann einfach nichts dagegen tun. Ich habe da keine Disziplin", tat sie zerknirscht und legte den Kopf an seine Schulter.

„Mir geht es manchmal ähnlich."

Ehe sie sich's versah, hatte er sie mit einem kräftigen Stoß von sich geworfen, und sie flog durch die Luft. Mit lautem Klatschen landete sie wieder im Wasser und ging prustend unter.

Gleich darauf tauchte sie wieder auf. „Das habe ich wohl verdient", meinte sie lachend und watete zum Ufer. Dort legte sie sich so hin, dass sie halb im erfrischenden Wasser lag. Der feine weiße Sand klebte ihr an Haut und Haaren, aber sie kümmerte sich nicht darum.

Stephanos folgte ihr langsam und legte sich dann neben sie. Sie griff nach seiner Hand.

„Ich kann mich nicht erinnern, wann ich einen schöneren Tag verlebt habe", sagte sie träumerisch.

Er sah auf ihre Hände und wunderte sich, dass diese stille Geste zugleich beruhigend und erregend auf ihn wirkte.

„Er ist schon fast vorbei."

„Meinetwegen bräuchte er niemals zu enden."

4. KAPITEL

Rebecca meinte es aufrichtig. Sie wünschte, dieser Tag möge niemals vergehen. Es war so traumhaft. Blauer Himmel, das Meer. Mit Stephanos zu lachen, ihn zu betrachten. Im klaren kühlen Wasser zu baden. Stunden, die endlos erschienen. Es war noch gar nicht so lange her, dass es völlig anders gewesen war. Auf die Tage waren Nächte gefolgt, und dann wieder die Tage – in monotoner, langweiliger Folge.

„Hast du eigentlich jemals das Bedürfnis verspürt, vor etwas davonzulaufen?“ fragte sie nach einer Weile.

Stephanos legte sich zurück und schaute hinauf zum Himmel, an dem einige Schäfchenwolken dahinzogen. Wie lange habe ich eigentlich nicht mehr so gelegen und in den Himmel gesehen? fuhr es ihm kurz durch den Sinn.

„Wohin?“

„Irgendwohin. Fort von dem, was ist, weil du fürchtest, es könnte bis in alle Ewigkeiten so bleiben.“ Auch Rebecca legte sich zurück und schloss dann die Augen. Sie konnte sich zu Hause sehen, wie sie pünktlich um sieben Uhr fünfzehn ihre erste Tasse Kaffee aufbrühte und genau um neun Uhr die erste Akte im Büro aufschlug. „Einfach verschwinden und dann irgendwo als ein ganz anderer Mensch wieder auftauchen, wo dich keiner kennt.“

„Du kannst kein anderer Mensch werden.“

„Oh doch, das kannst du.“ Plötzlich bekam ihre Stimme einen drängenden und beinahe beschwörenden Unterton. „Manchmal muss man es tun.“

Stephanos spielte mit ihrem Haar. „Wovor läufst du davon?“

„Vor allem. Ich bin ein Feigling.“

Er richtete sich halb auf und sah ihr ins Gesicht. In ihren schönen Augen las er Begeisterung. „Das glaube ich nicht.“

„Aber du kennst mich doch gar nicht." Ein Ausdruck des Bedauerns tauchte kurz auf ihrem Gesicht auf, dann machte er einer gewissen Unsicherheit Platz. „Und ich bin nicht sicher, ob ich es überhaupt möchte."

„Glaubst du wirklich, ich kenne dich nicht? Es gibt Dinge im Leben, die keine Monate oder Jahre brauchen, damit man sie versteht. Ich sehe dich an, Rebecca, und plötzlich ist alles so einfach. Ich kann nicht sagen, warum ich so empfinde, aber so ist es eben. Ich kenne dich." Er beugte sich zu ihr hinunter und hauchte ihr einen Kuss auf die Nase. „Und ich mag das, was ich sehe."

„Ja? Wirklich?" fragte sie lächelnd.

„Meinst du, ich verbringe einen ganzen Tag mit einer Frau nur deshalb, weil ich mit ihr schlafen will?" fragte er.

Rebecca zuckte mit den Schultern, sagte aber nichts.

Er sah, dass sie leicht errötete, und es amüsierte ihn. Wie vielen Frauen gelang es schon, einen Mann mit ihren Küssen fast zum Wahnsinn zu bringen und dann zu erröten? „Aber mit dir zusammen zu sein, Rebecca, ist ein sehr besonderes Vergnügen."

Sie lachte leise vor sich hin und malte mit dem Finger Kreise in den feuchten Sand. Was würde er wohl sagen oder denken, wenn er wüsste, wer ich in Wirklichkeit bin? dachte sie. Aber es spielt überhaupt keine Rolle, beruhigte sie sich dann, denn sie wollte sich den schönen Tag nicht verderben lassen. Und auch nicht das, was zwischen ihnen war.

„Das ist das schönste Kompliment, das ich je bekommen habe", sagte sie lächelnd.

Als er sich wieder aufrichtete und sie beunruhigt ein wenig zur Seite rutschte, sagte er sofort: „Nein, ich werde dich nicht mehr berühren. Zumindest jetzt im Augenblick nicht."

„Das ist eigentlich nicht das Problem." Rebecca hob den Kopf und schloss die Augen. Sie genoss die Wärme der Sonne auf ihrer Haut. „Im Gegenteil, ich möchte ja gerade, dass du mich berührst – und zwar so sehr, dass es mir Angst macht."

Er sah sie an, und ein besonderer Ausdruck zeigte sich in seinen Augen, aber er sagte nichts.

Sie setzte sich aufrecht hin und nahm all ihren Mut zusammen. Sie wollte ehrlich sein und hoffte, dabei keinen allzu naiven Eindruck zu hinterlassen. „Stephanos, ich gehöre nicht zu den Frauen, die gleich mit jedem Mann schlafen, der ihnen gefällt. Bitte versteh, es geht alles so rasch. Aber ich fühle auch, dass es nicht oberflächlich ist."

Stephanos fasste sie am Kinn und drehte ihren Kopf, so dass sie ihn ansehen musste. Seine Augen waren tiefblau wie die See und für Rebecca ebenso geheimnisvoll. Er traf eine schnelle Entscheidung, obwohl ihm der Gedanke schon den ganzen Tag im Kopf herumgegangen war.

„Nein, das ist es auch nicht", erwiderte er. „Rebecca, ich muss morgen nach Athen. Komm mit mir."

„Nach Athen?" fragte sie erstaunt.

„Geschäftlich. Ein Tag, höchstens zwei. Ich würde mich freuen, wenn du mitkämst." Er hatte mehr Angst, als er sich eingestehen wollte, sie könne fort sein, wenn er zurückkehrte.

„Ich ..." Sie wusste nicht, wie sie sich entscheiden sollte. Würde es richtig sein, mitzugehen?

„Du sagtest doch, du hättest vor, Athen zu besuchen, oder?" Er war entschlossen, sie auf jeden Fall zum Mitkommen zu überreden, jetzt, da sich die Idee in seinem Kopf festgesetzt hatte.

„Ja, aber ich möchte nicht im Wege sein, wenn du zu tun hast."

„Es würde mich viel mehr von meiner Arbeit ablenken, wenn du hier bliebest."

Sie sah ihn mit einem Blick an, in dem Schüchternheit und Verlockung zugleich lagen. Er hatte Mühe, sein Verlangen zu unterdrücken und sie nicht auf der Stelle im feinen Sand zu lieben. Aber er hatte ihr ja versprochen, ihr Zeit zu geben. Vielleicht brauche auch ich ein wenig Zeit, dachte er.

„Du wirst deine eigene Suite haben. Du bist zu nichts verpflichtet, Rebecca. Ich möchte nur deine Gesellschaft."

„Ein oder zwei Tage ...", sprach sie unentschlossen halblaut vor sich hin.

„Es ist überhaupt kein Problem, deine Suite hier bis zu deiner Rückkehr zu halten."

Bis zu meiner Rückkehr, dachte sie irritiert. Er hat nicht von seiner gesprochen. Wenn er Korfu morgen verließ, würde sie ihn möglicherweise niemals wieder sehen. Er bot ihr einen oder zwei weitere Tage an. Vergiss nicht, du wolltest doch nichts mehr als garantiert ansehen, erinnerte sie sich dann. Niemals mehr.

Aber er hatte ja Recht. Sie wollte Athen sehen, bevor sie Griechenland wieder verließ. Normalerweise wäre sie allein dorthin gereist. Noch vor ein paar Tagen hätte es nichts Schöneres für sie gegeben, als frei und ungebunden durch die Stadt zu streifen, sich Sehenswürdigkeiten anzusehen und Menschen kennen zu lernen.

Aber die Vorstellung, ihn bei sich zu haben, wenn sie zum ersten Mal die Akropolis sah, mit ihm zusammen durch die Straßen zu schlendern, erschien ihr viel verlockender und änderte alles.

„Ich würde sehr gern mitkommen." Sie sprang rasch auf und verschwand mit einem eleganten Kopfsprung im Wasser.

Athen war weder Ost noch West, weder Orient noch Europa. Es gab hohe Gebäude und moderne, elegante Geschäfte in breiten Avenuen. Aber ebenso gab es schmale Gassen mit heruntergekommenen Häusern mit winzigen Läden, in denen man alles kaufen konnte. Die Stadt war laut und hektisch, und doch besaß sie einen unvergleichlichen Charme.

Rebecca verliebte sich auf den ersten Blick in sie.

Paris war ihr wie eine verführerische Frau erschienen, und auch London hatte sie nicht unbeeindruckt gelassen. Aber an Athen verlor sie ihr Herz.

Stephanos hatte den ganzen Morgen über Geschäfte zu erledigen, und so nutzte sie die Gelegenheit, die Stadt zu erkunden. Das Hotel, in dem sie wohnten, bot zwar allen erdenklichen Luxus, aber es zog Rebecca hinaus auf die Straßen und zu den Menschen. Seltsamerweise fühlte sie sich nicht wie eine Fremde, sondern wie jemand, der nach langer, langer Zeit von einer Reise wieder nach Hause zurückkehrte. Athen hatte auf sie gewartet und war bereit, sie willkommen zu heißen.

Bald hatte sie die plaka, die Altstadt unterhalb der Akropolis, erreicht. Enge Gassen voller Touristen und Einheimischer, Tavernen, aus denen es verlockend duftete – und dann sah sie die Akropolis! Es war ein Anblick, den sie nicht wieder vergessen würde. Fasziniert und voller Ehrfurcht schaute sie hinauf zu den jahrtausendealten Bauten mit ihren marmornen Säulen.

Bald hatte sie auch den Zugang gefunden, an dem sich trotz der frühen Stunde schon Urlauber drängten. Rebecca ließ sich dadurch jedoch nicht stören. Der Großartigkeit der Tempelanlage konnte die Betriebsamkeit keinen Abbruch tun. Rebecca war so beeindruckt, dass sie die Kamera an der Schulter hängen ließ und gar nicht daran dachte zu fotografieren.

Sie würde niemandem mitteilen können, wie es war, hier zwischen den Säulen zu stehen, an einem Ort, der den alten griechischen Göttern geweiht gewesen war. Die Akropolis hatte Jahrtausende überstanden, Naturgewalten getrotzt und Kriegen und der Zeit widerstanden. Aber noch immer spürte man die Heiligkeit dieses Platzes. Rebecca erwartete beinahe die Göttin Pallas Athene, Schutzherrin der Stadt Athen, mit ihrem schimmernden Helm und dem Speer hier zu sehen.

Rebecca war zuerst enttäuscht gewesen, dass Stephanos an diesem ersten Morgen in Athen nicht bei ihr sein konnte. Nun aber war sie froh, allein zu sein. So konnte sie einfach auf einem Säulenrest sitzen, alles in sich aufnehmen, und musste ihre Eindrücke und Gefühle nicht erläutern.

Sie stand nach einer Weile wieder auf und wanderte durch die Tempel. Sie fühlte, sie hatte sich verändert. Es waren nicht nur die Orte, an denen sie gewesen war, das Neue, das sie gesehen hatte. Nein, es war Stephanos und alles, was sie dachte, fühlte und sich wünschte, seit sie ihn kennen gelernt hatte.

Vielleicht ging sie bald wieder nach Philadelphia zurück, aber sie würde nie wieder die Rebecca Malone sein, die sie vorher gewesen war. Wenn sich jemand einmal richtig verliebte, vollkommen und von ganzem Herzen, dann war er danach ein anderer Mensch.

Sie wünschte, es wäre einfacher, so wie es vielleicht für andere Frauen war. Ein attraktiver Mann, zu dem man sich körperlich hingezogen fühlte. Aber an Stephanos hatte sie, ebenso wie an Athen, ihr Herz verloren. Beide waren seltsamerweise zu einem Teil ihres Lebens geworden.

Aber wie kann ich denn sicher sein, dass ich ihn liebe, wenn ich noch nie verliebt gewesen bin? fragte sie sich verunsichert. Zu Hause in Philadelphia hätte ich zumindest eine Freundin, mit der ich darüber sprechen könnte.

Sie musste lachen. Wie oft hatte sie sich die endlosen Erzählungen der verliebten Freundin anhören müssen – die berauschenden Erlebnisse, die Enttäuschungen und die Faszination. Manchmal hatte sie sie darum beneidet, und manchmal war sie sehr froh gewesen, dass ihr Leben frei von diesen Irritationen gewesen war. Aber immer hatte sie sich bemüht, Verständnis aufzubringen oder die Unglückliche zu trösten, wenn wieder einmal alles zu Ende war.

Es war schon ziemlich seltsam, dass sie für sich selbst in einer ähnlichen Situation keinen guten Rat wusste.

Alles, an was sie denken konnte, war, dass ihr Herz schneller schlug, wenn er sie anfasste, ihre Freude und auch die Panik, die sie jedes Mal empfand, wenn er sie anblickte. Wenn sie mit ihm zusammen war, konnte sie an das Schicksal glauben und daran, dass es gleich gestimmte Seelen gab.

Aber das war nicht genug. Zumindest hätte sie es einer anderen Frau als Rat gegeben. Anziehung und Leidenschaft waren nicht genug. Und doch gab es keine Erklärung, warum sie dennoch anders empfand, wenn sie mit ihm zusammen war.

Es klang alles so einfach – wenn man das Schicksal als Erklärung annehmen konnte. Und dennoch verspürte sie neben all der Freude auch ein unbestimmtes Schuldgefühl.

Rebecca konnte es einfach nicht abschütteln, und sie wusste, sie konnte es auch nicht länger ignorieren.

Sie war nicht die Frau, für die sie sich ausgab. Nicht die welterfahrene, weit gereiste Frau, die das Leben nahm, wie es gerade kam. Egal, wie viele Bindungen sie auch löste, sie würde doch immer Rebecca Malone bleiben. Was würde Stephanos von ihr denken und für sie empfinden, wenn er wüsste, wie ihr Leben bislang verlaufen war?

Und wie sollte sie es ihm sagen?

Nur noch ein paar Tage mehr, sagte sie sich, als sie langsam wieder die Akropolis verließ. Es mochte eigensüchtig sein, vielleicht auch gefährlich, aber sie wollte einfach nur noch ein paar Tage mehr.

Es war später Nachmittag, als Rebecca ins Hotel zurückkehrte. Da sie es nicht erwarten konnte, Stephanos zu sehen, ging sie sogleich hinauf zu seiner Suite. Sie hatte heute so viel gesehen und erlebt, dass sie ihm alles erzählen wollte. Aber ihr Lächeln verblasste augenblicklich, als nicht Stephanos, sondern eine gut aussehende junge Frau die Tür öffnete. Sie stellte sich als Stephanos' Sekretärin Eleni vor.

„Hallo, Miss Malone." Selbstbewusst und elegant, bat Eleni sie mit einer Handbewegung herein. „Bitte, kommen Sie herein. Ich werde Stephanos sagen, dass Sie hier sind."

„Ach, ich möchte nicht stören." Unsicher rückte Rebecca ihre Tasche zurecht. Sie kam sich plötzlich unscheinbar und dumm vor.

„Aber Sie stören doch nicht, Miss Malone. Sind Sie gerade zurückgekommen?"

„Ja, ich ..." Jetzt erst wurde Rebecca bewusst, dass ihr Gesicht erhitzt und ihre Haare zerzaust waren. Eleni dagegen war ein Bild an Gepflegtheit und Eleganz. „Vielleicht sollte ich doch wieder gehen ...", sagte sie unschlüssig.

„Bitte, setzen Sie sich doch. Ich bringe Ihnen gleich einen Drink." Eleni deutete auf einen Stuhl. Sie ging zu der kleinen Bar und schenkte Rebecca ein Glas mit eisgekühltem Orangensaft ein. Dabei lächelte sie vor sich hin. Sie hatte erwartet, Stephanos' geheimnisvolle Bekannte wäre glatt, beherrscht und eine wahre Schönheit. Sie war erfreut, dass Rebecca so gar nicht diesem Bild entsprach. Sie war dagegen ein wenig unsicher und ganz offensichtlich verliebt.

„Hat Ihnen die Stadt gefallen?" fragte sie, als sie Rebecca das Glas reichte.

„Ja, sogar sehr." Rebecca nahm das Glas entgegen und versuchte sich zu entspannen. Ich bin ja eifersüchtig, wurde ihr bewusst, und sie konnte sich nicht erinnern, dieses Gefühl jemals zuvor empfunden zu haben. Aber wer würde auf sie nicht eifersüchtig sein, dachte sie, als sie Eleni zum Telefon gehen, nein, schreiten sah. Die Griechin sah wirklich atemberaubend gut aus, sie wirkte selbstbewusst und tüchtig. Außerdem stand sie in einer Beziehung zu Stephanos, von deren Art Rebecca nichts wusste. Wie lange kannte sie ihn schon? Und wie gut?

„Stephanos kommt gleich", meinte Eleni, als sie den Hörer wieder auflegte. „Seine Konferenz ist gerade zu Ende." Sie goss sich ebenfalls etwas Orangensaft ein und setzte sich Rebecca gegenüber in einen Sessel. „Athen hat Ihnen also gefallen."

„Ich liebe es." Rebecca wünschte, sie hätte sich zumindest die Haare gekämmt und ein wenig Make-up aufgelegt, bevor sie hierher gekommen war. Sie trank einen Schluck Orangensaft. „Ich hatte eigentlich keine bestimmte Vorstellung von der Stadt, aber ich bin begeistert und beeindruckt."

„Für die Europäer ist es schon halber Orient, während die Orientalen Athen als Europa ansehen." Eleni lächelte. Sie schlug die schlanken Beine übereinander und lehnte sich zurück. „Athen ist Griechenland, und ganz besonders trifft dies auf den Athener zu." Sie sah Rebecca über den Rand ihres eisbeschlagenen Glases an. „Die Menschen schätzen Stephanos oft ebenso ein, und dabei ist er nur er selbst."

„Wie lange arbeiten Sie schon für ihn?" Rebecca war froh, dass Eleni ihr Gelegenheit zu dieser Frage gegeben hatte.

„Fünf Jahre."

„Dann müssen Sie ihn sehr gut kennen."

„Besser als manch anderer. Er ist ein anspruchsvoller und großzügiger Arbeitgeber und ein interessanter Mann. Ich liebe meine Arbeit und reise glücklicherweise gern."

Rebecca spielte mit dem Glas in ihren Händen. „Ich wusste gar nicht, dass das Geschäft mit Oliven so viele Reisen erfordert."

Eleni sah sie ein wenig überrascht an, aber sie ließ sich nichts anmerken. Bis eben hatte sie nicht gewusst, ob die Amerikanerin von Stephanos oder von seinem Geld fasziniert war. Nun kannte sie die Antwort.

„Wenn Stephanos etwas tut, dann tut er es auch sehr sorgfältig", meinte sie lächelnd. „Hat er mit Ihnen eigentlich schon über die Abendgesellschaft heute gesprochen?"

„Er sagte etwas von einem Geschäftsessen."

Eleni lächelte sie zum ersten Mal offen an. „Es wird zwar nur eine kleine, aber dafür umso exklusivere Gesellschaft sein."

Rebecca griff unwillkürlich an ihre Haare, und Eleni deutete diese Geste richtig.

„Falls Sie irgendetwas für den Abend benötigen, ein passendes Kleid oder einen Frisör ... im Hotel finden Sie beides", sagte sie hilfsbereit.

Rebecca musste an die Freizeitkleidung denken, die sich in ihrer kleinen Reisetasche befand. Sie hatte für die zwei Tage nicht mehr mitgenommen, weil sie nicht mit einem derartigen Anlass gerechnet hatte. „Ich brauche alles."

Eleni stand auf und lächelte sie verständnisvoll an. „Ich werde mich darum kümmern."

„Vielen Dank, aber ich möchte Sie nicht von Ihrer Arbeit abhalten", wehrte Rebecca verlegen ab.

„Es gehört zu meinen Pflichten, dafür zu sorgen, dass Sie sich wohl fühlen", entgegnete Eleni. Da öffnete sich die Tür, und Stephanos kam herein. Eleni nahm sofort ihr Glas und ihren Notizblock und verließ mit einem freundlichen Nicken zu Rebecca das Zimmer.

„Du warst lange fort", wandte sich Stephanos an Rebecca.

„Ach, ich habe so viel Interessantes gesehen, da verging die Zeit wie im Flug. Athen ist eine wundervolle Stadt." Sie wollte aufstehen, aber er war mit zwei schnellen Schritten bei ihr und zog sie hoch. Im nächsten Augenblick fühlte sie seine Lippen auf ihrem Mund. Er küsste sie mit hungriger Leidenschaft. Sie wehrte sich nicht dagegen, sondern ergab sich seinen Zärtlichkeiten.

Stephanos stöhnte leise. Wie kann man sich so sehr nach einer Frau sehnen wie ich mich nach ihr? dachte er. Den ganzen Morgen über hatte er sich nur unter großen Schwierigkeiten auf seine Geschäfte konzentrieren können. Seine Gedanken schweiften immer wieder ab, und er hatte an ihre Lippen, ihre Brüste und ihre Leidenschaft denken müssen. Als sie dann immer noch nicht zurückkehrte, hatte er sich Sorgen um sie gemacht wie nie zuvor um einen Menschen. Er konnte sich ein

Leben ohne sie gar nicht mehr vorstellen. Undenkbar, wenn sie eines Tages nicht mehr da wäre ...

Aber dazu wird es nicht kommen, schwor er sich. Sie gehört zu mir – und ich zu ihr, dachte er. Ich brauche sie.

Aber er durfte nicht vollends den Verstand verlieren. Mit Mühe unterdrückte er seine aufsteigende Erregung und löste sich von Rebecca.

Sie hielt immer noch die Augen geschlossen, ihre sinnlichen Lippen waren leicht geöffnet. Seufzend schlug sie schließlich die Lider auf.

„Ich ...“ Sie holte tief Luft und atmete langsam wieder aus. „Ich sollte wohl des Öfteren einmal einen Stadtbummel machen“, sagte sie lächelnd.

Da bemerkte Stephanos, dass er ihren Arm fest umklammerte. Sofort lockerte er den Griff. „Ich wäre lieber dabei gewesen“, sagte er gepresst.

„Aber du hattest doch zu tun. Außerdem, sicherlich hättest du dich gelangweilt. Es wäre nichts für dich gewesen, in alle Läden mit mir zu gehen und dir Sehenswürdigkeiten anzusehen, die du schon lange kennst.“ Rebecca lachte. Sie bemerkte seine Anspannung nicht.

„Nein, bestimmt nicht.“ Er konnte sich nicht vorstellen, dass er sich jemals in ihrer Gegenwart langweilen würde. „Ich wäre wirklich gern bei deinem ersten Tag in Athen mit dir zusammen durch die Straßen gegangen.“

„Es war, als käme ich nach Hause zurück“, sagte sie versonnen. „Alles war so beeindruckend, und ich konnte nicht genug bekommen.“ Sie deutete auf ihre Schultertasche. „Es ist so ganz anders als alles, was ich bisher kennen gelernt habe. Auf der Akropolis habe ich nicht ein einziges Foto gemacht. Ich fühlte, ich würde das Besondere dort nicht mit der Kamera einfangen können und versuchte es deshalb auch gar nicht. Dann wanderte ich durch die Straßen der Altstadt, und mir fielen überall die älteren Männer auf, die mit diesen seltsamen, rosenkranzähnlichen Ketten spielten. Warte mal, wie heißen sie noch ...?“ Es fiel ihr nicht mehr ein.

„Komboloi“, half er ihr.

„Ja, und ich stelle mir vor, wie sie vor den kafeníons sitzen und die Passanten betrachten. Tag für Tag, Jahr um Jahr.“ Sie setzte sich und freute sich, dass sie ihm von ihren Eindrücken berichten konnte. „Und dann gab es diese Unmengen von Geschäften, die Souvenirs anboten. Die meisten haben mir allerdings nicht gefallen, vor allem die kitschigen Kopien der antiken Statuen.“

Stephanos setzte sich neben sie. „Wie viele hast du denn davon gekauft?“

„Beinahe eine für dich“, lachte sie und suchte dann in ihrer Tasche. „Aber dann habe ich es mir doch anders überlegt und dir ein anderes Geschenk mitgebracht.“

„Ein Geschenk?“

„Ja, ich habe es in einem winzigen Geschäft in einer kleinen Seitengasse gefunden. Es war ein düsterer, etwas schmuddeliger Laden – aber voll von faszinierendem Krimskrams. Der Besitzer sprach ein wenig Englisch, und ich hatte ja mein ‚Griechisch für Reisende‘ dabei. Aber bald wurde es schwierig, sich zu verständigen. Schließlich nahm ich dies hier.“

Rebecca zog eine s-förmig gebogene, zierliche Porzellanpfeife heraus, die mit Abbildungen von wilden Ziegen verziert war. Ein langer, glänzend polierter Stiel mit einem Mundstück aus Messing befand sich daran.

„Es erinnerte mich an die Bergziegen, die wir auf Korfu gesehen haben“, erklärte sie Stephanos, während er sich die Pfeife genauer ansah. „Ich dachte, sie würde dir vielleicht gefallen, wenn ich dich auch noch nie habe Pfeife rauchen sehen.“

Stephanos sah auf und lachte. „Normalerweise rauche ich auch nicht Pfeife, und ganz besonders nicht aus einer solchen.“

„Eigentlich sollte es auch mehr als Dekorationsstück

dienen", meinte Rebecca etwas verwirrt durch seine Bemerkung. „Der Mann versuchte mir noch etwas zu erklären, aber ich habe ihn leider nicht verstehen können. Eine solche Pfeife habe ich vorher auch noch nie gesehen."

„Da bin ich aber erleichtert." Als sie ihn verwundert ansah, beugte er sich vor und strich ihr leicht über die Lippen. „Mátia mou, dies ist eine Haschischpfeife."

„Eine Haschischpfeife?" Verblüfft sah sie ihn an und betrachtete dann voller Neugier die schlanke Pfeife. „Wirklich? Ich meine, haben die Leute diese Pfeife wirklich zum Haschischrauchen benutzt?"

„Unzweifelhaft. Und zwar eine ganze Menge Leute sogar. Ich schätze, die Pfeife ist mindestens einhundertfünfzig Jahre alt."

„Nein, so etwas. Es ist wohl kein besonders geeignetes Geschenk für dich, nicht wahr?"

„Warum denn nicht? Jedes Mal, wenn ich es mir ansehe, werde ich an dich denken."

Verunsichert sah Rebecca ihn an, aber dann sah sie das Funkeln in seinen Augen und war beruhigt. Sie lächelte. „Vielleicht hätte ich dir besser eine Statue der Pallas Athene aus Plastik schenken sollen", scherzte sie.

Er stand auf und zog sie mit sich hoch. „Ich fühle mich geehrt, dass du mir überhaupt etwas mitgebracht hast", sagte er lächelnd, und sein Griff wurde auf einmal fester. „Ich möchte viel Zeit mit dir verbringen, Rebecca. Es gibt so vieles, das ich von dir wissen möchte." Er sah sie forschend an. „Was sind deine Geheimnisse?"

„Nichts, was von Interesse für dich wäre."

„Du irrst dich. Morgen werde ich herausfinden, was ich wissen will." Er bemerkte kurz einen sonderbaren Ausdruck in ihren Augen. Andere Männer, dachte er und spürte, dass er eifersüchtig war. „Also, keinerlei Ausflüchte mehr. Ich will alles von dir, ohne Ausnahme. Alles. Verstehst du?"

„Ja, aber ..."

„Morgen." Er unterbrach sie einfach und war ihr plötzlich fremd in seiner bestimmenden Art. „Ich habe jetzt geschäftlich etwas zu tun, das ich leider nicht verschieben kann. Ich hole dich um sieben Uhr heute Abend ab."

„Gut."

Bis morgen ist es noch lange hin, dachte sie. Bis dahin werde ich Zeit genug haben, mir zu überlegen, was ich ihm sage. Vor „morgen" kam erst einmal der heutige Abend. Und heute Abend würde sie noch einmal all das sein, was sie sein wollte, alles, was er von ihr erwartete.

„Ich muss jetzt gehen." Bevor er sie noch einmal berühren konnte, beugte sie sich schnell zu ihrer Tasche hinunter, die auf dem Boden stand, und hob sie auf. Als sie schon an der Tür war, drehte sie sich noch einmal zu ihm um. Er hatte sich nicht gerührt.

„Stephanos, du wirst möglicherweise enttäuscht sein, wenn du mehr von mir erfährst", sagte sie ruhig. Dann wandte sie sich schnell ab und schloss die Tür hinter sich.

Stephanos stand da und sah ihr mit gerunzelter Stirn nach.

5. KAPITEL

Aufgeregt schaute Rebecca immer wieder in den Spiegel, sie war schrecklich nervös. Die Frau, die ihr entgegensah, war ihr nicht fremd. Aber es war eine völlig veränderte Rebecca Malone.

Lag es an der Frisur? Rebecca hatte sich das Haar von der geschickten Hotelfriseuse ein wenig stylen lassen. Oder war es das Kleid aus leuchtend rotem, mit schwarzen Schleifchen bedrucktem Stoff, dessen raffiniert drapierte Corsage die Schultern frei ließ? Der weite Rock wurde durch einen schwarzen Tüll-Petticoat in Form gehalten. Dazu trug Rebecca eine schwarze Feinstrumpfhose und rote hochhackige Satinpumps. Nein, es war mehr als nur das. Mehr als ein gekonntes Make-up, ungewohnte Kleidung und geschicktes Styling. Es lag an ihren Augen. Es war nicht zu übersehen. Die Frau, die ihr aus dem Spiegel entgegenblickte, war bis über beide Ohren verliebt.

Was sollte sie dagegen tun? Was konnte sie tun? Rebecca wusste, es gab Dinge im Leben, die waren nicht zu ändern. Aber würde sie auch stark genug sein, mit den Folgen ihres Handelns zu leben?

Als es an der Tür klopfte, warf sie einen letzten Blick in den Spiegel, holte tief Luft und ging zur Tür. Heute Nachmittag war alles viel zu schnell gegangen.

Als sie aus Stephanos' Suite in ihre zurückgekommen war, hatte sie dort bereits eine lange Liste der von Eleni getroffenen Termine vorgefunden. Eine Massage, eine Gesichtsbehandlung, Frisör und dazu eine Karte des Managers der hoteleigenen Boutique. Sie hatte gar keine Zeit gehabt, lange zu überlegen. Nicht über den kommenden Abend und auch nicht über das Morgen, die Zukunft.

Vielleicht ist es besser so, dachte sie. Wenn ich meinem Gefühl vertraue, wird sicher alles gut gehen.

Sie sieht aus wie eine Sirene, dachte Stephanos, als sie vor ihm stand. Hatte er jemals gedacht, sie sei keine Schönheit? In diesem Moment glaubte er, noch niemals eine Frau gesehen zu haben, die ihn mehr gefesselt hatte.

„Du bist unvergleichlich, Rebecca“, sagte er. Er griff nach ihren Händen und blieb so einen Moment auf der Türschwelle stehen.

„Warum? Weil ich so pünktlich fertig bin?“

„Weil du niemals das bist, was ich erwartet habe.“ Er führte ihre Hand an seine Lippen. „Und immer das, was ich mir wünsche.“

Sein Kompliment machte sie sprachlos, und sie war froh, als er die Tür hinter ihnen schloss und sie zum Fahrstuhl führte. Auch Stephanos sah anders aus als sonst. Normalerweise war er mit lässiger Eleganz gekleidet, aber heute Abend trug er einen Smoking, der ihm ausgezeichnet stand.

„So, wie du aussiehst, Rebecca, ist es fast eine Sünde, dich nur zu einem Geschäftsessen mitzunehmen“, meinte er, während sie auf den Fahrstuhl warteten.

„Ach, ich freue mich aber schon darauf, deine Geschäftsfreunde kennen zu lernen.“

„Geschäftspartner“, berichtigte er sie mit einem seltsamen Lächeln. „Wenn du einmal arm gewesen bist und vorhast, es nie wieder zu sein, dann machst du dir im Geschäftsleben keine Freunde.“

Rebecca runzelte die Stirn. Diese Seite kannte sie gar nicht an ihm. War er hartnäckig im Durchsetzen seiner geschäftlichen Ziele? Ja, dachte sie, das ist er ganz bestimmt mit allem, was ihm gehört.

„Aber Feinde?“ fragte sie nun.

„Im Geschäftsleben gelten die gleichen Regeln für alle. Man unterscheidet nicht zwischen Freund und Feind. Mein Vater hat mich mehr als nur das Fischen gelehrt, Rebecca. Er brachte mir auch bei, erfolgreich zu sein, auf ein Ziel zuzugehen und es zu erreichen. Und er lehrte mich, nicht nur zu vertrauen, sondern auch, wie weit dieses Vertrauen gehen darf."

„Ich bin niemals arm gewesen, aber ich stelle es mir schrecklich vor."

„Es macht stark." Der Fahrstuhl war angekommen, und mit einem leisen Zischen öffneten sich automatisch die Türen. „Wir haben eine verschiedene Herkunft, aber glücklicherweise bewegen wir uns nun auf derselben Ebene."

Wie verschieden wir in Wirklichkeit sind, davon hast du keine Ahnung, dachte Rebecca bedrückt. Er hatte von Vertrauen gesprochen. Wie gern hätte sie ihm jetzt die Wahrheit gestanden. Gestanden, dass sie keine eleganten Partys kannte und nicht das Leben des Jetset führte, wie er von ihr annehmen musste. Ich bin eine Betrügerin, dachte sie niedergeschlagen, und wenn er es herausfindet, dann wird er mich auslachen und mich verlassen. Aber dennoch wollte sie, dass er alles erfuhr.

„Stephanos, ich möchte dir ...", begann sie fast verzweifelt, als sie den Fahrstuhl wieder verließen.

„Hallo, Stephanos, wie ich sehe, hast du wieder eine der schönsten Frauen an deiner Seite", unterbrach sie da eine leutselige Männerstimme.

„Hallo, Dimitri."

Sie blieben stehen. Rebecca sah einen Mann Ende Vierzig mit klassischen griechischen Zügen. Sein schon ergrautes Haar stand in reizvollem Gegensatz zu seiner gebräunten Haut. Er trug einen beeindruckenden Schnauzbart, und wenn er lächelte, zeigte er ebenmäßige, glänzend weiße Zähne.

„Es war sehr freundlich von dir, uns einzuladen, Stephanos, aber noch viel freundlicher wäre es, mich deiner reizvollen Begleiterin vorzustellen", sagte er lächelnd.

„Rebecca Malone – Dimitri Petropolis."

Er hatte einen festen Händedruck. „Ich freue mich, Sie kennen zu lernen, Miss Malone", begrüßte er Rebecca lächelnd. „Halb Athen ist neugierig darauf, die Frau kennen zu lernen, die mit Stephanos gekommen ist."

„Eine nette und charmante Übertreibung", meinte Rebecca lächelnd. „Athen scheint mir ziemlich arm dran zu sein, was Neuigkeiten betrifft", entgegnete sie.

Er sah sie einen Moment erstaunt an, dann lachte er breit. „Ich bin sicher, Sie werden uns mit einer Fülle von Neuigkeiten versorgen."

Stephanos schob seine Hand unter ihren Ellbogen. Er bedachte Dimitri mit einem ziemlich scharfen Blick. Rebecca verstand. Er mochte mit Dimitri über Ländereien verhandeln, aber was sie betraf, duldete er keine Konkurrenz.

„Du wirst uns einen Moment entschuldigen, Dimitri. Ich möchte Rebecca gern ein Glas Champagner anbieten."

„Oh, natürlich." Amüsiert strich sich Dimitri über den Schnauzbart und sah den beiden nach.

Als Stephanos von einer kleinen Abendgesellschaft gesprochen hatte, hätte Rebecca niemals vermutet, er hätte damit über einhundert Leute gemeint. Nachdenklich nippte sie an ihrem Champagner und hoffte nur, sie würde gerade heute nicht in ihre alte Schüchternheit zurückfallen. Oft genug hatte sie auf Partys kaum den Mund aufbekommen. Aber heute Abend soll mir das nicht passieren, versprach sie sich.

Im Laufe des Abends lernte sie Dutzende von Leuten kennen und versuchte die einzelnen Namen zu behalten, aber es war hoffnungslos. Trotzdem fühlte sie sich unter all den fremden Menschen ausgesprochen wohl. Keiner von ihnen gab ihr auch nur einmal zu verstehen, dass sie nicht zu ihnen gehörte. Sie plauderte selbstbewusst und charmant und wurde offensichtlich bewundert.

Vielleicht gab es die neue Rebecca Malone tatsächlich.

Die allgemeine Unterhaltung drehte sich um Hotels und Ferienanlagen. Rebecca fand es seltsam, dass sich so viele Menschen dieser Branche heute Abend hier befanden. Von Olivenfarmern hatte sie eigentlich überhaupt nichts gesehen.

„Du siehst so aus, als amüsiertest du dich gut“, hörte sie da Stephanos’ Stimme hinter sich und drehte sich um.

„Ja, es gibt hier so viele interessante Leute.“

„Interessant. Und ich hatte gedacht, du würdest dich hier langweilen.“

„Nein, überhaupt nicht.“ Rebecca trank den letzten Schluck Champagner und stellte das Glas beiseite. Sofort erschien ein Kellner und bot ihr ein volles an.

Stephanos sah ihr lächelnd zu, als sie es dankend annahm. „Dann bist du also gern auf Partys?“

„Manchmal. An dieser gefällt mir, dass ich einige deiner Geschäftspartner kennen lernen kann.“

Stephanos wandte den Kopf und bemerkte, dass man sie beobachtete und über sie sprach. „Sie werden über dich in den kommenden Wochen noch genug zu reden haben, habe ich den Eindruck.“ Er lachte.

Rebecca lachte ebenfalls und sah sich um. Alle Geladenen waren teuer und elegant gekleidet, und die Frauen trugen Kleider nach dem neuesten Schnitt und kostspieligen Schmuck. Hier waren die Reichen und Erfolgreichen versammelt, da gab es keinen Zweifel.

Stephanos hatte seine Gäste in den Festsaal des Hotels geladen. Dezent in Weiß und Rosé gemusterte Stofftapeten bedeckten die Wände, und der edle Parkettfußboden glänzte wie ein Spiegel. Von der Decke hing ein eindrucksvoller Kronleuchter, dessen geschliffene Kristalle prächtig funkelten. Und an den Wänden gaben vergoldete Leuchter zusätzlich sanftes Licht. Die Tische waren mit blütenweißen Damasttischtüchern gedeckt. Die Blumengestecke harmonierten mit dem wundervollen feinen Porzellan, und das silberne Besteck schimmerte im Kerzenlicht.

„Es ist wirklich ein sehr schönes Hotel", meinte Rebecca anerkennend. „Alles ist unaufdringlich elegant, und die Bedienung ist erstklassig." Sie lächelte Stephanos an. „Ich muss sagen, ich bin hin und her gerissen zwischen dem Hotel auf Korfu und diesem hier."

„Vielen Dank." Als Rebecca ihn erstaunt anblickte, lachte er leise. „Sie gehören mir."

„Was gehört dir?" Sie begriff nicht sofort.

„Die Hotels", erwiderte er lakonisch und führte sie zu Tisch.

Während der ersten Viertelstunde brachte sie so gut wie kein Wort heraus, und wenn sie etwas sagte, wusste sie schon gleich darauf nicht mehr, was es gewesen war.

An dem Tisch saßen sie zu acht. Dimitri hatte die Tischkarten so getauscht, dass er neben Rebecca sitzen konnte. Rebecca aß mit wenig Appetit, versuchte ein oberflächliches Gespräch in Gang zu halten, aber sie kam sich auf einmal unerträglich einfältig vor.

Er war nicht nur wohlhabend, sondern reich.

Was würde er von ihr denken, wenn er erfuhr, wer und was sie in Wirklichkeit war? Würde er ihr jemals wieder vertrauen? Das Essen schmeckte ihr auf einmal nicht mehr. Würde Stephanos sie für eine der Frauen halten, die es auf reiche, unverheiratete Männer abgesehen hatten? Dass sie sich ihm absichtlich aufgedrängt hatte?

Sie zwang sich, zu ihm hinüberzusehen, und bemerkte, dass sein Blick auf sie gerichtet war. Er musste sie schon eine ganze Weile beobachtet haben. Rasch spießte sie ein Stück Lammfleisch auf ihre Gabel und schob es sich in den Mund.

Warum kann er nicht ein normaler Mann sein? dachte sie mit einem Anflug von Verzweiflung. Jemand, der zum Beispiel in einem der Touristenhotels arbeitet. Warum hatte sie sich in jemanden verliebt, der in einer ganz anderen Welt lebte?

„Haben Sie uns in Gedanken bereits verlassen?"

Rebecca fuhr zusammen und sah, dass Dimitri sie anlächelte. Sie errötete. „Es tut mir Leid."

„Eine schöne Frau braucht sich niemals zu entschuldigen, wenn sie sich in ihren Gedanken verliert", meinte er charmant und tätschelte ihre Hand. Er ließ sie länger dort als notwendig. Stephanos sah stirnrunzelnd zu ihm hin, und er sah es auch. Freundlich lächelnd blickte er zurück. Es machte ihm Spaß, Stephanos ein wenig zu ärgern.

„Verraten Sie mir, wie haben Sie Stephanos kennen gelernt?" wandte er sich wieder an Rebecca.

„Wir trafen uns auf Korfu." Rebecca musste an das erste Essen mit Stephanos denken und wie schön es gewesen war.

„Ah, laue Nächte und Tage voller Sonnenschein. Sind Sie auf Urlaub hier?"

„Ja." Sie vertiefte ihr Lächeln. „Stephanos hat mir einiges von Korfu gezeigt."

„Ja, er kennt es gut, ebenso wie viele andere Inseln unserer Heimat. In ihm ist etwas von einem Zigeuner." Er sagte es freundlich, nicht herablassend.

Sie hatte es auch schon gespürt. Machte das nicht gerade einen Teil der Faszination aus, die von ihm ausging? „Kennen Sie ihn schon lange?"

„Nun, wir haben eine sehr lange dauernde geschäftliche Beziehung. Ich würde es als freundschaftliche Rivalität bezeichnen. Er hat schon ziemlich früh über umfangreichen Landbesitz verfügt." Er machte eine ausladende Handbewegung. „Und wie Sie sehen, hat er es verstanden, mehr daraus zu machen. Ich glaube, er besitzt auch in Ihrer Heimat zwei Hotels."

„Wie bitte? Dort auch?" Rebecca hob ihr Glas und trank schnell einen Schluck.

„Ja, deswegen hatte ich auch angenommen, er würde Sie von dort her kennen und Sie wären alte Freunde."

„Nein." Rebecca nickte schwach, als der Kellner den nächsten Gang servierte. „Wir kennen uns erst ein paar Tage."

„Wie immer ist Stephanos sehr schnell und von gutem Geschmack." Dimitri ergriff wieder Rebeccas Hand und bemerkte amüsiert, dass Stephanos' Gesicht sich verdüsterte. „Wo wohnen Sie in den USA?"

„In Philadelphia, im Bundesstaat Pennsylvania." Entspann dich endlich, befahl sie sich. Entspann dich und genieß den Abend. „Es liegt im Nordwesten."

Stephanos war wütend, dass Rebecca ungeniert mit einem anderen Mann flirtete. Aber er ließ sich nichts anmerken. Sie aß kaum von den verschiedenen Gängen, die aufgetragen wurden, sondern schenkte Dimitri des Öfteren ihr scheues Lächeln, das auch er so aufregend fand. Nicht ein einziges Mal zog sie ihre Hand zurück, wenn Dimitri ihre berührte, oder wich zur Seite, wenn er sich zu ihr herüberbeugte.

Stephanos konnte sogar den Duft ihres Parfüms an seinem Platz wahrnehmen, und das machte alles nur noch schlimmer. Ebenso wie ihr leises Lachen, wenn Dimitri ihr etwas ins Ohr flüsterte.

Und dann standen die beiden auf, und Dimitri führte sie zur Tanzfläche.

Stephanos saß da und versuchte seine zunehmende Eifersucht unter Kontrolle zu bekommen. Er beobachtete, wie die beiden nach der romantischen Musik tanzten. Sie tanzten sehr eng miteinander, und Rebeccas Gesicht war nur eine Handbreit von Dimitris entfernt. Stephanos wusste, wie es war, sie in den Armen zu halten und ihren Duft zu spüren, sich in ihren Augen zu verlieren und den Wunsch zu haben, die halb geöffneten Lippen zu küssen ...

Stephanos war, was seine Geschäfte und das Land betraf, sehr strikt in seinen Eigentumsbegriffen. Aber niemals hatte er diese auf Frauen übertragen. Man durfte Menschen nicht als

Besitz betrachten. Jedoch sah nur ein Dummkopf dabei zu, wenn ein anderer Mann sich an die Frau heranwagte, an die er sein Herz schon verloren hatte.

Mit einem unterdrückten Fluch stand er auf, ging auf die Tanzfläche und legte Dimitri die Hand auf die Schulter.

Dimitri begriff sofort. Er sah Rebecca bedauernd an und gab sie frei. „Also, dann bis später", sagte er zu ihr und verschwand.

Bevor Rebecca auch nur etwas sagen konnte, hatte Stephanos sie heftig in die Arme gezogen. Sie wehrte sich nicht, sondern überließ sich ohne zu überlegen seiner Führung. Vielleicht ist dies alles nur ein Traum, dachte sie. Aber wenn es einer ist, dann will ich jeden Moment genießen, bis ich aufwache.

Stephanos spürte, dass sie sich an ihn schmiegte. Ihre Wangen berührten sich, und sie spielte sanft mit seinen Haaren. Hatte sie auch so mit Dimitri getanzt? Die Antwort kannte er. Ich bin wirklich ein Dummkopf, dachte er, dass ich mich so benehme. Aber er war es gewöhnt, um etwas zu kämpfen. Warum sollte es in diesem Fall anders sein?

Am liebsten hätte er sie auf die Arme genommen und hinausgetragen, sich einen stillen, abgeschiedenen Platz gesucht und mit ihr geschlafen.

„Gefällt es dir hier?" fragte er stattdessen.

„Oh ja." Ich will jetzt nicht daran denken, wer er ist, dachte sie. Die Nacht wird schnell genug vorüber sein, und dann wird mich die Wirklichkeit wieder einholen. Sie wollte den Augenblick genießen und sich nur einfach den Gefühlen hingeben, die sie für ihn empfand. „Sogar sehr gut."

Sie hatte diese wenigen Worte in einem solch träumerischen Ton gesagt, dass es ihn wie einen Hieb traf. „Offensichtlich hast du dich blendend mit Dimitri verstanden."

„Hmm, ja. Er ist ein ausgesprochen netter Mann, finde ich."

„Und es ist dir nicht schwer gefallen, aus seinen in meine Arme zu kommen?“

Erst jetzt durchdrang der Sinn seiner letzten Sätze ihre Freude. Sie blieb stehen und sah ihn prüfend an. „Ich verstehe nicht, was du damit sagen willst, Stephanos.“

„Ich glaube, du verstehst es doch.“

Rebecca fand seine Unterstellungen so absurd, dass sie beinahe losgelacht hätte, aber ein Blick in sein verschlossenes, grimmiges Gesicht belehrte sie eines Besseren. Plötzlich empfand sie einen leichten Druck in der Magengegend.

„Falls ich dich tatsächlich richtig verstanden haben sollte, dann halte ich dich für unmöglich. Vielleicht sollten wir lieber an den Tisch zurückgehen“, erwiderte sie verärgert.

„Damit du wieder bei ihm sein kannst?“

Kaum waren die Worte heraus, bedauerte Stephanos sie schon. Es war unfair und außerdem sehr dumm, was er gesagt hatte.

Rebecca versteifte sich, und ihr Gesicht wurde ausdruckslos. „Dies ist wohl nicht der richtige Ort für derlei Diskussionen“, erwiderte sie kühl.

„Damit hast du wohl Recht.“ Er war ebenso wütend auf sich wie auf sie, als er sie von der Tanzfläche zog.

„Was soll das? Was hast du vor?“ Rebecca war inzwischen über den ersten Ärger hinweggekommen und blieb vor dem Fahrstuhl stehen. Schweigend und ohne Widerstand zu dulden, hatte Stephanos sie bis hierher gebracht.

„Ich bringe dich an einen geeigneteren Ort für unsere Diskussion!“ Damit schob er sie in den Fahrstuhl, dessen Türen sich gerade vor ihnen geöffnet hatten. Dann drückte er den Knopf.

„Du hast Gäste“, erinnerte sie ihn, aber er bedachte sie mit einem Blick, der nichts Gutes verhieß. „Ich möchte gern gefragt werden, ob ich gehen möchte, und nicht wie ein störrisches Maultier hinter dir hergezerrt werden“, fuhr sie ihn an.

Als dann der Fahrstuhl hielt und sich öffnete, streifte sie seine Hand heftig ab und betrat den Flur. Sie hatte vor, in ihre Suite zu gehen und ihm die Tür vor der Nase zuzuschlagen.

Aber sie kam nicht weit. Kaum hatte sie zwei, drei Schritte getan, war er bei ihr, und es blieb ihr keine andere Wahl, als ihm in seine Suite zu folgen, wollte sie die Situation nicht noch verschlimmern.

„Ich will nicht mit dir reden", sagte sie, als er die Tür hinter ihnen geschlossen hatte. Sie fühlte, wie sie vor Zorn zu beben begann.

Er erwiderte zunächst nichts, sondern löste seine Krawatte und öffnete dann die obersten beiden Knöpfe seines Hemdes. Als Nächstes ging er zu der Bar und schenkte zwei Gläser Cognac ein. Stephanos wusste, er verhielt sich völlig unbeherrscht, aber er konnte nichts dagegen tun. Es war eine völlig neue Erfahrung für ihn. Aber davon hat es mehrere gegeben, seit ich Rebecca kennen gelernt habe, dachte er.

Er ging zu ihr zurück und stellte ein Glas neben sie. Hin und her gerissen zwischen seinen Gefühlen, wusste er nicht, ob er sie anschreien oder vor ihr auf die Knie fallen sollte.

„Du bist mit mir nach Athen gekommen und nicht mit Dimitri oder einem anderen Mann", sagte er hart.

Rebecca wagte nicht, den Cognacschwenker zu berühren, sie fürchtete, er würde ihr aus den Händen fallen, so sehr zitterten diese.

„Ist das in Griechenland so – dass es einer Frau verboten ist, mit einem anderen Mann zu sprechen?" Seltsamerweise klang ihre Stimme klar und fest.

„Sprechen?" Stephanos sah noch immer, wie dicht Dimitris Wange neben ihrer gewesen war. Dimitri war ein erfahrener und gewandter Mann. Er entstammte der gleichen Schicht wie wohl auch Rebecca. Vor Generationen erworbenes Vermögen, behütete Kindheit und gute Erziehung. „Erlaubst du jedem

Mann, der mit dir spricht, dich in den Armen zu halten und zu berühren?“

Rebecca wurde blass. Wütend schüttelte sie den Kopf. „Was ich tue und mit wem, geht nur mich und keinen anderen etwas an.“

Stephanos nahm das Glas und trank langsam einen Schluck. „Du irrst.“

„Wenn du glaubst, du kannst über mich verfügen, nur weil ich mit dir hierher gekommen bin, dann täuschst du dich. Ich bin ein selbstständiger Mensch, Stephanos.“ Niemand hat das Recht, mir zu sagen, was ich tun soll, dachte sie verärgert. Ich treffe meine Entscheidungen selbst. Mit verstärktem Mut sah sie ihn herausfordernd an. „Ich gehöre niemandem, auch dir nicht. Niemandem. Und ich mag es nicht, wenn man mir etwas befiehlt oder mich zu etwas zwingt, das ich nicht will. Ebenso wenig mag ich es, wenn man mich drängt.“

Damit drehte sie sich um. Da fühlte sie seine Hände auf ihren Schultern und spürte seinen Atem auf ihrem Nacken.

„Du wirst nicht zu ihm zurückgehen.“

„Du würdest mich nicht davon abhalten können, wenn es das wäre, was ich wollte.“ Zornig sah sie ihn über die Schulter an. „Aber ich habe nicht die Absicht, wieder hinunterzugehen, weder zu Dimitri noch zu sonst jemandem.“ Sie riss sich los. „Du weißt ja nicht, was du sagst! Warum sollte ich wohl mit ihm zusammen sein wollen, wenn ich in dich verliebt bin?“ entfuhr es ihr.

Erst da begriff sie, was sie gerade gesagt hatte! Verlegen fuhr sie herum und versuchte sich aus seinem Griff zu befreien. „Lass mich zufrieden! Oh, lass mich zufrieden!“ rief sie aufgeregt aus.

„Glaubst du, ich könnte dich jetzt gehen lassen?“ Stephanos sah sie an und entdeckte das Verlangen in ihren Augen. „Wie lange habe ich auf diese Worte gewartet.“ Er küsste sie, bis ihr Widerstand nachließ und sie ruhig in seinen

Armen lag. „Du machst mich noch verrückt", flüsterte er ihr ins Ohr. „Egal, ob du bei mir bist oder nicht."

„Bitte." Verwirrt senkte Rebecca den Kopf. „Bitte, lass mich nachdenken."

„Nein, du darfst mich um alles bitten, nur nicht um mehr Zeit." Stephanos zog sie an sich und barg das Gesicht in ihrem Haar. „Glaubst du, ich mache mich bei jeder Frau zum Narren?"

Rebecca stöhnte auf, als seine Lippen ihren Mund berührten. „Ich kenne dich nicht, und du kennst mich nicht."

„Doch, das tue ich." Stephanos sah ihr in die Augen. „Als ich dich zum ersten Mal sah, hatte ich das Gefühl, dich schon lange zu kennen. Ich spürte ein heftiges Verlangen nach dir. Ich wollte dich besitzen."

Rebecca fühlte, dass er die Wahrheit sagte. Trotzdem schüttelte sie den Kopf. „Es geht nicht."

„Ich habe dich von Anfang an geliebt, Rebecca." Er sah, dass sie blass wurde.

„Ich will nicht, dass du etwas behauptest, das nicht stimmt oder dessen du dir nicht sicher bist."

„Aber hast du es denn nicht gefühlt, als ich dich das erste Mal küsste?"

Als er die Bestätigung in ihren Augen las, packte er sie unwillkürlich fester. Er spürte, dass ihr Herz genauso rasend schlug wie seines. „Glaub mir, Rebecca. Es kommt mir vor, als seist du wieder zu mir zurückgekehrt." Als sie den Mund öffnete, um zu antworten, hob er die Hand. „Sag nichts mehr. Ich möchte dich heute Nacht besitzen."

Als sie seine Lippen auf ihrem Mund fühlte, war Rebecca auf einmal bereit, ihm alles zu glauben. Ihre Gefühle für ihn waren stärker als ihre Vernunft.

In seiner Umarmung lag keine Zärtlichkeit. Es war, als hätten sich zwei Liebende lange nicht gesehen. Wild und leidenschaftlich umarmten sie einander, und Rebecca erwiderte

Stephanos' Liebkosungen auf eine Weise, die sie nie für denkbar gehalten hätte. Ungeduldig streifte sie ihm das Jackett von den Schultern.

Ja, er war zu ihr zurückgekommen ... Aber war es nicht verrückt, wirklich daran zu glauben? Gut, dann werde ich eben heute Nacht verrückt sein, fuhr es Rebecca durch den Sinn.

Stephanos kostete ihre Haut mit den Lippen und sog tief den betörenden Duft ein. Rebecca in den Armen zu halten trieb ihn fast zum Wahnsinn. Er genoss es, mit den Lippen und den Händen ihr Verlangen zu steigern, und ihr Stöhnen erregte ihn. Er wollte sie hilflos in seinen Armen machen, irgendetwas Primitives hatte von ihm Besitz ergriffen und ließ ihn nicht wieder los. Und Rebecca drängte sich an ihn, um ihn zu kühneren Liebkosungen zu ermuntern.

Suchend ließ Rebecca die Hand zu seinem Gürtel hinabgleiten, zog das Hemd aus der Hose und fuhr mit den Fingern unter den dünnen Stoff.

Wie schön ist es, ihn zu fühlen, dachte sie benommen, während sie unter seinen Küssen aufstöhnte.

Im nächsten Moment hob er sie hoch und trug sie zum Bett.

Sanft fiel silbriges Mondlicht durch das Fenster und tauchte das Zimmer in ein unwirkliches Licht. Aber es war kein Traum.

Eng umschlungen fielen Rebecca und Stephanos zusammen auf das Bett.

Sie wirkt so sensibel, so verletzlich, dachte Stephanos. Eigentlich hätte er ihr zeigen müssen, wie tief er für sie empfand, aber seine Leidenschaft ließ es nicht zu, behutsamer vorzugehen. Auch Rebecca schien von dieser Leidenschaft besessen zu sein. Ungeduldig begann sie sein Hemd aufzuknöpfen. Als Stephanos ihr das Kleid vom Körper streifte, wand sie sich aufreizend und herausfordernd, als könne sie es kaum erwarten, nackt vor ihm zu liegen.

Sein Mund schien überall zu sein, berührte jede Stelle ihres erhitzten Körpers. Rebecca bog sich dem Geliebten entgegen.

Sie hatte alle Bedenken und Vorbehalte vergessen und wollte Stephanos nur noch spüren. Keuchend und stöhnend umarmten sie sich voll heftiger Leidenschaft. Rebecca war bereit, Stephanos alles zu geben, was er von ihr fordern würde.

Und sie begriff, dass dies die Liebe war, die wirkliche Liebe, die nichts mehr forderte, sondern nur geben wollte. Sie klammerte sich mit beinahe verzweifeltem Verlangen an ihn.

Stephanos hatte das Empfinden, ihre Haut vibriere unter seinen Händen. Immer wieder sog er Rebeccas Duft ein, und er fühlte, dass sie jetzt bereit war, ihn zu lieben. Sie lag unter ihm, die Augen geschlossen.

Dann konnte er sein Verlangen nicht mehr beherrschen. Mit ungezügelter Leidenschaft kam er zu ihr und war so berauscht, dass er ihren kleinen Schrei kaum vernahm. Da begriff er und wollte zurück, aber sie ließ es nicht zu. Sie wurden eins und vergaßen im wilden Wirbel der Lust alles um sich herum.

Überwältigt lag Rebecca da und hielt die Augen geschlossen. Nichts und niemand hatte sie auf das vorbereitet, was sie eben in Stephanos' Armen erlebt hatte. Niemand hatte ihr gesagt, wie tief Leidenschaft und wie überwältigend Erregung sein konnten, wenn man liebte. Wenn sie es gewusst hätte, sie hätte schon vor vielen Jahren alles hinter sich gelassen und sich auf die Suche nach dem Mann ihrer Träume gemacht ...

Stephanos lag ebenfalls da und verfluchte sich insgeheim. Sie war unschuldig gewesen – so rein wie eine Quelle, und er hatte sie benutzt, genommen und ihr wehgetan.

Voller Abscheu vor sich selbst, richtete er sich auf und griff nach einem Zigarillo. Eigentlich hätte er jetzt einen Cognac gebrauchen können, aber er wagte es nicht, aufzustehen.

Die Flamme des Feuerzeugs erleuchtete die Dämmerung des Raumes wie ein Blitz. Für einen winzigen Moment war Stephanos' düsteres Gesicht sichtbar.

„Warum hast du es mir nicht erzählt, Rebecca?"

Langsam öffnete Rebecca die Augen. Sie schwamm immer noch auf einer Welle der Glückseligkeit. „Was?"

„Warum hast du mir nicht erzählt, dass du noch nie mit einem Mann zusammen gewesen bist? Dass dies ... dass ich dein erster Mann sein würde?"

Ein anklagender Unterton lag in seiner Stimme. Jetzt erst wurde Rebecca sich bewusst, dass sie völlig nackt war. Sie errötete und versuchte sich das Laken über den Körper zu ziehen. Sie hatte das Gefühl, eine kalte Dusche bekommen zu haben.

„Ich habe nicht daran gedacht", flüsterte sie.

„Du hast nicht daran gedacht?" Sein Kopf fuhr herum. „Meinst du nicht, ich hätte ein Recht darauf gehabt, es vorher zu erfahren? Glaubst du wirklich, dies wäre geschehen, wenn ich geahnt hätte, dass du noch unberührt warst?"

Rebecca hatte wirklich nicht darüber nachgedacht. Es hatte für sie einfach keine Rolle gespielt. Er war der Erste, und er würde auch der Einzige bleiben. Aber nun begriff sie schmerzlich, dass manche Männer nicht gern mit unerfahrenen Frauen schliefen. Sie empfand plötzlich tiefe Niedergeschlagenheit.

„Du hast gesagt, du liebtest mich und dass du mich begehrtest. Alles andere zählte für mich nicht."

Rebeccas Stimme zitterte, und ein Schluchzen lag darin. Stephanos konnte es nicht überhören, und er fühlte sich schrecklich schuldig.

„Doch, es zählt für mich", antwortete er gepresst, stand auf und ging in den Nebenraum, um sich nun doch noch einen Cognac einzuschenken.

Als sie allein war, atmete Rebecca bebend aus. Natürlich hatte er etwas anderes erwartet – nämlich eine erfahrene Frau. Er hatte angenommen, sie wäre erwachsen und wüsste, auf welches Spiel sie sich eingelassen hatte. Worte wie Liebe und Verlangen konnten durchaus verschiedene Bedeutung haben.

Ja, er hatte gesagt, er liebte sie, aber er hatte anscheinend etwas anderes damit gemeint als sie.

Sie hatte sich lächerlich und ihn wütend gemacht. Und sie hatte eine Affäre begonnen, die nur auf Träumen aufgebaut war.

Du hast ganz bewusst das Risiko auf dich genommen, erinnerte sie sich, als sie aufstand. Nun bezahl auch den Preis dafür.

Stephanos hatte sich inzwischen ein wenig beruhigt, auch wenn der Ärger noch nicht ganz überwunden war, als er zum Schlafzimmer zurückging. Er hatte sich vorgenommen, alles wieder gutzumachen und ihr zu zeigen, wie schön es sein konnte. Und wie schön es in einer solchen Situation sein musste. Danach würden sie sich dann unterhalten, ernsthaft und vernünftig.

„Rebecca?“

Aber als er sich im Raum umsah, fand er ihn verlassen vor.

6. KAPITEL

Rebecca war gerade dabei, ihre Kleider in ihre Reisetasche zu packen, als es an der Tür klopfte. Sie hatte sich ihren Morgenmantel übergezogen. Es klopfte noch einmal, und sie wischte sich die Tränen aus dem Gesicht, fest entschlossen, nicht zu öffnen. Noch einmal wollte sie sich nicht demütigen lassen.

„Rebecca?“ Stephanos’ Geduld war schnell erschöpft, und er schlug heftig gegen die Tür. „Rebecca, mach auf.“

Sie versuchte das laute Klopfen zu ignorieren und packte weiter. Geh, dachte sie, ich will dich nicht mehr sehen. Ich werde mir ein Taxi zum Flughafen nehmen und dann mit der nächsten Maschine abfliegen, egal wohin. Ohne dass sie es bemerkte, rannen ihr die Tränen die Wangen hinab.

Da hörte sie Holz brechen und rannte in den Flur.

So wütend wie jetzt hatte Rebecca Stephanos noch nie gesehen. Sprachlos sah sie von ihm zu dem zersplitterten Türrahmen und dann wieder zu ihm.

In diesem Moment tauchte Eleni mit schreckverzerrtem Gesicht hinter ihm auf. Sie hielt ihren Morgenmantel vor der Brust zusammen.

„Stephanos, was ist geschehen? Ist ...“

Er fuhr herum und sagte heftig ein paar Sätze auf Griechisch zu ihr. Eleni sah ihn mit großen Augen an, warf Rebecca einen verständnisvollen Blick zu und ging zu ihrem Zimmer zurück.

„Glaubst du, du kannst so einfach vor mir davonlaufen?“ Stephanos schloss die beschädigte Tür voller Schwung.

„Ich wollte ...“ Rebecca räusperte sich. „Ich wollte allein sein.“

„Mir ist es ganz egal, was du willst.“ Er wollte auf sie zugehen, blieb aber stehen, als er tiefe Furcht in ihren Augen sah. Es traf ihn wie ein Schlag. „Ich habe dich einmal gefragt, ob du Angst vor mir hättest. Jetzt weiß ich, dass du sie hast."

Rebecca stand reglos da, und ihr liefen unentwegt die Tränen die Wangen hinab. Sie wirkte wehrlos und entsetzt zugleich.

Stephanos sah sie an. „Ich werde dir nie mehr wehtun, ich verspreche es. Komm, wir gehen hinein." Er schob sie ins Wohnzimmer. „Setz dich doch."

Als sie nur stumm den Kopf schüttelte und stehen blieb, sagte er: „Aber ich werde mich setzen."

„Ich weiß, du bist wütend auf mich", begann sie. „Ich will mich auch gern entschuldigen, falls es hilft. Aber ich möchte allein sein."

Er blickte sie mit zusammengekniffenen Augen an. „Du willst dich entschuldigen? Für was?"

„Für ..." Was erwartet er denn? dachte sie gedemütigt. Sie verschränkte die Arme vor der Brust. „Für das, was geschehen ist ... dafür, dass ich es nicht vorher gesagt habe ... Nun, wofür du willst", fügte sie schließlich hilflos hinzu, als sie wieder weinen musste. „Nur lass mich allein."

„Gütiger Himmel." Stephanos strich sich müde über das Gesicht. „Ich kann mich nicht erinnern, jemals in meinem Leben so schlecht gehandelt zu haben." Er stand auf, blieb aber sofort stehen, als sie zurückwich. „Ich weiß, du willst nicht, dass ich dich anfasse. Aber vielleicht hörst du mir wenigstens zu?" Seine Stimme war rau.

„Es gibt nichts mehr zu sagen. Ich verstehe, was du empfindest, und möchte es dabei belassen."

„Ich habe dich in einer Weise behandelt, die unentschuldbar ist."

„Ich will keine Entschuldigungen hören."

„Rebecca ..."

„Ich will es nicht." Sie sprach nun mit erhobener Stimme. „Es ist allein meine Schuld." Als er einen weiteren Schritt tat, rief sie von Furcht erfüllt aus: „Nein, nein! Ich will nicht, dass du mich berührst. Ich könnte es einfach nicht ertragen!"

Langsam atmete er aus. „Du verstehst es, Salz in die Wunden zu streuen."

Aber sie schüttelte den Kopf und begann im Zimmer auf und ab zu gehen. „Am Anfang habe ich gedacht, es würde keine Rolle spielen. Ich wusste nicht, wer du warst, oder dass ich mich in dich verlieben würde. Nun aber habe ich zu lange damit gewartet und dadurch alles verdorben."

„Wovon redest du eigentlich?"

Vielleicht war es wirklich das Beste, ihm jetzt schonungslos die Wahrheit zu sagen. „Du hast einmal gesagt, du würdest mich kennen. Aber so ist es nicht, denn ich habe dich angelogen, schon vom ersten Augenblick an."

Stirnrunzelnd sah er sie an. „Wann hast du gelogen?" fragte er langsam und setzte sich wieder.

„Von Anfang an." Er las tiefes Bedauern in ihren Augen. „Außerdem habe ich heute Abend herausgefunden, dass du mehrere Hotels besitzt."

„Das war kein Geheimnis. Was hat das mit uns zu tun?" Verständnislos schaute er sie an.

„Es würde auch keine Rolle spielen, wenn ich nicht vorgegeben hätte, etwas zu sein, das ich gar nicht bin." Resigniert ließ sie die Hände sinken. „Nachdem wir miteinander geschlafen hatten, begriff ich eins: Von mir getäuscht, hattest du Gefühle für mich entwickelt, eine Frau, die es im Grunde genommen nicht gibt!"

„Aber du stehst doch vor mir, Rebecca. Du existierst."

„Nein, nicht so, wie du denkst."

Nun bereitete er sich auf das Schlimmste vor. „Was hast du denn getan? Bist du aus den USA geflohen?"

„Nein ... Ja." Rebecca lachte traurig auf. „Ja, ich bin davongelaufen. Ich komme aus Philadelphia, wie ich dir schon gesagt habe. Dort habe ich mein Leben lang gelebt. Bin dort zur

Schule gegangen und habe gearbeitet." Sie suchte in ihrem Morgenmantel nach einem Taschentuch. „Ich bin Buchhalterin."

Stephanos blickte sie an, während sie sich die Nase putzte. „Wie bitte?" fragte er verständnislos.

„Ich sagte, ich bin Buchhalterin", stieß Rebecca hervor, wandte sich ab und stellte sich mit dem Rücken zu ihm ans Fenster.

„Ich kann mir dich schwer beim Zusammenzählen von Zahlenkolonnen vorstellen, Rebecca. Aber wenn du dich hinsetzen würdest, könnten wir vielleicht darüber sprechen."

„Hörst du nicht, ich bin Buchhalterin! Bis vor einigen Wochen arbeitete ich noch als Angestellte für ‚McDowell, Jableki und Kline' in Philadelphia."

„Gut, aber was hast du denn nun getan? Kundengelder unterschlagen?"

Da konnte Rebecca nicht anders. Sie warf den Kopf in den Nacken und lachte lauthals los. „Nein, ich habe in meinem ganzen Leben noch nichts Unrechtes getan", sagte sie, nachdem sie sich wieder beruhigt hatte. „Ich habe noch nicht einmal einen Strafzettel für Falschparken erhalten. Ich habe nichts getan, was über das Normale hinausging – bis vor ein paar Wochen."

„Wie meinst du das?"

„Ich habe niemals weite Reisen unternommen, noch nie hat mir ein Mann eine Flasche Champagner an den Tisch geschickt, ich bin niemals im Mondschein am Mittelmeer mit einem Mann spazieren gegangen – und habe auch nie einen Geliebten gehabt."

Er sagte nichts, sondern blickte Rebecca nur verblüfft an.

„Ich hatte einen gut bezahlten und interessanten Job, und mein Auto war bar bezahlt. Ich hatte mein Geld gut angelegt, um im Alter versorgt zu sein. Meine Freunde kannten mich immer nur als sehr zuverlässig. Sie wussten, sie konnten auf

Rebecca zählen. Wenn sie einen Rat oder jemanden brauchten, der ihre Katze pflegte, mussten sie nicht lange überlegen. Ich kam nie zu spät zur Arbeit oder ging fünf Minuten früher zu Mittag, wie viele meiner Kollegen."

„Sehr lobenswert", war sein einziger Kommentar.

„Also genau der Typ Angestellte, den du gern einstellen würdest, kann ich mir vorstellen."

Er lachte vor sich hin, denn er hatte ganz andere Geständnisse erwartet. Er hatte mit der Existenz eines Ehemanns oder sogar mehrerer gerechnet, oder damit, dass sie vielleicht sogar wegen einer Jugendsünde einmal im Gefängnis gesessen hatte. Stattdessen erfuhr er nun von ihr, dass sie eine Buchhalterin gewesen war, die ihre Pflichten ernst nahm.

„Ich habe nicht das Bedürfnis, dich einzustellen, Rebecca."

„Du wirst deine gute Meinung über mich sowieso gleich ändern, wenn du den Rest hörst."

Stephanos schlug die Beine übereinander und lehnte sich zurück. „Ich kann es kaum erwarten, wenn ich ehrlich bin."

„Meine Tante starb unerwartet vor ungefähr drei Monaten."

„Das tut mir Leid. Ich weiß, wie es ist, wenn man jemanden verliert, der einem nahe steht."

„Sie war meine einzige Verwandte." Rebecca stieß die Balkontüren auf. Gleich darauf erfüllte die laue, würzige Nachtluft den Raum. „Ich konnte anfangs nicht begreifen, dass sie plötzlich nicht mehr da war. Es kam so ohne jede Vorwarnung, weißt du? Aber es blieb mir nichts anderes übrig, trotz meines Kummers alles in die Hand zu nehmen – die Beerdigung, die Regelung der Erbschaftsangelegenheiten. Tante Jeannie war zeitlebens ein ordentlicher und nüchterner Mensch gewesen. So fand ich alles an seinem Platz. Man hat mich übrigens oft mit meiner Tante verglichen."

Da Stephanos merkte, dass sie noch nicht fertig war, sagte er nichts, sondern sah sie interessiert weiter an.

„Aber schon sehr bald nach ihrem Tod geschah etwas Seltsames mit mir. Eines Tages dachte ich über mein Leben nach und fand es schrecklich langweilig." Sie strich sich eine Haarsträhne aus dem Gesicht. „Ich war eine korrekte und fleißige Angestellte, wie meine Tante es gewesen war, besaß etwas Geld und hatte eine Reihe guter Freunde. Ich sah in die Zukunft und wusste, selbst in zehn, zwanzig Jahren würde mein Leben noch immer so aussehen wie heute. Da konnte ich es nicht mehr ertragen."

Sie drehte sich wieder zu ihm um. Die leichte Brise erfasste den hauchdünnen Stoff des Morgenmantels und wehte ihn um ihre Beine. „Ich kündigte und verkaufte alles."

„Du hast alles verkauft?" fragte er ungläubig.

„Ja, alles, was ich besaß – mein Auto, meine Wohnung, Möbel, Bücher, Geschirr. Alles. Ich wechselte den Erlös in Reiseschecks ein, ebenso wie das kleine Erbe, das ich von meiner Tante bekommen hatte. Es waren Tausende von Dollars. Für dich mag es keine große Summe sein, aber ich hatte mir nie vorstellen können, jemals frei über so viel Geld verfügen zu dürfen."

„Warte einmal." Stephanos hob die Hand, weil er nicht sicher war, alles richtig verstanden zu haben. „Du willst mir erzählen, du hast alles, was du besessen hast, zu Geld gemacht? Wirklich alles?"

Rebecca war sich noch niemals dümmer vorgekommen, aber sie sah ihn trotzig an. „Ja, bis hin zu meinen Kaffeetassen."

„Erstaunlich", sagte er leise vor sich hin.

„Ich kaufte mir neue Kleider, neue Koffer und flog nach London. Erster Klasse. Ich hatte nie zuvor in einem Flugzeug gesessen."

„Du warst noch nie geflogen und hast gleich einen Transatlantikflug gebucht?"

Sie hörte nicht die Bewunderung in seiner Stimme, sondern für sie klang es wie Belustigung. „Ja, ich wollte einmal etwas anderes sehen als das Gewohnte. Jemand anderer sein. So stieg ich im ‚Ritz' ab. Danach flog ich weiter nach Paris, um mir die Haare schneiden zu lassen."

„Du bist zum Haareschneiden nach Paris geflogen?" Er konnte es nicht fassen, hütete sich aber zu lächeln.

„Ich hatte von einem berühmten Haarstylisten gehört, und so flog ich eben hin." In Philadelphia war sie ihr Leben lang zu derselben Friseuse gegangen, aber das brauchte er ja nicht zu wissen. Sicher würde es ihn auch nicht sonderlich interessieren. „Anschließend flog ich direkt hierher nach Griechenland. Und traf dich. Wir lernten uns kennen, und ich ließ den Dingen einfach ihren Lauf." Tränen stiegen ihr in die Augen. „Du warst so interessant, und ich fühlte mich gleich zu dir hingezogen. Du schienst dich auch für mich zu interessieren – zumindest für die, für die du mich hieltest. Ich hatte noch nie eine Liebschaft. Noch nie hat mich ein Mann so angesehen wie du."

Stephanos überlegte sich seine Worte sehr gut, ehe er sprach. „Willst du ausdrücken, ich sei für dich so etwas wie ein Abenteuer gewesen – ähnlich wie dein spontaner Flug nach Paris zum Haareschneiden?"

Sie würde ihm niemals erklären können, was er ihr wirklich bedeutete. „Erklärungen und Entschuldigungen spielen in diesem Augenblick keine Rolle mehr. Aber es tut mir Leid, Stephanos. Es tut mir alles sehr Leid."

Stephanos sah nicht die Tränen in ihren Augen, er hörte nur ihr Bedauern. „Willst du dich dafür entschuldigen, dass du mit mir geschlafen hast, Rebecca?" fragte er langsam.

„Ich entschuldige mich für alles, was du willst. Ich wollte, ich könnte wieder gutmachen, was ich getan habe. Mir fällt aber nicht ein, wie. Es sei denn, ich stürzte mich aus diesem Fenster."

„Ich glaube nicht, dass du zu solch drastischen Mitteln greifen musst. Es würde vielleicht reichen, wenn du dich für eine Weile ruhig hinsetzen würdest."

Rebecca schüttelte den Kopf und blieb stehen, wo sie war. „Ich kann heute Abend nicht mehr weiter darüber sprechen, Stephanos. Es tut mir Leid. Du hast ein Recht, böse auf mich zu sein."

Er stand ungeduldig auf. Dann sah er, dass Rebecca blass war und verletzlich wirkte. Ich habe sie vorher nicht anständig behandelt, dachte er betroffen, ich sollte es wenigstens jetzt tun.

„Gut, dann morgen, wenn du dich ausgeruht hast." Er wollte schon auf sie zugehen, unterließ es dann aber doch. Es würde Zeit brauchen, wenn er ihr beweisen wollte, dass es auch andere Wege gab, jemanden zu lieben. Zeit, um sie zu überzeugen, dass Liebe mehr als ein Abenteuer sein konnte. „Du sollst wissen, dass es mir Leid tut, was heute Abend geschehen ist. Aber auch darüber können wir morgen sprechen." Obwohl er ihr am liebsten über die blasse Wange gestrichen hätte, tat er es nicht. „Ruh dich aus."

Seine Fürsorglichkeit tat ihr weh. Sie nickte nur stumm.

Stephanos ging und machte vorsichtig die beschädigte Tür hinter sich zu.

Seine Worte klangen ihr noch lange in den Ohren. Er bedauerte alles, was heute Abend geschehen war. Also auch, dass er mit ihr geschlafen hatte.

Sie konnte jetzt tatsächlich nur noch eins tun. Aus seinem Leben verschwinden.

Natürlich lag es an ihr. Rebecca hatte mindestens ein halbes Dutzend viel versprechender Anzeigen gefunden, aber nicht eine einzige davon hatte sie ernsthaft interessiert. Wie konnte sie auch? In den vergangenen zwei Wochen hatte sie nur an eines denken können ... Stephanos. Unlustig unterstrich sie dennoch die entsprechenden Anzeigen.

Was mochte er empfunden haben, als er zurückgekommen war und sie nicht mehr vorgefunden hatte?

Missmutig schaute sie hinaus aus dem Fenster ihrer kleinen Mietwohnung. Sie hatte sich die ganzen Tage vorgestellt, er würde fieberhaft nach ihr suchen und dabei keine Kosten scheuen. Aber die Wirklichkeit ist leider nicht so romantisch, sagte sie sich seufzend. Bestimmt war er erleichtert, dass sie von sich aus das Weite gesucht hatte und wieder aus seinem Leben verschwunden war.

Und nun war es an der Zeit, wieder Ordnung in ihr Leben zu bringen.

Das Wichtigste, eine Wohnung, besaß sie bereits. Es war ein hübsches Zweizimmerapartment mit einem kleinen Garten. Es gefiel ihr besser als ihre alte Wohnung, die in einem Neubau im fünften Stock gelegen hatte.

Dieses Apartment lag zwar schon fast außerhalb der Stadt, aber sie konnte hier am Morgen die Vögel singen hören. Es gab einen wundervollen Ausblick auf alte Eichen und grüne Ahornbäume. Zudem konnte sie in ihrem Garten Blumen pflanzen und ein wenig Gemüse ziehen.

Rebecca hatte sich auch ein paar Möbel gekauft, wobei es sich wirklich nur um wenige handelte. Ein Bett, ein schöner, alter Tisch und ein Stuhl. Schränke hatte sie nicht zu kaufen brauchen, da es in der Wohnung Einbauschränke gab.

Früher hatte sie sich eine ganze Wohnungseinrichtung auf einmal gekauft, inklusive Vorhänge. Aber nun tat sie das, was sie sich früher immer heimlich gewünscht hatte – ein schönes Stück für die Wohnung zu suchen und dann zu kaufen. Und nicht, weil es haltbar und praktisch war, sondern weil es ihr gefiel.

Es hatte sich viel geändert in ihrem Leben – und auch sie hatte sich verändert. Sogar die Haare trug sie jetzt anders als früher. Unwillkürlich fuhr ihre Hand hinauf zu ihrem Kopf. Rebecca würde niemals mehr die Frau sein, die sie noch vor so kurzer Zeit gewesen war ...

Oder vielleicht anders ausgedrückt – sie würde die Frau

sein, die sie eigentlich immer gewesen war, die sie aber nie hatte annehmen wollen.

Aber warum sitze ich dann hier und kreise Anzeigen ein, die mich eigentlich nicht interessieren, fragte sie sich selbstkritisch. Warum plane ich eine Zukunft, die ich mir gar nicht wünsche? Vielleicht würde sie nie den Mann bekommen, den sie sich so sehr erträumte. Es würde keine Picknicks unter Olivenbäumen, keine romantischen Spaziergänge und keine Nächte voller Leidenschaft mehr geben. Aber sie hatte immer noch ihre Erinnerungen – und ihre Träume. Es würde kein Bedauern geben, was Stephanos betraf. Nicht jetzt und auch nicht in der Zukunft.

Sie war stärker als früher, sicherer und freier. Und das Wichtigste war, sie hatte es alles allein geschafft!

Rebecca lehnte sich im Stuhl zurück. Nichts reizte sie weniger, als wieder ins Büro zu gehen und Zahlenkolonnen zu addieren, Gewinn und Verlust auszurechnen.

Ich werde es auch nicht, dachte sie plötzlich entschlossen. Sie würde sich nicht auf die Jagd nach einem guten Job und ihre Karriere von anderen abhängig machen. Nein, sie würde selbst eine Firma eröffnen. Natürlich würde es eine sehr kleine sein, zumindest am Anfang. Warum nicht? Sie hatte die Kenntnisse und die nötige Erfahrung – und auch den Mut dazu.

Es würde nicht einfach sein. Und riskant. All ihr verbliebenes Geld würde gerade für das Anmieten des Büros, dessen Einrichtung und Anzeigen reichen.

Voller Begeisterung sprang sie auf und suchte nach einem Notizblock. Sie wollte zuerst eine Liste aufstellen. Nicht nur von den Dingen, die sie erledigen musste, sondern auch derjenigen, die sie anrufen wollte. Sie überlegte sogar, ob sie sich an ihre früheren Arbeitgeber wenden sollte. Es bestand eine winzige Chance, dass man sie an Kunden empfehlen würden, um sie nicht abweisen zu müssen.

Es klopfte an der Tür.

„Einen Augenblick, bitte." Rasch kritzelte sie ihren letzten Gedanken auf den Block, dann eilte sie zur Tür und öffnete.

Es war Stephanos.

Noch ehe Rebecca sich von ihrer Überraschung erholt hatte und etwas sagen konnte, hatte er sie zur Seite gedrängt und die Tür hinter sich zugeschlagen.

„Was hattest du eigentlich vor?" Zornig sah er sie an. „Wolltest du mich zum Wahnsinn treiben, oder hast du dir nichts dabei gedacht?"

„Ich ... ich ..." Rebecca kam erst gar nicht dazu, nach den richtigen Worten zu suchen. Er riss sie einfach in die Arme, und dann fühlte sie seine Lippen auf ihrem Mund. Es war kein sanfter, sondern ein harter, fordernder Kuss. Rebecca ließ den Block zu Boden fallen und schlang die Arme um seinen Hals, ohne lange zu überlegen. Aber da schob Stephanos sie auch schon wieder unsanft von sich.

„Was für ein Spiel spielst du eigentlich, Rebecca?" fragte er böse, nachdem er sich wieder von ihr gelöst hatte, und begann im Raum auf und ab zu wandern. Er war unrasiert, seine Kleidung war zerknittert – und doch war es der schönste Anblick, den Rebecca sich vorstellen konnte.

„Stephanos, ich ..."

„Ich habe zwei Wochen und sehr viel Mühe aufgewandt, um dich zu finden", unterbrach er sie. „Ich dachte, wir hätten vereinbart, uns noch einmal zu unterhalten. Ich war ziemlich überrascht, als ich erfuhr, dass du nicht nur Griechenland, sondern sogar Europa wieder verlassen hattest." Er fuhr herum und sah sie scharf an. „Warum?"

Rebecca hatte Mühe, ihm zu antworten. „Weil ... weil ich es für das Beste hielt zu gehen", sagte sie schließlich.

„So, das dachtest du?" Er trat einen Schritt auf sie zu und wirkte sehr zornig. „Für wen denn?"

„Für dich. Für uns beide." Rebecca ertappte sich dabei, dass sie nervös mit den Aufschlägen ihres Morgenmantels spielte, und ließ die Hände sinken. „Ich wusste, du warst böse auf mich, weil ich dich angelogen hatte. Du hattest es längst bereut, dich mit mir eingelassen zu haben. Deswegen war ich sicher, es wäre besser für uns, wenn ich ..."

„Davonliefe?"

Sie hob trotzig das Kinn. „Gehen würde."

„Du hast gesagt, du liebtest mich."

Rebecca schluckte. „Ich weiß."

„War auch das eine Lüge?"

„Bitte nicht", flüsterte sie und sah ihn flehentlich an. „Stephanos, ich habe nicht mehr damit gerechnet, dich jemals wieder zu sehen. Ich bin gerade dabei, etwas aus meinem Leben zu machen, etwas, das nicht nur vernünftig ist, sondern mich auch zufrieden und glücklich machen kann. In Griechenland war ich ebenfalls glücklich, aber ich habe nicht darüber nachgedacht, ob es richtig war, was ich tat. Die Zeit mit dir war ..."

„War was?"

Rebecca drehte sich wieder zu ihm herum. Ihr war zu Mute, als hätte es die vergangenen zwei Wochen überhaupt nicht gegeben. Wieder stand sie vor ihm und versuchte zu erklären, was so schwer zu erklären war.

„Es war das Schönste, das Wichtigste und das Kostbarste, was ich je erfahren habe. Ich werde es niemals vergessen, Stephanos. Und ich werde für diese wenigen Tage immer dankbar sein."

„Dankbar." Er wusste nicht, ob er wütend sein oder lachen sollte. Er trat zu ihr und nahm ihr Gesicht in beide Hände. „Dankbar wofür? Dafür, dass ich mit dir geschlafen habe? Eine schnelle und kurze Affäre ohne jede Folgen?"

„Nein." Sie sah ihm ins Gesicht. „Bist du den weiten Weg hierher gekommen, damit ich mich noch schuldiger fühle?"

„Ich bin hierher gekommen, weil ich das zu Ende führen will, was ich angefangen habe, Rebecca."

„In Ordnung", sagte sie und holte tief Luft. „Wenn du mich

jetzt loslässt, dann können wir miteinander reden. Möchtest du einen Kaffee?"

„Hast du dir neues Kaffeegeschirr gekauft?"

„Ja." War das Humor, was sie in seinen Augen las? „Aber ich habe nur einen Stuhl. Du kannst dich ja darauf setzen, während ich in die Küche gehe und Kaffee koche."

Er nahm ihren Arm. „Ich will keinen Kaffee, ich will keinen Stuhl und auch keine nette Unterhaltung."

Rebecca seufzte. „Also gut, Stephanos. Was willst du?"

„Dich. Ich dachte, das hätte ich hinreichend klargemacht." Er sah sich in dem Zimmer um. „Ist es das, was du möchtest? Ein paar Räume, in denen du allein lebst?"

„Ich will das Beste aus meinem Leben machen. Ich habe mich bereits bei dir entschuldigt. Mir ist klar, dass ich dich ..."

„... betrogen habe", vollendete er ihren Satz. Dann hob er den Zeigefinger. „Diesen Punkt wollte ich geklärt haben. In welchem Punkt hast du mich getäuscht?"

„Dadurch, dass ich dich habe glauben lassen, ich sei jemand, der ich gar nicht war."

„Du bist keine schöne, interessante Frau? Keine leidenschaftliche Frau?" Erstaunt sah er sie an. „Rebecca, ich bin kein unerfahrener Teenager. Ich glaube einfach nicht, dass du mich in jener Beziehung so sehr hättest täuschen können."

Er will mich absichtlich durcheinander bringen, dachte Rebecca. „Ich habe dir doch gesagt, was ich getan habe."

„Was du getan hast – und wie du es getan hast." Bei den letzten Worten hob er wieder die Hand und begann ihren Hals zu streicheln. Sein Zorn hatte ihre Knie nicht zum Zittern gebracht, aber nun fühlte sie, wie sie bebten. „Du bist nach Paris geflogen, um dir die Haare schneiden zu lassen. Du hast deinen sicheren Job aufgegeben, um fortan dein Leben zu genießen. Du hast mich fasziniert." Er küsste sie und zog sie an sich. „Meinst du, es wäre dein bisheriges Leben gewesen, das mich an dir so fasziniert hat?"

„Du warst böse auf mich."

„Ja, böse, weil ich annahm, ich wäre nur ein Teil deines Experiments gewesen. Und nicht nur böse, sondern fürchterlich wütend, kann ich dir sagen." Noch einmal küsste er sie leidenschaftlich und fordernd. „Wütend, weil ich nur benutzt werden sollte. Soll ich dir sagen, wie wütend? Ich konnte die letzten zwei Wochen nicht arbeiten, nicht denken, weil ich dich überall vor mir sah – und dich doch nirgendwo finden konnte!"

„Ich musste gehen." Rebecca schob ihre Finger unter sein Hemd. Sie wollte ihn nur noch einmal spüren, ihn berühren. „Als du sagtest, du bedauertest es, mit mir geschlafen zu haben ..." Da erst bemerkte sie, was sie tat, und trat hastig einen Schritt zurück.

Er schaute sie einen Moment wortlos an, dann fluchte er leise vor sich hin und ging wieder rastlos auf und ab. „Ich hätte nie gedacht, dass ich mich jemals so dumm benehmen könnte. Ich habe dich in jener Nacht in einer ganz anderen Weise verletzt, als ich selbst angenommen hatte. Und dann verhielt ich mich weniger diplomatisch als bei einem meiner unwichtigsten Geschäfte." Er sprach nicht weiter. Zum ersten Mal sah Rebecca, wie abgespannt er aussah.

„Du siehst müde aus. Komm, setz dich. Ich werde dir etwas zu essen und zu trinken bringen."

Einen Moment lang presste er die Finger auf die Augen. „Du hast mich schwach gemacht, Rebecca. Und du hast mir gezeigt, dass ich doch nicht der Mann bin, der keinen Fehler mehr begeht. Ich bin erstaunt, dass du mir überhaupt noch gestattest, einen Fuß in deine Wohnung zu setzen. Du hättest eher ..." Er brach ab, weil sein Zorn auf einmal verraucht war. Alles, was er jemals im Leben wirklich brauchte, las er in ihren Augen. Ein Mann bekommt nicht oft so viele Chancen, glücklich zu werden, dachte er.

„Rebecca, ich habe niemals bedauert, mit dir geschlafen

zu haben. Es war nur die Art, wie es geschehen ist. Zu viel Verlangen und zu wenig Verständnis für dich. Ich werde es immer bedauern, dass es beim ersten Mal zu viel Hitze, aber keine Wärme gegeben hat." Er nahm ihre Hand und küsste sie zart.

„Für mich war es wundervoll, Stephanos."

„In gewisser Weise, ja." Sie ist immer noch so unschuldig, dachte er. Noch immer so großzügig und bereit zu vergeben. „Ich war weder geduldig noch zärtlich zu dir, so wie jede Frau es beim ersten Mal erwarten darf."

Rebecca spürte Hoffnung in sich aufsteigen. „Das hat mir nichts ausgemacht."

„Aber es ist wichtig, wichtiger, als ich dir zu sagen vermag. Nachdem du mir alles gesagt hattest, zählte es sogar noch viel mehr. Wenn ich getan hätte, was ich eigentlich hatte tun wollen, dann wärest du nicht fortgegangen. Aber ich dachte, du brauchtest mehr Zeit, bevor ich dich wieder berühren durfte." Er küsste ihre Fingerspitzen. „Lass mich dir jetzt zeigen, was ich dir damals zeigen wollte." Stephanos sah ihr tief in die Augen. „Willst du?"

„Ja." Es gab für sie nun keine andere Antwort mehr.

Stephanos nahm sie auf die Arme. „Vertraust du mir?" fragte er rau.

„Ja."

„Rebecca, ich möchte dich noch etwas fragen ..."

„Was denn?"

„Hast du ein Bett?"

Rebecca fühlte, wie ihr das Blut ins Gesicht stieg, obwohl sie lachen musste. „Dort drüben, in dem Zimmer."

Stephanos trug Rebecca langsam ins andere Zimmer. Die Sonne schien auf das Bett, als er sie langsam daraufgleiten ließ und sich zu Rebecca legte. Und dann küsste er sie – sanft und voller Zärtlichkeit. Rebecca lag nur da und genoss es, endlich wieder seine erregenden Liebkosungen zu spüren.

Sie hatte mit ihm die Verzweiflung erlebt, die die Liebe mit sich bringen konnte, und auch die Hitze der Leidenschaft. Aber nun zeigte er ihr, was Liebe noch bedeutete.

Und sie stand ihm in nichts nach.

Stephanos hatte geglaubt, er würde sie lehren, nicht er selbst etwas lernen müssen. Aber er lernte etwas, und ihr Verlangen war so stark wie beim ersten Mal. Diesmal ließen sie sich jedoch Zeit.

Rebecca atmete heftiger, als sie nackt nebeneinander lagen. Sie verstand nun und fühlte sich stark und sicher. Sie zitterte, aber es war keine Furcht, sondern die Erwartung, die sie zittern ließ. Unter seinen erregenden Liebkosungen bog sie sich ihm entgegen. Als er dann mit den Lippen ihre Knospen umschloss, stöhnte sie auf.

Stephanos tat alles, um ihre Erregung zu steigern und ihr Verlangen zu schüren, bis sie seinen Namen rief und sich unter seinen Händen aufbäumte.

Stephanos kam zu ihr und fühlte, wie ein Beben über ihren Leib lief. „Sag mir, dass du mich liebst. Sieh mich an und sag es mir", flüsterte er heiser.

Rebecca öffnete die Augen. Sie vermochte kaum zu atmen, als sie sich im selben Rhythmus zu bewegen begannen, so als seien sie eins. Sie sah ihm in die Augen und hatte das Gefühl, sich darin zu verlieren.

„Ich liebe dich, Stephanos."

Dann hatte sie das Gefühl zu fallen, immer schneller und immer tiefer, hinab bis auf den tiefsten Grund und wieder bis in die höchsten Höhen. Und er war immer bei ihr ...

Schließlich lagen sie still und schwer atmend da. Stephanos streichelte Rebeccas Haar und fühlte langsam seine Erregung abflauen. Sie war unschuldig, und dennoch hatte sie in ihm eine Leidenschaft erweckt, wie er sie noch bei keiner Frau erlebt hatte. Aber es war mehr als Leidenschaft, er war eins mit ihr in Körper und Herz gewesen.

„Wir haben dies alles schon einmal erlebt“, flüsterte er. „Fühlst du das auch?“

Sie nahm seine Hand und spielte damit. „Ich habe niemals an so etwas geglaubt – bis ich dich kennen lernte. Wenn ich mit dir zusammen bin, habe ich das Gefühl, ich erinnere mich an etwas, das weit zurückliegt.“ Sie hob den Kopf und sah ihn an. „Ich kann es mir nicht erklären.“

„Vielleicht sollte man gar nicht versuchen, alles zu erklären. Ich liebe dich, Rebecca, und das ist genug für mich.“

Sie strich ihm zart über die Wange. „Ich möchte nicht, dass du etwas sagst, das du nicht empfindest“, meinte sie unsicher.

„Wie kann eine Frau einerseits so klug und zugleich so dumm sein?“ Stephanos schüttelte in gespielter Verzweiflung den Kopf und rollte sich dann auf sie. „Kein Mann fliegt von einem Kontinent zum anderen, um eine Frau zu suchen, damit er mit ihr schlafen kann – und sei es auch noch so schön. Ich liebe dich wirklich. Und auch wenn es mich für eine gewisse Zeit ziemlich verwirrt hat, so habe ich mich doch inzwischen daran gewöhnt.“

„Verwirrt?“

„Nun ja, ich habe mich all die Jahre für einen Mann gehalten, der wirklich frei ist. Doch dann kommt eine Frau daher, die all ihren Besitz verkauft und ihren guten Job aufgibt, nur um auf Korfu Fotos von wilden Bergziegen zu machen.“

„Ich habe nicht vor, mich in dein Leben einzumischen.“

„Du hast es bereits getan.“ Stephanos lächelte, als sie sich ihm zu entziehen versuchte. „Die Ehe schafft, verglichen mit dem Junggesellenleben, eine gewisse Unfreiheit, aber sie gibt auch viele neue Freiheiten.“

„Was soll das heißen?“

„Ich möchte, dass du meine Frau wirst, und zwar sehr bald. Am liebsten sofort.“

„Ich habe nie gesagt, dass ich dich heiraten will.“

„Nein, aber du wirst es.“ Er begann sie wieder zu streicheln. „Ich kann sehr überzeugend sein.“

„Ich brauche Zeit zum Nachdenken“, brachte sie mühsam hervor, weil sie erneut diese süße Erregung spürte. „Stephanos, die Ehe ist eine ernsthafte Angelegenheit.“

„Der Meinung bin ich auch. Tödlich ernst.“ Er zwinkerte ihr zu. „Vielleicht sollte ich dich warnen. Ich habe nämlich beschlossen, jeden Mann umzubringen, der dich länger als zwanzig Sekunden lang ununterbrochen ansieht.“

„Wirklich?“ Rebecca lachte.

Stephanos sah sie mit einem Lächeln an, das ihr Herz schneller schlagen ließ. „Ich kann dich nicht wieder gehen lassen. Ich kann und will es nicht. Komm mit mir zurück. Heirate mich, Rebecca.“

„Stephanos ...“

Er legte ihr den Zeigefinger auf die Lippen. „Ich weiß, um was ich dich bitte. Du hast bereits Pläne für ein neues Leben gemacht. Wir sind nur einige wenige Tage zusammen gewesen, aber ich kann dich glücklich machen. Ich kann dir auch versprechen, dass ich dich mein Leben lang lieben werde. Ich schwöre dir, du wirst es niemals bereuen.“

Sie küsste ihn sanft. „Ich habe mich immer gefragt, was ich finden werde, wenn ich einmal wirklich meine Augen aufmache. Ich habe dich gefunden, Stephanos.“ Sie lachte glücklich auf und schlang die Arme um ihn. „Wann reisen wir ab?“

– ENDE –

Nora Roberts

Die Geliebte des Malers

Roman

Aus dem Amerikanischen von
Andrea Schwinn

Weltbild

1. KAPITEL

Alice stand da und wartete geduldig. Mrs. Sommerson, Stammkundin in „The Best Boutique“, nahm nun bereits das dritte Kleid hastig vom Bügel, hielt es hoch, betrachtete es einen Moment kritisch und übergab es ihr dann unzufrieden.

„Das wird wahrscheinlich auch nicht passen“, murmelte sie dabei und sah währenddessen nach einem dunkelblauen Leinenkleid. Interessiert holte sie es hervor, überlegte eine Sekunde, dann landete auch das schöne Stück in Alices Armen. Tapfer versuchte diese, nicht die Geduld zu verlieren.

Sie war nun schon seit drei Monaten in „The Best Boutique“ als Verkäuferin angestellt, und ihrer Meinung nach hatte sie inzwischen eine Menge gelernt. Am schwersten war es ihr gefallen, Geduld zu haben, auch wenn das manchmal nicht ganz einfach war – wie bei Mrs. Sommerson zum Beispiel.

Pflichtschuldig folgte sie der vollschlanken Mrs. Sommerson zum nächsten Kleiderständer. Inzwischen spürte sie das Gewicht der Kleider auf dem Arm. Sie wechselte zum linken hinüber und kam zu dem Schluss, dass nun bald der Punkt erreicht wäre, an dem sie das mühsam Erlernte vergessen und die Geduld verlieren würde.

„Ich werde dies hier auf jeden Fall mal anprobieren“, verkündete Mrs. Sommerson endlich und begab sich in die Umkleidekabine.

Leise vor sich hin schimpfend, machte sich Alice daran, die verschmähten Kleider an ihren Platz zurückzuhängen.

Zwischendurch steckte sie eine Haarnadel fest, die sich aus der Frisur löste. Ihre Chefin, Julia Wilson, die Besitzerin der Boutique, liebte Ordnung über alles. Sie gestattete es daher keiner ihrer Angestellten, das Haar während der Arbeitszeit offen zu tragen.

Dass wir alle sauber und ordentlich aussehen sollen, dagegen ist ja nichts zu sagen, seufzte Alice im Stillen. Aber muss man deshalb auch fantasielos daherkommen?

Sie schüttelte den Kopf über Mrs. Wilson, während sie das dunkelblaue Leinenkleid auf den Bügel zurückhängte. Leider war Alice eher unordentlich, dazu besaß sie eine Menge Fantasie und legte keinen Wert auf ein streng wirkendes Äußeres.

Ihr Haar schien wie ein Spiegel ihrer Persönlichkeit. Seine Schattierungen reichten von zartem Goldblond bis hin zu einem satten, kräftigen Braun. Sie trug es lang, und es war kräftig. Deshalb widersetzte es sich allen Bändigungsversuchen, wie etwa durch Haarnadeln, erfolgreich. Alice störte das nicht, aber Mrs. Wilson umso mehr.

Alices frisches, natürliches Aussehen hatte vor allem dazu beigetragen, dass sie diese Stelle erhalten hatte. Berufserfahrung konnte sie nämlich nicht vorweisen. Aber Mrs. Wilson hatte sofort erkannt, dass Alices Erscheinung ein gutes Aushängeschild für ihre Kollektion abgeben würde. Sie hoffte, dass Alices Figur – sie war schlank und groß – anregend auf die Kundinnen wirkte und deren Kauflust anstachelte.

Auch Alices Gesicht hatte Mrs. Wilson gefallen. Sie ging zwar nicht so weit zu behaupten, sie sei schön – das hätte der weibliche Neid wohl auch nicht zugelassen –, aber sie fand Alices Gesicht auf jeden Fall interessant.

Alice hatte ein klares Profil, hübsch geschwungene Brauen und veilchenblaue Augen, die in ihrem schmalen Gesicht beinahe übergroß wirkten.

Für Mrs. Wilson waren zwar Alices Gesicht, ihre Figur und die wohltönende Stimme ausschlaggebend für die Einstellung gewesen, aber sie bestand darauf, dass sie das Haar aufsteckte. Ihrer Meinung nach verlieh nämlich offenes, ungebändigtes Haar selbst feinen aristokratischen Zügen etwas Alltägliches, ja fast Gewöhnliches.

Sie fand auch Gefallen an Alices jugendlicher Lebensfreude, ihrer Intelligenz und ihrer Energie. Aber schon bald nach der Einstellung kam sie widerstrebend zu der Erkenntnis, dass Alice doch nicht ganz so fügsam war, wie sie es sich eigentlich, schon mit Hinblick auf ihre Jugend, erhofft hatte.

Nach ihrer Auffassung hatte Alice einen etwas unglücklichen Hang zu vergessen, wo sie sich befand. Mehr als einmal hatte sie Alice dabei ertappt, wie sie Kunden ungehörige Fragen stellte oder ungebetene Ratschläge erteilte. Von Zeit zu Zeit pflegte sie selbstvergessen vor sich hin zu lächeln. Dann dachte sie wohl gerade an etwas sehr Amüsantes, und oft, viel zu oft, verlor sie sich in Tagträumereien.

Mrs. Wilson waren daher inzwischen ernsthafte Zweifel gekommen, ob sie Alice St. John wirklich als Gewinn für die Boutique ansehen sollte.

Alice hatte inzwischen die von Mrs. Sommerson abgelehnten Kleider wieder an ihren Platz gehängt und bezog nun Posten vor der Umkleidekabine. Aus dem Inneren vernahm sie das Rascheln von Stoff. Wie so oft, wenn sie Gelegenheit dazu hatte, ließ sie die Gedanken auf Wanderschaft gehen.

Im Moment drehten sie sich um das Manuskript, das aufgeschlagen auf Alices Schreibtisch in ihrer Wohnung lag und dort auf sie wartete.

Soweit sie sich zurückerinnern konnte, war die Schriftstellerei ihr Traum gewesen. Sie hatte deshalb sogar angefangen, Literatur zu studieren, um sich ernsthaft mit der Materie auseinander zu setzen. Aber das war nur unter erheblichen Schwierigkeiten möglich gewesen, denn mit neunzehn Jahren hatte sie plötzlich allein gestanden, ohne Familie und mit nur wenig Geld. Um ihr Studium finanzieren zu können, hatte sie verschiedene Jobs angenommen. So war ihr zwischen Ausbildung und Berufstätigkeit nur wenig Zeit geblieben, und diese hatte sie für die Arbeit an ihrem ersten Roman verwendet.

Für Alice bedeutete das Schreiben nicht Beruf, sondern Berufung. Ihre ganzen Wünsche hatten sich seit frühester Jugend darauf gerichtet, und da blieb ihr nur wenig Zeit für irgendwelche anderen Dinge. Sie liebte die Menschen, aber sie hatte kaum Umgang mit Freunden oder Bekannten. Sie schrieb von komplizierten Beziehungen, aber ihre Kenntnisse darüber stammten meist aus zweiter

Hand. Was ihren Versuchen Qualität verlieh, waren ihr ausgezeichnetes Beobachtungsvermögen und die überraschende Gefühlstiefe, die in den Erzählungen, die sie schrieb, zum Ausdruck kam.

Vor einem Jahr hatte sie ihr Studium beendet, nun arbeitete sie hier in der Boutique, um die Miete für ihre Wohnung bezahlen zu können. Mit ihrem ersten fertigen Manuskript hatte sie sich bereits auf die Suche nach einem Verleger begeben, das zweite war im Entstehen begriffen.

Als Mrs. Sommerson den Vorhang der Umkleidekabine öffnete, war Alice gerade in Gedanken damit beschäftigt, eine Szene ihres zweiten Buches zu überarbeiten. Mrs. Sommerson nickte ihr wohlwollend zu.

„Das passt doch ausgezeichnet, nicht wahr?“ Die Kundin stand in einem flammend roten Seidenkleid zufrieden vor ihr.

Alice stellte fest, dass die Farbe des Kleides Mrs. Sommersons ohnehin blühenden Teint noch wirkungsvoller unterstrich und einen ausgesprochen aparten Kontrast zu dem dichten pechschwarzen Haar bot. Das Kleid hätte wahrhaft ideal für sie sein können, wenn Mrs. Sommerson ein paar Pfund weniger gewogen hätte. Aber Alice sah dennoch gewisse Möglichkeiten.

„Sie werden die Blicke aller auf sich ziehen, Mrs. Sommerson“, prophezeite sie nach einer Weile. Mit den passenden Accessoires wird Mrs. Sommerson bestimmt beeindruckend aussehen, fand sie. Nur spannte der Seidenstoff leider etwas über den Hüften. Da hilft nur die nächste Größe, stellte Alice kritisch bei sich fest.

„Ich glaube, das Kleid haben wir auch noch eine Nummer größer vorrätig“, dachte sie laut.

„Wie bitte?“

Alice war so damit beschäftigt, die Hüften von Mrs. Sommerson in Augenschein zu nehmen, dass sie dabei den unwilligen Gesichtsausdruck der Kundin völlig übersah.

„Eine Nummer größer“, wiederholte sie hilfsbereit. „Dieses Kleid spannt etwas über den Hüften. Eine Nummer größer, und es sitzt sicher wie angegossen.“

„Das ist meine Größe, junge Frau!“ Mrs. Sommersons Busen hob und senkte sich Unheil drohend.

Aber Alice weilte in Gedanken schon bei den Accessoires. Sie lächelte und nickte. „Goldener Modeschmuck wäre wohl passend dazu.“ Nachdenklich legte sie den Finger auf die Lippen. „Aber ich hole erst einmal das größere Kleid.“

„Dies ist meine Größe!“ beharrte Mrs. Sommerson in einem Tonfall, der Alice zusammenzucken ließ. Jede Silbe drückte Empörung aus.

Alice erkannte ihren Fehler und verspürte ein flaues Gefühl in der Magengrube. Krampfhaft versuchte sie sich etwas Besänftigendes einfallen zu lassen, wie sollte sie bloß Mrs. Sommerson beschwichtigen? Sie hatte sie offenbar gekränkt. Aber noch ehe sie dazu kam, den Schaden wieder gutzumachen, stand Mrs. Wilson hinter ihr.

„Eine ausgezeichnete Wahl, Mrs. Sommerson“, stellte sie mit ihrer melodischen Altstimme fest. Mit verbindlichem Lächeln wanderte ihr Blick zwischen der Kundin und der Verkäuferin hin und her. „Gibt es ein Problem?“

„Diese junge Frau …“ Mrs. Sommerson konnte sich gar nicht wieder beruhigen. „Sie besteht darauf, dass ich mich in meiner Größe geirrt habe!“

„Aber nein, gnädige Frau!“ protestierte Alice. Sie verstummte, weil ihre Chefin ihr einen scharfen Blick zuwarf.

„Ich bin sicher, Miss St. John wollte damit nur sagen, dass diese Modelle hier alle viel kleiner ausfallen als gewöhnlich. Man kann sich bei dieser Firma überhaupt nicht auf die Größenangaben verlassen.“

Natürlich, dass sie daran nicht gedacht hatte! Alice ärgerte sich über sich selbst.

„Nun gut.“ Mrs. Sommersons Stimme klang noch immer leicht verärgert, und sie sah Alice missbilligend an. „Das hätte sie mir ja schließlich sagen können. Stattdessen versucht sie mir einzureden, ich sei dicker geworden. Wirklich, meine Liebe“, sie wandte sich kopfschüttelnd um, um in die Kabine zurückzugehen. „Sie sollten Ihr Personal besser anleiten. Die jungen Mädchen dürfen doch nicht so unhöflich zu Kundinnen sein."

Alice blickte vor Empörung düster drein, aber auf Mrs. Wilsons warnenden Blick hin verschluckte sie die Antwort, die ihr auf der Zunge lag.

„Ich selbst werde Ihnen das Kleid in der nächsten Größe holen, Mrs. Sommerson", beschwichtigte Mrs. Wilson sie und lächelte wieder. „Ich bin sicher, es wird genau passen. Sie warten in meinem Büro auf mich, Alice", fügte sie strenger hinzu.

Mit gemischten Gefühlen sah Alice Mrs. Wilson nach. Diesen Ton kannte sie nur zu gut. Ganze drei Monate bin ich hier gewesen, überlegte sie seufzend. Auch gut! Mit einem letzten Blick auf Mrs. Sommerson ging sie den engen Flur entlang, der zu dem kleinen, geschmackvollen Büro ihrer Chefin führte.

Mäßig interessiert betrachtete sie den rechteckigen fensterlosen Raum und ließ sich in einem der kleinen, goldgelb gepolsterten Sessel nieder. Hier hatte alles angefangen, hier würde es in Kürze enden, dessen war sie sich sicher.

Sie wusste genau, was gleich kommen würde, und malte sich in Gedanken die Szene aus: In ein paar Minuten wird sie hereinkommen und sich hinter ihren hübschen Rosenholzschreibtisch setzen. Sie wird mich ansehen, sich räuspern, und dann geht es los.

„Alice, Sie sind ein hübsches Mädchen, aber nicht mit dem Herzen bei der Sache!"

„Mrs. Wilson, Mrs. Sommerson kann doch nicht Größe vierundvierzig tragen! Ich war ...", würde Alice versuchen sich zu rechtfertigen.

„Natürlich nicht." Sie stellte sich vor, wie Mrs. Wilson sie geduldig lächelnd unterbrach. „Ich würde auch nicht im Traum daran denken, ihr ein Kleid in dieser Größe zu verkaufen, aber ..." – hier würde sie den Zeigefinger mahnend heben, um ihre Worte zu unterstreichen – „... wir müssen ihr ihre Illusionen lassen. Takt und Fingerspitzengefühl sind unentbehrlich für eine Verkäuferin. Alice, ich fürchte, Sie haben sich diese Eigenschaften doch noch nicht in dem Maße angeeignet, wie es in einem Geschäft wie diesem ..." Jetzt würde sie bestimmt die Hände vor der Brust verschränken. „Um es kurz zu machen: Ich muss mich rückhaltlos auf mein Personal verlassen können. Wenn dies der erste Zwischenfall gewesen wäre, würde ich ja nichts sagen, aber ..."

Alice malte sich aus, wie ihre Chefin nun innehalten und aufseufzen würde.

„Gerade letzte Woche haben Sie Miss Teasdale eingeredet, sie sei in dem schwarzen Seidenkleid passend für eine Beerdigung angezogen. Das ist nicht die Methode, wie wir unsere Kunden beraten wollen!"

„Ja, Mrs. Wilson." Alice würde dem wohl mit einem entschuldigenden Lächeln zustimmen. „Aber Miss Teasdales Haar und ihre blasse Haut ..."

„Takt und Fingerspitzengefühl!" würde Mrs. Wilson mit erhobenem Zeigefinger wiederholen. „Sie hätten ihr vorschlagen können, dass ein weiches Blau besser zu ihren Augen passt oder dass ein rosafarbenes Kleid ihren Teint beleben würde. Man muss der Kundschaft schmeicheln. Unsere Kundinnen müssen glauben, dass sie etwas Besonderes verdienen. Die Frauen, die dieses Geschäft verlassen, müssen das Gefühl haben, etwas ganz Einzigartiges erworben zu haben!"

„Das verstehe ich, Mrs. Wilson, glauben Sie mir. Aber ich kann es nicht mit ansehen, wie jemand etwas kauft, das ihm überhaupt nicht steht, und da reagiere ich spontan und vergesse die Diplomatie."

„Sie haben ein gutes Herz, Alice, das weiß ich." Mrs. Wilson würde ihr ein mütterliches Lächeln schenken und dann die entscheidenden Worte sprechen. „Sie haben aber leider einfach kein Verkaufstalent ... zumindest nicht so, wie ich es mir vorstelle. Ich werde Sie natürlich für den Rest der Woche entlohnen und Ihnen auch ein gutes Zeugnis ausstellen. Sie waren ja immer pünktlich und verlässlich. Vielleicht könnten Sie sich als Verkäuferin in einem

Supermarkt bewerben? Das liegt Ihnen sicher eher als die Arbeit in einer Boutique."

Als Alice bei diesem Punkt ihrer imaginären Unterhaltung angelangt war, rümpfte sie die Nase. Dann nahm sie sich jedoch lieber zusammen, denn die Tür öffnete sich hinter ihr.

Mrs. Wilson nahm wortlos an ihrem Schreibtisch Platz, sah Alice einen Augenblick lang freundlich an und räusperte sich. „Alice, Sie sind ein hübsches Mädchen, aber …"

Eine Stunde später wanderte Alice, wie vorausgesehen, tatsächlich stellungslos über den Fisherman's Wharf. Trotz der Umstände erfreute sie sich an seiner heiteren, lässigen Atmosphäre. Sie mochte die Fülle der Gerüche, Farben und Geräusche, hier war immer etwas los.

Alice liebte San Francisco über alles. Sie hätte keine Stadt nennen können, die ihr annähernd so gut gefiel, aber der Fisherman's Wharf erschien ihr sogar wie ein kleines Paradies. Man fühlte sich hier in eine andere Welt versetzt.

Müßig durchstreifte sie die Warenhäuser und inspizierte dort eine Zeit lang Kleiderständer und Schmuckvitrinen. Aber dann zog es sie zur Bucht. Gemächlich schlenderte sie die Straße entlang und betrachtete ihre Umgebung.

Der Abend war nicht mehr fern, der Geruch von frischem Fisch hing in der Luft. Sie hörte zu, wie die Verkäufer an den Ständen lautstark ihre Waren anpriesen, und beobachtete einen Mann, der einen riesigen Krebs erstand.

Unzählige Lokale und Geschäfte reihten sich in diesem Teil des Fisherman's Wharf aneinander. Ganz nüchtern betrachtet wirkte das Viertel auf den Besucher vielleicht schäbig und heruntergekommen, aber Alice fühlte sich hier wohl. Hier war alles alt und anheimelnd und schien sich selbst zu genügen.

Sie leistete sich eine heiße Zuckerbrezel und bummelte weiter, vorbei an Ständen mit exotischen Gemüsen, frischen Hummern und lebenden Krebsen. Die ersten Nebelschwaden stiegen auf, die Sonne stand bereits viel tiefer. Jetzt war sie froh, dass sie die wattierte lavendelfarbene Jacke trug, die sie vor der empfindlich kühlen Abendluft schützte.

Wenigstens hat mir diese Arbeit ein paar hübsche Sachen zum Anziehen eingebracht, dachte sie mit leisem Bedauern und schüttelte den Kopf.

Ohne Mrs. Sommersons üppige Figur hätte sie den Job wohl noch … Schließlich hatte sie ja nur ihr Bestes gewollt. Verärgert zupfte sie die Haarnadeln heraus und warf sie in den nächsten Abfallkorb. Danach seufzte sie erleichtert auf.

Es war einfach zu dumm. Mit energischen Schritten ging sie auf die Ufermauer zu.

„Ich brauchte diese Arbeit, ich brauchte diesen dummen Job tatsächlich!"

Verzweiflung drohte sie zu überfallen, während sie an den zahllosen Booten an den Anlegestellen vorbeischlenderte. In Gedanken begann sie ihre Finanzen zu überprüfen.

In der kommenden Woche war die Miete fällig, und sie brauchte noch einen weiteren Packen Schreibmaschinenpapier. Wenn ihre Berechnungen stimmten, konnte sie sich schon noch beides leisten, immer vorausgesetzt, sie sparte in den nächsten Tagen wieder ein wenig am Essen.

Ich werde nicht der erste und einzige Schriftsteller in San Francisco sein, der den Gürtel enger schnallen muss, tröstete sie sich und schluckte mit einem Schulterzucken das letzte Stück ihrer Brezel hinunter. Hoffentlich war das nicht überhaupt die letzte Mahlzeit für die nächsten Tage! Mit einem grimmigen Lächeln steckte sie die Hände in die Taschen.

Gleich einem grauen Gespenst nahm der Nebel von der Bucht Besitz. Er näherte sich Stück für Stück dem Festland, und immer größere Wasserflächen wurden von ihm verschluckt. Zum Glück war er an diesem Abend nicht so undurchdringlich wie sonst oft. Denn manchmal kam es vor, dass er die ganze Stadt wie in Watte hüllte.

Im Westen tauchte nun die Sonne ins Meer. Sie sandte noch einige letzte flammende Strahlen über die Wellen, die in ihrem Schein glitzerten.

Alice blieb stehen. Ihre Laune besserte sich bereits wieder. Der Anblick der untergehenden Sonne beglückte sie jedes Mal. Sie war ein optimistisches, lebensbejahendes Geschöpf und glaubte an die Macht des Schicksals.

Das ihre war, und das fühlte sie ganz sicher, zu schreiben. Der gelegentliche Verkauf von Erzählungen und Kurzgeschichten an verschiedene Zeitungen hielt diesen Traum am Leben und berechtigte zu Hoffnungen.

Während der vier Jahre auf dem College hatte sich alles nur darum gedreht, ihr Talent zu vervollkommnen. Die Jobs nebenher verhalfen ihr zu dem sprichwörtlichen Dach über dem Kopf, weiter bedeuteten sie ihr nichts.

Verabredungen gestand Alice sich nur zu, wenn ihr Zeitplan das zuließ, und sie sorgte stets dafür, dass sie nicht überhand nahmen.

So hatte sie bis jetzt auch noch keinen Mann kennen gelernt, der sie so interessierte, dass sie von ihren Zielen abgewichen wäre. Ihr Weg lag gerade vor ihr – sie kannte keine Kurven und Umwege.

Der Verlust ihrer Arbeit störte sie nur vorübergehend. Als der Himmel dunkler wurde und die Lichter am Fisherman's Wharf aufflammten, hatte sie sich schon wieder gefangen. Sie war jung und widerstandsfähig, da konnte eine kleine Niederlage sie nicht aus der Bahn werfen.

Alice lehnte sich gegen das Geländer der Ufermauer. Irgendetwas würde sie schon finden, das wusste sie. Die Wellen plätscherten sanft gegen den Rumpf des Fischerbootes, das genau vor ihr lag. Sie brauchte nicht besonders viel Geld, jede Arbeit würde ihren Zweck erfüllen.

Vielleicht war es wirklich vernünftig, wenn sie in einem Supermarkt zu arbeiten begann? Möglicherweise kam sie in die Abteilung für Haushaltsgeräte … Beim Verkauf von Toastern würde sie schwerlich ins Fettnäpfchen treten können! Dieser Gedanke erheiterte Alice, und ihre Sorgen und Nöte verflogen im Nu, während sie auf das Wasser schaute.

Der Nebel wurde dichter, er hatte das Ufer erreicht. Ein leichter Wind kam auf. Er strich ihr frisch und kühl über das Gesicht und durch das Haar.

Das Lärmen und Rufen von den Ständen am Fisherman's Wharf drang durch den Nebel nur noch gedämpft an ihre Ohren, es war jetzt fast dunkel. Ein bleicher Mond zeigte sich am Himmel, und Alice gab sich ihren Träumereien hin.

Plötzlich erstarrte sie vor Schreck. Jemand hatte ihr die Hand auf die Schulter gelegt … Ehe sie noch einen Laut von sich geben konnte, wurde sie herumgedreht. Sie blickte angsterfüllt in das Gesicht eines Fremden.

Er war groß, ein ganzes Stück größer als Alice, und wirre pechschwarze Locken umgaben sein ebenmäßiges, scharf geschnittenes Gesicht. Es wirkte gefährlich auf sie, aber vielleicht lag das auch nur daran, dass er sie so erschreckt hatte, dazu kamen der Nebel und die Dunkelheit.

Auf jeden Fall fand sie, dass ein solches Gesicht wie seines eher an irgendeine Barbarenküste als nach Fisherman's Wharf gepasst hätte.

Unter dichten schwarzen Augenbrauen sah man tiefblaue Augen mit eindringlichem Blick. Es war ein eigenwilliges Gesicht ohne jede Weichheit, mit hoher Stirn, gerader, markanter Nase und vollen, energischen Lippen. Der Mann war schlank, und seine Figur betonten knapp sitzende Jeans und ein schwarzer Rollkragenpullover.

Als Alice den ersten Schrecken überwunden hatte, umklammerte sie ihre Handtasche fester und straffte die Schultern. „Ich habe nur zehn Dollar bei mir", beschied sie ihn und hob das Kinn furchtlos. „Und ich brauche dieses Geld mindestens genauso dringend wie Sie."

„Halten Sie den Mund", befahl er kurz angebunden. Seine Augen verengten sich. Mit seltsamer Eindringlichkeit ruhte sein Blick auf ihrem Gesicht.

Alice erschauerte. Als er unter ihr Kinn fasste, schwand ihr Mut im Nu dahin. Wohin sollte das alles noch führen?

Ohne zu sprechen, drehte er ihren Kopf zur Seite und musterte sie dabei voller Konzentration. Sein Blick hatte fast etwas Hypnotisches. Sprachlos starrte Alice ihn an, und er verzog unwillig die Stirn.

„Halten Sie still", forderte er. Seine dunkle Stimme klang verärgert, als sie sich losreißen wollte, und sein Griff verstärkte sich daraufhin.

Alice schluckte. „Hören Sie zu", begann sie scheinbar gelassen. „Ich habe den Schwarzen Gürtel in Karate, und ich werde nicht zögern, Ihnen beide Arme zu brechen, wenn Sie mich belästigen sollten."

Während sie sprach, spähte sie ihm über die Schulter und stellte voller Unbehagen fest, dass selbst die Lichter des nahe gelegenen Restaurants schon im Nebel verschwunden waren. Sie waren allein.

„Ich kann ein Stück Holz mit der bloßen Hand entzweischlagen", fügte sie warnend hinzu, als sich auf seinem Gesicht nicht das Erschrecken zeigte, das sie erwartet hatte.

Sie registrierte, dass die Hand unter ihrem Kinn sehr kräftig war und der Fremde trotz seiner schlanken Gestalt recht breite Schultern hatte. „Und ich kann sehr laut schreien", fuhr sie drohend fort. „Sie sollten also besser verschwinden!"

„Vollkommen!" murmelte er und zeichnete mit dem Daumen die Umrisse ihres Kinns nach. Alices Herz begann wie wild zu schlagen. „Einfach vollkommen. Ja, Sie werden die Richtige sein." Plötzlich verschwand der seltsam eindringliche Ausdruck in seinen Augen, und er begann zu lächeln. Diese Verwandlung vollzog sich so rasch und war so erstaunlich, dass Alice ihn nur anstarren konnte. „Warum wollen Sie das tun?"

„Was meinen Sie?" fragte Alice verständnislos.

„Ein Holzstück mit der bloßen Hand zerschlagen?"

„Wie bitte?“ Sie hatte ihre Behauptung von vorhin längst vergessen. Verwirrt sah sie ihn an, dann begriff sie. „Ach ja, das dient der Übung. Man muss sich sehr stark konzentrieren, wissen Sie ...“

Sie verstummte, weil ihr deutlich zu Bewusstsein kam, dass sie hier mutterseelenallein im Nebel stand und mit einem offenbar Geistesgestörten eine mehr als merkwürdige Unterhaltung führte. „Sie sollten mich besser in Ruhe lassen und gehen, ehe ich zu härteren Maßnahmen greifen muss!“

„Sie sind genau das, was ich gesucht habe“, versetzte er und machte keine Anstalten, ihren Rat zu befolgen.

Alice stellte fest, dass er mit einem leichten Akzent sprach, aber sie hatte im Moment leider nicht die Zeit, sich näher damit zu beschäftigen. „Es tut mir Leid, ich bin nicht an Ihnen interessiert. Mein Mann ist Profifußballspieler. Er ist fast zwei Meter groß, wiegt etwas mehr als zwei Zentner und ist außerdem furchtbar eifersüchtig. Er muss jeden Augenblick kommen, ich warte hier auf ihn. Also lassen Sie mich jetzt gehen, die zehn Dollar können Sie ja haben.“

„Wovon, zum Teufel, reden Sie überhaupt?“ Verständnislos starrte er sie an. Dann schien ihm plötzlich eine Erkenntnis zu kommen. „Glauben Sie etwa, ich will Sie berauben?“ Sein Gesicht nahm einen gereizten Ausdruck an. „Liebes Kind, ich habe es weder auf Ihre zehn Dollar noch auf Ihre Tugend abgesehen. Ich möchte Sie malen, das ist alles.“

„Mich malen?“ Alice war vollkommen perplex. „Sie sehen aber nicht wie ein Künstler aus“, sagte sie misstrauisch. Eher wie ein Pirat, fügte sie in Gedanken hinzu. „Was für eine Art Künstler sind Sie denn?“

„Auf jeden Fall ein ganz ausgezeichneter“, antwortete er leichthin und hob ihr Gesicht noch etwas höher. „Ich bin bekannt, überaus talentiert und sehr temperamentvoll.“ Er lächelte charmant, und Alice erkannte plötzlich, dass er mit irischem Akzent sprach. Beides gefiel ihr.

„Ich bin über alle Maßen beeindruckt“, spottete sie. Ganz offensichtlich war er doch ein Verrückter, aber dabei einer von der anziehenden Sorte. Sie vergaß völlig, welche Angst sie eben noch vor ihm gehabt hatte.

„Natürlich!“ stimmte er zu und drehte ihren Kopf sanft nach links. „Das habe ich mir schon gedacht.“ Endlich ließ er sie los. „Ich habe ein Hausboot, es liegt etwas außerhalb der Stadt. Wir werden dorthin gehen, und ich lege schon einmal die erste Skizze von Ihnen an.“

Alice lachte hell auf. „Wollen Sie damit etwa sagen, dass Sie mir bei der Gelegenheit auch Ihre Skizzensammlung zeigen möchten – sozusagen als neue Variante eines alten Themas?“ Nein, gefährlich schien er wirklich nicht zu sein, eher ein bisschen begriffsstutzig.

Der Fremde seufzte und sah sie leicht unmutig an. „So sind die Frauen. Alle haben doch tatsächlich nur eines im Sinn. Hören Sie … wie heißen Sie überhaupt?“

„Alice St. John“, gab sie automatisch Auskunft, obwohl ihn das ja eigentlich nichts anging.

„Auch das noch – halb irisch, halb englisch, das kann ja heiter werden!“ Er steckte die Hände in die Taschen und musterte sie voller Entschlossenheit. „Also, Alice, ich brauche, wie gesagt, Ihre zehn Dollar nicht, und ich habe auch nicht vor, Ihre Tugendhaftigkeit ins Wanken zu bringen. Ich will nur eins: Ihr Gesicht. Darauf können Sie sich verlassen. Auf meinem Hausboot liegen der Skizzenblock und all die anderen Zeichenutensilien. Nun kommen Sie endlich.“

„Nicht einmal Michelangelo könnte mich dazu bringen, mitzugehen, wenn er mich so behandeln würde wie Sie.“

Alice entspannte sich, klemmte die Handtasche, die sie bisher eisern festgehalten hatte, lässig unter den Arm und schob sich das Haar aus der Stirn. Sie rührte sich nicht vom Fleck.

Er seufzte resignierend auf und sah sich dann ungeduldig um. „Na schön, dann werden wir in ein hell erleuchtetes, überfülltes

Lokal gehen und dort einen Kaffee trinken. Wäre Ihnen das wenigstens recht? Sollte ich mich Ihnen gegenüber schlecht benehmen, können Sie ja immer noch auf Ihre Karatekenntnisse zurückgreifen."

Alice unterdrückte nur mit Mühe ein Lachen. „Ich glaube, da kann ich unbesorgt einwilligen."

Sie hatte den Satz noch nicht beendet, als er sie auch schon mit sich fortzog. Für Alice lag eine seltsame Vertrautheit darin, wie er einfach ihre Hand nahm. Sie spürte, dies war ein entschlossener Mann, der sich nicht mit einem Nein zufrieden geben würde.

Der Fremde, der Alice noch immer nicht seinen Namen genannt hatte, führte sie in ein kleines, ziemlich schäbiges Café und schob sie zu einem wackligen Tisch.

Sobald sie sich gesetzt hatten, begann er sie erneut zu fixieren. In der Beleuchtung des Raumes wirkten seine Augen sogar noch blauer als eben draußen im düsteren Licht.

Alice erwiderte seinen Blick und fragte sich, was er wohl für ein Mensch sein mochte. Doch dann kam die Kellnerin zu ihnen und riss sie aus ihren Überlegungen.

„Was soll's sein?" fragte sie lässig.

„Kaffee, bitte. Zwei Kaffee", fügte Alice hinzu, weil ihr Begleiter keine Anstalten machte, etwas zu sagen.

Die Kellnerin ging, und Alice wandte sich dem Fremden wieder zu.

„Warum sehen Sie mich so an?" Es ärgerte sie, dass sie unter seinem Blick ganz unruhig wurde. „Das ist nicht sehr höflich", teilte sie ihm mit. „Und darüber hinaus ziemlich störend! Es beunruhigt mich."

„Das Licht hier drinnen ist schauderhaft, aber immer noch besser als gar nichts. Draußen ist es ja inzwischen ganz dunkel. Runzeln Sie nicht die Stirn!" befahl er barsch. „Sonst bekommen Sie hier eine Falte." Mit dem Finger zog er eine imaginäre Linie zwischen ihren Augenbrauen nach. „Sie haben ein bemerkenswertes Gesicht. Allerdings bin ich mir nicht im Klaren, ob Ihre Augen ein

Vorteil oder ein Nachteil sind. Veilchenblaue Augen könnten Misstrauen hervorrufen."

Alice wollte protestieren, aber da wurde der Kaffee gebracht. Der Fremde griff sich in die Jackentasche, holte einen Stift hervor.

„Lassen Sie mich mal ein paar Minuten arbeiten. Trinken Sie Ihren Kaffee und entspannen Sie sich", ordnete er an. „Es wird nicht wehtun."

Sie gehorchte, und er begann ein paar Linien auf das Papier vor sich zu werfen.

„Haben Sie eine Arbeit, die für die Sitzungen hinderlich sein könnte? Oder taucht irgendwann Ihr Ehemann hier auf? Ach nein, den haben Sie ja erfunden."

„Woher wollen Sie wissen, dass ich ihn erfunden habe?" konterte Alice und wich seinem Blick aus.

„Ich weiß es genauso sicher wie die Tatsache, dass Sie große Schwierigkeiten hätten, ein Stück Holz mit der Hand durchzuschlagen." Unbeirrt zeichnete er weiter. „Haben Sie nun eine Arbeit?"

„Man hat mir heute Nachmittag gekündigt", murmelte sie.

„Das vereinfacht die Angelegenheit. Ich werde Ihnen den üblichen Preis für das Modellsitzen zahlen. Das Ganze wird nicht länger als zwei Monate dauern, wenn alles gut geht. Sehen Sie nicht so entsetzt drein, Alice. Meine Absichten sind durchaus ehrenhaft. Das waren sie von Anfang an, aber Sie mit Ihrer lebhaften Fantasie …"

„Das ist ja wohl auch nicht ganz so abwegig", gab sie gereizt zurück. „Was soll man denn denken, wenn einem plötzlich jemand im Nebel auflauert?"

„Auflauert? Ich kann mich nicht erinnern, so etwas getan zu haben."

„Es sah aber für mich so aus." Grollend nippte sie an ihrem Kaffee. Zufällig fiel ihr Blick dabei auf die entstehende Skizze. „Aber das ist ja absolut wundervoll!" Vor lauter Überraschung machte sie große Augen.

Mit wenigen kühnen Strichen hatte er die charakteristischen Merkmale ihres Gesichtes eingefangen, sie erkannte sich sofort wieder. „Wundervoll!“ wiederholte sie, während er eine neue Zeichnung begann. „Sie haben wirklich Talent! Ich dachte, Sie würden nur aufschneiden.“

„Ich meine es immer ernst“, murmelte er, völlig in seine Arbeit vertieft.

Die Entdeckung, dass der Fremde tatsächlich Talent hatte, ließ Alice nun doch anders über seinen Vorschlag denken. Vielleicht meinte er es wirklich ernst. In ihrem Kopf arbeitete es fieberhaft. Eine feste Anstellung für zwei Monate wäre ein wahres Gottesgeschenk. Bis dann würde sie eventuell auch Nachricht von dem Verlag bekommen haben, bei dem sich ihr Manuskript im Moment befand. Zwei Monate würde sich das Toaster-Verkaufen noch hinausschieben lassen! Sie hätte die Abende frei, um an ihrem neuen Roman schreiben zu können. Die Vorteile, die sich da ergaben, waren unübersehbar.

„Wollen Sie wirklich, dass ich für Sie Modell sitze?“ fragte Alice vorsichtig. Sonst hatte sie sich womöglich zu früh gefreut und die Enttäuschung wäre groß.

„Sie sind genau das, was ich brauche.“ Seine Stimme verriet, dass die Sache für ihn bereits unter Dach und Fach war. Die zweite Skizze von Alice war mittlerweile auch beendet, sein Kaffee stand unangerührt und inzwischen kalt vor ihm. „Ich möchte, dass wir gleich morgen früh anfangen. Neun Uhr dürfte früh genug sein.“

„Ja, aber …“

„Lassen Sie das Haar offen und benutzen Sie kein Make-up, betonen Sie allenfalls ein wenig die Augen, sonst nichts.“

„Ich habe aber noch nicht gesagt, dass …“

„Sie brauchen noch meine Adresse“, fuhr er fort, ihre Einwände überhörend. „Kennen Sie sich in San Francisco einigermaßen aus?“

„Ich bin schließlich hier geboren“, teilte sie ihm entrüstet mit. „Aber ich …“

„Gut, dann wird das kein Problem sein." Er kritzelte eine Adresse auf einen Zettel und reichte ihn ihr.

Unvermutet sah er sie dabei an, und ihre Blicke begegneten sich. Um sie herum erfüllte Stimmengewirr den Raum, aber sie nahmen es auf einmal gar nicht wahr.

Was sie in diesem Moment empfand, konnte Alice nicht beschreiben, sie wusste nur, dass sie so etwas noch nie erlebt hatte. So schnell, wie das Gefühl gekommen war, verflog es auch wieder.

Er stand auf, und Alice kam sich vor, als sei sie gerade sehr schnell gerannt, so heftig schlug ihr Herz.

„Neun Uhr also", wiederholte er schlicht. Er legte eine Münze für den Kaffee auf den Tisch und ging wortlos davon.

Alice griff nach dem Block. Einen Augenblick lang sah sie ihr Gesicht so, wie er es gesehen hatte. Sah sie wirklich so aus? Prüfend zeichnete sie die Konturen ihres Kinns nach. So hatte er sie auch berührt …

Schulterzuckend faltete sie das Blatt dann zusammen. Es konnte ja nichts schaden, morgen früh sein Atelier einmal aufzusuchen. Sie würde sich dort alles in Ruhe ansehen und dann eine Entscheidung treffen. Sollte sie irgendwelche Zweifel bekommen, so brauchte sie nur abzusagen und zu gehen.

Zwar musste sie gerade jetzt daran denken, dass er Widerspruch nicht so gern hinnahm, aber damit würde sie schon fertig. Wie gesagt, sie brauchte ja nur zu gehen, wenn ihr etwas nicht passte. Da konnte sie das Risiko schon eingehen.

Sie erhob sich und verließ das Café.

2. KAPITEL

Der Morgen war hell und klar, es versprach sehr warm zu werden. Alice war sich nicht ganz sicher, was die passende Kleidung für die vor ihr liegende Arbeit sein würde. So stand sie eine ganze Weile vor dem Kleiderschrank.

Schließlich entschied sie sich für Jeans und eine weiße Bluse. Wie vereinbart, ließ sie das Haar offen und benutzte nur wenig Make-up.

Sie war sich noch nicht ganz sicher, ob sie wirklich für den seltsamen Fremden, den sie erst am vergangenen Abend kennen gelernt hatte, Modell sitzen wollte, aber zunächst überwog einmal die Neugier. Später würde man weitersehen.

Sie verstaute ihr Notizbuch, in das sie seine Adresse übertragen hatte, sorgfältig in der Handtasche und ging dann zur Straßenbahn.

Die Adresse hatte Alice in Erstaunen versetzt. Sie fand nämlich heraus, dass es sich dabei um eine bevorzugte Wohngegend San Franciscos handelte. Irgendwie war sie der Meinung gewesen, das Atelier ihres neuen Bekannten würde sich ganz in der Nähe ihrer eigenen Wohnung in North Beach befinden.

Hier war die Atmosphäre zwanglos und unkonventionell. Schriftsteller, Maler und Musiker hatten sich in diesem Viertel niedergelassen und trugen dazu bei, dass es eine ganz persönliche Note hatte.

Aber vielleicht hatte er einen Gönner, der ihm ein teures Atelier zur Verfügung stellen konnte? Der Fremde entsprach so gar nicht ihren Vorstellungen von einem Künstler. Allerdings war ihr aufgefallen, dass er ungewöhnlich schöne Hände hatte. Sie wirkten schmalgliedrig und zart, und die Finger waren lang und schön geformt. Es waren die Hände eines sensiblen Menschen.

Aber er kann mit ihnen zupacken, fügte sie in Gedanken hinzu, als sie an den vergangenen Abend zurückdachte.

Auch sein Gesicht war ihr noch lebhaft in Erinnerung. Irgendetwas daran gab ihr das unbestimmte Gefühl, sie habe es schon einmal gesehen, aber sie konnte sich nicht darauf besinnen, wo das gewesen sein könnte. Auf jeden Fall war es ein unverwechselbares Gesicht, einzigartig in seiner Markantheit.

Das Klingeln und Rattern der Straßenbahn holte Alice aus ihren Träumen zurück. Wie töricht, sie kannte nicht einmal seinen Namen, und schon konnte sie sein Gesicht nicht vergessen. Dabei sollte doch wohl eher er ein solches Interesse an ihrem Gesicht haben. Schließlich war sie nur das Modell. Sie stieg aus der Straßenbahn.

Suchend überflog sie die Hausnummern. Sie hatte sich nicht geirrt, dies war wirklich ein besonders elegantes Viertel. Wie überall in San Francisco gab es auch hier dieses beeindruckende Nebeneinander von Exotik und weltstädtischem Flair, Romantik und Zweckmäßigkeit. San Franciscos zwei Gesichter traten hier ebenso deutlich in Erscheinung wie in Chinatown oder am Telegraf Hill. Althergebrachtes und Modernes ergänzten sich auf eigenartige, aber wundervolle Weise. Da gab es einerseits die altmodische Straßenbahn, aber auch die hypermodernen Wolkenkratzer aus Glas und Stahl, an denen sie vorbeifuhr.

Es war ein warmer, freundlicher Tag, und Alice genoss ihn mit jeder Faser. Ihre Gedanken wanderten allerdings zwischendurch immer wieder nach Hause zu ihrem halb fertigen Manuskript.

Als sie dann vor dem Haus stehen blieb, das der Fremde ihr als Adresse genannt hatte, kehrte sie endgültig in die Gegenwart zurück. Sie blickte überrascht auf ihr Notizbuch – aber ja, die Hausnummern stimmten überein.

The Gallery! Abermals blickte Alice in ihr Notizbuch. Ob er sich mit ihr einen Spaß erlaubt hatte?

Erst vor wenigen Monaten hatte sie sich in The Gallery umgesehen, und sie erinnerte sich noch lebhaft, wie diese Galerie vor fünf Jahren eröffnet worden war. Seit dieser Zeit hatte sie den Ruf, eine der besten Bildergalerien San Franciscos zu sein.

Eine Ausstellung in The Gallery konnte der Auftakt für die

blühende Karriere eines jungen Künstlers sein oder die Krönung der Laufbahn für einen etablierten Maler.

Hier verkehrten Sammler und Kenner, sei es, um zu kaufen, sei es, um zu kritisieren – oder aber einfach nur, um gesehen zu werden. Wie so vieles in dieser Stadt war auch diese Galerie eine Mischung aus Eleganz und Lässigkeit. Das Gebäude selbst sah schlicht und unauffällig aus.

Alice fiel auch ein, dass eine der Hauptattraktionen der Galerie der Besitzer selbst war: Colin Sullivan. Sie versuchte die bruchstückhaften Kenntnisse, die sie aus Zeitungen über ihn erworben hatte, zu einem sinnvollen Ganzen zusammenzusetzen.

Er war irischer Einwanderer, der seit fünfzehn Jahren in Amerika lebte. Seine Karriere hatte begonnen, als er gerade zwanzig war.

Wie sie wusste, malte er hauptsächlich in Öl. Seine Fähigkeiten hatten sich vor allem darin gezeigt, wie meisterhaft er das Zusammenspiel von Licht und Schatten in seinen Bildern zeigen konnte. Er stand in dem Ruf, ungeduldig, aber außergewöhnlich begabt zu sein.

Jetzt musste er so um die Dreißig sein. Er war unverheiratet, aber Alice wusste, dass er einige romantische Liebesbeziehungen hinter sich hatte. Eine Prinzessin war unter seinen Geliebten gewesen und eine bekannte Ballerina.

Seine Gemälde wurden zu Höchstpreisen gehandelt, aber er nahm so gut wie nie Aufträge an. Er malte zu seinem eigenen Vergnügen, und das Ergebnis war jedes Mal beeindruckend.

Alice stand in der warmen Morgensonne, und als sie über all das nachgedacht hatte, was ihr an Informationen und Gerüchten über den Galeriebesitzer zu Ohren gekommen war, wusste sie, weshalb ihr neuer Bekannter sie an jemanden erinnert hatte: Sie hatte natürlich sein Bild in der Zeitung gesehen, vielleicht sogar ihn selbst, als The Gallery vor fünf Jahren eröffnet worden war. Er war niemand anders als Colin Sullivan!

Sie holte tief Atem und fasste sich an die Stirn. Colin Sullivan wollte sie malen! Erst kürzlich hatte man den Klatschspalten entnehmen können, dass er sich geweigert hatte, das Porträt für eine berühmte Hollywood-Diva anzufertigen, aber sie, Alice St. John, wollte er malen! Dabei war sie nur eine arbeitslose Schriftstellerin, deren größter Triumph darin lag, dass sie ab und zu eine Kurzgeschichte in einer Frauenzeitschrift veröffentlichen konnte!

Sie durfte gar nicht darüber nachdenken, dass sie ihn für einen Straßenräuber gehalten und ihm die schlimmsten Motive unterstellt hatte. Das war ihr nun sehr peinlich. Ausgerechnet ihm hatte sie auch noch in aller Unschuld bestätigt, dass seine Skizzen ja recht gut seien! Beschämt nagte sie an ihrer Unterlippe. Was musste er wohl von ihr denken? Sicher hielt er sie für naiv.

Aber er hätte sich ja wenigstens vorstellen können, dachte sie verstimmt, stattdessen lauert er mir einfach irgendwo auf und überfällt mich im Dunkeln.

Unter diesen Umständen hatte sie sich eigentlich nur korrekt verhalten, sie brauchte sich also doch nicht zu schämen. Außerdem war er es gewesen, der sie gebeten hatte, zu ihm zu kommen. Sie war nur hier, um zu sehen, ob sie das Modellsitzen wirklich übernehmen wollte.

Alice gab sich einen Ruck und ging auf die Eingangstür der Galerie zu. Sie war verschlossen. Mit einem Seufzer überlegte sie, dass The Gallery wohl erst später öffnen würde. Aber vielleicht gab es einen Hintereingang? Er hatte von einem Atelier gesprochen, wahrscheinlich würde es dafür einen eigenen Zugang geben, den sie suchen musste.

Prüfend drückte sie die Klinken mehrerer Seitentüren, aber auch dies blieb ohne Erfolg. Ratlos sah sie an der Fassade des Gebäudes empor. In einer breiten Fensterfront spiegelte sich die Sonne wider, und Alice fand, dass sich dahinter sehr gut ein Atelier verbergen konnte. Tatsächlich entdeckte sie auch eine Treppe, die in den ersten Stock führte.

Ohne zu zögern, stieg sie die steilen Holzstufen empor und stand plötzlich vor einer weiteren Tür. Sie klopfte laut und vernehmlich an, erschrak dann aber, weil die Tür fast im selben Moment von innen aufgerissen wurde.

„Sie sind spät dran“, stellte Colin ungeduldig fest, denn er war es, der nun vor ihr stand. Er nahm sie bei der Hand und zog sie herein, ehe sie sich rechtfertigen konnte.

Gleich nahm Alice den Geruch von Terpentin und Ölfarbe wahr, der in der Luft lag.

Colin Sullivan sah bei Tageslicht genauso bemerkenswert aus wie im düsteren Nebel, das stellte Alice sofort fest. Und auf die gleiche Art und Weise wie am vergangenen Abend nahm er wieder ihr Kinn in die Hand.

„Mr. Sullivan …“, begann Alice nervös.

„Schsch!“ Er drehte ihren Kopf nach links und musterte sie mit prüfenden Blicken. „Ja, bei diesem Licht ist das doch wesentlich besser. Kommen Sie hier herüber, ich möchte ein paar Skizzen machen.“

„Mr. Sullivan“, hob Alice abermals an, während er sie durch einen hohen lichten Raum schob, in dem mit Leinwand bespannte Rahmen, Pinsel und Farbtöpfe überall herumstanden. „Ich möchte etwas genauer über alles Bescheid wissen, ehe ich mich zu etwas verpflichte.“

„Setzen Sie sich“, befahl er und wies auf einen Stuhl. „Und halten Sie sich gerade!“ fügte er hinzu.

„Mr. Sullivan“, versuchte Alice es noch einmal. „Würden Sie mir wohl einen Moment zuhören?“

„Später“, antwortete er und griff nach einem Block und einem Bleistift. „Jetzt seien Sie bitte still, damit ich arbeiten kann.“

Resignierend gehorchte Alice und faltete die Hände im Schoß. Es war wohl einfacher, ihm nicht zu widersprechen. Während sie reglos dasaß, ließ sie den Blick durch den Raum wandern.

Er war groß und wirkte fast wie eine Halle. Durch deckenhohe breite Fenster fiel das Tageslicht in das Innere. Den unbearbeiteten Holzboden zierte kein Teppich, hier und da waren Farbspritzer zu sehen. Zahlreiche ungerahmte Leinwände lehnten an den cremefarben gestrichenen Wänden. An mehreren Stellen im Raum standen Staffeleien, und der große Tisch in der Mitte des Raumes war überhäuft mit Farbtuben, Bürsten, Lappen und Flaschen.

Es gab hier auch ein Sofa. Es stand verloren in einer Ecke des Raumes, drei Holzstühle leisteten ihm Gesellschaft. Es sah so aus, als habe jemand sie ungeduldig dorthin gestellt und dann vergessen.

Zwei weitere Stühle und eine große Bogenlampe, die bestimmt sehr helles Licht verbreiten konnte, vervollständigten die Einrichtung.

„Sehen Sie aus dem Fenster", verlangte Colin jetzt. „Ich möchte eine Profilzeichnung von Ihnen machen."

Alice gehorchte. Ihre leichte Gereiztheit verflog, weil sie draußen einen Spatz bemerkte, der gerade sein Nest in der Krone einer Eiche baute. Der Vogel flog emsig hin und her und trug jedes Mal etwas Nistmaterial herbei. Es waren Grashalme, aber auch Papierfetzen dabei.

Beharrlich flog er herum, suchte, baute und flog erneut davon. Seine kleinen Flügel schimmerten in der Sonne, und Alice sah ihm entzückt zu. Sie lächelte vor Freude und vergaß für einen Moment, wo sie sich befand.

„Was sehen Sie denn da?" Colin kam zu ihr, aber sie war so in ihre Beobachtung vertieft, dass sie sich nicht zu ihm umwandte.

„Diesen Vogel dort." Sie zeigte aus dem Fenster. „Sehen Sie, wie eifrig er beim Nestbau ist. Das kleine Kunstwerk ist aus Grashalmen und kleinen Zweigen zusammengesetzt. Wir hingegen brauchen Ziegel und ganz bestimmte Baustoffe, es ist alles so kompliziert. Dieser kleine Kerl kann ein passendes Haus für sich aus ganz wenigen Dingen bauen, ohne Werkzeug, ohne Hilfsmittel. Ist das nicht ein kleines Wunder?"

Alice sah zu ihm auf und lächelte. Er war ihr näher, als sie vermutet hatte. Sein Gesicht war dicht neben dem ihren, während er in die Richtung blickte, in die sie zeigte.

Doch plötzlich löste er den Blick vom Fenster und sah ihr in die Augen. Ein leichtes Schwindelgefühl befiel Alice dabei, es war, als sei sie zu schnell aufgestanden.

„Es sieht so aus, als seien Sie noch vollkommener, als ich im ersten Moment gedacht hatte“, erwiderte Colin. Dabei strich er ihr eine Haarsträhne aus dem Gesicht.

Alice zwang sich, eine geschäftsmäßige Miene aufzusetzen. „Mr. Sullivan …“

„Colin“, unterbrach er sie und begann ihr Haar zu ordnen. „Oder nur Sullivan, wenn Ihnen das lieber ist.“

„Nun, dann Colin“, antwortete sie geduldig. „Ich wusste gestern Abend nicht, wer Sie sind. Es ist mir erst eingefallen, als ich draußen vor der Galerie stand.“ Sie wich einen Schritt zurück, denn seine Nähe beunruhigte sie. „Natürlich fühle ich mich sehr geschmeichelt, dass Sie mich malen wollen, aber ich würde gern wissen, was man von mir erwartet, und …“

„Ich erwarte von Ihnen nur, dass Sie zwanzig Minuten lang still sitzen, ohne sich zu bewegen“, gab er Auskunft. Er schob ihr Haar wieder nach vorn und dann unter prüfenden Blicken über ihre andere Schulter. „Ich erwarte, dass Sie meine Anweisungen befolgen und sich ruhig verhalten, bis ich Ihnen etwas anderes sage. Ich erwarte, dass Sie pünktlich sind und nicht vor der Zeit weglaufen, um sich mit Ihrem Freund zu treffen.“

„Ich war pünktlich“, verteidigte Alice sich und nickte zur Bekräftigung mit dem Kopf, sodass die Frisur, die er arrangiert hatte, wieder durcheinander fiel. „Sie haben mir nicht gesagt, wo genau sich Ihr Atelier befindet. Ich bin ziemlich lange um das Haus herumgelaufen, bis ich den richtigen Eingang gefunden habe.“

„Aha, Ihr irisches Temperament schlägt also doch bisweilen durch. Seltsam, Ihre Augen werden dann ganz dunkel. Wie sind Sie überhaupt zu dem Namen Alice gekommen? Ist das nicht eigentlich für eine Irin ungewöhnlich?“

„Alle Frauen aus der Familie meiner Mutter hießen so“, teilte sie ihm knapp mit. „Allerdings weiß ich das nur vom Hörensagen. Meine Mutter starb bei meiner Geburt. Ich kenne sie gar nicht.“

Colin nahm ihre Hände und betrachtete sie schweigend. Dann drehte er ihre Handflächen nach oben. „Ich verstehe. Sie haben übrigens sehr feingliedrige Hände. Und was ist mit Ihrem Vater?"

„Seine Familie stammte aus Devon. Er selbst ist vor vier Jahren gestorben. Aber ich verstehe nicht ganz, was das mit Ihrer Arbeit zu tun hat!"

„Sehr viel sogar." Er hob den Blick, ohne jedoch ihre Hände loszulassen. „Ihre Augen und Ihr Haar sind bestimmt das Erbe Ihrer Mutter, und ich wette, Ihre Haut und Ihr Körperbau stammen von der väterlichen Seite. Sie haben ein Gesicht voller Widersprüche, Alice, und genau das brauche ich. Ihr Haar weist die verschiedensten Schattierungen auf, und es sieht so aus, als ob Sie gerade aus dem Bett kämen. Sehr klug von Ihnen, es nicht bändigen zu wollen! Die Farbe Ihrer Augen wechselt. Mal wirken sie samtig blau, dann sogar violett, ihre Form verleiht Ihnen etwas Exotisches. Sie neigen zum Träumen. Aber sonst spiegelt Ihre ganze Haltung englische Lebensart wider. Ihr Mund macht dann sozusagen wieder eine Ausnahme, weil er von einer Leidenschaft spricht, die nicht zur kühlen britischen Einstellung passt. Ihre Haut ist rein und klar und leicht rosig. Sie sind bestimmt nicht unter einer Glashaube durch das Leben gewandert, aber dennoch haben Sie eine ganz unbestimmbare kindliche Ausstrahlung. Das Gemälde, das ich malen will, soll verschiedene Elemente aufweisen. Dazu benötige ich ein Modell, das diese vielen verschiedenen Eigenschaften in sich vereint. Sie besitzen sie." Er verstummte und sah sie erwartungsvoll an. „Nun, befriedigt das Ihre Neugier?"

Alice starrte Colin an und versuchte, sich so zu sehen, wie er sie beschrieb. War ihr Aussehen wirklich so stark von ihrer Herkunft geprägt? „Ich bin nicht sicher, ob ich damit zufrieden bin", murmelte sie und seufzte, dann sah sie ihm wieder in die Augen. „Aber ich bin eitel genug, um mich von Colin Sullivan malen lassen zu wollen – und arm genug, um auf die Einkünfte aus dieser Arbeit angewiesen zu sein." Sie lächelte. „Werde ich unsterblich sein, wenn Sie Ihre Arbeit beendet haben? Das war immer mein sehnlichster Wunsch."

Colin lachte herzlich. Er drückte ihre Hände und zog sie dann überraschend an die Lippen. „Sie werden mir noch zu schaffen machen, Alice."

Ihre verlegene Antwort überhörte er, da sich plötzlich die Ateliertür auftat.

„Colin, ich brauche ..." Die Frau, die in den Raum trat, blieb abrupt stehen und maß Alice mit abschätzendem Blick. „Es tut mir Leid", begann sie, und als ihr Blick auf die verschlungenen Hände von Colin und Alice fiel, fügte sie hinzu: „Ich wusste nicht, dass du beschäftigt bist."

„Das macht nichts, Vera", versicherte Colin leichthin. „Du weißt, wenn ich ernsthaft arbeite, schließe ich die Tür ab. Das ist Alice St. John. Sie wird für mich Modell sitzen. Alice, das ist Vera Kingsley, eine sehr begabte Künstlerin, die die Galerie für mich leitet."

Vera Kingsley war eine Aufsehen erregende Frau. Sie war groß und sehr schlank, besaß ein herzförmiges Gesicht und dichtes rotes Haar. Alles an ihr wirkte lebendig und bezwingend. Ihre durchdringend grünen Augen hatte sie dunkel geschminkt und den ziemlich breiten Mund leuchtend rot. Goldene Ohrclips schimmerten unter dem leuchtenden Haar hervor.

Vera trug ein fließendes weites Gewand aus Seide, auf dem alle möglichen Grüntöne miteinander wetteiferten. Das Kleid war bildhübsch und die Wirkung schlechthin atemberaubend, wie Alice feststellte.

Sie kam jetzt ein paar Schritte näher, ihre ganze Erscheinung schien energiegeladen. Forschend blieb ihr Blick an Alices Gesicht hängen. Irgendetwas in der Art, wie sie sie ansah, bereitete Alice ein Gefühl des Unbehagens.

„Gut geschnittene Züge", bemerkte Vera herablassend. „Etwas farblos vielleicht."

Alice zögerte wie immer nicht, das auszusprechen, was sie

dachte. „Nicht jede kann schließlich ein solcher Rotschopf sein“, gab sie leicht verärgert zurück.

„Das ist allerdings wahr“, mischte sich Colin ein. „Was willst du? Ich muss wieder an die Arbeit.“

Menschen, die sich sehr nahe stehen oder standen, strahlten gemeinsam etwas aus, ging es Alice durch den Kopf. Es zeigt sich in ihren Blicken, den Gesten, dem Tonfall. In dem Augenblick, als Vera sich Colin zuwandte, wusste Alice, dass diese beiden ein Liebespaar waren oder es zumindest gewesen waren. Ein unbestimmtes Gefühl von Enttäuschung beschlich sie.

Colin hielt noch immer ihre Hand fest. Sie versuchte sie ihm zu entziehen, erntete aber nur einen ungeduldigen Blick von ihm.

„Es geht um Higgins ‚Porträt eines Mädchens‘. Man hat uns fünftausend Dollar geboten, aber Higgin möchte erst einwilligen, wenn du dein Okay abgegeben hast. Ich möchte die Sache heute abschließen.“

„Wer hat das Angebot gemacht?“

„Charles Dupres.“

„Sag Higgin, es wäre in Ordnung. Dupres ist anständig. Sonst noch was?“ In seinen Worten lag eine unüberhörbare Aufforderung an Vera zu gehen.

Alice beobachtete, wie es in Veras Augen aufblitzte. „Nichts, was nicht warten könnte. Ich werde dann also jetzt Higgin anrufen.“

„Gut.“ Colin hatte sich Alice schon wieder zugewandt, noch ehe Vera den Raum verlassen hatte, und machte sich wieder an ihrer Frisur zu schaffen.

Über seine Schulter hinweg fing Alice Veras durchbohrenden Blick auf. Diese drehte sich nämlich in der Tür noch einmal nach ihnen um, bevor sie sie nachdrücklich hinter sich ins Schloss zog. Endlich waren sie wieder allein.

Colin trat einen Schritt zurück und musterte Alice eindringlich von Kopf bis Fuß. „Das geht nicht“, verkündete er. „Das geht ganz und gar nicht.“

Verwirrt starrte Alice ihn an. „Was bitte geht nicht?"

„Das, was Sie da anhaben." Mit einer flüchtigen Handbewegung wies er auf ihre Jeans und die Sandalen.

Alice sah an sich herab und sagte dann verärgert: „Sie haben nichts darüber gesagt, was ich anziehen soll. Außerdem wusste ich heute Morgen ja noch gar nicht, ob ich wirklich für Sie sitzen will." Sie hob die Schultern und fragte sich im selben Moment, wieso sie sich eigentlich vor ihm rechtfertigte.

„Ich brauche etwas Weiches, Fließendes, ohne störendes Beiwerk." Er hatte offenbar Alices letzte Bemerkung überhört. „Elfenbein, nicht weiß. Es sollte etwas Langes, Schmales sein." Er umfasste ihre Taille, und Alice hielt den Atem an. „Sie haben ja die Taille eines Kindes! Ja ja, wir werden im Übrigen etwas Hochgeschlossenes nehmen, dann brauchen wir uns keine Sorgen wegen Ihres nicht sehr üppigen Dekolletees zu machen."

Alice lief vor Zorn rot an und schob ihn beiseite. „Hören Sie, dies ist mein Körper. Ich lege keinen Wert darauf, Ihr Urteil darüber zu vernehmen."

„Seien Sie nicht kindisch!" ermahnte er sie. „Im Moment interessiert mich Ihr Körper nur vom künstlerischen Standpunkt aus. Sollte sich das ändern, werden Sie das noch früh genug erfahren."

„Einen Augenblick bitte, Mr. Sullivan!" Alice warf den Kopf zurück.

„Hinreißend!" Er griff in ihr Haar und zwang sie, ihn anzusehen. „Temperament steht Ihnen ausgezeichnet, aber diese Stimmung will ich jetzt nicht festhalten, vielleicht ein anderes Mal."

Mit Nachdruck strich er ihr über den Nacken, und ein seltsames Lächeln zeigte sich dabei auf seinen Zügen. Obwohl Alice vermutete, dass dieses Lächeln reine Berechnung war, fand sie es nicht minder wirkungsvoll.

Sie war sich seiner Hände auf ihrer Haut sehr bewusst, und dieses intensive Gefühl war etwas ganz und gar Neues für sie. So schwieg sie verwirrt.

Nun senkte er die Stimme, und was er sagte, klang beinahe wie eine Liebkosung. Sein leicht singender irischer Akzent verstärkte sich dabei.

„Ich suche nach einem Wunschtraum. Können Sie dieser Wunschtraum für mich sein?"

Als Alice Colin so nahe war und sie die Wärme seiner Hände auf ihrem Nacken spürte, da hatte sie einen Moment das Gefühl, all das sein zu können, was er von ihr verlangte.

Nichts war mehr unmöglich. Sie erkannte, dass genau hierin seine Macht über Frauen lag: in seinem überwältigenden Charme, seinem verwegenen Aussehen und in seinem melodischen Akzent. Hinzu kam noch, dass er sich seiner sinnlichen Ausstrahlung leider nur zu bewusst war.

Alice ahnte, dass er von diesen Geschenken der Venus schamlos profitierte. Wenn er es für angebracht hielt, setzte er bestimmt alle seine Mittel ein, aber selbst das wirkte noch anziehend bei ihm.

Sie fühlte, dass sie sich Colins Einfluss schon jetzt kaum entziehen konnte. Es war, als wenn er sie magisch anzog. Hatte bisher der Verstand bei ihr geherrscht, so drängten sich nun auf einmal die Gefühle in den Vordergrund.

Ob ein Kuss von ihm wohl genauso aufregend sein würde, wie sie sich das vorstellte? Würde sie sich in der Beziehung zu ihm verlieren oder finden? Auf jeden Fall spürte sie, dass die Begegnung mit Colin eine Erfahrung für sie bedeutete, die für sie neu war.

Wie um sich vor ihren eigenen Gedanken in Sicherheit zu bringen, legte sie ihm die Hände vor die Brust und schob ihn mit Nachdruck beiseite. „Sie sind kein Mann, den man leicht handhaben kann, nicht wahr, Colin?"

„Da haben Sie allerdings Recht", gab er lässig zu. Sein Gesicht spiegelte gleichzeitig Verstimmung und Neugier wider. „Wie alt sind Sie, Alice?"

„Dreiundzwanzig", antwortete sie. „Warum?"

Mit einem Schulterzucken steckte er die Hände in die Taschen. „Ich muss alles von Ihnen wissen, bevor ich anfange. So halte ich es immer mit meinen Modellen. Es wird dazu beitragen, dass das Bild zu Stande kommt. So, und nun wollen wir erst einmal dieses Kleid irgendwo auftreiben, ich will endlich anfangen."

Dieser drängende, ungeduldige Mensch hatte keinerlei Ähnlichkeit mehr mit dem Mann, der noch vor wenigen Augenblicken mit verführerischer Stimme auf sie eingesprochen hatte. Wie war Colin Sullivan wirklich? Alice wusste, dass es gefährlich für sie sein konnte, das herauszufinden, dennoch schien ihr die Verlockung recht groß.

„Ich glaube, ich weiß, wo wir eins finden könnten", meinte sie, ohne zu zögern. „Es ist eigentlich eher beige als elfenbeinfarben, aber es ist schlicht und gerade geschnitten, noch dazu hochgeschlossen. Allerdings ist es wahnsinnig teuer, weil es aus Seide ist …"

„Wo ist das?" wollte Colin wissen. „Kommen Sie, gehen wir dorthin." Er nahm sie bei der Hand und zog sie zur Tür, ehe sie noch etwas sagen konnte. Vorsichtig folgte sie ihm die steile Treppe hinunter.

„Wo entlang?" fragte er kurz, als sie auf der Straße standen.

„Es ist in einem anderen Stadtteil." Alice sah ihn fragend an. „Aber, Colin …" Sie kam nicht dazu, ihren Satz zu vollenden, weil er sie schon zu seinem Auto mitzog.

Sie parkten in der Nähe der Boutique, in der Alice bis gestern noch gearbeitet hatte. Alice zeigte Colin den Weg, er nahm sie an die Hand und zog sie eilig mit sich.

„Können Sie nicht etwas langsamer gehen?"

„Sie haben schließlich lange Beine", beschied er ihr, ohne sein Tempo zu verlangsamen. „Das schaffen Sie schon."

Alice seufzte. Nach einer Weile sagte sie: „Ich glaube, Sie sollten wissen, dass es sich um das Geschäft handelt, in dem man mir gestern gekündigt hat."

„Eine Kleiderboutique?" Fragend sah er sie an. Offenbar konnte er eine solche Tätigkeit nicht mit Alice, so wie sie sich ihm darstellte, in Einklang bringen. Er verlangsamte tatsächlich sogar seinen Schritt. „Warum haben Sie denn ausgerechnet in einer Boutique gearbeitet?"

Alice warf ihm einen vernichtenden Blick zu. „Ja, warum habe ich das wohl gemacht? Ich habe mir meinen Lebensunterhalt dort verdienen müssen, verehrter Mr. Sullivan. Stellen Sie sich vor – manche Menschen machen so etwas nur, um sich am Leben zu erhalten."

„Seien Sie nicht so bissig, Alice", wies er sie sanft zurecht. „Sie sind doch nicht von Beruf Kleiderverkäuferin. Das glaube ich Ihnen nicht."

„Genau aus diesem Grund bin ich ja auch entlassen worden", meinte Alice trocken. Sie musste nun doch schmunzeln. „Ich bin auch keine professionelle Kellnerin, deswegen hat man mir in ‚Jims Grillrestaurant' gekündigt. Ich hatte etwas dagegen, dass mich dort ein Gast als Freiwild ansah. Als es mir zu bunt wurde, schüttete ich ihm einen Teller Salat über den Anzug. Das sah man dort nicht gern. Auf meine kurze Karriere als Telefonistin will ich lieber nicht näher eingehen. Das ist eine zu traurige Geschichte, sie passt nicht zu diesem herrlichen Tag." Sie lachte Colin an, aber der musterte sie forschend.

„Da Sie offenbar keinen dieser Berufe erlernt haben: Was sind Sie dann wirklich, Alice?"

„Ich bin eine arme Schriftstellerin, die, seit sie auf dem College war, anscheinend unfähig ist, für längere Zeit eine seriöse Arbeit auszuüben."

„Eine Schriftstellerin also!" Er nickte. „Was schreiben Sie denn?"

„Unveröffentlichte Romane", gab sie lächelnd Auskunft. „Aber zurzeit bastle ich an einem Artikel über die Wirkung von Parfüms auf den modernen Mann. Man muss schließlich mit der Zeit gehen."

„Und sind Sie gut?" Colin sah sie erwartungsvoll an. Dass er gegen einen Passanten stieß, merkte er gar nicht.

„Ich bin ein frisches, unverbrauchtes und bis jetzt unentdecktes Talent." Sie warf den Kopf zurück. „Wir sind übrigens da, das ist ‚The Best Boutique'. Ich bin gespannt, was Mrs. Wilson wohl sagen wird. Wahrscheinlich denkt sie, dass Sie mich aushalten." Bei der Vorstellung lachte Alice hell auf. „Könnten Sie mir nicht ein paar schmelzende Blicke zuwerfen, Colin?" Schadenfreude und Verschmitztheit zeigten sich in Alices Augen. „Dann hätte meine ehemalige Chefin für die nächsten Wochen genug Gesprächsstoff."

Sie öffnete die Tür, und ihr hübsches Gesicht errötete vor Freude bei der Vorstellung, wie Mrs. Wilson gleich staunen würde.

Julia begrüßte Colin mit formvollendeter Höflichkeit. Sie warf Alice, ihrer ehemaligen Angestellten, erst nur einen kurzen Blick zu, dann weiteten sich ihre Augen vor Erstaunen.

Fassungslos stand sie da, als Alice nun auch noch nach dem beigefarbenen Seidenkleid verlangte. Doch dann kam Leben in sie, und sie machte sich höchstpersönlich daran, die beiden zu bedienen.

In der Umkleidekabine streifte Alice die Jeans herunter und ergötzte sich dabei an den Launen des Schicksals. Vor weniger als vierundzwanzig Stunden hatte sie noch vor dieser Kabine gestanden, die Arme beladen mit Kleidern und ohne den geringsten Gedanken an einen Colin Sullivan.

Jetzt schien er bereits vollkommen von ihr Besitz ergriffen zu haben. Die kühle, glatte Seide des Kleides fühlte sich angenehm auf der Haut an. Sie probierte dieses Kleid allein für ihn. Und wenn sie daran dachte, dass er draußen darauf wartete, sie in diesem Kleid zu sehen, da schlug ihr Herz prompt schneller.

Alice zog den Reißverschluss zu und hielt den Atem an, als sie ihr Spiegelbild erblickte. Das Kleid fiel in einer geraden Linie bis zum Boden, und nur durch die Zartheit des Materials wurde dieser Eindruck von Strenge gemildert. Arme und Schultern schimmerten durch die fast durchsichtigen Ärmel hindurch, und ihr Haar glänzte im Kontrast zu der matten Farbe der Seide.

Alice erkannte sich kaum wieder. Dies war wirklich ein Traum von einem Kleid. In ihm sah sie nicht nur gleichzeitig elegant und anmutig aus, sie fühlte sich auf einmal auch so. Nervös befeuchtete sie die Lippen, dann trat sie aus der Kabine. Was Colin wohl sagte, wenn er sie sah?

Colin war gerade dabei, Mrs. Wilson mit seinem Charme zu betören. Die zarte Röte, die sich auf ihren Wangen zeigte, erheiterte Alice. Ihre ehemalige Chefin kannte sie nur als sehr reserviert und gesetzt. Da konnte ihr Anblick heute schon zum Lachen reizen.

Aber Alice rief sich zur Ordnung und machte lieber ein ernstes Gesicht. Nur wenn man genau hinsah, konnte man entdecken, dass sie mit Mühe ein Lächeln unterdrückte. „Colin?"

Er wandte sich um. Das Lächeln auf seinen Zügen wurde schwächer, schließlich erstarb es ganz. Dann ließ er Mrs. Wilsons Hand los, die er eben gerade offenbar an die Lippen ziehen wollte, tat einige Schritte vorwärts und blieb dann abrupt stehen.

Alice hatte ursprünglich lachend auf ihn zugehen wollen, aber nun stand sie regungslos da, wie gebannt vom Ausdruck seiner Augen.

Langsam, ganz langsam wanderte sein Blick über ihre Gestalt. Alice spürte, wie ihr dabei eine seltsame Hitze in die Wangen stieg. Wie schaffte er es nur, sie mit einem einzigen Blick derart durcheinander zu bringen? Sie wollte etwas sagen, diesen merkwürdigen Trancezustand dadurch aufheben, aber sie brachte keinen Ton heraus.

„Colin", wiederholte sie endlich, und in ihrer Stimme lag dabei etwas Bittendes. Es klang nur ganz schwach an, sie verstand gar nicht, wie das zu Stande kam.

Für einen Moment leuchteten seine Augen auf, dann wich diese Freude merkwürdigerweise einer Art Gereiztheit. Als er zu sprechen begann, klang es kurz angebunden und unpersönlich.

„Das Kleid ist genau richtig für meine Zwecke. Lassen Sie es einpacken, und bringen Sie es morgen früh mit. Wir werden dann anfangen."

In Alices Kopf herrschte ein kleines Chaos. Zu gern hätte sie sich mit ihm über das Bild unterhalten, das da entstehen sollte, und sie sehnte sich danach, von ihm bewundert zu werden. So kam ihre Antwort kühl und gelassen. „Ist das alles?“

„Das ist alles. Morgen früh um neun Uhr also. Kommen Sie nicht zu spät.“

Alice rührte sich nicht. In diesem Augenblick glaubte sie fest, dass sie ihn verachtete. Wieder sahen sie einander an, und die Luft zwischen ihnen schien zu vibrieren. Dann verschwand Alice in ihrer Kabine.

3. KAPITEL

Die ganze Nacht lang ging Alice mit sich selbst ins Gericht, und als der Morgen graute, hatte sie sich und ihre Gefühle wieder fest im Griff.

Es lag absolut kein Grund dafür vor, Colin zu zürnen. Seine schroffe, abweisende Reaktion auf das Kleid war schließlich ganz natürlich. Sie war sein Modell, da konnte sie kaum persönliches Interesse erwarten.

Während der Fahrt in der Straßenbahn presste sie den Karton mit dem Kleid fest an sich. Sie beschloss, ihm gegenüber eine kühle, distanzierte Haltung an den Tag zu legen, so wie sich das für eine bezahlte Kraft gehörte.

Er war ja immerhin so etwas wie ein Arbeitgeber. Er war zwar Künstler, noch dazu ein ziemlich launischer Mensch, aber das zählte für sie nicht.

Alice seufzte verstimmt. Irgendwie gefiel ihr die ganze Situation nicht. Sie verließ die Straßenbahn, um den Rest des Weges zu Fuß zurückzulegen.

Colin war ein Künstler, den offenbar irgendetwas in ihrem Gesicht so sehr reizte, dass er es zu malen wünschte. Er empfand keine persönlichen Gefühle für sie, und sie sollte das auch nicht für ihn tun.

Warum sollte sie auch? Sie kannte ihn ja kaum. Gestern war sie nur schlichtweg seiner starken Persönlichkeit erlegen. Sie hatte sich eingebildet, es hätte eine spontane Zuneigung zwischen ihnen bestanden, aber das war vollkommen unrealistisch. So etwas gab es nicht, sie hatte sich nur wieder einen Roman zusammengereimt. Ihre Beziehung war ausschließlich beruflicher Natur.

Alice blieb am Fuß der Treppe stehen, die zu Colins Atelier führte. Wenigstens hätte er sich für den Tipp mit dem Geschäft bedanken können. Aber egal. Sie machte eine unwillige Geste und erklomm die Stiegen. Er war bestimmt so mit sich selbst beschäftigt, dass er wahrscheinlich längst vergessen hatte, dass der Vorschlag von ihr gekommen war.

Entschlossen warf sie den Kopf zurück und klopfte dann entschieden an die Tür. Aber als Vera Kingsley öffnete, kam ihre Selbstsicherheit doch wieder ins Wanken.

„Hallo!“ Alice lächelte, obwohl Vera über ihren Anblick alles andere als erfreut war. Wortlos wies sie Alice mit einer Handbewegung ins Atelier.

Vera sah heute nicht minder Aufsehen erregend aus, als Alice sie von gestern in Erinnerung hatte. Dieses Mal trug sie einen grellrosa Overall, zu dem andere Frauen mit solch rotem Haar wohl kaum den Mut gehabt hätten. Alice war so fasziniert von Veras Ausstrahlung, dass sie darüber sogar kurzfristig ihre Enttäuschung vergaß, dass Colin nicht selbst die Tür öffnen gekommen war.

„Bin ich zu früh da?“

Vera stemmte die Hände in die Seiten und ging langsam um Alice herum. „Nein, Colin ist nur aufgehalten worden. Er wird gleich kommen. Ist Ihr Haar von Natur aus gelockt, oder haben Sie eine Dauerwelle?“

„Nein, es ist von Natur aus so.“

„Und die Farbe?“

„Meine Haarfarbe ist jedenfalls echt.“ Alice konnte sich diese Spitze nicht versagen.

Veras Parfümduft überlagerte den Farbgeruch im Raum. Als sie vor Alice stehen blieb, sah diese ihr geradewegs in die Augen. „Warum fragen Sie das alles?“

„Ich bin nur neugierig, Herzchen, nur neugierig.“ Ein Lächeln huschte über Veras Gesicht und verschwand so schnell, wie es gekommen war. „Colin ist ganz verrückt nach Ihrem Gesicht. Er hat wahrscheinlich gerade eine romantische Phase. Das muss wohl auch mal sein. Also, ich habe diese Technik immer vermieden.“ Mit zusammengekniffenen Augen und schrägem Kopf musterte sie ausgiebig Alices Gesicht.

„Wollen Sie vielleicht noch nachzählen, wie viele Zähne ich habe?“ bot Alice ihr gereizt an.

„Immer mit der Ruhe.“ Vera tippte ihr mit dem Finger gegen

die Lippen. „Colin und ich teilen uns bisweilen Modelle. Ich prüfe nur, ob ich Sie vielleicht auch irgendwie verwenden kann."

„Ich bin kein Gegenstand, Miss Kingsley, ich lasse mich nicht so einfach teilen", erwiderte Alice freundlich, aber bestimmt.

„Ein gutes Modell sollte flexibel sein", tadelte Vera. „Hoffentlich machen Sie sich nicht ebenso zum Narren wie Ihre Vorgängerin."

„Meine Vorgängerin?" Alice ärgerte sich bereits, dass sie so prompt nachgefragt hatte.

„Sie hat sich unsterblich in Colin verliebt." Es flackerte kurz in Veras Augen auf, und Alice fand, dass sie einer lauernden Katze ähnelte. „Was noch schlimmer war – sie bildete sich ein, das beruhe auf Gegenseitigkeit. Es war ein Drama, denn, wie üblich bei solchen Geschichten, wurde Colin zum Schluss ziemlich gemein zu ihr. Wie sollte er sie auch sonst loswerden? Er hasst es eben, wenn man ihn festnageln will. Es ist aber auch zu lästig, wenn einem ständig jemand hinterherschmachtet, nicht wahr?"

„Das weiß ich nicht, ich habe mit solchen Dingen wenig Erfahrung", erwiderte Alice sanft. „Aber keine Sorge, ich werde Colin nicht schmachtend verfolgen. Er braucht mein Gesicht, ich einen Job. So einfach ist das." Sie verstummte. Vielleicht war es besser, von Anfang an für klare Verhältnisse zu sorgen. „Sie haben nichts von mir zu befürchten, Vera. Seien Sie unbesorgt. Ich habe viel zu viel zu tun, um mich auf eine Romanze einzulassen."

Vera sah sie nachdenklich an, dann ging sie zur Tür. „Nun gut. Das vereinfacht die Angelegenheit. Übrigens, dort können Sie sich umziehen." Sie zeigte auf eine Tür an der Seite und verschwand.

Alice atmete auf. Maler waren doch ein seltsames Völkchen! Mit einem Schulterzucken ging sie zu der Tür, auf die Vera gezeigt hatte, und betrat gleich darauf das kleine Ankleidezimmer, zu dem sie führte.

Wie schon am vergangenen Tag, ging mit Alice eine Veränderung vor, als sie das seidene Kleid überstreifte. Sie wusste nicht, lag es an der Beschaffenheit des Kleides oder an der Tatsache, dass sie nun genauso war, wie Colin sie zu sehen wünschte? Auf jeden Fall fühlte sie sich lebendiger, selbstbewusster und ganz einfach weiblicher in diesem Gewand. Sie warf einen letzten prüfenden Blick in den Spiegel und ging zurück ins Atelier.

„Ach, Sie sind hier", bemerkte sie wenig geistreich, als sie Colin erblickte.

Sie sah ihn nur von der Seite, und er drehte sich bei ihrem Eintreten nicht zu ihr um. Er stand da, die Hände in den Hosentaschen vergraben, und starrte auf eine weiße leere Leinwand. Sein Gesicht wirkte finster, offenbar dachte er angestrengt über etwas nach. Anscheinend hatte er darüber ihr Kommen überhört. Er zeigte jedenfalls keinerlei Anzeichen, dass er sie bemerkt hatte.

Alice kam die Einsicht, dass er ein wirklich außergewöhnlich attraktiver Mann war und dass es ungeheuer aufregend sein musste, sich in einen solchen Mann wie ihn zu verlieben. Er hatte gewiss leichtes Spiel bei den Frauen.

Sie blieb stehen, wo sie war, überzeugt davon, dass er ihren Ausruf nicht einmal gehört hatte.

„Ich werde gleich damit anfangen, auf Leinwand zu malen, keine Skizzen mehr." Noch immer wandte er sich nicht zu ihr um. „Dort stehen Veilchen auf dem Tisch. Sie passen zu Ihren Augen."

Alices Augen leuchteten auf, als sie den kleinen Strauß inmitten des Durcheinanders von Malutensilien auf dem Tisch erblickte. „Wie bezaubernd sie sind!" Sie beugte sich über die zarten Blüten und atmete tief ihren feinen süßen Duft ein. Gerührt sah sie Colin dann an, um ihm für die nette Aufmerksamkeit zu danken.

„Ich brauche einen Farbtupfer für das Kleid", murmelte er und sah weiterhin intensiv auf die Leinwand.

Alices Freude schwand. Sie betrachtete die Blumen und seufzte. Es war ihre eigene Schuld, er hatte die Veilchen gekauft, weil er sie für die Arbeit brauchte, und nicht, um sie ihr zu schenken. Warum sollte er auch? Kopfschüttelnd ging sie zu ihm hinüber. „Sehen Sie mich etwa schon auf der leeren Leinwand?"

Endlich wandte er ihr das Gesicht zu, aber der konzentrierte

Ausdruck blieb. „In der Tat, Alice, das tue ich. Gehen Sie jetzt bitte dort hinüber, ich brauche nämlich das Licht aus diesem Fenster."

Während er sie dorthin schob, wo er sie haben sollte, drehte Alice ihm das Gesicht zu und sah ihn an.

„Guten Morgen, Colin", wünschte sie ihm herausfordernd.

Er hob die Augenbrauen. „Im Allgemeinen kümmere ich mich herzlich wenig um die Anstandsregeln, wenn ich arbeite."

„Wie außerordentlich nett von Ihnen, mich darüber aufzuklären", antwortete Alice freundlich lächelnd.

„Außerdem stehe ich in dem Ruf, vorwitzige Mägdelein zu fressen!"

„Mägdelein!" Alice lächelte amüsiert. „Wie herrlich altmodisch. Noch besser gefiele mir allerdings, wenn Sie mich ein ‚holdes Mägdelein' nennen würden. Diesen Ausdruck habe ich besonders gern."

„Das passt nicht zu Ihnen", sagte er bestimmt, hob ihr Kinn und strich ihr das Haar über die Schulter. „So, von jetzt ab rühren Sie sich nicht mehr, sonst passiert etwas."

Während er sprach, drehte und wendete er sie hin und her, bis er die richtige Stellung für seine Zwecke gefunden hatte.

Wie er sie berührte, das war ganz und gar unpersönlich, als sei sie nichts als ein Gegenstand. In seinen Augen konnte Alice jedoch gleichzeitig lesen, dass er schon mitten in der Arbeit war.

Sie kannte diese angespannte Konzentration von sich selbst her. Auch sie neigte dazu, beim Arbeiten alles um sich herum zu vergessen und in sich selbst zu versinken. So sparte sie sich auch jede Antwort.

Colin trat einen Schritt zurück und musterte sie schweigend. Es war eine natürliche und einfache Pose: Alice stand aufrecht da, in Hüfthöhe hielt sie den Veilchenstrauß in den Händen. Die Haltung der Arme wirkte ganz entspannt. Sie waren kaum angewinkelt. Das Haar fiel ihr ungekünstelt und frei über die Schultern.

„Heben Sie das Kinn eine Idee an – halt, ja, so ist es gut. Und nun bewegen Sie sich nicht mehr und sprechen erst wieder, wenn ich es Ihnen erlaube."

Reglos verfolgte Alice Colin mit Blicken. Sie beobachtete, wie er sich an die Staffelei stellte und ein Stück Kohle zur Hand nahm. Schweigen erfüllte den Raum, Colin arbeitete konzentriert, und von Zeit zu Zeit ruhte sein Blick prüfend auf ihr.

Alice spürte, dass er ihr nicht nur in die Augen, sondern geradewegs in die Seele schaute und dabei vielleicht mehr von ihr erfuhr, als sie selbst auch nur ahnte. Nervös machte sie diese Vorstellung nicht, eher neugierig. Was würde er dort sehen? Und wie würde er es ausdrücken?

„In Ordnung", sagte Colin plötzlich. „Sie können jetzt sprechen, aber verändern Sie Ihre Stellung nicht. Erzählen Sie mir von Ihren unveröffentlichten Romanen."

Er schien nach wie vor in seine Arbeit vertieft, sodass Alice bezweifelte, dass es ihn wirklich interessierte, was sie sich da zusammenschrieb. Vielleicht wollte er ihr nur helfen, sich zu entspannen. Aber sie ging auf seine Aufforderung ein.

„Im Moment gibt es nur einen Roman, genauer gesagt, einen und einen halben. Ich arbeite an meinem zweiten Buch. Das erste schicke ich unermüdlich von einem Verlag zum anderen, aber leider lehnen alle ab. Das Manuskript, an dem ich jetzt schreibe, handelt von einer reiferen Frau, von ihren Entscheidungen und ihren Fehlern. Ich glaube, es ist eine ziemlich sentimentale Geschichte. Hoffentlich finde ich ein Happy End dafür. Im Moment komme ich nicht so recht voran. Es ist übrigens sehr schwer für mich, mich beim Sprechen nicht bewegen zu dürfen. Bis jetzt wusste ich nicht einmal, dass ich offenbar mit Händen und Füßen rede!"

„Das macht Ihr irisches Temperament." Colin sah leicht unzufrieden auf seine Leinwand, dann hob er den Kopf. „Darf ich das erste fertige Manuskript lesen?"

Alice war so überrascht, dass ihr momentan die Worte fehlten. „Natürlich, ja, wenn Sie wollen. Ich …"

„Gut", unterbrach er sie. „Bringen Sie es morgen mit. Nun

seien Sie bitte wieder still. Ich will jetzt mit dem Gesicht anfangen."

Eine Zeit lang herrschte Schweigen, bis er mit einem Kopfschütteln die Kohle aus der Hand legte. „Irgendetwas stimmt nicht." Er ging zu Alice hinüber, aber die blieb abwartend in ihrer Pose stehen und schwieg. „Sie strahlen nicht die richtige Stimmung aus. Verstehen Sie, was ich meine?" Ungeduld und ein Anflug von Ärger schwangen in seiner Stimme mit.

Alice hob zu einer Antwort an, ließ es dann aber sein, weil sie merkte, dass er gar keine erwartete.

„Ich will mehr als nur eine Illusion, ich will Leidenschaft. Sie besitzen diese Leidenschaft, Alice, mehr, als ich für dieses Bild benötige. Das weiß ich genau."

Er wandte ihren Kopf hin und her, und Alice spürte plötzlich eine eigenartige Spannung im Raum. Ihr Herz schlug schneller.

„Ich will eine Frau, die ihren Geliebten erwartet. Ich will Erwartung, Natürlichkeit, Unschuldigkeit einfangen. Unberührt, aber nicht unberührbar sollen Sie sein. Das brauche ich, das und nichts anderes." In seinen Augen zeigte sich Begeisterung über seine Idee, und Alice konnte den Blick nicht von ihm wenden. Immer noch brachte sie keinen Ton hervor, auch nicht, als er nun ganz dicht vor ihr stand.

„In Ihren Augen müssen Zärtlichkeit und ein Hauch von Sinnlichkeit zu lesen sein. Ihr Mund soll Hingabebereitschaft widerspiegeln. Es muss so aussehen, als seien Sie gerade geküsst worden und warteten auf den nächsten Kuss. So zum Beispiel."

Ohne Vorwarnung senkte er seinen Mund auf den ihren. Dabei umschloss er mit den Händen ihr Gesicht. Sein Kuss war sanft und erfahren.

Etwas tief in Alice begann darauf zu antworten. Leidenschaft wurde in ihr wach, von deren Existenz sie gar nichts geahnt hatte. Aber so schnell, wie Colin von ihrem Mund Besitz ergriffen hatte, gab er ihn auch wieder frei.

Alice konnte nicht wissen, dass ihr Gesicht nun genau den Ausdruck zeigte, den Colin gewünscht hatte. Voller Erwartung, einladend und unschuldig sah sie ihn an. Flüchtig betrachtete er sie, dann ging er zurück zu seiner Staffelei und versenkte sich wieder in seine Arbeit.

Alice bemühte sich fieberhaft, ihrer Gefühle Herr zu werden. Ihr Verstand sagte ihr, dass dieser Kuss gar keine Bedeutung hatte, dass er nur Mittel zum Zweck gewesen war, aber ihr Herz widersprach dem heftig. In wenigen Augenblicken hatte Colin eine nie gekannte Sehnsucht, ein nie gekanntes Verlangen in ihr geweckt. Dies war mehr als ein Kuss gewesen, es war für sie vielmehr eine neue Erfahrung.

Alice war modern und aufgeschlossen, sie lebte schließlich in einer Zeit, in der Küsse häufiger gewechselt wurden als Händedrücke. Ihre Einbildungskraft hatte diesen Kuss wohl zu mehr werden lassen, als er eigentlich bedeutete.

Auch hatte Colin sie völlig überrascht. Er hatte sie geküsst, obwohl er gar kein Recht dazu besaß – und noch dazu auf sehr vertrauliche und Besitz ergreifende Weise. Bis jetzt hatte das noch kein Mann gewagt. Vielleicht hatte Alice nur deshalb so seltsam darauf reagiert? Sie versuchte sich ihr Verhalten mit Vernunft und Logik zu erklären, wog mögliche Ursachen und Erklärungen gegeneinander ab. Und doch gab es da etwas, das sie nicht mithilfe des Verstandes deuten konnte. Resigniert gab sie es endlich auf, sich die Angelegenheit erklären zu wollen.

„Wir hören jetzt auf." Abrupt legte Colin die Kohle aus der Hand. Während er sich die Hände an einem Lappen abwischte, sah er zu Alice hinüber. „Entspannen Sie sich."

Alice gehorchte und stellte fest, dass ihre Muskeln tatsächlich völlig verspannt waren. „Wie lange habe ich nun so dagestanden?" fragte sie und streckte sich. „Bestimmt länger als zwanzig Minuten."

Colin hob die Schultern und betrachtete wieder die Leinwand. „Möglich. Es geht gut voran. Möchten Sie Kaffee?"

Alice verzog das Gesicht. Es ärgerte sie, dass er es so gelassen hinnahm, dass er sie so lange hatte stehen lassen. „Zwanzig Minuten können sehr lang sein, wenn man immer in ein und derselben Stellung verharren muss. Ja, danke, ich hätte gern eine Tasse Kaffee." Während er zur Tür ging, zeigte sie auf die Staffelei. „Darf ich es mir ansehen?"

„Nein."

„Und was ist mit den anderen?" Sie wies auf die anderen Leinwände, die überall im Raum herumstanden. „Sind sie auch geheim?"

„Machen Sie, was Sie wollen. Aber das Porträt geht Sie nichts an. Verstanden?" Er verschwand, um, wie sie vermutete, den Kaffee zu holen.

Alice legte die Veilchen auf den Tisch und ging zu den ungerahmten Bildern hinüber. Scheinbar völlig willkürlich standen sie da, ganz kleine neben solchen, die so groß waren, dass Alice Mühe hatte, sie herumzudrehen. Schon bald vergaß sie ihre Verstimmung, was Colins rücksichtsloses Benehmen betraf, und war nur noch voller Bewunderung für sein außergewöhnliches Können.

Jetzt sah sie selbst, warum man Colin Sullivan als den Meister der Farben und des Lichts und Schattens bezeichnete. Seine Porträts spiegelten Tiefblick und Aufrichtigkeit wider, seine Landschafts- und Städtebilder strotzten vor Lebenskraft. Es war nur ein Spiel von Licht und Schatten, aber alle Bilder gaben etwas von ihm persönlich wieder.

Sie fragte sich, ob er malte, was er sah oder was er fühlte, dann verstand sie, dass seine Bilder eine glückliche Verbindung aus beidem darstellten. Er sah eben mehr, als es einem normalen Sterblichen vergönnt war zu sehen. Seine Begabung beruhte nicht nur auf technischem Können, sondern vor allem auf seiner Wahrnehmungsfähigkeit. Die Bilder berührten Alice fast im gleichen Maß, wie Colin selbst es tat.

Vorsichtig drehte sie ein anderes Gemälde um. Es war wundervoll. Eine unbekleidete Frau lag lässig ausgestreckt auf dem Sofa, das jetzt leer in der Ecke stand. Ein Lächeln, das man beinahe träge nennen konnte, und ein Ausdruck sorglosen Selbstvertrauens, stolz auf den schönen eigenen Körper, lagen auf ihrem Gesicht.

Instinktiv erfasste Alice, dass es sich um die Frau handeln musste, von der Vera gesprochen hatte.

„Ein hübsches Geschöpf, nicht wahr?“ erklang Colins Stimme hinter ihr.

Alice zuckte zusammen. „Ja.“ Sie nahm ihm die Tasse ab, die er ihr darbot. „Ich habe noch nie eine schönere Frau gesehen.“

Colin hob nachdenklich die Schultern. „Als Modell ist sie nahezu vollkommen, sie hat einen wunderbaren Körper. So etwas sieht man selten.“

Alice starrte angestrengt auf ihren Kaffee.

„Sie verfügt über eine starke sinnliche Ausstrahlung und weiß das auch sehr gut“, setzte Colin nach einer Weile hinzu.

„Sie haben das sehr gut im Bild festgehalten.“ Irgendetwas musste sie schließlich sagen. Ihre Stimme klang mild, aber Colin durchschaute sie.

„Ach, Alice, in Ihren Augen kann man wie in einem offenen Buch lesen – Sie sind das Reizendste, was ich in den letzten Jahren kennen gelernt habe.“

Es waren sicher schon gescheitere Frauen als sie auf seinen Charme hereingefallen, das wurde ihr nun klar. Sie warf den Kopf zurück und wollte Colin einen eisigen Blick zuwerfen, aber es gelang ihr nicht. So musste sie ganz gegen ihre Absicht lächeln.

„Ich komme einfach nicht gegen Sie an, Colin.“ Sie beobachtete ihn über den Rand ihrer Tasse hinweg. „Warum sind Sie eigentlich nach San Francisco gezogen?“ wollte sie wissen.

Colin nahm sich einen der Holzstühle und setzte sich, ohne den Blick von ihr zu wenden. „Diese Stadt ist eine kleine Welt für sich. Ich liebe die Gegensätze, die sich in ihr offenbaren, und ihre faszinierende Geschichte.“

Alice hatte bei seinen Worten zustimmend genickt. „Aber vermissen Sie Irland nicht?“

„Ich fahre ab und zu dorthin.“ Er nahm einen kräftigen Schluck von seinem Kaffee. „Dort kann ich neue Kräfte schöpfen. Hier finde ich Leidenschaft, in Irland Frieden. Die Seele braucht beides.“

Sein Blick fing den ihren, aber da er dort offensichtlich nicht das fand, was er suchte, sah er wieder fort. „Trinken Sie Ihren Kaffee aus. Ich möchte heute mit den Kohlekonturen fertig werden, morgen beginne ich dann mit der Ölfarbe.“

Der Vormittag verging fast ohne jede weitere Unterhaltung, und Alice nutzte Colins stummen Arbeitseifer aus, ihn gründlich zu studieren.

Sie hatte schon einiges über die angeblich dunkle, beinah dämonische Ausstrahlung, wie es in einer Klatschspalte hieß, gelesen und den durchdringenden Blick, den er besaß.

Aber jetzt, da er selbst vor ihr stand, fand sie diese Beschreibungen alle unzutreffend. Er war wohl viel bezwingender, als es in den Zeitungen hieß.

Sie wunderte sich über sich selbst, sogar seine Launenhaftigkeit empfand sie als anziehend. Die Erinnerung daran, wie er sie geküsst hatte, überfiel sie. Einen Augenblick fragte sie sich, wie es wohl sein müsste, wenn er es ehrlich dabei meinte.

Alice hatte zwar noch nicht viel Erfahrung im Umgang mit Männern, aber eine innere Stimme sagte ihr, dass Colin Sullivan ihr gefährlich werden konnte. Er interessierte sie einfach zu sehr, und alles an ihm gefiel ihr – selbst seine Besitz ergreifende Art. Sein Aussehen faszinierte sie, und sie duldete selbst seine Launen. Alles fand sie aufregend und liebenswert.

Sie musste an Vera Kingsleys bissige Bemerkung über ihre Vorgängerin denken. Ihr fiel dabei sofort die herausfordernde Schönheit der Rothaarigen ein, dazu nun die glutvolle Sinnlichkeit des Modells auf dem Bild – nein, da war sie wohl das krasse Gegenteil. Aber Colin hatte anscheinend Spaß daran, die gegensätzlichsten Frauentypen kennen zu lernen, sowohl als Künstler als auch als Mann.

Alice rief sich verärgert zur Vernunft, weil sie merkte, in welche

Richtung ihre Gedanken abdrifteten. Gib dich keinen falschen Hoffnungen hin, warnte sie sich im Stillen. Riskiere es nicht, verletzt zu werden.

„Entspannen Sie sich."

Alice kehrte in die Wirklichkeit zurück und sah zu Colin hinüber. Angestrengt blickte er auf seine Leinwand.

„Gehen Sie sich umziehen", befahl er, ohne aufzusehen.

Alices Miene verdüsterte sich. Warum musste er nur so grob sein? Auch wenn man Maler war, konnte man höflich sein. Mühsam beherrschte sie ihren aufsteigenden Zorn und ging in das Ankleidezimmer hinüber.

Ihre Sorgen waren offensichtlich völlig unbegründet. Niemals würde ihr dieser Mann so nahe kommen, dass er ihr gefährlich werden konnte.

Kurz darauf betrat Alice wieder in ihren eigenen Sachen das Atelier. Colin stand am Fenster, die Hände in die Jackentaschen vergraben, und starrte hinaus.

„Ich habe das Kleid in dem Zimmer hängen lassen", teilte Alice ihm kühl mit. „Ich gehe jetzt, Sie sind ja offenbar beschäftigt." Sie nahm ihre Handtasche vom Stuhl und wollte sie sich gerade mit einem Schwung über die Schulter hängen, als er sich umdrehte und ihre Hand nahm.

„Da ist wieder diese Linie zwischen Ihren Brauen, Alice." Er streckte den Zeigefinger aus, um sie nachzuzeichnen. „Machen Sie nicht so ein Gesicht, dann hole ich Ihnen auch noch etwas zu essen, ehe Sie gehen."

Aber Alice fühlte sich dadurch keineswegs geschmeichelt. „Schenken Sie sich Ihren schulmeisterlichen Ton, Mr. Sullivan. Ich bin kein hohlköpfiges kleines Ding, das man nur ein bisschen tätschelt, damit es dann lacht."

Colin sah sie gutmütig an. „Ganz richtig. Aber dann seien Sie auch nicht gleich beleidigt."

„Ich bin nicht beleidigt", wehrte Alice ab und versuchte vergeblich, sich aus seinem Griff zu befreien. „Ich reagiere nur ganz normal auf eine unpassende Bemerkung. Lassen Sie meine Hand los."

„Erst, wenn ich fertig bin", gab er gelassen zurück. „Sie sollten Ihr Temperament zügeln, Alice, Liebes. Es steht Ihnen nämlich, und ich bin nicht der Typ Mann, der dem widersteht, was ihm gefällt."

„Es ist ja wohl ziemlich klar, dass ich Ihnen nur in beruflicher Hinsicht gefalle." Alice wollte sich noch einmal losreißen, aber mit einer blitzschnellen Bewegung zog Colin sie an sich.

„Sie fordern mich ja geradezu heraus dazu, Ihnen Ihren Irrtum klar zu machen." Seine Augen leuchteten auf.

„Ich fordere Sie zu gar nichts heraus", widersprach sie.

„Oh doch." Er legte eine Hand wie selbstverständlich auf ihren Nacken. „In der Nacht, als ich Sie im Nebel fand, haben Sie den Fehdehandschuh hingeworfen. Ich denke, es ist Zeit für mich, ihn aufzuheben."

„Sie sind albern", versetzte Alice hastig. Sie merkte, dass sie sich langsam auf eine Ebene zubewegten, auf die sie um keinen Preis gelangen mochte. Als sie weitersprechen wollte, biss er sie plötzlich ganz zart in die Unterlippe.

Alice protestierte schwach, aber anstatt ihn von sich zu stoßen, hielt sie sich an ihm fest. Mit den Lippen strich er spielerisch über ihren Mund, und als er damit aufhörte, stand sie vollkommen reglos da. Ihre Blicke verfingen sich ineinander.

„Wenn ich dich jetzt wieder küsse, Alice, dann geschieht es, weil ich es gern möchte." Er legte den Arm um ihre Taille, und ihre Lippen fanden sich. Alice strebte ihm entgegen, als habe sie ihr ganzes Leben lang nur auf diesen Moment gewartet.

Selbstvergessen fuhr sie ihm durch sein dichtes Haar, und ihr Mund wurde immer nachgiebiger. Einen kurzen Augenblick lang zog er sie noch fester an sich, küsste sie mit brennender Glut, dann gab er sie plötzlich frei.

Alice erschrak über ihre eigene Schwäche. Ihre Beine wollten ihr nicht mehr gehorchen, und sie schüttelte heftig den Kopf, wie um sich von dem zu befreien, was Colin in ihr geweckt hatte. Ein tief in ihr verborgenes Gefühl drängte nach Erlösung, und sie war zugleich entsetzt und fasziniert von der Macht dieser Empfindung. Aber noch überwog ihre Furcht die Neugier. Sie spürte, die Zeit war noch nicht reif.

Endlich hatte sie die Kraft wiedergefunden, sich von Colin zu lösen, aber er presste sie erneut an sich. „Nein, Colin, ich kann nicht." Sie stemmte die Hände gegen seine Brust.

Sein Blick zeigte wieder Entschlossenheit. „Aber ich kann", murmelte er, und dann riss er sie mit einem zweiten Kuss in einen neuen Strudel der Leidenschaft.

Alice hatte nur wenig Erfahrung, und sie war gar nicht vorbereitet auf das Verlangen, das sie nun erfasste. Angst stieg mit einem Mal in ihr auf. Als Colin sich von ihr löste, atmete sie nur stoßweise, ihre Augen waren geweitet vor Leidenschaft.

„Bitte, Colin, lass mich gehen. Ich glaube, ich fürchte mich."

Alice wusste, so, wie sie sich jetzt fühlte, war sie kurz davor, sich ihm ganz und gar hinzugeben. Ängstlich vermied sie es, ihm auf den Mund zu sehen. Als er seinen Griff endlich lockerte, nutzte sie die Gelegenheit und trat hastig ein paar Schritte zurück.

Colin beobachtete sie und verschränkte die Arme über der Brust. „Ich möchte wissen, wovor du mehr Angst hast – vor mir oder vor dir selbst."

„Das frage ich mich auch", antwortete Alice impulsiv und offen wie immer.

„Du bist sehr ehrlich, Alice. Überleg dir, wie ehrlich du mir gegenüber sein willst. Ich glaube, ich bin ziemlich skrupellos, wenn ich aus einer Sache einen Vorteil ziehen kann. Sieh dich also vor."

„Nein, ich bin sicher, dass du so etwas nicht tun würdest." Alice holte tief Atem und straffte die Schultern. „Ich nehme an, auf die Dauer war das wohl unvermeidbar", begann sie nüchtern. „Es ist nun einmal geschehen, aber es sollte sich nicht wiederholen." Sie machte ein unwilliges Gesicht, weil Colin in schallendes Gelächter ausbrach. „Habe ich etwas Komisches gesagt?"

„Alice, du bist einmalig!“ Ehe sie noch den Mund öffnen konnte, war er bei ihr und umfasste ihre Schultern. „Diese kühle, sachliche britische Art, mit der du dich gibst, wird sich niemals mit der irischen Leidenschaft vertragen, die in dir schlummert.“

„Romantischer Unfug!“ behauptete sie mit hoch erhobenem Kinn.

„Die Tür ist nun offen, Alice.“ Sie zuckte unwillkürlich zusammen, weil er ihren eigenen Gedanken aussprach. „Vielleicht wäre es besser für dich gewesen, wenn sie verschlossen geblieben wäre.“ Er schüttelte sie. „Ja, es ist nun einmal geschehen. Aber es wird wieder passieren. Die Tür fällt nicht wieder zu.“ Er ließ sie los, trat einen Schritt zurück, ließ sie jedoch nicht aus den Augen. „Geh jetzt, ich werde inzwischen daran denken, dass du dich fürchtest.“

Alice widerstand dem Verlangen, einfach zu ihm zu gehen, und wandte sich zur Tür.

„Um neun Uhr also“, rief er ihr nach.

Sie warf einen letzten Blick zurück. Er stand mitten im Raum, das Sonnenlicht fiel auf seine schlanke Gestalt. Alice hatte das Gefühl, es sei klüger, hinauszugehen und niemals zurückzukommen.

„Sei kein Feigling, Alice, ja?“ neckte er sie sanft, als habe er ihre Gedanken erraten.

Sie gab sich einen Ruck und straffte sich. „Um neun Uhr“, wiederholte sie kühl und zog die Tür geräuschvoll hinter sich ins Schloss.

4. KAPITEL

Die Tage vergingen, und Alice fand immer mehr Geschmack an ihrer neuen Rolle als Künstlermodell. Was Colin betraf, so tröstete sie sich damit, dass es wohl keiner Frau gelingen würde, in seiner Nähe entspannt zu bleiben. Er besaß ein wahrhaft launisches Temperament, wegen nichts konnte er in Wut geraten, aber daneben verfügte er auch über einen ausgeprägten Humor. Je besser Alice ihn kennen lernte, desto mehr faszinierte er sie.

Die Tatsache, dass sie sich so ausgiebig in Gedanken mit ihm beschäftigte, führte sie auf ihre Arbeit als Schriftstellerin zurück. Sie brauchte wahrscheinlich die Bekanntschaft eines solchen Mannes, so unvorhersehbar und vielseitig. Er war ein anregendes Element zur Ausübung ihres Berufes.

Sie redete sich beständig ein, es sei nichts zwischen ihnen, nur ein künstlerischer Austausch.

Er hatte sich ihr nicht wieder genähert, höchstens, um sie in Positur zu stellen. Der leidenschaftliche Kuss gehörte nun der Erinnerung an, solche Momente hatte es zwischen ihnen nicht wieder gegeben.

Alice saß in ihrer Wohnung an der Schreibmaschine und fand, dass sie eigentlich viel Glück hatte. Zum einen hatte sie einen Job, der sie über Wasser hielt, zum anderen war Colin so besessen von seiner Arbeit, dass ihr Seelenfrieden nicht ernsthaft gestört wurde.

Sie war ehrlich genug sich einzugestehen, dass sie ihn mehr als anziehend fand. Da war es nur gut, wenn er ganz und gar in seiner Arbeit aufging und nicht bemerkte, dass sie ein Wesen aus Fleisch und Blut war.

Schließlich ist es ja ganz normal, dass ich mich von ihm angezogen fühle, versicherte sie sich. Aber sie würde sich nicht wie ihre Vorgängerin an ihn verlieren, dazu war sie viel zu stolz. Nein, sie würde sich seinetwegen niemals zum Narren machen. Er hatte seine Kunst und Vera Kingsley, sie ihre Arbeit.

Seufzend sah sie hinunter auf das weiße, unbeschriebene Papier in ihrer Maschine.

Und doch, er war allgegenwärtig … Nein. Entschieden setzte sie sich auf ihrem Stuhl zurecht. Heute Abend würde sie das Kapitel zu Ende schreiben, ohne noch einen Gedanken an Colin Sullivan zu verschwenden.

Mit einem Mal ging ihr die Arbeit flüssig von der Hand. Sie verlor sich ganz in den Ereignissen um die von ihr erfundenen Personen. Die Liebesszene nahm sie völlig gefangen, sie ließ die Menschen darin zueinander finden, hielt ihre Geschicke fest in der Hand. Alles verlief auf dem Papier genau so, wie sie es sich vorgestellt, wie sie es geplant hatte, und nicht einen Augenblick dachte sie daran, dass sie dabei vielleicht stark von dem Mann beeinflusst wurde, an den zu denken sie sich verboten hatte.

Die Szene, an der Alice schrieb, war fast fertig, als es plötzlich an der Tür klopfte. Wer störte denn da jetzt?

„Wer ist da?“ rief sie ärgerlich und hörte mitten im Satz zu tippen auf.

„Hallo, Alice, ich bin’s!“ Es war Jeffrey Mullans. Er steckte gleich darauf sein freundliches rotbärtiges Gesicht zur Tür herein. „Darf ich dich kurz stören?“

Jeffrey war Alices Nachbar, und sie mochte ihn gern, deshalb verflog ihr Unmut schnell, und sie lächelte ihn an. „Aber sicher, komm nur herein“, lud sie ihn ein.

Er ließ sich das nicht zweimal sagen. Mit der Gitarre in der Hand und einem Kasten Bier betrat er ihr Zimmer. „Kann ich das Bier in deinem Eisschrank verstauen? Meiner ist schon wieder defekt.“

„Nur zu!“ Sie machte ein erstauntes Gesicht. „Du hast ja gleich deine ganzen Vorräte mitgebracht. Aber ich wusste gar nicht, dass auch eine Gitarre Kühlung braucht.“

„Nein, nur das Bier“, grinste Jeffrey fröhlich und marschierte in Alices winzige Küche. „Du bist die Einzige im Haus, der ich das Bier anvertrauen mag. Aber sag mal, du hältst wohl nichts vom Essen, wie? Alles, was ich hier im Kühlschrank sehe, sind zwei Möhren und etwas Saft. Komm mit zu mir, ich mache dir was Vernünftiges. Ich habe Pizza, und hinterher gibt es gefüllte Krapfen."

„Das klingt himmlisch, aber ich habe mir vorgenommen, dieses Kapitel noch heute fertig zu schreiben."

Jeffrey kraulte sich den Bart. „Du weißt nicht, was dir entgeht. Hast du übrigens Neuigkeiten aus New York?" Er ließ sich im Schneidersitz auf dem Boden nieder und nahm die Gitarre auf den Schoß.

„An der Ostküste scheint eine Verschwörung des Schweigens im Gange zu sein." Alice seufzte. „Gut, ich weiß, es ist vielleicht noch zu früh, um die Hoffnung aufzugeben, aber Geduld ist nun einmal nicht meine starke Seite."

„Du wirst es schaffen, Alice, ganz bestimmt." Während er sprach, begann er sacht über die Saiten seiner Gitarre zu streichen. Die Melodie, die sich dabei entwickelte, war einfach und einschmeichelnd. „Du hast eine ganz besondere Gabe, die Menschen, über die du schreibst, lebendig werden zu lassen. Wenn der Roman nur halb so gut ist wie dieser Artikel, den du neulich für die Zeitung geschrieben hast, dann hast du es geschafft. Darauf verwette ich einen Kasten Bier."

Alice rührte dieses ehrlich gemeinte, von Herzen kommende Kompliment, und sie lächelte. „Möchtest du dich nicht vielleicht als Lektor bei einem gewissen New Yorker Verlag bewerben? Das wäre sehr hilfreich."

„Du brauchst mich nicht, Liebes. Außerdem bin ich ein aufstrebender Liedermacher."

„Ich habe schon davon gehört."

Alice lehnte sich entspannt in ihrem Stuhl zurück. Plötzlich schoss es ihr durch den Kopf, dass Colin Jeffrey Mullans vielleicht gern malen würde. Er wäre ein ausgezeichnetes Modell mit dem leuchtend roten Haar und dem kupferfarbenen Bart, beides bot einen eigenartigen Kontrast zu seinen sanften grauen Augen. Malerisch war auch seine Haltung, wie er so dasaß und mit den schmalen Fingern liebevoll über die Saiten der Gitarre strich. Ja, so würde Colin ihn wiedergeben, genau so.

„Alice?“

„Entschuldige, ich war in Gedanken woanders. Hast du in nächster Zeit irgendwelche Konzerte?“

„Ja, ich gebe zwei in der kommenden Woche. Und was machen deine Sitzungen bei diesem Künstler?“ Er stimmte kurz eine der tiefen Saiten nach und spielte dann weiter. „Ich habe ein paar seiner Bilder gesehen, sie sind ganz prima. Wie fühlt man sich, wenn man von einem anerkannten Meister auf die Leinwand gebannt wird?“

„Es ist eigenartig, Jeffrey, ich kann es nicht recht erklären ...“ Sie zog die Knie an und umschlang sie mit den Armen. „Ich bin mir nie ganz sicher, ob er wirklich mich sieht, wenn er malt. Ich weiß auch nicht genau, ob ich mich erkennen werde, wenn das Bild fertig ist.“ Sie dachte eine Weile nach und meinte dann: „Vielleicht benutzt er nur gewisse Teile von mir für sein Bild, so wie ich bei meinen Personen auch nur gewisse Charaktereigenschaften von lebenden Vorbildern verwende.“

„Was für ein Mensch ist er?“ erkundigte sich Jeffrey interessiert.

Alices Blick wirkte abwesend. „Er ist faszinierend“, murmelte sie, ohne zu merken, dass sie laut dachte. „Er sieht aus wie ein Pirat, markant und gefährlich. Und er hat die blauesten Augen, die ich jemals an einem Mann gesehen habe. Seine Hände sind wunderschön – anders kann man es wohl kaum nennen.“

Ihre Stimme wurde noch weicher, und ihre Augen nahmen einen verträumten Ausdruck an. „Er strahlt eine Art unbekümmerter Sinnlichkeit aus, was man am meisten spürt, wenn er arbeitet. Er ist dann so in seine Kunst versunken, dass alles um ihn herum verschwindet. Er bittet mich immer, etwas zu erzählen, und dann spreche ich einfach drauflos, über alles, was mir gerade so einfällt.“

Sie legte den Kopf auf die Knie. „Aber ich weiß nicht, ob er mir überhaupt zuhört. Er hat ein fürchterliches Temperament, wenn er in Zorn gerät, verfällt er in einen starken irischen Akzent. Er ist übermäßig selbstherrlich und unerträglich arrogant, dabei aber auch ungewöhnlich charmant. Jedes Mal, wenn ich ihn sehe, fällt mir etwas Neues an ihm auf, und doch habe ich den Eindruck, dass ich ihn auch nach Jahren noch nicht richtig kennen würde."

Sie verstummte, und eine Zeit lang hörte man nichts außer Jeffreys Musik.

„Du bist also ganz hingerissen von ihm", stellte Jeffrey nüchtern fest.

Alice fuhr zusammen und setzte sich kerzengerade auf. „Weshalb ... nein, natürlich nicht! Ich bin nur ... nur ..." Nur was? fragte sie sich im Stillen. Warum bist du Jeffrey gegenüber nicht ehrlich? „Ich bin nur daran interessiert herauszufinden, weshalb er so ist. Das ist alles", antwortete sie und umschlang wieder ihre Knie.

„Schon gut, Liebes, du musst es ja wissen." Jeffrey erhob sich mit einer geschmeidigen Bewegung. „Nur – nimm dich in Acht." Er beugte sich zu ihr und fasste ihr unter das Kinn. „Denk an meine Worte. Er mag ein großer Künstler sein, aber wenn man dem Klatsch Glauben schenken darf, dann ist er auch durch und durch ein Mann. Du bist ein hübsches Mädchen und erweckst den Eindruck, als habest du das wirkliche Leben noch nicht kennen gelernt. Das reizt den alten Wolf bestimmt."

„Vier Jahre College nenne ich Leben genug!" gab Alice ärgerlich zurück.

„Nur jemand sehr Naives kann es schaffen, alle meine Annäherungsversuche abzublocken und mir dennoch sympathisch zu bleiben." Jeffrey gab ihr einen zarten, brüderlichen Kuss. „Mädchen, denk doch nur, wie viel Miete wir sparen könnten, wenn wir zusammenziehen würden."

Alice zupfte spielerisch an seinem Bart. „Du hast es doch nur auf meinen Kühlschrank abgesehen."

Jeffrey machte ein verzweifeltes Gesicht und ging zur Tür. „Ich gehe jetzt zu mir und komponiere eine traurige und sehr ergreifende Ballade."

„Lieber Himmel, in letzter Zeit scheine ich andauernd irgendwelche Leute zu etwas zu inspirieren!"

„Werde nur nicht größenwahnsinnig darüber", warnte Jeffrey sie zum Spaß und zog die Tür hinter sich ins Schloss.

Alices Lächeln erstarb, als sie wieder allein war. Hingerissen, wiederholte sie in Gedanken. Wie dumm das war. Konnte eine Frau nicht ihr Interesse an einem Mann bekunden, ohne dass gleich mehr dahinter vermutet wurde?

Sie musste an Jeffreys Kuss denken, er war leicht, beruhigend und harmlos gewesen. Wie kam es nur, dass der Kuss des einen Mannes freundlich wirkte, der eines anderen dagegen so aufregend sein konnte?

Eine kluge Frau würde bestimmt Jeffrey vorziehen, denn er war von Grund auf gut und liebenswert. Nur eine Närrin würde sich zu einem Mann hingezogen fühlen, den zu kennen unweigerlich Kummer und Probleme mit sich bringen musste.

Sie schüttelte heftig den Kopf und machte sich wieder an die Arbeit. Gerade war es ihr gelungen, die Gedanken erneut zu sammeln, als es abermals an der Tür klopfte. Alice wandte die Augen beschwörend zur Decke.

„Du kannst die traurige Ballade unmöglich in der kurzen Zeit fertig komponiert haben", rief sie und tippte weiter auf ihrer Maschine. „Außerdem ist das Bier bestimmt noch nicht kalt."

„Ich glaube, ich verstehe nicht ganz."

Alice fuhr auf dem Stuhl herum – und erblickte Colin, der lässig in der offenen Tür lehnte. Unverhohlene Bewunderung sprach aus seinem Blick, während er ihren Aufzug musterte. Sie trug ein Paar knappe Shorts und ein verwaschenes, etwas eingelaufenes T-Shirt, und sie errötete zutiefst, als sie seinen Blick bemerkte.

„Was tust du denn hier?" brachte sie schließlich mühsam hervor.

„Ich genieße die Aussicht", gab er gut gelaunt zurück und trat ins Zimmer. Mit missbilligendem Blick schloss er die Tür. „Du bist wohl nicht gescheit, die Tür unverschlossen zu lassen!"

„Ich verliere sehr oft den Schlüssel, ein paarmal habe ich mich so schon selbst ausgesperrt, daher ..." Sie verstummte, als ihr zu Bewusstsein kam, wie albern ihre Argumente klangen. Sie schwor sich, demnächst erst nachzudenken, dann zu sprechen. „Es ist sowieso nichts Wertvolles in der Wohnung."

Colin schüttelte den Kopf. „Da irrst du dich aber gewaltig. Wen hast du übrigens erwartet, als ich anklopfte?"

„Einen Liedermacher, dessen Kühlschrank wieder mal nicht funktioniert", meinte sie ironisch. „Woher weißt du, wo ich wohne?"

„Deine Adresse steht auf dem Manuskript." Er hielt einen dicken Umschlag bedeutungsvoll hoch und legte ihn dann behutsam auf ihrem Tisch ab.

Überrascht sah Alice auf den wohl bekannten Packen Papier. Sie war der festen Überzeugung gewesen, Colin habe nicht mehr daran gedacht, seit sie ihm die Papiere ausgehändigt hatte.

Mit einem Mal war ihr auch klar, warum sie sich nie danach erkundigt hatte, wie er das Buch fände. Eine schlechte Kritik aus seinem Mund hätte sie ungleich härter getroffen als die Ablehnung durch irgendeinen Verleger, den sie gar nicht kannte. Plötzlich wurde sie nervös und sah ihn fragend an. Aber er äußerte sich nicht.

Colin wanderte ruhelos durch das Zimmer, nahm hier einen Strohblumenstrauß in die Hand, begutachtete dort einen gerahmten Schnappschuss von ihr und sah eine ganze Weile aus dem Fenster.

„Kann ich dir etwas anbieten?" bemerkte sie endlich, um das Schweigen zu brechen.

Aber dann dachte sie daran, dass sich in ihrem Kühlschrank ja fast ausschließlich Jeffreys Sachen befanden. „Kaffee vielleicht?" fügte sie daher schnell hinzu. Das war das Einzige, womit sie aufwarten konnte.

Colin nahm seinen Erkundungsgang wieder auf. „Du hast ein gutes Auge für Farben, Alice. Und du besitzt die beneidenswerte

Gabe, aus einem Apartment ein Heim zu machen. Für mich waren Wohnungen bisher immer seelenlos, unpersönliche Notwendigkeiten." Er nahm einen kleinen Spiegel mit einem Muschelrahmen von der Wand. „Der stammt bestimmt von Fisherman's Wharf", schloss er. „Du scheinst eine besondere Vorliebe für dieses Viertel zu haben."

„Das stimmt. Ich liebe zwar ganz San Francisco, aber diese Ecke ganz besonders." Sie lächelte. „Sie steckt so voller Leben. Es gibt dort all die vielen Boote, die dicht nebeneinander im Hafen liegen. Ich versuche mir immer vorzustellen, woher sie kommen und wohin sie wohl fahren mögen." Verlegen hielt sie inne. Das klang sehr romantisch, und sie hatte Colin doch eigentlich weismachen wollen, wie nüchtern sie sei. „Ich setze Kaffeewasser auf", wechselte sie hastig das Thema und wollte aufstehen.

„Nein, keine Umstände, bitte." Er legte Alice die Hand auf die Schulter und zwang sie, sitzen zu bleiben. Sein Blick fiel auf den überfüllten Schreibtisch. „Ich habe dich bei der Arbeit gestört, das ist unverzeihlich. Ich kann mir vorstellen, dass dir jede Ablenkung unangenehm ist."

„Du bist heute Abend schon der zweite, der mich stört." Sie begann sich an seine Anwesenheit zu gewöhnen und sah ihm lächelnd nach, als er weiter durch das Zimmer schlenderte. „Das macht aber nichts, ich war ohnehin fast fertig. Ich glaube, ich habe mich genauso unhöflich benommen wie du jedes Mal, wenn ich zu dir komme."

„Und wie unhöflich ist das?"

„Lassen wir das Thema lieber. Aber bitte, setz dich doch." Alice wies auf einen Stuhl, aber er zog es vor, sich auf ihrer Schreibtischkante niederzulassen.

„Ich habe heute Abend dein Buch zu Ende gelesen."

„Das dachte ich mir schon." Sie gab sich große Mühe, gelassen zu bleiben, aber weil er keine Anstalten machte, etwas zu sagen, wurde sie ganz unruhig.

„Bitte, Colin, spann mich nicht auf die Folter! Ich ertrage so etwas nicht! Nein, das heißt, warte", hinderte sie ihn, als er daraufhin zu sprechen beginnen wollte.

Sie stand auf und ging im Zimmer auf und ab. „Wenn es dir nicht gefallen hat, so musst du es mir ehrlich sagen. Ich werde es ertragen können. Bitte, sei ganz offen, ich will keine Schmeicheleien hören. Und tu mir bitte einen Gefallen und erzähl mir nicht, das Buch sei interessant! Das ist das Allerschlimmste, was du sagen könntest."

„Bist du fertig?" erkundigte er sich sanft.

Alice atmete tief ein und nickte. „Ja, ich glaube, das war alles, was ich sagen wollte."

„Komm her, Alice." Sie gehorchte, seine Stimme klang so herzlich, dass ihr ganz warm ums Herz wurde. Lang sah er ihr in die Augen und nahm dann ihre Hände. „Ich habe deshalb noch nichts gesagt, weil ich das Buch erst einmal zu Ende lesen wollte." Behutsam streichelte er ihren Handrücken. „Du hast meiner Meinung nach eine ganz seltene, außergewöhnliche Gabe, Alice, nämlich Talent. Es ist keins von den Talenten, die man sich auf dem College aneignen kann, sondern ein angeborenes. Auf dem College hast du vielleicht den letzten Schliff bekommen, aber der Grundstein war bereits vorhanden."

Alice stand nur stumm da. Seltsam, dass das Urteil eines Mannes, den sie erst seit einer Woche kannte, solches Gewicht für sie haben konnte! Jeffreys Kompliment hatte sie gerührt und gefreut, Colins hingegen verschlug ihr die Sprache.

„Ich weiß nicht, was ich sagen soll." Sie schüttelte hilflos den Kopf, ihr Blick wanderte zu ihrem Schreibtisch. „Manchmal möchte man am liebsten alles hinwerfen, weil man glaubt, es sei doch die ganze Anstrengung und die Sorgen nicht wert und würde es sicher auch niemals werden."

„Du hast dich freiwillig für deinen Beruf entschieden, Alice, da musst du all das in Kauf nehmen."

„Nein, ganz so war es nicht. Nicht ich habe ihn gewählt, mir kommt es immer so vor, als ob ich nur einer inneren Notwendigkeit folge.“ Sie sah ihm in die Augen. „Hast du deinen Künstlerberuf gewählt, Colin?“

Einen Moment lang erwiderte er ihren Blick, dann verneinte er. Er drehte ihre Handflächen nach oben und musterte sie scheinbar konzentriert. „Es gibt Dinge im Leben, die uns zufallen, ob wir das nun wollen oder nicht. Das ist meine Erfahrung. Glaubst du an Bestimmung, an Schicksal?“

Alice schluckte, ihr Mund war plötzlich ganz trocken. „Ja“, stieß sie kaum hörbar hervor.

„Natürlich, dessen war ich mir sicher.“ Eindringlich sah er sie an, und ihr Herz klopfte schneller. „Glaubst du, dass es unsere Bestimmung ist, uns zu lieben, Alice?“

Alice gelang es nicht, seinem Blick auszuweichen. Sie wollte antworten, aber sie brachte keinen Ton hervor. Dann schüttelte sie stumm den Kopf.

„Du bist wirklich keine besonders gute Lügnerin“, stellte er ruhig fest. Dann fasste er ihr behutsam unter das Kinn und küsste sie sachte.

Hatte Jeffrey sie eben noch freundschaftlich und liebevoll geküsst, so verursachte dieser Kuss bei Alice einen beinahe körperlich spürbaren Schmerz. Abwehrend drehte sie den Kopf zur Seite.

„Nein, nicht!“

„Warum nicht?“ fragte er weich. „Ein Kuss ist doch eine ganz harmlose Angelegenheit.“

„Nein, das ist es nicht. Er ist nicht harmlos“, protestierte Alice schwach. Sie hatte das Gefühl, dass sie dabei von seinen Augen wie magisch angezogen wurde. „Du nimmst, finde ich, dabei zu viel von mir.“

Er hauchte ihr einen Kuss auf die Wange. „Nur so viel, wie du mir geben willst, nicht mehr.“ Seine Lippen streiften die ihren, und ihr Blut begann wie im Rausch zu pulsieren. Vorsichtig streichelte er ihr Gesicht. „Du erinnerst mich an Dinge, die ich längst vergessen hatte, Alice. Wenn ich bei dir bin, ist alles so leicht, ich fühle mich in meine Kinderzeit zurückversetzt. Küss mich, ich brauche dich", murmelte er.

Sie gab nach, halb hilflos, halb verwundert, und die Leidenschaft flammte ungezügelt zwischen ihnen empor. Die Stimme des Verstandes meldete sich zwar in Alice noch zu Wort, aber sie ignorierte sie längst. Ein nie gekanntes Verlangen nach Colin überkam sie, immer drängender erwiderte sie seine Küsse, und die Furcht, die sie immer noch verspürte, schien ihr Begehren noch anzufachen.

Plötzlich gaben seine Lippen ihren Mund frei, und er begann ihren Nacken zu liebkosen. Alice erschauerte unter dieser Berührung und bog sich ihm entgegen. Als seine Hände den Weg zu ihrer Brust fanden, schmolz Alices letzter Widerstand dahin. In diesem Moment war sie bereit, ihm alles zu geben, ganz und gar eins mit ihm zu werden.

Doch mit einem Mal legte er die Hände auf ihre Schultern und schob sie mit Nachdruck von sich. Als es ihr gelang, die Augen zu öffnen, sah sie, dass er ein abweisendes Gesicht machte.

„Es scheint, als habest du Recht gehabt", begann er mit vor Verlangen heiserer Stimme. „Küsse sind nicht immer harmlos. Ich will dich, Alice, und du weißt, dass mich keine Macht der Welt von dem abbringen kann, was ich mir in den Kopf gesetzt habe." Sein Griff lockerte sich, er begann sie zu liebkosen. „Wenn das Bild fertig ist, werden wir nicht umhinkönnen, unserer Bestimmung ins Auge zu sehen." Bedeutungsvoll sah er sie an.

„Nein." Alice war zwar verwirrt und verängstigt wegen der Macht ihrer Gefühle, aber dennoch realistisch. Sie befreite sich aus seinen Armen, fuhr sich mit der Hand durch das Haar und versuchte sich zu beruhigen. „Nein, Colin, ich werde nicht die Reihe deiner Verhältnisse fortsetzen. Das passt nicht zu mir, und du solltest das eigentlich verstehen." Sie wich ein Stück vor ihm zurück, ihre ganze Haltung spiegelte nun ihren Stolz wider.

Colins Augen verengten sich, und Alice konnte sehen, wie sein Zorn sich regte. „Es könnte interessant sein, dieser Sache nachzugehen." Er machte einen Schritt auf sie zu, und mit einer schnellen

Bewegung streckte er die Hand nach ihr aus und riss sie an sich, um sie kurz, aber heftig zu küssen.

„Überlassen wir das einfach der Zeit, Liebste. Jetzt ist es spät, schon fast Mitternacht, und ich werde wieder gehen." Er zog ihre Hand an die Lippen, dann wandte er sich endgültig zum Gehen. An der Tür blieb er aber noch einmal stehen und zeigte auf den Riegel. „Sorg dafür, dass du deine Schlüssel wiederfindest", empfahl er und war gleich darauf fort.

5. KAPITEL

Eine weitere Woche ging ins Land, ohne dass es zu irgendwelchen Vertraulichkeiten zwischen Alice und Colin gekommen wäre. Nach jenem Abend, an dem er ihr das Manuskript gebracht hatte, war sie wie immer in sein Atelier gegangen, fest entschlossen, ihm die Stirn zu bieten. Es war ihr durchaus ernst damit gewesen, als sie ihm mitgeteilt hatte, sie würde nicht die Reihe seiner Liebschaften fortsetzen.

Ihr ganzes Leben lang wartete Alice schon auf eine Beziehung von Dauer und Tiefe. Ihre Ideale und ihre Aufopferung für den Beruf hatten sie für Männer unnahbar werden lassen, sodass sie kaum Erfahrungen hatte machen können.

Sie war von klein auf mit ihrem Vater allein gewesen, da die Mutter bei ihrer Geburt gestorben war, und hatte niemals aus nächster Nähe miterlebt, wie eine Beziehung zwischen Mann und Frau aussehen konnte.

Als sie noch klein war, hatte ihr Vater zwar verschiedene kurze Verhältnisse gehabt, aber keine dieser Frauen hatte in seinem Leben eine wichtige Rolle gespielt. Sie blieben allein in ihrem Haus.

Als Alice damals erkannte, dass es für ihn eigentlich nur seine Arbeit gab, hatte sie sich geschworen, eines Tages jemanden zu finden, mit dem sie alles würde teilen können. Dieser Wunsch hatte für sie nichts Romantisches gehabt, er war einfach lebensnotwendig gewesen. Solange sie den Richtigen noch nicht gefunden hatte, würde sie eben warten.

Nichts hatte ihren Entschluss ins Wanken gebracht – bis sie Colin kennen lernte. Und doch, als sie nun wieder ins Atelier ging, war sie innerlich dagegen gewappnet, ihm gegenüber vielleicht standfest bleiben zu müssen. Aber dies sollte sich als unnötig erweisen.

Colin behandelte sie kurz angebunden und unpersönlich. Selbst als er sie berührte, um sie in Positur zu stellen, geschah dies ohne jegliche Emotion. Dennoch spürte man, dass unter der Oberfläche, dem Anschein von Gelassenheit noch etwas anderes gärte – ob es nun Ärger, Aufregung oder Leidenschaft war, vermochte Alice nicht herauszufinden. Sie spürte es nur, und sie spürte ihn, seine Nähe.

Die Tage vergingen, sie sprachen nur das Nötigste miteinander. Am Ende der Woche waren Alices Nerven zum Zerreißen gespannt. Sie hätte zu gern gewusst, ob er die Spannung auch fühlte. Er schien jedoch nur seine Arbeit zu sehen.

Hell flutete das Sonnenlicht herein und wärmte Alice, aber sie spürte dennoch, wie ihre Muskeln vom Stehen allmählich steif wurden.

Colin stand an seiner Staffelei, und man vernahm nichts außer den leisen Geräuschen, die er mit dem Pinsel verursachte, wenn er mit ihm auf der Palette Farben aufnahm.

Er konnte stundenlang konzentriert arbeiten, ohne eine Sekunde auszuruhen. Alice vertrieb sich die Zeit damit, sich auszumalen, wie das fertige Bild wohl aussehen würde.

Würde es eines Tages in „The Gallery" aushängen – oder würde es ein unbeachtetes Dasein neben all den anderen Bildern, die an der Wand lehnten, fristen müssen? Ob es wohl zu einem Spitzenpreis verkauft wurde, um dann vielleicht in einem vornehmen englischen Herrenhaus zu landen?

Wie würde Colin das Bild nennen? Vielleicht „Die Frau in Weiß"? „Frau mit Veilchen"?

Alice malte sich aus, wie über das Werk diskutiert werden würde, möglicherweise im Rahmen einer Kunstvorlesung an der Universität.

Und dann, in hundert Jahren, würde es vielleicht in einer verstaubten Galerie hängen, und die Leute würden davor stehen, würden rätseln, was sie wohl für ein Mensch gewesen sein mochte oder was sie gerade gedacht hatte, während sie gemalt wurde. Diese Vorstellung behagte ihr nicht sonderlich.

Wie viel von ihrer Seele konnte Colin wohl sehen, und vor allem, wie würde er das auf der Leinwand offenbaren? Ob sie schließlich im Endergebnis genauso nackt zu sehen sein würde wie ihre Vorgängerin, das unbekleidete Modell auf der Couch?

Colin fluchte auf, und Alice kehrte aus ihren Gedanken zurück. Erstaunt sah sie, dass er aufgebracht seine Palette niederlegte.

„Du hast deine Stellung verändert." Er kam ärgerlich auf sie zu, und sie wollte sich schon bei ihm entschuldigen, aber dazu kam sie nicht. „Halt den Mund, zum Donnerwetter", schnauzte er sie an und begann sie ungeduldig wieder in die richtige Pose zu bringen. „Ich verbiete dir, so herumzuzappeln. Steh gefälligst still, wie soll ich sonst arbeiten."

Alice schluckte die Entschuldigung herunter, ihr wurde heiß vor Zorn. Mit einer ärgerlichen Bewegung entzog sie sich dem Zugriff seiner Hände.

„Sprich nicht in diesem Ton mit mir, Colin!" Sie warf den Veilchenstrauß demonstrativ auf die Fensterbank und starrte ihn empört an. „Ich habe nicht gezappelt, wie du es nennst, und wenn doch, dann nur, weil ich ein Mensch und kein Roboter bin!"

Sie warf den Kopf in den Nacken und brachte damit absichtlich ihre von ihm kunstvoll arrangierte Frisur durcheinander. „Natürlich ist es sehr schwer, einen normalen Sterblichen zu verstehen, wenn man so wichtig und gottähnlich ist wie du. Aber wir können ja nicht alle so vollkommen sein."

„Niemand hat dich um deine Meinung gefragt." Colins Stimme klang eiskalt, sie stand ganz im Gegensatz zu seinen Funken sprühenden Augen. „Alles, was ich von einem Modell verlange, ist, dass es still steht." Er packte sie bei den Schultern. „Behalte dein Temperament für dich, wenn ich arbeite! Das kann ich ja wohl verlangen."

„Dann mal doch einen Baum, der kann dir wenigstens nicht widersprechen!" versetzte Alice wütend und schickte sich an, ins Ankleidezimmer zu gehen, aber Colin hielt sie fest und drehte sie zu sich herum. Sein Gesicht glühte.

„Niemand geht einfach hier weg!"

„Ach nein?" Alice hob ihr Kinn. „Dann pass mal auf, was ich

jetzt mache!“ Aber noch ehe sie zwei Schritte getan hatte, hielt er sie erneut zurück. „Lass mich gehen!“ Das Blut schoss ihr zu Kopf, die angestauten Spannungen der letzten Woche machten sich bemerkbar. „Ich habe nichts mehr dazu zu sagen. Ich denke nicht daran, heute noch weiter Modell zu sitzen. Ich gehe jetzt nach Hause.“

Sein Griff verstärkte sich. „Na schön, aber zwischen uns gibt es noch etwas mehr als nur Malerei und Geplauder, nicht wahr?“ Er zog sie an sich.

Alice schlug das Herz bis zum Hals. Sie sah, dass er im Moment nur von Zorn beseelt war, einem Zorn, der stark genug war, jeden ihrer Proteste im Keim zu ersticken. Sie wusste, er war ein leidenschaftlicher Mann, aber eine von dunklen Motiven beherrschte Leidenschaft konnte sie beide in den Abgrund ziehen. So unternahm sie einen letzten verzweifelten Versuch, sich von ihm zu befreien, aber schon presste er seine Lippen auf ihren Mund.

Ihr Widerspruch ging unter, er hielt sie unbarmherzig umfangen. Mit Erschauern stellte Alice fest, dass sie ihm völlig ausgeliefert war. Sein Kuss wurde immer drängender, und als sie ihren Kopf beiseite drehen wollte, griff er in ihr Haar und hielt sie einfach fest. Rote Nebel stiegen hinter ihren geschlossenen Lidern auf, und zum ersten Mal in ihrem Leben hatte sie das Gefühl, ohnmächtig zu werden. Ihr Widerstand wurde immer schwächer.

Colin riss sie mit sich in einen dunklen Abgrund, in dem jeder Gedanke ausgeschlossen war. Hier gab es keine Sanftheit, Zärtlichkeit mehr, nur noch hartes, forderndes Verlangen. Alice war nicht mehr in der Lage, dagegen anzukämpfen, sie ließ sich einfach fallen. Sie wehrte sich nicht, als er ihr Kleid hochschob, ihr war, als stände ihr ganzer Körper in Flammen.

Das Klopfen an der Ateliertür hallte laut durch den Raum. Colin schien es nicht zu hören.

„Colin!“ Dumpf vernahm Alice Veras Stimme. Es klopfte abermals. „Mach auf, hier ist jemand, der dich sprechen möchte.“

Mit einem Fluch gab Colin Alices Lippen frei. Er ließ sie so plötzlich los, dass sie schwankte und gegen ihn fiel. Schimpfend hielt er sie fest, aber die Worte auf seinen Lippen erstarben, als er ihre angstvoll geweiteten Augen sah. Ihr Mund war geschwollen, ihr Atem kam stoßweise, während sie sich Halt suchend an ihn klammerte.

„Colin, sei nicht gemein“, beharrte Vera geduldig hinter der verschlossenen Tür. „Du musst doch jetzt wirklich fertig sein mit deiner Arbeit.“

„Ja, schon gut, zum Donnerwetter!“ rief er schroff, aber er wandte dabei den Blick nicht von Alice. Er nahm ihren Arm und führte sie in das Ankleidezimmer, wo er sie erneut zu sich drehte und ihr forschend in die Augen sah. Schweigend blickte sie ihn an, der Wunsch zu weinen war übermächtig in ihr.

Ein seltsamer Ausdruck huschte über sein Gesicht. „Zieh dich um“, forderte er sie mit ruhiger Stimme auf. Er zögerte, als wolle er noch etwas hinzufügen, dann ging er hinaus.

Als sich die Tür hinter ihm geschlossen hatte, lehnte Alice die heiße Stirn gegen die Wand und überließ sich ganz ihren Gefühlen. Erst nach einer Weile nahm sie die Stimmen aus dem Atelier wieder wahr.

Da gab es Veras hastige, nervöse Stimme und auch die von Colin, nun gänzlich ruhig und ohne das geringste Zeichen von Leidenschaft. Aber auch ein Unbekannter mischte sich in das Gespräch ein, er sprach mit unverkennbar italienischem Akzent.

Alice konzentrierte sich mehr auf die Stimmen als auf das, was gesprochen wurde. Sie drehte sich um, und als ihr Blick dabei in den Spiegel fiel, hielt sie vor Schreck den Atem an.

Ihre Wangen waren totenbleich, und die Augen zeigten einen merkwürdigen Glanz. Leidenschaft und Hingabebereitschaft lag in ihrem Blick. Sie hatte noch nie zuvor einen solchen Ausdruck in ihren Augen gesehen.

Aber nein, so leicht würde sie es ihm nicht machen. Demonstrativ verdeckte sie ihr Spiegelbild mit der flachen Hand. Auf diese Weise würde er nicht zum Ziel kommen, das wussten sie wohl beide.

In Windeseile schlüpfte sie aus ihrem Kleid, und als sie die Khakihose und die schlichte Bluse angezogen hatte, fühlte sie sich schon wesentlich besser. Sorgfältig versuchte sie auch alle Spuren der Leidenschaft aus ihrem Gesicht zu verbannen.

Die angeregte Unterhaltung aus dem Nebenzimmer nahm inzwischen ihre ganze Aufmerksamkeit gefangen, und sie begann heimlich zu lauschen.

„Das ist ja eine interessante Farbzusammenstellung, Colin! Du scheinst einen verträumten Effekt auf dem Bild erzielen zu wollen."

Veras Bemerkung verriet Alice, dass sie über ihr Bild sprachen. Das gab ihr einen leichten Stich. Während sie Rouge auf den Wangen verteilte, wuchs in ihr der Unmut: Vera durfte ihr Porträt sehen, aber sie, Alice, das Modell, nicht!

„Es wirkt beinahe sentimental. Das wird allgemeine Überraschung auslösen", fuhr Vera fort.

„Ja, sentimental ist das richtige Wort", ließ sich nun der Italiener vernehmen. Alice empfand keinerlei Skrupel mehr, die Unterredung mit anzuhören. „Aber das Farbenspiel verrät Leidenschaft, während die Linie des Gewandes eher nüchtern und sachlich ist. Ich bin verwirrt, Colin, ich verstehe nicht ganz, was Sie im Schilde führen."

„Verschiedenes." Alice hörte, dass er trocken und ironisch antwortete.

„Aha, ich kann es mir denken." Der Italiener lachte anzüglich, dann fuhr er neugierig fort. „Sie haben aber noch gar nicht mit Farbe am Gesicht angefangen, wie kommt das?"

„Nein." Colins ablehnende Haltung war deutlich spürbar, aber der Italiener schien das nicht zu bemerken.

„Das Modell interessiert mich ... Sie anscheinend auch. Sie ist wahrscheinlich sehr hübsch und jung genug, um das Kleid und die Veilchen entsprechend zur Geltung zu bringen. Aber sie muss noch etwas anderes Besonderes an sich haben."

Alice erwartete jetzt Colins Antwort, doch die kam nicht.

Der Italiener ließ sich aber nicht beirren. „Wollen Sie sie uns vorenthalten, mein Freund?“ hörte sie ihn nach einem längeren Schweigen fragen.

„Ja, Colin, wo ist Alice eigentlich?“ Erheiterung schwang in Veras Frage mit, und Alice fühlte sich herausgefordert: „Sie wird doch bestimmt furchtbar gern Vincente kennen lernen.“ Vera lachte leise auf. „Sie ist ein sehr hübsches Ding. Sag bloß nicht, sie hat das Handtuch geworfen? Das wäre ja eine Katastrophe.“

Alice fühlte sich zutiefst verärgert über Veras herablassende Bemerkung. Sie straffte sich und öffnete die Tür.

„Durchaus nicht“, mischte Alice sich in die Unterhaltung ein und schenkte den dreien ein liebenswürdiges Lächeln. „Und natürlich bin ich ganz versessen darauf, Vincente kennen zu lernen!“ Ihr Blick wanderte zu Vera, deren Gesichtsausdruck Verärgerung verriet. Sie empfand Genugtuung und sah dann zu Colin. Sein Gesicht zeigte keinerlei Ausdruck.

Dann betrachtete sie den Mann neben ihm. Er war einen guten Kopf kleiner als Colin, aber seine aufrechte Haltung täuschte auf den ersten Blick darüber hinweg. Auch er hatte wie Colin pechschwarzes Haar, aber seines war glatt und sorgsam gekämmt. Seine Augen waren dunkelbraun, das gebräunte Gesicht hatte weiche, ansprechende Züge, und wenn er lächelte, wirkte er zwar auf Alice nicht unwiderstehlich, aber freundlich und zuvorkommend.

„Ah, bella!“ Er zeigte seine Begeisterung ohne Umschweife. Unternehmungslustig ging er zu Alice hinüber und nahm ihre beiden Hände in seine. „Bellissima! Es stimmt, sie ist tatsächlich vollkommen! Wo haben Sie sie entdeckt, Colin?“ Sein Blick glitt bei seinen Worten bewundernd über ihr Gesicht. „Ich werde mich dort niederlassen und warten, bis mir auch ein solches Mädchen über den Weg läuft! Verraten Sie mir nur den Platz.“

Alice lachte herzlich darüber, dass er so unverhohlen mit ihr flirtete. „Im Nebel“, vertraute sie ihm an, weil Colin schwieg. „Ich habe ihn für einen Handtaschendieb gehalten.“

„Ach, mein Engel, er ist noch etwas viel Schlimmeres als das!“

Lauthals lachend wandte Vincente sich Colin zu, ohne Alices Hand dabei loszulassen. „Er ist ein rabenschwarzer irischer Hund, dessen Bilder ich nur kaufe, weil ich nichts Besseres mit meinem Geld anzufangen weiß."

Colin fühlte sich offensichtlich nicht ganz einverstanden mit dem, was Vincente sagte. Er machte sich aber daran, die beiden einander vorzustellen. „Alice St. John, Vincente Clemenza, Herzog von Maracanti."

Alice bekam große Augen bei dieser Information. Männer wie er verkehrten nicht gerade in ihren Kreisen.

„Wie ich sehe, habe ich Sie mit meinem Titel beeindruckt", lachte Vincente und entblößte die schneeweißen Zähne. „Das schmeichelt mir natürlich." Mit vollendeter Galanterie zog er Alices rechte Hand an die Lippen. „Ich bin entzückt, Signorina. Wollen Sie meine Frau werden?"

„Ich hatte schon immer das Gefühl, zu etwas Höherem geboren zu sein. Bestimmt würde ich eine außergewöhnlich gute Herzogin abgeben. Soll ich einen Hofknicks machen?" scherzte Alice und lächelte ihm zu. „Ich weiß nur nicht, wie so etwas aussieht."

„Normalerweise verlangt Vincente, dass man vor ihm niederkniet und seinen Ring küsst." Colins Stimme klang beißend, und Alice sah überrascht zu ihm hinüber. Sein Blick war undurchdringlich, aber er starrte sie unablässig an. Herausfordernd hob sie das Kinn. Sie wollte den Kampf mit ihm wohl aufnehmen.

„Sie übertreiben, mein Bester." Vincente ließ Alices Hände los und klopfte Colin auf die Schulter. „Ich beneide Sie. Ich muss das Vorkaufsrecht für dieses Bild bekommen."

„Das ist schon vergeben", erwiderte Colin und fuhr fort, Alice anzustarren.

„So." Vincente hob selbstsicher die Schultern. „Ich werde meinen Konkurrenten überbieten müssen." Man hörte seiner Stimme an, dass er gewöhnt war, genau das zu bekommen, was er wollte. Als Alice dies bewusst wurde, fragte sie sich, wieso er und Colin dann trotzdem gut miteinander zurechtkamen.

„Vincente wollte gern Janine sehen", mischte sich nun Vera ein und ging auf einen Stapel Bilder zu.

„Wenn Sie mich dann bitte entschuldigen wollen?" wollte Alice sich verabschieden, aber Vincente griff erneut nach ihrer Hand.

„Nein, Madonna, bleiben Sie! Lassen Sie uns gemeinsam das Werk des Meisters bewundern." Ohne ihre Antwort abzuwarten, zog er sie mit sich durch den Raum.

Vera nahm eins der Bilder auf und stellte es auf eine Staffelei. Es war der liegende Akt, das Porträt der unbekleideten jungen Frau. Alice sah, wie Vera lächelte.

„Das ist Alices Vorgängerin", verkündete sie und stellte sich dabei neben Colin. Alice spürte das Besitzergreifende dieser Geste. Ohne Colin anzusehen, wandte Vera dann ihre Aufmerksamkeit wieder dem Bild zu.

„Ein wundervolles Geschöpf", murmelte Vincente. „Man kann sagen, eine Frau ohne Tabus. Eine Aura anziehender Boshaftigkeit umgibt sie." Er lächelte Alice zu. „Was meinen Sie?"

„Das Bild ist herrlich", erwiderte Alice spontan. „Der Anblick dieser Frau bewirkt, dass ich mich unbehaglich fühle, und doch beneide ich sie um ihre selbstverständliche Sinnlichkeit. Ich glaube, sie wird die meisten Männer einschüchtern – und es genießen."

„Ihr Modell verfügt über eine ausgezeichnete Menschenkenntnis!" Vincente streichelte Alices Hand. „Ja, ich kaufe es. Und das Bild von Faylor, das Vera mir eben zeigte. Er hat Talent. Nun zu Ihnen, Madonna …" Er sah Alice weich und voller Bewunderung an. „Würden Sie heute Abend mit mir essen gehen? Das Leben ist eintönig, wenn man keine schöne Frau zur Seite hat."

Alice erwiderte sein Lächeln, aber ehe sie noch etwas antworten konnte, legte Colin ihr Besitz ergreifend die Hand auf die Schulter.

„Die Bilder gehören Ihnen, Vincente. Mein Modell natürlich nicht."

„Aha!" meinte Vincente bedeutungsvoll. Während Alices Augen vor Zorn schon ganz schmal wurden, nahm Colin behutsam das Bild von der Staffelei.

„Lass dieses hier und den Faylor für Vincente einpacken“, bat er Vera. „Ich komme gleich nach, dann sprechen wir wegen des Preises.“

Vera stürzte wortlos aus dem Atelier, und Vincente sah ihr nachdenklich nach. Dann wandte er sich an Alice.

„Arrivederci, Alice St. John.“ Mit einem Seufzer des Bedauerns küsste er ihr die Hand. „Es sieht so aus, als müsse ich meinen eigenen Wunschtraum doch noch im Nebel suchen gehen. Für diese Enttäuschung erwarte ich aber einen Sonderpreis, mein Lieber!“ Er warf Colin einen freundschaftlichen Blick zu. „Wenn Sie jemals nach Italien kommen, Madonna …“ Er lächelte Alice noch einmal an, dann verließ er das Atelier.

Kaum hatte sich die Tür hinter Vincente geschlossen, da wandte sich Alice voller Ärger Colin zu. „Wie konntest du es wagen …“, herrschte sie ihn an. Ihre Wangen waren gerötet. „Wie konntest du eine derartig zweideutige Bemerkung machen!“

„Ich habe Vincente doch nur gesagt, er könne die Bilder haben, aber nicht mein momentanes Modell“, gab Colin ungerührt zurück. Er war zur Staffelei hinübergegangen und beschäftigte sich dort damit, Alices Porträt zu verhängen. „Jede etwaige Zweideutigkeit ist reiner Zufall und nicht beabsichtigt gewesen.“

„Oh nein!“ Alice folgte ihm empört. „Das war kein Zufall. Du weißt ganz genau, was du tust. Eine solche Einmischung in meine Angelegenheiten werde ich nicht dulden, Colin.“ Sie tippte ihm gegen die Brust. „Es ist ganz allein meine Sache, mit wem ich mich verabrede, dich geht das gar nichts an.“

Colin vergrub die Hände in den Hosentaschen und sah sie eine Weile schweigend an. Dann sprach er mit vollkommen ruhiger Stimme. „Du bist noch sehr jung und bemerkenswert unerfahren. Vincente ist ein guter alter Freund von mir. Er ist ein regelrechter Schürzenjäger, wenn ich diesen altmodischen Ausdruck verwenden darf. Er hat keinerlei Skrupel in Bezug auf Frauen.“

„Aber hast du welche?“ Fassungslos schaute Alice Colin an.

Der betrachtete sie eine Weile schweigend. Man sah, dass ihm eine Bemerkung auf der Zunge lag, die er aber wohl lieber für sich behalten wollte. Endlich entspannte er sich und nickte.

„Eins zu null für dich, Alice", sagte er sanft. „Das hat gesessen." Er ließ die Hände in den Taschen, während er weitersprach. „Komm bitte erst am Donnerstag wieder. Ich brauche ein bis zwei Tage für mich." Damit wandte er sich ab und verließ das Atelier.

Alice blieb dort allein zurück. Sicher, vielleicht hatte sie einen Punkt errungen, aber das war kein süßer Sieg. Sie fühlte sich völlig ausgelaugt, sowohl körperlich als auch geistig. Verstört ging sie ins Ankleidezimmer zurück, um von dort ihre Handtasche zu holen.

„Ach, was für ein Glück, ich erwische Sie noch." Vera kam ins Atelier geeilt. „Ich dachte, wir könnten vielleicht ein wenig plaudern." Sie lächelte Alice gewinnend zu und lehnte sich gegen die Tür. Ihre Stimme hatte einen flötenden Ton. „Unter vier Augen, sozusagen."

Alice seufzte matt auf. „Nicht jetzt", wehrte sie ab und hängte sich die Tasche über die Schulter. „Es war anstrengend genug heute."

„Ich werde mich kurz fassen, dann können Sie gehen." Veras Stimme klang durchaus liebenswürdig, aber Alice hörte den feindseligen Unterton heraus.

Es ist bestimmt besser, wenn ich mich nicht auf einen Streit mit ihr einlasse, beschloss sie. Am besten hörte ich mir alles an, sage zu allem Ja und Amen und gehe dann fort. Das wird das Vernünftigste sein.

Alice zwang sich also zu einem unverfänglichen Lächeln. „Gut, also fangen Sie an."

Vera sah sie flüchtig an. „Ich fürchte, ich habe mich nicht ganz klar ausgedrückt – was mich und Colin betrifft." Alice unterdrückte ihren aufsteigenden Ärger über Veras belehrende, schulmeisterliche Art und nickte höflich.

„Colin und ich sind seit ziemlich langer Zeit zusammen. Wir

brauchen einander. Natürlich hat er im Laufe der Jahre hier und dort seine Flirts gehabt, aber die sind für mich relativ gut überschaubar. In vielen Fällen sind diese Affären auch einfach nur von der Presse hochgespielt worden."

Sie hob gleichmütig die Schultern. „Colins romantische Abenteuer tragen dazu bei, sein Image als Künstler zu pflegen. Das fördert seinen Erfolg. Ich mache die Sachen mit, wenn sie seiner Karriere nützlich sind. Ich verstehe ihn." Vera begann das Atelier zu durchwandern.

„Ich fürchte, ich verstehe nicht ganz, weshalb Sie mir das alles erzählen", hob Alice an. Das Letzte, was sie im Moment zu hören wünschte, war, wie erfahren Colin im Umgang mit Frauen sei.

„Ich dachte, wir beide verstehen uns gleich." Vera blieb stehen und sah Alice kalt an. „Solange Colin mit Ihrem Bild beschäftigt ist, muss ich Sie wohl oder übel dulden. Ich weiß am besten, dass man ihm bei seiner Arbeit nicht dreinreden darf. Aber wenn Sie mir in die Quere kommen ..." Sie steckte den Zeigefinger hinter den Riemen von Alices Handtasche und fuhr fort. „Ich weiß Mittel und Wege, Menschen zu entfernen, die mir im Wege stehen."

„Das glaube ich Ihnen aufs Wort", erwiderte Alice gleichmütig. „Ich fürchte nur, so leicht lasse ich mich nicht abschieben." Sie stieß Veras Finger von ihrer Tasche. „Ihre Beziehung zu Colin ist Ihre eigene Sache. Ich habe keinerlei Absichten, mich da einzumischen. Nicht etwa", fügte sie hinzu, weil Vera siegessicher zu lächeln begann, „weil mich Ihre Drohung einschüchtert. Sie machen mir keine Angst, Vera! Im Gegenteil, Sie tun mir sogar Leid." Alice hörte, wie Vera scharf einatmete, und fuhr ruhig fort: „Dass Sie kein Vertrauen zu Colin haben können, tut mir für Sie aufrichtig Leid. Aber seien Sie unbesorgt. Ich bedeute keine Gefahr für Sie. Selbst ein Blinder kann erkennen, dass er nur an dem interessiert ist, was sich auf seine Leinwand malen lässt." Sie streckte die Hand aus und wies auf das verhängte Bild. „Ich interessiere ihn als Gegenstand, nicht als Mensch." Ein kurzer Schmerz durchfuhr sie, als sie erkannte, was sie da sagte. Mit beinahe verzweifelter Hast sprach sie weiter. „Ich komme Ihnen nicht in die Quere, weil ich Colin nicht liebe und das auch in Zukunft nicht vorhabe zu tun.“

Damit machte sie auf dem Absatz kehrt und stürzte aus dem Zimmer. Nachdem sie draußen ein paarmal tief Luft geholt hatte, wusste sie plötzlich, dass sie gelogen hatte.

6. KAPITEL

Die nächsten zwei Tage vergrub Alice sich in ihre Arbeit. Sie war entschlossen, auf jeden Fall ihren Seelenfrieden wiederzuerlangen und ihre Gefühle zur Ruhe kommen zu lassen. Dazu war es nötig, Colin nicht zu begegnen.

Aber es genügte nicht allein, ihn einfach nicht mehr täglich zu sehen, sie musste ihn auch für diese Zeit vollkommen aus ihren Gedanken verbannen – genauso wie die Erkenntnis, zu der sie nach dem Gespräch mit Vera gelangt war. Nein, sie durfte weder daran denken, dass sie in ihn verliebt war, noch an all die Probleme, die dadurch entstanden. Zwei Tage lang würde sie so tun, als habe es ihn niemals gegeben.

Alice schrieb wie eine Besessene an ihrem Roman. All ihre Ängste, ihr Schmerz und ihre Leidenschaft fanden dort ihren Ausdruck.

Sie arbeitete bis tief in die Nacht, so lange, bis sie keine Angst mehr zu haben brauchte, quälende Träume würden sie heimsuchen. Fand sie endlich Schlaf, dann schlief sie tief und fest, völlig erschöpft von der vielen Arbeit. Das Essen vernachlässigte sie ganz.

Am zweiten Tag fing es zu regnen an, aber Alice nahm es gar nicht wahr, dass die Menschen unten auf der Straße ihre Regenschirme aufspannten.

Sie war so vertieft in ihr Manuskript, dass sie leise aufschrie, als ihr jemand die Hand auf die Schulter legte.

„Oh Alice, es tut mir Leid“, entschuldigte Jeffrey sich schmunzelnd. „Ich habe zweimal angeklopft und dich gerufen, aber du warst völlig abwesend.“

Alice presste die Hand gegen ihr Herz, als könne sie so das heftige Klopfen beruhigen. Sie atmete erleichtert auf.

„Schon in Ordnung. Manchmal tut es ganz gut, erschreckt zu werden, das hält den Kreislauf in Schwung. Ist wieder etwas mit deinem Kühlschrank?“

Jeffrey zog eine Grimasse und tippte ihr gegen die Nasenspitze.

„Dass mein Herz mich zu dir treibt, darauf kommst du wohl gar nicht, wie? Ich bin sehr sensibel, frag meine Mutter."

Alice lächelte und lehnte sich für eine kleine Plauderei in ihrem Stuhl zurück.

„Ich gebe heute Abend ein kleines Konzert in dem Lokal um die Ecke. Komm doch einfach mit."

„Ach, Jeffrey, ich würde ja gern, aber …" Sie wies erklärend auf den Stapel Papier auf ihrem Schreibtisch, aber Jeffrey machte eine abwehrende Handbewegung.

„Seit zwei Tagen sitzt du nun ununterbrochen an der Schreibmaschine. Leugne es nicht! Wann warst du zuletzt an der frischen Luft?"

Alice winkte gleichmütig ab und blätterte gedankenverloren in ihrem Lexikon. „Ich muss ab morgen wieder ins Atelier, und da …"

„Ein Grund mehr, heute Abend mal eine Pause einzulegen. Das ist meine Meinung. Du machst dich fertig, Liebes, entspann dich doch einmal." Jeffrey beobachtete sie nachdenklich. „Ein freundliches Gesicht im Publikum könnte mir nicht schaden, weißt du. Als aufstrebender Jungkünstler ist man nämlich noch ziemlich unsicher." Er grinste.

Alice gab seufzend nach und lächelte. „Nun gut, aber ich kann nicht lange bleiben."

„Ich spiele von acht bis elf", erklärte er und fuhr ihr zärtlich durch das Haar. „Dann kannst du noch vor Mitternacht im Bett sein."

„Gut, ich komme also um acht." Alice sah auf ihre Uhr, machte ein überraschtes Gesicht und klopfte mit dem Finger auf das Zifferblatt. „Wie spät ist es? Meine Uhr ist um Viertel nach zwei stehen geblieben."

„Mittags oder nachts?" erkundigte Jeffrey sich trocken. Er schüttelte missbilligend den Kopf. „Es ist schon nach sieben." Mit argwöhnischem Blick fuhr er fort: „Hast du überhaupt schon etwas gegessen?"

Alice dachte an den Apfel, den sie gegen Mittag verspeist hatte. „Nein, nichts Richtiges."

Jeffrey sprang besorgt auf. „Das geht doch nicht, Alice. Komm, wir gehen schnell einen Hamburger essen."

Alice strich sich das Haar aus dem Gesicht, vergnügt meinte sie: „So eine großzügige Einladung habe ich ja schon lange nicht mehr bekommen!"

„Dann hol dir schnell deinen Regenmantel", empfahl Jeffrey. „Falls du es nicht bemerkt haben solltest – es regnet."

Alice sah aus dem Fenster. „Tatsächlich!" Sie schlüpfte in ihre gelbe Öljacke und eilte Jeffrey nach. „Kann ich wohl einen Cheeseburger haben?"

„Ansprüche stellen die Frauen heutzutage!" Kopfschüttelnd zog er die Tür hinter sich ins Schloss.

Der Regen störte Alice nicht, im Gegenteil, sie fand ihn erfrischend und belebend. Der Cheeseburger, den sie dann bestellte und mit Genuss verzehrte, kam ihr wie ein Festmahl vor nach den kargen Mahlzeiten der vergangenen zwei Tage. In dem überfüllten verrauchten Lokal hatte sie das Gefühl, nach der Einsamkeit der letzten beiden Tage wieder aufzuleben.

Später saß sie in dem Lokal, in dem Jeffrey engagiert war, trank einen heißen Kaffee und lauschte seiner weichen, einschmeichelnden Musik.

Ganz plötzlich, es war schon ziemlich spät, kam es ihr mit einem Mal zu Bewusstsein, dass sie dabei war, ihren Schwur zu brechen. Ganz deutlich sah sie Colin vor sich, er hatte sich in ihre Gedanken geschlichen, ohne dass sie es gemerkt hatte.

Aber nun sah sie ein, dass es keinen Zweck mehr hatte, ihn zu verdrängen, sie ergab sich in das Unvermeidliche. Es ging nicht anders, sie musste einfach ständig an ihn denken.

Colin Sullivan war ein ausgezeichneter Maler. Er war selbstsicher, er hatte Charme, Humor und Gefühl. Er war aber auch selbstherrlich und arrogant und ging völlig in seiner Arbeit auf. Er war gedankenlos und despotisch, fast gewalttätig.

Und sie liebte ihn.

Alice seufzte und schüttelte über sich selbst den Kopf. Sie war eine Närrin, eine hoffnungslos romantische Närrin. Obwohl sie die Falle erkannte, stolperte sie dennoch hinein.

Sie wusste genau, dass er eine Geliebte hatte und dass er sie, Alice, nur als Mittel zum Zweck für sein Gemälde betrachtete. Sie wusste auch, dass er sie, wenn sie sich ihm hingab, lieben würde, ohne mit dem Herzen dabei zu sein. Und sie wusste, dass es unzählige Frauen in seinem Leben gegeben hatte, von denen keine im Stande gewesen war, ihn zu halten.

Nein, nicht einmal Vera hat dies geschafft, grübelte Alice. Sie ist nur eine von den Frauen, die sein Leben ganz am Rande berühren. Colin ließ sich von keiner Frau umgarnen, und Alice wusste all das. Sie selbst aber suchte eine feste, dauerhafte Beziehung zu einem Mann – und verliebte sich ausgerechnet in ihn. Wie konnte so etwas nur passieren!

Es war absolut unvernünftig. Er würde sie zerstören. Was tat sie da eigentlich?

Alice nahm einen Schluck Kaffee und vergaß ihre Umgebung völlig. Sie würde aushalten müssen, bis das Bild zu Ende gemalt war. Wie sollte sie diese Zeit bloß durchstehen? Es war unmöglich, sich Tag für Tag im Atelier zu sehen, ohne miteinander zu sprechen. Sie war kein Mensch, der es aushielt, längere Zeit mit jemandem eine Fehde zu führen. Wie sollte sie aber dann mit der Situation fertig werden?

Sie stützte die Ellbogen auf die Tischplatte und starrte vor sich hin. Eine Auseinandersetzung mit Colin war zu gefährlich, weil sie dabei vielleicht verriet, was sie für ihn empfand. Sie wusste nicht, inwieweit er sie sowieso schon durchschaute. Aber auf keinen Fall würde sie sich so tief erniedrigen und ihn mit der Offenbarung in Verlegenheit bringen, dass sie sich in ihn verliebt hatte.

Sie musste sich nur ganz natürlich und unbefangen benehmen, die Positur halten, etwas erzählen, wenn er sie darum bat, und ganz einfach freundlich sein. Die Arbeit schien ihm ja gut von der Hand zu gehen, in ein paar Wochen musste das Bild fertig sein. So lange würde sie das wohl durchhalten können. Und dann …

Ihre Gedanken verloren sich. Ja, was würde dann sein? Dann würde sie die Scherben aufsammeln. Ihre Augen nahmen einen traurigen Ausdruck an. Die Welt würde sich weiter drehen, wenn das Bild eines Tages fertig war und Colin aus ihrem Leben verschwand. Was für eine winzige, unbedeutende Sache doch das Glück des Einzelnen war! Nur ein lächerlich kleiner Teil eines großen Ganzen.

Seufzend schüttelte Alice diese unerfreulichen Gedanken von sich ab und überließ sich Jeffreys beruhigender Musik.

Alice stand vor der Ateliertür und suchte in ihrer Handtasche nach dem Schlüssel, den Colin ihr überlassen hatte. Sie schimpfte halblaut vor sich hin und brachte beim Suchen ein Notizbuch, drei Kugelschreiber und ein verklebtes Bonbon zum Vorschein.

„Wie kommt denn das hierhin?" murmelte sie. Plötzlich öffnete Colin von innen die Tür. Alice sah überrascht auf. „Oh, guten Morgen!"

Colin erwiderte ihren Gruß, dann betrachtete er interessiert ihre Hand, in der sie all den Krimskrams hielt. „Suchst du etwas Bestimmtes?"

Verlegen packte Alice alles wieder ein. „Nein, ich … ach, nichts. Ich wusste nicht, dass du schon hier bist. Es ist ja eigentlich noch zu früh."

„Es scheint ein Glück zu sein, dass ich hier bin. Hast du deinen Schlüssel etwa verloren, Alice?" Er lächelte, und Alice kam sich ziemlich töricht vor.

„Nein, ich habe ihn nicht verloren", sagte sie bestimmt. Um sich zu rechtfertigen, fügte sie hinzu: „Ich kann ihn nur momentan nicht finden."

Damit ging sie an ihm vorbei hinein ins Atelier. Aus Versehen streifte sie ihn flüchtig, und sofort begann ihr Puls zu jagen. So einfach wird es wohl doch nicht werden, fand sie.

„Ich ziehe mich schnell um", teilte sie ihm kurz mit und eilte geradewegs ins Ankleidezimmer.

Als sie zurückkam, widmete Colin ihr kaum einen Blick. Eine Welle der Erleichterung durchflutete sie. Also gab es wohl doch keinen Grund zur Beunruhigung.

„Ich werde heute am Gesicht arbeiten", eröffnete er ihr knapp, während er dabei war, ein paar Farben auf der Palette zusammenzumischen.

Seine Sachlichkeit bestätigte Alice erneut, dass sein Herz ihr nicht gehörte. Der Schmerz, den sie bei dieser Erkenntnis verspürte, ließ sich nur mit Mühe unterdrücken.

Bereitwillig ließ sie sich gleich darauf von ihm in Positur stellen, sie wollte ihm nämlich auf keinen Fall einen Anlass geben, sich aufzuregen. Aber als er ihr Kinn berührte, erstarrte sie und wich zurück.

In Colins Augen flackerte es auf. „Ich muss die Konturen deines Gesichtes fühlen." Er begann ihren Kopf sanft zur Seite zu drehen, seine Berührung war kaum spürbar. „Es genügt nicht, sie einfach nur mit den Augen zu sehen. Verstehst du das?"

Alice nickte beschämt. Colin versuchte erneut ihre Haltung zu korrigieren, behutsam, nur mit den Fingerspitzen, und sie zwang sich, ruhig zu bleiben, wenn das auch alles andere als leicht war.

„Entspann dich, Alice, du musst ganz locker sein." Seine Geduld mit ihr überraschte sie so, dass sie automatisch gehorchte. Zufrieden vor sich hin murmelnd, strich er ihr dann über das Gesicht.

Alice durchlitt süße Qualen. Seine Berührung war so sanft, obwohl er völlig konzentriert aussah. Ob er wohl spürte, wie ihr die Hitze in die Wangen stieg?

Behutsam zeichnete er mit dem Finger die Umrisse ihres Gesichtes nach, und Alice bemühte sich, gleichmäßig zu atmen. Sie wollte sich einreden, dies alles, dieses Beisammensein sei genauso unpersönlich wie ein Arztbesuch, aber als er seine Hand an ihre Wange legte, sah sie mit bebenden Lidern zu ihm auf.

„Halt still“, ordnete er brüsk an und ging zurück zu seiner Staffelei. „Sieh mich an!“ Er nahm seinen Pinsel wieder auf.

Alice gehorchte und versuchte ihre Gedanken in andere Bahnen zu lenken. Aber sobald sich ihre Blicke trafen, musste sie einsehen, dass dies unmöglich war. Sie konnte unmöglich in seiner Nähe und sich seiner nicht bewusst sein, sie konnte ihn nicht ansehen, ohne ihn nicht auch wahrzunehmen. Sie konnte ihn ebenso wenig aus ihrem Kopf wie aus ihrem Herzen verbannen.

War es denn wirklich so schlimm, sich für kurze Zeit in Träumereien zu verlieren? War es denn wirklich so falsch, wenigstens für kurze Zeit im Beisammensein mit ihm Glück zu finden?

Der Kummer würde ohnehin noch früh genug kommen. Konnte sie es da nicht einfach genießen, bei ihm zu sein, und den Preis dafür hinterher bezahlen, wenn er fort war? Es schien so einfach.

Alice beobachtete ihn bei der Arbeit und prägte sich jede Einzelheit von ihm ein. Eines Tages, das wusste sie genau, würde sie auf diese Erinnerungen angewiesen sein.

Sie nahm den Anblick seines dichten schwarzen Haars, das sich über dem Kragen kräuselte, fest in sich auf. Die Augenbrauen, die Augen, alles zog sie unwiderstehlich an.

Wieder und wieder hob er den Blick, während er sie malte, und der ungezügelte Arbeitseifer, dem er sich überlassen hatte, ließ seine Augen noch blauer wirken als sonst.

Seine Hände konnte sie zwar nicht sehen, aber sie wusste ohnehin genau, wie sie aussahen – schlank, sehnig und wunderschön. Noch immer konnte sie sie auf ihrem Gesicht spüren, wie sie dort etwas entdeckten, was sie, Alice, vielleicht niemals sehen würde, wie sie verstanden, was ihr unmöglich war zu verstehen.

Es war nicht schwer zu begreifen, dass sie sich Hals über Kopf in ihn verliebt hatte. Colin war ein Mann, der all das besaß, was Alice sich erträumte.

So arbeiteten sie stundenlang, und Colin ließ nur wenige kurze Pausen zu, in denen Alice sich einmal strecken und entspannen konnte. Dann drängte er bereits wieder voller Ungeduld zum Weiterarbeiten.

Alice spürte seine Aufregung und wusste, dass er dabei war, etwas Außergewöhnliches zu schaffen. Das ganze Atelier war von dieser seltsamen Stimmung erfüllt, mit jedem Atemzug konnte man das fühlen.

„Die Augen“, murmelte Colin und legte die Palette nieder. Dann kam er zu ihr herüber. „Komm etwas näher heran.“ Er zog sie ganz dicht vor die Staffelei. „Die Augen sind die Seele eines Gemäldes.“ Er nahm sie bei den Schultern, sein Gesicht war nur wenige Zentimeter von ihrem entfernt.

Der Geruch von Öl und Terpentin stieg Alice in die Nase, und ihr kam der Gedanke, dass sie diesen Duft in Zukunft nicht mehr wahrnehmen könnte, ohne dabei gleichzeitig an Colin denken zu müssen.

„Sieh mir einmal in die Augen, Alice, geradewegs in die Augen, bitte.“

Sie folgte seiner Aufforderung, obwohl ihr dabei schwindlig wurde. Sein Blick durchdrang den ihren – wie es Alice schien, bis in unbekannte Tiefen. Im Spiegel seiner Augen entdeckte sie sich selbst.

Sie war eine Gefangene. Seine Gefangene. Unbewusst öffnete sie die Lippen, um die letzte kleine Distanz zwischen sich und Colin zu beseitigen. Eine eigentümliche vibrierende Spannung baute sich auf, aber noch ehe sie sich entladen konnte, wandte Colin sich abrupt ab.

Alices Worte kamen, ohne dass sie es eigentlich wollte. „Was hast du gesehen?“

„Geheimnisse“, murmelte Colin. „Träume. Nein, sieh nicht weg, Alice. Ich brauche deine Träume.“

Hilflos sah sie ihn an. Es war längst zu spät, um ihm noch zu widerstehen. Colin legte vorsichtig den Pinsel beiseite, sah eine Weile kritisch auf die Leinwand, dann ging er lächelnd zu Alice zurück.

„Es ist gelungen. Du hast mir genau das gegeben, was ich suchte."

Etwas in Alice schlug leise Alarm. „Ist das Bild endgültig fertig?"

„Nein, noch nicht ganz, aber bald." Er zog ihre Hände an die Lippen und küsste sie.

„Bald also", wiederholte sie erschauernd. Blitzschnell schob sie die unangenehmen Gedanken beiseite, die sich sofort aufdrängten. „Dann geht es wohl gut voran?"

„Ja, sehr gut sogar."

„Darf ich es mir immer noch nicht ansehen? Stell dich doch nicht so an."

„Ich bin sehr abergläubisch." Sacht drückte er ihre Hände. „Du kannst mich ruhig auslachen, aber es ist so. Das habe ich bisher immer mit meinen Bildern so gehalten."

„Vera durfte es sehen." Ohne dass sie es beabsichtigt hatte, schwang Bitterkeit in ihrer Stimme mit.

„Vera ist eine Künstlerin", erklärte Colin. Zärtlich strich er ihr über die Wange. „Sie ist kein Modell. Das ist ja auch ein kleiner Unterschied."

Seufzend fand Alice sich damit ab und wanderte im Atelier auf und ab. „Du hast sie doch bestimmt auch schon dann und wann einmal gemalt", bemerkte sie. „Sie ist so … so voller Leben und so apart."

„Sie kann nicht fünf Minuten lang in Positur bleiben", versetzte Colin und machte sich daran, die Pinsel zu reinigen.

Alice lehnte sich lächelnd gegen die Fensterbank. „Hattest du es eigentlich schwer mit deinen Meerlandschaften? Oder hast du die Wolken und das Wasser einfach gezwungen, still zu halten? Dir würde ich das durchaus zutrauen." Sie streckte sich und fuhr sich mit den Händen genüsslich durch das Haar, das im Sonnenlicht wieder in allen möglichen Schattierungen schimmerte.

Aufmerksam drehte sie sich dann zu Colin um. Er stand schweigend da und beobachtete sie, seine Arme hingen reglos herab. Irgendetwas zog sie zu ihm hin, aber Alice widerstand diesem Gefühl und ging stattdessen wieder ruhelos im Zimmer auf und ab.

„Das erste Bild, das ich von dir sah, war eine irische Landschaft." Alice wandte ihm den Rücken zu und versuchte einen sachlichen, plaudernden Ton beizubehalten. „Es war ein kleines, wunderschönes Gemälde von einer Landschaft im Abendlicht. Ich mochte es sehr, weil es mir half, mir meine Mutter vorstellen zu können. Ist das nicht eigenartig?" Sie drehte sich zu ihm um. „Ich hatte zwar einige Bilder von ihr gesehen, aber dieses Gemälde ließ sie lebendig werden." Ihre Stimme war weicher geworden, plötzlich lächelte sie. „Leben deine Eltern noch, Colin?"

Er sah sie eine Weile unverwandt an. „Ja." Dann widmete er sich wieder seinen Pinseln. „Sie leben glücklich und zufrieden in Irland."

„Sie werden dich bestimmt vermissen."

„Vielleicht. Aber sie haben noch sechs andere Kinder, vermutlich bleibt ihnen da keine Zeit, sich meinetwegen einsam zu fühlen."

„Sechs!" rief Alice verwundert aus. So viele Geschwister hätte sie auch gern gehabt. „Deine Mutter muss eine bemerkenswerte Frau sein."

Colin schmunzelte. „Sie hatte einen langen Lederriemen, mit dem sie spielend drei von uns auf einen Streich erwischen konnte."

„Ihr werdet es wohl verdient gehabt haben!"

„Ohne Zweifel. Dennoch habe ich mir häufig gewünscht, sie wäre nicht so treffsicher gewesen."

„Mein Vater las mir immer die Leviten", erinnerte sich Alice und schüttelte bei der Erinnerung daran den Kopf. „Zuweilen hätte ich es lieber gehabt, wenn er mich ordentlich verhauen hätte, dann wäre hinterher alles schnell wieder gut gewesen. Strafpredigten können oft viel schmerzhafter sein als eine Tracht Prügel."

„Du denkst dabei wohl an Professor Easterman in Berkeley?" fragte Colin belustigt.

Alice sah ihn erstaunt an. „Woher weißt du von ihm?"

„Du selbst hast es mir erzählt, Liebes. Ich glaube, vor ein oder zwei Wochen."

„Ich hätte nie gedacht, dass du mir wirklich zuhörst", murmelte Alice. Krampfhaft versuchte sie sich an all das zu erinnern, was sie erzählt hatte, seit die Sitzungen bei Colin begonnen hatten. Sie nagte nachdenklich an ihrer Unterlippe. „Ich kann mich nicht einmal auf die Hälfte von dem zurückbesinnen, was ich alles erzählt habe."

„Das macht nichts, ich weiß es dafür umso besser." Er wischte sich die Hände an einem Lappen ab und wandte sich ihr zu. Alice blickte ihn etwas argwöhnisch an.

„Und schon wieder hast du diese Linie auf der Stirn, Alice", meinte er leichthin und lächelte, als sie sie zu glätten versuchte. „So, nachdem du durch meine Schuld nicht zum Mittagessen gekommen bist – was eine Schande ist, du bist ohnehin schon schmal genug –, soll ich dir irgendetwas in der Küche zusammenbrutzeln, oder möchtest du lieber Kaffee?"

„Ich glaube, ich muss diese beiden großzügigen Einladungen ablehnen." Sie drehte sich um und ging auf das Ankleidezimmer zu. „Ich werde mein Glück zu Hause suchen. Ich habe da nämlich einen Nachbarn, der einen Vorrat an frischen Krapfen hat."

Sie zog die Tür hinter sich ins Schloss und lächelte vor sich hin. Das war gar nicht so schlecht gewesen, fand sie zufrieden. Jetzt, wo das Schlimmste vorbei war, würde sie die letzten Sitzungen auch noch gut hinter sich bringen.

Sie summte leise und fröhlich vor sich hin und streifte das Kleid ab. Alles würde gut werden. Schließlich war sie eine erwachsene Frau, sie konnte sich sehr gut selbst helfen.

Alice hielt das Kleid von sich weg, um es ein wenig auszuschütteln. Als plötzlich die Tür aufging, schrie sie vor Schreck leise auf. Blitzschnell hielt sie sich das Gewand vor die bloße Haut.

„Was hältst du von einem Abendessen?" fragte Colin und lehnte lässig in der offenen Tür.

„Colin!"

„Ja, bitte?“ Seine Stimme klang liebenswürdig.

„Colin, geh bitte hinaus, ich bin nicht angezogen!“ Sie zog das Kleid noch enger an sich.

„Das sehe ich, aber du hast mir nicht auf meine Frage geantwortet.“

Alice gab einen Laut der Empörung von sich. „Was für eine Frage?“

„Was du von einem Abendessen hältst.“ Sein Blick glitt über ihre entblößten Schultern.

„Wie meinst du das?“

„Du kannst doch nicht Krapfen zum Abendbrot essen, Alice. Das ist bestimmt ungesund.“ Er lächelte verständnisvoll über ihren ungläubigen Gesichtsausdruck.

„Oh, mein Nachbar hat auch Pizza“, gab sie entschlossen zurück.

„Pizza? Nein, das ist auch nichts. Ich sehe schon, ich muss deine Verpflegung selbst in die Hand nehmen. Da kommt ja sonst nichts Ordentliches dabei heraus.“

Da er ihre Bitte anscheinend völlig überhört hatte, wollte sie die wiederholen, aber dann ließ sie es doch sein. Stattdessen sah sie ihn nachdenklich an. „Colin, bittest du mich etwa um eine Verabredung?“

„Eine Verabredung?“ wiederholte er. Eine Weile sagte er gar nichts, als müsse er erst darüber nachdenken. Gedankenverloren musterte er sie. „Hm, es sieht wohl ganz so aus. Na, ich kann es nicht leugnen.“

„Zum Abendessen?“ fragte sie vorsichtshalber nach.

„So ist es.“

„Um wie viel Uhr?“

„Um sieben.“

„Also gut.“ Sie nickte und versuchte, nicht auf die innere Stimme zu hören, die sie warnte. „Aber jetzt schließ bitte die Tür, damit ich mich anziehen kann.“

„Aber selbstverständlich!“ Seine Augen funkelten plötzlich

boshaft, und Alice wich vorsichtshalber noch einen Schritt zurück, wobei sie das Kleid noch enger an sich zog.

„Übrigens, Alice, aus dir wäre niemals ein erfolgreicher Feldherr geworden."

„Wieso das nicht?"

„Du vergisst ja, die Flanken zu sichern." Triumphierend ging er hinaus.

Von ahnungsvollem Entsetzen gepackt, drehte Alice sich langsam um – und sah sich in dem Spiegel, der sich genau hinter ihr befand.

7. KAPITEL

Als Alice sich für das Abendessen mit Colin ankleidete, dankte sie ihrem Schöpfer, wenigstens kurzfristig Einblick in die Welt der Mode gewonnen zu haben. Ihrem kurzen Engagement bei Mrs. Wilson verdankte sie nämlich das dunkelrote Seidenkleid, das heute bei dem Treffen mit ihm zu Ehren kommen sollte. Es war ein Traumkleid aus weichem Stoff, der ihre Figur dezent betonte.

Zu diesem Kleid gehörte eine passende Jacke, und als Alice beides angezogen hatte, war sie mit ihrem Aussehen vollkommen zufrieden. Die Farbe des Kleides betonte auf einzigartige Weise ihre Augen und passte wunderbar zum Haar. Deswegen hatte Alice dieses Kleid damals von ihrem Lohn gekauft, ohne eigentlich zu wissen, zu welchem Zweck sie es je tragen würde. Heute aber war die Gelegenheit da.

Vielleicht sollte sie lieber nicht gehen? Da meldete sich nämlich wieder diese mahnende innere Stimme. Trotzig bürstete Alice sich sorgfältig das Haar. Aber manchmal musste man eben Risiken eingehen. Sie würde sich also mit ihm treffen.

Aber er wird dir wehtun! beharrte die Stimme in ihr. Na und? Ob an diesem Abend oder irgendwann später, was spielte das für eine Rolle?

Hastig befestigte sie ihre kleinen goldenen Ohrringe. Hatte nicht jeder das Recht, einmal im Leben etwas ganz Besonderes zu erleben? Warum sollte nicht auch sie ein kleines Stück vom großen Glück erwischen dürfen?

Sie würden einen Abend miteinander verbringen, ohne dass die Arbeit an dem Bild zwischen ihnen stünde. An diesem Abend würde er sich ihr endlich einmal als Person widmen und in ihr nicht nur den Gegenstand seiner Malerei sehen.

Sie verteilte ein paar Tupfer des zarten Parfüms auf ihrer Haut. Nein, sie würde nicht an morgen denken, nur das Heute zählte jetzt. Das Gemälde war fast vollendet, es würde ohnehin bald alles zu Ende sein. Aber etwas musste sie das Zusammensein mit ihm noch genießen. Einen einzigen Abend mit ihm, den durfte sie sich wohl gönnen. Den Preis dafür, schmerzliche Erinnerungen, würde sie später zahlen müssen, aber das war ihr im Moment völlig gleichgültig.

Alice warf einen Blick auf die Uhr. Als sie feststellte, dass es schon kurz vor sieben war, machte sie sich fieberhaft auf die Suche nach ihrem Schlüssel. Vielleicht war er hinter die Couch gefallen. Sie ließ sich auf die Knie nieder und spähte ins Dunkel. In diesem Moment klopfte es auch schon an der Tür.

„Ja, ja", ich komme gleich!" Dort funkelte etwas. Ob das der Schlüssel war? Sie streckte die Hand aus und wollte schon triumphieren, aber da sah sie, dass es nur ein Vierteldollarstück war, das dort unter der Couch lag. Sie holte es hervor und seufzte enttäuscht.

„Ich habe doch gesagt, ich zahle", ertönte Colins Stimme, und Alice fuhr zusammen.

Er stand gut gelaunt in der offenen Tür und beobachtete Alice neugierig bei ihrem Tun. Sie richtete sich verlegen auf, blies sich das Haar aus dem Gesicht und sah ihn schweigend an.

Colin sah ganz fremd aus. Er trug einen perfekt sitzenden schwarzen Anzug, dessen Schnitt seine breiten Schultern und die schmalen Hüften deutlich zur Wirkung brachte. Das blendend weiße Oberhemd stand am Hals offen. Alice sagte sich, dass Colin sich wohl nie dem Zwang unterwerfen würde, den das Krawattentragen bedeutete.

„Ich habe dich noch nie im Anzug gesehen", bemerkte sie, weil ihr nichts Besseres einfiel. „Aber zum Glück siehst du nicht zu konventionell darin aus."

„Du bist wirklich ein erstaunliches Geschöpf, Alice." Er reichte ihr höflich eine Hand, um ihr beim Aufstehen behilflich zu sein.

Sie warf den Kopf herausfordernd in den Nacken. „Findest du?"

Er lächelte zurück, ohne ihre Hand loszulassen. „Du siehst

wunderhübsch aus." Mit einem prüfenden Blick überflog er ihre Gestalt. „Wirklich wunderhübsch." Dann nahm er ihre andere Hand und betrachtete die Münze, die sie festhielt. „Für die Straßenbahn? Damit wirst du wohl kaum weit kommen."

Alice sah nachdenklich das Geldstück an. „Ich dachte, es sei mein Schlüssel."

„Natürlich, es sieht ihm zum Verwechseln ähnlich!" Er lachte amüsiert auf.

„Im Dunkeln, unter dem Sofa, tat es das tatsächlich", rechtfertigte Alice sich, dann nahm sie die Suche nach dem Schlüssel wieder auf. „Er muss hier doch irgendwo sein", sagte sie halblaut zu sich selbst und durchstöberte zum wiederholten Male die Papiere auf ihrem Schreibtisch.

„Wo ist denn das Schlafzimmer?" erkundigte sich Colin, während sie aus purer Verzweiflung schon das Lexikon wegen des verlorenen Schlüssels durchschüttelte.

„Dies ist das Schlafzimmer", informierte Alice ihn nüchtern. „Und gleichzeitig das Wohnzimmer, das Arbeitszimmer und der Salon. Ich hab es gern, wenn sich alle Dinge an einem Ort befinden, weißt du, das erspart unnötige Wege."

Unter einem Stapel Manuskriptpapier entdeckte sie ein Radiergummi und seufzte erleichtert auf. „Da ist es ja! Das habe ich gestern verzweifelt gesucht! Wer sagt's denn, alles findet sich wieder. So, einen Augenblick."

Sie lehnte sich gegen die Schreibtischkante und legte den Finger an die Nasenspitze. „Ich werde den Schlüssel gleich haben. Ich muss nur einmal genau nachdenken, dann wird es mir sicher gleich einfallen. Als ich ihn das letzte Mal gebraucht habe, bin ich auf dem Markt gewesen. Ich kam herein", sie wies auf die Tür, „und trug die Tasche in die Küche. Ich habe eine Flasche Saft in den Kühlschrank gestellt, und dann …" Ihre Augen weiteten sich, und sie hastete ins Nebenzimmer.

Als sie zurückkam, schwenkte sie den Schlüssel vergnügt in der Hand. „Er ist gut gekühlt", erklärte sie und errötete unter Colins belustigtem Blick. „Ich muss an etwas anderes gedacht haben, als ich ihn dorthin legte."

Alice nahm ihre neue kleine Handtasche und ließ den Schlüssel hineinfallen. „So, das wäre es wohl."

Sie ging zur Tür und schob den Riegel beiseite. Colin folgte ihr mit ernsthafter Miene, aber dann hielt er sie an der Tür fest und nahm ihr Gesicht in beide Hände.

„Alice."

„Ja?"

„Du hast noch keine Schuhe an."

„Oh." Sie hob die Schultern und ließ sie dann kraftlos wieder fallen. „Ich fürchte, ohne geht es nicht." Colins Anwesenheit brachte sie ganz durcheinander.

Colin küsste sie auf die Stirn und ließ sie los. „Nein, vorsichtshalber solltest du welche anziehen." Schmunzelnd wies er in den Raum hinein. „Ich glaube, sie stehen dort, neben dem Schreibtisch."

Schweigend schlüpfte Alice in ihre Schuhe, aber sie lachte mit den Augen, als sie zu Colin zurückkehrte. „Habe ich sonst noch etwas vergessen? Dann sag es mir lieber gleich, bevor ich später in Verlegenheit gerate."

Er nahm sie bei der Hand. „Nein."

„Magst du übrigens ordentliche Leute, Colin?" Sie neigte den Kopf zur Seite und sah ihn abschätzend an.

„Nicht besonders."

„Fein! Können wir jetzt gehen?"

Vor der Haustür stand ein Ferrari. Er war rot, schnittig und einfach Aufsehen erregend.

„Hast du dir etwa ein neues Auto gekauft?" meinte sie überrascht und konnte den Blick nicht von dem Auto wenden. „Oder hat mein Nachbar Jeffrey plötzlich ein Vermögen geerbt?"

„Das hier ist ein Bestechungsgeschenk von Vincente." Colin öffnete die Beifahrertür zuvorkommend für sie. „Ich habe dafür ein Bild von seiner Nichte malen müssen. Sie ist ein entsetzlich biederes kleines Ding mit vorstehenden Zähnen. Soll ich das Verdeck zurückschlagen?"

„Nein, danke." Alice ließ sich in den Sitz fallen und sah Colin zu, wie er um den Wagen herumging. Nicht einmal Aschenbrödel hatte eine solche Kutsche, dachte sie lächelnd. „Ich dachte, du malst nur, was dich interessiert?"

„Vincente ist einer der wenigen Menschen, denen ich nichts abschlagen kann." Der Motor des Ferrari dröhnte auf.

„Weißt du, dass man für das Geld, das so ein Auto kostet, in New Jersey ein kleines Haus mit Garage kaufen kann?"

Colin schmunzelte und lenkte den Wagen umsichtig auf die Straße. „Ich glaube, ich würde dort einen miserablen Nachbarn abgeben."

Er war ein ausgezeichneter Fahrer. Sie fuhren am Golden Gate Park vorbei und mieden die Hauptverkehrsstraßen, stattdessen ging es durch kleine enge Gassen und Nebenstraßen.

Alice nahm den Duft der Blumen wahr, die überall längs der Straße zum Verkauf angeboten wurden, und lauschte dem blechernen Klang der Straßenbahnglocken. Als sie einmal zurückblickte, sah sie die Umrisse eines gigantischen schmalen Hochhauses.

„Wohin fahren wir denn?" fragte sie ohne wirkliches Interesse. Es genügte ihr, Colin in ihrer Nähe zu wissen. Von ihr aus konnte diese Fahrt endlos dauern.

„Zum Essen", gab Colin einsilbig zurück. „Ich bin mittlerweile am Verhungern."

Alice sah ihn von der Seite an. „Für einen Iren bist du nicht sehr gesprächig. Aber sieh mal!" Sie zeigte aus dem Fenster. „Der Nebel kommt."

Der Nebel kroch mit erstaunlicher Geschwindigkeit über die Bucht, er hatte schon fast die ganze Golden Gate Bridge verschluckt. Nur die Spitzen waren noch zu sehen.

„Heute Nacht werden die Nebelhörner wieder einmal zu hören sein", murmelte Alice. „Sie haben so einen einsamen, melancholischen Klang. Ich werde immer traurig, wenn ich sie höre, ich weiß auch nicht, warum."

„Welches Geräusch macht dich denn glücklich?" Er nahm kurz den Blick von der Fahrbahn und sah interessiert zu ihr herüber.

„Das Geräusch von aufplatzendem Popcorn", antwortete sie leichthin und musste dann über ihren eigenen Einfall herzlich lachen. Sie lehnte sich entspannt zurück und sah hinauf in den Himmel. Er war unbeschreiblich blau. In welcher anderen Stadt mochte es das wohl geben – einen strahlend blauen Himmel und gleichzeitig Nebel?

Als Colin plötzlich anhielt, sah Alice wieder nach vorn. Ihr Blick fiel auf ein riesiges Gebäude – es war ein Hotel. Vor Überraschung sprachlos, starrte sie Colin an, als sie die Gegend erkannte: Es war Nob Hill! Sie hatte gar nicht auf den Weg geachtet.

Ein uniformierter Portier öffnete ihr jetzt die Wagentür und war ihr beim Aussteigen behilflich. Colin schob ihm ein Geldstück in die Hand und hakte sie unter.

„Isst du gern Meeresfrüchte?" fragte er, während er sie zum Eingang führte.

„Warum, ja, ich ..."

„Fein. Das ist hier nämlich die Spezialität des Hauses."

„Ich habe davon gehört", murmelte Alice. Plötzlich hatte sie das Gefühl, mit diesen wenigen Schritten von einer ihr vertrauten Welt in eine andere zu gehen, von der sie bisher nur in Büchern gelesen hatte.

Das Restaurant war sehr weitläufig und strahlte einen für Alice überwältigenden Luxus aus. Eine hohe, schimmernde Decke aus Glas wölbte sich über einem Raum, der von unzähligen Kerzenleuchtern heimelig erhellt war. Den Boden bedeckte ein dicker weicher Teppich, auf all den vielen Tischen lagen gestärkte, blütenweiße Tischdecken.

Im Nu war der Maitre d'Hotel an ihrer Seite, und aus der Tatsache, dass Colin ihn mit seinem Namen ansprach, schloss Alice, dass er hier kein Unbekannter war.

Der Tisch, an den sie geführt wurden, stand zwar etwas abseits von den anderen in einer gemütlichen Nische, dennoch konnte Alice von ihrem Platz aus die ganze Pracht des Restaurants überblicken. Der Cheeseburger, zu dem Jeffrey sie erst vor wenigen Tagen eingeladen hatte, schien plötzlich Lichtjahre entfernt. Sie sah sich unauffällig, aber ausgiebig um, dann wandte sie sich an Colin und meinte anerkennend: „Ich muss zugeben, dass dies doch besser ist als Pizza zu essen!"

„Ich halte mein Wort", meinte Colin. „Deswegen gebe ich es auch so selten wie möglich. Möchtest du Wein?" fügte er mit seinem charmanten Lächeln hinzu. „Du siehst nicht aus wie jemand, der Cocktails bevorzugt."

„Oh?" Sie sah ihn überrascht an. „Wie kommst du darauf, vielleicht bin ich Spezialistin für alkoholische Getränke?"

„Es liegt zu viel Unschuld in deinen großen veilchenblauen Augen." Er strich ihr väterlich das Haar über die Schulter. „Beinahe so viel, dass man für dich fast den Wein mit Wasser verdünnen möchte." Dann wandte er sich zu dem Kellner, der diskret neben ihm wartete. „Eine Flasche weißen Chateau Haut-Brion, bitte", bestellte er und sah Alice dabei unverwandt an. Der Kellner verneigte sich leicht und zog sich lautlos zurück.

Alice sah ihm nach, dann ließ sie wieder den Blick über die Umgebung schweifen, so als wolle sie jedes Detail fest in sich aufnehmen.

„An deinem Schreibtisch habe ich gesehen, dass du fleißig an deinem Buch arbeitest. Kommst du gut voran?"

Überrascht blickte Alice ihn an. Er sah doch mehr, als sie vermutete. „Ja, im Moment geht es, glaube ich, ganz gut. Es gibt Phasen, da fällt einem alles zu, und es geht ganz leicht. Das hält zwar nicht lange an, aber man bringt doch einiges zu Stande. Ist das beim Malen auch so?"

„Ja. Manchmal scheinen einem die Ideen nur so zuzuströmen, und es ist dann auch kein Problem, sie mit dem Pinsel auszuführen. Dann wieder verschwendet man kostbare Leinwand, das Thema nimmt und nimmt nicht Gestalt an." Er lächelte und fasste nach ihrem Handgelenk. „In solchen Momenten wirst du wahrscheinlich ein Blatt Papier nach dem anderen zerknüllen und in den Papierkorb werfen."

Der Kellner brachte den Wein, und nun begann das Ritual des Entkorkens und Probierens. Dankbar für diese Unterbrechung, sah Alice wortlos zu. Unter Colins beiläufiger Berührung war ihr ganz heiß geworden, und jetzt nutzte sie die Zeit, um sich wieder etwas zu fassen. Schließlich fühlte sie sich in der Lage, ihr volles Glas ohne Zittern zu heben. Der Wein war leicht und spritzig.

„Schmeckt er dir?" wollte Colin wissen, nachdem sie den ersten Schluck genommen hatte.

„Ich könnte mich daran gewöhnen", lächelte Alice.

„Erzähl mir, worüber du schreibst", bat er. Er hob ihr sein Glas entgegen, seine andere Hand lag inzwischen über der ihren.

„Es geht um zwei Menschen, die erst zusammen, dann getrennt voneinander leben."

„Eine Liebesgeschichte?"

„Ja, aber sie ist ziemlich kompliziert."

Das Licht der Kerzen spiegelte sich golden in ihren Augen wider. Es war schön, bei ihm zu sein. Mühsam rief sie sich ins Gedächtnis, dass sie nur den Augenblick genießen wollte, ohne an das Morgen zu denken. Mit einem Lächeln hob sie das Glas an die Lippen.

„Die beiden sind ziemlich unbeständige Charaktere, oft habe ich das Gefühl, sie wollen nicht ganz so, wie ich gern möchte. Beide haben den festen Entschluss, sich nicht zu binden, dennoch fühlen sie sich magisch zueinander hingezogen. Ich möchte gern darauf hinauskommen, dass die beiden sich lieben, aber dennoch eigenständige Persönlichkeiten bleiben."

„Die Liebe hat ihre eigenen Gesetze, das kommt ganz darauf an, wer an diesem Spiel beteiligt ist." Colin strich sacht über ihren Handrücken, und Alices Herzschlag beschleunigte sich abermals. „Wird es ein glückliches Ende geben?"

Alice versank in seinem unergründlichen Blick. „Vielleicht“, murmelte sie. „Ich weiß es noch nicht. Ihrer beider Schicksal liegt jedenfalls in meiner Hand.“

Colin erwiderte unverwandt ihren Blick und zog ihre Hand an die Lippen. „Und heute Abend?“ fragte er weich. „Legst du da dein Schicksal in meine Hand?“

Ihre Augen waren dunkel. „Heute Abend, ja“, sagte sie ohne Zögern.

Colin lächelte und hob ihr sein Glas entgegen. „Auf den heutigen, langen Abend also.“

Sie nahmen ein verschwenderisches, ausgedehntes Mahl, und Wein perlte dazu in den Gläsern. Schließlich saßen sie zufrieden vor ihrem Kaffee. Alice genoss jede einzelne Sekunde dieses Beisammenseins. Es war so, als ob dies der erste und letzte Abend mit dem Mann sei, den sie liebte, und sie war entschlossen, jeden Moment auszukosten. Vielleicht gelang es ihr so, den Lauf der Dinge etwas aufzuhalten.

Die Kerzen waren beinahe heruntergebrannt, als sie sich vom Tisch erhoben. Ohne zu zögern legte sie ihre Hand in seine.

Sie waren gerade in der Empfangshalle angekommen, als jemand plötzlich Colins Namen rief. Alice sah sich um und entdeckte einen großen kräftigen Mann im Smoking, der geradewegs auf sie zukam. Er lächelte über das ganze Gesicht und näherte sich Colin mit ausgestreckten Armen. Dann schlug er ihm freundschaftlich auf die Schulter, während er ihm gleichzeitig die andere Hand zum Gruß entgegenstreckte. Alices Blick fiel auf einen funkelnden Diamanten an seinem Ringfinger.

„Sullivan, alter Junge, wie nett, dich zu sehen!“

„Jack!“ Ein erfreutes Schmunzeln zeigte sich auf Colins Gesicht. „Wo hast du in letzter Zeit gesteckt?“

„Ach, hier und da. Ich habe im Moment gerade etwas in San Francisco zu erledigen.“ Sein Blick wanderte hinüber zu Alice und blieb an ihr hängen.

„Alice, das ist der berüchtigte Jack Swanson, ein ganz verkommenes Subjekt! Und dies, Jack, ist Alice St. John, ein wahrer Schatz!“

Alice war hin- und hergerissen, zum einen, weil sie sich über Colins Bemerkung freute, zum anderen, weil ihr plötzlich einfiel, wer Jack Swanson war. In den vergangenen fünfundzwanzig Jahren hatte er einige der erfolgreichsten Filme Hollywoods produziert.

Als er ihre Hand ergriff, fiel es ihr schwer, nicht zu zeigen, wie aufregend sie es fand, seine Bekanntschaft zu machen.

„Verkommenes Subjekt?“ beschwerte sich Swanson und hielt dabei noch immer Alices Hand. „Glauben Sie diesem verdammten Iren nur die Hälfte dessen, was er sagt. Ich bin eine Stütze der Gesellschaft!“

„Ja, er hat eine Tafel in seinem Arbeitszimmer, auf der steht das geschrieben“, fügte Colin hinzu.

„Nicht die leiseste Spur von Respekt! Und doch ...“ Bewundernd betrachtete er Alice. „Sie sind wohl nicht zufällig Schauspielerin?“

„Wenn Sie nicht die Art von Schauspielerei meinen, die in jedem von uns steckt, dann nicht“, erwiderte sie schlagfertig.

Swanson nickte und lachte anerkennend auf. „Ich habe schon mit weniger geistreichen Frauen zu tun gehabt!“

„Alice ist ja auch Schriftstellerin“, ließ sich Colin nun stolz vernehmen. Er legte Besitz ergreifend den Arm um ihre Schultern. „Du hast mich schließlich davor gewarnt, mit Schauspielerinnen anzubändeln.“

„Seit wann hörst du denn auf meine weisen Ratschläge?“ spottete Swanson. Interessiert fuhr er fort, Alice zu mustern. „Schriftstellerin also. Was für eine ist es denn, wenn man fragen darf?“

„Eine ausgezeichnete, natürlich“, scherzte sie. „Ohne die geringste Spur von Einbildung!“

Swanson tätschelte ihre Hand. „Ich habe leider noch eine Besprechung, sonst würde ich Sie diesem unreifen Kleckser glatt entführen. Bevor ich abreise, werden wir aber noch zusammen essen. Das verspreche ich.“ Mit einem Seitenblick auf Colin fügte er hinzu: „Den da können Sie von mir aus mitbringen." Er schlug Colin nochmals auf die Schulter und ging davon.

„Eine echte Persönlichkeit, nicht wahr?" sagte Colin voller Begeisterung, während er Alice zum Ausgang führte.

„Hinreißend." Ihr fiel auf, dass sie durch Colin nun nicht nur die Bekanntschaft eines italienischen Herzogs, sondern auch die eines Hollywoodfürsten gemacht hatte.

Alice und Colin traten wenig später in das weiche Abendlicht hinaus. Die Sonne war fast untergegangen, noch färbten aber ihre letzten Strahlen den Horizont. Mit einem Seufzer des Behagens stieg Alice in den Ferrari. Überrascht merkte sie plötzlich, dass Colin nicht in die Richtung ihrer Wohnung fuhr.

„Wohin fährst du?"

„Ich kenne ein nettes kleines Lokal", gab er Auskunft. „Ich dachte, es würde dir vielleicht gefallen. Du bist doch nicht müde, oder?" fragte er mit einem Seitenblick zu ihr.

„Nein, ich bin nicht müde", lächelte sie.

Das Nachtlokal war schummrig beleuchtet und verraucht. Kleine Tische standen dicht beieinander, das Publikum war bunt gemischt. Manche der Gäste waren in Jeans erschienen, andere in Abendkleidern.

Blecherne Musik dröhnte von dem Podium, produziert von einer Band neben einer winzigen quadratischen Tanzfläche, auf der sich Pärchen aneinander geschmiegt zum Rhythmus der Musik bewegten.

Colin führte Alice an einen kleinen Tisch in einer dunkleren Ecke. Wieder und wieder rief ihn jemand beim Namen, aber er winkte den Betreffenden jeweils nur grüßend zu und setzte seinen Weg fort.

„Herrlich! Das kommt mir hier vor wie eine richtige Schmugglerkneipe", schwärmte Alice begeistert.

Colin lachte und nahm ihre Hände. „Das würde dir wohl gefallen, nicht wahr?"

„Natürlich!" Ihre Augen funkelten vor Lebensfreude.

Eine Kellnerin schob sich an ihren Tisch und stand nun ungeduldig mit in die Seiten gestemmten Armen da.

„Die Dame braucht Champagner", teilte Colin ihr mit.

„Wer braucht das nicht", brummte die Kellnerin kopfschüttelnd vor sich hin und bahnte sich ihren Weg zurück.

Alice lachte hellauf. „Hier werden, wie man sieht und hört, keine Extrawürste für den ehrenwerten Mr. Sullivan gebraten", stellte sie fest.

„Das ist alles eine Sache der Atmosphäre. Am richtigen Ort finde ich mürrische Kellnerinnen einfach umwerfend. Und", fuhr er fort und küsste die Innenfläche ihrer Hand, „außerdem liebe ich kleine Tische, an denen man zwangsläufig dicht beieinander sitzt. Hier kann ich den Duft deiner Haut riechen ..." Er lehnte sich zu ihr und küsste sie auf die empfindliche Stelle hinter dem Ohr.

„Colin, bitte", stieß sie atemlos hervor und hob die Hand, um ihn beiseite zu schieben, aber er nahm ihre Hand stattdessen und küsste die Fingerspitzen.

Mit Nachdruck wurde tatsächlich eine Champagnerflasche vor ihnen abgestellt. Verblüfft schauten Colin und Alice die Kellnerin an. Ohne die Miene zu verziehen, steckte sie den Schein in die Tasche, den Colin ihr gab, und schlurfte davon.

„Die Bedienung ist heute Abend ja unangenehm prompt", murmelte er, während er die Flasche öffnete. Das Knallen des Korkens ging dabei im Lärm der Musik unter. Alice nahm das Glas, das er ihr reichte, und trank einen tiefen Schluck, in der Hoffnung, damit ihre angespannten Nerven zu beruhigen.

Schweigend tranken sie den Champagner und sahen dem Treiben um sich herum zu. Alice verfiel in eine weiche, verträumte Stimmung, immer mühsamer schien es ihr, Traum und Wirklichkeit voneinander zu unterscheiden. Als Colin aufstand und ihre Hand nahm, folgte sie ihm auf die Tanzfläche.

Die Musik war jetzt leiser und zärtlicher geworden. Er legte die Arme um ihre Taille, sie umschlang seinen Nacken, ihre Körper berührten sich. Die Luft war erfüllt von Rauch und schweren Parfüms, und bald hatten sie die anderen Paare um sich herum vergessen, die sich wie sie zum Klang der Musik wiegten.

Alice legte den Kopf zurück und sah Colin in die Augen. Ihre Lippen waren nur noch eine geringe Distanz voneinander entfernt, und eine Welle der Sehnsucht überflutete Alice. Wären sie auf einer einsamen Insel gewesen, sie hätte sich nicht weniger allein mit ihm fühlen können, als sie es jetzt tat.

Die Musik klang nun in einem süßen Akkord aus. Wortlos ergriff Colin Alices Hand und führte sie aus dem Gedränge.

Der Mond war nur eine bleiche Sichel, und die kühle Abendluft wirkte besänftigend auf Alice. Der Ferrari fuhr einen Hügel hinauf und dann wieder bergab. Alice lächelte verstohlen. Nichts an diesem Abend hätte anders sein können. Es gab kein Bedauern, keine Zweifel. Nebelschwaden versperrten die Sicht, so mussten sie langsamer fahren. Als Alice aus dem Fenster sah, bemerkte sie die dichten Wolkenmassen über der Bucht zu ihrer Rechten. Wohin wollte er nur? Daraufhin wandte sie sich mit einem fragenden Blick an Colin.

„Wir fahren zu meinem Hausboot", teilte er ihr mit, noch ehe sie die Frage aussprechen konnte. „Ich habe dort etwas für dich."

Da war es wieder, dieses Alarmsignal in ihrem Kopf. Sie witterte Gefahr, und während sie hinaus in die nebelverhangene Nacht sah, wusste sie, sie müsste Colin eigentlich bitten, sie nach Hause zu bringen. Aber sie tat es nicht. Die Nacht war ja noch längst nicht vorbei, und sie hatte sich diese eine zugestanden.

Je näher sie dem Meer kamen, desto dichter wurde der Nebel. Hin und wieder ertönte jetzt von irgendwoher der klagende Ton der Nebelhörner. Alice hatte jedes Zeitgefühl verloren, als Colin schließlich den Wagen anhielt. Wieder war es ihr, als befinde sie sich in einer Art Traumwelt.

Daran waren vor allem der wabernde Nebel und das leise Rauschen des Meeres schuld. Colin hatte sie untergefasst, und nun tauchte aus dem Dunst plötzlich der Umriss eines Hausbootes vor ihnen auf. Gleichzeitig zerriss der schrille Schrei eines Seetauchers die Luft. Er klang in Alices Ohren wie eine Warnung.

Die schmale kleine Hängebrücke knarrte unter ihren Schritten, als sie sie überquerten, und dann kam plötzlich ein Wind auf und blies die Nebelwand auseinander. Das Hausboot lag jetzt ganz frei vor ihnen.

„Oh Colin!" Alice blieb reglos stehen und starrte überrascht an der Fassade empor. „Das ist ja wundervoll!"

Das Boot war ganz aus Holz und verfügte über zwei Stockwerke. Über dem Bug befand sich ein großes freies Deck. Ein schönes, weiß gestrichenes Holzgeländer umgab es.

Alice trat ein und schüttelte die Feuchtigkeit aus ihrem Haar, während Colin das Licht einschaltete. Sie gingen zwei kleine Stufen hinunter und standen gleich darauf in einem großen, urgemütlichen Wohnzimmer, in dem eine bequem aussehende Sitzgarnitur zum Verweilen einlud. An der rechten Wand führten ein paar weitere Stufen zu einer kleinen Empore hinauf.

„Wie herrlich muss es sein, auf dem Wasser zu wohnen", strahlte Alice und drehte sich zu Colin herum.

Der freute sich über Alices Begeisterung. „In klaren Nächten sieht die Stadt von hier so aus, als bestünde sie aus lauter kleinen Lichtkristallen. Im Nebel ist dann alles um das Boot herum wie in Watte gehüllt und voller Geheimnisse." Er ging auf sie zu und strich ihr mit der vertrauten Geste über die Haare. „Dein Haar ist ja ganz klamm", stellte er besorgt fest. „Weißt du eigentlich, wie viele Gold- und Braun-Töne ich anrühren musste, um die Schattierungen deines Haares darzustellen? Bei jedem Licht sieht es anders aus, man weiß kaum, für welche Farbe man sich entscheiden soll." Plötzlich kam Leben in ihn. „Was stehe ich hier eigentlich herum? Ich sollte dir lieber einen Brandy holen, das ist gut gegen die Kälte."

Damit wandte er sich ab und öffnete einen Schrank. Alice sah ihm zu, wie er den Brandy in zwei Cognacschwenker füllte, aber ihre Gedanken waren ganz woanders.

Seine weiche Stimme und die Berührung seiner Hände hatten sie verzaubert.

Alice nahm den Brandy und machte sich daran, den Raum genauer zu besichtigen. An einer der Wände hing ein Gemälde, das die Bucht San Franciscos bei Sonnenaufgang zeigte. Der Himmel war ein einziger Rausch von starken Rot- und Gold-Tönen. Leben und Glanz gingen von diesem Bild aus, und noch ehe Alice die Signatur entdeckt hatte, wusste sie bereits, dass nur Vera es gemalt haben konnte.

„Sie ist außerordentlich begabt", ließ sich Colin hinter ihr vernehmen.

Alice konnte dem nur aufrichtig zustimmen. Das Bild berührte sie auf seltsame Weise. „Dieses Gemälde macht neugierig auf einen Sonnenaufgang", sagte sie. „Ein Tagesbeginn wie dieser muss ein Erlebnis sein, aber ich glaube nicht, dass ich jeden Tag mit so viel Kraft beginnen könnte, mag dies hier auch noch so schön sein."

„Sprichst du von dem Bild oder der Künstlerin?" neckte Colin sie.

Alice merkte, dass Colin die eigentliche Bedeutung ihrer Worte erraten hatte. Sie zuckte mit den Schultern und ging weiter. „Man sollte meinen, ein Künstler hängt alle Wände seiner Wohnung mit Bildern voll. Bei dir sind es nur relativ wenige." Sie machte sich daran, seine Sammlung eingehender zu studieren, wanderte von einem Bild zum nächsten. Vor einem kleinen Gemälde hielt sie plötzlich verblüfft inne. Es war die irische Landschaft, von der sie ihm gerade erst am Morgen erzählt hatte.

„Ich war neugierig, ob du es wiedererkennen würdest."

Colin stand hinter ihr und legte ihr die Hände auf die Schultern. Etwas seltsam Besitzergreifendes lag in dieser an sich lässigen Geste.

„Natürlich erinnere ich mich daran." Alice fühlte sich fast in ihrer Ehre gekränkt.

„Ich habe es gemalt, als ich zwanzig war, auf meiner ersten Heimreise nach Irland, seit ich von dort weggegangen bin."

„Wie eigenartig, dass ich ausgerechnet heute Morgen davon gesprochen habe“, murmelte Alice vor sich hin.

„Schicksal, Liebes“, gab er zurück und küsste sie leicht auf das Haar. Dann ging er um sie herum und nahm das Bild von der Wand. „Ich möchte, dass es dir gehört.“

Bestürzt sah sie ihn an. „Nein, Colin, das kann ich nicht annehmen.“ Ungläubigkeit und Erstaunen schwangen in ihrer Stimme mit.

„Nein?“ Colin hob eine Augenbraue. „Ich dachte, es gefällt dir.“

„Oh Colin, du weißt, wie sehr es mir gefällt.“ Hilflos hob sie die Schultern. „Aber ich kann doch nicht einfach eines deiner Bilder nehmen.“

„Du nimmst es nicht, ich gebe es dir“, verbesserte er. „Das ist eines der Vorrechte des Künstlers.“

„Colin!“ Ihr Blick wanderte zu dem Bild, dann wieder zu ihm. „Du hättest es doch bestimmt nicht die ganze Zeit aufgehoben, wenn es dir nicht etwas bedeuten würde. Nein, sonst hättest du es sicher verkauft.“

„Es gibt Dinge, die verkauft man nicht – man verschenkt sie.“ Er hielt ihr das kleine Bild entgegen. „Bitte!“

Vor Rührung war Alice die Kehle wie zugeschnürt. „Ich habe dich noch nie zuvor ‚bitte‘ sagen hören …“

„Das hebe ich mir ja auch für besondere Anlässe auf“, versuchte Colin zu scherzen.

Alice hielt seinem Blick stand. Er hatte ihr mehr gegeben als nur dieses Bild. Es stellte ein Bindeglied dar – zwischen ihr und einer Frau, die sie nie hatte sehen dürfen, ihrer Mutter. Ganz vorsichtig lächelte sie. „Ich danke dir!“

Colin zeichnete mit dem Finger den Umriss ihrer Lippen nach. „Das Schönste an dir ist dein Lächeln“, murmelte er leise. Dann setzte er mit festerer Stimme hinzu: „Komm, setz dich und trink deinen Brandy.“ Er stellte das Bild beiseite und führte sie behutsam zum Sofa.

Alice nahm einen Schluck aus ihrem Glas. „Malst du hier eigentlich auch?“ fragte sie.

„Zuweilen.“

„Ich weiß noch, dass du in jener Nacht, als ich dich zum ersten Mal sah, mit mir hierher wolltest, um ein paar Skizzen anzulegen.“

„Und du hast mir mit einem eifersüchtigen Ehemann gedroht.“

„Ich hielt das in dem Moment für die wirkungsvollste Abschreckungsmethode.“ Sie wandte sich zu ihm um und schmunzelte.

Noch ehe Alice zurückweichen konnte, hatte er ihr spielerisch ins Haar gegriffen. Er lehnte sich zu ihr, bis er mit den Lippen zart über ihre Wangen streichen konnte. Hauchzart glitt sein Mund über den ihren, ohne ihn wirklich zu berühren, dennoch glaubte sie seinen Kuss zu fühlen.

„Colin …“, flüsterte sie. Leicht stemmte sie sich gegen seine Brust, als er mit dem Mund ihre Schläfe liebkoste. Sie wusste, es lag nicht am Brandy, dass ihr so warm wurde.

„Alice.“ Sein Blick ruhte ernst auf ihr, sie verspürte den Druck seiner Hand auf ihrer Schulter. „Als ich dich zum letzten Mal geküsst habe, war ich nicht besonders nett zu dir. Das tut mir Leid.“

„Bitte, Colin.“ Sie schüttelte beschwichtigend den Kopf. „Damals waren wir beide zornig.“

„Ich weiß, dass du mir längst vergeben hast. Das ist typisch für dich. Aber ich vergesse den Ausdruck auf deinem Gesicht dabei nicht.“ Er nahm ihre Hand. „Ich möchte dich wieder küssen, Alice, aber dieses Mal so, wie du eigentlich geküsst werden solltest. Aber du musst mir vorher sagen, ob du das wirklich willst.“

Wie einfach würde es sein, ihm zu sagen, dass sie nicht wollte. Sie würde nur das Wörtchen „nein“ zu sagen brauchen, um sicher zu sein, dass er sie nicht berühren würde. Aber sie war seinem Charme schon zu sehr verfallen, es war, als bänden sie Ketten an ihn.

„Ja“, hauchte sie und schloss die Augen. „Ja.“

Zärtlich senkte er den Mund auf ihre Lippen. Sein Kuss war weich und sanft, und Alice fühlte dabei, wie er ihr die Jacke von den Schultern streifte. Sie genoss die Wärme seiner Hände auf ihrer Haut, und als seine Küsse inniger und drängender wurden, umarmte sie ihn voller Leidenschaft. Eine seltsame Mattigkeit befiel sie, sie fühlte sich vollkommen schwerelos, ihre Gedanken verloren sich im Nichts.

Colin gab ihre Lippen frei und lockerte seine Umarmung. „Alice?"

Seufzend schmiegte sie sich an ihn und küsste zärtlich seinen Nacken, während sie gleichzeitig mit den Knöpfen seines Hemdes spielte.

„Ja?" raunte sie und hob ihm ihr Gesicht entgegen. Ihre Augen sahen verträumt aus, und sie bot ihm einladend ihre Lippen dar.

Colin hielt sie fest, und Alices Leidenschaft loderte auf, wurde zu einem hellen, brennenden Feuer. Ihr Herz hämmerte, als sie sich in die weichen Polster des Sofas zurücklehnte. Sein Kuss wurde forschender, seine Hände glitten über ihre bloßen Schultern. Voller Ungeduld streifte er das Oberteil ihres Kleides ab, und seine Hände fanden ihre Brüste.

Ungezügeltes Verlangen erfasste Alice, und sie stöhnte auf. Doch da bedeckte er noch einmal ihren Mund mit seinen Lippen, küsste sie ein letztes Mal voller Begehren und gab sie dann frei.

Alice schlug verwundert die Augen auf und begegnete seinem Blick. Sie hob die Hand, um ihm das Haar aus der Stirn zu streichen, und flüsterte leise seinen Namen.

Colin griff nach ihrem Handgelenk und zog sie mit sich empor. Fürsorglich rückte er daraufhin das Oberteil ihres Kleides wieder zurecht.

„Es kommt nicht oft vor, dass ich mich so selbstlos und edelmütig verhalte, Alice." Seine Stimme klang rau, während er das sagte, und Alice glaubte den schnellen Schlag seines Herzens spüren zu können. „Dies ist einer der wenigen Momente, da ich es einmal tue." Er stand endgültig auf und hängte ihr ihre Jacke über die Schultern. „Ich bringe dich jetzt nach Hause."

„Colin“, begann sie. Sie wusste nur, dass sie jetzt nichts anderes mehr wollte, als ihm zu gehören.

„Nein, sag jetzt nichts.“ Er legte ihr bedeutungsvoll den Zeigefinger an den Mund und steckte dann die Hände in die Taschen. „Heute Abend hast du dich ganz und gar mir anvertraut, dein Schicksal in meine Hände gelegt. Deshalb werde ich dich jetzt nach Hause bringen. Beim nächsten Mal jedoch wird die Entscheidung bei dir liegen.“

8. KAPITEL

Die Sonne stand hoch und strahlend am Himmel. Alice lag im Bett und beobachtete, wie das Sonnenlicht goldene Flecken auf den Fußboden malte. Ihr Blick wanderte zu dem kleinen Gemälde, das zu ihrer Linken an der Wand hing.

Es befand sich dort erst seit zwei Tagen, dennoch kannte sie bereits jede Einzelheit davon, jeden Pinselstrich. Seufzend starrte sie an die Zimmerdecke.

Jener Abend mit Colin war ihr noch ganz deutlich in Erinnerung. Jede Minute stand ihr lebhaft vor Augen, von dem Augenblick an, da Colin sie bei der Suche nach ihrem Schlüssel überrascht hatte, bis hin zu dem kurzen Abschied vor ihrer Wohnungstür.

Am nächsten Morgen im Atelier hatte Colin anscheinend mit spielerischer Leichtigkeit zu seiner Arbeit zurückgefunden. Was immer zwischen ihnen gewesen war, hatte offenbar nur einen Abend lang existiert. Für ihn war es vorbei. Für sie – Alice sah wieder auf das kleine Bild – würde es niemals zu Ende sein.

Eigentlich hätte sie ihm dankbar sein müssen, dass er sie nach Hause gebracht hatte. Wenn sie länger geblieben wäre …

Sie seufzte. Ja, wenn sie geblieben wäre, dann wäre sie unweigerlich eine seiner zahlreichen Geliebten geworden. Er hätte sein Leben genau so weitergelebt wie immer, und sie wäre noch einsamer gewesen, als sie es jetzt schon war. So, wie es jetzt stand, blieb ihr wenigstens ein rundum gelungener Abend in der Erinnerung. Ein Abend mit Wein, Kerzenlicht und Musik, bei dem es nichts zu bereuen gab.

„Romantische Närrin!“ schalt sie sich selbst. Dann drehte sie sich auf den Bauch und nahm ihr Kopfkissen in die Arme.

„Alice!“ Es klopfte kurz an der Tür, gleich darauf stürmte Jeffrey ins Zimmer. Er blieb wie angewurzelt stehen und sah Alice verdutzt an. „Du bist noch im Bett? Es ist schon elf Uhr!“

Alice zog sich die Bettdecke bis ans Kinn und setzte sich auf. „Jawohl, ich bin noch im Bett. Ich habe schließlich bis halb vier gearbeitet. Da kann ich mir das leisten.“ Nachdenklich sah sie ihn an. „Ich war doch der festen Überzeugung, ich hätte die Tür abgeschlossen. Wie bist du bloß hereingekommen?“

„Na, was glaubst du wohl?“ Jeffrey kam zu ihrem Bett herüber und ließ sich auf die Bettkante fallen. Alice errötete darüber, musste aber doch im Stillen lachen.

„Fühl dich ruhig wie zu Hause“, bat sie ihn ironisch und wies mit einer theatralischen Geste auf ihr Bett. „Lass dich von mir um Himmels willen nicht stören.“

„Sieh dir das doch einmal an! Du stehst doch tatsächlich in der Zeitung!“

„Wie bitte?“ Argwöhnisch schielte Alice auf die zerknitterte Zeitung in Jeffreys Händen. „Wovon sprichst du, um alles in der Welt?“

„Ich führe mir gerade die Sonntagsausgabe zu Gemüte“, begann Jeffrey seinen Bericht, dann verstummte er, um Alice schmunzelnd auf die Nasenspitze zu tippen, bevor er fortfuhr: „Also, und wen sehe ich da auf der Seite mit den Gesellschaftsnachrichten? Meine liebe Freundin und Nachbarin, Alice St. John!“

„Du willst mich wohl auf den Arm nehmen“, meinte Alice vorwurfsvoll und strich sich das vom Schlaf zerzauste Haar aus dem Gesicht. „Was sollte wohl ausgerechnet von mir in der Gesellschaftsrubrik stehen?“

„Man kann dort sehen, wie du mit Colin Sullivan tanzt.“ Jeffrey fuchtelte ihr triumphierend mit der Zeitung vor der Nase herum.

Alice griff nach seiner Hand, um ihn zum Stillhalten zu zwingen, doch dann öffnete sie vor Erstaunen den Mund. Ungläubig starrte sie auf das Foto, dann riss sie Jeffrey blitzschnell das Papier aus der Hand. „Zeig her!“

„Aber bitte“, erwiderte Jeffrey liebenswürdig. Er lehnte sich genüsslich zurück und stützte sich auf einen Ellbogen auf, um sie besser beobachten zu können. Die Röte auf ihren Wangen vertiefte sich.

„Es scheint, als seid ihr in einem bekannten Künstlertreff zusammen gesehen worden. Man hat einen Schnappschuss gemacht und einen Artikel mit Vermutungen dazu geschrieben, wer Sullivans neueste Eroberung wohl sein möge." Genüsslich kraulte er sich am Bart und lachte. „Wenn die wüssten, dass besagte Dame gerade hier in einem viel zu großen Fußball-T-Shirt sitzt, das ihr weitaus besser steht als den meisten Fußballfans." Wieder lachte er, dann sah er auf das Foto. „Aber da siehst du auch wirklich prima aus", stellte er fest.

„Das ist doch … das ist doch alles Geschwätz! Blödsinn!" Empört warf sie die Zeitung zu Boden. Sie schob Jeffrey beiseite und kletterte aus dem Bett. „Hast du die Geschichte gelesen?" Aufgebracht versetzte sie dem einsamen Tennisschuh, der ihr im Weg lag, einen Fußtritt.

Jeffrey setzte sich auf und sah ihr nach, wie sie im Raum auf und ab ging. „Ach, Alice, das ist doch nur Geschreibsel, nichts, worüber man sich aufregen müsste. Du weißt doch, Papier ist geduldig. Außerdem …" Er griff nach der Zeitung und strich glättend darüber. „Sie machen dir hier wirklich Komplimente. Hör zu, sie nennen dich eine …" Er verstummte und suchte nach dem betreffenden Satz. „Ach ja, hier steht es: ‚eine bezaubernde junge Schönheit'. Das klingt doch toll!"

Alice gab spontan einen Laut der Empörung von sich. „Typisch Mann!" Sie drehte sich vorwurfsvoll zu Jeffrey herum, aber dann fiel ihr offenbar etwas ein und sie lief zur Kommode hinüber. Dort zog sie eine Schublade auf, entnahm ihr eine Jeans und warf sie auf das Bett. „Ein paar nette Komplimente, und schon denkt ihr, alles sei in Ordnung!" Kopfschüttelnd machte sie sich noch einmal an der Kommode zu schaffen und förderte dabei ein dunkelrotes T-Shirt ans Tageslicht. „Aber das stimmt nicht, das stimmt ganz und gar nicht!"

Sie strich sich das Haar aus der Stirn und atmete tief ein. „Kann ich den Artikel behalten?“ fügte sie mit ruhigerer Stimme hinzu.

„Aber natürlich.“ Jeffrey stand auf und reichte ihr die betreffende Seite. Er räusperte sich. „Also, ich werde dann jetzt zu mir rübergehen und mit Zeitunglesen weitermachen. So was, und ich denke, ich mache dir eine Freude!“

Aber Alice schien ihm gar nicht zuzuhören, sie starrte schon wieder stumm auf das Foto. Jeffrey nutzte ihre Geistesabwesenheit, um schnell und heimlich das Zimmer zu verlassen.

Kaum eine Stunde später eilte Alice die Uferstraße entlang auf Colins Hausboot zu. Die Seite aus der Sonntagszeitung hielt sie zusammengefaltet fest in der Hand.

Verärgert schritt sie über die kleine Hängebrücke hinweg zum Boot hinüber und klopfte kräftig an die Tür. Aber außer dem leisen Klatschen, das die Wellen verursachten, die gegen den Bootsrumpf schlugen, blieb alles still. Alice sah sich suchend um, dann fiel ihr Blick auf den Ferrari.

„Also bist du doch zu Hause, mein Lieber“, grollte sie und klopfte erneut, aber diesmal noch um einiges energischer.

„Was, zum Teufel, machst du für einen Lärm?“ erscholl Colins Stimme über ihrem Kopf.

Alice trat einen Schritt zurück, sah auf und beschattete die Augen mit der Hand, da die blendende Sonne ihr die Sicht nahm.

Colin lehnte am Geländer des Oberdecks. Sein Oberkörper war nackt, er trug nur ein Paar Jeans, außerdem hielt er einen Pinsel in der Hand.

„Ich muss dich sprechen!“ rief Alice und winkte ihm mit der Zeitung zu.

„Gut, dann komm herauf, aber hör um Gottes willen mit der schrecklichen Klopferei auf.“ Er verschwand von der Reling, noch ehe Alice antworten konnte.

Sie ging zum Bug des Hausbootes und erklomm dort die steile Treppe, die zum Deck hinaufführte. Die Hände in die Seiten gestemmt, stellte sie sich dorthin und heftete ihren Blick auf seinen Rücken.

Colin saß auf einem dreibeinigen Schemel vor einer Leinwand und malte mit kraftvollen, sicheren Pinselstrichen. Alice sah wortlos über seine Schulter auf die Segelboote, die unter seiner Hand entstanden. Sie glitten durch die Bucht San Franciscos, die bunten Spinnaker blähten sich in einem Rausch von Farben prall im Wind.

„Nun, was gibt es so Wichtiges, dass du mir beinahe die Türen einschlägst, Alice?“ Seine Stimme klang undeutlich, da er einen Pinsel mit den Zähnen festhielt, während er mit einem zweiten malte.

Alice trat näher und schwenkte furchtlos die Zeitung vor seinem Gesicht. „Dieses hier gibt es.“

Mit überraschender Ruhe legte Colin daraufhin die beiden Pinsel weg, warf ihr einen erstaunten Blick zu und nahm ihr die Seite aus der Hand.

„Sehr gut getroffen“, murmelte er nach einer Weile.

„Colin!“

„Pst, ich lese gerade.“ Schweigend vertiefte er sich wieder in den Artikel, während Alice aufgebracht auf dem Deck herumspazierte. Einmal lachte er schallend auf, winkte aber sofort abwehrend ab, als Alice zu sprechen anfangen wollte. Sie schimpfte leise vor sich hin und wandte ihm dann den Rücken zu.

„So, so“, meinte Colin nach einer Zeit, die ihr wie eine Ewigkeit vorkam. „Was man nicht so alles liest. Das war ja höchst unterhaltsam.“

Alice schnellte auf dem Absatz herum. „Wie bitte? Unterhaltsam? Ist das alles, was du zu diesem … diesem Schund zu sagen hast?“

Colin zuckte die Achseln. „Nun ja, vom Stil her könnte der Artikel besser sein. Möchtest du etwas Kaffee?“

„Sag mal, hast du das überhaupt gelesen?“ brauste sie auf und stellte sich neben ihn. Der Wind blies ihr das Haar ins Gesicht, und mit einer ärgerlichen Geste strich sie es beiseite. „Hast du diese schrecklichen Dinge, diese ..." Alice versprach sich vor Aufregung und stampfte wie ein ungezogenes Kind mit dem Fuß auf. Dann pochte sie ihm mit der Faust auf die Brust. „Ich bin nicht deine neueste Eroberung, Colin!"

„Aha."

Ihre Augen funkelten. „Bitte, erspar mir dieses viel sagende ‚Aha'! Ich bin nicht deine Eroberung, weder deine neueste noch sonst irgendeine! Mir gefällt dieser Ausdruck nicht. Mir passen auch diese versteckten Andeutungen und Anzüglichkeiten nicht. Schon gar nicht gefällt mir die Unterstellung, wir seien ein Liebespaar!" Empört warf sie den Kopf in den Nacken. „Was ist das überhaupt für eine Logik? Nur, weil wir miteinander tanzen, sollen wir ein Liebespaar sein?"

„Du musst zugeben, die Vorstellung ist gar nicht so übel." Er schmunzelte darüber, dass sie so aufgebracht war, strich ihr liebevoll eine Strähne aus der Stirn und legte ihr dann seine Hand tröstlich auf die Schulter. „Willst du die Zeitung verklagen?"

Alice hörte den erheiterten Unterton aus seiner Frage heraus und bohrte die Hände in die Taschen ihrer Jacke. „Ich will, dass sie das zurücknehmen", beharrte sie trotzig.

„Was denn? Den Schnappschuss vielleicht?" versetzte er. „Das bisschen Geschwätz? Liebes, das Foto allein spricht doch schon Bände." Er hielt es ihr mit Nachdruck vor die Augen. „Diese beiden Menschen hier scheinen alles um sich herum vergessen zu haben."

Alice wandte sich ab und ging zur Reling. Colin hatte Recht, es war im Grunde tatsächlich nur das Bild, das sie so in Aufregung versetzt hatte.

Sie beide waren darauf dicht aneinander geschmiegt zu sehen, sie hatte die Arme um seinen Nacken gelegt, ihre Blicke waren ineinander versunken. Besser als der dunkle, verrauchte Nachtclub hätte als Hintergrund nichts passen können.

Alice konnte sich noch genau an diesen Augenblick erinnern,

an das Gefühl, das sie überkommen, an die große Vertrautheit, die zwischen ihnen geherrscht hatte.

Dieses Foto enthielt eine Darstellung ihrer höchst eigenen, privaten Gefühle, und das verabscheute sie. Sie hasste auch den geschwätzigen kleinen Artikel daneben, der sie so lässig und oberflächlich mit Colin in Zusammenhang brachte. Die Verfasser kannten noch nicht einmal ihren Namen, und doch war sie in ihren Augen seine Geliebte, seine neueste Geliebte – natürlich nur so lange, bis die nächste sie ablöste.

Alice starrte verdrossen auf die Wellen, die unermüdlich gegen das Boot plätscherten. „Ich mag das nicht", murrte sie. „Ich mag nicht, dass man über uns auf dieselbe Weise Mutmaßungen anstellt wie über die Frage, ob du Kaffee oder Tee zum Frühstück bevorzugst. Ich mag nicht, dass jemand mir etwas andichtet, der einfach eine zu lebhafte Fantasie hat. Und vor allem will ich nicht, dass man mich eine ..."

„Bezaubernde junge Schönheit nennt?" versuchte Colin ihren Satz zu vollenden.

„Ich finde nichts Erheiterndes an dieser hochtrabenden, nichts sagenden Bezeichnung. Ich komme mir dadurch lächerlich vor." Alice verschränkte die Arme vor der Brust. „Das ist auf jeden Fall kein Kompliment, das habe ich auch Jeffrey schon gesagt."

„Wer, zum Donnerwetter, ist Jeffrey?"

„Stell dir vor, er fand den Artikel sogar recht nett", sprach sie unbeirrt weiter, ihr Ärger flammte erneut auf. „Er setzte sich heute Morgen ungeniert auf mein Bett und teilte mir mit, ich müsse mich nun eigentlich geschmeichelt fühlen und dass ich ..."

„Vielleicht", unterbrach Colin sie mit Nachdruck, „bist du so freundlich und sagst mir, wer Jeffrey ist und warum er heute Morgen in deinem Bett war?"

„Auf, nicht in meinem Bett", verbesserte Alice ihn ungeduldig. „Und lenk nicht dauernd vom Thema ab, Colin. Damit lasse ich dich nicht durch."

„Nein, diese Sache möchte ich jetzt zuerst klären." Er stellte sich neben sie an die Reling und fasste ihr unter das Kinn. Sein Griff war überraschend fest. „Genauer gesagt, ich bestehe darauf."

„Willst du endlich damit aufhören?" verlangte Alice und trat unwillig einen Schritt zur Seite. „Wie kann ich weiterreden, wenn du ständig an mir herummäkelst und mir nicht einmal in Ruhe zuhörst?"

„Herummäkeln nennst du das?" Colin warf den Kopf zurück und brach in schallendes Gelächter aus. „Nun, wenn das keine Übertreibung ist! Aber jetzt sag mir endlich, wer Jeffrey ist."

„Also, ihn lass bitte aus dem Spiel, ja?" Alice seufzte voll verzweifelter Ungeduld auf und beschrieb mit den Armen einen weiten Kreis. „Er hat mir den Artikel heute Morgen gebracht, das ist alles. Ich sage es dir noch einmal, Colin, ich lasse mich nicht mit all deinen ehemaligen und zukünftigen Liebschaften in einen Topf werfen! Und ich werde nicht dazu beitragen, dass du durch irgendwelche Skandalgeschichten bekannt bleibst, dafür bin ich mir zu schade!"

Colin sah sie irritiert an. „Kannst du mir bitte den tieferen Sinn des letzten Satzes verraten? Ich weiß nicht so genau, worauf du jetzt anspielst."

„Ich denke, der Satz ist einfach und durchaus verständlich. Ich meine ihn so, wie ich ihn gesagt habe, Colin, das ist mein Ernst!"

„Ja." Er musterte sie neugierig. „Das sehe ich."

Schweigend sahen sie einander an. Alice war sich der für sie unwiderstehlichen Anziehungskraft, die von ihm ausging, schmerzlich bewusst. Sie fühlte, dass ihr inneres Gleichgewicht ins Wanken geriet, und wandte sich ab, um sich wieder über die Reling zu beugen.

Nachdenklich lauschte sie dem Rauschen der Wellen, wie sie näher kamen und sich am Bug des Bootes brachen. Ihre Schultern hoben und senkten sich, und zuletzt seufzte sie tief.

„Ich bin ein zutiefst einfacher Mensch, Colin. Ich bin niemals im Ausland gewesen und habe mich nur äußerst selten mehr als zweihundert Kilometer von San Francisco entfernt. Ich habe kein schillerndes Vorleben und bin keine Frau, die von Geheimnissen umgeben ist."

Bald hatte sie ihre Fassung wiedergewonnen und drehte sich zu ihm um. Der Wind wehte ihr das Haar ins Gesicht. „Ich mag es nicht, wenn man etwas in mir sieht, das ich gar nicht bin." Sie hob hilflos die Hände und ließ sie dann wieder sinken. „Ich bin nicht der Typ Frau, als den sie mich in dieser Zeitung beschreiben."

Colin faltete die Zeitung zusammen und steckte sie in die Tasche. Dann trat er näher auf sie zu. „Nein. Du bist unendlich viel reizvoller als der Typ Frau, zu dem sie dich in diesem Artikel machen."

Alice schüttelte unwillig den Kopf. „Ich habe das nicht gesagt, damit du mir auch noch weitere Komplimente machst."

„Das war kein Kompliment, sondern ist eine Tatsache." Er küsste sie, ehe sie noch wusste, wie ihr geschah. „Fühlst du dich jetzt besser?"

Alice warf ihm einen missbilligenden Blick zu. „Ich bin doch kein launisches Kind, das einen Wutanfall bekommen hat und getröstet werden muss."

Abschätzend sah er sie an. „Also dann doch eher eine bezaubernde junge Schönheit?"

Alice wollte erst böse werden, dann beschloss sie, die Angelegenheit mit Humor zu nehmen. Abschätzend schaute sie an sich herunter. „Bezaubernd, vielleicht."

„Und mit Sicherheit auch jung."

Sie blickte ihn schelmisch an und machte dazu ein herausforderndes Gesicht. „Hältst du mich etwa nicht für eine Schönheit?"

„Nein."

„Oh!"

Colin lachte herzlich und umschloss ihr Gesicht mit den Händen. „Dieses Gesicht", begann er, während er sie eingehend musterte, „ist sehr edel geschnitten, und du hast eine samtweiche Haut. Man sieht dir deine Stärke an, aber da ist auch Weichheit, auf alle Fälle gibt es da viel Lebendigkeit. Das Schönste aber ist, dass du dir dessen in keinster Weise bewusst bist. Ein einzigartiges, ausdrucksvolles Gesicht hast du, und die Bezeichnung ‚schön' ist dafür viel zu nichts sagend."

Alice wurde es ganz warm ums Herz. Sie wunderte sich, dass selbst jetzt, obwohl sie sich ein wenig ärgerte, ihr Herz unter seinem Blick wild klopfte.

„Das ist eine charmante Methode, eine Beleidigung abzuschwächen", meinte sie leichthin. „Da schlägt wohl der Ire in dir durch?"

„Oh, ich kenne eine noch viel bessere. Soll ich sie dir mal zeigen?"

Er küsste sie so schnell und unvermutet, dass Alice gar keine Zeit zum Antworten blieb. Sie konnte nur den Kuss erwidern.

Voller Lust strich sie über seine feste bloße Haut, und sie spürte dabei die Wärme der Sonne und ihr eigenes aufflammendes Verlangen. Eine nie gekannte Sehnsucht überkam sie, doch weit davon entfernt, sich seinen Liebkosungen zu überlassen, wurde sie immer fordernder. Die Leidenschaft, die Colin in ihr weckte, beherrschte sie voll und ganz, sie legte jegliche Scheu und Zurückhaltung ab. Er umfasste sie noch fester, und sie hörte ihn leise seufzen.

„Alice", murmelte er und strich mit den Lippen zart über ihr Gesicht. „Du hast mich verzaubert."

Eine ungeahnte Neugier bemächtigte sich ihrer, und sie begann seinen Rücken, seine Brust, seine Arme mit den Händen zu erforschen. Colins Herz schlug heftig, während sie ihn berührte ...

„Ach, du lieber Himmel, ich störe wohl gerade." Das konnte nur Veras Stimme sein.

Verwirrt löste Alice die Lippen von Colins, aber sie war nicht in der Lage, sich auch noch aus seiner Umarmung zu befreien.

Als sie den Kopf wandte, sah sie Vera Kingsley tatsächlich geradewegs in die Augen. Vera stand auf der obersten Stufe der Treppe und hatte eine Hand auf die Reling gelegt. Ihr smaragdfarbener Seidenschal flatterte leicht im Wind.

„Bitte verzeih mir, Colin, Liebling. Ich hatte ja keine Ahnung, dass du nicht allein bist! Sonntags suchst du ja für gewöhnlich eher die Einsamkeit." Sie lächelte, als ob sie damit zum Ausdruck bringen wollte, wie gut sie mit seinen Gepflogenheiten vertraut war. „Ich wollte die Rothschild-Bilder abholen, du erinnerst dich doch? Und dann muss ich noch ein oder zwei Dinge mit dir besprechen. Ich warte einstweilen unten."

Sie überquerte das Deck, während sie noch sprach, und öffnete eine Tür, die ins Innere des Hausbootes führte. „Soll ich Kaffee für uns drei kochen?" fragte sie und verschwand, ohne eine Antwort abzuwarten.

Alice wandte sich wieder Colin zu und stemmte die Hände gegen seine Brust. „Lass mich gehen", forderte sie verärgert. „Lass mich augenblicklich gehen!"

„Warum? Noch vor kurzer Zeit schienst du hier glücklich zu sein."

Sie warf den Kopf zurück und versuchte sich loszureißen, aber es blieb ohne Erfolg, unter seinem Griff schien jeder Widerstand zwecklos. „Da war ich ja auch vollkommen geblendet vor Lust. Das war ein rein triebhaftes Bedürfnis!"

„Ein triebhaftes Bedürfnis?" echote Colin. Er schmunzelte anerkennend. „Wie interessant. Geschieht das öfter?"

„Grins mich nicht so an, Colin, untersteh dich!" Alice drohte ihm mit dem Zeigefinger.

Colin ließ sie los, aber seine Miene veränderte sich nicht. „Es fällt mir bisweilen schwer, es nicht zu tun."

„Ich will nicht, dass du mich hier in den Armen hältst, während Vera mit ihrem überheblichen Lächeln zusieht." Mit Nachdruck strich sie ihr T-Shirt glatt.

„Nanu, Alice, du bist doch nicht etwa eifersüchtig?" Sein Lächeln wurde noch breiter. „Wie schmeichelhaft für mich, das wusste ich ja gar nicht."

Alice fixierte ihn empört. „Du selbstgefälliger, unerträglicher Kerl! Was bildest du dir ein!“

„Vorhin, als du dein so genanntes triebhaftes Bedürfnis verspürtest, konntest du mich aber recht gut ertragen. Wie kommt das?“

Außer sich vor Zorn erwog Alice einen Moment, ihm eine Ohrfeige zu geben. Colin musste das gespürt haben, denn er umfasste sanft ihre Taille und sagte ruhig: „Frauen sollten mit Worten schlagen, nicht mit Händen.“ Wohlwollend nickte er ihr zu.

„Ich hab die Spielregeln nicht gelesen“, gab sie ihm von oben herab zu verstehen. Jetzt gelang es ihr endlich, sich loszureißen. Sie wandte sich um und wollte auf demselben Weg gehen, auf dem sie gekommen war, aber Colin packte sie bei der Hand und zog sie so heftig zurück, dass sie gegen seine Brust taumelte. Er lächelte und küsste ihre Nasenspitze.

„Warum so eilig?“

„Es gibt da ein altes Sprichwort“, beschied sie ihm und befreite sich erneut aus einem Griff. „Das besagt, drei sind einer zu viel.“

Colin lächelte und tätschelte ihre Wange. „Alice, sei kein Dummkopf.“

Sie verdrehte die Augen zum Himmel und betete innerlich um Beherrschung. Einfach loszuschreien würde das Problem auch nicht lösen. So atmete sie stattdessen mehrere Male tief durch. „Ach, geh doch und mal deine Segelschiffe“, schlug sie ihm dann bissig vor und stieg die Treppe zum Unterdeck hinunter.

„Das werde ich tun. Und noch eins – du bist eine wirklich gut aussehende Frau, Alice!“ rief er ihr nach.

Sie sah zurück und bedachte ihn mit einem vernichtenden Blick. Colin lehnte heiter und behaglich an der Reling.

„Außerdem muss ich dir etwas verraten. Es ist faszinierend mit anzusehen, wie sich bei dir ein Wutanfall zusammenbraut. Das nächste Mal versuche ich dich zur Abwechslung von dieser anderen, auch überaus charmanten Seite zu malen.“

„Dazu wirst du aber leider keine Gelegenheit bekommen!“ rief

Alice zurück und beschleunigte ihre Schritte, aber Colin unternahm sowieso keinen Versuch, sie zurückzuhalten.

Sein Lachen hallte noch lange hinter ihr her.

9. KAPITEL

Alice wusste, dass Colin das Bild von ihr nun beinahe vollendet hatte. Sie fühlte sich leer und ausgebrannt, wie jemand, der bis zur Grenze der Erschöpfung gearbeitet hatte. Obwohl sie einsah, dass der Abschluss des Bildes eine große Erleichterung nach all der Zeit des anstrengenden Modellstehens bedeuten würde, versuchte sie doch, den Gedanken daran unter Aufbringung ihrer ganzen Willenskraft vorerst beiseite zu schieben.

Während sie in Positur stand, ahnte sie, dass Colin bereits damit beschäftigt war, dem Bild den letzten Schliff zu geben; er wirkte nicht mehr wie jemand, der Neues schuf. Seine aufbrausende Ungeduld hatte sich gelegt.

Ihren sonntäglichen Besuch auf dem Hausboot erwähnte er mit keinem Wort, und sie war ihm dafür dankbar. Sie war mittlerweile so weit sich einzugestehen, dass sie sich wirklich wie eine Närrin benommen hatte, eine kopflose Närrin.

Das habe ich ja nicht zum ersten Mal getan, grübelte sie. Und vielleicht ist es auf gewisse Weise sogar zu entschuldigen, wenn man bedenkt, was passiert ist.

Was sie an jenem Tag gesehen hatte, das Foto, das der Öffentlichkeit ihre intimsten Empfindungen darbot, war natürlich daran schuld. Und dieser alberne kleine Artikel …

Dann musste sie daran denken, wie Vera sich wortreich über Romantik und Colins Image als Künstler ergangen hatte. Schon die Erinnerung allein genügte, um Alice aufbrausen zu lassen, aber sie rief sich zur Ordnung.

Sie brauchte sich Veras Gerede ja nicht mehr lange anzuhören. Bald war das Bild vollendet, dann hatte Vera ihren Colin wieder ganz für sich.

Sie, Alice, sollte sich lieber Gedanken über die Zukunft machen. Wieder muss ich mir einen neuen Job suchen, dachte sie trübsinnig. Nein, es wird ein ganz neuer Beginn sein, verbesserte sie sich sogleich. Neue Erfahrungen, neue Gesichter und einsame Nächte werden auf mich warten.

„Zum Glück habe ich das Gesicht gestern zu Ende gemalt“, bemerkte Colin und holte sie damit in die Gegenwart zurück. „In den letzten zehn Minuten hat sich dein Gesichtsausdruck mindestens ein Dutzend Mal verändert. Es ist ganz erstaunlich, über was für eine Mimik du verfügst.“

„Es tut mir Leid. Ich habe ...“ Sie suchte nach dem passenden Wort. „Ich habe nachgedacht.“

„Ja, das konnte man sehen.“ Sein Blick hielt den ihren fest. „Das waren offenbar keine sehr fröhlichen Gedanken.“ Fragend sah er sie an.

„Nein, nein, ich habe nur über eine Szene in meinem Buch nachgedacht.“

Colin brummte etwas vor sich hin und trat einen Schritt von der Staffelei zurück. „Bestimmt war es eine recht traurige Szene.“

„Das stimmt. Es kann in Romanen ja nicht nur immer heiter zugehen.“ Sie schluckte. „Es ist fertig, nicht wahr?“

„Ja. Wir haben es geschafft.“

Alice seufzte heimlich, während sie beobachtete, wie er sein Werk kritisch begutachtete. „Komm, sieh es dir an“, forderte er sie auf. Er streckte die Hand aus, aber sein Blick ließ dabei das Bild nicht los.

Zu ihrer Überraschung stellte sie fest, dass sie Angst hatte. Colin sah auf und hob die Augenbrauen.

„Nun komm schon!“

Mit verkrampften Fingern ging sie auf ihn zu. Gehorsam reichte sie ihm die Hand, dann wagte sie, einen Blick auf das Bild zu werfen.

Wohl an die hundert Mal hatte sie versucht, sich das Ergebnis vorzustellen, aber die Wirklichkeit hatte nicht das Geringste mit ihrer Vorstellung zu tun.

Der Hintergrund des Bildes war dunkel gehalten, voller Schatten, die dem ganzen Bild große Tiefe verliehen.

Im Mittelpunkt aber stand sie in ihrem zart beigefarbenen Kleid. Es sah aus, als würde sie von einer unsichtbaren Lichtquelle beleuchtet.

Der Veilchenstrauß bildete einen überraschenden Farbtupfer in diesem Gemisch der Farben und zog das Auge des Betrachters unweigerlich auf die feingliedrigen Hände, die ihn hielten. Die Haltung und Neigung ihres Kopfes verrieten Stolz und Würde. Das Haar umgab das Gesicht in dichten funkelnden Strähnen, es wirkte wie ein Widerspruch zu der Ruhe und Unschuld, die durch das Gewand dargestellt wurden. Dieses Haar vermittelte den Eindruck von Leidenschaft.

Alice hatte gar nicht gewusst, dass ihr Gesicht so fein geschnitten war. Die strenge, klare Geradlinigkeit der Züge vereinte sich auf seltsame Weise mit dem Eindruck von Zartheit und Verletzlichkeit. Ja, sie hatte Recht gehabt, als sie annahm, er würde sie mit ganz anderen Augen sehen, als sie selbst es bisher getan hatte.

Ihre Lippen waren auf dem Bild kaum merklich geöffnet. Es gab kein Lächeln zu sehen, und etwas wie Erwartung lag in ihren Zügen.

Die Augen aber verrieten alles. Es waren die Augen einer Frau, die sich in Liebe verzehrte. Dabei ging von ihnen gleichzeitig auch der Eindruck von Unschuld aus.

Niemand konnte das Bild betrachten, ohne zu bemerken, dass die Frau, die es darstellte, in jemanden verliebt war, wahrscheinlich sogar in den Maler.

„Du bist so still, Alice“, murmelte Colin und legte den Arm um ihre Schultern.

„Ich finde nicht die richtigen Worte“, flüsterte sie und überlegte lange Zeit. „Kein Wort, das angemessen wäre. Alles, was mir einfällt, würde flach und belanglos klingen.“ Für einen kurzen Augenblick lehnte sie sich an ihn. „Colin ...“

Alice versuchte wenigstens für einen Moment zu vergessen, dass die Augen auf dem Gemälde unverblümt all ihre Liebe für Colin ausdrückten. Sie bemühte sich krampfhaft, dieses Porträt sachlich zu sehen, nicht als Enthüllung ihrer geheimsten Empfindungen. Sie musste an das denken, was Colin zu Beginn der Sitzungen gesagt hatte: Er wolle ihre Träume malen. Das war ihm allerdings gelungen.

Colin küsste sie zärtlich auf den Nacken, dann ließ er sie los. „Es kommt nur ganz selten vor, dass man nach vollendeter Arbeit einen Schritt zurücktritt und selbst erstaunt darüber ist, dass man mit den eigenen Händen so etwas Außergewöhnliches geschaffen hat."

Alice hörte die Erregung aus seiner Stimme heraus. Es kam ihr fast wie ein Wunder vor, hätte sie doch niemals gedacht, er sei zu so tiefen Gefühlen fähig.

„Das ist das Beste, was ich je zu Stande gebracht habe." Er wandte sich zu ihr um, und sein Blick ruhte voller Eindringlichkeit auf ihr. „Ich danke dir, Alice. Du bist die Seele dieses Bildes."

Alice war kaum in der Lage, Colins Worte zu ertragen, und sie drehte sich um. Sie musste all ihren Stolz zusammennehmen, und verzweifelt bemühte sie sich, ihrer Stimme einen ruhigen Klang zu verleihen.

„Ich war immer der Meinung, dass der Künstler die Seele seines Werkes ist."

Sie legte den Veilchenstrauß auf den Tisch und begann im Zimmer auf und ab zu gehen. Die Seide des Kleides raschelte bei jedem ihrer Schritte. „Es ist deine Fantasie, dein Talent. Wie viel von mir lebt denn tatsächlich in diesem Bild?"

Sie sprachen beide kein Wort, aber Alice wandte sich nicht zu Colin um.

„Weißt du das denn nicht?" brach er schließlich das Schweigen.

Alice befeuchtete die trockenen Lippen, wandte ihm das Gesicht zu und sagte leichthin: „Mein Gesicht." Dabei wies sie auf das Bild. Ruhig fuhr sie fort: „Und mein Körper. Der Rest ist dein Werk, Colin. Das ist nicht mein Verdienst. Du hast die Stimmung festgehalten, du hast das von mir verwendet, was du immer in mir gesehen hast. Du hattest eine ganz bestimmte Vorstellung von meinen Augen. Ich sollte ein Wunschtraum für dich sein, und das hast du aus mir gemacht. Es ist alles deine Illusion." Diese Worte bereiteten ihr größeren Schmerz, als sie je für möglich gehalten hätte. Und doch fühlte sie, dass sie gesagt werden mussten.

„So siehst du es?" Colin sah sie fragend an, aber sie spürte den Ärger, der sich unter dem Anschein von Gelassenheit, den er sich gab, zusammenbraute. „Du hast Modell gestanden, und ich hielt die Fäden in der Hand?"

„Du bist der Künstler, Colin." Sie hob leichthin die Schultern. „Ich bin nur eine arbeits- und erfolglose Schriftstellerin."

Er stand lange Zeit schweigend da, dann ging er zu ihr hinüber. Entschlossen legte er ihr die Hände auf die Schultern. Alice hatte diesen suchenden, forschenden Ausdruck in seinen Augen, mit dem er sie ansah, schon einmal erlebt, und sie straffte sich, um ihm zu widerstehen. Der Druck seiner Hände verstärkte sich.

„Hat die Frau auf dem Bild irgendetwas mit dir gemeinsam?" fragte er langsam und bedächtig.

Alice schluckte, sie hatte ein Gefühl, als sei ihre Kehle zugeschnürt. „Warum, natürlich, Colin, ich habe dir doch eben gesagt …"

Er schüttelte sie so heftig, dass es ihr unmöglich war, den Satz zu vollenden. Sie sah den Zorn in seinen Augen und bekam ein wenig Angst.

„Glaubst du tatsächlich, dass ich es nur auf dein Gesicht abgesehen hatte? Dass ich nur die Schale wollte, aber nicht den Kern? Gibt dieses Bild denn nichts von dir wieder, was tief in dir verborgen ist?"

„Musst du denn alles haben?" fragte sie nun voller Verzweiflung zurück. „Musst du wirklich alles haben wollen?" Ihre Stimme klang ganz belegt vor innerer Bewegung. „Du hast mich ausgehöhlt, Colin. Das da hat mich vollkommen leer gemacht." Sie deutete in die Richtung des Gemäldes. „Ich habe dir alles gegeben, wie viel mehr willst du denn noch?"

Sie stieß ihn beiseite, als sie meinte, an ihren Gefühlen zu ersticken. „Du hast mich nie angesehen, nie an mich gedacht, es sei denn, es war wegen des Bildes.“ Sie strich sich die Haare aus dem Gesicht und legte die Handflächen gegen ihre Schläfen. „Ich will dir nichts mehr geben. Ich kann es nicht, denn es ist nichts mehr da! Es ist alles da drinnen!“ Wieder zeigte sie zur Staffelei, dann brach ihre Stimme. „Gott sei Dank, dass es vorbei ist.“

Sie machte auf dem Absatz kehrt und verließ fluchtartig das Atelier. Was für Gefühle hatte Colin nur in ihr entfacht?

Die nächsten zwei Wochen verbrachte Alice in der Wohnung von Freunden, die verreist waren. Sie hatte Jeffrey eine kurze Notiz hinterlassen, ihre Schreibmaschine mitgenommen und sich dann in die Arbeit gestürzt.

Den Hörer des Telefons hängte sie aus und verriegelte die Tür. Zwei Wochen lang versuchte sie zu vergessen, dass es draußen noch eine andere Welt gab als die ihrer Romanfiguren, ihrer Fantasie.

Es zählten nur noch die Probleme und Charaktere ihrer erfundenen Personen. Alice St. John wollte sie aus ihren Gedanken streichen.

Als die zwei Wochen um waren, hatte Alice fünf Pfund abgenommen, hundert Seiten Papier beschrieben und ihr inneres Gleichgewicht einigermaßen wiedererlangt.

Als sie die Schreibmaschine die Treppen zu ihrer Wohnung emportrug, vernahm sie Jeffreys Gitarrenspiel durch seine Wohnungstür hindurch. Sie zögerte einen Augenblick, ob sie ihm sagen sollte, sie sei wieder zu Hause, aber dann ließ sie es und ging leise an seiner Wohnung vorbei. Sie war noch nicht so weit, etwaige Fragen beantworten zu können.

Auch zog sie kurz in Erwägung, Colin in der Galerie anzurufen, um sich bei ihm zu entschuldigen, aber dann ließ sie diesen Gedanken ebenfalls fallen.

Es war das Beste, wenn der Bruch zwischen ihnen endgültig war. Wenn sie als gute Freunde auseinander gingen, würde er sich vielleicht versucht fühlen, ab und zu mit ihr in Verbindung zu treten. Alice wusste, dass sie ein unbefangenes, freundschaftliches Verhältnis zu ihm nicht würde ertragen können und dass es keine andere Lösung gab.

Sie nahm das Kleid, das sie bei ihrer Flucht aus dem Atelier mitgenommen hatte, und strich behutsam über das weiche Material, als sie es in die Schachtel zurücklegte. So vieles war geschehen, seit sie es zum ersten Mal getragen hatte. Hastig stülpte sie den Deckel über den Karton. Dieser Abschnitt ihres Lebens war endgültig vorbei.

Sie ging ans Telefon, um in der Galerie anzurufen. Der Angestellte verband sie sofort mit Vera.

„Oh, hallo, Alice! Wo haben Sie denn gesteckt?" Vera machte einen ganz munteren Eindruck, es war alles wie immer.

„Ich habe hier noch das Kleid, das ich zum Modellsitzen brauchte, und den Atelierschlüssel", teilte Alice ihr ohne Umschweife mit. „Könnte vielleicht jemand vorbeikommen und die Sachen abholen?"

„Ich verstehe." Vera zögerte, bevor sie weitersprach. „Ich fürchte, wir sind im Moment alle fürchterlich beschäftigt, meine Liebe. Ich weiß, dass Colin das Kleid unbedingt haben will. Seien Sie doch bitte so lieb und bringen Sie es kurz vorbei, ja? Sie haben ja den Schlüssel, also legen Sie ruhig alles ins Atelier. Colin ist nicht da, und wir ertrinken in Arbeit."

„Ich möchte lieber nicht …"

„Vielen Dank, meine Liebe. Ich muss weitermachen." Vera legte den Hörer auf, und Alice stöhnte verärgert.

Colin ist also nicht da, überlegte sie und nahm die Kleiderschachtel unter den Arm. Jetzt war der Zeitpunkt gekommen, endgültig die Angelegenheit aus der Welt zu schaffen.

Später am Tag stieß Alice die Tür zu Colins Atelier auf. Der vertraute Farbgeruch umfing sie und erinnerte sie augenblicklich schmerzhaft an Colin. Entschieden schob sie diesen Gedanken beiseite. Jetzt ist nicht der richtige Zeitpunkt für so etwas, ermahnte sie sich und ging mit energischen Schritten auf den Tisch zu, wo sie den Karton und den Schlüssel ablegte.

Aber dann stand sie doch eine Weile nachdenklich im Raum und sah sich um. Stunden hatte sie hier verbracht, Tage. Jede Einzelheit hatte sich für immer in ihr Gedächtnis eingegraben, und doch wollte sie alles noch ein letztes Mal sehen.

Zu ihrer Überraschung stand ihr Porträt noch immer auf der Staffelei. Alice vergaß darüber ihren Entschluss, nicht zu bleiben, und ging zu dem Bild hinüber, um es sich noch einmal anzusehen.

Als sie die eigenen Augen auf dem Bild erblickte, fragte sie sich, wie Colin sie wohl betrachten und dennoch ihre Worte glauben konnte.

Sie musste eigentlich dankbar sein, dass er ihr trotzdem geglaubt hatte, dankbar dafür, dass er ihren Worten doch mehr Glauben geschenkt hatte als seinen Augen. Sie streckte die Hand aus, um die gemalten Veilchen zu berühren.

Die Tür öffnete sich, und Alice fuhr entsetzt herum. Ihr Herz schlug ihr bis zum Hals.

„Alice!“ Vincente betrat mit einem strahlenden Lächeln das Atelier. „Was für eine Überraschung!“ Er eilte auf sie zu und nahm ihre Hände.

„Hallo.“ Ihre Stimme klang etwas unsicher, aber es gelang ihr, sein Lächeln zu erwidern.

Er sah, dass sie aufgeregt war, und ihm fiel auch ihre außergewöhnliche Blässe sofort auf. „Wussten Sie, dass Colin nach Ihnen gesucht hat?“

„Nein.“ In einem Anflug von Panik blickte sie zur Tür. „Nein, das wusste ich nicht. Ich war fort, ich habe gearbeitet. Ich habe nur …“ Sie entzog ihm schnell die Hände, als sie merkte, dass sie unzusammenhängend zu stottern begann, und verflocht die Finger ineinander. „Ich habe doch nur das Kleid zurückgebracht, das ich für das Modellsitzen getragen habe. Eigentlich wollte ich gleich wieder gehen.“

Vincente sah sie prüfend an. „Haben Sie sich etwa versteckt, Madonna?"

„Nein." Alice drehte sich um und trat ans Fenster. „Nein, natürlich nicht. Ich habe gearbeitet." Abwesend beobachtete sie, wie draußen der Spatz, den sie schon beim Nestbau beobachtet hatte, seine drei Jungen fütterte. „Ich wusste gar nicht, dass Sie so lange in Amerika bleiben wollten." Sie musste einfach irgendetwas sagen, um nur nicht aus dem Takt zu kommen.

„Ich bin etwas länger geblieben. Ich wollte Colin dazu überreden, mir ein Bild zu verkaufen, von dem er sich nur widerwillig trennen will."

Alices Hände verkrampften sich um den Fenstersims. Sie hatte gewusst, er würde es verkaufen. Von Anfang an hatte sie gewusst, dass nur Geld von alledem übrig bleiben würde. Hatte sie etwa geglaubt, er würde das Bild behalten und an sie denken? Sie schüttelte den Kopf und stöhnte leise und verzweifelt auf.

„Alice." Vincente legte ihr behutsam die Hand auf die Schulter.

„Ich hätte nicht herkommen sollen", flüsterte sie und schüttelte abermals den Kopf. „Ich hätte es besser wissen müssen." Sie wollte davonlaufen, aber Vincente hielt sie fest und drehte sie zu sich herum. Er betrachtete sie eingehend und strich ihr leicht über die Wange.

„Bitte …" Alice schloss die Augen. „Bitte seien Sie nicht so freundlich zu mir. Ich bin nicht so stark, wie ich geglaubt habe."

„Und Sie lieben ihn sehr."

Alice riss die Augen auf und errötete verlegen. „Nein! Es ist nur, weil ich …"

„Madonna." Vincente legte ihr beschwichtigend einen Finger auf die Lippen. „Ich habe das Gemälde gesehen. Es sagt mehr als alle Worte."

Alice senkte den Kopf und fasste sich an die Stirn. „Ich will nicht … Ich bemühe mich so sehr, es nicht zu wollen. Ich muss jetzt gehen", fügte sie hastig hinzu.

„Alice!“ Vincente hielt sie bei den Schultern, seine Stimme klang freundlich. „Sie müssen ihn sehen … und mit ihm sprechen.“

„Ich kann nicht.“ Sie legte ihm die Hand auf die Brust und schüttelte verzweifelt den Kopf. „Bitte, sagen Sie ihm nichts. Bitte, nehmen Sie das Bild und machen Sie dem ein Ende.“ Ihre Stimme brach, und plötzlich lag sie an Vincentes Brust. Sie schämte sich dessen nicht. „Ich wusste immer, es würde eines Tages zu Ende sein.“ Unter ihren geschlossenen Lidern brannten Tränen, und sie blieb in Vincentes Armen, bis das quälende Bedürfnis zu weinen abgeflaut war. Er streichelte ihr Haar und schwieg, bis er spürte, dass ihr Atem wieder etwas regelmäßiger ging. Dann küsste er sie zärtlich auf die Stirn und hob ihr Gesicht zu sich empor.

„Alice, Colin ist mein Freund …“

„Wie interessant!“

Alice wandte sich überrascht um, ihr Blick fiel auf Colin, der im Eingang zum Atelier stand.

„Das habe ich auch immer gedacht.“ Seine Stimme klang gefährlich ruhig. „Es sieht so aus, als habe ich mich in letzter Zeit in mehr als einer Person getäuscht.“ Noch ehe er auf sie zukam, spürte Alice, dass Gefahr in der Luft lag. „Vera berichtete mir, ich würde dich hier oben finden, mit einem so genannten Freund“, bemerkte er schneidend, als er vor ihnen stand.

„Colin!“ versuchte Vincente ihn zu unterbrechen, aber ein finsterer Blick brachte ihn zum Schweigen.

„Nimm deine Hände von ihr und verschwinde. Wenn ich hier fertig bin, kannst du da weitermachen, wo du aufgehört hast!“ herrschte er Vincente an.

Alice hörte, wie wütend er war, und löste sich aus Vincentes Armen. „Bitte“, murmelte sie. Sie wollte nicht, dass es ihretwegen zu einem Streit zwischen den beiden Männern kam. „Lassen Sie uns einen Moment allein.“ Als Vincente keine Anstalten machte, ihren Arm loszulassen, sah sie ihm in die Augen. „Bitte!“ wiederholte sie.

Sofort ließ Vincente sie los. „Gut, meine Liebe.“ Dann wandte er sich brüsk an Colin. „Ich hätte nicht gedacht, dass du jemanden so verkennen kannst, mein Freund." Kopfschüttelnd ging er durch den Raum und zog leise die Tür hinter sich ins Schloss.

Alice wartete vorsichtshalber noch einen Augenblick, ehe sie zu sprechen begann. „Ich bin nur gekommen, um das Kleid und den Schlüssel zurückzubringen." Sie befeuchtete sich nervös die Lippen, weil er wartete und sie nur wortlos ansah. „Vera sagte mir, du seist nicht da."

„Wie praktisch, so stand dir und Vincente ja das ganze Atelier zur Verfügung."

„Colin, hör auf."

„Du willst dich wohl gern verbessern und Herzogin werden, wie?" fragte er kalt. „Ich sollte dich eigentlich warnen. Vincente ist bekannt für seine Großzügigkeit, aber auch für seine Treulosigkeit." Sein Blick glitt über ihr Gesicht. „Obwohl – für eine Frau wie dich sind wahrscheinlich ein bis zwei Wochen sowieso schon genug."

„Das ist jetzt unter deinem Niveau, Colin!" Entschlossen drehte sie sich um und tat einen Schritt von ihm weg, aber da griff er ihr ins Haar und hielt sie zurück.

Colins Augen sahen düster aus, und Schatten lagen unter ihnen. Alice entdeckte erst jetzt, dass er sich seit mindestens zwei Tagen nicht mehr rasiert haben musste, sein Kinn und die Wangen schimmerten bläulich-schwarz. Auch fiel ihr plötzlich auf, dass er erschöpft aussah. Wenn sie es sich überlegte, so hatte er selbst nach stundenlangem Arbeiten nie das geringste Zeichen von Müdigkeit gezeigt. Sein Griff in ihr Haar verstärkte sich.

„Colin." Abwehrend hob sie die Hand.

„Was für eine Unschuld", meinte er gehässig. „Nein, welche Unschuld! Du bist wirklich eine kluge Frau, Alice. Das muss man dir lassen."

Er packte ihre Schultern grob und beinahe schmerzhaft. Wortlos sah Alice ihn an, sie fürchtete sich mit einem Mal vor ihm.

„Es ist eine Sache, mit Worten zu lügen, aber so etwas mit den

Augen, mit den Blicken Tag für Tag zu tun, das ist schon etwas anderes. Das kommt schon fast einem Betrug gleich."

„Nein." Sie schüttelte heftig den Kopf, weil seine Worte sie so kränkten, dass sie nur mit Mühe die Tränen zurückhalten konnte. „Nein, Colin, bitte." Sie wollte ihm sagen, dass sie ihn niemals angelogen hatte, aber sie brachte diese Rechtfertigung nicht über die Lippen.

Beim allerletzten Male, als sie zusammen gewesen waren, da hatte sie allerdings gelogen. Ohne dass sie es verhindern konnte, begannen ihre Tränen zu fließen.

„Was soll das alles jetzt?" fragte er bitter. Weil er sah, dass sie weinte, wurde er noch aufgebrachter. „Willst du mich mit diesem tränenreichen Auftritt vergessen lassen, dass ich dich tagtäglich angesehen habe und dabei etwas zu entdecken glaubte, was in Wirklichkeit niemals da war?"

„Ich habe dir gegeben, was du wolltest." Sie schluchzte und stemmte sich gegen ihn. „Bitte, lass mich jetzt gehen. Ich habe dir gegeben, was du verlangt hast. Es ist aus."

„Du hast mir eine Maske, eine leere Hülle gegeben. Hast du mir das nicht selbst gesagt?" Er zog sie dichter an sich und zerrte an ihrem Haar, sodass sie den Kopf zurücklegen und ihm in die Augen sehen musste. „Der Rest war meine Fantasie. Das hast du mir gesagt. Aus, Alice? Wie kann etwas aus sein, wenn es nie vorhanden war?" Er hinderte sie daran, seinem Blick auszuweichen. „Du hast gesagt, ich hätte dich ausgehöhlt. Kannst du dir vorstellen, dass es mir in den letzten Wochen vielleicht ähnlich ergangen ist?" Er schüttelte sie, und Alice schluchzte immer hemmungsloser. „Du hattest Recht, als du sagtest, das Bild gäbe nur dein Gesicht und deinen Körper wieder. Du besitzt nämlich gar keine Wärme. Die Frau auf dem Gemälde habe ich geschaffen, so wie sie dort abgebildet ist, ich ganz allein."

„Bitte, Colin, das ist genug." Sie hielt sich die Ohren zu, um ihm nicht mehr zuhören zu müssen.

„Ja, ja, Alice, die Wahrheit hört man nicht gern." Er zog seine

Hände fort und zwang sie erneut, ihm in die Augen zu sehen. „Du und ich, wir wissen, dass das Bild ein Wunschtraum ist, dass die Frau darauf gar nicht existiert. Immerhin haben wir uns beide einen Gefallen getan, nicht wahr?“ Mit einem unterdrückten Fluch stieß er sie von sich. „Geh, damit ich dich nicht mehr sehen muss.“

Blind vor Tränen lief Alice aus dem Atelier.

10. KAPITEL

Erst am späten Nachmittag kehrte Alice zu dem Häuserblock zurück, in dem sich ihre Wohnung befand. Nachdem ihre Tränen versiegt waren, war sie lange Zeit ziellos spazieren gegangen. Die Straßen der Stadt waren voller Menschen gewesen, und sie hatte bewusst die Einsamkeit in der Menge gesucht. Inzwischen wurde der Schmerz durch große Müdigkeit gelindert.

Kurz bevor sie zu Hause ankam, fing es an zu regnen, aber Alice beschleunigte ihre Schritte nicht. Der Regen war angenehm kühl und weich auf ihrer Haut.

Im Haus begann sie nach ihrem Briefkastenschlüssel zu suchen. Sie tat das vollkommen mechanisch, weil es eine alltägliche Gewohnheit war. Eins hatte sie sich geschworen: Sie würde sich nicht in ein tiefes dunkles Loch der Verzweiflung fallen lassen, sie würde weiterleben. Und sie würde überleben. Das hatte sie sich während ihres langen Spaziergangs vorgenommen.

Alice steckte den Schlüssel in das Schloss des Briefkastens und sperrte ihn auf. Sie entnahm ihm einen kleinen Packen Post, und während sie langsam die Treppenstufen hinaufstieg, durchblätterte sie geistesabwesend die verschiedenen Briefe.

Plötzlich blieb sie wie angewurzelt stehen, weil ihr Blick auf einen ganz bestimmten Absender fiel: Es war ein Brief aus New York!

Eine Weile drehte sie den Brief nur unschlüssig in den Händen. Sie stieg die Treppen wieder hinab, steckte die restliche Post zurück in den Briefkasten und lehnte sich dann schwer atmend gegen die Wand. Ob dies eine Absage war? Sie nagte grübelnd an ihrer Unterlippe. Aber wo blieb dann das Manuskript? Es müsste in diesem Fall ja eigentlich mit zurückgeschickt worden sein. Wieder sah sie auf den Umschlag und schluckte krampfhaft.

„Ach, zum Teufel", murmelte sie halblaut vor sich hin und riss entschlossen die Briefhülle auf. Schweigend las sie den Inhalt des

Briefes, dann überflog sie ihn gleich noch einmal. Warum ausgerechnet jetzt, fragte sie sich im Stillen. Zu ihrem Ärger fing sie unwillkürlich wieder an zu weinen. Sie war im Moment einfach nicht im Stande, mit einer solchen aufregenden Nachricht fertig zu werden.

Aber dann unterdrückte sie tapfer ihre Tränen und schüttelte den Kopf. Doch, gerade jetzt ist der richtige Zeitpunkt, verbesserte sie sich und las den Brief zum dritten Mal. Was ist an ihm denn auszusetzen?

Sie steckte das Schreiben in die Jackentasche und rannte wieder hinaus in den Regen. Zehn Minuten später hämmerte sie gegen Jeffreys Tür.

Er öffnete ihr mit der Gitarre in der Hand. „Alice, du bist wieder da! Wo hast du nur gesteckt? Wir wollten schon die Polizei verständigen." Er verstummte und musterte sie von Kopf bis Fuß. „Du meine Güte, Alice, was ist denn nur mit dir passiert? Du bist ja völlig durchnässt!"

„Ich bin nicht durchnässt", gab Alice würdevoll zurück. An der Stelle, wo sie stand, hatte sich bereits eine kleine Wasserlache gebildet. „Für so etwas bin ich viel zu fein! Ich bin nahe daran, für den Nobelpreis der Literatur vorgeschlagen zu werden! Man wird mein erstes Werk in Kürze verlegen, und dann wirst du es eines Tages in jeder Stadtbücherei finden können!"

„Man hat dein Buch angenommen!" Jeffrey stieß einen Freudenschrei aus und fiel ihr um den Hals.

Lachend schob Alice ihn von sich. „Ist das alles, was du dazu zu sagen hast? Ein so welterschütterndes Ereignis feiert man natürlich, du Banause!" Sie strich sich das tropfnasse Haar aus dem Gesicht. „Nun gut, ich jedenfalls weiß, was sich gehört. Ich habe Champagner gekauft und werde ihn mit dir in meinem Salon trinken." Sie zog eine Flasche hinter ihrem Rücken hervor und hielt sie ihm stolz vor die Nase. „Ein Smoking ist nicht unbedingt erforderlich. Du darfst so kommen, wie du bist."

Dann ging sie zu ihrer eigenen Wohnungstür hinüber, öffnete

sie und machte eine einladende Geste. Jeffrey schmunzelte, stellte seine Gitarre ab und folgte ihr.

„So", meinte Jeffrey, nachdem er die Tür hinter sich geschlossen hatte, und nahm Alice die Champagnerflasche aus der Hand. „Die werde ich entkorken. Du trocknest dir inzwischen die Haare, sonst stirbst du womöglich an Lungenentzündung, bevor überhaupt das erste lang ersehnte Exemplar deines Buches erscheint."

Als sie, in einen Bademantel gehüllt, mit Handtuch um den Kopf, wieder aus dem Badezimmer kam, ließ Jeffrey feierlich den Korken knallen. Ein Strahl von Champagner kam aus der Flasche geschossen.

„Das ist gut für den Teppichboden", rief Jeffrey unbekümmert und schenkte ein. „Ich konnte übrigens nur Senfgläser finden."

„Meine Kristallgläser sind alle zerschlagen", behauptete Alice unbekümmert und hob ihr Glas. „Auf einen sehr weisen Mann", verkündigte sie feierlich.

„Und wer ist das?" erkundigte sich Jeffrey neugierig.

„Mein Verleger!" Sie schmunzelte und trank. „Das ist ein ausgezeichneter Jahrgang", stellte sie fest und sah kritisch in ihr Glas.

„Und zwar?" Neugierig hob Jeffrey die Flasche, um auf das Etikett zu sehen.

„Dieses Jahr", lachte Alice. „Ich pflege nur neuen Champagner zu kaufen!"

Wieder tranken sie einander zu, dann beugte Jeffrey sich zu ihr und küsste sie. „Meinen herzlichsten Glückwunsch, Kleine." Er nahm ihr das feuchte Handtuch ab. „Wie fühlt man sich?"

„Ich weiß nicht so recht." Sie legte den Kopf in den Nacken und schloss die Augen. „Ich fühle mich, als sei ich jemand ganz anderes." Hastig füllte sie ihr Glas wieder nach.

Sie musste sich bewegen, sprechen. Sie durfte nicht ernsthaft darüber nachdenken, was sie an diesem Tag gewonnen hatte, denn dann fiel ihr gleichzeitig auch der Verlust ein, den sie erlitten hatte, und der Gedanke machte ihre ganze Freude zunichte.

„Ich hätte zwei Flaschen kaufen sollen", stellte sie fest. „Diese

Gelegenheit hätte das verdient.“ Sie trank wieder und spürte dabei, wie der Champagner ihr zu Kopf stieg. „Das letzte Mal, als ich Champagner getrunken habe …“

Alice verstummte bei dieser Erinnerung und schüttelte den Kopf. Jeffrey sah sie erstaunt an. „Nein, nein!“ Sie machte eine Handbewegung, als wolle sie diese Gedanken beiseite schieben. „Auf Barbara Seabrights Hochzeit in Sausalito gab es auch Champagner. Einer der Angestellten in der Garderobe machte mir damals einen Antrag.“

Jeffrey lachte und nahm einen Schluck. Es klopfte in diesem Moment an der Tür.

„Hereinspaziert, es ist genug da für …“ Alice verstummte, als Colin eintrat. Sie wurde bleich und sah ihn verstört an.

Jeffrey blickte schnell von einem zum anderen und setzte sein Glas ab. „Also, ich gehe jetzt. Vielen Dank für den Champagner, Kleine, wir sprechen uns später noch.“

„Nein, Jeffrey!“ begann Alice. „Du brauchst nicht zu …“

„Ich habe bereits einen Schwips“, meinte er und schob ihre Hand sachte von seinem Arm. Alice sah, wie er einen Blick des Einverständnisses mit Colin wechselte, ehe er ihr Apartment verließ. Das war merkwürdig. Wieso kannten die beiden sich?

„Alice.“ Colin kam zu ihr herüber.

„Colin, bitte geh.“ Sie schloss die Augen und presste die Hände gegen die Schläfen. In der Brust und hinter der Stirn verspürte sie einen quälenden Druck. Nicht weinen, nicht weinen, befahl sie sich selbst immer wieder.

„Ich weiß, ich habe kein Recht, hier zu sein“, sagte er mit rauer Stimme. „Ich weiß, ich habe kein Recht, dich zu bitten, mich anzuhören. Dennoch tue ich es.“

„Es gibt nichts mehr zu sagen.“ Alice zwang sich, aufrecht dazustehen und ihn anzublicken.

Colin zuckte leicht zusammen. „Ich verstehe dich ja, Alice, aber ich habe das Gefühl, dass ich mich bei dir entschuldigen muss, dass ich dir eine Erklärung geben sollte.“

Sie löste ihre ineinander verkrampften Hände und betrachtete angelegentlich die Finger. „Ich weiß dein Angebot zu schätzen, Colin, aber es ist nicht nötig. Und jetzt …" Sie sah ihm in die Augen.

„Oh Alice, ich bitte dich, zeig mehr Nachsicht, als ich es getan habe. Lass mich wenigstens meine Entschuldigung loswerden, ehe du mich fortschickst."

Alice war nicht im Stande, Colin zu antworten, sie starrte ihn nur wortlos an. Er ging zum Tisch hinüber und griff nach der Champagnerflasche.

„Offenbar habe ich eine kleine Feier gestört." Er stellte die Flasche vorsichtig wieder zurück und sah sie an. „Ist das deine Feier?"

„Ja." Alice schluckte und bemühte sich, gelassen zu sprechen. „Man hat mein Manuskript angenommen und will es drucken. Ich habe heute den Bescheid bekommen."

„Alice." Er ging auf sie zu und streckte die Hand aus, um ihre Wange zu berühren.

Alice erstarrte und wich hastig zurück. Als sie den Ausdruck auf seinem Gesicht sah, erkannte sie, dass sie ihn verletzt hatte. Er ließ die Hand kraftlos sinken.

„Es tut mir Leid", begann Alice.

„Das braucht es nicht." Es klang ruhig, beinahe resigniert. „Ich kann schwerlich von dir verlangen, dass du es gern hast, wenn ich dich berühre. Ich habe dir wehgetan."

Er hielt inne, starrte eine Weile auf seine Hand, dann wandte er ihr wieder das Gesicht zu. Sein Blick suchte den ihren. Man konnte ihm die Traurigkeit und Verzweiflung ansehen.

„Weil ich dich genauso gut kenne wie mich selbst, weiß ich, wie sehr ich dir wehgetan habe. Ich werde damit leben müssen. Ich habe kein Recht, dich um Verzeihung zu bitten, aber ich bitte dich, mich wenigstens anzuhören."

„Gut, Colin, ich höre dir zu", erwiderte Alice matt. Es kostete sie viel Kraft, aber es gelang ihr schließlich, ruhig zu erscheinen. „Warum setzt du dich nicht?"

Colin schüttelte ablehnend den Kopf und ging zum Fenster. Er sah eine Weile hinaus, die Hände ruhten dabei auf dem Fensterbrett.

„Der Regen hat aufgehört, und Nebel kommt auf. Ich weiß noch genau, wie du damals ausgesehen hast. Du hast dort verträumt im Nebel gestanden und zu den Sternen aufgeblickt. Ich habe dich einen Moment lang für ein Traumbild gehalten."

Sehr leise, als spräche er zu sich selbst, setzte er hinzu: „Ich habe mein Leben lang schon eine feste Vorstellung davon, wie eine Frau sein muss. Vollkommenheit und ausgewogene Eigenschaften suche ich bei ihr. Als ich dich sah, wusste ich sofort, dass ich mein Ideal gefunden habe. Ich musste dich einfach malen." Er schwieg einen Augenblick und starrte gedankenverloren hinaus in den Dunst.

„Nachdem wir mit der Arbeit angefangen hatten, entdeckte ich, dass du tatsächlich über all das verfügtest, was ich schon immer gesucht habe: Güte, Verstand, Klugheit, Stärke und Leidenschaft. Je länger ich dich malte, desto mehr hast du mich beeindruckt. Ich sagte dir einmal, du hast mich verzaubert. Daran glaube ich noch heute. Ich habe nie zuvor eine Frau so begehrt wie dich."

Er drehte sich um und sah sie an. Gegen das Licht wirkten seine Züge dunkel und überschattet. „Jedes Mal, wenn ich dich berührte, wollte ich mehr. In jener Nacht auf dem Hausboot habe ich dich nur deshalb nicht geliebt, weil du nicht denken solltest, du seist nur eine meiner so genannten Liebschaften. Ich wollte es nicht ausnutzen, dass du offenbar in mich verliebt warst."

Bei seinen letzten Worten schloss Alice die Augen und seufzte gequält auf.

„Bitte, wende dich nicht von mir ab. Lass mich zu Ende sprechen. Als das Bild von dir endlich fertig war, hast du plötzlich alle Gefühle für mich verleugnet. Du hast gesagt, alles, was ich in dir gesehen hätte, wäre nur meiner Fantasie entsprungen. Du warst so kühl und leidenschaftslos, ich war nahe daran, den Verstand zu verlieren. Ich wusste ja nicht, dass jemand eines Tages eine solche Macht über mich haben würde", fuhr er weich fort. „Das war eine große Ernüchterung, und sie schmerzte sehr. Ich wollte mehr von dir, ich brauchte mehr, aber du hast gesagt, es sei nichts mehr vorhanden. Du ahnst nicht, wie zornig ich war, als du wegliefst. So ließ ich dich erst mal gehen. Als ich später hierher kam, um nochmals mit dir zu sprechen, warst du verschwunden. Zwei Wochen lang war ich außer mir vor Angst und Sorge. Ich wusste ja nicht, wo du bist und wann du zurückkommen würdest. Meine schlimmste und größte Angst war, dass du vielleicht überhaupt nicht mehr zurückkehrst. Dein Freund von nebenan hatte nur deine rätselhafte, wenig aufschlussreiche Notiz, sonst gab es ja kein Lebenszeichen von dir."

„Du hast Jeffrey aufgesucht?"

„Alice, verstehst du das denn nicht? Was sollte ich denn tun? Du warst davongelaufen, und dann warst du hinterher nicht mehr aufzufinden. Ich wusste doch nicht, wo du warst, wo ich dich suchen sollte oder ob dir vielleicht sogar etwas geschehen war. Die Ungewissheit hat mich ganz schön belastet."

Alice tat einen Schritt auf Colin zu. „Colin, es tut mir Leid. Ich hatte ja keine Ahnung, dass du dir Sorgen um mich machst."

„Sorgen?" wiederholte er unwillig. „Ich war vollkommen von Sinnen! Zwei Wochen, Alice! Zwei Wochen blieb ich ohne die geringste Nachricht. Weißt du überhaupt, was für ein Gefühl von Ohnmacht das ist, einfach nur dazusitzen und nichts zu wissen? Ich habe den ganzen Fisherman's Wharf nach dir abgesucht, bin tagelang durch San Francisco gelaufen, es gibt keine Stelle, an der ich nicht war. Wo, um alles in der Welt, bist du nur gewesen?"

Er war aufgeregt, winkte aber sofort beschwichtigend ab, als er sah, dass sie antworten wollte. Colin bemühte sich um Fassung und setzte dann leiser hinzu: „Entschuldige bitte. Ich habe in letzter Zeit nicht sonderlich viel geschlafen, und ich bin nicht ganz Herr meiner selbst."

Seine Bewegungen wirkten rastlos und zerfahren. Nun blieb er stehen, hob Alices inzwischen leeres Glas hoch und musterte abwesend die eingravierte Beschriftung. Es war der Name einer bekannten Senfmarke.

„Ein interessantes Sektglas", murmelte er, schenkte sich etwas Champagner ein und trank ihr zu. „Auf dich, Alice. Auf dich ganz allein." Dann leerte er das Glas in einem Zug und stellte es wieder ab.

Alice senkte verlegen den Blick. „Colin, es tut mir alles so Leid. Ich wusste doch nicht, dass du dich so aufgeregt hast. Ich habe intensiv gearbeitet und …"

„Nicht." Er winkte wieder ab, und sie warf ihm einen überraschten Blick zu. „Erklär mir nichts", fügte er beherrschter hinzu. „Hör mir nur zu. Als ich heute ins Atelier kam und dich dort mit Vincente sah, klinkte etwas in mir aus. Ich kann dir als Entschuldigung das anbieten, was ich dir eben zu erklären versuchte: Ich war total erschöpft. Aber das rechtfertigt nicht die Dinge, die ich dir gesagt habe." Sein Blick ruhte viel sagend auf ihr.

„Ich hasse mich selbst dafür, dass ich dich zum Weinen gebracht habe. Ich verabscheute mich für das, was ich dir an den Kopf geworfen habe, im selben Moment, als ich es aussprach. Aber dich dort im Atelier endlich zu finden, noch dazu mit Vincente, nachdem ich dich tagelang verzweifelt gesucht hatte …" Colin verstummte und trat kopfschüttelnd ans Fenster.

„Vera hat das alles sehr geschickt eingefädelt", fuhr er fort. „Sie wusste, was ich in den vergangenen zwei Wochen durchgemacht habe, und kennt mich gut genug, um meine Reaktion voraussehen zu können. Sie wollte, dass ich dich allein mit Vincente antreffe. So schickte sie ihn, kurz bevor ich in die Galerie zurückkam, unter irgendeinem Vorwand ins Atelier hinauf. Sie sagte mir dann, ihr beide hättet euch da oben getroffen. Sie machte nur eine knappe Andeutung, aber ich meinte, nun alles zu wissen." Er rieb sich die verspannten Schultern.

„Bis vor ungefähr einem Jahr hatten Vera und ich ein recht nettes, aber doch nicht allzu enges Verhältnis zueinander. Dann spitzte sich die Lage zu. Vera wollte mich enger an sich binden. Ich hätte inzwischen eigentlich wissen müssen, mit wem ich es zu tun hatte, aber ich war nicht im Stande, auch nur einen klaren Gedanken zu fassen. Vera ist jetzt entschlossen, für ein Fortbildungsjahr – vielleicht aber auch für immer – an die Ostküste zu gehen."

Wieder schwieg er kurz, dann drehte er sich zu Alice um und sah sie aufmerksam an. „Ich möchte so gern, dass du verstehst, warum ich mich so abscheulich benommen habe."

In dem darauf folgenden Schweigen konnte man durch die Wand Jeffreys gedämpftes Gitarrenspiel hören.

„Colin." Alices Blick blieb an seinem Gesicht hängen, liebevoll betrachtete sie es. „Du siehst so müde aus."

Seine Miene veränderte sich, und einen Augenblick lang erwartete Alice, er würde zu ihr kommen. Er blieb jedoch reglos stehen.

„Ich weiß nicht, wann ich mich in dich verliebt habe, Alice. Vielleicht in jener ersten Nacht im Nebel, vielleicht, als ich dich zum ersten Mal in diesem Kleid gesehen habe. Vielleicht war es aber auch schon Jahre, bevor ich dich wirklich traf. Ich glaube, auch das spielt keine Rolle."

Alice starrte ihn stumm an, sie hätte jetzt kein Wort über die Lippen gebracht.

„Ich bin kein einfacher Mann, Alice, das hast du mir selbst einmal gesagt."

„Ja", brachte sie nun endlich mühsam hervor. „Ich erinnere mich noch daran."

„Ich bin selbstsüchtig und meinen Launen und meinem Temperament hilflos ausgeliefert. Ich habe nur wenig Geduld, es sei denn, es geht um meine Arbeit. Ich weiß, dass ich dich verletzen und ärgern werde, dass ich mich oft unverständlich und ungeduldig benehmen werde, aber kein Mensch auf der Welt wird dich mehr lieben als ich. Niemand."

Er schwieg, immer noch stand Alice wie gebannt da. „Ich bitte dich, jede Vernunft beiseite zu lassen und meine Frau, Geliebte und die Mutter meiner Kinder zu werden. Ich bitte dich, dein Leben mit mir zu teilen und mich zu nehmen, wie ich bin."

Wieder machte er eine Pause, dann fügte er gefühlvoll hinzu: „Ich liebe dich, Alice. Dieses Mal lege ich mein Schicksal in deine Hände."

Alice ließ Colin keinen Moment aus den Augen, während er sprach. Immer noch machte er keine Anstalten, zu ihr zu kommen. Alice musste daran denken, wie anders er ausgesehen hatte, als sie vor ihm zurückgewichen war.

Langsam ging sie zu ihm. Sie hob die Arme, legte sie ihm um den Nacken und schmiegte das Gesicht an seine Schulter. „Halt mich." Behutsam nahm er sie in die Arme und legte die Wange gegen ihr Haar. „Halt mich, Colin", bat sie erneut und schmiegte sich noch enger an ihn. Sie hob den Kopf, ihre Lippen fanden sich.

Er zog sie an sich, so fest er konnte, und Alice seufzte zufrieden auf.

„Ich liebe dich", hauchte sie zwischen zwei Küssen. „Schon so lange möchte ich dir das sagen."

„Du hast es mir jedes Mal gesagt, wenn du mich angesehen hast." Colin barg den Kopf in ihrem Haar. „Ich wollte es erst nicht wahrhaben, dass auch ich mich in dich verliebt hatte, dass es so schnell und aus heiterem Himmel geschah. Erst als das Bild fast fertig war, musste ich mir eingestehen, dass ich ohne dich nicht mehr würde leben können."

Seine Stimme wurde leiser, er zog sie noch fester an sich. „Ich bin beinahe verrückt geworden in den letzten beiden Wochen. Immer sah ich dein Bild, aber ich wusste nicht, wo du warst und ob ich dich je wieder finden würde."

„Jetzt hast du mich ja", murmelte sie und wehrte sich nicht, als er sie unter dem Bademantel streichelte. „Und Vincente wird das Bild dann bekommen."

„Nein, ich habe dir schon einmal gesagt, dass manche Dinge unverkäuflich sind. In diesem Bild steckt zu viel von uns beiden."

Er schüttelte den Kopf und atmete den frischen Duft ihres Haares ein. „Nein, nicht einmal für Vincente ist dieses Bild käuflich."

„Aber ich dachte ..." Es fiel ihr auf, dass sie eigentlich nur vermutet hatte, Vincente spräche von ihrem Porträt. Bei dieser Erkenntnis überkam sie ein großes Glücksgefühl. Colin hatte nie beabsichtigt, dieses Bild zu verkaufen, das eine Enthüllung ihrer Liebe darstellte!

„Was dachtest du?"

„Ach, es ist nichts." Sie küsste ihn zart auf den Nacken. „Ich liebe dich!" Übermütig presste sie die Lippen auf seinen Mund, denn ganz plötzlich wurde ihr bewusst, dass Colin ihr nun ganz und für immer gehörte.

„Alice." Sie spürte sein Herz heftig schlagen, während er ihr zärtlich durchs Haar fuhr. „Weißt du überhaupt, was du mir antust?"

„Zeig es mir", raunte sie ihm ins Ohr.

Seufzend küsste Colin sie wieder. Sie spürte sein Verlangen und sehnte sich danach, ihm zu gehören. Ja, sie wollte ihm alles geben.

„Wir werden bald heiraten", murmelte Colin und umarmte sie leidenschaftlich. Liebkosend streichelte er ihren Rücken. „Sehr bald sogar."

„Ja." Zufrieden schloss Alice die Augen und schmiegte die Wange gegen seine. „Ich habe sogar schon das passende Kleid dafür." Seufzend kuschelte sie sich an seine Brust. „Wie wirst du das Bild nennen, Colin?"

„Ich habe ihm schon einen Namen gegeben." Er lächelte ihr geradewegs in die Augen. „‚Sullivans Frau'."

– ENDE –